BRIGITTE RIEBE | Schwarze Frau vom Nil

Brigitte Riebe über ihren Roman
»Der europäische Blick hat seit Langem die großen antiken Kulturen des osteuropäischen Mittelmeerraumes für sein abendländisches Geschichtsbild vereinnahmt – aber eines dabei vergessen: dass der Nil ein afrikanischer Strom und die altägyptische Kultur im schwarzen Kontinent verwurzelt ist. Mit meiner Heldin, der Nubierin Sahti, durchbreche ich diese Tradition. In der vielleicht spannendsten Epoche altägyptischer Geschichte – der 17. Dynastie – erweist sich schließlich die Liebe des Pharaos Kamose stärker als jede Staatsräson.
Du stirbst, damit du lebst – die uralten Weisheitslehren des Totenbuchs erfüllen sich am Ende meines historischen Romans auf magisch-verblüffende Weise.«

Exotisch, farbenprächtig, mitreißend – ein faszinierender historischer Ägyptenroman, so spannend wie ein Krimi und so gefühlvoll wie eine große Frauensaga!

Über die Autorin
Brigitte Riebe, 1953 geboren, ist promovierte Historikerin und arbeitete zunächst als Verlagslektorin. Zu ihren bekanntesten historischen Romanen zählen »Die Hüterin der Quelle«, der große Mittelalterroman »Pforten der Nacht« sowie die beiden erfolgreichen Jakobsweg-Romane »Straße der Sterne« und »Die sieben Monde des Jakobus«. Zuletzt erschienen im Diana Verlag die Romane »Die Sünderin von Siena« und »Die Hexe und der Herzog«. Die Autorin lebt mit ihrem Mann in München.

BRIGITTE RIEBE

Schwarze Frau vom Nil

Roman

Diana Verlag

Das für dieses Buch verwendete
FSC-zertifizierte Papier
Holmen Book Cream liefert Holmen Paper,
Hallstavik, Schweden.

Vollständige Taschenbuchneuausgabe 09/2009

Umschlagmotiv | © David Roberts/The Bridgeman Art Library/
Getty Images; © akg-images/Erich Lessing
Umschlaggestaltung | Hauptmann & Kompanie Werbeagentur,
München – Zürich, Teresa Mutzenbach
Herstellung | Helga Schörnig
Satz | Christine Roithner Verlagsservice, Breitenaich
Druck und Bindung | GGP Media GmbH, Pößneck
Printed in Germany 2009

978-3-453-35295-7

http://www.diana-verlag.de

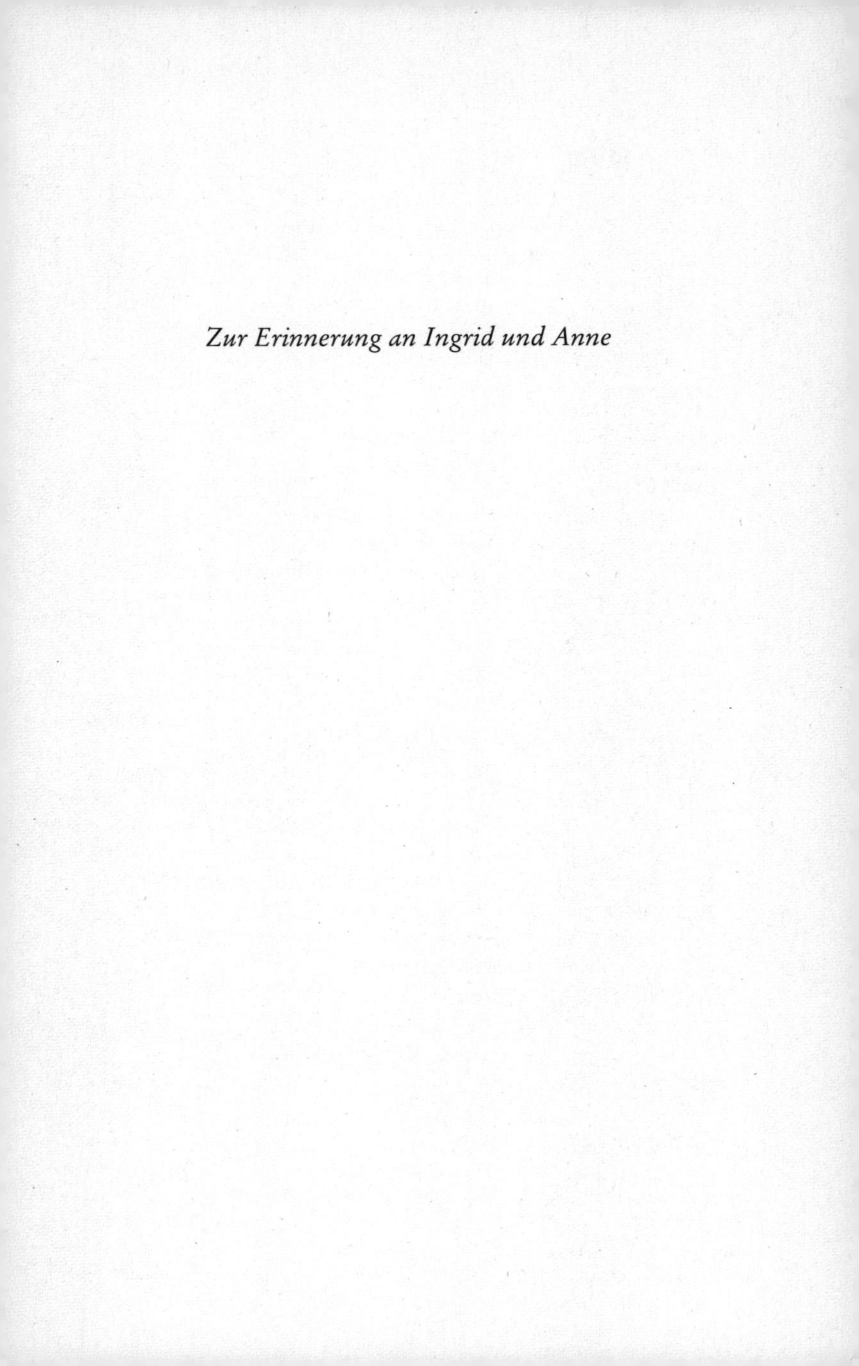

Zur Erinnerung an Ingrid und Anne

WER DEN BLICK AUF DIE SONNE RICHTET,
DEM ERSCHLIESST SICH DAS WESEN
DER FINSTERNIS.

Totenbuch, Spruch 115

INHALT

PROLOG

Morgen werde ich sterben.

Zu meinem eigenen Erstaunen bin ich gefasst, während ich diese Worte niederschreibe, ehe ich sie dem kleinen Skorpion vorlese, der als einziger Gefährte schon so lange das Verlies mit mir teilt. Mein Herz schlägt ruhig und gleichmäßig; nicht einmal meine Hände zittern. Kein Kampf tobt hinter meiner Stirn, das Gehirn arbeitet gehorsam. Ich fürchte mich nicht, denn ich habe schon mehr als einen Tod erlebt, auch wenn es nun so aussieht, als würde dieser der längste, vielleicht sogar ein ewiger sein.

Aber wer weiß schon, wo die Sonne bei Nacht bleibt?

Wer kann sagen, wohin wir Menschen gehen auf unserer letzten Reise?

In der kurzen Morgendämmerung werden sie mit verhüllten Häuptern kommen, um mich in Fesseln zum Richtplatz zu schleppen, ganz so, wie sie für gewöhnlich mit Landesverrätern verfahren, bevor noch das neugeborene Sonnenkind zwischen den Schenkeln der Himmelsgöttin erscheint. Wenn die Barke dem Maul der Großen Schlange entronnen ist und die starken Arme des Gottes Schu das funkelnde Gestirn zum Himmel emporheben, gehört mein Leichnam bereits den Geiern.

Denn das ist es, was sie mit mir anstellen werden: meinen Körper in die stinkenden Abfallgruben werfen. Ohne Sarg, natürlich, ohne Mumienbinden oder gar Kanopenkrüge. Nicht einmal die Ochsenhaut, in der die Ärmsten der Armen hastig im Wüstensand verscharrt werden, ist mir vergönnt. Erst recht nicht ein machtvoller Vers aus dem Totenbuch, der mir den sicheren Weg ins Westland der Seligen weisen könnte:

Du schläfst, damit du aufwachst,
du stirbst, damit du lebst.

Aber ich brauche ihre Zaubersprüche nicht, weder in Holz noch in Stein geritzt oder auf Papyrus geschrieben. Denn ich kenne sie alle. Kein einziger aus allen schier endlosen Listen ist mir entfallen.
Das Gedächtnis der Leute von Kemet dagegen erscheint mir kurz.
Allzu kurz.
Haben sie denn schon vergessen, dass ich einst Schreiberin im Lebenshaus war? Eine Eingeweihte ihrer Geheimnisse, die an Seele und Leib erfahren hat, was nur Auserwählte wissen dürfen?
Vielleicht hassen sie mich gerade deshalb.
Weil ich jahrelang inständig versucht habe, zu werden wie sie, ein Tropfen unter anderen in der unendlichen Weite des Meeres, unauffällig, ja beinahe unsichtbar. Erst als mich dieses verzweifelte Verlangen bis dicht an den Abgrund des Wahnsinns geführt hatte, als ich lernte zu hassen und das dunkle Wasser zu trinken, das die Lust an der Rache weckt, kam die Rettung im letzten Augenblick. Seitdem weiß ich, wer ich bin:
Löwin aus dem Südland.
Wahre Tochter Apedemaks.
Enkelin der Zauberin.
Spionin aus dem Bogenreich, die den Mann auf dem Thron Kemets liebt und immer lieben wird.
Sahti, die Kuschitin.
Eine Erkenntnis, die auch für mich vielschichtig und widersprüchlich ist – und mich beileibe nicht immer froh macht. Seitdem jedoch gibt es diese Ruhe in mir, eine stille Gewiss-

heit, die mir allein gehört. Keiner kann sie mir nehmen, kein Richter, kein Henker, nicht einmal der Pharao. Niemand außer Nabu hat diese Ruhe je verstanden. Aber sie, meine schöne, stolze Stammesschwester, die sogar von mir lange Zeit verkannt wurde, ist mir ja bereits vorausgegangen in jenes rätselhafte Westreich der Seligen, aus dem noch kein Sterblicher jemals zurückkehrte.

Um meinetwegen ist mir nicht bange, und das ist ohne Falsch gesprochen, wenngleich von einer, die im ganzen Reich als abgefeimte Lügnerin gilt. Wenn ich jedoch tiefer in mich dringe, so gibt es sehr wohl Gedanken und Gefühle, die mein Herz bluten lassen. Mein Tod mag einigen, die meinen Weg gekreuzt haben, nützlich sein, manche haben ihn vermutlich herbeigesehnt, einzelne sogar gezielt und voller Hinterlist betrieben. Doch es gibt auch solche, für die der Abschied von mir unendlich schmerzvoll sein wird, Menschen, die mir alles waren, und es bleiben werden, selbst wenn mein Atem schon ausgesetzt hat. Nuya vor allem, meine kleine Tochter, keine zwei Jahre alt. Sie trägt den Namen meiner Mutter, die ich niemals gesehen und nach der ich mich ein Leben lang gesehnt habe. Nie wieder Nuyas weiche Haut kosen zu dürfen oder ihr helles Zwitschern zu hören, die drollige Sorgfalt, mit der sie die fremdartigen Laute nachplapperte, die ich ihr ins Ohr geflüstert habe, wenn wir allein waren und keiner uns zuhören konnte – welch grausame, welch unmenschliche Vorstellung!

Die Sorge um sie lässt mich die Nächte wach liegen. Alles würde ich darum geben, sie noch einmal zu sehen. Was wird mit ihr geschehen, wenn ich nicht mehr bin? Werfen die Verbrechen, derer man mich beschuldigt, auch Schatten auf sie? Oder erweist sich die Liebe ihres königlichen Vaters schließlich stärker als alles politische Kalkül?

Namiz dann, mein Freund aus dem fernen Kepni, der wie ein gütiger Schutzgeist seit dem Tag meiner Verschleppung über mich gewacht hat. Monde sind verstrichen, seit ich ihn zu-

letzt gesehen habe, viele Wochen, seitdem ein Wort über sein Schicksal in meine Abgeschiedenheit gedrungen ist. Er wurde gefangen genommen wie ich, so viel konnte ich ausfindig machen. Sonst nur tiefstes Schweigen. Keine Nachricht, kein Hinweis – nichts.
War er vielleicht imstande, sich klug und listenreich wie eh und je im letzten Augenblick zu retten, wofür ich täglich bete? Oder musste er meinetwegen jämmerlich zu Grunde gehen, weil er, der Fremde, mich, die Fremde, stets beschützt und gefördert hat?
Und schließlich Teti-Scheri, Stammmutter des Königshauses in Waset, umsichtige Freundin und kluge Staatslenkerin in einem: keine einsame Raubkatze wie die stolze Daya, die Großmutter meiner Kindheitstage, vielmehr eine elegante Gazelle, die stets die Witterung hält und blitzschnell treffsicher entscheidet, was zu geschehen hat. In ihrem trapezförmigen Gesicht mit den hohen Wangenknochen und der kräftigen Nase finde ich viele Züge meines geliebten Kamose wieder, des Pharaos, der mich schließlich zum Tode verurteilt hat, aus Angst, mich zu sehr zu lieben …
Morgen werde ich sterben.
Die Barbarin, so nennen sie mich. Südländerin aus dem elenden Kusch. Verräterin aus Wawat.
Die Schwarze.
Sie wissen nichts, obwohl ich so viele Jahre unter ihnen gelebt habe. Sie müssen blind sein.
Überfällt mich Traurigkeit, so nisten sich graue Schatten auf meiner Haut ein; von Kummer und Sorgen wird alles stumpf, wie mit verschlungenen Linien aus Graphit übermalt. In glücklichen Zeiten aber, wenn mein Herz hell und strahlend war, vereinte meine Haut die Schattierungen von öligem Braun, vermischt mit leuchtendem Kupfer. Dunkles Gold, das schönste und kostbarste, wie es einzig und allein die Berge von Kusch nach harter Arbeit preisgeben, wie der Pharao, mein ungetreuer Geliebter, es stets gepriesen hat.

Damals, als er mich noch heiß begehrte.
Als ich ihm alles war und er bereit, für mich nicht nur die Krone zu opfern, sondern sein Leben.
Ehe Neid, Ehrgeiz und Hass das starke Band zwischen uns endgültig zerschnitten haben und ich ihm fremd wurde – eine böse, ränkevolle Zauberin, die er nicht mehr verstehen konnte oder verstehen wollte.
Dabei grenzt meine Heimat an seine Heimat, sind wir nicht Feinde, sondern Nachbarn seit Anbeginn: Kusch, das Goldland, ist die Schwester Kemets, aber kein fruchtbares Paradies, das der Nil alljährlich mitten im Sommer mit seinem Schlamm verschwenderisch beschenkt, sondern ein erbitterter Disput des ewigen Flusses mit der Wüste, die jederzeit bereit ist, sich zurückzuholen, was Menschenhand ihr so mühevoll abgerungen hat: Akazien mit fingerlangen Dornen und winzigen Blättern, Tamarisken, Henna- und Kapernsträucher, alle möglichen Kürbisfrüchte mit ihren so überaus wirksamen Kernen, die Erleichterung oder böses Leiden verursachen können, je nachdem, ob sie von heilkundigen oder verbrecherischen Händen verabreicht werden.
Und doch, was wäre das stolze Doppelreich von Lotos und Papyrus ohne die Schätze des Goldlands, mit denen es sich seit Tausenden von Jahren auf blutigen Kriegszügen und bei unzähligen räuberischen Expeditionen ganz nach Belieben bedient hat: edle Hölzer, Elfenbein, Weihrauch, Öle, Edelsteine, Felle, Straußenfedern, Rinder, Gold und Menschen?
Was wäre der Pharao mit der weißen und der roten Krone ohne unsere Reichtümer, er, der für sich beansprucht, rechtmäßiger und einziger Sohn Gottes zu sein?
Fragen, die ohne Antwort bleiben werden.
Ähnlich den unzähligen Fragen, die ich der Daya stellte, als ich noch ein Kind war.
»Weißt du, wo das Ende der Wüste ist?«
Sie blickte hinaus in die Weite, kniff die Augen zusammen und schwieg zunächst eine Weile, so, wie ich es von ihr

kannte. Es musste einiges geschehen, bis sie sich zu einem unbedachten Wort, einem raschen Satz hinreißen ließ. Ich rechnete schon damit, dass sie wieder einmal stumm bleiben würde, starrte auf meine schmutzigen Zehen und tat, als ließe mich das ganz und gar gleichgültig. Manchmal die einzige Möglichkeit, sie dennoch zum Reden zu bringen.

Schließlich bemerkte ich die Andeutung eines Lächelns. Ich schämte mich auf einmal, ertappt, weil sie meine kindliche List durchschaut hatte.

»Es gibt kein Ende«, sagte sie und widmete sich wieder der Zubereitung des schäumenden Minztees, bitter und süß zugleich wie unser Land, aus dem er stammt, der auf der Zunge brennt und den Magen wohltuend kühlt. »Und manche Fragen müssen, wie du weißt, erst gar nicht gestellt werden.«

Noch immer trage ich diese Bilder in mir, die Frau mit dem weißen Haar und der dunklen Haut, tief über den Kupferkessel gebeugt, die Farben, Geräusche und Gerüche. Ich muss nicht einmal die Augen schließen, um alles vor mir erstehen zu lassen: jene unvergesslichen Morgen am Nil, die zarte Durchsichtigkeit des Himmels, das leise Beben der frischen Luft, wenn das Wasser des großen Flusses stillzustehen scheint und die Schöpfung sich Tag für Tag gänzlich erneuert.

Die Sonne, die mittags wie Feuer über dem Katarakt brennt, wenn der Horizont grenzenlos wirkt und unendlich. Der glitzernde Sand, der das Licht spiegelt und zu gleißender Glut anfacht. Am Ostufer die Berge, bis hart an den Fluss, abgesehen von dem schmalen Streifen fruchtbaren Ackerlandes, das alle nähren muss, schwarzpatinierter Fels, sepiaschuppiges Gestein, gemischt mit dem warmen Rot des Sandsteins. Im Westen bedrohlich nah die Wanderdünen, großen, gefährlichen Echsen gleich und safrangelb, ein Garten in Flammen, wie die Beduinen sagen.

Und dann die Abende, bevor die Dämmerung wie eine schwere Faust auf die Erde fällt. Wenn nur für Augenblicke die Farben so prall werden, dass alles, was die Hitze des Tages fahl und blass gemacht hat, voll und ganz lebendig wirkt. Schließlich die Kühle der Nächte, köstlich und prickelnd auf der Haut, während die Mondsichel wie eine silberne Barke herunterleuchtet und Mensch und Vieh sich unter dem Sternenhimmel zusammendrängen, Während überall an den Feuerstellen die alten Lieder gesungen werden, die Geschichten von Liebe, Gefahr und Tod …

Morgen werde ich sterben.

Aber noch lebe ich. Noch kann ich meinen Atem spüren, der den Brustkorb hebt und senkt. Noch bleibt mir diese eine, letzte Nacht, um meine Arbeit zu vollenden.

Die Erforschung meines Gewissens liegt weit hinter mir. Über meine Lippen wird kein Schuldbekenntnis kommen, das nach dem Glauben der Leute von Kemet jeder Verstorbene in Gegenwart der Maat abzulegen hat, bevor sein Herz gewogen wird. Was sollte ich auch sagen angesichts ihrer Gebote, die mir wie blanker Hohn erscheinen, wenn ich die wechselvollen Stationen meines Lebens überdenke?

Ja, ich *habe* ihre Götter beleidigt und meine Götter dazu, nicht weil ich freveln wollte, sondern weil ich verwirrt war und nicht wusste, woran ich mich halten sollte.

Ich *habe* Ungerechtigkeiten begangen, weil ich zu hilflos und unerfahren war, um es besser zu machen.

Ich *habe* gestohlen, aus Not und Verzweiflung. Sonst wäre ich verhungert.

Ich *bin* gewalttätig gewesen, habe mich mit Händen und Füßen meiner Haut erwehrt, auch einem Priester gegenüber, der sein hohes Amt missbraucht hat.

Ich *wollte* die Wahrheit nicht hören, weil ich Angst hatte, sie nicht ertragen zu können, und habe gelogen und dabei andere und mich tief verletzt.

Ich *war* oft vorschnell mit meinem Urteil, was Kummer und Not über Menschen gebracht hat, die mich liebten und es gut mit mir meinten.

Ich *war* ein Mensch des Zorns, ein Vergehen, das ich heute am tiefsten bereue.
Ich *habe* Streit entfacht, Streit, der jetzt sogar die Sicherheit großer Reiche bedroht.
Ich *habe* den Mann einer anderen Frau begehrt und begehre ihn noch heute mit unverminderter Leidenschaft, denn er gehört zu mir, ist der Vater meiner Kinder, Fleisch von meinem Fleisch, mein inniglich Geliebter über den Tod hinaus.
Ich habe sogar *getötet*, weil ich sonst selber einen qualvollen Tod erlitten hätte ...
Endlos, bis in alle Ewigkeiten könnte ich weiterfahren, um jedes einzelne ihrer Gebote mit einem Aufschrei zu bejahen.
Nein, ich bin nicht rein, nicht rein, nicht rein!
Bin alles andere als eine Gerechte, die sich stolz ihrer Taten brüsten könnte, sondern eine Frau, die die eigenen Fehler nur allzu genau kennt.
Eine Fremde unter Fremden, die ihr letztes, größtes Geheimnis mit in den Tod nimmt, von dem bislang nicht einmal der Pharao etwas ahnt: ein Kind der Liebe, das sie niemals gebären wird.
Diesem Kind will ich die Himmelsgöttin Nut sein. Mein Leib sein Sarg, meine Arme die mächtigen Schwingen, meine Zunge die Schreiberin der Totenverse.
Für meine geliebte kleine Nuya und für dieses Kind, das seine große Schwester niemals kennen lernen wird, habe ich mein Leben aufgeschrieben. Ihnen beiden zuliebe lege ich Rechenschaft ab über all das, was geschehen ist – offen, ungeschönt, ohne Scham.
Ich bin beinahe am Ende der Niederschrift angelangt. Weniges nur muss noch ergänzt werden, damit alles seinen Sinn bekommt, und ich werde meine letzten zwölf Stunden nutzen, um dies zu vollbringen, stark und aufrecht wie bisher.
Und wenn mich doch der Mut verlassen wollte während dieser vergangenen Monate, wenn dunkle Wolken mein Gemüt verdüsterten, die Falle der Furcht mich kleinmütig werden

ließ oder ich in Gefahr geriet zu vertuschen, zu verheimlichen oder abzuschwächen, dann begannen meine Lippen das Gebet zu sprechen, das die Daya uns als Kinder gelehrt hat. Für jenes ungeborene Wesen, dem ich niemals das Leben schenken werde, und für meine Tochter, die ich unter Schmerzen geboren habe, spreche ich die heiligen Worte auch jetzt:

»Ich bete zu Dir, Apedemak, großer Gott, Löwe des Südens, der zu dem kommt, der ihn ruft. Der das Geheimnis trägt, verborgen an seinem Wesen, ohne dass er gesehen werde von irgendeinem Auge. Dass er ein Gefährte sei für Frauen und Männer, ohne dass er gehindert werde im Himmel und auf Erden. Der für alle Menschen Nahrung schafft. Der seinen Gluthauch gegen die Feinde schleudert. Der alles gegen ihn Gefrevelte bestraft. Der den Sitz für den bereitet, der ihm ergeben ist. Herr des Lebens, groß in Deinem Ansehen, Herrscher von Kunsch, zu Dir kommen die Könige und bitten um Deinen Beistand. Zu Dir erhebe auch ich in dieser letzten Nacht meine Stimme. Ich bitte Dich, steh Deiner Tochter Sahti bei …«

ERSTE STUNDE: FLUSS DES LEBENS

Jeden Morgen ging sie hinunter zum Fluss wie all die Frauen und Mädchen, die im Dorf lebten, mit Ausnahme der Wöchnerinnen und derer, die gerade unter dem Bann des roten Mondes standen. Es waren jene klaren ersten Frühlingstage, die sie am meisten liebte, an denen die Frösche sich paarten und das frische Grün spross, das die Felder in Smaragde verwandelte; an denen die Luft ganz warm war, erfüllt vom Schwirren der Libellen und dem Rauschen der Wellen, die unablässig flussabwärts strebten. Wenig später schon würde das Land schwarz vor lauter Sonne sein, aber bereits jetzt waren die Steine glühend und der Duft der Wermutbüsche, die in dunklen Inseln dicht an dicht standen, schien überwältigend. Leicht berauscht begann sie meist loszurennen, noch ehe sie zu den Akazien kam, ohne auf die harten Gräser zu achten, bis sie endlich heftig atmend am Nilufer angelangt war. Sahti, mager und drahtig, hatte Sohlen hart wie Holz. Sie war wieselflink, ständig in Bewegung und um vieles neugieriger als die rundliche Ruju, ihre ältere Schwester, die sich folgsam verhielt und die niemals freiwillig zu weit von der weiblichen Schar weglief.

Sahti, allen anderen wie immer weit voraus, konnte es kaum erwarten, bis die Frauen endlich ihre bunten Gewänder abgelegt hatten und langsam ins Wasser wateten, eine geschützte Stelle an einer Biegung, wohin sich erfahrungsgemäß niemals Krokodile, gefährliche Fische oder andere Flussungetüme verirrten. Es ging ihr vor allem um die fast greifbare Gemeinsamkeit, die alle verband, stark wie körperliche Nähe, ein helles, warmes Gefühl, von dem sie niemals

genug bekommen konnte. Den Mädchen, gleichaltrig oder ein paar Jahre jünger, schenkte sie wenig Beachtung, erst recht nicht den frechen kleinen Buben, die ihre Mütter ohnehin nur die ersten paar Lebensjahre begleiten durften, bevor sie zu den Männern kamen. Und auch die Alten interessierten sie wenig, die sich meist in unmittelbarer Ufernähe aufhielten und aufpassten, dass kein Fremder sie störte, offensichtlich damit zufrieden, sich im Seichten abzukühlen.
Natürlich war die Daya niemals unter ihnen. Die Großmutter wartete im Haus, das, um böse Geister abzulenken, ein mächtiges Rindergehörn krönte, bis die beiden Mädchen mit den Tonkrügen zurückkamen, in denen das Wasser lange kühl blieb. Wenn sie badete, dann nur allein, kurz bevor es dunkel wurde, ähnlich den wilden Tieren, die sich dem Nass nur nähern, sobald sie keinerlei Gefahr wittern. Schon früh hatte sie ihren Enkelinnen beigebracht, dass es sich nicht schickt, erwachsene Menschen unverhohlen anzustarren, erst recht nicht, wenn sie nackt waren und zudem mit ihrer Morgentoilette beschäftigt.
Aber trotz aller Mahnungen der Daya konnte Sahti sich einfach nicht satt sehen an all den Rundungen und schattigen Höhlungen. Es gab Körper, die glatt und dunkel waren, andere erinnerten sie an die Farbe reifer Datteln oder an das rötliche Kupfer, auf das die Abgesandten des Pharaos aus dem Norden so erpicht waren. Einige Frauen hatten hohe, schmale Nasen, andere eher runde Kuppen mit geblähten Flügeln; da waren schmale Münder, die energisch wirkten, und volle, weiche Lippen, die beim Lachen die bläulich tätowierte Innenseite entblößten, untrügliches Kennzeichen der Eheschließung.
Die Schönste von allen aber war Nabu, die Sahtis Vater Golo vor drei Sommern gefreit hatte. Dem Mädchen kam sie vor wie eine Königin. Keine war so groß und stolz, als berge ihr Körper ein Geheimnis, das er niemandem preisgab, keine hatte einen so schlanken Hals, so feste, volle Brüste. Nabus

Augen waren nicht schwarz wie die der anderen, sondern von einem tiefen Honigbraun, und wenn sie lachte, schimmerten ihre Zähne weißer als Elfenbein. Außerdem verfiel sie niemals in den schlurfenden Gang der verheirateten Frauen, die immer wirkten, als drücke sie eine unsichtbare Last, sondern sie bewegte sich rasch und anmutig. An ihren Oberarmen trug sie zwei Schlangentätowierungen: Links schien das gefährliche Reptil zu schlafen, ein gleichmäßiges schmales Schmuckband, schöner als jeder goldene Reif. Rechts jedoch bäumte sich der Schlangenkopf auf, gefährlich und eindrucksvoll, als würde er im nächsten Augenblick schon sein tödliches Gift versprühen.

Nabu musste wahrlich nicht erst stundenlang in Rauch baden oder schwere Duftöle auftragen, um ihren Mann anzulocken! Sie brauchte auch kein Tierfett im Haar und erst recht keine Zauberkräuter, um deretwillen andere nachts heimlich zur Daya schlichen.

Kein Wunder, dass vom ersten Tag an, seitdem Golo sie ins Dorf geholt hatte, der gesamte Ort über sie tuschelte! Er schien wie verhext, hatte nur noch Augen für sie, die er nach offizieller Version allein deshalb zur Nebenfrau genommen hatte, um endlich die ersehnten Söhne zu zeugen, auf die er schon so lange vergebens wartete. Für Nachwuchs jedoch gab es bislang keinerlei Anzeichen. »Die Braut«, wie man Nabu mit spöttischem Unterton nun schon im dritten Jahr nannte, blieb unverändert schlank. Golo schien sich nicht darum zu scheren. Jede Nacht liege er ihr bei, berichtete man, manchmal sogar tagsüber, anstatt sich wie die anderen Männer um seine stattliche Rinderherde zu kümmern, bislang sein größter Stolz. Hewa, seine Hauptfrau, mit ihren tief liegenden, tragischen Augen in einem mürrischen Gesicht, die ihm eine weitere, zudem auch noch unscheinbare Tochter geboren hatte, rannte verzweifelt aus dem Haus, um dem ständigen Liebesgeflüster zu entgehen, und wurde dabei von Tag zu Tag noch hässlicher.

Nabu lachte, wenn sie solchen und ähnlichen Klatsch zu hören bekam, warf den Kopf in den Nacken, dass die schweren goldenen Ringe an ihren Ohren klirrten, und ging noch aufrechter umher, so sicher schien sie sich ihrer Sache zu sein.

Nur Sahti wusste, dass es auch eine andere, sehnsuchtsvolle Seite der Nebenfrau ihres Vaters gab. Sie hatte sehr wohl die verstohlenen Blicke Nabus bemerkt, wenn junge Mütter ihre Kinder im Fluss schwenkten, wenn sie behutsam deren Schulterblätter wuschen und die Köpfchen benetzten, ehe sie sich die Kleinen dann am Ufer für den Rückweg zum Dorf wieder auf den Rücken banden, und den Wasserkrug auf den Kopf setzten. Sie konnte sich sogar an den Augenblick erinnern, da Nabu sie unter Wasser berührt hatte, eine leichte, zarte Berührung, ganz anders als die gebieterischen Arme der Daya, und nachdem Sathi kurz gemeint hatte zu träumen, wusste sie inzwischen genau, dass es kein Traum gewesen war.

Seitdem hatte sie sich nicht nur fern von Nabu gehalten, sondern auch begonnen, sie zu hassen, beinahe so glühend, wie die Daya Nabu hassen musste, nicht nur, weil auch die junge Frau ganz offensichtlich die Kraft besaß zu heilen und zu töten, sondern weil sie bei Golo das Andenken an seine verstorbene Frau Nuya vollständig verdrängt hatte. Die Sehnsucht nach ihrer Mutter wuchs in Sahti so übermächtig, dass sie es oft kaum ertragen konnte. Noch erdrückender aber war die Schuld. Es gab nicht den geringsten Zweifel: Sahti hatte Nuyas Tod verursacht. Wäre sie nicht geboren worden, hätte ihre Mutter nicht sterben und Ruju nicht als Halbwaise aufwachsen müssen.

»Vergiss das niemals!«, flüsterten unsichtbare Stimmen, wenn Sahti nachts neben Ruju auf dem geflochtenen Bett lag und wieder einmal nicht einschlafen konnte. »Du und niemand anderer hat sie umgebracht. Das weiß jeder hier im Dorf. Deine Schwester natürlich auch. Und erst recht die

Daya. Deine Mutter musste qualvoll zu Grunde gehen, damit du zur Welt kamst.«
Wie könnte sie das jemals vergessen?
Es half, wenn auch nur kurz, sich in die Wellen zu stürzen und den Kopf solange unter Wasser zu halten, bis die Luft knapp wurde und sie prustend wieder auftauchen musste. Es half, wenn sie sich, wieder am Ufer angelangt, ganz eng an Ruju schmiegte, die sich niemals ins tiefere Wasser hineinwagte. Und manchmal wurde es allein schon besser, wenn ihr die Schwester, ohne zu wissen, was sie bedrückte, das krause Haar zu unzähligen Zöpfchen flocht.
Heute jedoch war Sahti einsamer denn je.
Denn Ruju wurde gerade im Rauchbad gereinigt, eine Prozedur, die noch sechsmal wiederholt werden musste. Alles war längst für ihren großen Tag bereit. Die kreisrunde Palmenmatratze mit dem Loch in der Mitte ebenso wie das Amulett und der rote Brautschleier; die Hennapaste für die traditionelle Bemalung der Finger und Füße nicht minder wie das vorgeschriebene Räucherwerk und die knorrige Wurzel, der jedem, die sie erblickte, Schauer einjagte.
Und binnen sieben Tagen, sobald die Erde leiser atmete und unter dem schwarzen Mond das Dunkel wuchs, würde sie in der Hütte des Skorpions den wissenden Händen der alten Zauberin übergeben werden.

*

Es war bereits Abend, als die Soldaten des Pharaos das Fort von Abu Resi erreichten, vier Kompanien zu je vierzig Mann, bewaffnet mit Bogen, Schleuder, Wurfholz und Speer, dazu mehr als zwanzig Unteroffiziere, die ihrem Rang gemäß Lanze und Dolch trugen, befehligt von vier Offizieren. Die gesamte Expedition, besser ausgerüstet und mit rund zweihundert Eseln als Lastenträgern umfangreicher bestückt als seit Jahren, unterstand General Ipi, den der Juwelier Namiz als direkter Abgesandter des Pharaos begleitete.

Die Stimmung in der Truppe war gereizt; eine lange und anstrengende Route über die westlichen Oasen, »die Strasse der vierzig Tage«, wie sie von allen respektvoll genannt wurde, lag hinter den Männern. Ipi war auf diesen alten Karawanenweg verfallen, um den immer unverschämteren kuschitischen Flusspiraten auszuweichen, die in den letzten Jahren mehr als ein Schiff aus Kemet zum Kentern gebracht hatten. Trotz sorgfältiger Planung waren in den beiden letzten Tagen die Nahrungsmittel knapp geworden, und sogar das Wasser musste drastisch rationiert werden. Ipi hatte seine Leute dennoch unerbittlich zu strammem Marsch angetrieben. Jetzt sehnten sich die Soldaten vor allem nach Ruhe, und sie lechzten nach einem Fass Bier, am besten eines für jeden allein, sowie nach kräftigen, gut gewürzten Mahlzeiten, wie sie von zu Hause her gewohnt waren.
Doch die Festung bot alles andere als einen einladenden Anblick und hatte offenkundig eine Überholung dringend nötig. Zwar gab es noch immer den steilwandigen Hindernisgraben sowie einen vorgelagerten offenen Wehrgang, von dem aus jeder Angreifer mit Pfeil- und Steinhagel zu rechnen hatte. Zudem stand die Hauptmauer aus luftgetrockneten Nilschlammziegeln zusätzlich verstärkt mit Halfagrasmatten und Akazienstämmen zwischen den einzelnen Lagen unversehrt. Sie war höher gebaut als fünf übereinander aufgerichtete Männer und durchaus eindrucksvoll anzusehen mit all ihren Vorsprüngen und Türmen, Zinnen und Umgängen, die beste Sicht weit über das Land ermöglichten. Doch alles wirkte heruntergekommen, und man war bereits dabei, den Mauerfuß zusätzlich mit Bruchsteinen zu verstärken. Überall lagen verschieden große Brocken grauen Gerölls herum, was mehr als einen Soldaten stolpern ließ und zu deftigen Flüchen veranlasste.
Vor allem im Inneren gab es Grund zum Murren. Denn die Wachstuben, ganz zu schweigen von den Quartieren für die einfachen Soldaten, waren in jämmerlichem Zustand. Die

Dächer vielfach löchrig, die Böden halb aufgeworfen, die Betten nur harte, verschmutzte Pritschen. Ähnliches galt für die Vorratsspeicher, die man nur mit gutem Willen als mäßig gefüllt bezeichnen konnte. Der General beschloss, den mitgebrachten Weizen – neben Fayencen, Stoffballen, Steingefäßen und einigen Weinfässern die übliche Tauschware – hier aufzubewahren. Am bedenklichsten jedoch war der Zustand des kleinen, der Göttin Isis und dem Horus-Kind geweihten Tempels, inzwischen nicht viel mehr als ein wüster Schutthaufen, den Ipi wie alles andere mit gerunzelter Stirn inspizierte. Selbst die überraschend reinlichen Wohnräume, die ihm der unsicher wirkende Festungskommandant Ameni ehrerbietig offerierte, konnten seinen wachsenden Unmut nicht besänftigen.

»So weit hat es also kommen müssen«, sagte er, während er sichtlich angewidert das einheimische Fladenbrot kostete und in dem Eintopf vor ihm vergeblich nach Fleischstückchen stocherte. »Dass brave Soldaten des Pharaos im elenden Kusch nichts als bloßes Gras zu fressen bekommen! Und das, obwohl die Gegend hier von Wild nur so strotzt. Ich werde eine große Jagd veranstalten müssen, damit meine Männer satt werden.«

Nicht einmal das frisch gebraute Bier aus grünen Feigen, das Ameni hastig hatte auftragen lassen, stimmte den General friedlicher. Er stieß den Krug beiseite, den sein Bursche ihm gebracht hatte, und begnügte sich demonstrativ mit Wasser. Dann fuhr er mit seinem Lamento fort: »Was waren das dagegen früher für glorreiche Zeiten! Kein Südländer durfte die Grenzstele bei Semna Richtung Norden überschreiten, weder zu Land noch zu Schiff, und ebenso wenig war es ihrem Vieh erlaubt. Unsere Festungen, vierzehn an der Zahl, die ihnen wie Knochen quer im Hals steckten, waren bis hinunter zum dritten Katarakt aneinander gereiht wie kostbare Perlen an einer Schnur, jede einzelne davon in tadellosem Zustand, dabei jedoch so geschickt angelegt, dass sie auch mit kleiner

Besatzung sicher verteidigt werden konnte. Außerdem hätte ohnehin keiner der Barbaren gewagt, unsere Wälle zu erstürmen, nicht ein einziger! Stattdessen verrichteten sie ohne Murren, was wir von ihnen erwarteten: Sie wuschen in Demut Gold zu Ehren des großen Pharaos.«
»Du hast Recht, aber das liegt wirklich lange zurück«, besänftigte ihn der kleingewachsene Kommandant mit dem erschlafften Schmerbauch sorgenvoll. »Seit jedoch jene fremden Könige im Delta regieren und der göttliche Pharao notgedrungen auf Waset und den Süden Kemets beschränkt ist, haben wir große Schwierigkeiten. Denn der Herrscher von Kerma hat damit begonnen ...«
»Hüte deine Zunge!«, unterbrach Ipi ihn schneidend. »Es gibt nur einen einzigen, dem die Doppelkrone zusteht – und das ist unser geliebter Pharao Seqenenre-Tao, er möge leben, heil und gesund sein! Alle Länder sind unter seinen Sohlen. Die südlichen Grenzen reichen bis zum Horn der Erde, die nördlichen bis zu den Sumpflöchern. Die, von denen du sprichst, sind jenem so genannten Hirtenkönig in Hut-Waret untertan und nichts als unverschämte Eindringlinge, die unsere starken Arme eines nicht all zu fernen Tages ins Meer fegen werden, so viel ist schon jetzt gewiss. Es gilt nur den rechten Augenblick abzuwarten.« Geräuschvoll zog er die Nase hoch. »Dann wird sich ein Sturm gegen sie erheben, den sie und ihre verfluchten Nachkommen niemals vergessen werden.«
»Ich wette, sie würden sich zu Tode erschrecken, wenn sie dich so hören könnten!« Der Juwelier Namiz hatte seine Schüssel mit Appetit leer gegessen und ließ sich genüsslich bereits den dritten Becher Bier einschenken. Auf seiner hohen Stirn standen kleine Schweißperlen, und die klugen grünlichen Augen funkelten streitbar. »Gebe Amun, dass wir nur bald so weit wären! Denn ich befürchte, dass sie uns bis zu jenem segensreichen Tag noch jede Menge Schwierigkeiten bereiten werden.«

»Auf Dauer schlagen wir die Hyksos, das steht fest. Schließlich ist das mächtige Kemet schon mit ganz anderen Gegnern fertig geworden!« Ipi schnellte von seinem Sitz hoch. »Im übrigen mag ich solches Gerede nicht. Erst recht nicht von einem, dessen Wiege nicht einmal an den Ufern des Nil stand.«
Versonnen redete Namiz weiter, als habe er den General gar nicht gehört. »Heißt es nicht, sie besitzen Streitwagen, von Pferden gezogen und damit jedem Angreifer an Schnelligkeit und Beweglichkeit vielfach überlegen? Und führen messerscharfe Sichelschwerter und Äxte aus härtester kretischer Bronze geschmiedet, bestens dazu geeignet, einen Schädel im Nu zu spalten?«
Ipi machte eine ungehaltene Geste, als wolle er ihn endgültig zum Schweigen bringen.
Namiz aber ignorierte ihn abermals, indem er sich jetzt direkt an den Gastgeber wandte: »Stimmt es eigentlich, Ameni, dass sie mit den Anführern der Beduinen Kontakt aufgenommen haben?«
»Gut möglich. Ja, es ist sogar wahrscheinlich.« Der kleine Mann mit den sprechenden Händen, die niemals still halten konnten, nickte bekümmert. »Vielleicht werden diese Wüstenrebellen deshalb immer noch dreister. Neulich konnten wir vor der Mine einen ganzen Trupp von ihnen nur im letzten Augenblick abwehren. Sie hatten sich auf die Lauer gelegt, um unseren Goldtransport zu überfallen.«
»Und dann?«
»Sieben von ihnen haben wir erledigt, aber dabei sind auch drei meiner besten Leute gefallen. Männer, für die ich trotz der gespannten Lage hier in Abu Resi keinerlei Ersatz erhalten habe. Natürlich konnten wir das Gold schließlich hierher in das Fort bringen. Doch die Lage wird von Tag zu Tag unhaltbarer …« Er begann zu hüsteln und seine Bewegungen bekamen damit erst recht etwas Fahriges. Schließlich fuhr er mit belegter Stimme fort: »Ich denke, mit einem nächsten

Versuch müssen wir rechnen. Ihre verfluchten Späher haben das Eintreffen der Expedition bestimmt längst gemeldet und sie können es kaum erwarten, erneut zuzuschlagen.«
»Und wenn schon!« fuhr Ipi ihn an. »Wozu haben wir vier Kompanien gut ausgebildeter Soldaten bereitstehen? Ich würde es sogar begrüßen, wenn sie einen Überfall wagten, denn dann könnten wir ihnen demonstrieren, wie man in Kemet mit Aufrührern und Diebespack umzugehen pflegt.« In seiner Erregung griff er nun doch nach dem nächstbesten Bierkrug und leerte ihn. »Ich kann kaum erwarten, ihr Blut fließen zu sehen.«
»Was wohl der Pharao dazu sagen würde?« Namiz lächelte vielsagend. »In meiner Gegenwart hat der große Seqenenre mehrmals ausdrücklich betont, dass diese Expedition ohne den geringsten Zwischenfall verlaufen soll. Er verlässt sich darauf, dass all die Hölzer und Edelsteine, der Weihrauch und das Elfenbein Waset sicher und schnell erreichen. Und vor allem das kuschitische Gold, das er ausdrücklich unter meine Verantwortung gestellt hat.«
Er genoss die Wirkung seiner Worte, bevor er gemächlich weiterfuhr.
»Und hat er nicht auch, wenn ich mich recht erinnere, von einer dringend notwendigen Erweiterung der königlichen Bogenschützengarde gesprochen? Dies allerdings wird sich nur schwerlich bewerkstelligen lassen, wenn wir hier im Goldland Krieg spielen, anstatt ihm geeignete Männer wohlbehalten an den Hof zu bringen, meinst du nicht auch?« Eine winzige Verbeugung in Richtung des Generals, die man nur als spöttisch bezeichnen konnte, auch wenn man nicht übelmeinend sein wollte.
Ipi wand sich stumm, Namiz jedoch war noch nicht am Ende angelangt.
»Aber genau deshalb hat der große Pharao ja auch keinen anderen als den Wedelträger zu seiner Rechten, den erfahrenen und geschätzten General Ipi zum Leiter der Expedition be-

auftragt, den Kommandanten der Bogentruppen Seiner Majestät, den Königlichen Gesandten im Fremdland …«
»Ich kenne meine Titel«, fiel Ipi ihm ins Wort. »Und auf deine neunmalklugen Belehrungen kann ich verzichten. Niemand als ich weiß besser, was der rechtmäßige Herrscher beider Länder erwartet. Ich würde lieber mein Leben geben, als ihn zu enttäuschen.«
»Umso besser. Dann schlage ich vor, dass wir uns alle schlafen legen, um uns morgen früh unverzüglich unseren Aufgaben zu widmen.« Namiz erhob sich, überraschend geschmeidig für seine füllige Statur, und verließ den Speisesaal. Schon den ganzen Weg über hatte Ipi kein Hehl aus seiner Abneigung gegen den Mann mit der Hakennase gemacht, der ihm auf dem ganzen Marsch nicht ein einziges Mal eine Antwort schuldig geblieben war. Nun aber schlug diese Abneigung in offene Feindseligkeit um. Und wenn der Pharao zehn Mal einen Narren an diesem Ausländer gefressen hatte, der niemals, auch wenn er sich noch so anstrengte, einer aus Kemet werden würde – hier, im Feindesland inmitten dieser verschlagenen Kuschiten, würde er ihm zeigen, mit wem er es wirklich zu tun hatte.
»Noch bist du nicht Erster Vorsteher des Königlichen Schatzhauses, Mann aus Kepni«, zischte er ihm hinterher. »Und wenn es nach mir geht, wirst du es auch niemals werden.«

*

Die Nacht war die Tageszeit, die sie am meisten liebte. Und es war auch die Nacht, die sie zugleich inbrünstig hasste. Denn wenn es dunkel war, glaubte sie die Stimme ihrer Tochter zu hören, wenngleich sie genau wusste, dass es nur das Flüstern des Windes sein konnte, der Laut von Tieren oder das dumpfe Schlagen einer Trommel irgendwo im Dorf. Sobald ihre Augen nicht länger die Fülle des Lichts tranken, fiel alles wie ein Alptraum wieder auf sie zurück:

Nuyas Wimmern, die auch am zweiten Tag nicht gebären konnte, ihr fast schon grotesk aufgetriebener Leib, in dem die Bewegungen des Kindes immer schwächer wurden, und all das Blut, als sie schließlich zum Messer greifen und sie aufschneiden musste, weil die Tochter es so und nicht anders verlangt hatte ...
Sterbend hatte Nuya sie, die Mutter, aufgefordert, ihr Ungeborenes zu retten, ohne sie zu schonen. Und sie hatte zitternd und unter Tränen schließlich getan, was die Tochter gewollt hatte. Seitdem waren beinahe neun Sommer verstrichen, und es wurde von Tag zu Tag schmerzlicher für sie, Sahti heranwachsen zu sehen, die ihrer Mutter immer ähnlicher wurde, die sich bewegte wie Nuya, die lachte wie Nuya, die so schnell wütend werden konnte, wie allein Nuya zornig geworden war, weil sie stets versucht hatte, ihren Kopf durchzusetzen – die ihr aber Nuya trotz allem nicht zurückbringen konnte.
Keiner ahnte, was in ihr vorging, schon gar nicht die beiden Enkelinnen, die sie bei sich aufzog, weil der Vater, der nur seine Weibergeschichten im Kopf hatte, dazu unfähig war. Es genügte, dass die Mädchen mutterlos aufwachsen mussten; Ruju und Sahti sollten nicht auch noch im verkommenen Haushalt einer verdrießlichen Hauptfrau und ihrer eitlen Nebenbuhlerin, die nicht wusste, was sich schickte, zu spüren bekommen, dass sie nur im Weg waren. Dafür würde sie sorgen, solange sie konnte.
Ihre kraftvoller, noch immer sehr aufrechter Körper war ungebeugt von der Last des Alters, das sich höchstens durch scharfe Stirnfalten und die schlohweißen Haare verriet. »Die Weiße Löwin«, flüsterten die Leute respektvoll, viele nicht ohne Angst, wenn sie mit wiegendem Schritt vorüberging, und schauten betreten zur Seite, als könnten sie ihrem Blick nicht standhalten. Alle hier wussten, dass sie eine mächtige Frau war, die Regen machen konnte, viele Krankheiten heilen und Beschwerden lindern, die dank ihrer geheimen Kräf-

te aber auch ebenso gut in der Lage war, Mensch und Tier großen Schaden zuzufügen.
Ja, nicht nur äußerlich glich sie einer Löwin mit ihrer kurzen, breiten Nase, den oftmals zornig oder verächtlich geblähten Flügeln, den vollen, am liebsten spöttisch verzogenen Lippen. Ihre Haut war tiefbraun, dunkler als die der meisten hiesigen Frauen. Aber das war nicht das einzige, was sie von den anderen unterschied. Es war ihr Wesen, halb scheu, halb misstrauisch, das es ihr von Anfang an schwer gemacht hatte, sich einzugliedern. Es lag ihr nicht, sich anzupassen und Freundschaften zu suchen, die doch nur wieder zerbrechen würden. Dazu kam ihr Wissen, Kenntnisse, wie sie nicht wenige Frauen in ihrer Heimat besaßen, die hier jedoch fast vergessen schienen. Man rief sie, wenn jemand krank war und wenn ein Kind geboren wurde. Man bedurfte ihres Messers, wenn es Zeit für die Mädchen wurde. Man erbat Liebestränke von ihr, aber auch Amulette, um sich böse Nachbarn vom Leib zu halten. Irgendwann nannte man sie Hebamme, Heilerin, schließlich Zauberin. Ihr wirklicher Name kam keinem im Dorf über die Lippen, und nachdem ihr Mann fortgelaufen war, gab es niemanden mehr, der sich noch an ihn erinnert hätte. Daya, geehrte Großmutter, sagten die Enkelinnen zu ihr, und bald schon hieß sie im ganzen Dorf so.
Freilich bedeutete das nicht, dass sie den anderen willkommener gewesen wäre. Nun mieden sie erst recht ihre Nähe, steckten die Köpfe zusammen, wenn sie ihr begegneten, und trauten sich nur im Schutz der Nacht zu ihrem hörnerbewehrten Haus, um Hilfe zu erbitten. Keiner wollte wissen, wer sie wirklich war; sie wohnte im Dorf, gehörte aber nicht dazu. Sie lebte unter ihnen, würde aber niemals eine von ihnen werden. Von tief aus dem Süden stamme sie, so raunte man sich zu, von dort, wo eine der gewaltigen Stromschnellen den großen Fluss unpassierbar mache. Sie sprach selten und höchstens in Andeutungen darüber.

»Was soll schon geschehen sein?«, sagte sie, wenn Sahti, ebenso neugierig wie Ruju, aber um vieles hartnäckiger, in sie drang. »Wie oft soll ich dir diese alte Geschichte denn noch erzählen? Ich wurde hierher geschleppt wie ein Stück Vieh und da bin ich noch heute.«
»Und weiter?« Die Augen des Kindes hingen an ihrem Blick, sprechend, beinahe so wissbegierig wie Nuyas Augen. Es war alles andere als einfach weiter zu erzählen, ohne die alten Bilder wieder übermächtig werden zu lassen, die ihr den Hals zuschnürten, aber schließlich gelang es ihr doch, genau im richtigen Ton, um die Kleine endlich zum Verstummen zu bringen: in einer wohl dosierten Mischung aus scheinbarer Langeweile und Reizbarkeit.
»Nichts weiter. Ich gebar vier Kinder. Die Jahre vergingen. Mein Mann verließ mich irgendwann, so wie die meisten Männer ihre Frauen eben verlassen, sobald sie genug von ihnen haben. Meine Söhne und Töchter starben. Und welche von euch beiden fegt jetzt das Haus?«
Der Löwe war ihr Totemtier, und sie bewahrte die im Wüstensand mumifizierte Pranke einer Löwin in einem Beutel aus Antilopenleder an einem geheimen Ort auf, den nur sie kannte.
Die Daya schob den Strohteppich zur Seite. Für fremde Blicke mochte die Wand aus ungebrannten Lehmziegeln aussehen wie jede andere in einem beliebigen Haus, ihre scharfen Augen jedoch entdeckten sofort die winzige Markierung in Brusthöhe, die sie selber angebracht hatte. Sie benutzte die Fingernägel, um den Putz wegzukratzen, und auf einmal löste sich der Quader wie von selbst. Sie wog den Beutel in der Hand, lange, ohne ihn zu öffnen. Die Kraft des Totems war auch so spürbar. Eine alte Melodie ertönte in ihrem Herzen, und ihre Lippen schürzten sich, um sie leise zu summen.
Unwillkürlich straffte sie sich. Sie war noch immer die einzige Frau weit und breit, die die Löwenkraft besaß, und nicht

die andere, die Junge, Schöne, die sich hinter ihrem Rücken auf die Große Schlange berief und selber wie eine Schlange alle Männer um den Verstand brachte mit ihrem Gang, ihrem Lächeln, ihrem aufreizenden Hüfteschwenken.

Der Gedanke an Nabu ließ den Mund der Daya schmal werden. Mochte Golos Nebenfrau auch geschickte Hände haben, mochte sie Kräuter und Pflanzen kennen, mochte, wie die auffälligen Tätowierungen an ihren Armen eitel behaupteten, sogar die Macht vieler Häutungen mit ihr sein – die Daya hatte längst herausgefunden, mit welcher unsichtbaren Waffe sie Nabu einen Stich mitten ins Herz versetzen konnte. Es lag einzig und allein an der »Braut«, ob es schon bald oder erst später geschehen würde. Aber es war unausweichlich. Denn im Dorf war nicht genug Platz für sie beide. Eine musste gehen, und die Daya war sich ganz sicher, dass nicht sie es sein würde.

Noch immer summend, hängte sie sich das Totem um den Hals. Es tat gut, sein Gewicht zwischen den Brüsten zu spüren und die um vieles gewaltigere Kraft, die dahinter stand. Apedemak, der mächtige Löwengott, der sie von Anfang an beschützt und behütet hatte, war mit ihr, das vergaß sie niemals. Er hatte seinerzeit nicht zugelassen, dass sie mit all den anderen sterben musste. Das Gift aus zerquetschten Alraunenwurzeln und gestoßenen Mohnkapseln, das man ihr für den großen, den ewigen Schlaf verabreicht hatte, war zu schwach gewesen. Im allerletzten Augenblick, als schon alles verloren schien, hatte Apedemak sie gerettet, die einzige Überlebende zwischen Hunderten von Toten. Wie könnte sie ihm dafür nicht ewig dankbar sein, obwohl inzwischen so viele Jahre vergangen waren?

Abermals griff sie in ihr Versteck.

Da waren sie, die Ketten, die sie damals bei ihrer Flucht gestohlen hatte, anstatt sie im Grab des Herrschers zu belassen, die Ringe und Armbänder, die Reifen und das Diadem, alles aus schwerem Gold. Kein einziges Mal hatte sie den

Schmuck bei Tag angelegt, aus Angst, ihre Herkunft zu verraten, und selbst jetzt, da niemand sie sehen konnte, kostete sie es Überwindung, dies zu tun.
Sie wagte es dennoch. Und für ein paar Augenblicke kamen die Erinnerungen an ihre Kindheit und Jugend zu ihr zurück, so stark und lebendig, als wäre nur ein Tag seitdem vergangen und nicht ein ganzes Leben.
Als nächstes war das Messer an der Reihe, ebenfalls ein kostbares Relikt der Vergangenheit, vielfach erprobt. Sichelförmig, aus schwarzem Obsidian. Im flackernden Licht der Ölkerzen lag es glatt in ihrer Hand, beinahe unschuldig. Ein kurzer Schauder durchfuhr sie, und plötzlich meinte sie einen Chor von Mädchen- und Frauenstimmen zu hören, der so laut, so qualvoll anschwoll, dass ihr die Ohren schmerzten.
Die Stille kam schnell zurück, beinahe abrupt.
Die Klinge schien auf ihrer Haut zu brennen. Hastig stopfte sie den Schmuck an seinen Platz zurück, mit Ausnahme von ein paar schmalen Goldreifen, die keinem auffallen würden. Das Messer versteckte sie in ihrem Gürtel. Erneut machte sie unsichtbar, was für unbefugte Augen verborgen bleiben musste.
Danach trat sie an das Lager der Mädchen.
Ruju schlief auf dem Rücken, die Arme wie ein Säugling sorglos nach oben gebeugt, und beanspruchte wie immer den größten Teil des Bettes. Ihre Züge waren entspannt, die Stirn trocken und glatt. Kein Schatten schien ihre Seele zu trüben, kein böser Traum sie zu quälen. Seit Tagen war sie schier übermütig vor der Freude, binnen kurzem endlich zur Frau zu werden, und sie genoss die Aufmerksamkeit, die ihr zuteil wurde, die Geschenke, das Gefühl, einmal im Mittelpunkt zu stehen.
Ganz anders Sahti. Wie ein gespannter Bogen lag sie da, winzig und mager im Verhältnis zur lockeren Fülle der Schwester; ihr Blick unter den dünnen Lidern schien wie von un-

sichtbaren Feinden gejagt. Schweißnass seufzte sie ab und zu auf, und die alte Frau, von einer starken Gemütsbewegung erfasst, trat schnell nach draußen.
Die Glut in der geschützten Feuerstelle glomm purpurn; ein paar Scheite genügten, um die Flammen neuerlich anzufachen. Obwohl die Frühlingsnacht angenehm lau war und der Wind aus der Wüste kaum auffrischte, spürte die Daya erneut das innere Frösteln in allen Gliedern, wie schon so oft während der vergangenen Monde. War ihr Lebensfaden abgerollt? Rief Apedemak sie schon zu sich? Manchmal fühlte sie sich so müde, dass sie am liebsten schweigend liegen geblieben wäre, mit dem Gesicht zur Wand, versunken in ihren Erinnerungen und Träumen. Aber da war ja das Haus, da waren all die Kräuter und Tränke. Und schließlich war sie bislang noch jeden Morgen aufgestanden, um ihre Arbeit zu tun.
Denn wer, wenn nicht sie, würde sich sonst um die beiden Mädchen kümmern?
Sie sah zum Himmel empor. Der Mond war eine weißliche Sichel. In wenigen Tagen würde er schwarz und kraftvoll sein. Sie wusste, dass heute nicht die beste Zeit für das Knochenorakel war, aber sie fühlte sich zu ruhelos, konnte und wollte nicht länger warten. Sie nahm die alte Trommel, die schon ihrer Mutter gehört hatte, und begann sie leise zu schlagen, anfangs in einem langsamen Rhythmus, der sich allmählich steigerte, bis sich schließlich der Einlass vor ihr auftat in jene andere, dunkle Welt der Geister.
»Holt mich!«, flüsterte sie. »Kommt auf mich! Reitet mich! Lasst mich nicht länger warten!«
Ein Schütteln erfasste ihren Körper. Immer heftiger trommelte sie, immer stärker wurde das Zittern, während das Feuer vor ihr abermals zur Glut herunterbrannte. Mit einer einzigen Bewegung warf sie schließlich die eigens dafür vorbereiteten Rinderknochen hinein und jagte schon einen Lidschlag später wieder die Trommel wie eine wilde Reiterin.

Jetzt war sie da, die drängende Frage in ihrem Inneren, die sie um keinen Preis laut aussprechen durfte.
Inzwischen nur noch leise schlagend, starrte sie auf die Risse und Sprünge, die die Flämmchen in die Knochen leckten, und erschrak, während ihre Stirnader vor Anspannung anschwoll.
Gefahr. Große Gefahr. Nichts bleibt so, wie es ist. Und du bist machtlos, kannst nichts dagegen tun, außer dich ins Unvermeidliche zu fügen.
Sie fuhr hoch aus tiefer Trance, als sie das Geräusch leichter Schritte neben sich vernahm, vermochte sich aber nur mit großer Anstrengung zu bewegen. Traurigkeit hatte sich ihrer bemächtigt, dunkel, schier erdrückend lastete sie auf ihr wie ein schwerer, feuchter Mantel.
»Sahti?«
Das Mädchen schien sie nicht wirklich zu hören, obwohl es beim Klang der vertrauten Stimme den Kopf in ihre Richtung gedreht hatte. Es war nicht das erste Mal, dass sie ihre Enkelin schlafend draußen umherwandern antraf, aber in dieser speziellen Nacht schien es ihr bedeutungsvoller als bislang.
»Sahti? Ich bin's, die Daya! Was machst du hier draußen mitten in der Nacht?«
Die Augen öffneten sich, schauten blicklos durch sie hindurch. Wer rief da? Wer befahl den Geist so machtvoll zu sich, dass man gehorchen musste?
Jeder Schritt bereitete der alten Frau große Mühe. Dennoch kam sie langsam näher und näher. Allerdings hütete sie sich, das Kind ein drittes Mal laut anzusprechen, aus Furcht, seine Seele könne dann womöglich Schwierigkeiten bekommen, sicher und heil in den Körper zurückzufinden. Deshalb hob die Daya die Kleine auf, was sie ohne Widerstand geschehen ließ, und trug sie kurzerhand ins Haus zurück.

*

Die Mine von Sarras lag unweit des großen Flusses, nicht mehr als einen halben Tagesmarsch von Abu Resi entfernt. Aus diesem Grund war hier wohl auch niemals ein richtiges Goldgräberdorf entstanden, sondern es gab nur ein paar niedrige runde Hütten aus Bruchsteinen, gerade zum Übernachten geeignet, sowie eine Kochstelle im Freien, die mit verblichenen Palmwedeln behelfsmäßig überdacht war. Die Arbeit in den offenen Gräben, wo das Erz zunächst mit Feuer zermürbt und anschließend mit dem Felsen herausgemeißelt wurde, war mühsam und hart. Selbst in früheren Zeiten, als die Herrschaft des Pharaos noch schwerer auf Kusch gelastet hatte, war es äußerst anstrengend gewesen, Minenarbeiter zu finden, die den Strapazen dauerhaft gewachsen waren, dazu aber auch noch den gewünschten Ertrag einfuhren. Nun jedoch, da Kemet in zwei Reiche gespalten war, erschien dies nahezu aussichtslos.
Namiz, schwitzend inmitten dieser trostlosen Umgebung, war zum ersten Mal seit der Abreise aus Waset richtig verzagt. Er trug nicht nur den eckigen Schurz wie die Soldaten, sondern auch ein weites Leinenhemd, das ihm jetzt allerdings am Körper klebte, gehalten von einem breiten, metallbeschlagenen Ledergürtel, der unangenehm scheuerte. Durst quälte ihn, sein sandfarbenes Haar war feucht vor Hitze, und nach der Fahrt auf dem schwankenden Boot, das ihn schließlich als einzigen Fahrgast ans Ufer gespuckt hatte, fühlte er sich noch immer ein bisschen schwindelig. Vor allem jedoch schien ihm jede nur denkbare Lösung seines Problems in immer unerreichbarere Fernen gerückt.
Der Streit zwischen ihm und Ipi war schnell und heftig entbrannt. Nach zwei schier endlosen Tagen, die er im Fort mit dem Wiegen des Goldstaubes verbracht hatte, war er abends ungewohnt wortkarg zum Essen erschienen. Der General dagegen, dessen Soldaten bereits eine große Rinderherde zusammengetrieben hatten, hatte sich seiner Taten gebrüstet.

»Fast vierhundert Stück Vieh«, sagte er stolz. »Dazu vierzig Elefantenzähne und stolze siebzig Kidet Weihrauch. Ich denke, der allmächtige Seqenenre wird zufrieden sein, zumal wir bald auch noch die notwendige Menge Straußenfedern zusammenhaben. Um die Rekrutierung neuer Bogenschützen kümmere ich mich persönlich. Mir sind da unten im Dorf ein paar kräftige Südländer zu Gesicht gekommen, die ich demnächst eingehend inspizieren möchte.«
Eine halb anerkennende Geste in Richtung des Kommandanten.
»Erfreulicherweise macht der Schiffsbau gute Fortschritte. Die meisten Boote liegen bereits zum Austrocknen in der Werft, Kabinen wie Käfige sind fertig. Zwar steht uns Schemu bevor, aber wenn der Nil nicht allzu wenig Wasser führt, können wir uns bei dieser Trockenheit mit einigem Glück trotzdem den Rückmarsch durch die Wüste ersparen, abgesehen von der Kompanie, die das restliche Vieh treibt.«
»Vorausgesetzt, wir müssen nicht monate- oder gar jahrelang hier ausharren.« Namiz starrte trübsinnig vor sich hin.
»Was soll das denn wieder heißen?«
»Dass bis zu dem vom Pharao festgesetzten Abgabemaß volle sechshundert Deben Gold fehlen. Vierzehnhundert habe ich gewogen, nicht mehr und nicht weniger. Seqenenre erwartet aber zweitausend. Und bis die dem Stein entrungen sind, das kann dauern – es sei denn, man hat ein Heer gut geschulter Minenarbeiter zur Verfügung.«
»Ameni!«
Der Festungskommandant versuchte sich noch kleiner zu machen. »Ich habe wirklich getan, was ich konnte, General«, sagte er. »Das musst du mir glauben! Allein der Schiffsbau hat so gut wie alle vorhandenen Kräfte verschlungen. Außerdem musste ich mich persönlich um die gewünschten Edelsteine kümmern – alles andere als eine Kleinigkeit. Sechshundert Deben Karneol, achthundert Amazonit, fünfhundert Türkis und zweitausend Malachit liegen bereit. Und der

Amethyst, nicht mehr und nicht weniger als eintausendfünfhundert Deben, wird ab morgen aus unserem Zwischenlager hergebracht. Schwieriger ist es allerdings mit dem roten Jaspis; die große Lieferung aus dem Süden steht leider noch immer aus.«

Ameni hatte heftig zu schwitzen begonnen, was ihn offenbar selber am meisten zu stören schien. Immer wieder rieb er sich mit einem Tuch die glänzende Stirn.

»Und um nun auf das Gold zu sprechen zu kommen, also bei dieser gewaltigen Menge, ich meine, so ganz ohne Verstärkung und dann auch noch unter diesen schwierigen Umständen – das war schlicht und einfach unmöglich …«

»Ein Wort, das ich gar nicht kenne! Wieso hast du nicht längst Bescheid gegeben, wenn du nicht weiter weißt?«, fragte Ipi wütend.

»Ich habe es ja versucht. Mehr als einmal. Aber du hast mich nie ausreden lassen.«

»Darauf komme ich später noch. Wage bloß nicht, mich noch ein zweites Mal zum Narren zu halten!«

Ipi reckte sich zu seiner ganzen Größe. Er hätte ein eindrucksvoller Mann sein können, hoch gewachsen, mit muskulösen Armen und Beinen und einem breiten, männlichen Gesicht, wäre da nicht die mehrfach gebrochene und krumm wieder zusammengewachsene Nase gewesen, die ihn verschlagen aussehen ließ. Er verdankte diese Deformation einer jugendlichen Rauferei und hatte vergeblich die besten Ärzte im ganzen Land konsultiert, um diesen Makel loszuwerden.

»Aber ich wollte doch nur …«

»Gut, dass ich jetzt die Angelegenheit in die Hand nehme. Und eines ist sicher: Wir werden das fehlende Gold bekommen, und wenn wir es ihnen mit unseren Peitschen aus den Rippen treiben müssen. Mit zwei Kompanien vor ihren Rattenlöchern arbeiten diese Kuschiten sicherlich um einiges effektiver.«

»Unsinn! Gold ist nun mal kein Saft, der sich so einfach aus dem Gestein melken ließe wie Milch aus einem prallen Kuheuter«, meldete Namiz sich zu Wort, der blass geworden war, ein Anzeichen dafür, wie zornig er war. »Diese Schlägel zu handhaben ist alles andere als ein Kinderspiel. Man braucht dafür nicht nur genügend Arbeiter, sondern auch besonders kräftige mit einigem Geschick.«
»Und wenn schon! Mein Befehl gilt. Und zwar für alle.«
»Abermals Unsinn! Für das Gold bin allein ich zuständig. Deshalb werde ich bei der Mine nach dem Rechten sehen, und zwar allein, und falls nötig mit den Kuschiten hart verhandeln. Auf *meine* Weise. Und niemand kommt mir dazwischen, verstanden?«
So entschieden der Juwelier aufgetreten war, jetzt unter einer sengenden Nachmittagssonne, die alles fahl und verdörrt aussehen ließ, wäre es ihm nicht unlieb gewesen, die Verantwortung mit anderen zu teilen. Der Pharao konnte nobel und ausgesprochen großzügig sein, solange man ihm ehrerbietig die Dienste erwies, die er erwartete. Seqenenre-Tao war aber auch imstande, sich von einem Augenblick zum anderen in einen wutschnaubenden Despoten zu verwandeln, der weder Freundschaft noch Loyalität kannte. Namiz hatte während seiner Zeit am Hof schon mehr Untertanen als genug erlebt, denen dieser plötzliche Umschwung äußerst schlecht bekommen war. Und was für die Leute aus Kemet zutraf, galt erst recht für einen Fremden, der, eifersüchtig beäugt von der gesamten einheimischen Juwelierzunft, seinen Wohlstand und seine Stellung ausschließlich dem königlichen Wohlwollen verdankte. Er schauderte, wäre liebend gern umgekehrt. Die Aussicht auf einen unbefristeten Aufenthalt in den feuchten Kerkern der Insel Abu jedoch trieb ihn schließlich zum Weitergehen.
Alles wie ausgestorben. Nur unter einem zerfetzten Stoffsegel fand er ein paar dunkle Gestalten an den Steinmörsern, wo sie das Erz mühsam zerkleinerten. Sie arbeiteten mit ab-

gestoßenen Einhandschlägeln aus Dolerit, wie er schon vermutet hatte. Nicht zum ersten Mal dachte er darüber nach, um wie viel wirksamer Werkzeuge aus Bronze oder einem noch härteren Metall sein müssten. An die zwei Hand voll anderer Kuschiten waren an den Drehmühlen zugange, in den die Brocken zu mehlartigem Staub zerrieben wurden. Die Waschanlage, ein wenig tiefer in unmittelbarer Flussnähe gelegen, stand verwaist; die breiten, schräg nach unten abfallenden Steinbretter waren rissig ausgetrocknet und augenscheinlich schon eine ganze Weile unbenutzt. Verblichene Schaffelle lagen im Sand, über die man das aufgeschäumte Quarzmehl goss, damit die schweren Goldflitter in den unteren Faserlagen hängen blieben. Eine uralte Methode, wie sie auch in Kemet angewandt wurde, und über die Namiz schon seit langem grübelte, wie sie verbessert und verfeinert werden könnte.

Unschlüssig, wie er weiter vorgehen solle, wandte er sich schon in Richtung der Arbeiter, als sein Blick auf eine windzerzauste Tamariske fiel. Mit dem Rücken an den Stamm gelehnt, saß dort ein Mann, der auf den Fluss starrte.

Namiz näherte sich langsam, dann ließ er sich dem Mann gegenüber auf den staubigen Boden nieder.

Ein stolzes, dunkles Gesicht, streng, ohne die Spur eines Lächelns, das den Juwelier an all die anderen Beduinen erinnerte, denen sie unterwegs begegnet waren. Das Alter oder ein hartes, entbehrungsreiches Leben hatten ins Gesicht des Mannes tiefe Furchen eingegraben. Er besaß nur noch ein Auge, die andere Höhle war vernarbt und wohl schon seit langer Zeit leer. Auf den unzähligen Reisen seines Lebens hatte Namiz erfahren, dass Blinde den Sehenden oftmals überlegen sind, weil sie beizeiten die Kunst erlernen müssen, nicht nur ihr Augenlicht, sondern auch die anderen Sinne klug einzusetzen. Vielleicht traf ein Teil dieser Einsicht auch für die Einäugigen zu.

Beide Männer schwiegen. Da war nur der Wind, der in den

Zweigen raschelte. Sand wirbelte auf, nebelartige Wölkchen trieben über den Boden dahin. Es war nur ein Augenblick, aber schon schien alles fahler, wie in gelblichen Dunst getaucht, der die Konturen verwischte.

Namiz rieb sich die Augen. Ein paar dieser lästigen Körnchen ließen sie tränen. »Mich beschäftigen ein paar Fragen«, begann er schließlich und wog jedes Wort sorgfältig ab. Der kuschitische Dialekt kam flüssig über seine Lippen; er konnte sich in mindestens einem halben Dutzend Sprachen verständigen und hatte keinerlei Schwierigkeiten, weitere schnell zu erlernen. »Fragen, deren Beantwortung mir einiges wert sein würde. Und du scheinst mir genau der Richtige dafür.«

Keinerlei Erwiderung.

Er hatte auch keine erwartet. Namiz ließ eine ganze Weile verstreichen, ohne sich zu bewegen. Mit Fayence und billigem Steinzeug würde er diesen Mann nicht zum Sprechen bringen, soviel war gewiss. Zum Glück aber trug er etwas bei sich, was die Zunge des Alten womöglich lösen konnte. Er zog einen Dolch aus dem Gürtel und legte ihn mit einer beiläufigen Geste vor sein Gegenüber. Eine schöne Arbeit, silbergetrieben, und eine wertvolle Erinnerung an seine geliebte Heimatstadt Kepni. Als junger Mann war Namiz von zu Hause geflohen, und schon lange gab er sich nicht mehr der Illusion hin, jemals wieder dorthin zurückkehren zu können.

Er zwang sich, jetzt nicht länger daran zu denken. Ebenso wenig wie an das, was Ipi sagen oder tun würde, sollte er jemals von diesem seltsamen Handel hier erfahren.

»Wieso arbeiten nur so wenige Männer hier? Weil die Leute von Kusch behaupten, Gold zu fördern sei, als lasse man seine Mutter, die Erde, bluten? Oder liegt es vielleicht an dem harten Minenalltag? Verlangen sie etwa etwas, was der Festungskommandant ihnen verweigert?« Er war mit seinen Mutmaßungen am Ende. »Du kannst ganz offen mit mir

sprechen. Kein Mensch wird jemals von unserer Unterhaltung erfahren.«
Wieder passierte lange nichts, bis sein Gegenüber den Dolch endlich berührte, vorsichtig, als sei er ein gefährliches Reptil. Sein Körper blieb unbewegt, die Finger jedoch begannen das Metall zu liebkosen.
»Wie ein schleichendes Fieber ist der Sand gekommen.« Die Stimme klang rau, lange nicht mehr benutzt. »Nicht stürmisch, zunächst eher sanft. Sandkörner häuften sich an Wänden und Mauern, wuchsen an zu Beulen. So war es schon oft gewesen, und die Menschen dachten, es würde nicht schlimmer werden als sonst auch. Doch das Fieber verschlimmerte sich. Der Wind blies beharrlich, und die Sandbuckel schwollen wie gärender Teig. Denn diesmal kam der Wind aus dem Süden.«
»Aus dem Süden«, wiederholte Namiz bedächtig.
Wie zur Bestätigung frischte der Wind auf; jetzt waren es breite Schleier, in denen goldfarbener Sand über die Landschaft wanderte. Namiz wandte sein Gesicht ab und bekam trotzdem ein paar nadelscharfe Stiche ab.
»Ja, ganz richtig. Von nun an bläst der Wind immer aus dem Süden, verstehst du?« Inzwischen hielt die Rechte des Mannes den Dolch fest umklammert. Ihn schien der Sand nicht zu stören. Seine Miene blieb unbewegt.
Unwillkürlich rückte Namiz ein Stück ab. Seine Mattigkeit war verschwunden, er fühlte sich hellwach, und seine Gedanken glitten leicht dahin, wie von Aufwinden getragen. Jetzt ließ er das zerfurchte Gesicht des Mannes nicht mehr aus den Augen. Noch war er sich nicht ganz sicher, was der Einäugige andeuten wollte. Aber es gab eine Ahnung in ihm, die immer stärker wurde. Vielleicht, wenn er klug und behutsam vorging, gelang es ihm, sie zur Gewissheit werden zu lassen.
»Und was wird passieren, wenn der Südwind weiter weht?«, fragte er. »Ich meine, was geschieht dann mit der Mine?

Und den Menschen aus Kemet, die hier leben? Was mit dem Fort?«
Diesmal kam die Antwort ohne Zögern: »Dann verschwindet die Sonne und der Himmel färbt sich wie Eselpisse. Mit einem Mal wird es Nacht, schwarze, ewige Nacht. Denn der Sturm aus dem Süden macht nicht Halt.«
»Nirgendwo?«
»Nirgendwo.« Der Ton war gleichmütig, fast monoton. »Vor niemandem. Vor keiner Festung, keinem Tempel. Und vor keiner Stromschnelle. Verstehst du mich?«
Namiz nickte langsam. Ja, allmählich begann er zu begreifen, was dieser Beduine ihm in blumigen Worten mitteilen wollte. Tausend Gedanken wirbelten durch seinen Kopf. Er zwang sich, äußerlich gelassen zu bleiben. Das könnte in der Tat eine logische Erklärung sein für das, was sich hier vor seinen Augen abspielte, des Kommandanten Scheitern, für den Übermut der Beduinen, die sich nicht mehr darum scherten, dass Kemet eine große, unbesiegbare Macht gewesen war.
Traf wirklich zu, was er vermutete, dann mussten allerdings alle Pläne geändert werden. Wenn der Löwe von Kerma, dessen Brüllen bisher im fernen Kemet unhörbar gewesen war, sich nun erhob, um seine Macht zu zeigen und sein Territorium zu erweitern, galt es zu handeln, schnell und präzise, ohne weitere Zeit zu verlieren. Und solange er der erste war, der davon erfuhr, blieb ihm ein unschätzbarer Vorteil, den es zu nutzen galt. Namiz wusste seit langem, dass es dem General am liebsten gewesen wäre, er würde Waset niemals wieder lebendig erreichen, geschweige denn als Erster Vorsteher des Königlichen Schatzhauses. Aber er hatte zu lange auf dieses Amt hingearbeitet, zu viel investiert, um sich so kurz vor dem Ziel von einem ehrgeizigen Soldaten um den ersehnten Erfolg bringen zu lassen.
Namiz räusperte sich, während er scheinbar gleichgültig beobachtete, wie der Dolch im Gürtel des Beduinen ver-

schwand, als hätte er niemals anderswo gesteckt. Erst als sein Kopf ganz hell und klar geworden war, begann er vorsichtig mit all den weiteren Fragen, die ihm auf der Seele brannten.

*

In nicht einmal zwei Tagen würde sie Ruju verlieren. Dann gehörte sie zu den Großen, die sich langsam und schlurfend wie alle erwachsenen Frauen bewegten, den ganzen Tag damit beschäftigt, Holz zu sammeln, Wasser zu holen und das Getreide auf der Mahlplatte zu feinem Mehl zu zerreiben. Genau genommen hatte sie schon jetzt kaum noch etwas von ihr. Denn das Mädchen, das steif und hochnäsig im Haus herumstolzierte wie eine kleine Braut, hatte nur mehr wenig zu tun mit der fröhlichen Schwester, die früher den ganzen Tag mit ihr gelacht und gespielt hatte.
»Ach, davon verstehst du noch nichts«, hatte Ruju von oben herab gesagt, als Sahti sich darüber beschwerte. »Du bist einfach zu klein dafür. Warte nur, in zwei Jahren, wenn du elf wirst und auch an die Reihe kommst, wirst du früh genug erfahren, worum es geht.«
Die neuen goldenen Reifen hatten an ihren Gelenken mit den kindlichen Grübchen geklimpert. Die Daya hatte sie Ruju angelegt, als sie sie in ihr Zimmer holte. Natürlich hatte Sahti draußen zu lauschen versucht, aber die Stimmen waren zu leise gewesen, und außerdem hatte die Angst ertappt zu werden sie veranlasst, ihren unbequemen Posten bald wieder zu verlassen. Sie hatte nicht geruht, bis sie Ruju endlich zum Reden gebracht hatte. In der nächtlichen Stille auf dem breiten geflochtenen Bett gab es kein Entrinnen mehr.
»Also gut«, hatte Ruju schließlich gesagt, die auf einmal so anders roch, nach Rauch und Henna und dem schweren, süßlichen Öl, nach dem nur die erwachsenen Frauen dufteten. »Aber wenn du mich bei der Daya verrätst, schneide ich dir die Zunge ab, darauf kannst du dich verlassen!«

»Fang endlich an!« Sahti hatte sich enger an die Schwester gekuschelt. Rujus Haut war so weich, so tröstlich. »Du weißt genau, wie gut ich meinen Mund halten kann, wenn es sein muss. Worauf wartest du noch?«
»Versprich mir aber, dass du dich nicht aufregen wirst!«
»Ich verspreche es«, hatte Sahti leise und ungewohnt folgsam erwidert.
Ruju hatte sich geräuspert. Es war ihr offensichtlich schwer gefallen, gegen das Verbot der Großmutter zu verstoßen. »Als die erste Menschenfrau ihre ersten Zwillinge gebar, sammelte sich das Leiden der Geburt in ihrer Perle. Von einer unsichtbaren Hand herausgelöst, entfernte sich diese und verwandelte sich in einen Skorpion …«
Sahti näherte sich jetzt der Hütte des Skorpions, die keiner betreten durfte, wenn es nicht an der Zeit war. Sie glaubte plötzlich wieder die leise Stimme der Schwester zu hören und blieb stehen, schaute sich dann vorsichtig um. Aber niemand war zu sehen; sie war ganz allein. Einen Augenblick lang war der Impuls umzukehren und zurück zum Haus der Daya zu laufen, fast übermächtig. Neugierde jedoch und ein fremdes Gefühl, das sie erregte und zugleich ängstigte, bewogen sie, zu bleiben. Rujus seltsame Geschichten ließen sie nicht mehr los. Sie musste mit eigenen Augen überprüfen, welche Bewandtnis es damit hatte.
Die Tür, die eine verblasste Skorpionzeichnung zierte, war mühelos aufzustoßen. Drinnen war es dämmrig; durch die Ritzen der eng miteinander verflochtenen Palmwedel drang warmes Nachmittagslicht. Sie lauschte auf das leise Brodeln der Luft und den Gesang des Windes, der hier drinnen nur abgeschwächt zu hören war.
Und plötzlich roch sie es. Und erstarrte.
Es war nicht der Weihrauchduft, der in ihre Nase drang, auch nicht die Ausdünstung des vielfach feucht gewordenen und nicht minder oft wieder getrockneten Lehmbodens, die sie vom Haus der Daya her bestens kannte. Vielmehr schien

mit einem Mal Rujus Mädchenstimme fast schrill den niedrigen Raum zu füllen: »… ihr Wasser ist das Gift, ihr Blut der Schmerz, und sie würde sich aufrichten und jeden Mann, der sich der Frau nähern möchte, stechen und töten wie der giftige Stachel des Skorpions.«

Sahtis Nacken versteifte sich.

Eines der üblichen Rahmenbetten stand nahe der Wand, kaum anders als das gewohnte Lager, auf dem sie jede Nacht mit Ruja schlief, einladend, beinahe anheimelnd, wären da nicht die Seile gewesen, die sich wie dicke Schlangen von den Seiten und vom Fußende herunterringelten, und die bräunlichen Flecken, helle und dunkle, die ein seltsam ineinander verschlungenes Muster bildeten. Am unerträglichsten aber war dieser alles überlagernde Geruch, süßlich und leicht metallisch, den sie von der frischen Jagdbeute her kannte, die die Männer nach Hause brachten: Blut.

»Und auch die Männer werden beschnitten.« Unwillkürlich hatte Sahti angefangen, halblaut vor sich hinzureden. Sie wiederholte jedes Wort, das sie Ruju so mühsam abgerungen hatte, und der Klang der eigenen Stimme machte ihr Mut. »Denn wie wir wissen, kann ihre Vorhaut sich sonst in eine Eidechse verwandeln. Nur wenn diese geopfert wird, empfindet der Mann Mitgefühl für die Frau. Sonst würde er sie fürchten und hassen. Nur so kann er ihre Schmerzen verstehen …«

Sie verstummte. Ihre Ohren hatten ein Geräusch wahrgenommen, um vieles leiser als jedes menschliche Wispern. Sie versuchte, ruhig zu bleiben und keine überstürzte Bewegung zu machen, während ihr Herz hart an die Rippen klopfte.

Rascheln, dann wieder Stille.

Und plötzlich sah sie ihn, den Skorpion. Glänzend, schwarz und regungslos hob er sich vom schilfigen Untergrund des Bettes ab.

Sahti unterdrückte nur mühsam einen Schrei. Dann rannte sie, so schnell sie konnte, aus der Hütte.

Natürlich wäre sie am liebsten nach Hause gelaufen, der Gedanke an Ruju jedoch, auf die dieses seltsame Lager wartete, ließ sie heftig atmend innehalten, als sie die ersten Häuser des Dorfes erreicht hatte. Zur Daya, die in der Lage war, jeden auch noch so geheimen Gedanken hinter ihrer Stirn zu lesen, wollte sie jetzt nicht, nicht in dieser Verfassung.
Ein paar Häuser weiter wohnte eine Freundin, nur ein Jahr älter als sie, die manchmal mit ihr im Fluss gebadet hatte. Sie war schon auf dem Weg zu deren Haus, als ihr plötzlich wieder einfiel, wie sich das Mädchen vor ein paar Tagen von ihr abgewandt hatte. »Meine Mutter möchte nicht mehr, dass wir zusammen spielen oder baden.«
»Und warum auf einmal?«, hatte Sahti erstaunt gefragt.
»Du gehörst zur Weißen Löwin. Meine Mutter sagt, vor solchen wie euch muss man sich in Acht nehmen. Und jetzt lass mich! Ich will zu den anderen.«
Bevor sie sich dessen noch recht bewusst geworden war, hatten ihre Füße schon eine bestimmte Richtung eingeschlagen. Es war still in den engen Gassen; nur ab und zu trug der Wind ein paar Laute zu ihr: das Schreien eines Esels, Kinderlachen, das gleichförmige Zetern einer alten Frau. Sahti schlüpfte in einen der Höfe, die die einzelnen Häuser miteinander verbanden, und von dort weiter in den nächsten Küchenhof, der größer war und reinlicher als die angrenzenden.
Auf der Feuerstelle fand sie einen Topf mit lauwarmem Tee; ein paar frische Fladenbrote lagen daneben auf einem Rost. Am Boden standen halbgefüllte Tonkrüge mit Öl und Hirse. Fliegen brummten – eine schläfrige Nachmittagsstimmung. Kein Mensch war zu sehen, glücklicherweise nicht einmal die stets keifende Hauptfrau ihres Vaters, die mit der Tochter den anderen, nicht ganz so komfortablen Teil des Hauses bewohnte und sich sonst immer hier herumtrieb, allein schon, um ihre angestammten Rechte als eigentliche Hausherrin unter Beweis zu stellen.

Sahti wusste genau, wo Nabus Reich begann, und selbst wenn sie zuvor noch nie hier gewesen wäre, hätte sie es blindlings gefunden. Denn Nabus Kraft durchströmte die Mauern, die Wände und alles, was innerhalb dieser stand oder lag: die kleinen Hocker aus Akazienstämmen ebenso wie das kunstvolle Bett mit seinen gedrechselten Beinen, dem hölzernen Rahmen und der aus Seilen geflochtenen Liegestätte; die großen Ebenholzbehälter, in denen sie ihre Tinkturen und Duftöle verstaut hatte; die kleinen, bunt bemalten Salbtöpfe zum Schwärzen der Lidränder; ihre Gewänder, die sie in einer Truhe gefaltet aufbewahrte; daneben die dünnen Goldreifen und Halsketten, die sie zur Arbeit ablegte und nur an besonderen Festtagen trug.
Warme, köstliche Müdigkeit senkte sich über Sahti, als hätte sie viele Nächte ohne Schlaf verbracht, sei nun aber endlich geborgen und in Sicherheit. Und wirklich streckte sie sich zunächst auf einer der Strohmatten aus, die Nabus Duft verströmten, bis sie sich schließlich ganz unter dem Bett verkroch, das sie einhüllte wie eine dunkle Höhle. Erleichtert schloss sie die Augen, kuschelte sich seitlich zusammen, als läge sie neben Rujus weichem Körper, und spürte sehr bald nicht einmal mehr die Zugluft der Frühlingsbrise auf ihrer erhitzten Haut.

*

»Zweitausend Deben Gold erwartet der Pharao.« Die Stimme des Mannes war ruhig, aber nicht übertrieben freundlich.
»Und was geht mich das an?«
Sahti wagte nicht sich zu bewegen. Ihr Vater hatte ruppig geantwortet. Er war auf Streit aus, das hörte sie genau. Golo liebte es zu kämpfen, nicht nur mit Fäusten, sondern auch mit Worten. Aber wieso hatte er einen Fremden hierher gebracht, in diesen privaten Raum, den sonst niemand außer den engsten Familienangehörigen betreten durfte?
»Die anderen sagen, du wirst der nächste Häuptling sein.«

Sie konnte nur die Beine der Männer sehen, die blassen, stämmigen, dicht behaarten des Fremden, der seltsame, überkreuzte Lederbänder an den Füßen trug, und die dunklen, schlanken, glatten ihres Vaters, dem bislang beim Wettlaufen noch keiner den Sieg streitig gemacht hatte. Viele sagten, sie würde ihm gleichen, weil auch sie so behände, so leichtfüßig war, aber sie hoffte trotzdem, es wäre nicht so. Denn ihr Vater, der rasch aufbrausen konnte, war ihr immer fremd geblieben. Und manchmal hatte sie sogar Angst vor seiner unberechenbaren Heftigkeit.

»Das bestimmt der Rat der Männer – sobald der alte Häuptling begraben ist. Nicht früher und nicht später.«

»Es heißt, eine unheilbare Krankheit zerfresse seinen Körper.« Der Fremde sprach ihren Dialekt gut, beinahe fließend, aber Sahti merkte trotzdem, wie er immer wieder nach passenden Wörtern suchte. »Und du seist der im Dorf, auf dessen Wort alle hören.«

»Noch atmet er. Und ich sollte längst bei meinen Rindern sein, anstatt hier im Haus herumzulungern. Ich bin Viehzüchter, kein Minenarbeiter.«

»Wir alle sind da, um dem großen Seqenenre zu dienen, er möge leben, heil und gesund sein!« entgegnete der Besucher, plötzlich sehr förmlich. »Was mich betrifft, so bin ich für sein Gold zuständig.«

»*Sein* Gold?« Golos Lachen klang unfroh. »Er hat schon unsere Rinder. Was will er noch? Unsere Frauen und Kinder?«

»Sein Gold«, wiederholte der andere ungerührt. »Und ich habe mein Leben dafür verbürgt, dass er die vereinbarte Menge erhält, die er von dieser Expedition erwartet.«

»Vereinbart? Mit wem?« Golos Ton wurde schärfer. Sahti bekam eine Gänsehaut. Wusste der bleiche Mann denn nicht, was passieren konnte, wenn man ihren Vater reizte? »Wir sind Kuschiten, vergiss das nicht, freie Krieger, denen Rinderherden gehören, solange sie uns nicht von euch gestohlen

werden – kein elendes Sklavenpack aus Kemet, das unterwürfig und blindlings gehorchen muss!«
Es blieb eine Weile still.
»Willst du vielleicht auf den Südwind warten, bevor du deine Entscheidung triffst?«, fragte der Fremde schließlich. Sein Ton hatte sich geändert. Jetzt klang er lauernd und erschöpft zugleich.
»Auf den Südwind?«, wiederholte Golo langsam.
»Dann allerdings muss ich dich warnen. Denn der Wind aus dem Süden bläst launisch und unberechenbar. Und manchmal dauert es viel länger als manche denken mögen, bis er wirklich zu spüren ist.«
Golos Beine bewegten sich in Richtung Tür. »Ich habe meine Zeit nicht gestohlen«, sagte er barsch. »Wenn du also weiter in Rätseln sprechen willst ...«
»Schon gut, schon gut!« Der Fremde war ihm nachgeeilt. Sahti mochte seine Stimme, die voll und tief war, ganz anders als das helle, ein wenig meckernde Organ ihres Vaters. »Vergiss, was ich gesagt habe, und lass uns lieber zum Wesentlichen kommen! Ich habe dir ein Angebot zu unterbreiten, ein wirklich interessantes Angebot, verstehst du?«
»Ach, da bin ich aber gespannt! Stoffe, die wir nicht brauchen? Steinzeug, das schnell zerbricht? Oder sollte es gar Weizen sein, gerade mal so viel, dass unsere Kinder nicht verhungern, wenn die nächste Ernte wieder verdorrt?«
Jetzt wurde die fremde Stimme grollend.
»Ich bin ein Ehrenmann – kein Betrüger. Keiner, der je ein Geschäft mit Namiz aus Kepni gemacht hat, musste es bereuen. Ich spreche vom weißen Gold – und damit vom Leben. Interessiert?«
Die Beine ihres Vaters kamen langsam wieder zurück. Sahti fiel auf, dass die Knie leicht zitterten.
»Dann rede!« sagte Golo, und sie spürte die plötzliche Gier hinter seinen Worten. »Aber überleg dir genau, was du sagst!«

»Salz«, sagte der Mann aus Kepni leise. »Und zwar genügend, um damit auszukommen, bis der Sohn deines jüngsten Sohnes einmal deine Herden übernehmen wird.«

*

»Sie schläft jetzt. Und sie wird lang genug schlafen, denn ich habe ihr reichlich von der Mohnmilch eingeflößt. Wir können gehen.« Tunbee, die der Daya manchmal als Helferin zur Hand ging, warf einen zufriedenen Blick auf Sahti. Dann berührte sie das andere Mädchen an der Schulter.

Obwohl die Bewegung sanft gewesen war, zuckte Ruju zusammen. Ihr Blick flackerte; der ganze Körper schien unter Spannung zu stehen. Fußsohlen und Handflächen hatte man ihr mit Henna frisch gefärbt, die Lider mit Antimon schwarz geschminkt. Sie trug ein neues, buntgewebtes Kleid, das bis zu den Waden reichte und sie größer erscheinen ließ, beinahe erwachsen. Die mit Fett dicht an den Schädel gekämmten Haare, die Goldreifen und der rote Brautschleier verstärkten diesen Eindruck. Am Eingang blieb sie abrupt stehen und schaute sich um, als wolle sie alles, was sie in dieser Nacht hinter sich ließ, noch einmal tief in sich aufnehmen.

Dann trat sie mit einem Seufzer nach draußen.

Die kleine Prozession, Ruju, Tunbee sowie drei ältere Frauen, die Rauchwerk, Amulettsteine und Fackeln trugen, bewegte sich langsam zur Skorpionhütte. Der Himmel war leicht bedeckt und die warme Neumondnacht erfüllt von Tierlauten und dem Rauschen des großen Flusses, das sie bei ihrem Aufstieg mehr und mehr hinter sich ließen.

Keine der Frauen verspürte Lust zu reden.

Ruju biss die Zähne so fest aufeinander, dass die Kiefer zu schmerzen begannen. Ihre Haut war mit dünnem Schweiß bedeckt. Sie strauchelte ab und an, als fehle ihr die Kraft, um aufrecht weiterzugehen. Auf halbem Weg stieß von irgendwo aus dem Dunkel die Daya zu ihnen, geschmeidig und lautlos wie eine große Raubkatze. Sie reihte sich ein, eben-

falls schweigend, wobei ihre Hand Ruju im Vorbeigehen kurz streifte.
Sie hatten ihr Ziel beinahe erreicht, als plötzlich Nabu vor ihnen stand und sie am Weitergehen hinderte.
»Was willst du?«, herrschte die Daya sie an.
»Das weißt du genau«, erwiderte Nabu fest. »Die Mutter schützt die Tochter. Besonders in einer Nacht wie dieser.«
»Du bist nicht ihre Mutter.«
»Aber Golos Frau.«
In der Dunkelheit waren die Schlangen an Nabus Armen nahezu unsichtbar. Außerdem hatte ihre Stimme ein wenig zu zittern begonnen, was die Daya mit Befriedigung registrierte. Um sich bei der Arbeit nicht behindert zu fühlen, hatte sie ihren Totembeutel im Laufe des Tages abgelegt, was sie nun bereute, aber sie spürte genau, dass die starke Löwenmacht auch so mit ihr war.
Nein, du bist wahrlich keine Mutter, dachte sie, während sie Nabu scheinbar regungslos entgegenstarrte, und du kannst niemals eine werden, wirst nicht empfangen, nicht gebären, solange ich dich nicht vom Fluch meiner toten Tochter befreie. Dabei wäre es nicht einmal besonders schwierig. Du bräuchtest nur ein schwarzes Kälbchen an deine Brust zu drücken, als würdest du es säugen. Dann müsste dein Mann es schlachten, Golo, dieser Raufbold und Aufschneider, der mein schönes Kind schon ganz vergessen, ja, sie niemals wirklich verdient hat, und das Blut auf dich strömen lassen. Drei Tage lang dürfest du dich nicht waschen und erst recht nicht dem großen Fluss nähern. Inzwischen müsste man das Kälbchen sorgsam häuten und dein Mann bekäme von seinem Fleisch zu essen, so viel er nur kann; du aber bekämst keinen Bissen in dieser Zeit, dafür jedoch die Haut des jungen Tiers, um sie unter dein Bett zu legen. Nach dem dritten Tag aber müsstest du dich im Fluss baden, dem ewigen Strom, dem alles Leben entspringt, um dann zu den anderen zurückzukehren wie eine Erlöste – aber nur, wenn

meine Lippen den Fluch von dir nehmen: *Geist meiner Tochter, höre meinen Spruch! Ich weiß, dass du dieser Frau das Kind verweigerst, aber du bist tot und sie lebt. Hör auf damit! Ich bitte dich, lass sie ein Kind haben …*
Sie verspürte Lust aufzulachen. Aber das wird nicht geschehen, dachte sie, nicht, solange noch ein Funken Leben in mir ist.
»Das reicht nicht, Nabu«, mischte sich nun Tunbee ein. »Und das weißt du genau. In dieser Nacht gilt einzig und allein die Macht des Blutes. Gib den Weg frei und lass uns vollbringen, was nur unter dem schwarzen Mond vollbracht werden kann!«
Sie musste sie nicht einmal berühren. Nabu knickte plötzlich ein, als habe sie einen starken Stoß erhalten, und war ebenso schnell in der Dunkelheit verschwunden, wie sie aufgetaucht war.

*

Ein Menschenpaar aus Lehm gemacht, eine Frau, ein Mann, zwei Schatten in der Dämmerung. Sanft zieht er sie zu sich herunter, und sie lässt es geschehen, ohne Widerstand sinkt sie ihm langsam entgegen. Sie berühren sich, umarmen sich, küssen sich, bis sie langsam miteinander verschmelzen, zu einem einzigen Schatten werden.
Plötzlich ein Schrei.
Die Frau stößt den Mann von sich, springt auf, deutet auf ihn.
Er hat sich in ein Tier verwandelt, einen schwarzen, giftigen Skorpion, der sich jetzt tief in ihr verbeisst.
Sie schreit und schreit, kann nicht aufhören, windet sich und schreit. Blut fließt aus ihrem Schoß, färbt den hellen Boden der Hütte dunkel …
Mit einem Schrei fuhr Sahti auf. Ihre Stirn glühte, die Kehle war wie ausgedorrt. Ein fauliger Geschmack im Mund, der erst langsam verschwand, nachdem sie ein paar Schlucke

Wasser aus dem griffbereiten Ziegenlederschlauch getrunken hatte.
Ihr Kopf dröhnte. Sie brauchte einige Zeit, um sich in der Dunkelheit halbwegs zurechtzufinden. Trotzdem stieß sie beim Aufstehen unsanft an einen niedrigen Hocker, den sie wegschob, um sich nicht noch einmal weh zu tun. Dabei ertastete sie auf seiner geflochtenen Sitzfläche zu ihrer Überraschung etwas Weiches. Ihre Finger erkannten, worum es sich handeln musste, bevor noch die Augen es sehen konnten: das Geheimnis der Daya, die mumifizierte Löwenpranke, die sie schon mehrmals neugierig betrachtet hatte. Ohne lange zu überlegen, hängte Sahti sich den Beutel um den Hals. Auf der bloßen Haut fühlte sich das Leder weich und seltsam tröstlich an.
Es war nur ein Traum, dachte sie, fast schon beruhigt, ein Traum von einem bösen Geist. Ich bin im Haus der Daya, bin sicher und geschützt. Nichts kann mir passieren.
Allmählich wurde sie ruhiger. Ein Insekt hatte sich eingeschlichen; sie hörte sein aufgeregtes Sirren in der Stille.
Und plötzlich wusste sie, was anders war als sonst: Rujus gleichmäßige Atemzüge fehlten. Ebenso wie die tieferen der Daya.

*

Das Mädchen lag halb aufgerichtet auf dem Bett, an Armen und Füßen mit Seilen gebunden. Um sie herum vier Frauen: Tunbee hinter ihr, die Hände fest auf der Brust des Mädchens, zwei andere, die ihr die Schenkel gewaltsam spreizten, die vierte, am Fußende, hielt die Fackel, die den Raum in flackerndes Licht tauchte.
Vergeblich versuchte sie sich frei zu machen; je mehr sie sich aber bewegte, desto tiefer und schmerzvoller schnitten die Fesseln ein.
»Ganz ruhig!«, versuchte Tunbee sie zu besänftigen. »Es ist ja gleich vorbei. Jede von uns hat es schließlich überstanden.

Es gehört nun mal dazu, wenn man eine Frau ist. Sonst findet sich später weit und breit keiner, der dich heiraten will. Also sei tapfer, Kleines, und halt still! Dann wird es leichter für dich, glaube mir!«

Das Mädchen konnte nicht sprechen, weil eine große knorrige Wurzel sie knebelte, ihre Augen aber traten gefährlich hervor, als sie immer wieder wütend den Kopf schüttelte.

»Beiss einfach fest darauf!«, riet Tunbee. »Wirst sehen, es hilft!«

Die alte Zauberin war mit ihren Gebeten fertig. Sie kam zum Bett, hob das Messer und wog es einen Augenblick prüfend in ihrer Hand, bevor sie den ersten Schnitt wagte.

Sofort begannen die Beine des Mädchens zu zucken. Mit erstaunlicher Kraft wand sie sich jetzt, so dass die Frauen sie nur mit aller Anstrengung halten konnten.

Die alte Zauberin setzte nach einem herrischen Nicken ihr Werk ohne Zögern fort. Jetzt bebte der Körper des Mädchens, bewegte sich ruckartig hin und her, wie von Dämonen oder bösen Geistern besetzt.

In diesem Moment flog die Tür auf.

Sahti stand auf der Schwelle der Skorpionhütte, keuchend, schweißnass. Ihr Blick raste über den Raum, schnell erfasste sie, was hier gerade geschah.

Ihre Augen weiteten sich. Ekel stieg in ihr hoch, der ihr Übelkeit verursachte, vermischt mit Angst und Wut. Unwillkürlich umschloss ihre Hand den Beutel unter dem Kleid.

Das Mädchen war Ruju.

Und die alte Zauberin die Daya, die den Schoß ihrer Schwester in eine blutende Wunde verwandelt hatte.

Ein Schrei entrang sich Sahtis Kehle, so gellend, dass die Frauen entsetzt zusammenfuhren.

Dann stürzte sie wie von Sinnen in die Nacht hinaus.

ZWEITE STUNDE:
IM MAUL DER GROSSEN SCHLANGE

Rostiges Krächzen ließ Sahti wach werden. Oder war es die durchdringende Kälte gewesen, die sie aus dem Schlaf gerissen hatte? Über den zerklüfteten Bergzacken im Osten der erste Schein des Tages, ein, fast durchsichtiger Lavendelton, der nach und nach verblasste. In der klaren Luft zum Greifen nah ein Rabe, der seine Bahnen durch die Stille des frühen Morgens zog.
Steifbeinig stand sie auf. Sie war durchgefroren, das Kleid ganz klamm; feuchter Sand klebte an Armen und Beinen, sie spürte seine groben Körner sogar im Mund.
Ein paar unsichere Schritte. Die Glieder gehorchten nur widerwillig. Noch war der Boden unter ihren Füßen kühl.
Sie blieb bald wieder stehen. Der vertraute Streifen Fruchtland neben dem großen Fluss war verschwunden, als hätte es niemals Felder, niemals Bäume, niemals ein Dorf mit Häusern aus getrockneten Nilschlammziegeln gegeben, wo ihr jede Gasse, jeder Innenhof vertraut war. Vor ihr erstreckte sich eine Welt aus Sand und Stein, schon gleißend dort, wo erste Sonnenstrahlen den Sand aufleuchten ließen. Nur ein paar spärliche Gräser ragten aus dem harten Boden empor und bewegten sich leicht im Wind; am Horizont entdeckte sie ein feines, unablässiges Weben, das sich rastlos über die Anhöhen zog.
Ihre Kehle war ganz eng, die Zunge lag wie etwas Hartes, Fremdes im Mund. Sie war hungrig. Sehr durstig. Und zum ersten Mal in ihrem Leben ganz allein. Wieso war sie nicht im Haus der Daya aufgewacht, geschmiegt an Rujus weichen Körper, dort, wo sie hingehörte? Weshalb roch sie

nicht das schwere, leicht süßliche Aroma des Morgentees, den die Daya jeden Tag aus getrockneten Akazienblüten für sie braute?

Mit einem Schlag kam die Erinnerung zurück, und Sahti spürte voller Entsetzen, wie die Bilder und Laute der vergangenen Nacht sie abermals zu überwältigen drohten. Unwillkürlich ging sie in die Hocke, um sich dagegen zu schützen wie gegen einen unsichtbaren Feind, und schlang dabei die Arme fest um ihren Leib. Dabei spürte sie durch das Leder eine spitze Löwenkralle auf ihrer Brust, ein leichter, verblüffend angenehmer Schmerz, der ihr wie eine Mahnung erschien, nichts zu vergessen.

Gelaufen war sie, nein, um ihr Leben gerannt, bis sie kraftlos umgefallen war, irgendwo im Niemandsland, um der Skorpionhütte zu entfliehen und allem, was sie dort gesehen und gehört hatte. Die sicheren, fast gleichmütigen Bewegungen der Frauen. Ihren schweren Atem. Das angstvolle Keuchen der gebundenen Schwester. Das blutige Messer. Vor allem jedoch Rujus weit aufgerissene Augen mit jenem fassungslosen, zutiefst verzweifelten Ausdruck, der sie verfolgen würde, solange sie lebte.

Hilf mir, Sahti, hilf mir! Warum hilfst du mir denn nicht, Schwester?

Aber sie hatte Ruju nicht beigestanden, sondern sie einfach ihrem Schicksal überlassen. Und sie trug den Löwenbeutel der Daya um den Hals, den diese bestimmt längst vermisste. War sie als Strafe dafür mitten in der Wüste gestrandet, schutzlos der Zone des sicheren Todes ausgeliefert, vor der jedes Kind im Dorf gewarnt wurde, sobald es gelernt hatte, auf den eigenen Beinen zu stehen?

Wie ein schweres Gewicht senkte sich die Angst auf sie herab.

Sahti berührte instinktiv das Leder auf ihrer Brust, um abermals die Botschaft der Kralle zu spüren, und zwang sich dabei nach oben zu schauen. Blank und unerträglich blau spannte sich der Himmel über ihr. Die Sonne war bereits deutlich höher gestiegen. Nicht mehr lange und ihr heißer Atem würde jedes Weiterlaufen auf dem glühenden Sand unmöglich machen.

Aber wo sollte sie überhaupt hin?

Erst als sie sich um die eigene Achse gedreht und sorgfältig alle Richtungen in Augenschein genommen hatte, entschied sie sich für den Felsen, der wie ein bizarres Gewächs aufragte, den einzigen Schattenspender weit und breit. Sie begann zu gehen, ohne weiter zu überlegen. Schon bald allerdings merkte sie, dass sie sich mit der Entfernung gründlich getäuscht hatte. Anstatt näherzurücken, schien sich der Felsen mit jedem Schritt weiter von ihr zu entfernen. Der feine Sand, in dem ihre Zehen versanken, ließ das Gehen zur Anstrengung werden. Es kostete sie Mühe, die immer schwereren Beine zu heben. Dazu kam der Durst, quälend, mehr und mehr alles beherrschend. Sahti versuchte Speichel zu bilden. Wie lange hatte sie schon nicht mehr ausgespuckt? Wenn sie den Mund eine Weile fest geschlossen hielt, verklebte eine kleistrige Masse ihre Lippen und bildete nach außen einen harten Verschluss. Es gelang ihr zwar, die Lippen immer wieder zu lösen. Aber dabei riss die feine Haut ein, wurde spröde und schließlich sogar blutig.

Sahti schaffte die Strecke mit letzter Kraft, vermutlich weil es gegen Ende zu leicht abwärts ging. Aus der Nähe sah sie, dass die Felswand von feinen Rillen überzogen war, die ein dichtes Liniennetz bildeten. Fahle Gelb- und Rottöne, ausgebleicht von Sand und Sonne. Manche der Umrisse erinnerten Sahti an Tiere, andere an Dünen oder Wolkengebilde. Wüstenwind hatte den Felsen angefressen und einen kammartigen Vorsprung geformt, der wie eine riesige Nase wirkte. Sie presste das Gesicht gegen das raue Gestein, das ihr erstaunlich kühl vorkam, obwohl es bis zum Mittag nicht mehr lange hin sein konnte und die Hitze allmählich unerträglich wurde.

Ein Schutz? Eine Zuflucht vor der endlosen Wüste, die sie zu verschlingen drohte?
Das kurze Gefühl der Erleichterung schwand jedoch ebenso schnell, wie es gekommen war. Sie begann zu zittern, und ihr Magen zog sich zusammen, als ihr klar wurde, wo sie gelandet war. Zu ihren Füßen mündete das Tal in eine pflanzenlose Sandwüste, deren blendende Helle in den Augen brannte. Ringsumher nichts als Steine, Wind, Sand. Außer ihr kein einziges Lebewesen weit und breit. Sahti fühlte sich zu schwach, um zu weinen, zu verzweifelt, um irgendetwas zu tun. Mutlos sank sie in sich zusammen und kauerte sich in das Schattenfeld, das die vorspringende Felsnase ihr gewährte.
Ein leises Geräusch ließ sie nach einer Weile zusammenfahren. Da saß eine winzige Maus, graugelb und damit kaum vom Untergrund unterscheidbar. Ihr Schwanz, um einiges länger als das ganze Tier, zuckte aufgeregt. Sie hatte große, kreisrunde Ohren und schwarze Kugelaugen, die Sahti neugierig ansahen. Als das Mädchen voller Freude eine Bewegung auf sie zu machte, sprang die Maus mit einem gewaltigen Satz in die Höhe, ohne jedoch wegzulaufen.
Sahti vergaß für einen Augenblick ihre Not und musste lachen. So ein drolliges Geschöpf – wenigstens war sie jetzt nicht mehr mutterseelenallein!
Ausgiebig schnupperte die Maus in ihre Richtung. Die dünnen Barthaare zitterten leise. Dann legte sie den Kopf ein wenig schief, beinahe, als würde sie nachdenken. Wie gern hätte Sahti das Tierchen gestreichelt! Als sie ihr Gewicht zur Seite verlagerte, um den Arm bequemer nach der Maus auszustrecken, hüpfte das Tier in großen Sprüngen davon, so schnell, dass der helle Wüstensand es alsbald verschluckt hatte.
Jetzt rührte sich etwas anderes halb unter Sahti, muskulös, um vieles seidiger als der harte Boden unter ihrem Bein. Wellenförmige Bewegungen, als wäre der Sand plötz-

lich zum Leben erwacht. Ein schmaler gelbbrauner Leib mit grauer Bandzeichnung, der sich geschmeidig zu befreien versuchte.
Ein Zischen, viel zu nah, ließ Sahti erstarren.
Sie wollte aufspringen, aber es war bereits zu spät. Sie starrte in zwei Pupillen hinter senkrechten Schlitzen. Dann schnellte der viereckige Vipernkopf blitzschnell nach vorn und bohrte seinen Giftzahn in ihren Schenkel.

*

Die Jagd war erfolgreich gewesen; die Soldaten konnten es kaum erwarten, das erlegte Wild zu verspeisen, und selbst General Ipi, der es sich nicht hatte nehmen lassen, den Trupp anzuführen, zeigte sich zufrieden. Ganz früh schon waren sie aufgebrochen, um die Kühle des Morgens zu nutzen, und hatten mit Speer, Pfeil und Bogen, vor allem jedoch dank geschickt gespannter Netze mehr Gazellen und Antilopen erlegt als erhofft. Nun zwang sie die Hitze zum Ausruhen bei einer Felsengruppe. Sogar ein paar der heiß begehrten Steinböcke, deren saftiges Fleisch diesseits und jenseits des ersten Katarakts als Delikatesse galt, waren unter der Jagdstrecke. Ihre Kadaver lagen auf einem gesonderten Haufen, und es gab nicht wenige, die begierig waren, die geschwungenen Hörner als Trophäe einzuheimsen.
Selbst Namiz, der sich für gewöhnlich wenig aus solchen Vergnügungen machte, fühlte sich angesteckt von dem Jagdfieber, das alle um ihn herum befallen hatte. Der Druck der vergangenen Tage schien abgefallen; seit seiner Verschwörung mit Golo wagte er erstmals wieder an einen glücklichen Ausgang der Expedition zu glauben, zumindest was seinen Part betraf. Seinem Verhandlungsgeschick war es zu verdanken, dass unter Golos Führung rund acht Dutzend Kuschiten zu der Mine aufgebrochen waren, kräftige Männer, wovon der Juwelier sich mit eigenen Augen hatte überzeugen können. Ameni, von Ipi einstweilen mit der Führung einer

Kompanie betraut, hatte die Männer mit seinen Soldaten eskortiert, zum Schutz vor räuberischen Beduinen und nicht als Aufsichtstruppe, wie beide Seiten ausdrücklich vereinbart hatten.
Natürlich war selbst eine derartige Verstärkung nicht in der Lage, Wunder zu wirken, denn Goldminen konnten sich, wie Namiz schon oft hatte erfahren müssen, launischer gebärden als die wankelmütigste Frau. Aber ein Anfang war zumindest gemacht. Es drängte Namiz, so schnell wie möglich selber nach Sarras zu eilen, um vor Ort alles überwachen zu können, aber bei aller Sorge ließ er dennoch sein in langen Jahren mühsam erlerntes diplomatisches Kalkül nicht außer Acht. Der General war sein Feind, das lag klar auf der Hand, nicht zuletzt wegen seiner spitzen Reden auf dem Hinmarsch und im Fort. War es aber deshalb gleich nötig, sich ihn auch zum Todfeind zu machen?
Deshalb war Namiz nicht nur zur Jagd mitgekommen, an der Ipi allein schon deshalb so viel lag, weil sie ihm endlich wieder einmal Gelegenheit bot, sich vor seinen Soldaten als tapferer und erfahrener Krieger zu erweisen, sondern er wollte auch so lange nicht von der Seite des Generals weichen, bis beim Festmahl das letzte Stück Fleisch verzehrt war.
Und wirklich schien Ipi um Jahre verjüngt, wenn er kraftvoll den Bogen spannen konnte und sein Pfeil das Wild erlegte, wenn er Anlauf nahm, um den Speer zu schleudern, wenn seine Axt einem fliehenden Bock den Schädel spaltete. Sogar seine Geltungssucht war verschwunden; er blieb zwar nach wie vor unangefochtener Befehlshaber seiner Leute, war aber jetzt auf einmal wieder einer von ihnen, der lachte und Witze riss, der Schützen lobte, denen ein Meisterschuss geglückt war, und wiederum andere aufzubauen wusste, wenn sie nicht getroffen hatten. Ein Mann unter Männern, ein Soldat, ein Kamerad. Einer, der sich von ganz unten durch Fleiß, Mut und Zähigkeit ganz nach oben gearbeitet hatte.

Hier, unter der sengenden Sonne von Kusch, fand der sonst so unbeliebte General zurück zu seinen Wurzeln, die er am Hof von Waset oftmals verleugnete.
Vielleicht lag es an der fröhlichen, fast schon ausgelassenen Stimmung, dass der Jagdtrupp zu spät bemerkte, was sich über ihm zusammenbraute. Keinem war aufgefallen, dass die Haut staubtrocken blieb, soviel sie auch tranken. Keinem, dass der leichte Morgenwind sich längst gelegt hatte und drückende, unheilvolle Stille über dem Land lag. Alle Sandbewohner, Echsen, Schlangen und Insekten, schienen plötzlich verschwunden. Kein Vogelruf mehr über ihren Häuptern. Es war, als halte die Natur den Atem an, um alle Kräfte zu sammeln.
Antef, der Bursche des Generals, ein kräftiger, wortkarger Mann mit breiter Stirn, auf der das Haar schon merklich zurückwich, zu Hause in Waset als Gärtner in den königlichen Palastanlagen beschäftigt, sprach es als erster aus: »Eine Wand – schaut nur, dort drüben, eine riesige gelbe Wand!«
Namiz fuhr erschrocken hoch. Jetzt konnte er den trockenen Wind riechen, und die feinen Nasenhärchen zogen sich wie verbrannt zusammen. Es war genau so, wie der alte Beduine es verheißen hatte. Der Himmel im Süden gelb wie Eselpisse, hob sich in einer scharfen Linie vom verbliebenen Blau ab.
»Der Sand kommt!« Fluchend fand er auf die Beine. »Schnell! Wir müssen zusehen, dass wir zum Fort zurückkommen!«
»So furchtsam bei dem bisschen Wind?« Der General rührte sich nicht von der Stelle und schien erfreut über eine neuerliche Gelegenheit, sich über den verhassten Mann aus Kepni lustig zu machen. »Davon lässt sich die Armee des großen Pharaos wohl kaum beeindrucken.«
»Das ist kein Wind, sondern ein ausgewachsener Sturm. Wir müssen zurück!«, beharrte Namiz eigensinnig. »Ich weiß,

wovon ich rede. Die Leute hier haben mich eindringlich davor gewarnt.«
Unter den Soldaten verbreitete sich Unruhe. Jetzt lagerte keiner mehr; alle waren aufgesprungen und starrten beunruhigt gen Süden. Schließlich erteilte Ipi doch den Befehl zum Abmarsch.
Unterwegs schwollen überall Sandbuckel an wie gärender Teig, und die verbrannten Dornbüsche peitschten dicht über dem Boden. Der Wind schien von Augenblick zu Augenblick zu wachsen und das ganze Land zu füllen. In breiten Schwaden fegten bräunliche Böen über die Ebene. Die kleinen Esel, die die schwere Jagdstrecke bislang so brav getragen hatten, scheuten immer öfter. Die Soldaten hätten es ihnen am liebsten nachgetan und hatten alle Mühe, sie weiterhin zum Laufen zu bewegen. Sandkörner trafen nadelscharf Gesicht und Hals. Die Augen brannten, die Lippen sprangen auf.
Der Jagdtrupp war immer langsamer geworden; schließlich hielt er inne und alle scharten sich, so gut es ging, eng um Ipi. »Wir müssen wohl doch irgendwo Halt machen«, schrie der General gegen das Brausen des Windes an. Seine Stimme klang rostig, wie lange nicht geübt. »Am besten gleich hier. So können wir jedenfalls nicht weiter.«
»Damit der Sand uns bis zum Hals begräbt?«, protestierte Namiz dumpf. Wie die Soldaten hatte er seinen Gürtel zum Schutz um den Kopf geschlungen, aber es nützte nicht viel. Stehend empfingen sie die Schläge einer riesigen Peitsche. »Wenigstens noch bis dort drüben«, schlug er vor. »Der große Felsen wird das Schlimmste von uns abhalten.«
Zu seiner Überraschung kam von Ipi kein Einwand, vielleicht deshalb, weil ein Teil der Männer bereits unaufgefordert weiterzog. Himmel und Erde waren längst ineinander übergegangen, es gab keinen Anfang mehr, kein Ende, nur noch die Macht der Wüste, die Mensch und Tier gleichermaßen in die Knie zwang.

Der Windschatten des Felsens bot einige Erleichterung. Die Soldaten drängten sich zusammen und die Esel, die man rasch von ihrer Last befreit hatte, nicht minder. Manche allerdings, im äußeren Radius, trafen nach wie vor die schmerzhaften Stiche.
»Da liegt etwas Weiches.« Antef, wie immer ganz in der Nähe seines Herrn, hatte bereits zu graben begonnen. »Vermutlich ein frischer Tierkadaver, sonst wäre er schon steif.« Er fuhr fort, den Sand mit bloßen Händen abzutragen, ein scheinbar aussichtsloses Unterfangen, nicht jedoch für einen Sturkopf wie Antef, der immer alles zu Ende bringen wollte, was er einmal begonnen hatte.
»Und wenn schon«, bellte Ipi. »Schließ den Mund, duck dich und sieh lieber zu, dass du hier heil davonkommst! Ich habe nicht die geringste Lust, mich nach einem neuen Burschen umzusehen, verstanden?«
»Ein Kind!« Antef hatte sich nicht davon abhalten lassen, emsig weiterzubuddeln. Er drückte sein Ohr an die magere, sandbedeckte Brust. »Ein kleines Mädchen. Und es ist gar nicht tot. Ich kann seinen Atem hören, wenn er auch flach und sehr unregelmäßig geht.«

*

Sie kannte das dunkle Land, aber dieses Mal hatte sie es durch die Pforte des Schmerzes betreten. Kälte durchdrang sie, um vieles eisiger als die Kälte der vergangenen Nacht. Ihr Kiefer begannen zu klappern, der ganze Körper wurde von Zuckungen heimgesucht. Es gelang Sahti nicht, sich leichtfüßig davonzumachen wie sonst auf ihren geheimnisvollen nächtlichen Wanderungen, wenn die ersten Sterne über ihr wie Edelsteine durch grünliches Wasser zitterten, bevor sie hart und weiß am Himmel wurden. Sie konnte die leisen Pfoten, die sie im Traum verfolgten, nicht einfach mit ein paar kühnen Sätzen abschütteln.
Dieses Mal war alles ganz anders.

Die Löwin aus dem Beutel der Daya hatte sich in ihrer Brust festgefressen; sie konnte den fauligen Raubtieratem riechen und spürte nur allzu deutlich das schwere Gewicht, das sie beinahe erdrückte. Dabei hielt die Bestie keinen Augenblick still, sondern bohrte sich immer noch tiefer in ihr Fleisch. Jeder einzelne von Sahtis Muskeln schmerzte, am schlimmsten aber war die fortschreitende Empfindungslosigkeit in ihrem Bein, die rasch um sich griff.

Die kalte Hand der Angst hielt ihr Herz umklammert. Denn die Große Schlange war mit ihrem Werk der Zerstörung noch lange nicht zufrieden.

Hatte Nabu, die Schlangenherrscherin, sie gesandt, um Sahti zu töten?

Starr und unfähig zu irgendeiner Bewegung sah das Mädchen die Schlange zurückkehren, ein geschmeidiges Schmuckband im Sand, das unaufhaltsam auf sie zuglitt. Die Schlange bäumte sich vor ihr auf, wuchs wie eine zuckende Säule in den Himmel und schien sie eingehend zu betrachten.

Ein letztes Innehalten, bevor sie zum zweiten Mal zubiss?

Erstaunlicherweise verharrte das Reptil dicht vor Sahtis Kopf und wand sich wie zu den Tönen einer unhörbaren Flöte in seltsamen Schlängelbewegungen hin und her, ein anmutiger, gefährlicher Tanz. Ihre gespaltene Zunge kam dabei näher und immer näher, als wolle sie das Mädchen küssen, dann jedoch ließ sie plötzlich von ihm ab, drehte sich zur Seite und wandte ihr jetzt den schuppigen Leib zu.

Eine Einladung, auf ihr zu reiten?

Die Löwin hörte auf an ihrem Herz zu fressen und hob aufmerksam das Haupt.

Und dann schienen Löwin und Schlange miteinander zu verschmelzen, zu einem einzigen Geschöpf, schöner und schrecklicher zugleich als alles, was Sahti jemals gesehen hatte. Ein Wesen mit gekröntem Löwenhaupt und Schlangenleib, das aus einer dreiblättrigen Blüte erwuchs, keine Pflanze, kein Tier, kein Mensch – ein Gott. Und das Mädchen erkannte

Ihn, von dem die Daya nur in ehrfürchtigem Flüstern sprach, den wahrhaften Herrscher des Südens, dessen Namen die Völker erzittern ließ, Apedemak, König der Götter.
Auf einmal war alle Angst verschwunden, ebenso wie der Durst, die qualvolle Enge in der Brust, das Pochen im Schenkel und der Eishauch, der langsam zum Herzen gekrochen war. Sahti spürte den steinigen Boden nicht mehr, auf dem sie lag, und auch nicht den Sand, der sie wie in einem Wüstengrab langsam zudeckte. Das Löwenhaupt kam näher und näher, golden, wie in Sand gebadet, und ein rissiger Mund öffnete sich, um in einer rauen, fremden Sprache mit ihr zu reden, die sie nicht verstand.
Hol mich!, wollte sie sagen. Ich habe Dich gesehen, bete Dich an und bin für immer Dein. Aber sie brachte keinen einzigen Ton heraus.
Unsanft zwang man ihr die Lippen auseinander und sie musste eine trockene, widerlich bitter schmeckende Substanz schlucken, die sie kaum hinunterbrachte.
Ein silbriges Blitzen. Ein scharfer, heller Schmerz, der bis in ihre Agonie drang. Blut begann zu sprudeln, sie spürte die warme Nässe.
Hatte die Schlange abermals zugestoßen?
Die Lider waren dick verkrustet und nur mit aller Anstrengung gelang es Sahti, sie zu öffnen. Das Löwenhaupt erschien doppelt vor ihr, dann dreifach, und schließlich waren es unzählige Gesichter, die besorgt auf sie heruntersahen.
Mit einem tiefen Seufzer schloss Sahti die Augen und glitt noch tiefer hinab in jenes dunkle Land, wo Apedemak bereits auf sie wartete – oder vielleicht auch nur der Tod.

*

Rujus Gesicht schimmerte in einem ungesunden Gelb, die Stirn glühte, nicht minder der restliche Körper. Tunbee, die der Daya bei der Krankenwache zur Hand ging, legte immer wieder kühle Lappen auf, aber nichts wollte helfen.

»Ich fürchte, wir kommen in eine schwierige Lage«, murmelte sie besorgt. »Dieser Geruch gefällt mir ganz und gar nicht. Außerdem muss sie endlich Wasser lassen. Und vor allem trinken, sonst vertrocknet sie uns noch bei lebendigem Leib.«
»Kein Wasser«, murmelte Ruju. »Ich bin nicht durstig.«
Ihre gebundenen Beine regten sich matt. Mit Akaziendornen und einer Darmsaite war sie zusammengenäht worden – bis auf eine kaum hirsekorngroße Öffnung. Deshalb musste Ruju liegen, durfte sich wochenlang kaum rühren. Denn jeder unvorsichtige Schritt, jede zu heftige Bewegung konnten das erwünschte Ergebnis wieder zunichte machen. Es gab Fälle im Dorf, bei denen man den schmerzhaften Vorgang zwei- oder dreimal hatte wiederholen müssen. Und jedes Mal wurden die Qualen unerträglicher.
»Ich weiß schon, Kleines, das behaupten alle, weil es anfangs ganz schön wehtut. Glaubst du vielleicht, ich kann mich nicht mehr daran erinnern? So etwas vergisst man nicht, ganz gleich, wie alt man wird. Es brennt wie Feuer, und du fürchtest schon, du würdest es nicht überleben, aber du überlebst es, glaube mir! Außerdem nützt nun mal alles nichts: Das Wasser muss nicht nur in deinen Körper rein, sondern auch wieder raus – sonst stirbst du nämlich.«
Tunbee bemühte sich, munter zu klingen, was ihr allerdings nicht so recht gelingen wollte.
»Aber so weit wollen wir es ja nicht kommen lassen. Wenn du willst, dann helfe ich dir dabei. Zu zweit schaffen wir das schon, wirst sehen. Ich hebe dich langsam hoch, dann schiebe ich dir die Schüssel unter, und schon geht es los.«
»Lass sie endlich in Frieden, Tunbee!« Die Daya kam mit zwei Tongefäßen zurück. Sie hob Rujus Oberkörper behutsam an, damit sie leichter trinken konnte, und hielt ihr eine dünnwandige Schale vor die Nase.
»Frisch gebrühter Tee aus getrockneten Tamariskenzweigen, nicht wahr?« Tunbee war neugierig schnuppernd näher ge-

kommen. »Um die Entzündung zu lindern und vor allem das Fieber zu senken, habe ich Recht?«
Trotz ihrer Schwäche drehte Ruju den Kopf zur Seite und verweigerte jegliche Flüssigkeitsaufnahme. Zu Tunbees Erstaunen bestand die Daya nicht darauf, sondern ließ sie gewähren und griff zum zweiten, etwas größeren Gefäß.
»Und was haben wir da?« Tunbee ließ sich durch nichts von ihren neunmalklugen Kommentaren abbringen. »Ach ja, sehe schon, natürlich Kreuzkümmelbrei – zum Heilen und Abschwellen. Willst du nicht noch ein paar Tropfen Rizinusöl dazugeben? Kann manchmal wahre Wunder wirken!«
Wortlos schob die Daya Rujus Hemd nach oben und begann die Schenkel des Mädchens leicht auseinander zu drücken. Aber bevor noch die warme grüngraue Paste die Wunde berührt hatte, zuckte Ruju bereits zusammen, krümmte sich und fing an wie um ihr Leben zu schreien. Mit einem Achselzucken ließ die Daya von ihr ab. Das Mädchen verstummte abrupt. Leises Wimmern, mehr war nicht mehr zu hören.
»Sie blutet ja immer noch!« Tunbee war der große, dunkle Fleck auf der Matratze nicht entgangen. »Und so stark noch dazu! Vielleicht hätten wir sie doch lieber nicht in dein Haus bringen sollen.« Nach der Überlieferung mussten alle Mädchen sieben Tage in der Hütte des Skorpions liegen, dann erst schwand seine Macht, und sein Stachel konnte sie nicht mehr vergiften. Jetzt klang Tunbee offen vorwurfsvoll. »Aber du hast ja darauf bestanden, dass wir sie schon nach der ersten Nacht ...«
»Und siehst du nicht, wie recht ich damit hatte?« Die Daya schien endlich ihre Sprache wiedergefunden zu haben. »Ich weiß schon, was ich tue. Wenn dir das nicht passt, steht es dir frei, jederzeit nach Hause zu gehen. Ja, mach, dass du endlich fort kommst! Ich kann dich nicht mehr sehen.«
Tunbee, die sonst immer gehorchte, wenn die Daya ihr etwas befahl, rührte sich dieses Mal nicht vom Fleck. »Es ist wegen Sahti«, sagte sie schließlich leise und ließ die Weiße Löwin

dabei nicht aus den Augen. »Das ist es, was dich eigentlich quält.«
Die Daya blieb stumm, als lohne es sich nicht zu antworten, warf der jungen Frau aber einen gefährlichen Blick zu.
»Du hast Angst, noch ein Kind zu verlieren«, wagte Tunbee sich mutig weiter vor. »Angst, dass alles sich wiederholt.«
»Unsinn!«, sagte die Daya fest und begann gleichzeitig so heftig in dem Kreuzkümmelbrei zu rühren, dass reichlich davon auf den Boden spritzte. »Sahti wird wiederkommen. Irgendwo muss sie ja stecken.«
»Und wenn nicht?« Tunbee ließ sich nicht beirren. »Wenn sie gar nicht mehr im Dorf ist, wie du annimmst, sondern sich verlaufen hat? Oder stell dir nur einmal vor, die Soldaten ...«
»Bist du endlich fertig?« Die Daya war erregt aufgesprungen.
»Und wenn sie irgendwo liegt und vergeblich nach uns gerufen hat, bis all ihre Kräfte verbraucht waren? Ich kann an gar nichts anderes mehr denken.« Tunbee schlug die Hände vors Gesicht. »Ich fühle mit dir, als wäre es ein Kind meiner Familie.«
»Ich wüsste nicht, dass du je eine Tochter gehabt hättest, oder? Und jetzt geh! Dein weinerliches Gerede macht mich ganz krank. Es ist mehr als genug, wenn du abends zur Nachtwache wiederkommst.« Der beißende Spott der Daya war nicht zu überhören. »Natürlich nur, falls du dich halbwegs mit dem Gedanken anfreunden kannst, dass auch mir ein paar Stunden Schlaf zustehen.«
Beinahe grob schob sie Tunbee aus der Tür. Dann kehrte sie schwerfällig wieder zu ihrer Arbeit zurück. Müdigkeit und Schlafmangel lagen wie ein dumpfer Schmerz in ihrem Körper. Das jedoch war es nicht allein. Es gab andere Qualen, die um vieles schlimmer waren. Aber was ging es diese schwatzhafte Frau schon an, dass das Knochenorakel sie gestern Nacht zum ersten Mal im Stich gelassen hatte? Da war

nur Schwärze gewesen, grenzenlose Leere – sonst nichts. Was, dass sie den Verlust der Löwenpranke als stechende Pein empfand, die immer unerträglicher wurde? Was schließlich, dass der anfängliche Zorn auf Sahti, die die heilige Zeremonie entweiht hatte, längst verflogen war und Angst und Sorge um das Mädchen sie inzwischen schier um den Verstand brachten? Ja, sie war ohnmächtig, verdammt zum Warten, Hoffen und Beten, bar ihrer magischen Kräfte, gefesselt an dieses Haus, in dem das Leben der Enkelin in ihren Händen lag. Jetzt war sie nur noch eine alte, müde Frau, die keinen Ausweg wusste. Die Götter hatten offenbar beschlossen, sie mit Prüfungen heimzusuchen, deren Sinn sie bislang nicht verstand und vielleicht niemals verstehen würde. Der schreckliche Orakelspruch der weißen Sichelnacht, mit dem alles Unheil seinen Anfang genommen hatte, war alles, was ihr geblieben war, um das schier Unerträgliche zu ertragen.

»Sahti?« Ruju bewegte sich unruhig in ihren Fieberträumen, als habe sie einen Teil der Gedanken der Daya erraten. »Sahti? Wo bist du? Bist du das?« Sie bäumte sich auf.

»Scht! Es ist nichts. Nichts!« Die Daya trat an das Lager des Mädchens. »Sahti wird bald wieder bei uns sein. Und du musst jetzt schlafen und endlich trinken, damit du gesund wirst. Versprichst du mir das?«

Rujus Kopf rollte kraftlos zur Seite. Die Wangen waren längst nicht mehr so prall wie noch vor kurzem, und das vormals weiche Kinn erschien der Daya nun geradezu erschreckend spitz. Dazu kam der faulige Geruch, der den ganzen Raum vergiftete und sich trotz aller Räucherungen nicht vertreiben ließ. Es war, als weiche das Leben unaufhaltsam aus diesem kindlichen Körper, der noch vor wenigen Tagen so gern gelacht, gescherzt und gesungen hatte. Schlimm stand es um die Kleine, sehr schlimm sogar. Dazu brauchte sie nicht erst Tunbees einfältiges Gebrabbel, das spürte die Daya mit all ihren Sinnen. Wenn nicht wirklich bald ein Wunder ge-

schah und das Fieber endlich sank, dann würde Ruju sterben. Die Daya wusste, dass es so war, auch wenn sie sich bisher eingeredet hatte, dass die Krise bald überstanden sei.
Kein Mensch konnte dem Tod ausweichen. Weder seinem eigenen noch dem, der die erwartete, die seinem Herzen nahe waren. Anderen hatte sie das oft genug gesagt. Nun war sie wieder einmal selber an der Reihe. Dieselbe bleierne Angst, die sie am Totenlager ihrer Tochter gelähmt hatte, nahm der alten Frau auch jetzt den Atem. Erst Nuya und nun auch noch die Tochter der Tochter, welch grausame, unmenschliche Wiederholung! Aber der Herrscher über Leben und Tod war streng und stolz und ließ sich oft nicht einmal durch Bitten und innigliches Flehen umstimmen. Sie konnte nicht anders; sie warf sich ihm trotzdem zu Füßen. Ihre Lippen bewegten sich in lautlosem Gebet: Nicht sie, Apedemak, nicht sie. Nimm mich, wenn du willst, ich habe lange genug gelebt!
Das Wimmern auf dem Bett schwoll an zu heiserem Stöhnen.
»Du darfst nicht gehen, Ruju, hörst du mich?«, flehte die Daya. »Nicht auch noch du! Du kannst doch nicht einfach sterben und mich ganz allein lassen!«
Aus fieberglänzenden Augen schaute Ruju sie an, aber sie sah sie nicht. »Sahti? Sahti!«
Die Stimme erstarb.
Verzweifelt beugte sich die Daya über das Bett und wiegte den glühenden Körper in ihren Armen.

*

Nach dem Festmahl setzte sich ein Trupp Soldaten heimlich ins Dorf ab, bis zum Überdruss satt von Antilopen- und Gazellenbraten, betrunken vom schäumenden Feigenbier. Es traf sich gut, dass die meisten Männer unter Golos Führung zur Mine aufgebrochen waren und die Soldaten daher hauptsächlich mit Greisen und den Halbwüchsigen rech-

nen mussten, die der sandverkrusteten Jagdgesellschaft auf ihrem Rückweg zum Fort mit offenem Mund nachgestarrt hatten.
Die Ansiedlung lag nilabwärts, leicht erhöht auf einem Hügel erbaut, um von den Überschwemmungen des großen Flusses sicher zu sein. Unmittelbar am Ufer begann das fruchtbare Schwemmland, für das die Soldaten keinen Blick übrig hatten, ebenso wenig wie für die direkt anschließenden Weiden, die bis zum Rand der Wüste reichten. Nur wenige Tiere grasten dort noch; die Überzahl brüllte längst in den provisorisch instandgesetzten Ställen der Festung von Abu Resi, zusammengetrieben für den baldigen Transport nach Waset, wo sie die riesigen Herden des Pharaos ergänzen würden.
Es war ein Ausflug in eine fremde Welt, auch wenn sie wie die zu Hause aus den ungebrannten Ziegeln des Nils errichtet war – und in eine verbotene dazu. Kein Kuschit durfte lebendig das Fort betreten, so das strenge Gesetz, das seit Jahrhunderten unangefochten galt, und auch umgekehrt hatte Ipi seinen Männern eingeschärft, jeglichen Kontakt mit den Einheimischen zu meiden, es sei denn, er hätte es ausdrücklich anders befohlen. Aber der Reiz des Verbotenen machte die heimliche Unternehmung nur umso verlockender, und schließlich hatten sie sich nicht umsonst tagelang in wüste Phantasien hineingesteigert.
Jetzt, so nah am Ziel ihrer Wünsche angelangt, missfiel es ihnen allerdings, dass die Gassen wie leergefegt waren und in den meisten Häusern kein Öllicht zu sehen war. Nicht einmal aus den Innenhöfen drangen menschliche Laute. Die Laune der Soldaten sank.
Schließlich blieben sie stehen.
»Verdammt, wo stecken sie denn, diese scharfen kuschitischen Weiber?« Der Anführer der Meute, ein hagerer Unteroffizier mit brennenden Augen, den alle in der Kompanie Schakal nannten, weil er es liebte, im Rudel zu töten, drehte

sich unwillig um die eigene Achse. Sie hatten Fackeln mitgebracht, um sich einfacher zurechtzufinden, ein unstetes, flackerndes Licht, das im Nachtwind seltsame Schatten gebar.
»Haben wir uns vielleicht durch Sturm und Sand gekämpft, um jetzt vor verschlossenen Türen zu stehen? Raus mit euch, ihr schwarzen Täubchen! Wir werden euch zeigen, was ein wirklicher Mann ist!«
»Es heißt, sie seien so eng zusammengenadelt, dass man sich wie in Hathors Armen fühlt«, schwärmte sein dicklicher Kumpan, der keuchend mitzuhalten versuchte.
»Nicht umsonst sagt man ja, eine einzige von ihnen ersetze dir einen ganzen Harim voll braver Frauen aus Kemet.«
»Tja, manchmal übertrifft die Wirklichkeit eben sogar die süßesten Träume!«
Betrunkenes Gelächter. Die Spannung wuchs. Die Gier nicht minder. Weiter zogen sie, voller Ungeduld, lüsterner mit jedem Schritt. Einer lahmen Katze, die ihnen in die Quere kam und nicht rasch genug fliehen konnte, versetzten sie Tritte, bis sie sich nicht mehr bewegte; zwei Zicklein, die vor einem Haus angebunden waren, schlitzten sie kurzerhand auf und ließen sie liegen. Das warme Tierblut steigerte ihren Rausch, wenngleich es unter den Männern auch einige gab, die langsam wieder zur Besinnung kamen.
»Der General wird uns alle hängen lassen, wenn er uns hierbei erwischt«, flüsterte ein junger, schmächtiger Soldat, der zum ersten Mal fort von zu Hause war und bereits bitter bereute, dass er sich zum Mitkommen hatte überreden lassen. Er schwankte beim Gehen, aus Furcht oder weil er zu viel Feigenbier getrunken hatte, und seine Beine wollten ihm nicht mehr recht gehorchen.
Sein Nebenmann, kaum älter als er, dem es ähnlich zu ergehen schien, nickte bedrückt. »Mein großer Bruder hat mir erzählt, was Soldaten blüht, die sich seinen Anordnungen widersetzen. Sag, sollen wir uns nicht lieber doch noch schnell absetzen?«

»Ach, komm schon, Kleiner!«, beschwichtigte ihn ein Dritter. »Wenn du erst einmal tief in einem dieser engen Honigtöpfe steckst, sind deine Bedenken wie weggeblasen, das kann ich dir versprechen!«
Der Widerstand der beiden erlahmte. Es gab ohnehin kaum ein Entrinnen. Gemeinsam waren sie losgezogen, und gemeinsam würden sie die Abenteuer dieser Nacht erleben.
Der Schakal machte plötzlich Halt. Das Haus vor ihnen war größer und in besserem Zustand als die umliegenden; ein Anbau, beinahe stattlicher als das Hauptgebäude, schien erst vor kurzem errichtet worden zu sein.
»Hört ihr nichts?« Er presste sein Ohr an die Türe. »Da drinnen zwitschern gar liebliche Vögelchen. Wisst ihr was, Männer? Wenn sie schon nicht freiwillig zu uns wollen, dann kommen wir eben zu ihnen.« Er hielt seine Fackel an die Türe, bis sie Feuer fing. Bald schon leckten Flammen am trockenen Holz. »Heraus mit euch, ihr Täubchen!«, schrie er aus vollem Hals. »Sonst rösten wir euch bei lebendigem Leib!«
Die Tür wurde zögernd von innen geöffnet. Zwei Frauen und ein kleines Mädchen hielten sich zum Schutz bunte Tücher vor das Gesicht.
»Na also!« Ein zufriedenes Grinsen. »Wieso denn nicht gleich?« Er schubste das Kind unsanft zur Seite. »Hau ab, Kleine!«, sagte er nicht einmal unfreundlich. »Deine Mutter hat jetzt keine Verwendung für dich.«
»Lauf, Minnee!«, schrie Hewa angstvoll und ließ dabei das Tuch sinken. Ein grobes, narbiges Gesicht, beherrscht von angstgeweiteten Augen, kam zum Vorschein. Enttäuscht wich der Soldat vor ihr zurück. »Renn zur Daya, so schnell du kannst, und sag ihr, dass Soldaten …«
Ein kräftiger Stoß in den Magen ließ sie verstummen. Mit einem Schmerzenslaut sank sie in sich zusammen. Die Tochter benutzte die Gelegenheit, um zwischen den Beinen der Soldaten in der Dunkelheit zu verschwinden.

»Und wenn sie nun tatsächlich Hilfe holt – womöglich ein paar starke Männer – und wir alle auffliegen?«
»Sollen sie doch kommen! Vielleicht bringen sie noch ein paar hübschere Schwestern und Tanten mit, wäre doch gar nicht so übel.«
Der Schakal riss der zweiten Frau den Schleier herunter und pfiff anerkennend durch die Zähne, als er ihr Gesicht sah. Dann wandte er sich halb um, weil die anderen keine Anstalten machten, sich zu rühren, bis auf einen Soldaten, der geistesgegenwärtig mit einem Schwall aus dem Wasserkrug das Feuer gelöscht hatte.
»Worauf wartet ihr noch? Habt ihr nicht gesehen, wie die Sache läuft? Ein bisschen Qualm – und schon werden sie wie Ratten ausgeräuchert. Aber sucht euch gefälligst eure eigene Beute! Die Hässliche zum Beispiel, wenn ihr wollt, meinetwegen, die könnt ihr gern haben.« Er trat nach Hewa, die sich noch immer nicht rührte und gekrümmt am Boden lag. »Denn die hier, das ist ein Täubchen ganz nach meinem Geschmack.«
Roh packte er die Frau am Arm und zog sie näher zu sich heran. Das Licht seiner Fackel beleuchtete den aufgebäumten Schlangenkopf an ihrem rechten Oberarm, und für einen Augenblick stutzte er.
Nabus Spucke traf ihn exakt zwischen den Brauen.
»Also doch kein Täubchen, sondern eine echte Wildkatze!« Mit dem Handrücken wischte er sich ab. Seine Augen glommen begierig. »Soll mir recht sein, denn das macht den Spaß sogar noch größer. Kannst wohl kaum abwarten, bis ich dich bändige, was? Dann komm, an mir soll's wirklich nicht liegen!«
Er drängte sie ins Innere des Hauses, bis sie an einer Wand angelangt war und nicht weiter konnte. Ihre Brust hob und senkte sich stoßweise; es war zu dunkel, um ihren Gesichtsausdruck zu sehen, aber hell genug, um durch das dünne Gewand die Anmut ihres Körpers erkennen zu können. Zuerst

griff der Schakal ihr grob zwischen die Beine, dann aber schien er sich anders zu besinnen.
»Auf den Boden!«, herrschte er sie an. »Oder willst du mein Messer zu spüren bekommen?«
Zu seiner Verblüffung gehorchte sie, so schnell und scheinbar bereitwillig, dass er sich einen Augenblick lang fragte, ob sie vielleicht seine Sprache verstand. Egal, jetzt gab es Wichtigeres zu tun. Er fiel über sie her, riss das Kleid in Fetzen. Gierig fuhr er über Hüften und Brüste, dann versuchte er, in sie einzudringen.
Sie lag da wie eine Tote, rührte und regte sich nicht.
Seine Hände wühlten in ihrem Fleisch, aber trotzdem wollte sich eine wirkliche Erregung nicht einstellen. Ganz im Gegenteil, sein sonst so zuverlässiger Diener der Lust blieb matt und seltsam unentschlossen, als habe er noch nie eine Frau besessen. Ihre Schenkel waren offen, aber er kam dennoch nicht ans Ziel.
»Beweg dich!«, befahl der Schakal keuchend und schwitzte immer stärker, wütend über sie, noch zorniger aber über sein eigenes Versagen. »Wehr dich doch oder mach wenigstens irgendetwas! Oder glaubst du vielleicht, ich habe Verlangen nach einer Mumie?«
Keinerlei Reaktion.
»Bist du taub?« Er schlug ihr hart ins Gesicht, zwei Mal, so kurz hintereinander, dass sie keine Möglichkeit hatte, auszuweichen. Ihr Kopf schlug auf den Boden, aber sie gab keinen Laut von sich, nicht einmal ein Wimmern oder ein unterdrücktes Stöhnen. Was ihn noch mehr in Rage brachte. »Brauchst du vielleicht erst eine ordentliche Tracht Prügel, bevor du richtig in Schwung kommst, was?«
In seiner Wut war es ihm einerlei, ob sie ihn verstand oder nicht. Die Sprache seiner Fäuste würde sie schon zur Vernunft bringen. Verdammt, er wollte sie endlich besitzen, auf der Stelle, und wenn er sie vorher noch so schlagen musste!
Ein stechender Schmerz ließ ihn innehalten. Nur einmal zu-

vor im Leben, beim Stich eines Skorpions, der beinahe tödlich für ihn ausgegangen wäre, hatte er Ähnliches erlebt.
»Du Hexe!« Blind vor Wut schlug er zu. »Was hast du gemacht?« Es war, als ob sein Fleisch in Flammen stünde. Er fiel seitlich von ihr herunter, hielt sein Glied mit beiden Händen umklammert, aber es wollte sich keine Linderung einstellen. »Rede! Was hast du mir angetan?«
Er war zu sehr mit seiner Pein beschäftigt, um mitzubekommen, was hinter ihm vorging. Weitere Männer hatten das Haus betreten, viele Männer, Soldaten, die nicht zu seinem Trupp gehörten. Erst als eine Hand seine Schulter nach hinten riss, als wolle sie ihm die Achsel ausrenken, merkte er, dass er in der Falle saß. Einen Lidschlag lang vergaß er sogar seinen Schmerz, denn die Stimme des Generals traf ihn wie ein Peitschenhieb.
»Ist das alles, was du in meiner Armee gelernt hast? Befolgst du so meine Befehle?«
»Wir wollten doch nur ...«
»Fesselt ihn!«
Ein paar Männer zogen ihn auf die Beine. Er wand sich noch immer, konnte kaum gerade stehen.
»Sie hat mich verhext, diese verflixte Schlangenfrau!« schrie er voller Empörung. »Ein Gift, eine Zauberei, wer weiß, was sie mit mir angestellt hat. Sie allein ist schuld, dass ich ...«
»Bringt ihn zum Schweigen!«
Zwei Faustschläge, die seinen Kiefer zerschmetterten. Er sackte zusammen, fiel nach vorn, auf das Gesicht.
»Bindet ihn draußen auf dem Esel fest, damit wir ihn unterwegs nicht verlieren!« Ipis Stimme war eisig. »Und dann kümmert euch um seine Kumpane. Für jeden, den ihr entkommen lasst, bezahlt einer von euch. Ist das klar?«
»Zu Befehl, General!«
Alle liefen nach draußen. Nur zwei Soldaten blieben unschlüssig an der Schwelle stehen.

»Und die Frau, General?« fragte der einer von ihnen. »Was soll mit ihr geschehen?«
Nabu kauerte an der Wand und rührte sich nicht.
»Können wir uns Zeugen leisten?« fragte Ipi kalt zurück.
»Nein, General, das können wir nicht«, erwiderte der zweite Soldat eilfertig. »Soll ich sie gleich zum Schweigen bringen?«
Von draußen wurden aufgeregte Stimmen laut.
»Sie ist da drin«, hörte man eine Frau schrill schreien. »Sie muss noch da drin sein! Ich bin ganz sicher!«
Wahrscheinlich lief schon das halbe Dorf zusammen, genau das, was Ipi am wenigsten in seine Pläne passte. Er zögerte keinen Augenblick. Das Wichtigste war jetzt ein rascher, geordneter Abzug. Alles Weitere würde sich später finden.
»Wir nehmen sie mit«, befahl er. »Bindet sie!«
»Ins Fort?«, fragte der Soldat verblüfft nach. Seinem Gesicht war deutlich anzusehen, wie ungeheuerlich er diese Vorstellung fand.
»Ins Fort«, bekräftigte Ipi mit deutlicher Ungeduld, als sei dieser Befehl nichts als reine Routine und jedes Nachfragen überflüssig. »Worauf wartet ihr noch?«
Nabu schlug um sich, als die Soldaten sie hoch zerrten. Der eine bekam ihre Zähne zu spüren, die sie in seine Hand schlug, der andere einen kräftigen Tritt in den Unterleib, der ihn nach Luft schnappen ließ. Aber schließlich gelang es den beiden mit vereinten Kräften, sie zu überwältigen. Sie machten sie mit einem Knebel stumm, banden ihr die Hände auf dem Rücken und fesselten ihre Knöchel so eng, dass sie kaum noch gehen konnte. Sie war halb nackt, ihr rechtes Lid dick geschwollen, und sie blutete aus mehreren Wunden, aber sie stand stolz und aufrecht da, hatte die Haltung einer Königin.
»Sie scheint tatsächlich nicht ungefährlich zu sein.« Ipi betrachtete die Gefangene mit leisem Abscheu, der wuchs, nachdem er die Tätowierungen an ihren Armen entdeckt hatte. »Behaltet das Schlangenweib im Auge, sonst seid ihr

dran! Ein wildes Tier braucht eine besondere Behandlung. Gehen wir.«

Als sie das Haus verließen und sich mit den anderen Soldaten zum Trupp formierten, wichen Kinder und Frauen zurück, darunter auch Hewa, die sich von ihrer vorgetäuschten Ohnmacht inzwischen wieder erholt hatte. Allerdings hielt sie sich die Hand vor den Mund, um ihren Schrei zu unterdrücken, als sie sah, in welchem Zustand sich ihre Rivalin befand, und auf ihren Zügen zeigte sich fast so etwas wie Mitleid.

Nur eine Frau machte keinerlei Anstalten, den Weg frei zu machen, eine stattliche Alte mit breiter Nase und schlohweißem Haar, die keuchend dastand, als sei sie gerade zu schnell gelaufen. Sie starrte die Gefangene zunächst lange an, als könne sie sich an diesem Anblick kaum satt sehen. Dann allerdings schien sie sich plötzlich anders zu besinnen. In hohem Bogen spuckte sie vor den Soldaten aus, zog aus ihrem Gewand eine lange Kette, auf die unzählige Kaurischnecken gefädelt waren, und vollführte mit ihr geheimnisvolle Zeichen in der Luft. Dazu verfiel sie in einen Singsang, der immer lauter wurde und aufsässig, ja sogar bedrohlich klang.

Die Soldaten tauschten untereinander unbehagliche Blicke. Die meisten wären am liebsten auf der Stelle weggelaufen, aber keiner wagte es. Selbst Ipi schien zunächst wie gebannt, rührte und regte sich nicht mehr.

Ebenso abrupt wie sie begonnen hatte, endete die Alte wieder.

Sie schien in sich zusammenzusinken und hielt den Kopf gesenkt, noch immer ein Hindernis aus Fleisch und Blut für den Rückzug der Soldaten des Pharaos, doch bevor Ipi noch befehlen konnte, was mit ihr zu geschehen habe, war sie plötzlich von der Nacht verschluckt.

*

Auf Wunsch des Mannes aus dem fernen Kepni hatte man das Mädchen aus der Wüste in einen von Amenis Festungsräumen gebettet, ein winziges, nicht besonders reinliches Zimmer. Wenn Namiz nach ihr sah, fand er zu seinem Erstaunen nahezu jedes Mal den Burschen des Generals dort vor, der sie wusch und abtrocknete, dafür sorgte, dass sie genug trank und ihr heiße Wildbrühe in winzigen Schlucken einflösste, damit sie bald wieder zu Kräften gelangen würde. Zunächst schien es dem Mann mit den klobigen Händen, die jedoch ganz offensichtlich nicht nur mit jungen Pflanzentrieben so sanft und behutsam umzugehen wussten, fast peinlich zu sein, bei dieser ungewohnten Tätigkeit beobachtet zu werden, allmählich aber gewöhnte er sich daran und schien schließlich zu Namiz fast eine Art Vertrauen zu fassen.
Von unten waren Lachen und lautes Grölen zu hören, und der laue Nachtwind trieb den Duft gebratenen Fleisches zum Fenster herein. Die meisten Soldaten waren schon betrunken, und bestimmt gab es keinen einzigen, der in seinem Magen noch Platz für nur einen Bissen gehabt hätte. Vor kurzem war der General mit ein paar Männern, die sich noch halbwegs aufrecht halten konnten, überhastet aufgebrochen. Namiz hätte zu gern erfahren, was sie vorhatten, aber natürlich hatte Ipi ihn nicht informiert, und genau genommen ging es ihn ja auch nichts an. Er tat sicherlich besser daran, sich auf sich selber zu besinnen. Denn Jagd und Festmahl waren endlich vorüber, und bei Sonnenaufgang konnte er sich wieder seiner eigentlichen Aufgabe widmen.
»Die Wunde heilt besser, als gedacht. Sogar die Schwellung geht langsam zurück.« Antef dämpfte seine Stimme, um die Kleine nicht aufzuwecken. »Allerdings wird sie vermutlich eine Narbe zurückbehalten.«
»Hat sie schon etwas gesagt?«
»Sie schreit nicht mehr. Und sie reagiert, wenn man sie berührt.«

»Was trägt sie da Merkwürdiges auf der Brust?«, fragte Namiz.

»Ein Amulett? Wer weiß schon, was die Bräuche der Kuschiten sind! Aber sie lässt ohnehin nicht zu, dass es ihr abgenommen wird. Sogar im Schlaf hält sie es fest umklammert.«

»Du hast ihr immerhin das Leben gerettet«, sagte Namiz und betrachtete nicht ohne Zärtlichkeit das schmale Kindergesicht mit den geschlossenen Lidern, unter denen die Augäpfel unruhig hin und her jagten. Ein guter Geist musste über diesem zarten Geschöpf wachen, sonst hätte es weder Sandsturm noch Schlangenbiss überlebt. »Was macht da schon eine Narbe aus? Oder ein seltsamer Beutel, den sie um keinen Preis loslassen will? Ohne deinen beherzten Schnitt und vor allem ohne dein Gegengift hätten sie längst die Schakale gefressen.« Er legte eine kleine Pause ein. »Weiß der General eigentlich, womit du deine Zeit verbringst?«, fragte er vorsichtig.

»Solange ich meine Arbeit mache, wird er schon nichts dagegen haben. Außerdem stammt das Gegengift nicht von mir, sondern von Tama.« Antef strich der Schlafenden vorsichtig das verklebte Haar aus der Stirn. »Sie hat darauf bestanden, dass ich ein starkes Mittel gegen Giftvipern mitnehme. Ohne das hätte sie mich erst gar nicht fortgelassen.«

»Tama – ist das deine Frau?«

»Und was für eine Frau! Sie hat viel für das Mittel bezahlt, so viel, dass ich sie ausgeschimpft habe, aber das war ihr ganz egal. Tama macht immer, was sie will. Und sie wollte unbedingt, dass ich heil wieder zu ihr zurückkomme. Sie braucht mich nämlich – sagt sie wenigstens.«

»Das klingt gut.« Namiz musste lächeln. »Ich nehme an, ihr habt keine Kinder?«

»Dreimal war Tama schwanger, aber jedes Mal ...« Antef verstummte. Der Schein der Öllampe ließ sein Gesicht dunkel und traurig erscheinen. »Manchmal dachte ich, sie über-

steht es nicht. Aber ich habe mich zum Glück geirrt. Und du? Hast du Kinder?«
»Nein«, sagte Namiz eine Spur zu schnell.
Was ging es den anderen schon an, dass im fernen Kepni vor vielen Jahren ein kleiner Junge mit schwarzen Locken und grünen Augen zur Welt gekommen war, der inzwischen längst zum Mann herangewachsen sein musste? Er würde ihn ebenso wenig wieder sehen wie die schöne, leidenschaftliche Mutter des Knaben, die er noch heute in seinen Träumen zärtlich umarmte, vorausgesetzt, es waren gute Nächte. In schlechten allerdings quälten ihn die Bilder einer verzweifelten Frau und eines weinenden Kindes, die vergeblich auf die Rückkehr eines Vaters warteten, der nicht mehr nach Hause zurückkehren konnte, wollte er nicht sein Leben und das seiner Familie gefährden.
Gedanken und Erinnerungen, die noch immer schmerzten, und so gar nicht zu dieser letzten Nacht im Fort passten. Außerdem brauchte er seine Kräfte für die kommende, sicherlich anstrengende Zeit in Sarras, weshalb er schon längst hätte schlafen sollen. Aber es gefiel ihm, sich mit diesem sonst so schweigsamen Mann zu unterhalten, dessen Gedanken so einfach zu lesen waren wie eine perfekt geschriebene Papyrusrolle.
»Vermutlich würde sich deine Tama mehr als über alles andere auf der Welt über ein kleines Mädchen freuen. Sie würde es lieben wie ihr eigenes Kind, auch wenn es eine dunkle Haut hätte, aus dem Süden stammte und noch kein einziges Wort eurer Sprache könnte. Bist du deshalb so oft hier?«
Antef mied den Blick des Juweliers. Für ein paar Augenblicke war es so still im Raum, dass man nur die gleichmäßigen Atemzüge der Kleinen hörte.
»Heißt es nicht, dass Kinder schnell lernen?«, sagte er schließlich.
»Und wenn man sie inzwischen vermisst? Die Kleine wird ja

kaum vom Himmel gefallen sein wie eine reife Dattel! Wenn es folglich irgendwo hier ganz in der Nähe eine Mutter und einen Vater gibt, die sich die Augen ausweinen?«
»Gibt es nicht.«
»Wie kannst du dir da so sicher sein?«, fragte Namiz erstaunt.
»Weil ich sie sonst nicht mitten in der Wüste gefunden hätte. Wer sein Kind liebt, hütet es und schickt es nicht in den Tod.« Es klang abschließend.
Antefs Entschlossenheit nötigte Namiz Respekt ab. Erstaunlich, was sich hinter dieser breiten Stirn so alles verbarg! Er war gespannt, wie Ipis Bursche seinen abenteuerlichen Plan weiter verfolgen würde. Denn bis jetzt konnte er sich nur schwerlich vorstellen, dass der finstere General nur Antef zu Gefallen ein Kind aus dem Goldland freiwillig mit nach Waset nehmen würde.
»Dann hast du dir ja eine ganze Menge vorgenommen«, sagte Namiz und wandte sich zum Gehen.
»Hathor und Isis werden mir beistehen«, sagte Antef einfach. »Tama sagt immer, dass Hathor allen Liebenden hilft, wenn man sie darum bittet, während Isis sich um das Wohl jedes Kindes kümmert. Und in meinem ganzen Leben hatte ich noch kein einziges Mal Anlass, an den Worten meiner Tama zu zweifeln.«

*

Als die Schatten länger wurden und die Luft nicht mehr vor Hitze flirrte, rührte sich in der ganzen Mine auf einmal keine Hand mehr. Kommandant Ameni, gerade damit beschäftigt, zwei künftige »Buchhalter des Goldes« in ihre Aufgabe einzuweisen – Soldaten, die einigermaßen lesen und schreiben konnten, und von nun an damit beauftragt waren, alle Goldfunde auf kleinen Tontafeln fest zu halten –, hielt verblüfft mitten im Wort inne.
Die beiden Männer taten es ihm gleich.

Kein Knarzen der Drehmühlen mehr, kein prasselndes Aufschütten des gemahlenen Steins auf der glatt geschliffenen Schräge, kein gleichmäßiges Wasserplätschern. Nicht ein Laut, dafür der blanke, wolkenlose Himmel über ihnen und seine unerträgliche Helligkeit, die alle Lebewesen gleichermaßen lähmte.
»Was ist denn hier los? Wieso arbeitet auf einmal keiner mehr?«
Wie immer wandte sich Ameni zuerst an Golo, der ihm feindselig entgegenstarrte. Es war mit Namiz vereinbart, dass der künftige Häuptling noch bis zum Ende der Woche bleiben solle, um dann wieder zu seinen Rindern zurückzukehren. Aber jetzt trug Golo den Speer und seinen breiten, perlengeschmückten Kriegergürtel, an dem seine Frauen mehrere Sommer gearbeitet haben mussten, und schien weniger zum Aufbruch gerüstet, als vielmehr zum Kampf.
Hinter ihm standen die kuschitischen Minenarbeiter, regungslos wie er. Als sie sich nach ein paar endlos scheinenden Augenblicken wie ein Mann in Bewegung setzten, sah Ameni, dass ihre Gesichter vollständig mit Ocker bemalt waren, starre, drohende Masken, und die Kehle wurde dem Kommandanten eng.
Ocker, das bedeutete Krieg. Krieg gegen Kemet.
Krieg gegen ihn.
Als hätte Golo seine Gedanken gelesen, hob er seinen Speer, holte weit aus und schleuderte ihn los. Vibrierend bohrte er sich in den Boden, keinen Fingerbreit neben Amenis linkem Fuß.
»Das muss ein Missverständnis sein«, sagte Ameni unsicher und wagte kaum nach unten zu sehen, so ausgeliefert fühlte er sich mit einem Mal. »Es ist bestimmt nur ein Missverständnis.«
Er erhielt keine Antwort, was sein ungutes Gefühl verstärkte. Die beiden »Buchhalter des Goldes« neben ihm waren in-

stinktiv ein paar Schritte zurückgewichen, als verbreite er auf einmal üblen Geruch. Sie waren waffenlos wie er.
Hilfe suchend sah er sich nach Namiz um, der mit ein paar Soldaten in Richtung Fluss gegangen war, um die Anlegestelle zu inspizieren. Die restlichen Männer hatte er am Morgen mit einigen Eseln ein Stück flussaufwärts geschickt, um Brennholz zu machen. Und selbst wenn sie rechtzeitig zurückkamen, waren sie doch den Einheimischen zahlenmäßig weit unterlegen.
Ameni versuchte es ein zweites Mal. Schließlich hatte er jahrelange Erfahrung im Umgang mit diesen Leuten.
»Wir sollten reden«, sagte er, beinahe bittend. »Sag mir, was geschehen ist. Wir finden bestimmt eine Lösung.«
Gemeinsam begannen die Kuschiten loszuschnalzen, ein verwirrendes Geräusch, offenbar mit Lippen und Zungen erzeugt, das Ameni durch den ganzen Körper ging und ihn an Peitschenhiebe erinnerte, die hart auf einem Stein aufprallten. Ihre Oberkörper schwangen dabei rhythmisch vor und zurück, eine große, braune Welle, die ihn allein vom Zusehen ganz schwindelig machte. Die Hüften nahmen die Bewegung des Oberkörpers auf und verstärkten sie. Drohend reckten die Männer ihm ihre Genitalien entgegen, um sie schon im nächsten Moment wieder nach hinten kreisen zu lassen.
Aus den Augenwinkeln sah Ameni, dass ein Teil der Holzsammler inzwischen zurückgekehrt war, aber keinerlei Anstalten machte, ihm zu Hilfe zu eilen, sondern ebenso starr wie er das unheilvolle Schauspiel verfolgte. Das Schnalzen war mittlerweile in ein gefährliches, lauerndes Zischen übergegangen. Und dazu wanden sich die Leiber der Kuschiten in seltsamen Drehbewegungen, die ihn tatsächlich an einen Tanz gefährlicher Reptilien denken ließen.
Für einen Augenblick war er abgelenkt gewesen. Deshalb zuckte er wie verbrannt zusammen, als ein zweiter Speer seine rechte Sandalenspitze in den Sand nagelte.

»Namiz!«, schrie er in wachsender Furcht. »Nimm alle deine Männer und kommt sofort hierher!«
Die Furcht einflößenden Ockerkrieger, noch immer in unablässiger Bewegung, schienen etwas zu sagen, was er zunächst nicht verstand, ein einziges Wort nur, das sie unablässig im Chor wiederholten, einen Laut, der in seinen Ohren immer unerträglicher anschwoll.
Plötzlich verstand er, was es war.
»Frauen!«, das war es, was sie in ihrem seltsamen Dialekt riefen, den auch nur halbwegs zu erlernen ihn lange, mühsame Monate gekostet hatte. »Frauen. Frauen. Frauen!«
Angst fuhr in seinen Körper, machte ihn steif und hart.
Sie mussten von dem Überfall auf ihr Dorf erfahren haben. Allein schon in das Haus eines Kuschiten einzudringen, galt als großer Frevel, den Frauen zudem Gewalt anzutun, als kapitales Verbrechen, das nur mit Blut gesühnt werden konnte. Was machte es schon aus, dass er gar nicht dabei gewesen war, ja, dass er die Entgleisung der Soldaten sogar scharf verurteilt hatte? Jetzt stand er ihnen gegenüber, stellvertretend für die Männer aus Kemet, die diese Untaten begangen hatten.
Jede Bewegung schien ein Risiko. Ameni wagte dennoch eine winzige Kopfdrehung.
»Worauf wartet ihr noch?«, schrie er in Richtung der Soldaten, die sich viel zu langsam aus ihrer Erstarrung lösten, um endlich nach Wurfholz, Speer und Bogen zu greifen, und erschrak, wie dünn seine Stimme auf einmal klang. »Seht ihr denn nicht, was hier vor sich geht? Sie sind offenbar wahnsinnig geworden, diese Kuschiten, alle miteinander – und greifen an! Sie werden uns umbringen, mich, euch, uns alle …«
Jetzt endlich hatten die Soldaten ihre Waffen gepackt und begannen loszurennen, allerdings zu spät für Ameni. Denn der dritte Speer bohrte sich in seinen Hals und brachte den Kommandanten mitten im Satz zum Schweigen.

DRITTE STUNDE:
DIE PRANKEN DER PACHET

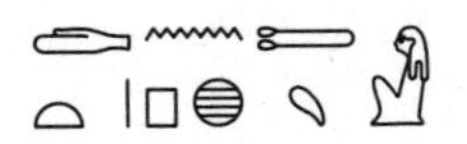

Sahti mochte den Mann mit den großen Händen, die so überraschend behutsam mit ihr verfuhren, obwohl sie nur an seinem Gesichtsausdruck erraten konnte, was er ihr mit seinen seltsamen Lauten sagen wollte. Sie genoss die sanften Berührungen, war dankbar dafür, dass er ihr Wasser und Suppe, später auch feste Speisen brachte, sie zum Wasserlassen über eine Schüssel hob und sich aufmerksam um die Versorgung ihrer Wunde kümmerte. Allmählich ging es ihr besser und sie fing an, sich nach und nach für ihre Umgebung zu interessieren. Eingehend betrachtete sie das enge Zimmer, in dem sie lag, die rauen, lehmverputzten Wände, in die irgendjemand geheimnisvolle, für sie nicht zu deutende Bilder und Zeichen geritzt hatte, das kleine Geviert hoch über ihrem Kopf, in das abwechselnd helles Sonnenlicht fiel oder der blassere Schein des Mondes. Manchmal schob sie den Leinenverband zur Seite und betastete vorsichtig die Kruste, die sich allmählich über dem Loch bildete, das das Messer dieses Mannes in ihren Schenkel geschnitten hatte. Ab und an allerdings war ihr, als sei das Gift der Schlange noch nicht gänzlich besiegt. Dann brannte und juckte nicht nur die Wunde, sondern ihr ganzer Körper begann zu schmerzen und die kalte Angst der Wüste kehrte wie ein Alptraum zu ihr zurück.
Weinend rief Sahti nach Ruju und der Daya, die kommen und sie wieder nach Hause holen sollten, aber dann fiel ihr immer wieder ein, dass Ruju ja sicher noch in der Skorpionhütte liegen musste und die Daya gar nicht wissen konnte, dass ihre Enkelin hier war. Außerdem hatte sie ihr den Beu-

tel mit der Löwenkralle weggenommen, ihren allerheiligsten Besitz, den niemand außer ihr selbst berühren durfte. Vielleicht war die Daya so zornig darüber geworden, dass sie sie überhaupt nicht mehr sehen wollte – nie mehr wieder.
Meistens schlief Sahti inmitten dieser quälenden Gedanken ein, erschöpft von Tränen und Schmerz, bis eine Stimme neben ihrem Bett sie wieder aufweckte. An diesem Morgen aber war es nicht der Mann mit den großen Händen, der ihr frisches Wasser, Hirsebrei und Fladenbrot brachte und umständlich mit seinen langen Leinenstreifen hantierte, die für ihre Wunde bestimmt waren, sondern jener blassbeinige Fremde, den sie im Haus ihres Vaters belauscht hatte. Sahti zögerte zunächst, als er sie in ihrer Sprache anredete, vorsichtig, als sei jedes Wort wichtig. Und obwohl sie sah, dass feiner Schweiß seine Stirn bedeckte, und sie genau spürte, wie angespannt er war, blieb sein Tonfall ruhig und freundlich.
Draußen war es schon seit Sonnenaufgang beängstigend still gewesen, ganz anders als an den anderen Tagen, an denen sie den ungeduldigen Schritten, dem Poltern und Schreien der Soldaten gelauscht hatte. Heute war es beinahe, als hielte das ganze Fort den Atem an. Sahti gefiel diese beklemmende Ruhe nicht und sie sehnte sich plötzlich nach den lauten Geräuschen, die ihr sonst eher Furcht eingeflößt hatten. Außerdem wurde unten im Hof etwas verbrannt, sie roch das Feuer und hörte sein unheilvolles Knistern und Prasseln, das bis zu ihr herauf zu schlagen schien.
Er erkundigte sich nach ihrem Namen und sagte, dass er Namiz heiße, was sie ja bereits wusste, aus guten Gründen jedoch für sich behielt. Sein Wissensdurst über das Dorf und seine Bewohner schien nahezu unerschöpflich, und Sahti bemühte sich ihn zu stillen, so gut sie vermochte. Erst als er schließlich das Gespräch auf ihre Eltern brachte, wurde sie spürbar zurückhaltender.
»Mein Vater ist Golo«, erwiderte sie wachsam. Sollte sie hin-

zufügen, dass sie nicht bei ihm aufwuchs und ihn eigentlich nicht einmal wirklich gut kannte? Oder hatte er das längst herausgefunden?

»Golo, der künftige Häuptling?« fragte er sofort nach, als könne er gar nicht fassen, was er soeben vernommen hatte. Die Kleine brauchte nicht zu wissen, dass der alte Häuptling vor zwei Tagen gestorben war, so dass es zur Zeit kein rechtmäßiges Oberhaupt im Dorf gab.

Ja, hätte sie beinahe gesagt, das ist Golo, der Mann, dem du das viele Salz versprochen hast. Für die Söhne seiner Söhne. Aber mein Vater hat keine Söhne. Nicht einmal von seiner Lieblingsfrau.

»Er gehört zu Nabu«, entfuhr es ihr, bevor sie noch richtig nachdenken konnte.

»Wer ist Nabu?« lautete prompt seine nächste Frage. »Deine Mutter?«

Sahti drehte den Kopf zur Wand und blieb zunächst stumm. »Meine Mutter ist tot«, erwiderte sie schließlich mit klopfendem Herzen und hoffte inständig, dass er nicht weiter in sie dringen würde. »Lange schon.«

Vor der Tür wurde es plötzlich laut, und Namiz erhob sich, um nachzusehen. Draußen hörte sie ihn mit mehreren Männern reden, gedämpft, als fürchteten sie belauscht zu werden. Als er nach kurzer Zeit wieder zu ihr zurückkehrte, war sein Gesicht gerötet und er schwitzte stärker. Vorsichtig ließ er sich am Bettrand nieder und knüpfte dort an, wo sie vorhin unterbrochen worden waren.

»Wer ist Nabu dann? Es ist sehr, sehr wichtig.«

Sie spürte, dass er die Wahrheit sagte. Es *war* wichtig für ihn, immens wichtig sogar. Wieso also sollte sie seinem Wunsch nicht entsprechen?

»Mein Vater liebt sie, mehr als sein Leben. Vor mehr als zwei Sommern hat er sie zur Frau genommen. Man nennt sie bis heute überall nur die ›Braut‹.«

»Die ›Braut‹? Weshalb?«

»Weil sie noch immer keine Kinder hat. Keine Söhne. Nicht einmal Töchter. Und die Daya sagt, sie wird auch keine bekommen.«
»Und wer ist die Daya?«
»Die Daya ist die Daya«, erwiderte Sahti, zunehmend ratlos. Würde er denn niemals mit ihren Antworten zufrieden sein? Je mehr sie ihm preisgab, desto seltsamere Fragen stellte er. »Schon seit jeher. Das weiß jeder im Dorf.« Sie wartete einen Augenblick und suchte seinen Blick. »Darf ich dich auch etwas fragen?«
»Natürlich.« Er klang überrascht, hielt ihrem Blick jedoch stand. »Fang an!«
Sie nahm ihren ganzen Mut zusammen. »Bin ich eine Gefangene?«, fragte sie leise.
Es dauerte eine Weile, bis Namiz antwortete.
»So würde ich es nicht nennen«, sagte er schließlich leicht verlegen. »Woher weißt du überhaupt, was das ist – eine Gefangene?«
»Von der Daya.« Das Mädchen wurde immer ungeduldiger. Hielt er sie etwa für dumm, nur weil sie jünger als Ruju war? »Aber ich muss hier bleiben, oder?«
»Ja«, erwiderte er mit einem merkwürdigen Unterton, den sie nicht zu deuten wusste, »ich denke, das musst du wohl.« Namiz schaute zum Fenster, als erwarte er von dort eine Bestätigung seiner Antwort.
Draußen durchschnitt eine einzelne raue Männerstimme die Stille.
Scharf wie ein Messer, dachte Sahti und machte sich unwillkürlich kleiner.
»Und diese Daya ist Nabus Mutter?« Namiz wandte sich ihr erneut zu. Aber sie merkte genau, wie er dabei mit all seinen Sinnen nach draußen lauschte.
»Aber nein«, sagte Sahti seufzend, »natürlich nicht.« Verstand er denn überhaupt nichts? »Die Daya hasst Nabu sogar, weil sie die Kraft der Schlange besitzt ...«

Die Augen des Fremden waren plötzlich ganz schmal geworden. »Sag das noch einmal!«, verlangte er heiser.
»Was?«
»Das von eben. Mit der Schlange.«
»Ich weiß nur, was die anderen reden. Und natürlich das, was die Daya mir erzählt hat.«
Was wollte er nur von ihr? Ganz verwirrt fühlte sie sich, das Bein tat auf einmal wieder weh, und sie hatte schreckliches Heimweh. Am liebsten hätte sie ihn weggeschickt, sich zur Wand gedreht und kein einziges Wort mehr gesagt. Er schien ihre Qual zwar zu spüren, war jedoch offenbar mit seiner Neugierde noch immer nicht am Ende angelangt.
»Dann lass mich einmal so fragen: Diese Nabu trägt zwei auffallende Schlangentätowierungen an den Armen? Ist das richtig?«
Eine große Mattigkeit hatte sie überkommen, als er sie überstürzt verließ, beinahe so dunkel und schwer wie in den ersten Tagen nach der Flucht in die Wüste, und Sahti sank zurück in einen traumlosen Schlaf.

*

Die Sonne brannte unbarmherzig auf den schattenlosen Exerzierplatz nieder, aber keiner wagte sich zu rühren. Bereits am frühen Morgen hatte General Ipi nach einem dürftigen Frühstück die Festungssoldaten sowie alle Männer seiner Kompanien antreten lassen, Gemeine ebenso wie Unteroffiziere und Offiziere, und seitdem standen sie in Reih und Glied, schweißüberströmt, manch einer wegen Hitze und Durst dem Umfallen nahe. Vor ihnen waren zwei der großen hölzernen Käfige aufgestellt, die eigentlich für den Rindertransport nach Waset angefertigt worden waren. In dem linken steckten die Soldaten, die das Dorf überfallen hatten, in Ketten gelegt wie Vieh. Im rechten die ebenfalls angeketteten aufständischen Kuschiten. Ein prasselndes Feuer, von Steinbrocken umkränzt, das der Bursche des Generals im-

mer wieder mit trockenen Zweigen fütterte, loderte zwischen den beiden Käfigen. In der Platzmitte war eine große Fläche ausgespart geblieben, wo, gemäß Ipis Befehl, zwei mächtige Pfähle nebeneinander in den Boden gerammt waren.
An den linken hatte man Golo gefesselt.
An den rechten den Schakal.
Beide Männer waren bis zur Bewusstlosigkeit ausgepeitscht, dann mit kaltem Wasser übergossen und anschließend erneut hart gezüchtigt worden. Niemand hatte sich ihrer Wunden angenommen, die inzwischen reichlich Fliegen angelockt hatten, schwarze, sich bewegende Inseln auf geronnenem Blut. Nur die Stricke hielten sie noch aufrecht; die Körper waren schlaff und kraftlos. Zu ihren Füßen waren Reisig und trockene Tamariskenzweige aufgeschüttet.
Lähmende Stille lag über dem Fort, Schweigen, der Hauch von Verrat und Tod. Unwiederbringlich war die ausgelassene Fröhlichkeit von Jagd und Festmahl verflogen. Ipi, der zwischen den Pfählen stand, ließ seine Blicke über das gesamte Szenario schweifen, bis er endlich zu reden begann. Drei Tage lang hatte ihn mit Ausnahme von Antef niemand zu Gesicht bekommen, und selbst jetzt schien er es mit seiner Urteilsverkündung, auf die alle warteten, alles andere als eilig zu haben.
»Heute Nacht ist Ameni seinen Verletzungen erlegen.« Seine Stimme schallte weit über den staubigen Platz. »Wahrhaft ein treuer und aufrechter Diener des großen Seqenenre-Tao, er möge leben, heil und gesund sein!« Kein Wort davon, was er in Wirklichkeit von dem Kommandanten gehalten hatte. Wieder einmal erwies sich der General als Meister der Form.
»Jetzt benötigt Abu Resi einen neuen Befehlshaber der Festung, den niemand anderer als der Pharao bestimmen kann. Bis dies erfolgt ist, setze ich kraft meines Amtes Hori aus Waset zum Stellvertreter ein.«
Der Ernannte, ein junger Offizier aus bester Familie, trat vor

und neigte angesichts dieser unerwarteten Auszeichnung bescheiden den Kopf. »Kemet ist die Herrin der Welt«, sagte er nicht weniger formell, »und der Pharao der König der Könige.«
Ipi überreichte ihm ein Kurzschwert aus Bronze, dessen Griff kunstvoll mit Beinintarsien verziert war, sowie einen ovalen Schild aus aufgespannter Rinderhaut mit nicht minder wertvollem, fein ziseliertem Bronzegriff. »Zu tragen in Ehren! Du musst dich in einer schwierigen Zeit bewähren. Ich zähle auf dich.«
»Mein Leben gehört allein dem mächtigen Kemet«, lautete die vorgeschriebene Antwort. »Ihm und seinem göttlichen Herrscher will ich dienen bis zum Ende meiner Tage.« Mit den Insignien des neuen Amtes versehen, kehrte Hori an seinen vorherigen Platz zurück.
»Eine lange Nacht mit tiefer Finsternis hat uns alle erfasst«, abermals hatte Ipi das Wort ergriffen, nun aber war sein Tonfall schneidend, »und schreckliche Auswüchse hervorgebracht. Ein Befehl, der missachtet wird, ähnelt einem trächtigen Ungeheuer, das immer neue Schreckensgestalten gebiert und niemals Ruhe findet. Daher darf keines solcher Vergehen ungesühnt bleiben, um die Gesetze der Maat nicht zu beleidigen.«
Jeder der Soldaten dachte dabei an die Kameraden, die im Sand von Sarras verblutet waren, und an die anderen, die verletzt im notdürftig eingerichteten Lazarett lagen. Jeder der Kuschiten mochte an die Brüder und Freunde denken, die die Rebellion in Sarras mit ihrem Leben bezahlt hatten, sowie an die Verwundeten, die mit letzter Kraft zurück ins Dorf geflüchtet waren, wo sie ihre Häuser kaum noch zu verlassen wagten. Inzwischen waren die Toten auf beiden Seiten zwar eilig im Wüstensand bestattet, ihr Schatten jedoch lastete noch immer schwer auf den Überlebenden. Die Felder blieben unbestellt; keine der Frauen wagte, sich ohne männlichen Schutz dem großen Fluss auch nur zu nähern.

Und jetzt kam zu all dem Leid noch das qualvolle Ende des Festungskommandanten.
»Ihr habt den Frieden gebrochen und gewagt, uns heimtückisch anzugreifen«, schleuderte der General voll kaltem Zorn den Eingeborenen in ihrem Dialekt entgegen. »Dafür verdient ihr nichts anderes als den Tod.«
Keine Bewegung auf den glänzenden, dunklen Gesichtern, denen die Qualen der unterirdischen Kerkertage anzusehen waren. Sie standen so eng gedrängt in ihrem Käfig, dass sie wie ein einziges vielgliedriges Lebewesen mit zahllosen Köpfen wirkten.
»Ihr dagegen habt meinen Befehl mit Füßen getreten und sie dadurch erst zum Morden angestiftet.« Nun waren die Kumpane des Schakals an der Reihe. »Euere Schuld wiegt schwerer als die der elenden Kuschiten, denn ihr seid Männer aus Kemet, im Dienste des großen Seqenenre-Tao, dem ihr den Treueid geschworen habt. Deshalb wäre ein schneller Tod durch das Schwert oder den Strick noch viel zu gnädig für euch.«
Er wandte sich halb um. Antef, der stumm wie ein Schatten hinter ihm gestanden hatte, reichte ihm die Lederpeitsche. Fast spielerisch ließ Ipi sie mehrmals in den Sand schnellen, und obwohl keiner außer ihm gesprochen oder sich auch nur zu rühren gewagt hatte, schien es mit einem Mal noch ruhiger auf dem großen Platz zu sein.
»Denn da gibt es ja die Glieder, die laufen und greifen, packen und ziehen, schneiden und töten und die, wie wir gesehen haben, schreckliches, niemals wieder gut zu machendes Unheil anrichten können.« Ipi hatte leise weiter gesprochen, beinahe wie zu sich selbst. Plötzlich jedoch begann er loszubrüllen: »Aber was wären sie ohne das Herz, das skrupellos das Kommando zum Verbrechen erteilt, obwohl es doch eigentlich in der Lage sein müsste, die schrecklichen Folgen der Untat zu begreifen?«
Mit zwei schnellen Sätzen war er beim Schakal und zog ihm

die Peitsche einige Male über den gepeinigten Rücken, und kaum weniger behände war er bei Golo, mit dem er nicht anders verfuhr. Weder der Soldat noch der Kuschit schrien auf, als die Haut erneut aufplatzte und das Blut zu strömen begann, beide jedoch sanken röchelnd in die Stricke, der Schakal, der in einer wesentlich schlechteren Verfassung zu sein schien, um einiges tiefer als Golo.

»Überfällt eine tödliche Seuche das Land, dann gibt es nur ein Mittel, um das Schlimmste zu bannen: reinigendes Feuer. Denn erst wenn alles bis auf den Grund niedergebrannt ist, was den Keim der Fäulnis in sich getragen hat, kann neues Leben sprießen.«

Mit raschen Schritten ging der General zur Feuerstelle, zog furchtlos ein brennendes Scheit heraus und wandt sich zunächst dem groben Käfig zu, in den man die Soldaten des Pharaos gesteckt hatte. »Was soll ich nun mit euch anfangen?« Prüfend wog er das Scheit in der Hand. »Euch alle in die Wüste schaffen lassen, Ament, das rote Land des Gottes Seth, und euch dort Wind und Sand aussetzen, bis ihr jämmerlich verdurstet seid? Oder euch gleich hier ausräuchern, um die Schlechtigkeit aus euren Herzen für alle Zeiten auszumerzen?«

Angstvoll wichen die Männer vor der Feuerhitze zurück, so gut es das enge Gefängnis erlaubte. Ipi wechselte hinüber zu den Kuschiten.

»Und ihr, soll ich euch ebenfalls kräftig einschüren, bis ihr endlich begriffen habt, was Gehorsam und Loyalität bedeuten?« Auch hier kam sein Scheit den Holzstäben gefährlich nah. »Oder ist das noch nicht genug? Müssen erst auch eure Häuser, euer Vieh, eure Kinder und Frauen daran glauben, damit ihr dem göttlichen Pharao endlich den Respekt erweist, den ihr ihm schuldig seid?«

Im voll gestopften Käfig der Kuschiten war keinerlei Ausweichen möglich. Die Männer begannen zu husten, andere starrten Ipi mit schreckgeweiteten Augen an.

»Aber ist es nicht viel klüger, das Unheil an der Wurzel zu packen und daher jenes verdorbene Herz auszureißen, das es ausgebrütet hat?« Jetzt stand der General beim Schakal. Er bückte sich und zündete das dürre Holz zu Füßen des Gefesselten an. Schnell schlugen die Flammen empor, züngelten um Füße und Beine. Ein markerschütternder Schrei entrang sich der Kehle des Mannes. Dann verfiel er in ein halblautes, nicht minder durchdringendes Wimmern, das nicht enden wollte.
Fassungslos starrten seine Kameraden auf ihn und das Entsetzliche, was ihm gerade widerfuhr.
Ipi tat, als merke er nichts von alledem. Er war bereits hinüber zu Golo gegangen, den er voller Abscheu musterte. Keine Frage, dass er ihm das gleiche Schicksal wie dem Schakal zugedacht hatte. Im letzten Moment aber ließ ihn eine Bewegung an seiner Seite innehalten. Es war Namiz, keuchend, mit rotem, verschwitztem Gesicht, der offensichtlich viel zu schnell gelaufen war.
»Was willst du?«, herrschte Ipi ihn halblaut an.
»Dich zur Vernunft bringen«, sagte Namiz leise. »Ich muss dich dringend sprechen.«
»Jetzt?«
»*Jetzt.*«
»Du weißt, dass du mit deinem Leben spielst.«
»Und du mit unser aller Leben«, erwiderte der Mann aus Kepni fest.
Sollte Ipi jemals von seiner heimlichen Abmachung mit Golo erfahren, wäre es ohnehin besser, er hätte seine Lunge niemals mit Luft gefüllt. Aber wie die Dinge im Augenblick standen, gab es vielleicht doch noch Rettung für ihn. Denn das Salz, das er den Kuschiten zugesagt hatte, lag noch immer unangetastet in den Speichern von Abu Resi. Und der Gefolterte war ganz offensichtlich nicht mehr im Stande, ihn zu verraten. Namiz räusperte sich kräftig, um auch die kleinste Unsicherheit aus seiner Stimme zu verbannen.

»Zwei Nachrichten haben das Fort soeben erreicht. Die eine ist schriftlich und stammt vom Pharao persönlich. Er fordert uns auf, die Expedition abzubrechen und unverzüglich nach Waset zurückzukehren.«
»Welchen Grund sollte es dafür geben? Stehen etwa die Hyksos vor der Stadt?«, fragte der General zynisch.
»Reicht ein Befehl des großen Seqenenre nicht aus, um auf der Stelle unbedingten Gehorsam zu leisten?«
Ipis Miene erstarrte. Sehr bald schon würde er diesem Fremden genüsslich heimzahlen, was er sich jetzt herausnahm.
»Und die andere Botschaft?«, zischte er. »Mach schon! Aber wähle deine Worte sorgfältig.«
»Kommt von unseren eigenen Kundschaftern, die soeben vom dritten Katarakt eingetroffen sind. Der Herrscher von Kerma ist offenbar entschlossen, sein Reich auszudehnen. Seine Truppen sind in großer Zahl nilabwärts unterwegs. Und wenn wir nicht rasch machen, werden sie uns angreifen.«
»Und wenn schon – wir wissen, wie man kämpft.«
»Keinerlei Zwischenfälle hier im Goldland! Das hat der Pharao ausdrücklich befohlen, schon vergessen? Schlimm genug, was bereits geschehen ist.«
Das Wimmern des brennenden Soldaten wurden immer unerträglicher. Selbst der General schien seine Ohren nicht länger davor verschließen zu können. Auf sein knappes Nicken hin stieß Antef dem Wimmernden endlich die erlösende Klinge in die Brust. Der Mann, den alle Schakal genannt hatten, sackte tödlich getroffen in sich zusammen. Der Geruch von verbranntem Menschenfleisch jedoch verpestete weiterhin die klare Luft.
»Dann will ich wenigstens noch rasch zu Ende bringen, was vollendet werden muss.« Ipi bückte sich, um auch Golo in eine lodernde Fackel zu verwandeln, Namiz aber fiel ihm heftig in den Arm.
»Ich weiß ein viel geeigneteres Mittel, um ihn für alle Zei-

ten unschädlich zu machen«, stieß er hervor. »Der alte Häuptling ist gestorben, er wird sein Nachfolger. Ein Nachfolger, der es allerdings niemals wieder wagen wird, auch nur eine Hand gegen uns zu erheben, und der das auch seinen Leuten verbieten wird, das schwöre ich dir bei meinem Leben.«

»Was, bei Amun, sollte das sein?«

»Geiseln, was sonst? Das Schlangenweib, das du ins Fort gebracht hast, ist offenbar mit ihm verheiratet und noch dazu seine Lieblingsfrau, das Mädchen aus der Wüste seine Tochter. Und wenn wir es nur halbwegs schlau anstellen, wird er keine von ihnen jemals wieder sehen, solange er lebt.«

*

Der Körper auf ihren Armen war so erschreckend leicht, dass sie ihn beinahe hätte fallen lassen. Die Daya war froh, dass niemand ihre Bestürzung bemerken konnte. Sogar Tunbee gegenüber, die immer wieder darum gebettelt hatte, sie begleiten zu dürfen, war sie hart geblieben. Bei dem, was ihr bevorstand, hätte sie die Gegenwart keines anderen ertragen können. Diesen letzten und schwersten aller Wege konnte und durfte ihr niemand abnehmen.

Es war noch dunkel, als die alte Frau mit ihrer toten Enkelin zur Begräbnisstätte aufbrach, die ein ganzes Stück außerhalb des Dorfes unweit des Hafens von Abu Resi lag. In der ersten Dämmerung war sie am Ziel angelangt. Sie ließ ihre leichte Last behutsam zu Boden gleiten und begutachtete, was Tunbee gemäß ihren Anordnungen vorbereitet hatte. Diesmal nahm sie keinerlei Anzeichen der Nachlässigkeit, wegen der sie ihre Helferin schon oft vergeblich ausgeschimpft hatte, wahr. Alles war vielmehr so, wie es sein sollte: die Grube zwischen den anderen Steinhügeln in der richtigen Tiefe ausgehoben und mit Schilfmatten sorgsam ausgeschlagen. Der auffrischende Nachtwind hatte sie inzwischen leicht mit hellem Sand überpudert, winzige Kristalle, die golden im frühen Sonnenlicht aufleuchteten. Links und rechts vom Grab waren Steine zu zwei großen Haufen aufgeschichtet. Sie würden Rujus letzte Ruhestatt bedecken und verhindern, dass ein wildes Tier Gelegenheit zu raschem Beutezug ergriff.

Die Daya ließ sich neben dem Leichnam nieder und schlug nach einem tiefen Atemzug das Tuch zurück. Nicht einmal im ewigen Schlaf hatte das Gesicht der Kleinen seinen früher so lieblichen Ausdruck wieder angenommen. Schmerzlich zog sich das Herz der Daya zusammen, aber sie zwang sich, den Blick trotzdem nicht von den kindlichen Zügen abzuwenden, die noch immer Angst und Qualen widerspiegelten und ihr wie eine stumme Anklage erschienen.

Aber was hätte sie anderes tun sollen?

Seit Menschengedenken mussten alle heranwachsenden Mädchen dieser heiligen Zeremonie unterzogen werden, wollten sie nicht den Zorn einer allmächtigen Geisterwelt auf sich lenken, die sich an all jenen blutig rächte, die sich weigerten, eindeutig Mann oder Frau zu werden. Ohne Beschneidung keine Ehre, keine Ehe, kein Glück. Ein Schicksal, vor dem sie bereits seit vielen Jahren als Hüterin des schwarzen Messers viele Mädchen bewahrt hatte. Ihr Blick hatte seine Festigkeit, die Hände hatten ihr Geschick noch längst nicht verloren, und sie besaß mehr Erfahrung als alle anderen zusammen, wusste genau, wie tief sie schneiden musste. Schmerzen waren dabei unvermeidbar, das war ihr ebenso bekannt wie all den anderen Frauen, die das Ritual durchlitten hatten, aber in der Regel vergingen sie nach und nach, wenn man die Wunde gut versorgte, die Kandidatin ruhig bettete und sie vor allen Dingen nicht zu früh wieder aufstehen ließ.

Und trotzdem war das Fieber gekommen, heimlich und schnell wie ein Dieb in der Nacht.

Nicht zum ersten Mal, wie die Daya einräumen musste, wenn sie ehrlich sein wollte. Immer wieder kam es vor, dass

Mädchen, die nach der Nacht des schwarzen Messers krank wurden, lange elend lagen oder sogar starben. Aber dieses Mal hatte es sich nicht um irgendein Mädchen gehandelt, sondern um ihre eigene Enkelin.
Wieso war es trotz all ihrer Kenntnisse so weit gekommen? Hatte sie Ruju in dumpfer Vorahnung drohenden Unheils zu früh aus der Skorpionhütte geholt? Oder hatte die Kraft der Löwenkralle sie etwa für immer verlassen?
Ihr Kopf war zu schwer, ihr Herz zu traurig, um darauf eine Antwort zu finden. Dabei hatte sie wirklich wie eine Löwin darum gekämpft, das Kind behalten zu dürfen. Und doch hatten nicht einmal die wirksamsten ihrer Mittel etwas gegen Rujus Leiden ausrichten können, weder ihr vielfach erprobter Tee aus Balah-Hava-Früchten, den sie nur in Notfällen verabreichte, noch das Mus aus Schilfrohrstauden, die sie ihr, verbrannt, zu Asche zermahlen und mit Wasser angesetzt, zusammen mit winzigen Harzkügelchen eingeflößt hatte, um den Appetit anzuregen. Sie hatte all ihren kostbaren Weihrauch geopfert, Hornspitzen mit frischem Zickleinblut getränkt und unter den Rücken des Mädchens geschoben, um den Fluch von ihr zu nehmen und sie endlich wieder genesen zu lassen, hatte tagelang gefastet und gebetet, um die Götter milder zu stimmen – alles vergeblich.
Als letzten Liebesdienst hatte sie schließlich das Köpfchen der Sterbenden mit dem Diadem aus ihrem Versteck geschmückt. Festlich zurechtgemacht wie eine kleine Braut würde Ruju nun dem Leib der Erde zurückgegeben. Tränen rannen über die Wangen der Daya, und sie begann wieder zu beten: »Du, der Du mit Deinem glühenden Atemhauch den Tod in Leben verwandeln kannst, bringe mir die Weisheit, um Deine Wahrheit zu enthüllen …«
Leise summend nahm sie das tote Kind wieder auf und trug es zur Grube. Jetzt zögerte die Daya keinen Augenblick mehr, sondern stieg beherzt selber hinein. Sie bettete Ruju in Hockelage, das Gesicht nach Westen gewandt, auf die Schilf-

unterlage wie eine Schlafende. Zu Füßen der Toten hatte sie Spielzeug ausgebreitet, Muscheln, einen kleinen, angeschlagenen Tonkreisel, den Ruju besonders geliebt und immer mit sich herumgetragen hatte, sowie eine ovale Schminkpalette aus Diorit zum Anreiben der Augenbemalung, mit der die Kleine sich schon fast erwachsen vorgekommen war. Noch einmal zupfte die Daya das Totentuch zurecht, das eigentlich für ihr eigenes Begräbnis bestimmt gewesen war, und strich dabei zum letzten Mal über den abgemagerten Körper.

Es fiel ihr unendlich schwer, sich von der Enkelin zu lösen, weil plötzlich die alten Bilder eines anderen, weit zurückliegenden Begräbnisses machtvoll in ihr aufstiegen: eine rechteckige, riesige Grabkammer, verkleidet mit Platten aus poliertem Lapislazuli ... der tote Herrscher in festlicher Pracht gebettet auf sein Prunklager ... um ihn herum die Waffen und eine Fülle dünnwandiger Tongefäße, rot und schwarz wie Leben und Tod ... umgeben von seinen Tieren, Aberdutzenden von Dienern und noch mehr Gefolgsleuten, all seinen Frauen, seinen Geliebten ... darunter ein junges Mädchen mit breitem Nasenrücken und auffallend vollem Haar, das scheinbar vergebens gegen die Kraft des Giftes ankämpft, das sie unausweichlich in die ewige Dunkelheit zu ziehen droht ...

Damals war sie dem Tod knapp entronnen. Aber zu jener Zeit hatte sie ja auch noch das mächtige Löwentotem und damit Apedemaks Pranke gegen alle Gefahren beschützt. Jetzt jedoch, nachdem sie die Kralle wohl unwiederbringlich verloren hatte, sehnte sie sich nach einem raschen Ende. Am liebsten hätte sie sich neben Ruju gelegt und einfach zu atmen aufgehört, aber noch warteten wichtige Aufgaben auf sie, die keiner ihr abnehmen konnte.

Steifbeinig kletterte die Daya aus der Grube, kniete sich neben das Grab und fing an mit bloßen Händen zu schaufeln. Sand rieselte auf das bunte Tuch, unter dem sich Rujus Glieder bald nur noch undeutlich abzeichneten, auf die Palette, den Kreisel, das restliche kindliche Spielzeug. Es war eine mühevolle Arbeit, ebenso peinvoll wie ungewohnt für sie, aber es war ihr gleichgültig. Sie verfiel dabei in einen seltsamen Zustand zwischen Wachen und Träumen, der ihr half, die traurige Pflicht leichter zu erfüllen. Irgendwann war der Leichnam unter einer glitzernden Sanddecke verschwunden. Jetzt kamen die Steine an die Reihe. Einen nach dem anderen schichtete sie übereinander, bis ein ovaler Hügel errichtet war, der wie die Hälfte eines riesigen Straußeneis das Grab abdeckte. Schritte, Tierlaute und Stimmen rissen die Daya unsanft aus ihrer Andacht. Sie kniff die Augen zusammen und hob einen Arm gegen das frühe Morgenlicht, um nicht geblendet zu werden.

Eine Karawane aus Rindern und Menschen bewegte sich auf die Schiffe zu, die am Ufer angelegt hatten, eine schier endlose Kette, aus Akazienholz erbaut, noch immer jenen leicht süßlichen Geruch verströmend, der typisch für diesen Baum ist. Einige der Boote waren mit großen Käfigen bestückt, in die das Vieh getrieben wurde, gewaltige Fahrzeuge, die stark und unangreifbar wirkten. Die beiden ersten erschienen ihr anders, waren keine Lastkähne, sondern richtige Prunkschiffe, wie sie sie noch nie zuvor gesehen hatte. Anstatt der Käfige besaß jedes zwei Aufbauten, luftige, erstaunlich geräumige Deckshäuser aus einem hölzernen Rahmenwerk, das mit Schilfmatten und großen Leinentüchern bedeckt war. Zu beiden Seiten des Schiffsbugs war ein großes, buntes Auge aufgemalt, von dem die Daya sofort den Blick abwandte, um nicht verwünscht zu werden.

Das waren wahrlich keine einfachen Nachen, wie sie die einheimischen Fischer für ihren Fang verwendeten! Alle Boote hatten Rahsegel mit einem Pfahlmast, viele starke Ruder und einen sichelförmigen, stark gekrümmten Rumpf, um nicht auf eine der gefürchteten Sandbänke des großen Flusses aufzulaufen. Laufplanken verbanden sie mit dem Ufer, und über diese leicht schwankenden Stege wurde gerade das Vieh getrieben. Die Daya fuhr mit ihre Arbeit fort, aber irgendetwas zwang sie, immer wieder innezuhalten und sich dem beunruhigenden Geschehen am Flussufer zuzuwenden.

Die Kompanien des Pharaos hatten offenbar ihren Abzug beschlossen und bedienten sich beim Aufbruch ohne jede Scham der gefangenen Kuschiten. Zahlreiche Männer aus dem Dorf mussten schwere Säcke mit Goldstaub an Bord schleppen, während die Soldaten aus Kemet sie mit Stockhieben antrieben. Anderen hatten sie mächtige Elefantenzähne aufgeladen, die ihre Träger tief im Sand einsinken ließen, während wieder andere unter Lagen von Tierhäuten oder der Last geflochtener Körbe, bis zum Rand mit Edelsteinen gefüllt, ächzten.

Brennender Zorn erfüllte auf einmal das Herz der Alten, und ihre Hand krampfte sich um einen großen Stein, als wolle sie ihn niemals wieder loslassen. Sie fällen unsere Bäume, dachte sie, um eilig auf dem großen Fluss wegzuschaffen, worum sie uns beraubt haben, und lassen unsere rote Erde aus unzähligen Wunden bluten, um ihr Gold und Edelsteine bis zum Letzten abzuringen. Sie schlachten unsere Tiere nieder oder stehlen sie dreist. Sie dringen in unsere Häuser ein und achten weder die Würde der Männer noch die der Frauen. Die einen sind für sie nichts als Sklaven, die ihrem Pharao dienen müssen, die anderen nun dazu da, um ihre Gier zu befriedigen.

Ihre Stirn begann zu schmerzen, weil sie sich so schwach, so ohnmächtig fühlte.

Meine Zaubermuscheln konnten nichts gegen sie ausrichten, dachte sie wütend, ich bin alt und müde und muss mein Liebstes zu Grabe tragen. Wieso lässt Du sie einfach so gewähren, Apedemak, Großer Löwe des Südens, anstatt sie mit Deinem glühenden Atem wie ein toll gewordenes Ameisenvolk zu versengen?

Jetzt schleppten zwei Soldaten einen Mann in Ketten herbei,

der sich zwischen ihnen nur mühsam aufrecht halten konnte. Am Flussufer angelangt, ließen sie ihn einfach fallen, und er sank wie ein nasser Sack in sich zusammen. Die ganze Zeit über hatte er den Kopf vornüber gebeugt gehalten, so dass sie sein Gesicht nicht erkennen konnte, wenngleich ihr seine Haltung von Anfang an merkwürdig vertraut erschienen war. Als er sich jedoch nach einer ganzen Weile unter Qualen aufrichtete, sah sie, dass es Golo war.

Was hatten sie mit ihm vor?

Es dauerte nur wenige Augenblicke, bis sie eine furchtbare Antwort darauf erhielt. Andere Soldaten trieben eine geknebelte Frau voran, an Händen und Füßen mit groben Stricken so fest gebunden, dass sie nur winzige Schritte machen konnte. Trotz dieser Einschränkung schien ihr ganzer Körper in Aufruhr, und sie versuchte vergebens sich durch Winden und Biegen von ihren Fesseln zu befreien. Die Männer schienen ihre hilflosen Anstrengungen zu belustigen; sie lachten, kniffen sie und rissen dabei offenbar auch noch derbe Witze, was die Gefangene nur noch wütender machte, denn sie schien genau zu erraten, worum es ging.

Es dauerte keinen Lidschlag, bis die Daya erkannte, dass sie Nabu vor Golos Augen auf das erste Boot brachten – und dass das Mädchen, das ein Mann mit schütterem Haar nur ein paar Schritte dahinter auf den Armen trug, Sahti war.

Schreiend begann sie loszulaufen, den Stein noch immer in der Hand.

»Sahti!«, rief sie dabei. »Sahti! Gebt mir sofort mein Mädchen zurück, ihr Leute aus Kemet, Nuyas Kind!«

Golo schien mit einem Mal aus seiner Lethargie zu erwachen und fing an ebenfalls wie um sein Leben loszubrüllen.

»Nabu!«, schrie er. »Nabu, nein!«

General Ipi, der die Vorbereitungen zur Einschiffung bislang mit Zufriedenheit verfolgt hatte, erkannte die Alte mit der seltsamen Muschelkette auf Anhieb wieder, als sie laut schreiend auf seinen Burschen zurannte. In jener unheilvol-

len Nacht hatte sie sich ihm und seinen Männern in den Weg gestellt, eine dreiste Ungeheuerlichkeit, die er niemals vergessen würde. Jetzt hatte sie sogar einen Stein in der Hand. Wollte sie etwa die Soldaten des Pharaos damit angreifen? Aber was immer sie auch vorhatte, dieses Mal würde er ihr keine Gelegenheit lassen ihn erneut zu provozieren.
Er hob den rechten Arm.
Seine Bogenschützen gingen darauf hin sofort in Position. Und die Soldaten, die bei Golo standen, brachten ihn mit derben Ohrfeigen zum Schweigen.
Inzwischen war die Daya fast bei Antef angelangt, der das wild zappelnde Kind kaum mehr zu bändigen wusste.
»Daya!«, schrie die Kleine, als ihre Großmutter immer näher kam, und streckte ihr sehnsuchtsvoll die Arme entgegen. »Daya. Daya! Meine Daya!«
»Anlegen!«, kommandierte Ipi.
Jetzt trennten die alte Frau und das Kind nur noch wenige Schritte. Zu ihrer Verblüffung sah die Daya, dass Sahti ihren Lederbeutel mit dem Totem um den Hals trug. Unwillkürlich entspannte sich ihre Hand und der Stein rollte in den Sand.
»Schuss!«, gellte Ipi.
Ein Pfeil bohrte sich in die Brust der Weißen Löwin. Zwei weitere durchschlugen ihre Beine. Sie strauchelte, stürzte noch im Laufen und schlug mit dem Gesicht hart auf den Boden auf.

*

Schon seit Tagen verweigerte Sahti jegliche Nahrung. Stumm lag sie in einer der beiden geräumigen Aufbauten des zweiten Schiffes und wollte nicht einmal trinken. Namiz jedoch wurde nicht müde, ihre rissigen Lippen zu beträufeln und ihr gegen ihren Willen immer wieder Wasser in winzigen Schlucken einzuflößen.
»Du wirst sterben, wenn du so weitermachst«, sagte er be-

sorgt. Das Gesicht des Mädchens war schon jetzt winzig, und der Körper schien nur noch aus Haut und Knochen zu bestehen. Um sie endlich zum Essen zu bewegen, hatte Namiz beim Schiffskoch eine Portion Taamiya bestellt, Würzklößchen aus gebackenen Bohnen, deren Duft das ganze Schiff erfüllte, und die er ihr abwechselnd mit frischem Fladenbrot unter die Nase hielt. »Willst du nicht vielleicht doch einen Bissen probieren, Sahti, nur einen einzigen?«

Sie schien ihn gar nicht zu hören, und er wünschte, der um vieles geduldigere Antef wäre an seiner Stelle. Aber vielleicht hätte nicht einmal er etwas auszurichten vermocht. Alles Bitten und Drohen prallte ab an diesem mageren Bündel, hinter dessen sanft gewölbter Stirn er nicht ohne Grund einen unbeugsamen Willen vermutete. Wille allein war jedoch nicht genug, um ein Kind am Leben zu halten. Namiz entschloss sich zu handeln, auch wenn es ihn große Überwindung kostete.

Am Abend, als der Wind aufzog und plötzliche Kühle mit sich brachte, ankerten die beiden ersten Boote hintereinander. Sie waren die Vorhut der restlichen Flotte, da sie kein Vieh mit sich führten, das immer wieder geweidet und gefüttert werden musste, und kamen daher um einiges schneller voran. Die Besatzung schlug am Ufer neben einem Flachsfeld das Nachtlager auf. Die Stimmen der Männer erfüllten das Dunkel.

Als er sicher sein konnte, dass der General sein Mahl in Ruhe beendet hatte, trat Namiz zu Ipi, der sich ein Stück von den anderen entfernt an einer gesonderten Feuerstelle wärmte. Wie immer hielt sich Antef in der Nähe des Generals auf, ein stummer, stets ehrerbietiger Schatten, der Namiz fragend und ängstlich ansah, aber nicht wagte, sich offen nach dem Kind auf dem anderen Boot zu erkundigen.

»Ich brauche die Schlangenfrau«, begann Namiz ohne Umschweife. »Sie soll gleich mit mir an Deck des zweiten Schiffes kommen.«

Er erntete von Ipi nicht viel mehr als ein verächtliches Schnauben. »Vermutlich gibt es außer mir keinen Mann auf diesen Schiffen, der sich das nicht wünscht – obwohl ich wirklich nicht weiß, was ihr alle an dieser Schwarzen findet, die ihre Krallen in jeden schlägt, der ihr auch nur versehentlich zu nah kommt. Ich habe anderes mit ihr vor – was allerdings vorerst nur mich etwas angeht. Deshalb bleibt sie unangetastet, bis wir Waset erreicht haben.«
»Du verstehst mich falsch.« Namiz versuchte, seinen jäh aufsteigenden Zorn zu verbergen. »Nicht für mich. Sondern für das Kind. Sahti wird sterben, wenn sie nicht endlich zu essen beginnt. Sie braucht jemanden, der ihr gut zureden kann. In ihrer eigenen Sprache.«
»Und das von einem, der sich allerorts brüstet, Kuschitisch zu sprechen wie ein Einheimischer?«, entgegnete der General höhnisch. »Sag, Fremder, gibt es womöglich noch andere Talente, derer du dich fälschlicherweise rühmst?«
Namiz schloss kurz die Augen. Wenn er jetzt aufbrauste, war vielleicht alles verloren. »Bitte!«, sagte er leise und brachte das Kunststück fertig, so unterwürfig zu klingen, wie es vermutlich nötig war. »Nur ein paar Augenblicke. Die Kleine ist ein kostbares Pfand, das weißt du genau.« Sein Ton wurde eine Nuance schärfer. »Aber natürlich nur, solange sie atmet.«
Antef sandte ihm einen Blick voller Dankbarkeit. Vermutlich hatte er aus Sorge um das Kind ein paar schreckliche Tage hinter sich.
Ipi ließ sich reichlich Zeit zum Nachdenken, bevor er antwortete.
»Meinetwegen«, sagte er schließlich gedehnt, »wenn es denn unbedingt sein muss. Schließlich möchte ich dem Pharao beide Geiseln lebend übergeben. Aber mein Erster Offizier kommt mit. Und wenn du die schwarze Schlange auch nur mit einem Finger berührst oder wenn sie es gar wagen sollte, einen Fluchtversuch zu unternehmen, dann wird dein sturer

Schädel noch vor Sonnenaufgang ganz oben am Mast aufgespießt, das garantiere ich dir!«
Zwei Soldaten und der Offizier kehrten zurück an Deck und zerrten Nabu aus einer der beiden Kabinen, in der man sie an das Lager gebunden hatte. Zum ersten Mal seit ihrer Gefangenschaft wehrte sie sich nicht, sondern ließ sich widerstandslos über die Planke ans Ufer führen und über die nächste Planke an Bord des zweiten Schiffs.
Namiz hielt sich dicht hinter der kleinen Gruppe, entschlossen, auf alle Fälle in der Nähe zu bleiben. Er bemerkte, wie sie erschauderte, als sie Sahti erblickte. Dann streckte sie ihm die gefesselten Hände entgegen.
»So kann ich ihr nicht helfen«, sagte sie. Offenbar wusste sie längst, dass er als Einziger ihre Sprache verstand.
»Bindet sie los!«, befahl Namiz. »Macht schon!«
Der Offizier gehorchte stirnrunzelnd. Nabu bewegte die steif gewordenen Gelenke, rieb die Handflächen aneinander. Die Seile hatten tief in ihr Fleisch eingeschnitten und blutunterlaufene Male hinterlassen, die sie so schnell nicht wieder loswerden würde. Unbehaglich starrten die Soldaten abwechselnd auf die Gefangene und das stumme, magere Mädchen auf dem Bett.
»Ich muss allein mit ihr sein«, sagte Nabu leise in Namiz Richtung und legte ihre Hand kurz auf die Stirn des Kindes. Dann berührte sie nicht minder zart den kleinen Brustkorb und streichelte ihn leicht.
»Wartet draußen!«, forderte Namiz. »Ich bürge dafür, dass alles mit rechten Dingen zugeht.«
Die drei Männer zögerten, gehorchten ihm aber schließlich.
»Wieso isst sie nichts?«, wollte Namiz wissen und kam neugierig näher. »Kennst du den Grund dafür?«
»Sie hat ihre Seele verloren«, sagte Nabu. »Die ist einfach weggeflogen, als sie mitansehen musste, wie eure Pfeile ihre Daya getroffen haben.« Verächtlich schob sie den Topf mit den inzwischen erkalteten Bohnen beiseite. »Dieses Zeug

hier würde sie ohnehin auf der Stelle umbringen. Ihr müsst mit klein geschnittenen Früchten beginnen oder mit dünnem, fast wässrigem Getreidebrei. Alles andere wäre jetzt viel zu schwer für sie.«
Sie schwieg einen Augenblick.
»Besser noch wäre warme Milch mit Honig«, sagte sie dann. »Und am allerbesten wären die liebenden Arme einer Mutter.«
Es war, als zöge ein kühler Hauch durch die stickige Kabine. Namiz musste daran denken, was Sahti ihm über Nabu, die »Braut«, angedeutet hatte. Und dass die Daya behauptet hatte, daran würde sich niemals etwas ändern.
»Und wer ist diese Daya?«, fragte er, um das unbehagliche Thema zu wechseln. Sahti hatte es ihm nicht erklären können oder wollen. Vielleicht würde er jetzt endlich Gewissheit erhalten.
»Sahtis Großmutter«, erwiderte Nabu, ohne einen Blick von dem Kind zu lassen. Wie ein Schwarm brauner Vögel flatterten ihre Finger über den Körper des Mädchens, vermieden es jedoch, den Lederbeutel ein einziges Mal zu berühren. »Die Frau, die sie seit ihrer Geburt aufgezogen hat. Ihr habt sie vor ihren Augen niedergestreckt.«
Ihr Ton war plötzlich heftig, fast zornig. Umso größer war der Gegensatz zu ihren glatten, noch immer beherrschten Zügen. Namiz konnte nur erahnen, was in ihr vorgehen musste. Aber wenn sie litt, wie er annahm, dann hatte sie meisterhaft gelernt, es nicht zu zeigen.
»Aber wird sie auch wieder kommen, ihre Seele? Ich bitte dich, hilf der Kleinen, wenn du kannst! Sahti muss am Leben bleiben.«
Nabu zog die Achseln hoch. Im Schein der Fackel war ihr Gesicht, das selbst die nur halb verheilten Blessuren nicht entstellen konnten, wie eine Maske aus dunklem Gold. Ihre Geste drückte keine Hilflosigkeit aus, sondern deutete an, dass es andere Mächte waren, die darüber entschieden.

»Lass uns allein!«, wiederholte sie schließlich. »Geh einstweilen an die Reling, schau ins Wasser oder hinauf zum Himmel und rufe deine mächtigsten Götter an! Mehr kannst du jetzt nicht für sie tun.«
Sie lauschte auf die Schritte der Männer, die sich entfernten. Dann wandte sie sich dem Kind zu, das die Lider noch immer fest geschlossen hielt. Ganz vorsichtig schob sie den Beutel zur Seite und achtete dabei darauf, ihn nur mit den Fingerspitzen zu berühren. Sie spürte die Kraft, die von ihm ausging, ohne wissen zu wollen, was sich darin verbarg. Aber ihr Gefühl sagte ihr, dass es nicht gut war, zwei starke Mächte miteinander zu vermischen.
»Du siehst mich«, flüsterte sie, »aber du willst mich nicht sehen, weil du denkst, ich hasse euch, dich und die Daya. Doch du irrst dich. Denn ich liebe dich, mein kleines, stummes Mädchen. Und deine Daya, diese störrische Alte, habe ich auch geliebt.«
Nabu drehte sich leicht seitlich, schob die dünne Decke über der Kranken weg, dann ihr Hemd, beugte sich über sie und rieb die Oberarme mit den Schlangentätowierungen überall auf Sahtis bloßer Haut. »Die Schlange ähnelt einem Kind, wenn sie ihre Haut wechselt«, murmelte sie. »Wenn nämlich ein Kind ausgewachsen ist, verlässt es den Mutterschoß und gleitet hinaus. Die Schlange gleitet ebenfalls aus ihrer Haut, wie das Kind, das aus dem Schoß kommt …«
Sahtis verletztes Bein begann zu brennen, als sei das Schlangengift plötzlich wieder zu neuem Leben erwacht.
»Schlangen leben ewig, weil sie die Kraft der Häutung besitzen, Menschen aber müssen sterben, weil sie nicht lernen, sich ihrer alten Haut zu entledigen.« Nabus Stimme veränderte sich, wurde scharf und zischend. »Ich bin Nabai, die Große Schlange. Ich sterbe und werde wieder geboren. Und meine Kraft lebt nun auch in dir. Komm zurück, Seele, zurück in diesen jungen Körper! Auch du lebst ewig und wirst niemals sterben.«

Sahtis Haut begann zu glühen. Ihre Glieder zuckten. Am liebsten hätte sie sich von der Last über ihr befreit, Nabu jedoch hielt sie fest umklammert.
»Weißt du, wie alles begonnen hat?« Es klang, als wolle Nabu ihr eine der alten Sagen erzählen, von denen Sahti niemals genug bekommen konnte. »Am Anfang lebte eine Mutter mit ihren zwei Töchtern. Die Mutter warf ihre Haut ab und wurde wieder jung. Die kleine Tochter fand die alte Haut am Ufer und zog sie der Mutter wieder über. Seitdem müssen alle Menschen sterben, weil sie nicht gelernt haben, sich zu häuten.« Nabu wurde lauter. »Häute dich, Sahti! Atme. Lebe. Du kannst deinem Schicksal nicht entfliehen, ebenso wenig wie ich dem meinen. Aber deine Zeit wird kommen, das verspreche ich dir! Dann wirst du die Daya rächen und alles, was sie dir und ihr angetan haben.«
Sahti schwieg noch immer. Steif wie eine Tote lag sie da, wenngleich sich jetzt zartes Rot auf ihren Wangen zeigte.
Mit zwei Fingern öffnete Nabu ihr die Lippen, beugte sich abermals über sie und blies sanft in ihrem Mund. Süß und heiß war ihr Atem, und das Mädchen trank ihn gierig. Nach und nach fühlte Sahti wieder den Hauch des Lebens, der sie von innen wärmte.
Dann, viel zu schnell, kam die Kühle der Nacht zurück. Und Sahti spürte wieder das inzwischen so vertraute Gewicht der Löwenkralle auf ihrer Brust.
Als das Mädchen die Augen aufschlug, sah sie, dass Nabus Hände erneut gefesselt waren. Soldaten trieben sie mit lauten Befehlen nach draußen, so harsch und ungeduldig, dass sie keinen Blick mehr mit ihr wechseln konnte.
Jetzt stand nur noch Namiz neben ihrem Lager. Er gehörte zu den Leuten des Pharaos, die sie hasste, seit sie die Daya mit ihren Pfeilen niedergestreckt hatten. Aber er war doch auch wieder ganz anders, obwohl sie nicht hätte sagen können, weshalb.
Und außerdem der Einzige, mit dem sie reden konnte.

»Ich bin hungrig«, sagte Sahti leise und vermied vorsichtshalber, ihn dabei anzusehen. »Ich möchte etwas zu essen.«

*

Jeden Morgen tauchte die Sonne die Ufer des Nils in Gold, jeden Abend in leuchtendes Kupfer. Mächtig schlängelte sich der große Fluss durch die Wüste, gleißend wie poliertes Metall, wenn die Sonne stieg und die Hitze alles einhüllte. Immer noch gab es den scharfen Schnitt zwischen Dürre und Fruchtland, so exakt gezogen, als wäre es auf einem himmlischen Reißbrett geschehen, aber nach und nach verbreiterte sich die grüne Flussoase, trug reichere und vielfältigere Bäume und Pflanzen, obwohl die Zeit der großen Überschwemmung, der Kemet, das »schwarze Land«, seinen Namen verdankte, noch nicht gekommen war.
Vorne am Bug stand der Lotse, der die Aufgabe hatte, regelmäßig mit einer langen Stange die Wassertiefe zu überprüfen, um Sandbänke und Untiefen auszumachen, die jetzt, zur Zeit des beginnenden Niltiefstandes, besonders gefährlich waren. Im Wasser wimmelte es von Fischen, glänzende, blaue Barsche, die gefangen und zum Trocknen an langen Leinen aufgehängt wurden, silbrige Welse, lang wie ein Kinderarm, und riesige Katzenfische mit feinen goldenen Barthaaren, von denen einer reichte, um zehn Männer auf einmal satt zu bekommen, wenngleich alle an Bord behaupteten, sie seien seines fetthaltigen Fleisches inzwischen reichlich überdrüssig und sehnten sich nach der lang entbehrten heimatlichen Kost.
Um die Schiffe kreisten jetzt ständig Reiher und Fischadler, bemüht aufzuschnappen, was die Fahrt an die Wasseroberfläche beförderte oder was als Abfall zurück in die Fluten geschüttet wurde. Dazu kamen Ketten von Wasservögeln, deren Flügelschwirren die klare Luft erfüllte, eine helle Woge, die dann sengend weiß wurde und sich vor die Sonne schob. Es gab dunkle und helle Ibisse mit geierartigen Schnäbeln,

Wassergänse, die die Soldaten besonders gern erlegten, weil sie, am Spieß gebraten, ihr Lieblingsgericht waren, sowie Enten in schier unfassbarer Vielfalt und Zahl. Besonders schön fand Sahti die kleinen schwarzweißen Bienenfresser mit ihren gespaltenen Schnäbeln, die länger als ihre Körper waren, rot gefärbt wie funkelnde Edelsteine.

Namiz hatte die Matten hochschlagen lassen, die ihre Kabinen vor Wind und Sonne schützten, und sie verbrachte viele Stunden damit, das Treiben auf dem großen Fluss zu betrachten, der vor ihnen immer wieder in einzelne Wasserläufe auseinander brach, und dessen Farben je nach Tageszeit ganz unterschiedlich sein konnten: fast blau am frühen Morgen, später von einem tiefen, warmen Grün und fast silbern, bevor die Abenddämmerung kam. Nachts, wenn sie anlegten, um am Ufer Rast zu machen, und das Abendessen über verschiedenen Feuerstellen zubereitet wurde, stiegen und sanken Glühwürmchenschwärme durch das Ufergebüsch.

Nabu bekam Sahti nur selten zu Gesicht, und wenn, dann immer von fern, und niemals gab es Gelegenheit, mehr als einen Blick, ein Nicken oder kleines Lächeln zu erhaschen, das Sahti bestenfalls leicht verlegen erwiderte. Ihre Gefühle der Lieblingsfrau ihres Vaters gegenüber waren widersprüchlicher denn je; einerseits zog es sie beinahe schmerzvoll zur einzigen Vertrauten aus der Heimat hin, die seit jener Nacht an ihrem Krankenlager zudem auch noch ihre Seele in den Händen zu halten schien, andererseits lebten nach wie vor Angst und Misstrauen in ihrem Herzen, die jedes Mal wuchsen, wenn sie sah, wie die Soldaten Nabu musterten oder ihr nachstarrten. Dann war Sahti, als sende Nabu wieder jenen unsichtbaren Bannstrahl aus, mit dem sie auch Golo belegt hatte, der nun vermutlich daran zu Grunde gehen würde, und Sahti wandte sich schnell ab, um wenigstens sich selber davor zu schützen.

Jegliche Gedanken an Ruju oder die Daya unterdrückte sie. Und wollte doch einmal einer aufkommen, nachts, wenn der

Mond am dunkelblauen Himmel stand und sie keinen Schlaf finden konnte, so lenkte sie sich schnell ab, um den Schmerz über ihren Verlust nicht übermächtig werden zu lassen. Auf diese Weise lernte sie Namiz' Gegenwart mehr und mehr zu schätzen, dem seinerseits nicht verborgen geblieben war, wie schnell sie fremde Worte aufschnappte und behalten konnte. Spielerisch ging er auf diese Begabung ein, ließ Sahti Wörter und halbe Sätze nachsprechen und war ihr, wenn nötig, mit der passenden Bedeutung behilflich.

»Du lernst ja fast noch schneller als ich«, sagte er eines Abends anerkennend. »Schade, dass wir nicht noch länger unterwegs sind! Sonst würdest du bei der Ankunft in Waset die Sprache Kemets schon fließend sprechen.«

Antef, der immer wieder Gelegenheit fand, sich in ihre Nähe zu stehlen, nickte voller Bewunderung. Nicht einmal Ipis finstere Blicke konnten ihn jetzt davon abzuhalten, sich um Sahtis Bein zu kümmern, das inzwischen schon fast geheilt war, und er beteuerte mehrmals, wie leid es ihm tue, dass er sie zwischendrin so feige im Stich gelassen hatte.

»Tama wird es mir nie verzeihen, wenn ich es ihr erzähle«, sagte er bekümmert und träufelte aus einem winzigen Tonfläschchen behutsam tropfenweise Sesamöl auf die Stelle, um den Grind geschmeidig zu halten. »Aber Tama ist eben auch viel mutiger als ich.«

Sahti schaute konzentriert auf seine Lippen. Es war leichter für sie, ihn zu verstehen, wenn sie die Bewegungen des Mundes genau verfolgte.

»Wer ist Tama?«, erkundigte sie sich zur Sicherheit bei Namiz.

»Antefs Frau und, wie es scheint, eine ganz besondere Frau dazu.« Der Mann aus Kepni hatte wie jetzt üblich auf Kuschitisch geantwortet. »Ich bin sicher, du wirst sie in Waset kennen lernen.«

Eine kurze Wegstrecke vor dem ersten Katarakt ankerten sie während einer mondhellen Nacht. Ausnahmsweise blieb der

General an Deck des ersten Bootes, während sich ein Großteil der Besatzung am Ufer zum Schlafen niederlegte. Wie immer war eine Wache eingeteilt; Nachlässigkeit oder morgendliche Müdigkeit jedoch ließ die beiden Männer tief schlafen, als Sahti durch glucksende Geräusche wach wurde. Sie fuhr auf, schob die Matte zur Seite. Das Schiff war von einem Dutzend kleiner Nachen umgeben, in denen bewaffnete dunkelhäutige Männer mit breiten Nasen saßen. Ähnliche Papyrusboote waren ihnen bereits seit Tagen begegnet, gerudert von Fischern, die ihre Netze auf dem Fluss ausgeworfen hatten. Jetzt freilich schienen die Männer andere Absichten zu haben.

Namiz, der in der Kabine neben Sahti schlief, war ebenfalls wach geworden. »Flusspiraten!«, rief er ihr aufgeregt zu. »Auf dem Boden! Und rühr dich nicht!«

Eine Gruppe der Bewaffneten hatte bereits das erste Schiff geentert und hielt die Mannschaft mit kurzen Sichelmessern in Schach. Flach auf den Bauch gepresst, verfolgte Sahti atemlos, wie sie den General aus seiner Kabine an die Reling trieben. Der Mann mit der gebrochenen Nase war ihr vom ersten Tag an unheimlich gewesen, und mehr als alles andere fürchtete sie seine Stimme, die so scharf wie eine Waffe werden konnte. Jetzt aber tat er ihr Leid. Sie schlugen ihn ins Gesicht, als er immer wieder verstockt den Kopf schüttelte, und versetzten ihm eine Reihe harter Hiebe in den Bauch.

»Bestimmt folgen sie uns schon eine ganze Weile«, sagte Namiz leise. »Und jetzt wollen sie ihn zwingen preiszugeben, wo die größten Schätze versteckt sind.«

Inzwischen war es einigen Soldaten vom Ufer aus gelungen, das Schiff zu erreichen, und auf Deck entspann sich ein heftiger Kampf. Schreie wurden laut, Waffen klirrten, Fäuste schlugen hart aneinander. Plötzlich packten zwei der Angreifer den General, hielten ihn fest und schoben ihn unerbittlich über die Reling. Kopfüber landete Ipi mit einem

dumpfen Plumps im Wasser und ging sofort unter wie ein Stein.
»Er kann nicht schwimmen«, flüsterte Namiz. »Er hat es mir selber gesagt.«
Ein zweiter Plumps. Antef hatte sich von seinen Bedrängern erfolgreich befreit und war seinem Herren beherzt nachgesprungen. Er tauchte, kam mit dem prustenden und wild um sich schlagenden General wieder nach oben. Ohne sich um dessen Gekeuche zu kümmern, drehte er ihn mit seinen Bärenkräften auf den Rücken und hielt rückwärts schwimmend mit ihm auf das rettende Ufer zu.
Inzwischen war es den Soldaten des Pharaos gelungen, die Angreifer zurückzudrängen. Zwei Säcke, die die Piraten schon aus dem Lastraum gezerrt hatten, versanken zwar im Nil, die dunkelhäutigen Männer jedoch, manche aus tiefen Wunden blutend, hatten nichts Eiligeres zu tun, als wieder zurück in ihre Nachen zu gelangen und das Weite zu suchen.
Die Schiffe legten ab, nachdem sich der Tumult an Deck gelegt hatte. Ipi verschwand bis zum Abend in seiner Kabine. Dann zeigte er sich nur kurz, um die Zahl der Wachen zu verdreifachen; sich selbst teilte er für die schwierigste Zeit nach Mitternacht ein. Sein Gesicht war geschwollen, und er ging leicht gekrümmt, aber kein überflüssiges Wort kam über seine Lippen. Auch Antef verrichtete unverändert wortkarg seine übliche Arbeit. Nichts an seiner Miene oder seinem Verhalten deutete darauf hin, dass etwas Ungewöhnliches geschehen war.
Keiner schlief gut in der nächsten Nacht, und auch Antef wachte bald wieder auf. Er erhob sich von seinem Lager am Ufer, schüttelte seine Beine aus und machte ein paar Schritte in Richtung des dunklen Stroms, um in Ruhe seine Notdurft zu verrichten. Alles schien still und friedlich. Keine Anzeichen feindlicher Kuschiten, die sich auf die Lauer gelegt hatten, um sie aus dem Hinterhalt zu überfallen.
»Wieso bist du denn schon wieder auf?«, hörte er Ipi neben

sich fragen. »Du wirst deine Kräfte brauchen, wenn der neue Tag anbricht. Vielleicht müssen wir mit einem zweiten Angriff rechnen.«
Überrascht drehte Antef sich um.
»Ich bin nicht müde«, sagte er einfach. »Und ich glaube, sie haben fürs Erste mehr als genug.«
»Da wäre ich mir alles andere als sicher! Auf jeden Fall kann ich dir sagen, wie froh ich bin, wenn wir endlich wieder in Waset angelangt sind.«
Ungewöhnlich, dass sich der General in Gegenwart seines Burschen zu einer solch persönlichen Äußerung hinreißen ließ. Antef begnügte sich mit einem kurzen zustimmenden Knurren. Er konnte gut nachvollziehen, was Ipi meinte, denn ihm selber ging es ganz ähnlich. Die Sehnsucht nach Tama wuchs mit jedem Tag, den sie der Heimat näher kamen. Wäre es nach ihm gegangen, er hätte sich am liebsten wie ein Fisch in den großen Strom gestürzt, um schneller wieder bei ihr zu sein.
»Ich muss mich wohl in aller Form bei dir bedanken«, sagte der General nach einer Weile und räusperte sich. »Du hast mich aus dem Wasser gezogen, und ein Ipi bleibt niemandem etwas schuldig. Hier – nimm! Das ist alles, was ich dir momentan geben kann. Aber zu Hause in Waset fällt dir sicherlich noch etwas anderes ein, was du gut brauchen kannst. Dann lass es mich wissen.« Er drückte dem Verdutzten eine kleine Statuette in die Hand, die kunstvoll aus poliertem Lapislazuli gearbeitet war. In Schrittstellung stand eine löwenköpfige Frauengestalt über zwei gefesselten Feinden, einem Kuschiten und einem in der Kleidung der Leute aus Kepni, äußerst beziehungsreich, wie Ipi insgeheim fand. »Man sagt, die Göttin Pachet, auch die Große mit scharfen Augen und wirkungsvollen Krallen genannt, sei wie keine andere in der Lage, feindliche Mächte zu bannen – also etwas ganz Ähnliches, was du heute Morgen mit mir getan hast. Sie soll dir Glück bringen!«

»Aber sie ist doch viel zu kostbar!«, sagte Antef. »Das kann ich unmöglich annehmen. Außerdem bin ich dazu da, um dir zu dienen. Nichts anderes habe ich getan.«
»Und ob du das kannst! Und halt sofort deinen Mund, wenn du nicht willst, dass ich wütend werde. Ist mein Leben vielleicht nicht genug wert, um seinen Retter entsprechend zu entlohnen?«
Antef schluckte mehrmals, bevor er schließlich zu sprechen begann. »Du weißt, General, ich bin kein Freund großer Worte. Aber es gäbe da durchaus etwas, worum ich dich von Herzen bitten möchte.« Sein Mut verschloss ihm fast die Kehle.
»Dann rede! Was willst du?« Ipi war schon wieder halb am Gehen, um seinen unterbrochenen Wachgang fortzusetzen.
»Das Mädchen«, sagte Antef so leise, dass es selbst in der stillen Nacht kaum zu verstehen war. »Als Geschenk des Himmels für meine Tama.«

*

Angesichts des ersten Katarakts, den sich Sahti nach Namiz Ankündigung wilder und gefährlicher, brodelnden Wasserfällen gleich, die tief in eine Schlucht stürzen, vorgestellt hatte, brachen die Soldaten in Begeisterungsstürme aus. Einige umarmen einander, andere wieder sanken auf die Knie und beteten, weil sie endlich wieder mit gesunden Gliedern im Lande Kemet angelangt waren. Das Gefühl der Erleichterung schien ansteckend zu sein. Sogar der General wirkte ungewohnt leutselig und blieb bei seinen Leuten, anstatt wie sonst sein Mahl allein zu verzehren. Aus einem Dorf ganz in der Nähe wurden viele Krüge mit dem starken Bier gebracht, auf das alle so lange hatten verzichten müssen; Enten und Hühner wurden geschlachtet und über offenen Feuern gebraten.
Am nächsten Morgen fuhren sie weiter, und Steuermann

und Lotsen gelang das Kunststück, nach mehreren Anläufen beide Schiffe sicher und heil durch die zu dieser Zeit bereits gebändigten Stromschnellen zu bringen. Sie passierten die Stadt Sunu, einer der Lieblingsorte des Pharaos, wie Namiz Sahti verriet, weil seine Mutter von dort stammte, vorbei an unzähligen Dattelpalmen, deren Stamm als bevorzugtes, da billiges Bauholz diente und außerdem gern für Bewässerungsrinnen verwendet wurde.

Die Flachsernte war bereits vorüber; jetzt wurden allenthalben auf den erhöht gelegenen Feldern Weizen und Hirse eingebracht, helle Ähren und Kolben, die sich reif im leuchtenden Sonnenlicht bogen. Bauern und ihre Frauen kümmerten sich gemeinschaftlich um die Lese, während die Kinder kreischend umherrannten, um die Vögel zu vertreiben. Über die schweren Fluten des Nil ragten an beiden Ufern gelbbraune Lehmschichten hoch, die wie behauene Wände wirkten.

»Das liegt daran, dass wir in der Trockenzeit sind«, erklärte Namiz Sahti geduldig vor dem Schlafengehen, erstaunt, was sie alles von ihm erfahren wollte. »Warte nur, bis zu Beginn des Herbstes das Hochwasser kommt – und du wirst den Fluss kaum wieder erkennen! Seine Farbe wechselt von Grün zu Grau, und der Katarakt, der dich nun so wenig beeindruckt hat, brüllt wie ein wilder Stier, der sich auf seinen Gegner stürzen will. Mit der Sicht ist es dann ein für alle Mal vorbei, weil Gischtwolken hoch in den Himmel steigen und jedes Fitzelchen Blau verdecken. Man könnte beinahe denken, Hapi reiße sein gewaltiges Maul auf, um alles und jeden zu verschlingen.«

Bereits bei der Insel Abu, wo sie an mächtigen schwarzen Granitfelsen vorbeisteuern mussten, die im träge dahinfließenden Nil lagen, hatte er das Mädchen auf eine steinerne Treppe aufmerksam gemacht, die ein ganzes Stück aus dem Wasser ragte, und auf ihrer weiteren Fahrt nach Norden kamen sie immer wieder an ganz ähnlichen Steinbauwerken vorbei.

»Siehst du die waagrechten Markierungen an der Treppenwand?«

Sahti nickte.

»Je höher der Hapi steigt, desto besser für die nächste Ernte«, erklärte er. »Wenn die vorletzte Marke erreicht ist, werden den Göttern überall Opfer gebracht, denn dann weiß man, dass die Vorratsspeicher bald voll sein werden.«

»Und was geschieht, wenn das Wasser weiter steigt? Ich meine, wenn es nicht aufhören will?«

»Dann droht Mensch und Tier eine böse Überschwemmung«, erwiderte Namiz ernst, »und es kann vorkommen, dass viele ihre Häuser verlieren. Oder sogar ihr Leben. Aber das geschieht zum Glück nur sehr selten. In den letzten Jahren blieb Kemet zum Glück davor verschont. Auch von einer zu niedrigen Flut, die nichts als Hunger und Kummer mit sich gebracht hätte.«

Sie hatte verstohlen gegähnt.

»Willst du trotz deiner Müdigkeit wissen, wie es weitergeht?«, erkundigte Namiz sich fürsorglich.

»Ja«, sagte Sahti und rieb sich die Augen, »erzähle!«

»Zunächst ist alles mit fruchtbarem schwarzem Schlamm bedeckt, der dem Bogen Nahrung bringt und ihn für die neue Aussaat vorbereitet. Anschließend, wenn das Wasser wieder fällt, müssen die Äcker neu vermessen werden.«

»Dann muss also niemand hungern?« Sahti sah auf einmal sehr müde und fast ein bisschen verloren aus.

»Nein«, erwiderte Namiz, überrascht über ihre ungewöhnliche Frage. Was mochte dieses Kind in seinem kurzen Leben schon alles durchlitten haben? »Wenn der Nil genügend Wasser führt, werden in der Regel alle im Land satt.«

»Also müssen die Leute von Kemet alle sehr, sehr reich sein«, sagte das Mädchen nachdenklich. »Und überglücklich darüber, dass der große Fluss sie so großzügig beschenkt.«

»Reich und überglücklich?« Namiz lachte. »Nein, das sind sie wahrlich nicht, zumindest nicht alle. Und bestimmt nicht

immer. Es gibt Reiche und Arme in Kemet, glückliche und traurige Menschen, gute und schlechte, kein bisschen anders wie bei dir zu Hause in Kusch auch.«
Sahti nickte knapp und sah auf einmal angestrengt in die andere Richtung, wo gerade ein kleines Boot mit vielfach geflickten Segeln an ihnen vorbeizog. Er hätte sich auf der Stelle ohrfeigen können wegen seiner dummen Gedankenlosigkeit!
»Tut mir Leid«, sagte er leise. »Tut mir wirklich Leid, meine Kleine.«
Im Lauf der Reise hatte er das Mädchen so lieb gewonnen, dass ihn ohnehin immer häufiger sein schlechtes Gewissen plagte. Noch in Abu Resi, kurz nachdem sie die kleine Verletzte in der Wüste entdeckt hatten, war sie für ihn nicht viel mehr gewesen als eine spannende Figur in einem imaginären Brettspiel, die man je nach erforderlicher Taktik beliebig hin und her schieben konnte. Nabu und sie als Geiseln nach Kemet mitzunehmen, war ihm damals als gute, ja einzig machbare Idee erschienen, die zudem Schlimmeres verhindert und ihn auch noch aus der eigenen Falle befreit hatte. Natürlich war es nicht ganz ohne Opfer abgegangen. Der Schakal war jämmerlich verbrannt, und auch Golo würde lange Zeit brauchen, um wieder gesund zu werden. Aber zumindest waren weder alle gefangenen Kuschiten blutig niedergemetzelt worden noch jede Soldaten, die blind ihrem Anführer gefolgt waren. Erstere hatte man unmittelbar vor der Abfahrt zurück in ihr Dorf geschickt; letztere mussten in der heimatlichen Kaserne zwar mit empfindlichen Strafen rechnen, aber sie würden am Leben bleiben.
Jetzt freilich war Namiz sich nicht mehr so sicher. Und je näher sie Waset kamen, desto stärker wurden seine Zweifel. Er musste ja nicht nur mit Ipis Ränkespielen rechnen, der versuchen würde, ihn mit allen Mitteln bei Seqenenre schlecht zu machen, allein schon, um seine eigene Leistung bei der Expedition herauszustellen und sich neuerliche Vor-

teile zu verschaffen, sondern er musste sich auf die jähen Stimmungsschwankungen des Pharaos gefasst machen. Dieser hatte sie unverzüglich zurück nach Hause beordert – und sie waren seinem Befehl gefolgt. Bedeutete das aber auch, dass er Verständnis dafür aufbringen würde, weshalb sie nicht die volle Menge des geforderten Goldes mitgebracht hatten?

Außerdem war es ohnehin mehr als fraglich, ob die gesamte Ladung unversehrt ihren Bestimmungsort erreichen würde. Flusspiraten konnten sehr gut auch die anderen Schiffe überfallen haben, mit anderem, weniger günstigem Ausgang, und die alte Karawanenroute, auf der ein Großteil des Viehs nach Norden getrieben wurde, war berüchtigt für Überfälle von Beduinen. Dazu kamen Wind und Sand sowie die Strapazen des langen Marsches, die Mensch wie Vieh gleichermaßen zusetzten.

Und welches Schicksal erwartete nun die Frau und das Kind, die beide unwiederbringlich die Heimat verloren hatten, nur weil es so am besten in seine Pläne gepasst hatte?

Aber was auch in der nahen und fernen Zukunft geschehen mochte, es war jetzt ohnehin zu spät, um etwas daran zu ändern. Namiz konnte nur hoffen, den Pharao in halbwegs gnädiger Stimmung vorzufinden, hatte es doch durchaus schon Momente gegeben, in denen er Seqenenre aufgeschlossen, ja geradezu offen und weich angetroffen hatte. Vielleicht würde es ihm sogar gelingen, Antefs Wunsch auf die richtige Art und Weise vorzubringen, denn er wusste nur zu gut, was der Retter Sahtis so brennend für seine Tama ersehnte.

Um das Mädchen auf das Kommende vorzubereiten, auf das es eigentlich keine Vorbereitung geben konnte, fing er an, immer mehr von der Stadt des Pharaos zu erzählen, vom Herrscherpalast, den Tempeln, Gärten, Strassen. Von der königlichen Familie und den vielen Höflingen, die in des Pharaos Nähe lebten. Von den Menschen, die unter seiner

Obhut arbeiteten, den Schreibern, Priestern, Handwerkern und Gärtnern, zu denen Antef gehörte. Schließlich auch von seinem eigenen Gewerbe, ein Thema, über das er sich ohnehin Tag und Nacht ohne Unterlass hätte auslassen können, weil ihm viel zu selten interessierte Zuhörer zur Verfügung standen: Wie er sich rastlos auf die Suche nach Edelsteinen machte, wie sie schließlich gemäß seinen Anweisungen geschliffen, durchbohrt oder gefasst wurden. Und auf welch kunstvolle und höchst aufwendige Weise der Goldstaub in unzähligen Durchgängen bearbeitet werden musste, den sie den Goldbergen Wawats abgepresst hatten und nun in schweren Säcken mit sich führten, bis er schließlich einmal als Ring, Amulett oder kostbare Kette am Hals der Königin funkeln konnte.

Sahti hörte nicht nur sehr aufmerksam zu, sondern schien fast alles zu verstehen und jedes seiner Worte geradezu zu verschlingen. Ab und an stellte sie eine ihrer bemerkenswerten Fragen, die ihn verblüfften und ihm die Antwort nicht immer leicht machten. Aber Namiz, der wenig Erfahrung im Umgang mit Kindern hatte, versuchte jedes Mal, sie dennoch so aufrichtig wie möglich zu erteilen. Sahtis Wangen röteten sich während dieses lebendigen Rede-und-Antwort-Spiels, das ihr sichtlich ebenso viel Vergnügen wie ihm bereitete, und es war alles andere als einfach, sie irgendwann dennoch zum Schlafen zu bewegen, weil sie niemals genug bekommen konnte.

»Ist der Pharao also ein Gott?«, wollte sie wissen, bevor sie sich zusammenrollte und zur Wand drehte.

»Nein«, erwiderte Namiz ernst, »aber er verwaltet ein göttliches Amt. Und gelingt es ihm nicht, so ist das Land zerrissen und blutet aus tausend Wunden. Deshalb ist es unsere Aufgabe, ihm durch unseren Dienst seine schwierige Aufgabe zu erleichtern.«

Als sie sechs Tage später den Hafen von Waset anliefen, konnten endlich die Segel gestrichen und die Ruderer eingesetzt werden. Inmitten des zarten Grüns der Gärten schimmerte der königliche Palast im letzten Abendlicht wie Gold, und Namiz wurde das Herz schwer. Am linken Flussufer kam die Stadt immer näher, wie ein abendlicher Traum gegen das tiefe Blau des Himmels und das schwere Silber des Flusses, und je unwirklicher sie erschien, desto grausamer stürzte der Juwelier in die Wirklichkeit zurück. Angesichts des leicht erhöht gelegenen Amun-Tempels, in dem der Pharao bei den großen Festen als oberster Priester im Leopardenfell dem Gott opferte, schwand plötzlich all seine bisherige Zuversicht, und er schalt sich einen alten Narren, der sich eingebildet hatte, einen ebenso launischen wie unberechenbaren Herrscher beeinflussen zu können, einen Herrscher, der überall bekannt dafür war, dass er keinem seiner Ratgeber jemals wirklich traute.

»Ist das die Stadt der Wunder?«, fragte Sahti leise, als sie in den Hafen einliefen, wo viele Schiffe ankerten und reger Betrieb mit kleinen Booten herrschte, die zum Löschen der Ladung eingesetzt wurden und wie geschäftige Insekten auf dem Wasser herumzuwuseln schienen. Mit großen Augen betrachtete sie das lebhafte Treiben. »Wo alles und jeder dem Pharao gehört?«

Die Pracht der Gebäude und die vielen Menschen, die zu dieser Zeit noch auf den Straßen unterwegs waren, überwältigten sie. Dazu kamen die vielfältigen Gerüche der fliegenden Händler, die ihre provisorischen Garküchen als kleine Bauchläden mit sich herumtrugen und laut schreiend auf die jeweiligen Spezialitäten aufmerksam machten.

Ja, dachte Namiz und musste plötzlich an das erste Mal denken, da sein Fuß den Boden Kemets betreten hatte und ihm das heimische Kepni plötzlich wie eine schmutzige, heruntergekommene Hafenspelunke vorgekommen war. Dann aber fiel ihm im gleichen Augenblick Hut-Waret ein, jene grandiose Stadt im Delta, von den Hyksos seit langem schon zur Residenz erkoren, die von Jahr zu Jahr größer und prachtvoller zu werden schien. Er kannte die Stadt persönlich, während sich das Königshaus in Waset bisher nur auf Erzählungen und Beschreibungen verlassen konnte. Und er wusste, was er mit eigenen Augen dort gesehen hatte, auch wenn er dies aus guten Gründen bislang lieber für sich behalten hatte. Ein Fremder, der die Pracht der verhassten Hyksos-Herrscher gelobt hätte – wie viel wäre sein Leben in diesen schwierigen Zeiten im geteilten Kemet noch wert gewesen?

Denn blickte man von der hohen Zitadelle, dem gewaltigen Palast, strategisch äußerst günstig gelegen an einer Nilschleife, auf die breiten Straßen von Hut-Waret, die mehrstöckigen Häuser und riesigen Tempelanlagen, die künstlichen Weinberge und verschwenderisch angelegten Blumenbeete, umstanden von hohen, Schatten spendenden Bäumen, so konnte man sehr wohl auf die Idee verfallen, der regierende Pharao in Waset sei längst nicht mehr ein Mensch in der Rolle eines Gottes, sondern vielmehr ein Lehensmann im Dienste eines sehr viel mächtigeren irdischen Herrschers.

Namiz hatte den starken Impuls, heftig mit dem Kopf zu schütteln, weil plötzlich nichts mehr von dem richtig zu sein schien, was er Sahti all die Tage erzählt hatte, und gleichzeitig war alles viel zu kompliziert und verworren, um den bisherigen Eindruck eilig zurecht zu rücken. Ganz ins Bild passte der Umstand, dass unzählige Bauarbeiter seit mehr als einem Jahr einen neuen Palast am Ostufer des Nils außerhalb Wasets für Seqenenre errichteten, der trotz aller anders lautenden Versicherungen nichts anderes war als ein getreues Abbild jener beeindruckenden Zitadelle in Hut-Waret.

Sahti wartete noch immer auf seine Erwiderung. Sie hatte den Kopf wie eine Erwachsene ein wenig schief gelegt, als falle es ihr so leichter, die nötige Geduld aufzubringen, bis er sich endlich äußerte.

Und diesmal war es Namiz, der ihr nur mit einem vagen Nicken antworten konnte und sich dann sofort wieder zur Seite drehen musste, weil er ihren offenen kindlichen Blick nicht länger ertragen konnte.

VIERTE STUNDE: DIES WASSER IST FEUER

Allmählich wurde es heiß und unerträglich stickig in dem engen Häuschen, in das man Sahti gestern Nacht eingeschlossen hatte. Es war winzig, gerade mal so groß, dass sie acht Schritte in der Länge und fünf in der Quere machen konnte, und besaß nicht mehr als zwei kleine vergitterte Fenster, zu hoch in der unregelmäßigen Lehmziegelwand gelegen, um ihr Sicht nach draußen zu gewähren. Bis auf eine Unterbrechung hatte sie gut geschlafen und anscheinend so tief, dass sie nicht einmal mitbekommen hatte, wie ihr jemand frisches Wasser, Früchte und einen ungewohnt gewürzten Getreidebrei hereingestellt hatte, dazu einen der merkwürdigen, aber sehr praktischen Toilettenstühle, die sie bereits während ihrer Zeit an Bord kennen und schätzen gelernt hatte.

Sahti aß und trank mit Appetit, sparte jedoch genug Wasser aus dem Tonkrug auf, um Gesicht und Nacken wenigstens benetzen zu können, ebenso wie die Hände, die noch klebrig von der Schiffsreise und dem Eselsritt durch die halbe Stadt waren. Mit gespreizten Fingern fuhr sie sich anschließend durch das Haar, ein allerdings eher vergeblicher Versuch, den sie bald wieder aufgab, weil sich die winzigen Löckchen inzwischen hoffnungslos ineinander verfilzt hatten und sogar Rujus geschickte Hände Mühe gehabt hätten, sie wieder zu entwirren.

Der Gedanke an die Schwester durchbohrte Sahti wie ein glühender Pfeil. Im ersten Morgengrauen glaubte sie ihre Stimme vernommen zu haben, leise und schwach zwar, aber doch unverkennbar, ein anhaltendes, beinahe lockendes Ru-

fen, ganz dicht an ihrem Ohr, als versuche Ruju, mit allen Mitteln Sahtis Aufmerksamkeit auf sich zu ziehen. Das Mädchen war aus wirren Träumen aufgeschreckt, mit rasendem Herzklopfen und trockener Kehle, einen Augenblick außer sich vor Angst, weil sie sich nicht zurechtfinden konnte.
»Ruju!«, hatte sie tonlos geflüstert, obwohl sie ganz allein war und niemand anderer sie hören konnte. »Wo bist du? Wie geht es dir? Und was willst du mir sagen?«
Doch alles war still geblieben.
Der vertraute Laut war bereits verklungen gewesen, und ihr war nichts anderes übrig geblieben, als sich damit abzufinden. Langsam nur hatte sie sich wieder beruhigt. Schließlich hatte sie sich zusammengerollt, einen Zipfel des dünnen Lakens in den Mund gesteckt, wie sie es schon als ganz kleines Mädchen immer gemacht hatte, wenn sie sich ängstlich oder traurig fühlte, und war irgendwann wieder eingeschlafen.
Jetzt aber war sie hellwach, gestärkt und voller Neugierde und konnte nicht verstehen, dass niemand kommen wollte, um sie endlich in Sonne und Licht zu entlassen. Nicht nur die Schaufeln und die unterschiedlich großen Hacken, die erdverkrustet in einer Ecke lehnten und ganz offenbar zur Pflege von Pflanzen und Gewächsen dienten, verrieten ihr, wo sie gelandet war. Sie musste irgendwo in den Gärten des Pharaos stecken, so viel war klar, denn am Ende eines ermüdenden Rittes waren sie gestern Abend schließlich an einer mächtigen Mauer angelangt. Ein Holztor hatte sich aufgetan, sie waren eingetreten, um alsbald an hohen Bäumen und merkwürdig zurechtgestutzten Büschen vorbeizukommen, die berauschend köstliche Düfte verströmten, wie sie Sahti noch nie zuvor gerochen hatte. Und irgendwo ganz in der Nähe hörte sie die ganze Nacht über das regelmäßige Plätschern einer kleinen Quelle, die sich sicherlich in eines der künstlich angelegten Bassins ergoss, von denen ihr Namiz unterwegs so anschaulich berichtet hatte.
Diese offensichtliche Verschwendung von Wasser entzückte

und entsetzte sie gleichzeitig, denn die Daya hatte ihnen bereits von klein auf eingeschärft, dass man keinen Tropfen vergeuden durfte, wollte man nicht den Zorn der Götter auf sich ziehen. Aber offenbar war in diesem seltsamen Land ohnehin alles anders als zu Hause: die Luft, die sich sanft und trocken anfühlte, als streiche ein hauchdünner Stoff über die erhitzte Haut; die Pflanzen und Bäume, verschiedenartig, wie von einem ganz anderen Schöpfer erdacht, die so groß und üppig in die Höhe strebten, als gäbe es jenseits des breiten grünen Tals, wo die Sterblichen Kemets siedelten, keine Dürre, die erbarmungslos jedes Leben vernichtete, schließlich die Menschen selber, schmalhüftig und mit glatt rasierten Gesichtern die Männer, die Frauen meist hellhäutig, in dünnen Kleidern, die den Körper so wenig verbargen, dass Sahti im Vorbeireiten die Augen voller Scham abgewandt hatte. Alle, ob groß oder klein, jung oder alt, bewegten sich eilig, als erwartete sie etwas, das sie auf keinen Fall versäumen wollten, ganz anders als die Menschen zu Hause im Dorf, die nie in Hast zu sein schienen. Dazu kam die wunderliche Sprache dieser Menschen, die sie inzwischen dank Namiz' kurzweiliger Unterweisung etwas verstand, aber nicht halb so gut sprechen konnte, weil sich ihre Zunge gegen die ungewohnten Laute zu sträuben schien.
Ob sie sich hier jemals heimisch fühlen würde?
Voller Zweifel legte sie sich wieder auf das harte Bett, starrte blicklos zur Decke, schloss dann aber die Augen und hoffte inständig, dass endlich etwas geschehen würde.

*

Das Geräusch eines Schlüssels, der sich im Schloss drehte, brachte Sahti wenig später schnell wieder auf die Beine. Zu ihrer Überraschung erschien weder Namiz noch Antef, wie sie vermutet hatte, sondern eine grobknochige alte Frau mit einem mürrischen Gesicht. Ein Auge war halb geschlossen, als fehle ihr die Kraft, es offen zu halten, und die Hände, mit

denen sie wild herumfuchtelte, waren knotig und von bläulichen, unnatürlich dick wirkenden Adern durchzogen.
»Meret!«, wiederholte sie mehrmals und deutete dabei immer wieder auf ihre eingefallene Brust, von der das bunte Kleid aus feinem Leinen zu rutschen drohte. »Komm mit!«
Sahti erhob sich gehorsam und folgte ihr, erleichtert, den engen Schuppen endlich verlassen zu können. Die Alte ging ein paar Schritte voraus, erstaunlich schnell für ihre Jahre, wenngleich ihr stark gekrümmter Rücken die Folgen harter körperlicher Arbeit verriet. Am Vorabend war es das samtige Dunkel der Nacht gewesen, das es Sahti unmöglich gemacht hatte, sich ausgiebig umzusehen, und jetzt hinderte Meret sie ganz offenbar daran, denn sie trieb Sahti schimpfend immer wieder zur Eile an, wenn das Mädchen stehen blieb, um die geriffelte Rinde eines Baumes zu betrachten, die Pracht hellroter Blütenblätter oder dem Ruf eines Vogels zu lauschen, der angeregt zwischen hohen, leise raschelnden Baumwipfeln zwitscherte. Die Quelle, deren Plätschern sie so sanft in den Schlaf gewiegt hatte, floss in einen oval angelegten Teich, der von hohen, alten Sykomoren umstanden und mit Hunderten teils schon geöffneter Lotosblüten bewachsen war. Hier musste Meret allerdings mehrmals missbilligend mit der Zunge schnalzen, bevor Sahti sich endlich zum Weitergehen bequemte.
Ein riesiges von Ecktürmen flankiertes Tor aus getrockneten Lehmziegeln umrahmte die Eingangspforte des Palastes, den sie schließlich von der Gartenseite aus betraten. Flaggenmaste aus Zedernholz, an denen bunte Wimpel flatterten, ragten in den holzumrandeten Nischen auf. Im gepflasterten Vorhof, wo zwei Brunnen sprudelten, wartete zu Sahtis großer Erleichterung Namiz.
Er hatte sein schütteres sandfarbenes Haar mit reichlich Öl nach hinten gekämmt, war sorgfältig rasiert und trug einen gestärkten weißen Schurz mit einem hohen Bund, der seine

füllige Mitte unvorteilhaft betonte. Ein schwerer, leicht süßlicher Duft ging von ihm aus, und als Sahti genauer hinsah, entdeckte sie, dass er sogar Brauen und Lider dunkel geschminkt hatte. Mit einem geflochtenen Fächer wedelte er sich erregt Kühlung zu. Aber schon seine Miene und seine Körperhaltung hatten ihr verraten, wie aufgelöst er war.
»Endlich!«, rief er ihr auf Kuschitisch zu, was bei Sahti sofort heimatliche Gefühle auslöste. »Heute ist der Tag, auf den es ankommt!« Kritisch musterte er sie von Kopf bis Fuß, als würde er sie zum ersten Mal bewusst wahrnehmen. »Aber wie du bloß aussiehst, meine Kleine! Als hätte man dich geradewegs aus der Grube eines Abdeckers gezogen.« Ein vorwurfsvolles Schnauben in Richtung der Alten. »Gab es denn niemanden im ganzen Palast, der sich ihrer ein wenig hätte annehmen können, jetzt, da sie dem Einzig-Einen vorgeführt werden soll?«
»Davon hat mir keiner etwas gesagt«, behauptete Meret barsch. »Und was sollte das bei einer wie der auch schon nützen – Glieder dünn wie Stöcke, hervorstehende Rippen und Beckenknochen wie bei einem ausgemergelten Rind? Außerdem bin ich wahrhaftig nicht dazu da, um irgendwelche Halbwilden zu waschen oder gar wie eine Affenmutter nach Läusen abzusuchen.« Ihr verdrossener Blick verriet, wie unzumutbar sie allein schon die Vorstellung fand.
»Schon gut, schon gut!«, lenkte Namiz ein. »Dann muss es jetzt eben auch so gehen. Weiter, weiter, meine Kleine, wir sind schon ziemlich spät dran!«
Es waren nicht die drei ineinander gehenden Vorräume, die Sahti am meisten beeindruckten, einer prachtvoller ausgestaltet als der andere. Vorherrschende Farbe war Blau in allen nur denkbaren Schattierungen: das strahlende des Himmels, das tiefere des frühmorgendlichen Stroms, vermischt mit goldenen Einsprengseln, die wie winzige Kapseln eingefangenen Sonnenlichts wirkten, das silbrige schließlich der kräftigen Barsche, die hilflos im Netz der Fischer zappeln.

Ebenso wenig war es der große Empfangsraum mit seinen Dutzenden bunter Säulen, deren schwere Kapitelle Lotosblüten darstellten. Und es waren auch nicht die kunstvoll bemalten Wände im Audienzsaal, in den sie schließlich gelangten, welche aufregende Jagdszenen im Papyrusdickicht täuschend echt wiedergaben: schmale Boote auf der spiegelblanken Lagune, Pfeile, die wie ein Schwarm wilder Bienen ihr Ziel erreichen, ein fettes Flusspferd, das sich tödlich getroffen aufbäumt und mit letzter Kraft Jäger samt Boot in die Fluten zu ziehen droht; die Königsbarke schließlich, beladen mit erlegter Beute, am Bug der Pharao als erfolgreicher Jagdherr.
Es war vielmehr der Boden, der Sahtis Blicke magisch anzog: Die aufgemalten gelb- und dunkelhäutigen Gefangenen schienen den Weg zu pflastern und waren so realistisch dargestellt, dass Sahtis Fuß sich unwillkürlich sträubte, weiterzugehen.
Namiz, der zu ahnen schien, was sie bewegte, versetzte ihr einen unauffälligen Schubs. »Nur zu!«, flüsterte er aufmunternd. »Noch ein kleines Stück bis zu der nächsten Säule. Und dann bleibst du ruhig stehen, ohne herumzuzappeln, schaust bescheiden zu Boden und machst alles ganz genauso, wie ich es dir sage, verstanden?«
»Aber ich kann doch nicht einfach auf sie treten!«, protestierte Sahti leise.
Diesmal fiel der Schubs spürbar heftiger aus.
»Und ob du das kannst!«, murmelte Namiz. »Und ich fürchte, du wirst sehr bald noch ganz andere Dinge lernen müssen, meine Kleine.«
Sahti gehorchte und ging weiter, ihre Blicke jedoch vermochte sie nicht im Zaum zu halten. Erst nur verstohlen, schließlich ungenierter nahm sie in sich auf, was ihr an Unbekanntem hier alles begegnete. An den Höflingen, die halblaut plaudernd in kleinen Grüppchen im Hintergrund standen, Frauen und Männer, geschminkt, gesalbt, geschmückt

und in feines, reinweißes Leinen gekleidet, verlor sie bald ihr Interesse.
Dafür ließ sie ihren neugierigen Blick über den Thron aus Zedernholz mit seinen hohen Armlehnen schweifen, deren Innenstreben als filigrane Papyruspflanzen gearbeitet waren. Dann sah sie den Mann, der leicht zusammengesunken auf dem Thron saß. Alt fand sie ihn und schrecklich hässlich dazu, mit seiner knochigen Brust und dem faltigen Bauch, den der weiße Schurz mit dem trapezförmigen Mittelstück freigab. Auch war der Schurz kaum lang genug, um die ausgemergelten Schenkel zu bedecken.
Das sollte der große Pharao sein, der Einzig-Eine, Herrscher über Kemet und all seine Menschen, die ihm dienen mussten?
Mit seinen eingefallenen Wangen, die die Knochen plastisch hervortreten ließen, den tiefen Furchen neben den Nasenflügeln und den schweren Lidern, die seine Augen halb verbargen, kam er ihr eher wie ein müder Großvater vor, dessen Zeit unaufhaltsam dem Ende zuging. Sein Haupt bedeckte ein gestreiftes, rechteckiges Tuch, dessen Enden auf seine Brust fielen. Gehalten wurde es von einem goldenen Reif, in dessen Mitte sich eine Kobra steil aufrichtete. Ihr Leib war mit Edelsteinen besetzt, der Kopf ganz aus Lapislazuli gearbeitet und mit seinen wachsamen, blank polierten Augen einem echten Reptil so täuschend nachempfunden, dass Sahti unwillkürlich einen winzigen Schritt zurückwich und plötzlich wieder den Schlangenbiss in ihrem Schenkel zu spüren glaubte.
Links neben dem Pharao und damit auf seiner Herzseite saß auf einem zweiten Thron, einfacher gefertigt und deutlich niedriger als der seine, eine Frau, in Sahtis Augen ebenfalls nicht mehr jung, wenngleich ihr gewölbter Bauch unter dem fast durchsichtigen weißen Kleid verriet, dass sie ein Kind trug, das schon bald geboren werden würde. Um ihren Hals schmiegte sich ein Goldreif, an dem kleine, ebenfalls goldene

Muscheln hingen; sie trug schwere Ohrgehänge und hatte breite Armspangen angelegt sowie Fußknöchelbänder mit juwelenbesetzten Vogelkrallen. Selbst bei der geringsten Bewegung klirrte und klimperte es, wenn die feinen, unterschiedlich ausgearbeiteten Metallteilchen aneinander rieben, als sei die Frau kein Mensch aus Fleisch und Blut, sondern ein festlich geschmücktes Götterbild, von Kopf bis Fuß von Goldplättchen bedeckt, mit denen der Wind spielte.
»Alles ohne Ausnahme von meinen Goldschmieden angefertigt«, hörte Sahti Namiz voller Stolz hinter sich wispern, dessen Aufmerksamkeit nicht entgangen war, dass sie sein Gebot, demütig den Kopf zu senken, nicht befolgt hatte. »Verständlich, denn die Große königliche Gemahlin Ahhotep war seit jeher nur mit dem Besten zufrieden.«
»Und wer ist der Dicke neben dem Pharao?«, flüsterte Sahti. Ein langer ärmelloser Mantel fiel bis zu den unförmigen Knöcheln des Mannes. Die prallen Arme, an denen goldene Spangen tief ins Fleisch schnitten, schienen sie besonders zu faszinieren. Sein Gesicht hatte einen ungesunden, leicht ins Bläuliche tendierenden Rotton, und sein Atem ging kurz und stoßweise wie bei einem alten Bullen.
»Seb, der Wesir des Königs. Manche halten ihr für fast so mächtig wie den Pharao. Und jeder am Hof hofft, dass er alsbald in die Gefilde der Seligen eingehen möge.«
»Und der Dünne mit dem rasierten Schädel?«
»Nebnefer, Erster Priester des Amun, ein Mann des Hasses. Wer sich mit ihm anlegt, muss mit allem rechnen.«
Die Tür zum Audienzsaal ging auf. Zwei junge Männer kamen herein. Der eine sprang eher, als dass er ging, ein wilder, anscheinend zu schnell gewachsener Knabe mit schlaksigen Gliedern und frisch geschorenem Kopf, an dem seitlich eine einzelne Locke baumelte. Seine noch kindlichen Züge wollten nicht mehr ganz zu dem mageren Hals passen, an dem der übergroße Adamsapfel wie ein Fremdkörper hervorstach. Der Junge beugte sein Haupt ungelenk vor dem

Pharao, eine Geste, die nicht wie Hochachtung wirkte, sondern eher wie eine lästige Pflicht, die er so schnell wie möglich hinter sich bringen wollte, und fiel dann wie ein erschöpfter Welpe der Königin zu Füßen.

»Ahmose«, flüsterte Namiz, »der königliche Erstgeborene. Möchte nur wissen, ob sich die Prinzessinnen, seine Schwestern, auch noch zu zeigen geruhen.«

Der andere dagegen, einige Jahre älter, mit vollem, schwarzem Haar, schien keine Eile zu kennen. Er war mittelgroß und schlank, hatte kräftige Schultern und den selbstsicheren Gang eines Mannes, der viel und gut zu Fuß unterwegs ist. Eine große Nase dominierte in seinem Antlitz, in dem die dunklen Augen zu weit auseinander standen und das Kinn eine Spur zu kantig war, um es wirklich schön zu nennen, das aber Frische und eine fast schon trotzige Vitalität ausdrückte. Seine Verneigung vor dem Thron fiel gemessen aus; als er sich jedoch wieder aufrichtete, bemerkte Sahti einen Anflug von Bitterkeit in seinen Zügen. Der Moment war so schnell vorüber, dass sie sich plötzlich nicht mehr sicher war, ob sie sich das nicht nur eingebildet hatte. Ruhig und selbstverständlich nahm er seinen Platz hinter dem Thron des Pharaos ein.

»Kamose, Ahmoses Vetter. Ein junger Mann mit Eigensinn, der, wie es heißt, die Wüste und die Einsamkeit am meisten liebt.« Beschämt verstummte Namiz, weil er sich gerade einen wenig freundlichen Blick des Pharaos eingehandelt hatte.

»Die Prinzen sind also endlich erschienen«, sagte Seqenenre mit hoher, leicht gequetscht klingender Stimme, als endlich kein Laut mehr zu hören war, und streckte dabei seine knotigen Beine vorsichtig aus, als würde ihm das Schmerzen bereiten. »Aber warum sehe ich nirgendwo die Große Herrin Teti-Scheri?«

»Die königliche Mutter fühlt sich nicht wohl.« Ahhoteps Antwort klang sanft, und als sie ihrem Gatten den Kopf zuwandte, erinnerte das leise Klirren ihres Goldschmucks er-

neut an ein kunstvoll konstruiertes Windspiel. Erst beim genaueren Hinhören erkannte man die verborgene Schärfe, die hinter dem süßen Ton der folgenden Worte lauerte: »Ihr altes Leiden, jenes Gelenkfeuer, das ihr seit dem letzten Winter so viel Kummer bereitet. Sie bittet vielmals um Entschuldigung, weil sie zuerst die Leibärzte konsultieren möchte, bevor sie an diesem Morgen das Bett verlässt.«
Ein undefinierbarer Laut kam vom Pharao. »Und wo steckt der General?« Er hatte diesen Satz ausgespuckt wie einen einzigen Klumpen.
Als sei dies das Stichwort gewesen, öffnete sich abermals die Tür, und mit großen, weit ausholenden Schritten näherte sich Ipi dem Thron, mit dreigeteilter Perücke, blütenweißem Schurz und vergoldeten Sandalen feinstens ausstaffiert. Allerdings verlieh ihm seine gebrochene Nase das Aussehen eines festlich aufgezäumten Faustkämpfers. Antef, wie gewöhnlich dicht auf seinen Fersen, musste sich anstrengen, um Schritt halten zu können.
Hinter den beiden zerrten Soldaten die gefesselte Nabu herein. Ihr Zustand hätte jämmerlicher nicht sein können: das Kleid schmutzig und zerrissen, Arme und Beine mit Kratzern übersät, die Haare wild zerrauft. Man hatte nicht nur ihre Hände gebunden, sondern sie auch noch mit einem Stofflappen geknebelt, und selbst jetzt, unmittelbar vor den Augen des Pharaos, machte Ipi keinerlei Anstalten, sie davon befreien zu lassen.
»Wer sind diese Kreaturen?« Seqenenres Blick ging misstrauisch zwischen dem dunkelhäutigen Kind neben Namiz und der gefesselten Frau hin und her. »Und aus welchem Grund bringt ihr sie hierher vor unseren Thron?«
»Auf die Knie!«, zischte Namiz Sahti rasch auf kuschitisch zu. »Stirn und Handflächen berühren den Boden. Und rühr dich bloß nicht, bevor ich es dir sage!«
Sie gehorchte sofort. Nabu dagegen hatte keinen hilfreichen Übersetzer zur Seite, der ihr das Zeremoniell erklärt hätte.

Stattdessen stießen sie die Soldaten in den Rücken, und sie fiel mit einem erstickten Schmerzenslaut zu Boden. Einen Moment lang schienen alle erschrocken, bis sie bemerkten, dass die Frau unverletzt geblieben war.

»Das will ich dir erklären, geliebter Pharao.« Ipi hatte sich bereits in Positur gestellt, um ausführlich zu antworten.

Eine knappe Handbewegung des Herrschers ließ ihn verdutzt innehalten.

»Später!«, sagte Seqenenre. »Lass mich zunächst den Leiter der königlichen Expedition dazu hören!«

Namiz verspürte ein inneres Zittern. Niemals war ihm der Schlüssel zur königlichen Schatzkammer so greifbar nah erschienen. Knapp und sachlich schilderte er, was ihnen in Abu Resi zugestoßen war. Er berichtete von der fehlenden Goldmenge und dem Sandsturm während der Jagd, vom Überfall der Soldaten auf das Dorf, von dem Aufstand der Minenarbeiter, seiner gewaltsamen Niederschlagung und des Kommandanten Ameni Tod. Horis vorläufige Nachfolge fand ebenso Erwähnung wie das Ende des Schakals und der Entschluss, statt kuschitischer Bogenschützen für die Garde des Pharaos Frau und Tochter Golos als Friedenspfand nach Waset mitzunehmen. Wie ein guter Chronist ließ Namiz nichts aus, nicht einmal die Meldung vom Vorrücken der Truppen aus Kerma nach Norden, und er beschönigte nichts. Allerdings ging er nicht weiter darauf ein, von wem der Plan der Geiselnahme ursprünglich stammte, und er unternahm auch nichts gegen den Eindruck, der General und er hätten während der Expedition über jedes Vorgehen gemeinsam und einhellig entschieden.

Als er schließlich geendet hatte, nickte der Pharao kurz.

»Das fehlende Gold holen wir uns zu einem späteren Zeitpunkt. Und was die Bogenschützen betrifft, so reicht das Kontingent vorerst aus. Wenn Amun uns gewogen ist, werden die Schiffe und Herden schon bald unbeschadet in Waset eintreffen. Wichtiger ist, dass ihr in einer kritischen Situ-

ation gemäß meinen Vorgaben gehandelt habt, und euch nicht habt provozieren lassen.« Mit anerkennendem Nicken schaute er Namiz und Ipi an.
Der General öffnete seinen Mund, als wolle er etwas sagen, schloss ihn aber unverrichteter Dinge wieder, als der Pharao nach einer kurzen Pause mit lauterer Stimme weiterfuhr: »Denn ein Krieg gegen den Süden wäre im Augenblick das letzte, was Kemet nützen würde. Ich plane im Gegenteil, den Herrscher Kermas mittelfristig als Verbündeten zu gewinnen. Denn jener unverschämte Schattenherrscher im Delta, Sohn einer Hyäne, der wie ein räudiger Hund im ganzen Reich seine stinkenden Markierungen zu setzen versucht« – Seqenenres Züge verzerrten sich – »schreit geradezu nach einem Denkzettel. Deshalb habe ich euch vorzeitig zurückgerufen. O Ta-Merit, unsere geliebte Erde, braucht jetzt jede Hand und alle Herzen.«
Jetzt blieb dem General nichts anderes übrig, als eiligst beizupflichten, wollte er in diesen Hallen der Macht nicht gänzlich untergehen.
»Natürlich werden wir ihn schlagen, Herr zweier Länder!«, sagte er salbungsvoll. »Wann immer du befiehlst! Deine Soldaten stehen hinter dir wie ein einziger Mann. Denn alles, was Re beleuchtet, ist unter deiner Aufsicht. Du allein, Einzig-Einer, nimmst das Erbe des Sohnes der Isis ein.«
»Hebt die Frau auf!«, befahl Seqenenre, ohne auf Ipis überflüssige Beteuerungen auch nur mit einer Silbe einzugehen, »Und lasst auch das schwarze Kind aufstehen!«
Sahti erhob sich ohne Hilfe, während die gefesselte Nabu wie ein Stück Holz hochgezogen werden musste.
»Nehmt ihr die Stricke ab und löst den Knebel!«, fügte der Pharao hinzu und schürzte die Lippen. »Wie sollen denn die Südländer Vertrauen zu uns fassen, wenn wir ihre Frauen und Kinder schlechter als Vieh behandeln?«
Kaum von den Fesseln befreit, riss Nabu in einer Geste der Empörung oder Erleichterung die Arme nach oben. Dabei

schienen die tätowierten Schlangen auf ihrer goldenen Haut plötzlich zum Leben zu erwachen. Ein seltsamer Laut entrang sich ihrer Kehle, ein scharfes, hohes Zischen, das im ganzen Audienzsaal zu hören war.
Jetzt gab es keinen mehr unter den Gefolgsleuten des Pharaos, der sie nicht fassungslos angestarrt hätte, viele voller Furcht. Nebnefer, der Priester, hob abwehrend beide Hände, als wolle er böse Mächte abwenden, und murmelte rasch ein Gebet.
Selbst Seqenenre-Tao war blass geworden. Unwillkürlich fasste seine Rechte zur Uräusschlange auf seiner Stirn, die nach alter Überlieferung jeden mit ihrem Gift bespritzt, der dem König Leid zufügen will oder sich ihm mit Verrat im Herzen nähert. Dann sank die Hand wieder zurück in seinen Schoß. In seinem Blick jedoch, der so trüb und müde gewesen war, glomm plötzlich ein verborgenes Feuer.
»Eine kuschitische Magierin also«, sagte er leise. »Eine von denen, die mit den Schlangen sprechen, wie die göttliche Isis es vermocht hat. Welch seltsamer Zufall! Oder sollte es eher eine Fügung sein? Wieso hast du das in deinem Bericht unerwähnt gelassen, Mann aus Kepni?«
Nebnefer verzog das Gesicht, als sei er in Kot getreten, und starrte den General auffordernd an, für den endlich die Gelegenheit gekommen zu sein schien, sich an Namiz zu rächen.
Lächelnd trat er einen Schritt vor und begann weit auszuholen: »Was mich betrifft, geliebter Goldhorus, so habe ich es natürlich gleich erkannt und für wichtig befunden. Diese Frau ist äußerst gefährlich, und deshalb habe ich ja auch dafür gesorgt, dass sie stets …«
»Bringt sie her!«, unterbrach der Pharao ihn barsch. »Hierher, ganz nah vor meinen Thron! Ich will sie selber in Augenschein nehmen.«
Als habe sie seine Worte verstanden, schüttelte Nabu mit einer Geste der Verachtung die Soldaten ab, die sie erneut pa-

cken wollten. Langsam, mit wiegenden Schritten, kam sie näher und stand schließlich stolz und furchtlos vor dem Pharao. Die beiden versenkten ihre Blicke ineinander und sahen sich lange schweigend an, ganz und gar nicht wie Herrscher und Geisel, was von keinem der Zuschauer unbemerkt blieb, sondern eher wie zwei Ebenbürtige, die ihre Kräfte in einem stummen Zweikampf miteinander maßen.
Langsam wuchs die Spannung im Saal, obwohl niemand einen Laut von sich zu geben wagte. Sahti, die selbst kaum noch stillhalten konnte, spürte, wie unruhig die goldglänzende Ahhotep wurde, die die Szene am liebsten gewaltsam beendet hätte. Sie sah, wie sehr Ipi darauf lauerte, endlich mit seiner Rede fortfahren zu können, und wie mühsam Namiz, der noch immer alles verlieren konnte, um Haltung und Fassung rang.
Seqenenre war es schließlich, der als erster den Blick abwenden musste. Hatte die dunkle Fremde ihn geschlagen?
Wenn er verwirrt darüber war, so ließ er es sich nicht anmerken. »Lasst sie unverzüglich in den königlichen Harim bringen!«, befahl er, scheinbar gleichmütig. »Und zwar von Hofdamen, die vorsichtig mit ihr umgehen, und nicht von Soldaten. Ich wünsche, dass sie gebadet und gesalbt wird, anständige Kleidung und ausgiebig Essen und Trinken erhält. Dann sollen sich meine Leibärzte ihrer annehmen!«
Die Miene des Wesirs war wie versteinert. Nur seine Hängebacken zitterten leise. Die Blicke des Ersten Priesters, die Nabu trafen, waren voller Abscheu.
Der Pharao erhob sich abrupt vom Thronsessel, als sei damit alles gesagt. Dann schien er es sich anders zu überlegen und setzte sich wieder. Nabu stand regungslos vor ihm, bis zwei Hofdamen sie vorsichtig antippten und nach draußen brachten.
»Und das Kind, Majestät?«, fragte Namiz beklommen, weil bisher noch kein einziges Wort über Sahti gefallen war. »Was soll mit dem Mädchen geschehen?« Aus den Augen-

winkeln beobachtete er, wie Antef zusammenzuckte und ihm einen flehentlichen Blick zuwarf.
»Das Kind, nun ja ...« Die wohlmanikürten Finger des Pharaos massierten gedankenverloren sein spitzes Kinn. Unschwer zu erkennen, dass er kein echtes Interesse an dieser mageren Kleinen aufzubringen vermochte.
»Wenn ich dem Herrn zweier Länder vielleicht einen bescheidenen Vorschlag unterbreiten dürfte?«, mischte Ipi sich eilerbietig ein.
»Rede!«
»Am Hof wäre dieses Mädchen vermutlich reichlich fehl am Platz. Warum sie also nicht einem braven Mann und seiner Frau irgendwo hier in der Stadt übergeben, bei denen sie gut aufgehoben ist? Natürlich müssten die beiden zuverlässig für ihr Wohl sorgen und darüber hinaus regelmäßigen Bericht erstatten. Auf diese Weise hätte man die kleine Geisel unter ständiger Aufsicht, ohne dass sie hier zur Last fallen würde.« Ipi verneigte sich tief und wartete.
»Und ganz zufällig hast du, Meister aller Worte, den braven Mann nebst passender Frau irgendwo hier in der Stadt bereits zur Hand, nicht wahr, General?« Der Spott in Seqenenres Ton war beißend. »Aber ich darf doch wenigstens davon ausgehen, dass es sich nicht um dich selbst handelt? Denn sonst müsste ich mir wohl einen neuen Kommandanten meiner Bogentruppen suchen, da du ja in der nächsten Zeit hauptsächlich mit Kinderaufzucht beschäftigt wärst, oder irre ich mich da?«
»Nein ... natürlich nicht. Ich meine, natürlich ja.« Ipis Stirn war inzwischen schweißnass, und auch sein kräftiger Rücken glänzte wie eingeölt. Er keuchte, als bereite ihm die gebrochene Nase Schwierigkeiten beim Atmen. »Ich dachte dabei eher an meinen Burschen Antef. Der scheint mir genau der Richtige zu sein, anständig, ehrlich und als tapferer Soldat seinem Pharao mit ganzem Herzen treu ergeben. Und was die Frau betrifft ...«

»So mag er das Kind mitnehmen, dein Bursche, wenn dir, aus welchem Grund auch immer, so viel daran gelegen ist.« Auf Antefs Zügen zeigte sich bei diesen königlichen Worten ein breites, erlöstes Lächeln. »Aber sie ist nur eine Leihgabe, die ich jederzeit zurückfordern kann, kein Geschenk. Ist das klar?«

Ipi und Antef nickten beide, gleichgültig der eine, sorgenvoll der andere.

Der Pharao hatte sehr schnell gesprochen und nicht besonders laut, so dass Sahti nur ein paar Worte verstanden hatte. Die reichten allerdings, um sich jäh nach Namiz umzudrehen, den einzigen Halt in dieser fremden, beunruhigenden Welt, die sie ängstigte.

»Wieso kann ich nicht bei dir bleiben?«, fragte sie erschrocken.

»Es wird dir bei den beiden gut gehen«, versicherte Namiz schnell, um seine aufsteigende Rührung vor ihr zu verbergen. »Viel, viel besser als in meinem Junggesellenhaushalt. Und außerdem hat Antef dir in der Wüste doch das Leben gerettet. Schon vergessen, Sahti?«

»Aber ich will zu dir!« Sie stellte sich auf die Zehenspitzen und hängte sich schwer an seinen Arm. »Siehst du denn nicht, wie groß ich schon bin? Und wer wird dann mit mir reden? Was sie sagen, klingt wie Gebell.«

»Außerdem bin ich ständig auf Reisen. Wie sollte ich mich da um dich kümmern? Und in wenigen Wochen, da bin ich sicher, plapperst du schon wie eine Einheimische. Komm schon, Sahti, kleine Freundin, sei ein vernünftiges Mädchen!«

»Dann nimm mich doch mit – bitte!«, bat Sahti inständig. Ihre Stimme schwankte, und in ihren Augen schimmerten Tränen. »Ich werde dich bestimmt nicht stören. Ich versprech' es!«

Namiz legte beschwörend seinen Zeigefinger auf ihre Lippen, um ihr zu bedeuten, dass sie nun wirklich schweigen musste. Denn Seqenenre hatte sich erneut und wie es schien endgültig von seinem Thron erhoben. In einer weit ausholenden Geste breitete er die Arme aus, wie ein Priester, bevor er ein Gebet oder eine Beschwörung ausspricht.

»Ich bin mit meinem Herzen zu Rate gegangen. Es wird ein Heb-sed-Fest geben, um alle Feinde Ägyptens erzittern zu lassen. Und nach diesen Tagen voller Glanz und Freude soll keiner, egal ob in Nord oder Süd, es mehr wagen, seine Hand nach der Doppelkrone Kemets auszustrecken – kein Einziger!«

Der Wesir Seb nickte, als habe er schon lange auf diese Worte gewartet. Auch Nebnefer gab ein tiefes, zustimmendes Gemurmel von sich. Die anderen verzogen keine Miene.

»Und wann genau soll dieses Fest aller Feste stattfinden, großer Pharao?« Kamoses Stimme klang frisch und unbekümmert. Wie ein jugendlicher Herausforderer hatte er sich vor dem Thron aufgebaut.

»Sobald die Göttin Sepedet am Himmel erscheint und sie sich mit Osiris vereinigt hat, um den Morgenstern zu gebären.«

Nach diesen Worten verließ Seqenenre den Audienzsaal; seine Gemahlin, der Wesir, der Erste Priester des Amun und die beiden Prinzen folgten ihm in einigem Abstand, die Höflinge schlossen sich in langer Reihe an. Antef zögerte noch ein paar Augenblicke, bis Ipi ihm einen Stoß versetzte und er schließlich zu Sahti trat, die sich noch immer wie verloren an Namiz' Arm klammerte.

»Komm, Mädchen!«, sagte der Bursche des Generals und berührte mit seiner großen, warmen Hand zart ihren Kopf. »Wir beide gehen jetzt endlich nach Hause.«

Sahti machte keinen Schritt, sondern schaute unverwandt zu Namiz auf, der ihr stummes Flehen kaum noch ertragen konnte und sich keinen anderen Rat wusste, als ihr in seiner Hilflosigkeit immer wieder aufmunternd zuzunicken.

»Warum schaut sie denn so finster drein?«, erkundigte sich Antef besorgt. »Hat sie mich nicht verstanden?«

»Ich glaube, schon«, erwiderte Namiz. »Aber sie scheint sich trotzdem zu fürchten. Sie ist fremd hier, die Kleine, und hat alles verloren, was ihr etwas bedeutet hat. Die Götter jedoch haben ihr Herz und Charakter geschenkt, und sie wird schnell begreifen, wie gut du es mit ihr meinst. Und dass sie in eurem Haus nichts Böses, sondern nur Schönes erwartet.«

»Du brauchst wirklich keine Angst zu haben!«, unternahm Antef in seiner unbeholfenen Freundlichkeit erneut einen Anlauf. »Ich bin doch auch dein Freund, Mädchen!«

»Sahti«, sagte Namiz leise. »Sie heißt Sahti.«

Sahti stand noch immer stocksteif da. Nach kurzem Nachdenken löste Antef ihre Finger vom Arm des Juweliers, ganz langsam und behutsam, einen nach dem anderen, bis ihre kleine Hand in seiner großen lag, in der sie fast verschwand. Ein sanfter Druck, den Sahti nach kurzem Zögern schüchtern erwiderte. Jetzt sah das Mädchen nur noch ihn an und nicht mehr Namiz.

»Und außerdem wartet Tama ganz bestimmt schon auf uns – Sahti.«

*

Alles an Tama lachte, nicht nur die grünbraunen Augen, die runden Wangen mit den Grübchen und die geschwungenen Lippen, die schiefe, jedoch auffallend weiße Zähne entblößten. Sogar die hübschen Brüste schienen zu schmunzeln, die das einfache Trägerkleid großzügig den Blicken freigab, ebenso wie die knubbeligen Knie, die sich unter dem selbstgewebten Stoff abzeichneten, und erst recht die kurzen, braunen Zehen. Mit diesem ansteckenden Lachen war sie Antef und Sahti entgegengelaufen und hatte nach einem kurzen Augenblick der Verblüffung lächelnd und weinend zugleich zuerst ihren Mann an sich gedrückt und gleich danach nicht minder innig das fremde Kind.

»Heute muss mein Glückstag sein«, sagte sie ein ums andere Mal, während sie abwechselnd Sahti und Antef berührte, wie um sich immer wieder zu vergewissern, dass sie nicht träumte, sondern wirklich und tatsächlich wach war. »Isis, Mutter aller Mütter, hat mich schließlich doch erhört.«
Tama wartete keine Antwort ab, sondern zog beide unter munterem Plappern ein paar Stufen tiefer ins Haus, das trotz der einfachen Möbel reinlich und behaglich war. Hier zwang sie ihnen mit sanfter Gewalt ein Mahl auf, das selbst eine ausgehungerte mehrköpfige Familie ohne Schwierigkeiten gesättigt hätte. Nach einer gut gewürzten Suppe aus Bohnen und Linsen, frischem Brot, dick mit Kichererbsen belegt, und fettem Entenragout, in dem reichlich wilder Knoblauch schwamm, kam sie noch mit einem Teller voller Feigen und Nüsse an den Tisch.
»Willst du uns etwa zu Tode mästen?«, stöhnte Antef, der jede ihrer geschickten Bewegungen mit Freude verfolgt hatte, in gespielter Verzweiflung. Sie reichte ihm gerade bis zur Brust, und das auch nur, wenn sie ganz aufrecht stand, vermochte aber, was ihr an körperlicher Größe vielleicht fehlte, durch ihr Temperament leicht wieder wettzumachen. Tama hatte irgendwo in der Nachbarschaft sogar einen Krug von dem jungen Wein aufgetrieben, den er besonders gern trank, und schenkte sich und ihm großzügig davon ein. Sie aßen in dem kleinen Innenhof, an dessen Frontseite sich die Kochstelle befand, mit Zweigen und Stroh überdacht, um die Benützer vor der Sonne zu schützen, aber luftig genug, um den Rauch abziehen zu lassen.
»Die Kleine könnte gut und gern etwas mehr Fleisch auf den Rippen vertragen«, erwiderte Tama ungerührt. »Und was dich betrifft …«
»… so solltest du lieber in Erwägung ziehen, wie lange ich fort von zu Hause war – eine halbe Ewigkeit! Und dass sich die Freuden der Hathor mit vollem Bauch unter Umständen etwas mühsam gestalten könnten.«

»Sieht dir wirklich ähnlich, an solch einem Tag nichts anderes im Kopf zu haben!«, schalt sie ihn nicht minder fröhlich zurück. »Was soll unsere Tochter denn von ihren neuen Eltern denken?«
»Dass sie sich lieben und noch immer verrückt nacheinander sind«, erwiderte Antef ernst. »Und dass sich ein braver Soldat während endloser Monate nach nichts anderem gesehnt hat als nach den weichen Armen seiner Frau.«
»Nur nach ihren Armen?« Im Vorübergehen streifte Tamas warme Hüfte provozierend seinen Schenkel und er versuchte, sie an sich zu ziehen, aber sie entwand sich ihm geschickt. »Dafür ist später noch Zeit genug«, murmelte sie vieldeutig, »wenn die Kleine erst einmal im Bett liegt und träumt.«
Sahti verfolgte mit großen Augen, was geschah. Niemals zuvor hatte sie erlebt, dass ein Mann und eine Frau sich öffentlich so unbefangen liebkosten, und wenn schon nicht ständig mit Lippen und Händen, so doch wenigstens mit Blicken. Aber es gefiel ihr, wenngleich sie auch leichte Verlegenheit dabei empfand. Die zurückhaltende, stets ein wenig harsche Art der Daya kam ihr unwillkürlich in den Sinn, deren Hände sie nur ganz selten zärtlich berührt hatten. Dieselben Hände, die auch das schwarze Steinmesser führten ...
Ein Schatten ging über ihr Gesicht, der Tama nicht entging. Sie setzte sich neben sie, legte ihr vorsichtig den Arm um die Schultern und ließ sich nicht anmerken, wie sehr sie über die fast bloß liegenden Knochen erschrak.
»Ich bin so froh, dass du jetzt bei uns bist, Sahti«, sagte sie langsam und bemüht, jedes Wort besonders deutlich auszusprechen. »Du kannst dir gar nicht vorstellen, wie sehr ich mir immer eine kleine Tochter wie dich gewünscht habe. Kannst du mich verstehen?«
Sahti nickte. Doch, dachte sie überrascht und spürte, wie ihr Herz angesichts dieser Wärme ganz leicht und weit wurde, bestimmt so heftig, wie ich mir eine lebendige Mutter. Ein

herrliches Kribbeln stieg in ihrem Bauch auf, das sie schnell wieder zurückdrängte, weil es ihr zu gefährlich erschien.
»Wir werden es wunderbar zusammen haben«, fuhr Tama behutsam fort, »auch wenn wir zunächst alle drei Geduld aufbringen müssen, damit wir uns richtig kennen lernen. Am wichtigsten ist, dass du schnell unsere Sprache lernst. Dann wird alles viel einfacher, für dich und für uns.« Und ich weiß auch schon, dachte sie, wie wir es anstellen werden. Lass mich nur machen!
Sahti sah ihr zu, wie sie das irdene Geschirr wusch und abtrocknete, den Hof fegte und schließlich auf Zehenspitzen die Wäsche abnahm, die sie mit Natron gebleicht und in der Sonne getrocknet hatte. Antef hatte sich schon frühzeitig zur Ruhe zurückgezogen, und als es dunkel wurde, brachte sie Sahti in ein kleines Zimmer, das bisher offenbar unbewohnt gewesen war. Vor der Bettstatt streifte sie ihr das zerschlissene Kleid ab, dann deckte sie sie mit einem leichten Tuch liebevoll zu. Die Fensteröffnung war mit hauchdünner Gaze bespannt, um die Schläferin vor Insektenstichen zu schützen.
»Dieses Bett hier hat schon viel zu lange auf ein kleines Mädchen gewartet, Ibib«, flüsterte sie ihr zu, während sie sich über sie beugte. »Das bedeutet ›Liebling‹, vielleicht das wichtigste Wort in jeder Sprache überhaupt.« Tama roch ein wenig nach Brot, und ihre rosigen Lippen streiften beinahe Sahtis Wange, aber sie küsste sie absichtlich noch nicht an diesem allerersten Abend. Sie wollte ihr Zeit lassen – und sich auch. »Gut, dass jetzt endlich eines darin liegt, sonst hätte es vielleicht noch irgendeinen Unsinn angestellt, um sich endlich nicht mehr so allein zu fühlen.«
Sahti lächelte kurz, weil ihr die Vorstellung gefiel, und auch Tama lachte, wurde aber schnell wieder ernst.
»Antef und ich sind gleich nebenan. Wenn du Angst bekommst oder irgendetwas brauchst, dann rufst du oder kommst einfach zu uns rüber, verstanden?«

Sahti nickte. Bleib doch noch!, wollte sie eigentlich sagen, und leg dich vielleicht sogar ein bisschen zu mir! Ich bin so gern in deiner Nähe. Aber dann fehlten ihr auf einmal nicht nur die richtigen Worte, sondern auch der nötige Mut dazu. Ein letztes, kurzes Streicheln, federzart, wie allerfeinster Gänseflaum, dann war Tama fort und sie allein. Und obwohl alles aufregend fremd roch, spürte Sahti schon nach ein paar Augenblicken die Müdigkeit wie eine große, dunkle Welle, die über ihr zusammenschlug und sie sanft in den Schlaf rollte.

*

Als der Atem der beiden endlich wieder ruhiger ging, rückten sie so nah zusammen wie möglich, die Finger ineinander verschränkt, zwei nackte, schweißglänzende Körper, satt von der Liebe. Sie lagen still, eine ganze Weile, und genossen die wortlose Vertrautheit, die zwischen ihnen schwang.
»Niemals war ich froher, wieder zu Hause zu sein«, sagte Antef schließlich schläfrig. »Ich bin viel lieber Gärtner als Soldat. Ist wirklich nicht immer einfach, sich den Launen des Generals zu beugen. Auch, wenn er sich in unserem Fall als sehr großzügig erwiesen hat, wie du gleich sehen wirst. Aber wenn es nach mir ginge – die königliche Armee müsste nie wieder irgendwohin ausrücken.«
»Dass du auf dieser beschwerlichen Expedition dein Versprechen gehalten hast«, sagte Tama leise, »das vergesse ich dir nie. Solange ich lebe.«
Antef räusperte sich. »Du darfst dir keine allzu großen Hoffnungen machen, Liebes!«, sagte er vorsichtig. »Sie ist nur eine Art Leihgabe, kein Geschenk. Das hat der Pharao ausdrücklich gesagt. Und es gibt keinerlei Anlass, an seiner Rede zu zweifeln.«
»Wie hast du sie gefunden?«, wollte Tama wissen.
Ihre fein gezeichneten Brauen zogen sich zusammen, als er beim Schlangenbiss begann und bei ihrer kostbaren Medizin,

die eigentlich für die Rettung seines Lebens bestimmt gewesen war und in der Wüste doch das Sahtis gerettet hatte. Und noch einmal runzelte sie fast schmerzlich die Stirn, als er bei den Pfeilen der Bogenschützen aus Kemet angelangt war, die die alte Zauberin niedergestreckt hatten. Es fiel ihm schwer, so viele Worte zu machen, aber er zwang sich, alles zu berichten, was ihm wichtig erschien. Zuletzt kam er zu Ipis Sturz ins Wasser und dessen Folgen. Beinahe verlegen angelte er schließlich nach seinen Sachen, die in wilder Liebesunordnung auf dem Fußboden verstreut lagen, zog die kleine Lapislazulistatue der Göttin Pachet aus seiner Leinentasche und streckte sie ihr entgegen.
»Für dich«, sagte er schlicht. »Die steinerne Göttin meiner Göttin aus Fleisch und Blut.«
Gerührt beugte sie sich über ihn, um ihn zu küssen. Ihr Haar streifte sein Gesicht, ihr Mund war warm und weich, und er sehnte sich danach, ihren Atem wie süßen Wein zu trinken und sie ein zweites Mal zu lieben, langsam und sanft und unendlich lange. Und vielleicht sogar ein drittes Mal, falls Hathor ihnen beistand und ihm die nötigen Kräfte dazu verlieh, bevor der Morgen anbrach und die Nacht sich behutsam vom Tag löste.
»Aber wird er sie uns wieder wegnehmen?«, murmelte sie unter seinen Küssen, die immer leidenschaftlicher wurden.
»Das kann er nicht. Ein Kind ist ein Geschenk des Himmels und nicht irgendeine Leihgabe! Das darf er nicht – und wenn er tausend Mal der Pharao ist!«
Statt einer Antwort öffnete seine Zunge erneut ihre Lippen, und dann konnte Tama für eine ganze Weile an nichts mehr denken.

*

Sie wartete, bis sie ganz sicher sein konnte, dass er tief schlief. Dann erhob sie sich leise, schlang eines ihrer selbstgewebten Tücher um, nahm die kleine Statue und schlich nach nebenan. Durch das Fenster floss Mondlicht ins Zimmer, und Tama blieb neben dem Bett stehen und betrachtete verzückt die Züge des schlafenden Kindes. Sahti hatte sich abgedeckt, beste Gelegenheit, ihren lädierten Schenkel näher in Augenschein zu nehmen. Antef hatte seine Sache gut gemacht. Das Kind würde zwar eine Narbe zurückbehalten, so viel war gewiss; Honig und Öl jedoch, in der richtigen Mischung regelmäßig aufgetragen, konnten sie allmählich glätten.

Schließlich fiel Tamas Blick auf den abgeschabten Lederbeutel, den Sahti noch immer um den Hals trug, und sie musste unwillkürlich lächeln. Gleich morgen früh würde sie die Kleine von diesem unappetitlichen Ding befreien und es gegen ein Glück bringendes Amulett tauschen. Anschließend war ein ausgiebiges Bad fällig, ein Haarschnitt, neue Kleidung, kräftiges Essen und vor allem viel Liebe – allerhöchste Zeit, dass endlich ein anderes Leben für Sahti begann!

Ihre bloßen Füße machten keine Geräusche auf den dunklen Schieferplatten des Innenhofs, die bei einer Renovierung der königlichen Terrassen übrig geblieben und von Antef, der äußerst geschickt in allen Handwerksbelangen war, eigenhändig verlegt worden waren. Tama entriegelte die Tür des kleinen Anbaues, den sie im Frühjahr letzten Jahr hatten errichten können, als die plötzlich regelmäßig fließenden Silbertropfen des Balsamierers, für den sie arbeitete, beinahe so etwas wie bescheidenen Wohlstand ins Haus gebracht hatten.

Der erste der niedrigen Räume barg ihre zwei Webstühle und damit ihren wertvollsten Besitz. Ihm angeschlossen war das Lager, wo sie die Flachsballen aufbewahrte, die gröberen für die einfache Kleidung, die sie seit ein paar Jahren längst nicht nur mehr für den eigenen Bedarf, sondern auch für Nachbarn, Bekannte und Freunde webte, die feineren für die Tücher, die ausschließlich dem Balsamierer mit seiner zahlungskräftigen Kundschaft vorbehalten blieben.

Sie betrat den dritten Raum, eigentlich nicht viel mehr als eine winzige Kammer, ihr ganz persönliches Heiligtum. Auf einer bemalten Holzsäule, von der die Farbe schon leicht abblätterte, stand eine kleine Bronzestatue: Isis, das Kuhgehörn mit der Sonnenscheibe auf dem Kopf, die dem Horus-Kind auf ihrem Schoß die Brust reichte.

Ein Mann, dem kein Kind geboren ist, ist wie einer, der nicht gewesen ist, so sagte man in Kemet. *Seines Namens wird nicht gedacht, sein Name wird nicht ausgesprochen, wie der von jemand, der nicht gelebt hat …*

Niemals hatte Antef auch nur eine Andeutung in diese Richtung gemacht, um, wie sie vermutete, ihr Leid nicht noch zu vergrößern. Aber ihre Sehnsucht nach einem kleinen Wesen war auch so unerträglich genug gewesen. Hatte sie nicht heimlich immer wieder überteuerte Amulette gekauft und bittere Tränke eingenommen, bloß um die heiß ersehnte Leibesfrucht endlich austragen zu können? Und wie viele Male war sie ihrer Lieblingsgöttin im Schutz der Nacht weinend und voller Verzweiflung zu Füßen gefallen? Aberdutzende von Händen würden nicht ausreichen, um das an den Fingern zu zählen.

Heute jedoch war sie endlich aus einem freudigen Grund hierher gekommen. Tama beugte demütig Kopf und Knie und begann halblaut zu beten.

»Große Göttin Isis, Herrin der zehntausend Namen, deren wunderbare Gnade die ganze Welt ernährt, ich rufe zu Dir, um Dir zu danken. Mein Herz ist erfüllt mit Liebe zu Dir wie der Teich mit Lotosknospen, denn Du hast mein Flehen endlich erhört und die Wunde meines unfruchtbaren Schoßes geheilt. Lass mich dieses neue unfassbare Glück bis zur Neige auskosten – ich bitte Dich, göttliche Mutter, schütze und bewahre meinen Mann und mein Kind!«

Nach einer langen Weile stummer Andacht erhob sie sich langsam. Die Steinstatuette, die sie mitgebracht hatte, wog schwer in ihrer Hand; Tama betrachtete sie prüfend und mit

plötzlich neu erwachtem Interesse. Lange schon hatte sie sich angewöhnt, ob in guten oder schlechten Tagen niemals an einem Heiligtum vorbeizugehen, ohne ein kleines Opfer darzubringen oder wenigstens ein Gebet zu sprechen, und sei die Gottheit, deren Stätte es war, auch noch so unbedeutend. Für Tama war dies mehr als ein Gebot der Klugheit; gab es nicht schon genug Neider und Feinde unter den Menschen, um sich auch noch welche unter den Göttern zu machen?
Niemand würde je Isis den ersten Rang in ihrem Herzen streitig machen können, das stand längst fest für sie. Aber vielleicht besaß diese löwenköpfige Göttin hier zusätzliche Kräfte, die der Werkstatt, dem Haus und vor allem seinen Bewohnern nützlich und hilfreich sein konnten.
Also stellte Tama die Skulptur der Pachet neben die der Isis auf die Säule. Nach kurzem Zögern schob sie jedoch die neu dazugekommene Göttin eine gute Handbreit nach hinten und trat dann einen Schritt zurück, um ihr Werk zu begutachten.
Zufrieden nickte sie. Ja, so erschien es ihr richtig. Damit war die Ordnung in ihrem Herzen und ihrem Schrein wieder hergestellt.
Ohne Eile verriegelte sie die Türe und kehrte über den nächtlich stillen Hof zurück in ihr Bett, wo Antef längst friedlich schnarchte.

*

Mit jedem Tag wurden Sahti das neue Leben und alles, was mit ihm zusammenhing, vertrauter: der verdörrte Weg zwischen den Gebäuden aus Lehmziegeln, in denen die Nachbarn mit ihren Kindern und Haustieren lebten, die Ziegen, Hühner, Hunde und Enten, der ausgetretene Pfad, der hinunter zum Fluss führte, vor allem jedoch das Haus und Tamas Werkstatt, in der sie sich besonders gern aufhielt.
Ihre Ziehmutter hatte es nicht fertig gebracht, ihren Kopf bis

auf die Jugendlocke zu scheren, sondern sich damit begnügt, die widerspenstigen Löckchen nur so kurz zu stutzen, dass sie den Kopf wie eine dunkle Kappe umschlossen. Plötzlich wirkte Sahtis Hals anrührend zart und ihre Augen schienen unergründlich. Es gab Nachbarn wie auch Fremde, die unterwegs überrascht stehen blieben oder Sahti mit einem kleinen Lächeln über die Schulter nachblickten, wenn das Mädchen ihnen begegnete. Zudem bewirkte Tamas abwechslungsreiche Küche, dass Sahtis Haut allmählich den Ascheton verlor und mehr und mehr in warmem, dunklen Gold schimmerte, und wenn man genau hinsah, konnte man entdecken, dass die Rippen unter dem bunten Kleidchen längst nicht mehr so erschreckend vorstanden.

Manche allerdings schienen Sahtis Glück nicht zu verstehen oder es ihr sogar zu missgönnen. »Ein schwarzes Kind?«, fragten uneinsichtige Frauen entgeistert, wenn sie neben Tama am Flussufer auf den großen Steinen die Wäsche rieben. »Du hast vielleicht Mut! Stammt das Mädchen etwa aus dem elenden Kusch, weit aus dem Süden?«

»Mein goldenes Mädchen«, erwiderte Tama lächelnd und spürte, wie ihr Herz vor Freude sang, während sie die Leintücher mit ihren kräftigen Armen auswrang, um sie später im Korb nach Hause zu tragen. Sie würde schon dafür sorgen, dass Sahti niemals etwas von diesem dummen Geschwätz zu hören bekam. »Und keine andere als Isis hat sie mir höchstpersönlich geschickt.«

Schließlich hatte sie Sahti doch dazu überreden können, den Lederbeutel abzulegen und stattdessen ein ovales Tonamulett umzuhängen, auf dem das Horus-Auge eingraviert war, Symbol des Mondes, das jeden schützt und gesunden lässt, der es trägt. Allerdings hatte das Mädchen darauf bestanden, den Beutel unter dem Tuch aufzubewahren, auf das sie jeden Abend ihren Kopf bettete, und manchmal, wenn Tama nach den Geschichten, die sie ihr erzählte, hinausgegangen war, zog sie ihn hervor, drückte ihr Gesicht auf ihn und versuchte

sich an die Bilder von zu Hause zu erinnern, die seltsamerweise unaufhaltsam zu verblassen schienen.
Tagsüber freilich blieb kaum Zeit, um sehnsüchtigen Gedanken nachzuhängen. Sahti lernte schnell, Tama im Haushalt zu helfen, so wie sie schon die Daya bei den alltäglichen Arbeiten unterstützt hatte. Sie ging Wasser holen, kehrte die Zimmer und den Hof, ließ sich anleiten, Gemüse zu putzen oder Teig zu kneten. Dabei schwatzte Tama ununterbrochen auf sie ein, deutete auf alles, was ihr unter die Augen kam, und wiederholte das entsprechende Wort dafür so lange geduldig, bis Sahti es nicht nur verstanden hatte, sondern auch richtig nachsprechen konnte.
Manchmal nahm Antef sie zu seiner Arbeit in die königlichen Gärten mit, die selbst jetzt, da alles in Kemet ausdörrte und jedes Lebewesen sich nur noch nach Schatten sehnte, dank ausgeklügelter Bewässerungsanlagen üppig und grün blieben. Die sich schlängelnden Gehwege waren von kunstvoll angelegten Beeten gesäumt, und es gab keinen einzigen Pflanzennamen, den Antef nicht gekannt hätte. Sahti liebte es ihm dabei zuzusehen, wie er junge Sprösslinge hochband oder Büsche so beschnitt, dass sie bald neu austreiben würden. Am besten aber gefiel es ihr, am Rand eines der großen Bassins zu sitzen, die Beine halb im Wasser vor sich hinzuträumen oder den Vogelrufen in den Baumkronen zuzuhören.
Den Pharao oder die hochschwangere Königin bekam sie bei diesen gelegentlichen Ausflügen niemals zu Gesicht, und als sie Antef nach den beiden fragte, lachte er und erklärte ihr dann in seiner unbeholfenen Art, sie seien bestimmt vollauf mit den Vorbereitungen für das angekündigte Heb-sed-Fest beschäftigt. Einmal glaubte sie in einiger Entfernung den älteren Prinzen zu entdecken, den Namiz Kamose genannt hatte, aber als sie sich ihm schüchtern nähern wollte, war er schon hinter hohen Dattelpalmen ihrem Blick entschwunden.

General Ipi hatte sich schon nach der ersten Woche herrisch bei ihnen umgesehen, und einige Zeit später kam auch Namiz zu einem Besuch vorbei. Dieses Mal flehte Sahti ihn nicht an, sie mitzunehmen, sondern war im Gegenteil stolz darauf, all die neu erlernten Wörter und Sätze vorzuführen. Tama und Antef tauschten sprechende Blicke, als sich der dezent parfümierte Juwelier des Pharaos verstohlen in ihrem engen Häuschen hin und her bewegte, aber keiner wagte zu fragen, ob dies im königlichen Auftrag geschah oder seiner eigenen Neugierde entsprang. Namiz schien jedoch zu ihrer Erleichterung alles so vorzufinden, wie er es sich vorgestellt hatte; jedenfalls nickte er beim Anblick des reinlichen Zimmers, in dem Sahti jetzt schlief, und er lobte den Krug Wein, den Tama ihm anbot, ebenso wie den kleinen Brotlaib mit Knoblauchöl, den er erstaunlich schnell verschlang, bevor er sich mit vielen guten Wünschen verabschiedete.
Außerdem fand Sahti bald Freunde: ein paar kleine Mädchen aus der Nachbarschaft, die erst schüchtern, schließlich schon zutraulicher an die Tür klopften, um sie zum Spielen abzuholen, vor allem aber Maj, den Sohn Nofrets, die an Tamas zweitem Webstuhl arbeitete, seit ihr Mann im vergangenen Sommer viel zu jung gestorben war. Der Junge, zwei Jahre älter, aber nur eine Handbreit größer und fast ebenso mager wie Sahti, entpuppte sich als beachtlicher Läufer, den nicht einmal Sahtis schnelle Beine einzuholen vermochten. Selbst wenn es anfangs zwischen ihnen mit Worten noch haperte, beim Fangenspielen und Klettern verstanden sie sich bestens. Freilich blieb Sahti nicht so viel Zeit für das Vergnügen wie Maj, der sich mit scheinbar nie versiegendem Einfallsreichtum vor allem zu drücken wusste, was auch nur im entferntesten nach Arbeit aussah, denn Tama brauchte sie immer wieder, oft für einfache Tätigkeiten in der Werkstatt. Der Balsamierer Ut, ihr wichtigster Auftraggeber, hatte eine große Lieferung Leinenbinden für seine reichen Kunden bestellt, die nicht damit zufrieden waren, dass ihre Toten mit

alten, abgelegten Tüchern bandagiert wurden, und die beiden Frauen an den Webstühlen boten alle Kräfte auf, um rechtzeitig fertig zu werden. Jetzt mussten die Stoffe für Kleider und Bettzeug der Nachbarn warten, Ut war nämlich ein äußerst anspruchsvoller Kunde, der auf Sonderbehandlung pochte. Ohne ein Wort darüber zu verlieren, erwartete er, dass Tama sofort alles liegen und stehen ließ und sich seiner annahm, sobald er den Hof betrat. Nur die allerfeinste Qualität akzeptierte er und nach peniblen Kontrollen wies er jeden Fehlschuss, jede Unebenheit im Gewebe entschieden zurück oder drückte unerbittlich den vereinbarten Preis.

Sahti versteckte sich jedes Mal hinter den aufgestapelten Flachsballen, wenn sie Ut kommen sah. Sie fürchtete sich vor dem kleinwüchsigen Mann mit dem Oberkörper eines verfetteten Ringers und den unnatürlich dünnen Beinchen, die ihn wie eine schwebende Kugel aussehen ließen. Sein Schädel war so blank poliert, als wäre ihm niemals ein Haar entsprossen, und die schnellen, harten Äuglein verschwanden beinahe in Wülsten. Wenn er zornig wurde, was schnell geschehen konnte, erzitterte sein Dreifachkinn und seine Stimme erinnerte Sahti an empörtes Ferkelquieken.

Tama war die Einzige, die den Umgang mit dem Balsamieren verstand. Sie blieb gleich bleibend freundlich, egal, ob er mäkelte, tobte oder die vereinbarte Lieferfrist noch enger schraubte, und sie brachte sogar das Kunststück fertig ihn anzulächeln, wenn alle anderen seine Nähe mieden. Falls jemand Witze über den Abwesenden riss und versuchte, abfällig über ihn zu reden, wies sie ihn entschieden zurecht, sogar wenn es sich dabei um ihren eigenen Mann handelte.

»Ich bekomme jedes Mal eine Gänsehaut, wenn dieser Büttel Anubis' unseren Boden nur betritt.« Antef schüttelte sich vor Abscheu. »Hast du nicht gemerkt, wonach er riecht? Nach Tod und Verwesung – und wenn seine Truhen tausend Mal von Gold und Silber überquellen. Dagegen können selbst viele Krüge feinsten Safranöls nichts ausrichten.« Er beugte sich hinunter, um Tamas schnurgerade gezogenen Scheitel zu küssen. »Gibt es denn wirklich niemand anderen, für den du weben könntest, mein Herz?«

»Natürlich«, erwiderte Tama ungerührt, »sogar Dutzende.«

»Und wieso tust du es dann nicht?«

»Weil es ohne Ut keine neuen Webstühle gäbe und erst Recht nicht diesen Anbau, in dem ich friedlich und ungestört arbeiten kann. Er hat eine wichtige Stellung und bezahlt mit blankem Silber, während die anderen lediglich mit einem Huhn unter dem Arm oder einem Krug Öl ankommen – wenn überhaupt. Außerdem mag ich es nicht, wenn du den Namen eines Gottes ohne Achtung in den Mund nimmst.« Tamas schön geschwungene Lippen waren plötzlich ganz hart geworden. »Anubis ist nicht nur der Hüter der Geheimnisse, sondern im Angesicht der Maat auch der mächtige Herr der Waagschalen. Und der Tag kommt unweigerlich, wo auch du um seinen Beistand froh sein wirst.«

Sie setzte ihre nur kurz unterbrochene Arbeit wieder fort, wahrlich eine Meisterin von Schiffchen und Scherbrett. Niemals würde Sahti es lernen, die Kettfäden mit Hilfe der Haspel so sorgsam aufzuspannen wie sie, niemals so geschickt mit dem Kamm zu hantieren, der in Tamas Händen so geschwind hin und her flog, dass man allein vom Zusehen schwindelig werden konnte. Nicht einmal Nofret konnte mit ihr mithalten, egal, wie sehr sie sich auch bemühte, denn der hartnäckige Husten, den sie nicht loswerden wollte, zwang sie, immer wieder größere Pausen einzulegen. In solchen Fällen brachte ihr Tama heißen Fencheltee mit Honig und begann, während ihre Füße erneut blitzschnell die Pedale betätigten und unter ihren Händen die Stoffstreifen wie von selber wuchsen, mit einer ihrer vielen Geschichten, die zu hören Sahti niemals müde wurde.

»Am Anfang war der riesige Ozean Nun. Aus diesen Fluten unendlichen Wassers wuchs der Urhügel hervor. Genau

über ihm stieg eine Lotosblüte auf, aus der der Sonnengott Re kletterte …«
Die Fortsetzung solcher Geschichten erfolgte in der Regel abends, wenn Sahti schon im Bett lag, und nicht lange darum betteln musste.
»… Re wiederum hatte zwei göttliche Kinder: Schu, die Luft, und Tefnut, das Wasser. Diese zeugten Geb, die Erde, und Nut, den Himmel. Geb und Nut wiederum brachten hervor: Osiris, Seth, Nephtys und Isis …«
»Isis mag ich von allen am liebsten«, murmelte Sahti schlaftrunken. »Denn sie trägt die Sonne auf ihrem Kopf.«
»Ich mag sie auch am liebsten, mein Kind«, flüsterte Tama und gab ihr voller Liebe den Gutenachtkuss, auf den schon längst keine von beiden mehr freiwillig verzichtet hätte.

*

Keine von Tamas Geschichten fesselte und berührte Sahti mehr als die von Isis, die bittere Tränen über den Tod ihres geliebten Osiris vergoss, weil er von seinem Bruder Seth heimtückisch gemeuchelt und zerstückelt worden war. Und als sich endlich der Hundsstern am Himmel zeigte und die Felder in der fruchtbaren Umarmung des Nils zu versinken begannen, kam es Sahti nur logisch vor, dass dies einzig und allein dem Weinen der Isis zu verdanken sei. Alle Anzeichen verhießen, dass Kemet erneut ein fruchtbares Jahr mit reicher Ernte bevorstand; aus diesem Grund wurde das Neujahrsfest und damit die Huldigung an Hapi, den großzügigen Herrn des Wassers, besonders prächtig begangen.
Seine Götterstatue, ein zwittriger, dickbäuchiger Mann mit hängenden Brüsten, wurde in feierlicher Prozession aus dem Dunkel des Tempels geholt, wo man ihm in Flussnähe mit Gaben huldigte, wildem Geflügel von seinem Ufer, Brot von seinem Getreide, Stängeln von Lotos und Papyrus und zahllosen Fischen. Aber auch Sobek, der Gott in Krokodilgestalt mit der grünen Federkrone, wurde allenthalben laut

gepriesen, weil man glaubte, er habe das Wasser aus dem Urmeer geholt, um es anschließend in das Niltal zu bringen, damit hier die Felder grün wurden. Ochsen wurden geschlachtet, Freudenfeuer entzündet und überall huldigte die Priesterschaft der heiß ersehnten Überflutung mit heiligen Hymnen.

»Heil Dir, Hapi, der in geheimem Lauf in das Delta strömt! Du bist erschienen, um Kemet zu beleben und die Wüste zu tränken. Wir begrüßen Dich wie einen König, wenn Du zu Zeiten der Hochwasser wiederkehrst und das obere und das untere Kemet füllst. Du überflutest die Äcker, die Re geschaffen hat. Die Krokodile sind schwanger, und Neit gebiert. Die Neunheit der Götter, die in Dir ist, wird prächtig … Nil – breite Dich aus, denn Du allein hältst Mensch und Vieh am Leben!«

Antef, der ein kleines, von Ipi gepachtetes Stück Land außerhalb Wasets bestellen durfte, nahm Sahti dorthin mit, um den Wasserstand zu inspizieren. Hand in Hand gingen sie auf den Dämmen entlang, die die Flut hemmten und gleichzeitig als Wege dienten. Staunend sah Sahti, wie sich die zuvor ausgetrockneten Bewässerungskanäle bis zum Rand gefüllt hatten, und sie freute sich schon auf den Schlamm, der, wie Namiz prophezeit hatte, sich nach dem Zurückgehen des Wassers wie ein fruchtbarer schwarzer Mantel auf die Äcker legen würde.

Als sie zurück nach Hause kamen, überraschte Tama Sahti mit einem sandfarbenen Fellknäuel, das ihre Kinderhand gerade ausfüllte. Exakte schwarze Streifen liefen über Kopf und Rücken, während die Pfoten pechschwarz waren und der runde Bauch, der sich wieselschnell hob und senkte, in der Farbe wilden Honigs schimmerte.

»Ein Nachbar wollte es im Fluss ertränken«, sagte sie, während Sahti verzückt das Kätzchen an sich drückte, das mit empörtem Quietschen reagierte und seine spitzen Krallen in ihre Brust schlug. Eine wilde, überschwängliche Liebe stieg in ihr auf, und auf einmal überflutete sie eine so übermächtige Sehnsucht nach Ruju und der Daya, dass ihr ganz schwindelig wurde. Tamas fröhliche Stimme drang nur noch wie durch ein Rauschen verzerrt an ihr Ohr. »Und das konnten wir doch wirklich nicht zulassen, oder?«

»Ich werde sie Kadiis nennen«, flüsterte das Mädchen erstickt. »Und sie darf an meinem Hals schlafen.« Ein flehender Blick zu Tama. »Gehört sie mir wirklich ganz allein?«

»Natürlich! Du bist jetzt für sie verantwortlich, zumindest, bis sie ausgewachsen ist. Nur das mit dem Hals gefällt mir nicht. Muss das denn unbedingt sein?« Sie zog die Stirn kraus. »Und wieso eigentlich Kadiis?«, erkundigte sich Tama unbefangen. »So ein komischer Name!«

»Weil das ›Katze‹ heißt. In meiner Sprache.«

Sahti errötete leicht und hatte es plötzlich sehr eilig, nach nebenan zu kommen und ihr Geschenk Maj vorzuführen. Tama schaute ihr nachdenklich hinterher. Bislang hatte das Mädchen jede Erwähnung ihres früheren Lebens peinlich vermieden, aber sie spürte genau, dass düstere Bilder und Gedanken Sahti quälen mussten. Zwei Mal schon hatten sie sie mitten in der Nacht im Hof vorgefunden, barfüßig, mit offenen Augen, aber offensichtlich schlafend, denn sie war nicht ansprechbar gewesen und erinnerte sich am nächsten Morgen an nichts. Menschen konnten sterben, wenn sie nicht genug geliebt wurden, das hatte Tama mehr als einmal erfahren. Vielleicht hatte sie dem Kind genau aus diesem Grund das Tier gegeben. Damit Sahti so schnell wie möglich lernte, was Liebe war. Und somit noch mehr begreifen konnte, wie innig sie in diesem Haus geliebt wurde.

Sie ließ die Angelegenheit auf sich beruhen, bis sie Sahti ein paar Tage später wie jeden Abend zu Bett brachte, das sich Kadiis längst als bevorzugten Schlafplatz erobert hatte. Kind und Katze lagen, zu je einem Kringel gerollt, unter beziehungsweise auf der dünnen Decke, als warteten sie beide auf die fällige Geschichte. Doch dieses Mal gab Tama nichts

über Isis oder Seth zum Besten, sondern blieb still am Bettrand sitzen.
»Willst zur Abwechslung nicht du mir heute etwas erzählen?«, sagte sie, als Sahti sich schließlich beschwerte.
»Ich? Ich weiß doch nichts!«
»Das glaube ich nicht. Ich hätte zum Beispiel so gern erfahren, wie es bei dir zu Hause war.«
»Hab' ich alles schon vergessen.« Der Körper des Kindes wurde steif, und es drehte abrupt seinen Kopf zur Seite.
»Wirklich alles?«, fragte Tama behutsam nach. »Willst du nicht noch einmal nachdenken – mir zuliebe?«
»Alles!«
Es war zu früh gewesen, das wurde Tama klar, als sie langsam das Zimmer verließ. Sahti hatte die Augen geschlossen, war aber in Wirklichkeit noch wach und stellte sich nur schlafend. Aber Tama würde zu einem späteren Zeitpunkt noch einmal darauf zurückkommen und, falls nötig, es noch öfter versuchen. Denn eines war ihr längst klar geworden: Wenn Sahti wirklich eine echte Tochter Kemets werden wollte, dann musste sie lernen, auch über das Goldland zu reden.

*

Der Tag des Heb-sed-Festes war angebrochen, ein sonniger, strahlender Morgen, an dem ganz Waset auf den Beinen zu sein schien. Bereits am Vorabend war im Tempelbezirk eine Pharaostatue feierlich begraben worden, die den Tod des alten Königs symbolisieren sollte, der Platz für den erneuerten machte.
Und wirklich schien Seqenenre-Tao, der am anderen Morgen das Podest im halb offenen Festzelt bestiegen hatte, auf wundersame Weise verjüngt. Seine Züge wirkten straffer, die Augen waren klar und lebhaft und selbst seine Haltung strahlte Frische aus. Er hatte den Heb-sed-Mantel aus steifem blauen Leinen angelegt, der die Arme bedeckte und

oberhalb der Knie endete. In den Händen hielt er die Insignien der Macht: Krummstab und Wedel. Sein Haupt bedeckte das Nemes-Kopftuch mit der Uräus-Schlange.

Die Königin war in ihren Gemächern geblieben. Ahhotep hatte wenige Tage zuvor einer weiteren Tochter das Leben geschenkt und litt, so die offizielle Version, noch unter den Nachwirkungen einer schwierigen Geburt. Dafür waren nicht nur Ahmose und Kamose anwesend, sondern auch die drei älteren Prinzessinnen, die sich verstohlen kichernd gegen die Wände des Festzeltes drückten, ebenso wie Seb, der Wesir, und der Erste Priester Nebnefer. Und selbst Teti-Scheri, die königliche Mutter, verfolgte das Geschehen von einer bemalten Sänfte aus, die zum Schutz gegen die heiße Sonne mit bunten Stoffbahnen bestückt war.

In endloser Prozession wurden, von Ipi gleich einem siegreichen Feldherren angeführt, die inzwischen in Waset angelangten Tribute aus dem Goldland am thronenden Pharao vorbeigetragen: Säcke mit Goldstaub und Edelsteinen, Tierhäute, Elfenbein und Straußeneier. Die nachfolgenden Rinderherden verschmutzten laut brüllend den Festhof mit ihrem Kot derart, dass die Abgesandten aus allen Landesteilen, die Würdenträger, Hofbeamten und Priester, die erschienen waren, um dem Herrscher anschließend ihre Huldigung zu erweisen, Schwierigkeiten hatten, heilen Fußes davonzukommen.

Nach einer eiligst erfolgten Reinigung wurde gegenüber dem Thron ein von vier Bändern bekränzter Pfeiler errichtet, Dsched genannt, der den künftigen Bestand der Herrschaft manifestieren sollte.

»Er bohrt sich in den Leib der Erde wie ein fruchtbarer Pfahl. Und neues Leben erwächst aus dieser Vereinigung.« Nebnefers tiefe Stimme zitterte leicht, als er die rituellen Worte sprach.

Schließlich erhob sich Seqenenre und machte sich für den Königslauf bereit. Das erwartungsvolle Gemurmel der Zu-

schauer schwoll an, und auch Sahti begann plötzlich laut zu rufen, weil sie, bequem auf den Schultern Antefs thronend, in der Menge Namiz erspäht hatte, der sich mühsam durch die Menschenleiber einen Weg zum Pavillon zu bahnen versuchte.
Er stöhnte, als er endlich bei ihnen angelangt war.
»Ein böser Kopfschmerz heute Morgen, der mich beinahe um den Verstand gebracht hat«, sagte er klagend, noch immer ungewohnt blass. »Aber zum Glück habe ich es nun doch gerade noch rechtzeitig geschafft!«
Sahti wollte ihn gerade necken, als sie plötzlich erstarrte. Eine schlanke Frau hatte soeben den Festhof betreten, schimmernd in Weiß und Silber wie eine Fleisch gewordene Göttergestalt. Feinstes Leinen bedeckte wie ein zarter Schleier ihren Körper; Hals, Ohren, Handgelenke und Fesseln waren mit hellem, glänzendem Schmuck geziert. Bei ihrem Anblick hielt der Pharao, der sich gerade seines Mantels entledigte und von Nebnefer den traditionellen Tierschwanz ausgehändigt bekam, um ihn für den Lauf an seinem Schurz zu befestigen, kurz inne. Aus der Entfernung ließ sich sein Gesichtsausdruck nicht genau deuten, Sahti freilich hätte schwören können, dass er erfreut gelächelt hatte.
»Seine neue Favoritin«, flüsterte Namiz Antef und Tama zu und schien Sahti dabei ganz vergessen zu haben. »Und halb um den Verstand scheint sie ihn auch schon gebracht zu haben. Im Harim jedenfalls herrscht heller Aufruhr, und selbst die Große königliche Gemahlin soll sich vor Eifersucht verzehren. Deshalb ist sie wohl auch nicht erschienen – und nicht wegen der Geburt der Tochter.«
Erst als sich die helle Gestalt umwandte, erkannte Sahti, wer es war. »Nabu!«, flüsterte sie erschrocken und starrte auf ihre eigenen Handgelenke, die ihr plötzlich so dunkel wie niemals zuvor erschienen. Etwas Bitteres lag plötzlich auf ihrer Zunge, der Geschmack von Verrat, und das Herz wurde ihr ganz eng. Nun schien das Goldland plötzlich noch weiter

entfernt. »Aber wieso ist sie auf einmal so weiß, heller noch als der Pharao?«
»Alabastermehl«, zischte Namiz ihr zu, »ebenso einfach wie vielfach erprobt.«
Im Festhof wurde es still. Kleine Schreine waren ringsumher aufgestellt, Symbole der Heiligtümer der Ortsgötter aller Provinzen. Seqenenre, der inzwischen die rotweiße Doppelkrone Kemets samt Geier und der aufgerichteten Uräus-Schlange trug und den künstlichen Götterbart angelegt hatte, umrundete den Hof einmal gemessen und rannte danach mit erstaunlicher Geschwindigkeit zwischen den beiden halbkreisförmigen Malen hin- und her, welche die Grenzen Kemets symbolisierten. Sein Körper war schweißbedeckt und er keuchte, als er anschließend nacheinander auf zwei Thronsesseln Platz nahm, seine Haltung jedoch war majestätisch und kraftvoll.
Jeder der Zuschauer wusste, was die beiden Throne zu bedeuten hatten: den uneingeschränkten Anspruch auf die Herrschaft über das obere und das untere Kemet und damit eine Kriegserklärung an Apopi, den mächtigen Hyksos-König im fernen Delta.
Nebnefer trat vor den Pharao und erhob beide Arme zum Gebet: »Du allein sicherst Kemet, du setzt die Gesetze fest zur Zufriedenheit der Menschen. Du befriedigst die Bedürfnisse, Gründer der beiden Länder, die Würdenträger sind an ihren rechten Plätzen. Du befestigst die Grenzen gegen die neun Bögen. Dein Vater Re ist es, auf dessen Thron du dich niedergelassen hast. Groß ist der Schrecken vor dir in allen Ländern.«
Jetzt kam Ipi an die Reihe, der dem Herrscher die rituellen Waffen überreichte. Der Pharao nahm Haltung an, spannte den Bogen und fasste sein Ziel scharf ins Auge. Dann erst begann er zu schießen: Den ersten Pfeil schickte er gen Norden, den zweiten nach Osten. Nach Westen ging der dritte.

Der vierte, nicht minder kraftvoll ausgesandt als seine Vorgänger, flog geradewegs nach Süden.
Sahti, noch immer auf den breiten Schultern Antefs, schloss voller Entsetzen die Augen, als sie den letzten Pfeil durch die klare Luft schwirren hörte, aus Angst, er könne sich mitten durch ihr Herz bohren.

FÜNFTE STUNDE: AUF DEN ARMEN DER FINSTERNIS

Wie so oft fand Sahti ihn schließlich am Fluss, nicht weit entfernt von den großen Steinen, auf denen die Frauen seit jeher ihre Wäsche schrubbten. Die Zeit der Überschwemmung war vorüber, der Nil hatte sich wieder in sein Bett zurückgezogen und schwarzer Schlamm lag auf den Feldern. Peret hatte eingesetzt, und mit Meschir der zweite Mond der Aussaat begonnen, angenehm warme Tage, die zum Baden oder Spazierengehen einluden. Ein paar Erpel flatterten von den Binsen auf, als sie sich dem Ufer näherte. Jetzt, da die Schatten langsam wuchsen, war das Wasser dunkelgrün und feiner Goldstaub schien auf den Wellen zu schwimmen, aber sie hatte die Farbe auch ebenso oft zu Blau wechseln sehen, manchmal sogar zu Silber.

Maj, der langsam aus dem Wasser watete, wurde erst auf Sahti aufmerksam, als sie schon ganz nah war. Erst vor kurzem hatte er angefangen, in die Höhe zu schießen, und nun überragte er sie schon um einen ganzen Kopf, aber er bewegte sich linkisch, als habe er sich noch nicht ganz an die neue Körpergröße gewöhnt. Sein Leib war straff und sehnig, die Haut sonnengebräunt, wenn auch um einiges heller als die Sahtis. Die Schultern schienen deutlich männlicher geworden, seitdem er bei den Zimmerleuten im Hafen eine Arbeit gefunden hatte, bei der er es auch aushielt, und die schlanken Beine wirkten muskulöser. Vor allem aber sein Geschlecht, das sie an eine dunkle Blume erinnerte, ließen Sahtis Gesicht brennen.

Ihr Gang veränderte sich, als er sie ansah, und plötzlich spürte Sahti eine Hitze zwischen den Beinen, als berühre er

ihre Haut. Im gleichen Augenblick wurde sie sich beinahe schmerzhaft der Verwandlung auch ihres Körpers bewusst. Für gewöhnlich studierte sie seine Veränderungen nur nachts, wenn sie ungestört war: die sanfte Schwellung der Brüste, den Flaum, der auf einmal unter den Achseln und auf der Scham spross, die Hüften, die nicht mehr kindlich gerade wie einst verliefen, sondern sich jetzt zur Taille hin spürbar verjüngten. Ab und zu glitten Sahtis Hände zu ihrem Schoß, bis ein Strudel aus Lust, Angst und Schuldgefühlen sie erfasste, den sie kaum ertragen konnte.
War das die Rache des Skorpions, weil sie bislang ungestraft dem schwarzen Mondmesser entkommen war?
Wenn zutraf, was Ruju ihr vor langer Zeit ins Ohr geflüstert hatte, dann würde sie ohne die Tage und Nächte in der Skorpionhütte niemals ein Mann lieben und ebenso wenig würde sie je ein Kind empfangen, geschweige denn austragen können. Aber galt dieser Fluch nur in ihrer früheren Heimat oder auch für Kemet, wo sie nun lebte?
Am liebsten hätte sie Tama danach gefragt, die mit ihrem Frauenkörper so selbstverständlich umzugehen schien und von Antef ganz offenbar begehrt wurde wie am ersten Tag ihrer Liebe. Doch bisher hatte sie es nie gewagt und jedes Mal verließ sie der Mut. Doch gab es Abende, an denen sie nicht einschlafen konnte, weil sie dem ungenierten Liebesstöhnen von nebenan lauschen musste. Selbstverständlich verlor sie niemals auch nur ein Wort darüber, weder Tama und erst recht nicht Antef gegenüber. Mehr als vier Jahre war Sahti jetzt in Waset und sie wollte inzwischen nichts lieber sein als ein Mädchen aus Kemet, das von solch seltsamen Fragen und Erinnerungen sicherlich niemals geplagt wurde. Sogar Tama schien dies zu fühlen, denn sie hatte es aufgegeben, mit Bitten oder Drängen etwas über Sahtis früheres Leben herausbekommen zu wollen.
Schnell wandte Sahti sich ab, bevor Maj ihre Verlegenheit bemerken konnte, so dass er Gelegenheit hatte, hastig seinen

Schurz anzulegen. Eine Zeit lang schwiegen beide. Sahti hatte sich auf den größten Stein gesetzt, der sich warm auf ihrer Haut anfühlte, Maj auf den daneben. Er starrte ins Wasser, während sie scheinbar gleichmütig dem Spiel von Sonne und Schatten zusah, das die Fächer der Dattelpalme auf seine Haut warfen.

»Wie geht es Nofret?«, fragte sie schließlich, obwohl sie die Antwort bereits kannte. Seit Monden schon war Majs Mutter zu krank, um noch am Webstuhl zu arbeiten. Seitdem half die dicke Redi aus, wann immer sie konnte, und auch Sahti musste häufig genug einspringen, wenn Tama dringende Aufträge für Ut zu erledigen hatte.

»Jeden Tag schlechter.«

»Und wieso bist du dann nicht bei ihr?«

Sahti bereute die Frage, kaum dass sie sie ausgesprochen hatte. Aber irgendetwas zwang sie in letzter Zeit immer wieder, Maj weh zu tun. Wenn seine Gesichtszüge verletzt aufbrachen, verspürte sie einen jähen, süßen Triumph, der allerdings schnell wieder verflog.

»Weil ich es kaum noch aushalte«, erwiderte er leise. »Wenn sie nur schreien würde oder wenigstens weinen! Aber sie bemüht sich die ganze Zeit über, besonders tapfer zu sein, und das ist viel schlimmer. Manchmal wünsche ich mir sogar, dass es endlich vorbei sein möge. Kannst du dir das vorstellen?«

Sie nickte schnell. Nun quälte es sie, ihm dabei zuzusehen, wie er sich quälte.

»Und anschließend tut es mir so Leid, dass ich mich dafür hasse. Bin ich ein Ungeheuer, Sahti?« Ungestüm hatte er sich ihr zugewandt. Seine Knie berührten fast die ihren, und sie konnte riechen, dass er Bohnen mit Zwiebeln gegessen hatte wie alle, die schnell satt werden wollten. »Erst mein Vater – und jetzt auch noch sie! Manchmal denke ich, dass die Götter mich bestrafen wollen. Aber weshalb? Ich habe doch nichts verbrochen!«

»Nein«, sagte sie sanft, »das hast du nicht, Maj. Und natürlich bist du kein Ungeheuer. Tama sagt, dass keiner wissen kann, was das Schicksal ihm bestimmt hat.« Ganz zart senkten sich ihre Finger auf seine schwielige Faust. »Vielleicht wollen die Götter dich prüfen. Weil sie etwas ganz Besonderes mit dir vorhaben.«

In seinen Augen las sie kurz Erleichterung, dann ließen Angst und Sorgen sie wieder trüb werden, und sie hätte am liebsten die Arme um seinen Leib geschlungen und ihn so fest an sich gedrückt, wie sie es früher mit Kadiis getan hatte. Natürlich tat sie es nicht. Stattdessen zog sie sich das bunte Band mit Tamas Amulett über den Kopf und hängte es Maj um den Hals.

»Das schenkst du mir?«, sagte er überrascht. »Dein Amulett?«

Sahti nickte. »Udjet, das heilende Horus-Auge, soll dich behüten«, sagte sie feierlich, ganz ähnlich, wie sie es von ihrer Ziehmutter gehört hatte. »Ab jetzt trägst du den Mond, der sonst hoch oben am Himmel steht, auf deiner Brust. Und ich bin sicher, er bringt dir Glück.«

»Ich werde das Amulett nie wieder ablegen, solange ich lebe«, rief Maj überschwänglich. »Nicht einmal in meinem Grab.«

Er versuchte sie ungeschickt zu umarmen, Sahti jedoch entzog sich ihm rasch, obwohl alles in ihr sich nach seiner Berührung sehnte. Aber da war ja das feste Versprechen, das sie Tama gegeben hatte. Der erste Mondfluss des Mädchens ließ zwar noch auf sich warten, was ungewöhnlich war und gleichzeitig irgendwie zu Sahti passte, doch schon jetzt hatte die Ziehmutter ihr eingeschärft, keinem fremden männlichen Wesen zu nah zu kommen. Ganz offenkundig hielt die Weberin nichts davon, sie früh zu verheiraten, sondern hatte ganz andere Pläne mit Sahti, die so geschickt mit den feinen Knochennadeln umzugehen wusste. Tama wollte die Werkstatt erweitern, damit Sahti aus den bunten oder weißen Stoffen, die unter den tanzenden Webschiffchen entstanden, gleich vor Ort Kleider zuschneiden und nähen konnte.

»Wir wollen lieber noch eine ganze Weile warten, bevor wir uns damit beschäftigen, dir einen Mann zu suchen. Dann weißt du mehr vom Leben und erkennst eher, wer wirklich zu dir passt.« Sie zog Sahti an ihren weichen Busen und küsste sie. »Und außerdem habe ich nicht vor, mein goldenes Mädchen schon so bald wieder an irgendeinen dahergelaufenen Kerl abzugeben.«

Das klang besonnen und mütterlich, aber dahinter steckte noch etwas anderes, wie Sahti längst herausgefunden hatte. Tama liebte sie so sehr, dass sie sie mit keinem anderem teilen wollte. Deshalb musste Sahti sich rechtfertigen, wenn sie mit anderen Heranwachsenden zusammen sein wollte, wenn sie zu lange für den Rückweg vom Markt brauchte, wo Antef gelegentlich seine Feigen an einem kleinen Stand feilbot, oder wenn sie einfach beim Wasserholen die Zeit vergaß. Wäre es nach Tama gegangen, sie hätte Sahti vermutlich nicht einen einzigen Moment aus den Augen gelassen. Da sich seit kurzem dieses Bestreben noch verstärkt hatte, war das Mädchen darauf gekommen, sich immer öfter kleine Ausreden auszudenken oder unbemerkt auf dem Nachhauseweg zu trödeln.

Auch jetzt, nachdem sie Maj am Ufer zurückgelassen hatte, überlegte Sahti, wie sie ihre Abwesenheit erklären könnte, um ja keinen Streit mit Tama heraufzubeschwören, die trotz aller Gutmütigkeit fähig war, tagelang zu schmollen, wenn etwas ihren Vorstellungen zuwiderlief. Früher hatte Sahti sich meistens, wenn auch heimlich murrend, gebeugt, jetzt jedoch begehrte sie immer häufiger auf und versuchte ihren Willen durchzusetzen.

Dann jedoch wanderten ihre Gedanken zurück zu den Sorgen, die ihren Freund belasteten. Für seine harte Arbeit am Hafen bekam er gerade genug, um für Nofrets und sein Essen aufzukommen; für Arzneien blieb nichts mehr übrig. Außerdem wusste Sahti nicht einmal, ob es überhaupt ein wirksames Mittel gegen den blutigen Schleim gab, den Majs

Mutter ausspuckte. Selbst Tama, die sonst immer einen nützlichen Vorschlag zur Hand hatte, schien ziemlich ratlos. Einmal hatte sie eher beiläufig erwähnt, dass es die Göttin Selket sei, die die Lunge atmen lasse, und sie es daher für angebracht halte, ihr besonders eifrig zu Diensten zu sein. Inzwischen hatte Sahti von ihrer Ziehmutter gelernt, wie wichtig es war, sich eine Gottheit gewogen zu machen, damit sie einem schließlich Gutes erweise.

Das Innere des Selket-Tempels war einfachen Gläubigen nicht zugänglich, und nicht einmal eines der kleinen Heiligtümer, die sich überall in Waset fanden, konnte Nofret aufsuchen, weil sie dazu längst zu schwach war. Auf welchem Weg aber sollte eine mittellose Frau wie Nofret in den Besitz einer kostspieligen Götterstatue gelangen, zu der sie innerhalb ihrer eigenen vier Wände um Leben und Gesundheit flehen konnte?

Es gab, schloss Sahti, nur einen, der dabei helfen konnte, das Unmögliche zu erreichen – Namiz. Sie musste sich bloß noch ausdenken, womit sie ihn überzeugen konnte.

Ein leises Gurren, etwas Seidenweiches, das um ihre Waden strich.

»Kadiis!«, rief Sahti erfreut und bückte sich, um die Katze zu streicheln. Das Tier war ein seltener Gast im Haus geworden. Sein linkes Ohr hatte einen Riss, ein leichtes Humpeln war zurückgeblieben, nachdem Kadiis sich im vergangenen Winter einen Dorn eingezogen hatte, und sie war, obwohl ganz offenkundig schon wieder trächtig, alles andere als fett. Ihre Augen jedoch waren klar und das Fell glänzte, alles Anzeichen für die Gesundheit einer erfahrenen Jägerin, die gelernt hatte, für das zu sorgen, was sie zum Überleben brauchte. Konnte sie nicht von Kadiis lernen?

Und als sie mit der Katze in den ausgedörrten Weg einbog, der zum Haus führte, war auch Sahtis Plan gereift.

*

Es dauerte, bis Seqenenre seine Mutter schließlich in den neuen Parkanlagen entdeckte. Sie hatte es sich auf einer der Alabasterbänke bequem gemacht, die im Schatten schlanker Dattelpalmen zum Ausruhen einluden; Meret hockte wie so oft mit mürrischem Gesicht neben ihr.
»Sei gegrüßt, Große Herrin Teti-Scheri!«, sagte er höflich. »Ich bin gekommen, um deinen Rat einzuholen.«
»Meine Ehre und mein Vergnügen«, erwiderte sie nicht minder formell und neigte ihr Haupt. »Bitte, Meret, lass uns eine Weile allein!«
Die Alte erhob sich leise murmelnd und entfernte sich ohne Eile. Selbst von hinten war ihr anzusehen, wie sehr sie die Aufforderung missbilligte. Der Pharao ließ sich neben seiner Mutter nieder und blickte Meret stirnrunzelnd nach. »Dass du ständig die Nähe dieser alten Vettel ertragen magst! Mich würde ihre Griesgrämigkeit binnen kurzem um den Verstand bringen.«
»Sie ist immerhin meine Milchschwester«, entgegnete Teti-Scheri gelassen, »und sogar zwei Tage jünger als ich. Jeder Morgen bringt uns beide dem Tod einen Schritt näher. Und je mehr Morgen wir erleben dürfen, desto freudiger sollten wir ihn erwarten.«
Seqenenre musterte sie überrascht. Sie war nicht einmal fünfzehn gewesen, als sie ihn zur Welt gebracht hatte, keine Prinzessin von königlichem Geblüt, sondern die Tochter eines einfachen Richters, die seinen Vater, den strengen Pharao Senachtenre, so bezaubert hatte, dass er sie binnen weniger Wochen zur Großen königlichen Gemahlin erhob. Vielleicht war sie schon damals ungewöhnlich aufgeweckt gewesen; auf jeden Fall hatte sich im Lauf der Jahre zu ihrer Schönheit und Anmut so viel Klugheit gesellt, dass man sich im ganzen Reich zuflüsterte, Teti-Scheri habe vier Augen und könne damit in alle vier Himmelsrichtungen gleichzeitig spähen. Niemals war Seqenenre in den Sinn gekommen, seine Mutter könne irgendwann ihre Kräfte verlieren oder gar hinfällig

werden. Und selbst jetzt, da ihr dunkles Haar mit Silberfäden durchzogen war und ein fächerförmiges Netzwerk feiner Fältchen die Augen umschattete, erschien sie ihm alterslos wie eh und je.

»Versprich mir, dass du niemals stirbst!«, verlangte er ungestüm und umfasste ihre winzigen Hände, die ihr unter anderem den Spitznamen »die Kleine« eingebracht hatten.

»Wie könnte ich das!«, entgegnete sie lachend. »Noch ist mein ganzes Herz bei dir, aber es gibt durchaus Stunden, wo es sich schon nach seiner neuen Wohnstatt sehnt.«

»Du gehörst hierher«, widersprach er, »in diesen prächtigen neuen Palast, den ich speziell für dich habe erbauen lassen.«

»Ich rede von meinem Haus des Westens«, fuhr sie ruhig fort, »der Grabstätte, die am anderen Ufer des Flusses auf mich wartet. Meine irdische Mutter hat mich zehn Monate getragen. Bald schon aber werden mich die Arme der himmlischen Nut für immer wiegen. Und mein Herz hüpft schon jetzt vor Freude, wenn ich daran denke.«

Behutsam strich sie ihm über die Stirn, als könne sie damit seine steile Zornesfalte glätten.

»So wütend hast du schon ausgesehen, als du noch nicht einmal richtig laufen konntest. Ein kleiner Held, der bereits damals am liebsten die ganze Welt erobert hätte. Du bist der Einzig-Eine, mein Sohn. Was könnte dir eine alte Frau wie ich schon raten?«

»Eine kluge Königin unterstützt den König darin, die Heimat zu schützen und das Reich zu erhalten.«

»Deine Königin heißt Ahhotep – und nicht Teti-Scheri.« Sie schwieg eine Weile. »Sie hat dir also immer noch nicht verziehen?« Ihr Ton verriet, wie wenig Verständnis sie für dieses unsinnige Verhalten aufzubringen vermochte. »Königin zu sein heißt, dass als Erstes immer die Pflicht kommt. So war es in meinem Leben. Und so wird es im Leben jeder Königin sein.«

Seqenenre schüttelte den Kopf. »Sie wird mir niemals verzeihen. Erst recht nicht, wenn sie hört, dass ich Nabu mit nach Hut-Waret nehme.«

»Nach Hut-Waret? Weshalb?«

»Weil ich mich nicht länger von Apopi und seinen Hyksos provozieren lassen kann«, erwiderte er heftig, sprang auf und begann mit großen, erregten Schritten vor der Bank auf und ab zu gehen. »Er muss endlich erkennen, mit wem er es zu tun hat!«

»Was erwartest du?« Plötzlich klang Teti-Scheris Stimme scharf. »Du hast schließlich beim Heb-sed-Fest deinen ersten Pfeil nach Norden gesandt. Er musste darauf reagieren.«

»Aber die Art, wie er es tut! In seinen dreisten Botschaften verwendet er Vergleiche, die beweisen, wie tief er mich und meinen Thron verachtet – und unsere ganze Familie dazu. Er bittet nicht, nein, er befiehlt! Nilpferde, so behauptet er, bringen ihn um den Schlaf, wenn sie stechend in unseren Seen brüllen, die Tiere seines Gottes Sutech, die wir auf der Jagd so gern im Papyrusdickicht erlegen.« Sein Ton veränderte sich. »Ich weiß genau, was er damit sagen will, dieser Hundsfott!« Er spie das Schimpfwort aus wie eine verdorbene Speise. »Und keinesfalls werde ich mich ohne Nabu auf diese gefährlichen Fahrt begeben. Was sonst sollte mich besser vor seinem Hass schützen als ihre mächtige Schlangenkraft?«

»So steht dein Plan bereits fest, und du bedarfst meines Ratschlags gar nicht mehr«, sagte Teti-Scheri ruhig. »Deine Schiffe sind bereit?«

Sie machte sich nicht die Mühe, auf den zweiten Teil seiner Ausführungen einzugehen. Begierden des königlichen Harims hatten in der Politik nichts verloren. In diesem Sinne hatte sie ihren Sohn als künftigen Pharao erzogen, und wenn er jetzt, da er das göttliche Amt inne hatte, glaubte, davon abweichen zu müssen, so war es seine Angelegenheit, nicht ihre.

»Mit der stolzen Flagge Wasets am Mast.« Plötzlich klang er

verzagt. »Was aber, wenn ich Apopi trotz aller Vorbereitungen nicht besiegen kann? Wenn die Verbündeten sich als treulos erweisen und Hut-Waret tatsächlich eine uneinnehmbare Festung ist, wie viele unserer Kundschafter vermuten? Oder wenn ich gar selber in der Schlacht falle? Dann greift der Krieg womöglich auf ganz Kemet über, und zahllose unschuldige Menschen werden getötet. Kann das wirklich Amuns Wille sein, Mutter?«

Sie schwieg zunächst, berührt davon, dass er ihr sein Herz so rückhaltlos geöffnet hatte, zum ersten Mal seit langer Zeit.

»Kemet den Leuten von Kemet«, sagte sie schließlich mit großem Nachdruck. »Viel zu lange schon haben Fremdherrscher das Schicksal unseres Landes bestimmt. Außerdem wirst du gewiss heil zurückkommen. Und selbst, wenn nicht …« ein tiefer Atemzug, dann sprach sie mit fester Stimme weiter: »Mit Kamose und Ahmose gibt es zwei flügge Falken-im-Nest, die dein Erbe antreten können. Der eine hat bereits eine Frau genommen, der andere wird es bald tun. Sag mir einen Grund, weshalb sie kinderlos bleiben sollten! Unser Geschlecht wird also weiterleben. Auch wenn wir beide einmal längst nicht mehr sind.«

Sie wartete gespannt, ob er darauf eingehen würde, dass sie den Neffen vor dem leiblichen Sohn genannt hatte, aber er tat es zu ihrer Verwunderung nicht.

»So bist du also für Krieg?« Der Pharao hing an ihren Lippen, als hänge einzig und allein alles von ihr ab.

»Ein Thron, der auf Schwäche oder Feigheit baut, ist bar jeder Ehre«, erwiderte sie königlich. »Und was Amuns Willen betrifft, den du vorher beschworen hast, so weißt du ja, welcher Gott mein Herz besonders berührt, Iach, der Hüter des Mondes. In seinem Nachtreich sind die Dinge weder eindeutig schwarz noch weiß, sondern voller geheimnisvoller Schatten, die vieles bedeuten können.«

Er nickte, aber er verstand ganz offensichtlich noch nicht, worauf sie hinauswollte.

»Lass mich deutlicher werden!«, sagte Teti-Scheri. »Die größten Herrscher haben seit jeher nicht gescheut, sich der List zu bedienen. Sogar der Mondgott verbirgt sich unter anderen Namen, wenn es Not tut, und täuscht dadurch seine Feinde. Wieso also nicht auch du, geliebter Goldhorus beider Länder?«
»Sprich!«, sagte er rau. »Was soll ich tun?«
»Nun, warum wiegst du Apopi nicht zunächst in Sicherheit, indem du dich gehorsam, ja sogar demütig zeigst, wie er es verlangt?« Ihre Augen funkelten. »Du gibst ihm die Versicherung, kein einziges Nilpferd werde zukünftig in deinem Reich seine sterbende Stimme erheben, du schickst ihm reiche Abgaben, um einiges mehr als er gefordert hat, um zu beweisen, welch treuen Vasallen er an dir besitzt, und während er sich in der trügerischen Illusion wiegt, er habe in allen Punkten Erfolg gehabt ...«
»... bricht meine Kriegsflotte heimlich nach Norden auf, um ihn zu vernichten und mir den rechtmäßigen Anspruch auf die Doppelkrone zurückzuholen.« Triumph schwang in Seqenenres Stimme mit, und er begann zu lächeln.
»Die weiße Krone des oberen Kemets und die rote des unteren«, bekräftigte Teti-Scheri voller Stolz. »So sei es, Sohn meines Herzens! Und alle unsere Götter mögen dir dabei beistehen!«

*

Namiz empfing Sahti vor den Pforten seines prachtvollen Anwesens, das direkt am Nil gelegen war und einen eigenen Bootssteg besaß. Das gesamte Personal schien auf den Beinen, denn für den Abend war ein großes Fest angesagt. Die Diener hatten den ganzen Tag in der Küche verbracht und verschiedenste Braten vorbereitet sowie Brot und viele süße Kuchen gebacken. Jetzt, wenige Stunden vor dem Eintreffen der Gäste, schmückten Blumenbinder alle Räume mit Girlanden und farbenfrohen Blütenkränzen, auch die beliebten

Salbkegel wurden bereitgestellt, die auf den Köpfen der Festteilnehmer nach und nach schmelzen und ihre weißen Kleider gelb wie Safran färben würden.

Sahti war schon öfter hier gewesen, denn Namiz hatte sie immer wieder zu Besuchen ermuntert, wenn er sich länger als ein paar Tage in der Stadt aufhielt. Heute jedoch machten sie das Gewimmel der Bediensteten und die allerorts zur Schau gestellte Pracht eher beklommen, so dass es dauerte, bis sie schließlich mit ihrem Anliegen herausrückte.

»Eine Statue der Selket?«, sagte Namiz überrascht. Er hielt damit inne, die Lotosblüten zu arrangieren, die in einer Silberschale schwammen und von denen jedem Gast eine als Willkommensgruß überreicht werden sollte. Zu Hause verhüllte er seine Fülle mit einem knöchellangen Gewand, wie es die Männer in seiner Heimat bevorzugten. »Wieso ausgerechnet von dieser Göttin?«

»Sie hat Isis sieben Skorpione geschickt, um sie vor Seth zu retten«, erwiderte Sahti, nicht zum ersten Mal dankbar für Tamas unzählige Märchen und Legenden. »Und sie schützt und heilt die Lunge.«

»Aus Gold?«, fragte er weiter, bemüht, seine Neugierde nach Möglichkeit in Zaum zu halten, denn vermutlich würde er nur auf diese Weise die ganze Geschichte von Sahti erfahren. »Dann wird es leider eine kostspielige Angelegenheit, meine Kleine. Und ist so gut wie unmöglich. Denn es gibt in ganz Kemet nur einen, der das Recht auf dergleichen hat: der Pharao.«

»Das Material spielt keine Rolle. Aber schön muss sie sein«, erwiderte Sahti ernsthaft. »Sehr schön sogar.«

»Weshalb?«

»Damit man besonders gut zu ihr beten kann.«

Plötzlich war alles ganz einfach. Sie vergaß ihr ganzes Kalkül und begann ohne Umschweife von Nofret zu erzählen, die sterben musste, falls nicht endlich eine Besserung eintrat, und von Maj, der das Leid seiner Mutter kaum noch ertragen

konnte. Namiz hörte aufmerksam zu, schweigend, mit gespitzten Lippen, wie er es immer tat, wenn etwas sein Interesse besonders fesselte.
»Und Maj ist dein kleiner Freund?«, erkundigte er sich schließlich. »Der Junge, den ich schon bei euch gesehen habe?«
»Mein Freund – ja«, erwiderte Sahti. »Aber klein bestimmt nicht mehr. Er ist mindestens so viel größer als ich.« Sie stellte sich auf die Zehenspitzen und deutete eine unsichtbare Messlatte an, die irgendwo ein Stück über ihrem Kopf zu schweben schien. »Hilfst du mir?«
»Du wirst eine solche Statue in keinem Laden zu kaufen bekommen und erst recht nicht auf dem Markt«, sagte er grüblerisch. Eine waghalsige Idee begann in seinem Kopf Gestalt anzunehmen, sehr verwunderlich bei einem eleganten Taktiker wie ihm. Und doch, je länger er darüber nachdachte, desto mehr gefiel ihm die Idee, gerade weil sie so gefährlich war. »Man müsste sie vielleicht sogar …«
»Ja«, sagte Sahti atemlos, »was müsste man?«
In letzter Zeit war er nicht mehr glatt rasiert, wie es die herrschende Mode verlangte, sondern er hatte sich einen Bart stehen lassen, der ihn etwas älter, aber auch würdevoller aussehen ließ. Es schien Namiz Spaß zu bereiten, beim Nachdenken über ihn zu streichen.
»… speziell für deine Zwecke anfertigen lassen.« Inzwischen war er entschlossen, das Unmögliche zu wagen. »Soll ich mich darum kümmern?«
»Das würdest du tun?« Sie flog ihm an den Hals, so unbefangen, dass er unwillkürlich leicht zurückwich. »Aber wie soll ich es dir jemals bezahlen?« murmelte sie an seinem Ohr. »Tama kann ich keinesfalls nach Geld fragen. Die legt nämlich jeden Silbertropfen für das neue Zimmer zurück.«
»Mach dir darüber mal keine Sorgen!«, sagte Namiz leise. Er musste verrückt geworden sein, sich auf so etwas einzulassen! Aber jetzt gab es kein Zurück mehr. »Zur Not lasse ich

dich eben alles mit deinen hübschen kleinen Händen abarbeiten. Dann bist du ungefähr so lange in meinen Diensten, bis man dich eines Tages hochbetagt zur letzten Ruhe betten wird, einverstanden?«

»Einverstanden! Und versprich mir bitte, dass du dich beeilen wirst!«, sagte Sahti, als sie ihn wieder losgelassen hatte. Ihr Atem ging noch immer schnell, und Namiz fiel auf, dass eine kleine Ader aufgeregt an ihrem schlanken Hals pochte. »Denn ich fürchte, Nofret bleibt nicht mehr fürchterlich viel Zeit.«

»Ich kann noch heute Abend mit Butu sprechen«, schlug Namiz vor, »dem Leiter meiner hiesigen Werkstatt, und ihm genau beschreiben, was du brauchst.« Ihn zumindest würde er einweihen müssen; Butu jedoch war treu und verschwiegen und würde nicht einmal unter der Folter ein Wort darüber verlieren. »Du wartest eine Woche, dann gehst du zu ihm und holst deine Selket ab. Du weißt, wo meine Leute arbeiten?«

»Nofrets Selket«, verbesserte ihn Sahti. »Und natürlich kenne ich dein Reich, geschätzter Goldarbeiter!«

»Gold*schmied*«, korrigierte nun Namiz sie, nicht ohne Stolz. »Nur wer das Material der Götter richtig zu behandeln weiß, verdient diese Bezeichnung.«

Ihr Lächeln ging ihm den ganzen Abend und die halbe Nacht nicht mehr aus dem Sinn, ebenso wenig die Hitze ihres frischen Körpers. Nicht, als er seine Gäste begrüßte und sich Garten und Zimmer mit Frauen und Männern in weißen Gewändern füllten, geschmückt mit den Blütenkränzen, die seine Diener ihnen umgelegt hatten, und nicht, als das Festmahl begann und Teller und Platten voller Speisen aufgetragen wurden, zu denen unzählige Weinkrüge geleert wurden. Und erst recht nicht, als Flöte, Laute und Harfe verstummten und das Schlagen der Tamburine anhob, während Tänzerinnen mit ihrem Reigen begannen, aufreizend entblößt in beinah durchsichtigen Gewändern die einen, die anderen

nackt bis auf einen perlengeschmückten Gürtel, der oberhalb der Scham getragen wurde.
Launige Trinksprüche flogen durch den Raum: »Für deinen Ka!« – »Genieße den edlen Rauschtrunk!« – »Feiere den schönen Tag!«
Auch die Lieder, von einer außergewöhnlich hübschen Sängerin vorgetragen, die von ihrer nicht minder anmutigen Schwester auf der Harfe begleitetet wurde, fanden bei den Gästen großen Anklang:

Genießt Öl und Myrren,
legt Kränze um euren Hals!
Eure Tische sind voll von Schönem,
an allen süßen Früchten,
an Dingen von vielerlei Geschmack,
an Festduft …

Zwei Mädchen verstärkten den Rhythmus mit Schlaghölzern, und eine von ihnen, rundlicher und um einiges heller als Sahti, aber nicht wesentlich älter, folgte ihm schließlich bereitwillig in sein luftiges Schlafgemach an der Ostseite des Hauses, nachdem die letzten Gäste sich gut gelaunt verabschiedet hatten.
Als Tribut an die Göttin Hathor, Herrin über Liebe und Trunkenheit, nahm er sie ohne lange Umschweife in den weichen Kissen, die nach Rosenöl dufteten, fast schon gierig, und schämte sich anschließend, vor allem seine Lust gestillt und der Partnerin so wenig echte Aufmerksamkeit geschenkt zu haben. Das Mädchen jedoch schien sich nicht weiter darum zu kümmern, war womöglich sogar erleichtert darüber, diese lästige Nebenpflicht geschwind hinter sich gebracht zu haben. Sie packte das Säckchen mit den Türkissplittern, das er ihr als Liebeslohn hingelegt hatte, und verschwand lautlos im Garten.
Es war noch dunkel, als Namiz die Terrasse betrat, die Zeit, da die Nacht zum letzten Mal innehält, um Atem zu holen,

bevor sie dem Tag den Vortritt lässt, eine magische Stunde, und, wie er in langen Jahren gelernt hatte, eine äußerst gefährliche dazu. Die sinnenreichen Freuden des Festes lagen wie ein schaler Geschmack auf seiner Zunge; er sehnte sich plötzlich nach kaltem Wasser, der Härte eines Felsens oder dem Schrei eines Falken in klarer Luft. Zumindest war das Gras unter seinen bloßen Füßen angenehm kühl, als er hinunter zum Fluss ging, und die Bäume und Büsche bogen sich leicht im frischen Morgenwind.

Er schritt auf den Steg, ließ sich auf die Holzplanken nieder und hielt die Beine ins Wasser. Der Nil erschien ihm beinahe schwarz, ein mächtiges, gefährliches Gewässer, das Ungeheuer hervorbringen konnte und die Kraft besaß, alles zu verschlingen.

Auf einmal standen sie wieder ganz lebendig vor ihm, die Gesichter seiner Frau und ihres kleinen Sohnes, aber zu seinem Erstaunen schoben sich immer wieder Sahtis Züge davor, längst nicht mehr die eines Kindes, sondern die einer jungen Frau, deren aufkeimende Schönheit ihn berührte. Manchmal hielt das erwachsene Antlitz nicht, was das kindliche zu versprechen schien, bei dem Mädchen aus dem Goldland jedoch war es anders, denn zu Sahtis äußerer Anmut war eine innere gekommen, die ihn gleichermaßen anzog.

Namiz hatte Sahti schnell lieb gewonnen, und ihr Wohl lag ihm sehr am Herzen, auch wenn er sich aus verschiedenen Gründen dazu entschlossen hatte, lieber in aufmerksamer Distanz darüber zu wachen. Der Pharao verschwendete vermutlich nicht einmal einen Gedanken daran, dass sie überhaupt existierte, was sich jedoch bei Seqenenres bekannter Launenhaftigkeit schnell ändern konnte. Allein schon aus diesem Grund erschien es Namiz wichtig, dass Sahti in ihm einen Beschützer hatte, der am Hof verkehrte und stets in Erfahrung bringen konnte, welche Stimmung gerade vorherrschte.

Außerdem gab es da noch Nabu, die sich seiner Kundschafterdienste bediente, um zu erfahren, wie es Golos Tochter ging. Allerdings schien sie manchmal zu bekümmern, dass Sahti ihre alte Heimat beinahe vergessen hatte, weil sie sich so gut bei Antef und Tama eingelebt hatte. Sahti ihrerseits auf Nabu anzusprechen, war für Namiz ein Ding der Unmöglichkeit; sie verschloss sich, sobald er es nur versuchte. Gestern Abend jedoch war zu diesen vertrauten, beinahe väterlichen Gefühlen dem Mädchen gegenüber etwas Neues hinzugekommen.

Hatte er aus diesem Grund seinen Plan umgestoßen und stattdessen ein wagemutiges Versprechen gegeben, das ihn vielleicht sogar den Kopf kosten konnte?

Denn eigentlich hatte er Sahti warnen wollen und es dann im letzten Moment doch nicht getan. Dabei gab es keinerlei Zweifel an der Richtigkeit dessen, was er erfahren hatte. Es würde Krieg geben. Diese Nachricht stammte direkt aus dem neuen Palast, wo Seqenenre schon viel zu lange über den Schmähungen brütete, die König Apopi ihm zugefügt hatte. Nun schien der Pharao sich endgültig zum Angriff gegen die Hyksos entschieden zu haben, wohl wissend, mit welch gefährlichem Gegner er es aufnehmen wollte. Was wiederum bedeutete, dass Sahti ihren Ziehvater Antef zumindest für einige Zeit entbehren musste. Die Truppen des Pharaos würden nach Norden aufbrechen, um Hut-Waret zu belagern, angeführt von Ipi, der selbstredend nicht daran dachte, auf die erprobten Dienste seines Burschen zu verzichten.

Namiz zog die Beine aus dem Wasser. Plötzlich fröstelte ihn, er fühlte sich übernächtigt und erschöpft wie nach einer langen, kräftezehrenden Reise. Musste er nun endgültig Abschied nehmen von seinem lang gehegten Traum, Erster Vorsteher des Königlichen Schatzhauses zu werden? Oder stand der letzte, entscheidende Schritt bevor, der ihn noch von der Erfüllung trennte?

Denn dieses Mal war er nicht mit von der Partie, und er grübelte seit Tagen ergebnislos darüber nach, ob dies als Nachteil anzusehen war, wie er zunächst geglaubt hatte, oder ob es nicht vielleicht doch ein Vorzug war. Der Pharao hatte ihn mit einer kleinen, gut ausgebildeten Schutztruppe nach Bjau beordert, jener waldlosen Halbinsel im Roten Meer, wo die ergiebigsten Türkisminen lagen. Die Leidenschaft des Herrschers für den blaugrünen Stein grenzte fast schon an Besessenheit; Seqenenre bedeutete er mehr als der eigentlich wertvollere Lapislazuli, den seine Vorgänger auf Kemets Thron so sehr geschätzt hatten.

»Mein Grab soll die Farben des Meeres haben«, sagte er. »Blau wie die glatten Wellen eines Sommertages; grün, wie die Wogen des Ozeans, wenn Wind und Sturm sie peitschen und schnelle Wolken am Horizont jagen. Dann verbindet meine letzte Ruhestatt das Schönste, was Erde und Himmel gemeinsam hervorzubringen vermögen.«

In zwei Tagen schon sollte Namiz aufbrechen. Und er würde vermutlich erst wieder nach Waset zurückkehren, wenn die Entscheidung über das Schicksal der Doppelkrone Kemets längst gefallen war. Für einen Sieg Apopis sprachen Streitwägen, Pferde und die perfekt geschmiedeten ausländischen Waffen, über die er angeblich verfügte. Seqenenre dagegen trat im heiligen Zorn an, als Nachfolger der wahren Könige Kemets, ein zu allem entschlossener Feldherr, der mit seinen Truppen das fremde Joch abzuschütteln versuchte. Sollte er gewinnen, würde es keinen mächtigeren Herrscher geben; sollte er aber unterliegen, war das Schicksal seiner gesamten Familie so gut wie besiegelt.

Was jedoch würde dann aus ihm, dem Juwelier, werden, der seine ganze Zukunft auf das Königshaus in Waset gesetzt hatte?

Es gab keinen Vertrauten, mit dem er sich darüber beraten konnte. Seit seiner Flucht aus Kepni war er ein Einzelgänger geblieben, beinahe ein Eremit, auch wenn er immer wieder

Gäste zu sich bat oder einen schönen Frauenkörper liebkoste.

Die Zeit ähnelt in der Tat einem Fluss, dachte Namiz, als die Bilder seines Lebens wie ein Reigen bunter Schiffe an ihm vorüberzogen. Sie vergeht mal schnell, dann wieder langsam strömend.

Zwei Ibisse erhoben sich aus dem Papyrusdickicht und flogen dicht über seinem Kopf über die leicht gekräuselte Wasserfläche, die sich langsam heller färbte. Ein Paar, ein weißer Vogel mit schwarzem Hals und Kopf dicht neben dem anderen. Sogar sie waren zu zweit.

Und zu seiner eigenen Bestürzung überkam ihn plötzlich ein lange nicht mehr erlebtes Gefühl von Einsamkeit, das ihm beinahe die Kehle zuschnürte.

*

»Es wird Krieg geben, Tama.«

Alles Blut sammelte sich in ihrer Mitte, Arme und Beine wurden schwerelos. Sie war froh, dass sie nicht stand, sondern in Antefs Armen lag.

»Wann?«, flüsterte sie tonlos.

»Die Flotte läuft in drei Tagen aus, aber der General hat befohlen, dass alle Soldaten sich schon morgen beim ersten Hahnenschrei in den Kasernen sammeln. Ich wollte es dir schon lange sagen, aber ich konnte es einfach nicht.«

»Dann ist das also unsere letzte Nacht.« Ungeweinte Tränen brannten in ihren Augen, die Stimme aber klang gelassen, fast heiter. »Nicht einmal genügend Zeit, um dir ein neues Gegengift zu besorgen, ich meine, falls du zufällig wieder auf eine Schlange treffen solltest.«

»Ach, eine Tochter ist dir wohl nicht genug?« Antef ging bereitwillig auf ihren leichten Ton ein, erleichtert, dass er keine Vorwürfe zu hören bekam. »Außerdem marschieren wir diesmal nicht nach Süden, sondern wir segeln nach Norden ins sumpfige Delta.« Er lächelte, als er spürte, wie starr sie auf einmal in seinen Armen wurde. »Du brauchst wirklich keine Angst zu haben, Tama! Ich passe auf mich auf, das verspreche ich dir. Und ich bin schneller wieder bei euch, als ihr euch vorstellen könnt.«

»Hoffentlich!«, flüsterte sie, aber die kalte Last wollte nicht von ihrer Brust weichen, und seine Küsse, mit denen er sie schließlich zum Schweigen brachte, schmeckten auf einmal bitter. Außerdem zuckte er auf ihrem Leib so unruhig hin und her, dass keine Freude aufkommen wollte, geschweige denn Lust. Zum ersten Mal, seitdem sie sich liebten, war Tama froh, als es endlich vorüber war.

Jetzt hätte sie reden können, denn so vieles lag ihr auf dem Herzen, was Antef eigentlich unbedingt noch erfahren sollte, aber die Aussicht auf nur mehr wenige gemeinsame Stunden machte sie stumm. Und so sagte sie ihm nichts davon, dass sie die Silbertropfen für einen weiteren Anbau fast beisammen hatte. Und auch nicht, dass sie befürchtete, Nofret werde die nächsten Tage nicht überleben. Ebenso wenig mochte sie ihn so kurz vor dem Abmarsch damit beunruhigen, dass der Balsamierer Ut sich in letzter Zeit immer wieder nach Sahti erkundigt hatte, auf eine seltsame, sehr eindringliche Weise, die sie verwirrt und ihr den kalten Schweiß auf die Stirn getrieben hatte.

Aber auch ihren größten Trumpf behielt sie für sich, obwohl sie bereits entschlossen war, sich eine tönerne Tawaret-Figur zu besorgen, die schwangere Nilpferdgöttin, bester Schutz für alle Frauen, die ein Kind erwarteten, und selbstredend von keinem Wöchnerinnenbett wegzudenken. Letzte Gewissheit würden die beiden Blumentöpfe bringen, die sie heute Morgen auf dem Markt gekauft hatte, einer mit Gersten-, der andere mit Weizenkörnern gefüllt. Ein paar Tropfen Morgenurin, und wenn dann binnen zehn Tagen Keime aus der Erde sprossen, war sie eindeutig schwanger. Keimte die Gerste als Erstes, war mit einem Jungen zu rechnen, war der Weizen schneller, mit einem Mädchen. Ging keine Saat auf, handelte es sich lediglich um eine Laune der Natur, aber ihr ganzer Körper befand sich in hellem Aufruhr und bedeutete ihr unaufhörlich, dass sie sich nicht irren konnte – nicht dieses Mal!

Obwohl sie viel darum gegeben hätte, die Freude in Antefs Augen aufleuchten zu sehen, brachte Tama es fertig, den Mund zu halten, selbst als ihr Liebster wie angekündigt nach einer letzten Umarmung und einem Abschiedkuss auf die Stirn der schlafenden Sahti das Haus verließ, um rechtzeitig in der Kaserne zu sein. Sie arbeitete emsig am Webstuhl, wie alle Tage, Seite an Seite mit Redi, die es vermutlich niemals lernen würde, den Faden gleichmäßig zu verarbeiten, und wenn sie es ihr hundert Mal vormachte. Und sie weinte nicht einmal, als der Tag anbrach, an dem die Flotte auslaufen sollte. Selbst am Nil zu stehen, dafür fehlte ihr allerdings die Kraft, aber sie schickte an ihrer Stelle Sahti los, die so schnell zum Hafen rannte, wie sie nur konnte.

Ein beeindruckendes Geschwader ankerte in einiger Entfernung vom Ufer, große, robust gebaute Schiffe, die deutlich mehr an Ladung und Besatzung aufnehmen konnten als ihre Vorgänger. Beinahe drei Jahre lang hatte Seqenenres ehrgeiziges Vorhaben die Werften Wasets mit Beschlag belegt. Den Bug der Schiffe zierte ein buntes Horus-Auge, das Sahti an das Amulett erinnerte, das nun Maj statt ihrer trug, und von den Masten flatterte die helle Fahne, die das Stadtwappen von Waset zierte – das Szepter der Macht. Kleine Ruderboote, die zwischen den bauchigen Leibern der Flotte wie emsige Ameisen wirkten, brachten den letzten Proviant an Bord; hier und dort wurden bereits die Segel gehisst und die Planken eingezogen.

Eine große Menge verfolgte vom Kai aus das Geschehen, und Sahti, die die ganze Zeit über vergeblich versucht hatte, Antef irgendwo unter den Soldaten zu erspähen, machte sich immer wieder ganz groß, um bessere Sicht zu haben. Aber so aufmerksam sie auch nach dem finsteren Profil Ipis Ausschau hielt, in dessen Nähe sie ihren Ziehvater vermutete, sie konnte es nirgendwo entdecken. Dann, als sie schon fast aufgegeben hatte und die kleine Blume in ihrer Hand bereits den Kopf hängen ließ, erblickte sie die beiden.

Der General und sein Bursche jedoch waren nicht allein. Neben ihnen stand Pharao Seqenenre, der diesmal den blauen Kriegshelm mit der Uräus-Schlange auf dem Kopf trug; einen Schritt hinter ihm, Nabu. Sie war schmucklos wie ein einfaches Mädchen und diesmal nur ganz wenig gepudert, genug allerdings, um die Schlangen an ihren Armen dunkel und bedrohlich erscheinen zu lassen.

Die Menge begann bei ihrem Anblick zu murmeln, und es klang alles andere als freundlich. Von Anfang an hatten seltsame Geschichten über die schwarze Magierin, die alle anderen im königlichen Harim entmachtet und den Pharao ganz in ihren Bann gezogen hatte, in der Stadt kursiert, und dass Seqenenre sie nun auch noch auf seinen Feldzug gegen die Feinde in Norden mitnahm, war dazu angetan, den Gerüchten neue, giftige Nahrung zu geben.

»Stoß die Schwarze doch einfach vom Schiff, Pharao!«, ertönte plötzlich eine schrille Frauenstimme. »Sonst wird sie eines Tages dir den Todesstoß versetzen.«

»Ja, ins Wasser mit ihr!«, fielen andere grölend ein. »Dann kann die elende Kuschitin uns beweisen, wie viel ihre Giftschlangen taugen.«

Sahti war sich nicht sicher, ob der Wind die hässlichen Worte bis an Deck trug, aber sie bemerkte doch, wie die Züge des Pharaos sich verfinsterten. Nabu trat schnell zu ihm und flüsterte ihm etwas ins Ohr, was seine Miene wieder aufhellte. Daraufhin drückte er sie kurz an sich, so unbefangen zärtlich, als seien sie beide in der Intimität eines geschützten Raumes und nicht von Hunderten Paaren neugieriger Augen verfolgt. Dann ließ er Nabu wieder los und zog sich mit Ipi in eine der beiden stoffbehangenen Kabinen zurück.

Nabu verschwand in der anderen, und nun hatte Sahti end-

lich Gelegenheit, durch Hüpfen und lautes Schreien Antef auf sich aufmerksam zu machen. Gerührt schwang er seine Arme, als er sie entdeckt hatte, und warf ihr Kusshände zu, bis der Anker gelichtet wurde und das Schiff des Pharaos inmitten des Geschwaders den Hafen verließ.
Sahti winkte noch, als die Segel längst hinter der nächsten Nilschleife verschwunden waren. Schließlich ließ sie ihre welke Blume ins Wasser fallen, und wie von selber fanden ihre Füße den Weg zur Werkstatt des Juweliers.

*

»Aber sie ist ja wunderschön – wie von Ptah, dem Schöpfergott, höchstpersönlich geformt!«, flüsterte sie ehrfürchtig, als der Goldschmied Butu ihr die kleine Figur in die Hände legte.
»Der Größte der Handwerker und Schutzgott aller Goldarbeiter«, entgegnete der Mann überrascht. »Was weiß ein kleines schwarzes Mädchen wie du von Ptah?«
Der Lärm um sie herum war ohrenbetäubend gewesen und trotz der verschlossenen Tür drang das Schlagen der scharfkantigen Steinhämmer noch immer zu ihnen, mit denen kräftige Männer auf dem Amboss das erkaltete Gold aus den Schmelzöfen bearbeiteten. An niedrigen Holztischen unter den Fenstern arbeiteten Blechschläger, um dünnste Goldplatten zu bearbeiten, die zum Schutz vor dem Zerbrechen zwischen Tierhäute geschichtet waren. Gegenüber pressten andere nicht minder feine Goldplatten in Prägeformen aus hartem Stein, um Beschläge zu formen, die später Kragen oder Gürtel zieren sollten.
»Ich kann fast nichts hören!« Sahti hatte sich beide Ohren zugehalten. »Wie hältst du das nur den ganzen Tag aus?«
»Man gewöhnt sich daran«, hatte Butu gesagt. »Ich jedenfalls möchte mit keinem anderen tauschen.« Der Goldschmied hatte sie nach nebenan gezogen, von wo aus Sahti jüngere und ältere Frauen sehen konnte, die eifrig Perlen auffädelten.

Zu ihrer Überraschung hatte der Mann schließlich die Tür zugezogen und ihr dann die Statue ausgehändigt.
»Eine ganze Menge weiß ich von Ptah«, fuhr sie fort, nachdem es endlich leiser war. »Seine Frau heißt Sachmet und hat einen Löwenkopf. Und er hat die Welt erschaffen, allein durch die Gedanken seines Herzens und die Worte, die seine Zunge ausgesprochen hat. Sonst würden wir beide hier vielleicht gar nicht stehen.« Sie lächelte zu Butu empor. »Ich glaube, es gibt keinen einzigen Gott, über den Tama keine Geschichten weiß. Und inzwischen kenne ich sie so ziemlich alle.« Liebevoll strichen ihre Finger über den glatten, goldenen Leib. »Diese Selket sieht ein bisschen wie sie aus. Und sie glänzt wie aus feinstem Gold.«
Die Göttin hatte beide Arme leicht ausgebreitet, eine halb segnende, halb schützende Geste. Um den Hals schmiegte sich ein Perlenkragen, und ein feiner Schleier legte sich anmutig über ihre weiblichen Rundungen. Ein gefaltetes Tuch bedeckte ihr Haar, und das Gesicht war so fein modelliert, dass man fast glauben konnte, die Figur würde im nächsten Augenblick zu atmen beginnen. Auf ihrem Kopf aber thronte ein Skorpion, Kennzeichen der mächtigen Heilerin.
»Ich weiß zwar nicht, wer diese Tama ist«, brummte Butu, »aber ich kann dir versichern, dass du in ganz Waset kein reineres Gold finden wirst. Nur vom Besten, hat der Herr verlangt. Und was der Herr befiehlt, das wird ausgeführt. Ich hoffe, du weißt zu schätzen, was er da für dich auf sich genommen hat.«
»Namiz ist mein Freund«, sagte Sahti, die nicht verstand, was der Mann meinte. »Und Freunde helfen sich doch, oder?«
Sie flog fast nach Hause, so glücklich war sie. Nun konnte doch noch alles gut werden. Maj würde wieder schlafen und Nofret musste bestimmt nicht sterben. Fast glaubte sie, die Kraft der Göttin schon zu spüren, die sie sich unter dem Kleid mit einem Leinenband fest an den Körper gebunden

hatte, um sie unterwegs ja nicht zu verlieren. Jedem lächelte sie entgegen, dem sie begegnete, auch den Bettlern, die sich wie immer am Flussufer herumtrieben, weil sie hofften, in Hafennähe auf Essbares zu stoßen.

Als sich der staubige Weg zu Nofrets Haus gabelte, zögerte sie einen Augenblick, weil ihr Herz ihr eigentlich riet, den Schatz als Erstes Tama zu zeigen, die dadurch vielleicht leichter über ihren Abschiedsschmerz hinwegkommen würde. Dann jedoch entschied sie sich, keine weitere Zeit zu verlieren. Schon seit drei Tagen hatte sie Maj nicht mehr am Nil getroffen, Anzeichen dafür, dass es wirklich schlimm um seine Mutter stehen musste. Wie würde er staunen, wenn sie ihm ihr kostbares Geschenk brachte!

Erhitzt kam sie schließlich vor dem kleinen Haus an. Die blaue Holztür war nur angelehnt und sprang auf, als sie sich leicht dagegen lehnte. Zwei winzige Zimmer außer der notdürftigen überdachten Kochstelle im Freien, mehr gab es nicht. Irgendwo in der Nachbarschaft bellte ein Hund; aber weder Nofret noch Maj waren zu sehen. Ein schwerer, leicht süßlicher Geruch hing in der Luft, der Sahti an etwas Unangenehmes erinnerte. Sie konnte nur noch flach atmen und kämpfte mühsam gegen einen aufsteigenden Würgereiz an und gegen den kaum minder starken Impuls, einfach davonzulaufen.

Aber sie zwang sich zu bleiben.

Und als sie noch einmal durch die beiden Zimmer ging, langsamer nun und aufmerksamer, fielen ihr die blutgetränkten Leinenlappen auf, die überall herumlagen. Auch das Strohlager war mit verschieden großen dunklen Flecken besudelt; und selbst auf dem Fußboden fand sie Blutspuren, als habe jemand das Haus in so großer Eile geräumt, dass keine Zeit für eine Reinigung mehr geblieben war. Aber wie konnte das sein? Maj würde doch niemals weggehen, ohne sich von ihr zu verabschieden, und Nofret konnte seit Monden das Bett nicht mehr verlassen.

Ihre Zehen stießen an eine kleine Unebenheit, und als sie sich nach ihr bückte, hielt sie auf einmal einen Teil des Amuletts in der Hand, das sie ihrem Freund geschenkt hatte. Das bunte Band, von Tama liebevoll gewebt, war zerrissen, und vom ovalen Tonmedaillon existierte nur noch eine hässlich gezackte Hälfte.

Ihr Magen zog sich in hilflosem Entsetzen zusammen.

Etwas Schreckliches musste passiert sein, nicht nur mit Nofret, sondern auch mit Maj, denn freiwillig hätte er sich niemals von ihrem Geschenk getrennt.

Auf einmal schien das Metall der Göttinnenstatue auf ihrer Haut zu brennen – denn plötzlich wusste sie genau, woran sie hier alles erinnerte: an den Geruch des Todes in der Skorpionhütte.

*

Später hätte Sahti nicht mehr genau beschreiben können, wie sie an diesem Mittag nach Hause gekommen war, aber sie erinnerte sich noch an das fast übermächtige Gefühl der Erleichterung, das sie überkam, als sie den sauber gefegten Hof betrat und die Suppe roch, die Tama gerade auf dem Feuer stehen hatte. Kadiis, nur noch wenige Tage von der Geburt ihrer Jungen entfernt und daher häuslicher als sonst, strich zur Begrüßung um Sahtis Beine, als sei es ein ganz gewöhnlicher Tag, und wie immer flatterten an der Leine ein paar Wäschestücke zum Trocknen in der Sonne.

Zu ihrer großen Verwunderung schien Tama nicht überrascht, als sie ihr stockend von Nofrets verlassenen Räumen erzählte und der Unordnung, die sie dort vorgefunden hatte. Sie hörte ihr zu, ohne sie zu unterbrechen, und ließ ihre warme, kleine Hand dabei auf Sahtis Kopf ruhen. Ganz wie früher saß das Mädchen zu ihren Füßen auf einem Schemel, sonst hätte sie die Ziehmutter im Stehen bereits deutlich überragt.

»Ich weiß, Ibib«, sagte Tama behutsam, nachdem Sahti

atemlos geendet hatte. »Und eigentlich wollte ich es dir schon heute Morgen sagen. Aber dann habe ich mich doch entschieden, lieber damit zu warten, bis Antef heil auf dem Schiff angelangt ist. Hast du ihn noch sehen können? Es geht ihm doch gut?«

»Ja«, sagte Sahti ungeduldig, weil ihr ganz andere Fragen auf der Seele brannten. »Es geht ihm gut. Was ist mit Nofret und Maj?«

»Nun, meine Kleine ...« Tama hielt inne, als ringe sie um die richtigen Worte. Seltsamerweise schien sie von innen zu leuchten, selbst jetzt, obwohl ihr Gesicht so ernst war und sie sich ständig räuspern musste. »Nofret ist gestorben, Sahti. Ich denke, wir können uns für sie freuen. Jetzt muss sie wenigstens nicht mehr so fürchterlich leiden.«

Aber das geht doch nicht! wollte Sahti empört rufen. Ich habe bei Namiz eine goldene Selket für sie bestellt, damit ihre Lunge heil wird und Maj endlich wieder lachen kann. Stattdessen fühlte sich ihre Kehle so kratzig an, dass sie eine ganze Zeit kein Wort mehr herausbekam.

»Und Maj?«, flüsterte sie schließlich erstickt. Waren all ihre Anstrengungen vergebens? Namiz' großzügige Gabe erschien ihr jetzt wie nutzloser Tand. »Ist der etwa auch ...«

»Nein, wo denkst du hin!«, rief Tama. »Natürlich nicht!«

»Aber wo steckt er dann? Wieso ist er nicht hier? Bei uns, seinen Freunden?«

»Weil Maj ein guter Junge ist, Sahti.« Tamas Arme umschlangen sie und sie fühlte sich wie in einer zu warmen, zu engen Falle. »Er wollte unbedingt den Wunsch seiner toten Mutter erfüllen. Erinnerst du dich daran, wie Nofret immer davon geträumt hat, ihr Leichnam solle einmal mumifiziert werden, damit sie die Gefilde der Seligen erreicht?«

»Aber das kostet ein Vermögen!« Sahti hatte sich aus der mütterlichen Umarmung befreit. Plötzlich wollte sie nicht mehr, dass Tama etwas über das goldene Geheimnis erfuhr, das sie am Leib trug. Wenn die Figur schon Nofret nicht mehr helfen konnte, dann vielleicht wenigstens Maj. Auf keinen Fall durfte das Gold für Tamas Flachsballen und Lehmziegel verwendet werden. »Und sie hatten in den letzten Monaten kaum genug zu essen. Wie hätten sie sich da so etwas leisten können?«

»Deshalb ist Maj ja vermutlich auf den Vorschlag des Balsamierers eingegangen.« Tama war zur Feuerstelle gegangen und begann, im Topf umzurühren. »Du solltest jetzt erst einmal einen großen Teller Suppe essen, Sahti. Oder besser noch zwei. Das bringt dich auf andere Gedanken.«

»Auf welchen Vorschlag?« Das Mädchen schien sie gar nicht richtig zu hören. »Ich weiß von keinem Vorschlag.«

»Ut hat ihm angeboten, den Wunsch seiner Mutter zu erfüllen – unter einer Bedingung allerdings. Du weißt ja, wie der Balsamierer ist: Geschenkt bekommt keiner etwas von ihm.« Tama hatte sich wieder zu Sahti umgedreht. »Der Junge muss so lange für ihn arbeiten, bis alle Aufwendungen vollständig beglichen sind.«

»Aber das kann Jahre dauern!«

Tama zuckte die Achseln. »Es war Majs Entscheidung«, sagte sie. »Nicht unsere.«

»Dann ist er jetzt bei Ut? In der Stadt der Mumien?« Es erschien Sahti beinahe wie ein Todesurteil, aber sie versuchte krampfhaft, die Beherrschung zu wahren. Immerhin besaß sie etwas, das ihn retten konnte.

Tama nickte bedächtig. »Ut hat den Jungen gleich zusammen mit Nofrets Leichnam mitgenommen. Er fackelt nun mal nicht lange.«

»Ich muss Maj besuchen.« Sahti war aufgesprungen. »Am besten gehe ich gleich jetzt.«

»Das wirst du nicht!«, widersprach Tama scharf. »Nicht, solange ich noch ein Wörtchen mitzureden habe.«

»Und weshalb nicht?« Sahtis Unterlippe zitterte. »Nenn mir einen vernünftigen Grund dafür! Hast du nicht immer gesagt, dass die Toten mit dem Wind zu uns zurückkehren?«

»Und das ist bei weitem nicht immer so angenehm, wie es vielleicht in deinen unschuldigen Ohren klingen mag. Wir Lebenden haben in ihrer Welt nichts verloren. Oder willst du vielleicht eine Reise ohne Wiederkehr antreten?«
Sahti blieb stumm, weil sie fieberhaft überlegte, wie sie die Ziehmutter doch noch überzeugen könnte. Tama aber deutete ihr Schweigen fälschlicherweise als Zustimmung.
»Na, siehst du! Kein Sterblicher betritt ungestraft das Reich des Anubis. Schon gar nicht mein kleines goldenes Mädchen.«

*

Vier Monate später kehrte die Flotte Seqenenres nach Waset zurück. Trockenzeit lastete über dem Land, und auf den Feldern wiegten sich reife Ähren im Wind. Dunkle Gerüchte eilten den Schiffen voraus. Von Hinterlist und Verrat wurde gemunkelt, von einer Schlacht, die vielen Männern aus Waset den Tod gebracht habe, vom Sieg Apopis und einer bitteren Niederlage Seqenenres.
Dieses Mal wartete keine fröhliche Menge, um die Soldaten in Empfang zu nehmen, sondern der Kai füllte sich nur zögernd mit Frauen und Kindern, die um ihre Männer und Väter bangten. Rasch wurden sie von Ipis Garde auseinander getrieben. Alle Soldaten hätten sich zunächst noch in den Kasernen aufzuhalten, lautete die barsche Auskunft, binnen zweier Tage könnten sie dann nach Hause gehen.
Doch dunkle Gerüchte lassen sich nicht aufhalten.
Bereits am Abend wusste ganz Waset, dass der Pharao nicht mehr lebte und sein Schädel von den Axthieben der Hyksos zertrümmert worden war. Angst und Schrecken verbreiteten sich wie ein Schwelbrand in der ganzen Stadt, und die Frauen wurden erst wieder ruhig, als sie ihre Männer wohlbehalten in die Arme schließen konnten.
Einige Soldaten jedoch kehrten nicht nach Hause zurück, darunter Antef. Tama hatte sich zwei schier endlos scheinen-

de Tage die Fingernägel blutig gekaut. Kein Topf stand auf dem Feuer; zum ersten Mal, seit Sahti sie kannte, ruhten die Webschiffchen. Sogar das innere Leuchten, das sie die vergangenen Monate ausgestrahlt hatte, schien erloschen.
»Er *muss* leben!«, flüsterte sie immer wieder. »Jetzt, wo ich sein Kind trage, und es ihm noch nicht einmal sagen konnte. Er *muss* doch leben!«
»Natürlich, Antef kommt bestimmt noch«, versicherte ihr Sahti immer wieder, aber je öfter sie diese Worte wiederholte, desto unglaubwürdiger erschienen sie ihr. Tama erging es wohl nicht anders, denn dem Mädchen gelang es nicht, sie auf andere Gedanken zu bringen. Als der dritte Morgen anbrach und die Ziehmutter blass und verweint im Bett liegen blieb, beschloss Sahti, auf eigene Faust zu handeln.
Vor der großen Kaserne wurde sie abgewiesen. Niemand war bereit, ihr Auskunft über Antef zu geben, und als sie schließlich allen Mut zusammennahm und nach dem General selbst fragte, wurde sie ausgelacht. Es dauerte nicht lange, bis die ersten groben Anspielungen fielen und sich der Kreis feixender Männer immer enger um sie schloss. Ein Hauptmann, der seinen Arm in der Schlinge trug, befreite sie schließlich aus ihrer Lage, indem er die Männer zusammenbrüllte und das Mädchen auf der Stelle nach Hause schickte. Sahti aber gab noch nicht auf.
Der Weg zu den Palastgärten war ihr seit Jahren vertraut; sie eilte dorthin, obwohl es bereits glühend heiß war. Am Ziel angelangt, klopfte sie kräftig an die Pforte und brachte atemlos, aber ohne Stocken ihr Anliegen hervor. Der alte Wächter, der das Mädchen oft zusammen mit Antef gesehen hatte, ließ sie ohne langen Disput ein.
Wie eine Oase umschloss Sahti der Garten. Jetzt hatte sie keine Eile mehr, sondern genoss jeden Schritt, und wäre nicht die Sorge um Antef gewesen, die sie hierher geführt hatte, so hätte sie den Schatten der Bäume und grünen Büsche am liebsten gar nicht mehr verlassen. Unschlüssig, wo-

hin sie sich zuerst wenden solle, machte sie kurz an ihrem Lieblingsbassin mit den Lotosblüten Rast, kühlte Schläfen und Arme und stillte an einem Brunnen gierig ihren Durst.
Sie erschrak, als sie von hinten angesprochen wurde: »Bist du nicht die Kleine des Gärtners? Das Mädchen, das er aus Kusch mitgebracht hat?«
Eine zierliche, sehr kleine Frau stand vor ihr, mit schmalen, dunklen Augen, die so traurig waren, dass sie nicht zu ihrem feinen Lächeln passen wollten.
»Das bin ich«, sagte Sahti. »Und Ihr seid die Große Herrin Teti-Scheri.« Sie verneigte sich höflich, wie Antef es ihr beigebracht hatte. »Wisst Ihr vielleicht, wo mein Vater ist?«
»War er mit auf dem Kriegszug?«
Sahti nickte. »Aber er ist immer noch nicht zurück. Und meine Mutter stirbt vor Angst. Deshalb bin ich hergekommen. Sie erwartet ein Kind und soll sich nicht aufregen.«
»Es sind immer die Frauen und Mütter, die die Tränen weinen«, sagte Teti-Scheri leise. »Weil sie mehr über das Leben wissen. Auch ich bin eine Mutter, die ihr Kind verloren hat. Mein Sohn, der Pharao, musste sterben.«
»Ich habe davon gehört«, sagte Sahti leise, »und es tut mir sehr Leid.«
»Er hat sein Leben für Kemet geopfert. Aber ich weiß, dass sein Tod nicht vergeblich sein wird.« Sie blinzelte heftig und wandte sich halb ab.
»Mein Vater ist Ipis Bursche«, sagte Sahti. »Vielleicht …«
»Der General«, sagte Teti-Scheri überrascht. »Ein tüchtiger, wenngleich äußerst schwieriger Mann, der seinem König auf diesem Feldzug kein Glück gebracht hat. Wieso fragst du ihn nicht selbst?«
»In der Kaserne war ich schon. Ausgelacht haben mich die Soldaten und nach Hause geschickt.« Sie reckte ihr Kinn. »Aber ich gehe nicht heim, bevor ich nicht weiß, was mit Antef ist.«
»Das klingt ja beinahe wie eine Drohung!« Wieder lächelte

die alte Königin, wieder blieben ihre Augen dabei ernst. »Du scheinst erstaunlich genau zu wissen, was du willst.«
»Bitte verzeiht, Große Herrin«, sagte Sahti unsicher. Was, wenn sie sich soeben danebenbenommen hatte und nun auch hier unverrichteter Dinge wieder fortgeschickt wurde? »Es ist nur, weil ...«
»... es kaum zu ertragen ist, wenn einen das Bangen schier auffrisst, nicht wahr, Mädchen?«, fuhr Teti-Scheri gedankenverloren fort. »Manchmal weiß man dann nicht einmal mehr, was schrecklicher ist: die Gewissheit selber oder das nicht minder entsetzliche Warten, bevor sie wie ein Hammerschlag Licht und Freude auslöscht. Wie heißt du, Mädchen?«
»Sahti.«
»Nun, Sahti, vielleicht weiß ich doch jemanden, der dir weiterhelfen kann.« Der Blick der alten Frau war durchdringend, ohne Schranken und Grenzen. Es gelang Sahti nicht, ihre wachsende Verwirrung zu verbergen.
»Wen?«, brachte sie schließlich mühsam hervor. Sie konnte sich nicht erinnern, jemals derart ungeniert gemustert worden zu sein.
»Die schwarze Magierin«, erwiderte Teti-Scheri und beobachtete Sahti dabei genau. »Sie war auf dem Kriegszug dabei. Sie kann dir erzählen, was sich zugetragen hat.«
Die kleine Frau drehte sich um und ging in Richtung Palast, als sei damit alles gesagt. Nach ein paar Schritten jedoch blieb sie stehen, weil sie merkte, dass Sahti sich nicht von der Stelle gerührt hatte. »Worauf wartest du?«, fragte Teti-Scheri mit einem Anflug mütterlichen Tadels. »Ich bringe dich zum königlichen Harim.«

*

Der Frauentrakt lag östlich vom Königspalast, ebenfalls aus Lehmziegeln errichtet, aber wesentlich einfacher gebaut, und schloss direkt an Gebäude für Bedienstete sowie weiträumige Magazine. Im Süden lag ein zum Teil von Lotusblüten bedeckter Fischteich, im Norden spendeten hohe Sykomoren einer Rampe Schatten. Das Herzstück der Anlage bildete eine lange Halle mit zwei bemalten Säulenreihen, von der links und rechts die Wohnungen für die Frauen abgingen. Jetzt, zur Mittagszeit, war die Halle menschenleer und eine drückende Stille lag über allem.

Plötzlich hielt Teti-Scheri inne.

»Ganz hinten links.« Sie streckte ihren Zeigefinger aus. »Dort findest du sie. Vor kurzem noch hat sie wie eine ungekrönte Königin hier vorne residiert. Aber die Zeiten haben sich geändert. Nicht nur für mich, auch für sie.«

»Ihr kommt nicht mit?«, fragte Sahti, plötzlich beklommen.

»Wieso sollte ich? Seid ihr nicht aus demselben Dorf? Dann müsst ihr euch doch kennen!« Ihr Blick wurde schärfer. »Oder hast du vielleicht gerade deswegen Angst?«

»Nein«, behauptete Sahti, obwohl es ganz und gar nicht der Wahrheit entsprach, »ich habe keine Angst.« Dabei jagte ihr alles an diesem seltsamen Tag, an dem jedes vertraute Gesetz außer Kraft zu sein schien, Furcht ein. Angesichts dieses schonungslosen Blickes jedoch beschloss sie jedoch, dies für sich zu behalten.

»Dann geh zu ihr und stell die Fragen, auf die du eine Antwort suchst!« Das Gesicht der alten Königin erstarrte zur Maske, und plötzlich schien sie sich nicht einmal mehr an Sahtis Namen zu erinnern. »Ich wünsche dir von ganzem Herzen, Mädchen, dein Vater möge wohlbehalten zurückkommen. Iach sei mit dir! Und mit allen tapferen Soldaten Kemets.«

Damit ließ Teti-Scheri sie allein.

Sahti merkte, wie aufgeregt sie war, als ihre Finger zitternd an die Tür aus Akazienholz klopften. Eine Weile blieb alles still, dann meinte sie von drinnen einen zustimmenden Laut gehört zu haben.

Entschlossen öffnete sie die Tür und trat ein.

Der enge Raum war beinahe ausgefüllt von einem breiten Bett und zwei einfachen hölzernen Truhen.
»Was willst du?« Nabu machte sich nicht die Mühe ihre liegende Position zu verändern, geschweige denn sich zu erheben. »Wenn du gekommen bist, um dich an meinem Niedergang zu weiden, kannst du gleich wieder gehen!« Sie redete fließend in der Sprache Kemets, allerdings in einem weichen, fast nasalen Singsang, der alles fremd klingen ließ.
»Ich suche Antef«, erwiderte Sahti schüchtern, ebenfalls in der Sprache Kemets. Wieso war die ehemalige Lieblingsfrau ihres Vaters so unfreundlich zu ihr? »Den Burschen des Generals.«
»Hier? Ausgerechnet im Harim des Pharaos?« Ein hartes, freudloses Lachen. »Vermutlich würde er in diesen Mauern nicht eine einzige Stunde am Leben bleiben. Hast du nicht die fetten Eunuchen gesehen, die uns wie Schwerverbrecher bewachen?«
Sahti schüttelte den Kopf. »Die Große Herrin Teti-Scheri hat mich hergebracht«, begann sie erneut, »weil ich …«
»Das hätte ich mir denken können!« Jetzt richtete Nabu sich halb auf. Sie roch, als habe sie schon seit Tagen nicht mehr gebadet, war nackt bis auf ein gelbes Tuch, das lose um ihren Leib geschlungen war, unfrisiert und ungeschminkt. Schweißperlen standen auf ihrer dunklen Haut, und auch Sahti begann heftig zu schwitzen. Im kleinen Raum war es beinahe so heiß wie in einem Backofen. »Welche Genugtuung muss es ihr doch bedeuten, mich in einem Loch wie diesem zu wissen!«
»Wo ist mein Vater?«, beharrte Sahti. »Kannst du mir etwas darüber sagen?«
»Aber natürlich.« Nabus Augen wurden schmal, und jetzt antwortete sie auf Kuschitisch. »Dein Vater Golo stammt aus dem Goldland jenseits des ersten Katarakts, schon vergessen? Und an unser Dorf erinnerst du dich sicherlich auch nicht mehr, habe ich Recht? Er hat mich einmal sehr geliebt

und tut es vermutlich noch immer. Vorausgesetzt natürlich, die Soldaten des Pharaos haben die Güte besessen, ihn am Leben zu lassen. Sonst noch etwas?«
»Und mein Ziehvater, ist er tot?« Sahti kämpfte nicht länger gegen die Tränen an. Vergangenheit und Gegenwart waren nicht mehr voneinander getrennt, sondern plötzlich auf schreckliche Weise miteinander verwoben. Das unheilvolle Prasseln des Feuers, das sie damals im Fort so geängstigt hatte, vermischte sich mit Waffengeklirr und dem Schnauben großer Tiere, die sie noch nie zuvor gesehen hatte. Ihr Ton wurde flehend. Sie verstand nicht, warum Nabu so abweisend zu ihr war, aber es tat ihr körperlich weh. »Du musst es mir sagen, wenn du es weißt. Bitte!«
Ein knappes, zustimmendes Nicken.
»Antef ist tot?«, fragte Sahti fassungslos. »Aber wie konnte ...«
»Einer von vielen«, sagte Nabu, nicht mehr ganz so feindselig. »Gestorben, weil der Pharao sich mit allen Mitteln die Doppelkrone zurückholen wollte. Aber er hat es nicht geschafft. Nein, der große Seqenenre hat es trotz all seiner stolzen Schiffe nicht geschafft. Jetzt verunstalten seinen Schädel ein paar hässliche Löcher, und man hätte ihn beinahe wie einen Köter im Wüstensand verscharrt. Ich wiederum sitze wie eine Gefangene in dieser Zelle. Dabei wollte er mich eines Tages sogar zu seiner Königin machen. Weil ich ihm Geheimnisse offenbart habe, wie noch keine andere vor mir. Kannst du dir das vorstellen?«
»Er hat bereits eine Königin«, sagte Sahti. »Ich habe sie bei der großen Prozession gesehen.«
»Ach, so weit haben sie dich schon?« Nabu war aufgesprungen. »Eine richtige kleine Patriotin dieses verhassten Landes bist du geworden, gratuliere! Golo würde stolz auf dich sein. Und was glaubst du, würde erst die Daya zu dir sagen?«
Sie packte das Mädchen unsanft an den Handgelenken und schüttelte sie, bis Sahti sich wütend losriss.

»Lass mich! Du bist ja krank!«

»Ja, vielleicht bin ich das«, flüsterte Nabu. »Aber nicht krank genug, um am Tod des Königs schuld zu sein. Das behaupten doch alle! Hast du noch nichts davon gehört? Dann will ich es dir erzählen!« Sie begann sich in den Hüften zu wiegen. Ihre Füße zierten seltsame, inzwischen verblasste Hennamuster, die unheimlich und schäbig zugleich wirkten. »Meine Schlangen haben ihn getötet. Sie sind nachts heimlich in Apopis Palast gekrochen, haben sein tödliches Gift in sich aufgesaugt und sich anschließend in den Kopf Seqenenres gebohrt. Und weißt du auch, warum?«

Sahti starrte sie stumm an.

»Weil eine schwarze Magierin wie ich alles bewirken kann.« Sie begann loszuschreien und schlug auf unsichtbare Feinde ein. »Nimm dich in Acht, kleine Sahti. Nehmt euch alle vor mir in Acht! Nabu ist noch lange nicht am Ende, auch wenn ihr das nur zu gern glauben wollt. Der Pharao ist tot. Na und? Was heißt das schon! Schließlich hat er einen Sohn und einen Neffen. Und die können meine Schlangen ebenso schnell und lautlos umschlingen wie ihn.« Sie schien wie in Trance, hatte die Augen weit aufgerissen; ihre Stimme überschlug sich beinahe.

Mit einem Mal sprang die Tür auf und zwei halb nackte, untersetzte Männer stürmten herein. Jetzt wurde es in dem Raum so eng, dass Sahti kaum noch atmen konnte.

»Was ist hier los?«, fragte der stärkere von beiden. Er sprach unnatürlich hoch und fast ebenso schrill wie der Balsamierer Ut.

»Das geht dich einen Dreck an, du Schlappschwanz!«, fauchte Nabu. »Merk dir das gefälligst! Ich bin die Favoritin des Pharaos! Und kann tun und lassen, was mir gefällt.«

Ihre Spucke traf seine feiste Wange.

»Der Pharao ist tot. Nicht zuletzt durch dich – wenn es stimmt, was man so hört. Nimm also seinen Namen nicht mehr in den Mund, schwarze Schlange!« schrie der andere

und schlug Nabu ohne Vorwarnung ins Gesicht. »Wenn dein Kopf in den Sand rollt, kannst du ihn noch einmal anrufen. Früher nicht.«
Zu Sahtis Erstaunen verstummte Nabu, ließ sich auf das Bett fallen und begann leise zu wimmern.
Der erste Eunuch packte roh Sahti am Arm.
»Und du, was hast du hier überhaupt verloren?«, herrschte er sie an. »Verschwinde auf der Stelle! Oder willst du, dass wir dich einsperren lassen?«
»Die Große Herrin Teti-Scheri hat mich hergebracht«, sagte Sahti furchtlos. »Und wenn du mich nicht sofort loslässt, schreie ich nach ihr, so laut ich nur kann.«
Verdutzt lockerte er seinen Griff.
Sahti nutzte den Moment seiner Verwirrung, um sich ihm zu entwinden. Wieselschnell rannte sie aus der Tür und lief so geschwind die Halle entlang hinaus auf den geschlängelten Pfad und zur Gartenpforte, dass sie nicht einmal den Versuch unternahmen, sie zu verfolgen.
Auf dem langen Heimweg blieb sie kein einziges Mal stehen, weil ihr sonst womöglich die Kraft gefehlt hätte weiterzugehen. Die gleichmäßige Bewegung der Beine und Arme war sogar irgendwie tröstlich, denn ihre Gedanken drehten sich ohne Unterlass im Kreis. Aber so sehr sie sich auch Mühe gab, ihr wollte keine Lösung einfallen. Durch ihre Schuld war schon die Mutter gestorben, die ihr das Leben geschenkt hatte. Wie nur sollte sie nun Tama die schreckliche Nachricht beibringen, ohne ihre Ziehmutter auf der Stelle zu töten?
Im Hof wäre sie beinahe mit dem Balsamierer zusammengestoßen. Einer seiner Gehilfen, ebenso dürr wie Ut fett, ächzte unter der schweren Last gewebter Tücher, die er keuchend auf einen Esel lud. Sahti wich angeekelt zurück.
Er stinkt nach Tod und Verwesung, hatte Antef immer behauptet, fiel ihr ein. Und mein Ziehvater hatte wirklich Recht damit gehabt.

»Höchste Zeit, dass du endlich kommst«, sagte Ut verdrießlich und musterte sie von oben bis unten, als versuche er ihren Wert abzuschätzen. »Bist du etwa schon wieder gewachsen?«
Ärgerlich verneinte sie. Sie hasste es, wenn er sie so ansah. Dann fühlte sie sich ausgeliefert, beinahe beschmutzt. Aber sie lief nicht mehr vor ihm weg. Schließlich war sie kein kleines Kind mehr, das sich angstvoll verstecken musste.
»Wo ist Tama?«, fragte sie knapp.
»Im Haus, glaube ich. Deiner Mutter geht es gar nicht gut. Redi war wie immer, wenn es ans Zupacken geht, nirgends zu sehen, und so mussten wir uns notgedrungen selber behelfen. Noch einmal eine solche Nachlässigkeit, und ich ziehe euch drei Silbertropfen ab – mindestens!«
»Was ist passiert?«, fragte Sahti, plötzlich sehr ängstlich. »Ist etwas mit dem Kind?«
»Sie hat Besuch gehabt«, sagte Ut. »Ein Mann, wohl ein Soldat. Er ist nur ganz kurz bei ihr gewesen. Und seitdem hat sie nicht mehr aufgehört zu weinen.« Er drehte sich halb zu seinem Gehilfen um, der die Last inzwischen verstaut hatte. »Ende der Woche kommen wir wieder, um den Rest zu holen. Und dann gehe ich davon aus, dass alles so ist, wie vereinbart.«
Er wandte sich zum Gehen.
Jetzt hörte Sahti plötzlich überdeutlich, was sie bislang für das Klagen eines verletzten Tieres gehalten hatte, eine Art angstvolles Fiepen, und sie erkannte, dass es Tamas haltloses Weinen war.
»Tama!«, rief sie erschrocken. »Tama, wo steckst du?«
Sie saß auf Sahtis Schemel und wiegte sich unablässig hin und her. Ihr Gesicht war nass; zu ihren Füßen lagen Tonscherben, und Sahti sah auf dem Boden hellrote Blutspritzer.
»So rede doch!«, bat Sahti. »Was ist geschehen?«
»Er ist tot.« Die Stimme war nur ein Flüstern. »Das ist geschehen. Ipi war eben hier und hat es mir erzählt. Der Gene-

ral lebt, und mein Antef ist tot. Gestorben ist er, weil er nicht zulassen wollte, dass sie den General töten. Und sie haben ihn mir nicht einmal zurück nach Hause gebracht. Jetzt vermodert seine Leiche in irgendeinem Sumpf im Delta. Weißt du, was das bedeutet, Sahti? Er hat keinen Sarg bekommen, also werden ihn Nuts himmlische Arme nicht friedlich wiegen. Und niemals wird er unser Kind sehen können.«

»Ich weiß, wie weh dir das tun muss«, sagte Sahti leise und drückte Tamas Kopf an ihre Brust, als sei sie die Mutter und die andere das Kind. »Und ich vermisse ihn ebenso wie du. Aber Antef wird trotzdem immer bei uns sein. Die Toten kehren wieder mit dem Wind, das hast du selbst gesagt. Und wir müssen keine Angst davor haben, weil wir ihn beide so lieben.« Sie griff nach der Hand. »Hast du dich sehr verletzt? Komm, lass mich mal sehen! Ich werde dich gleich verbinden!«

Es war unmöglich, Genaueres zu erkennen. Die Innenfläche von Tamas Hand war ungewohnt schmutzig, als habe sie tief in der Erde gewühlt, und blutverkrustet. Zudem zog die Weberin ihre Hand schnell zurück wie verbrannt und versteckte sie im Schoß.

»Nur ein Kratzer«, murmelte sie tränenüberströmt. »Nichts als ein winziger Kratzer.«

*

Nach drei Tagen kam das Fieber, und nicht viel später wand Tama sich in Schüttelkrämpfen. Sahti wagte kaum, ihren Platz am Krankenlager zu verlassen, und wenn sie doch einmal aufstand, um Wasser zu holen oder frische Tücher zum Wechseln zu holen, kehrte sie so schnell wie möglich zurück. Tama schien sie kaum noch zu erkennen. Ihr Gesicht wirkte plötzlich eingefallen; die Kaumuskeln traten beiderseits als harte Wülste hervor, während der Mund zu einem unheimlichen Lächeln verzerrt war. Immer wieder streckte sie den Kopf krampfartig nach hinten, und als Sahti ihren schwangeren Bauch berührte, kam er ihr vor wie eine pralle Kugel, die jeden Augenblick platzen konnte.

»Mutter!«, sagte Tama, als Sahti vergebens versuchte, ihre Stirn zu kühlen. »Bist du gekommen, um mich zu holen?«

Dann wieder schrie sie so gellend nach Antef, bis Sahti sich keinen anderen Rat mehr wusste und in Tamas Heiligtum lief. Sie packte die drei Göttinnenstatuen, Isis, Pachet und Tawaret, die dort auf dem Sockel einträchtig hintereinander standen, und brachte sie zum Bett der Ziehmutter.

»Helft ihr!«, betete sie inständig. »Rettet sie – und das Kind!«

Gegen Morgen wurde Tama scheinbar ruhiger, und Sahti war inzwischen so erschöpft, dass sie neben ihr einschlief. Als das erste Licht das Zimmer füllte, hatte sich Tamas Rumpf so extrem rückwärts durchgebogen, dass der ganze Körper lediglich auf Kopf und Gesäß zu ruhen schien. Der Atem der Kranken ging flach; Sahti musste sich tief über sie beugen, um ihn überhaupt zu hören. An trinken oder gar essen war nicht mehr zu denken. Sahti konnte ihrer Ziehmutter nur noch immer wieder die rissigen Lippen befeuchten.

Redi, die gegen Mittag vorbeischaute, ging nach wenigen Augenblicken wieder weinend aus dem Krankenzimmer.

»Sie wird dich bald verlassen«, murmelte sie. »Da gibt es keine Rettung. Aber was soll dann nur aus dir werden, meine Kleine – ohne Vater und ohne Mutter.«

Sahti fühlte sich zu leer und ausgelaugt, um zu weinen.

Nicht einmal streicheln konnte sie die Leidende, weil Tama bei jeder Berührung zusammenzuckte. Tränenlos harrte das Mädchen neben dem Bett aus, bis Tama sich zum letzten Mal in einem wilden Krampf aufbäumte und dann nicht mehr atmete.

Sahti schloss die Lider ihrer Ziehmutter und verschränkte ihr die Hände über dem Bauch.

»Sei du Antefs Nut«, sagte sie leise. »Und deine Liebe sei mit ihm für alle Zeiten.«

Sie zwang sich zu der Kiste zu gehen, wo Tama ihr Erspartes versteckt hatte. Der kleine Leinenbeutel war prall mit Silbertropfen gefüllt. Wie oft hatte sie Tama ihren Schatz im Licht einer Ölfunzel zählen sehen! Jetzt ließ sie ihn auf einem Schemel neben der Toten liegen, bevor sie ihr eigenes Zimmer betrat.

Seit Jahren hatte sie das Löwentotem nicht mehr berührt; als sie es nun tief unter Tüchern und Kleidern hervorzog, um es sich um den Hals zu hängen, spürte sie durch das abgeschabte Leder sofort die Spitze und die Kraft der Kralle. Wie eine mühsam gebändigte Flut drohten die alten Bilder über Sahti hereinzubrechen, und ein leichter Schwindel erfasste sie, gegen den sie mit aller Macht ankämpfte. Später, sagte sie sich fast trotzig, später, wenn ich erst einmal in Sicherheit bin, bei Maj, und genügend Zeit zum Weinen und Nachdenken habe!

Nach dem Vorbild der Daya hatte sie schon vor Monden einen Ziegel aus der Wand gelöst, und im Hohlraum dahinter ihren heimlichen Schatz verborgen. Sie nahm die goldene Selket-Statue heraus, wickelte sie in ein Tuch und band sie sich nach kurzer Überlegung unter dem Kleid an den Körper.

Kaum hatte sie alles wieder zurechtgerückt, als sie Uts schrille Stimme hörte und gleich darauf das Fauchen ihrer Katze.

Hatte er wieder einmal versucht, nach dem Tier zu treten?

»Die Weberin ist tot?« Wie ein fetter, bleicher Geist stand er im Zimmer. »Dann muss ich mir schleunigst eine neue suchen.«

»Ja«, sagte Sahti und drehte sich langsam zu ihm um, »das musst du wohl.« Jetzt kam es auf jedes Wort an. Ut sollte ruhig glauben, alle Fäden in der Hand zu haben. Umso leichter konnte sie ihn veranlassen zu tun, was ihr am Herzen lag. Sie warf den Kopf zurück. »Noch etwas. Ich möchte, dass Tama mumifiziert wird, bevor man sie bestattet. Nicht auf die ein-

fache Weise, wie man es mit armen Bauern macht. Sondern teuer. Für die Ewigkeit.«
»Und womit willst du das bezahlen?« Ut ließ Tamas Leinenbeutel wie einen Köder vor Sahti hin und her schwingen. »Mit dem bisschen Silber vielleicht, das sie mir im Lauf der Zeit aus der Tasche gezogen hat? Das wird bei weitem nicht ausreichen, fürchte ich!«
»Ich glaube doch«, sagte Sahti fest.
Es kam darauf an, dass sie jetzt so schnell wie möglich zu Maj kam, dem einzigen Freund, der ihr geblieben war. Denn von Namiz hatte sie seit vielen Monden keine Nachricht. Schmerzlicherweise musste sie Kadiis zurücklassen, aber vielleicht war es kein Abschied für immer. Vielleicht würde sie die schlaue Katze eines Tages wieder finden, wenn sie ihren Plan erfolgreich ausgeführt hatte.
»Was meinst du damit?«
»Nun, ich denke, ich kann dir etwas anbieten, das dir gefallen wird.«
»Was sollte das sein?« Ut war neugierig geworden. »Rede schon!«
»Mich«, sagte Sahti, während ihr Herz wie rasend zu schlagen begann und sie gleichzeitig Selket und alle Götter, von denen Tama ihr jemals erzählt hatte, stumm um Schutz und Beistand anflehte. Sie fühlte sich so klein – und musste doch so sicher und überlegen wirken. »Ich werde für dich arbeiten, bis alles bezahlt ist. Vorausgesetzt, du nimmst mich mit in die Totenstadt – sofort.«
Seine Äuglein glitten über ihren Körper, als versuche er zu ergründen, was sie zu ihrem überraschenden Angebot bewegte.
»Gut«, sagte er schließlich gedehnt, als erweise er ihr eine Gnade. »Ich werde dich mitnehmen. Aber auf dem Westufer gelten andere Regeln, verstanden? Ob es dir nun passt oder nicht.«
»Verstanden«, bestätigte Sahti. »Lass uns gehen!«

SECHSTE STUNDE: IM REICH DES ANUBIS

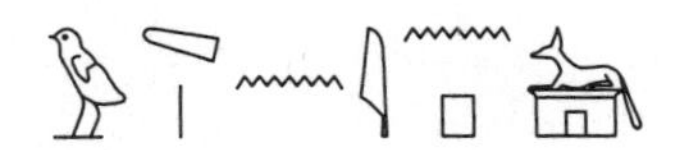

Schon bald saß Sahti der Gestank des Todes unter der Haut, und alles, was sich jenseits der modrigen Dunkelheit befand, die sie nun umfing, erschien unwirklich wie ein ferner Traum. Sie spürte den Gestank in der Lunge, wenn sie versehentlich zu tief einatmete, und musste dann schwer schlucken, während sich die Nasenflügel zusammenzogen. Plötzlich sehnte sie sich nach der Abfolge glühender Tage und kaum minder heißer Nächte, die sie kurz vor dem Einsetzen der Überschwemmung sonst immer als lähmend empfunden hatte, und nach dem aufgeregten Schwatzen, wenn allabendlich überall die Schlafmatten auf die Flachdächer der Häuser geschleppt wurden, um unter freiem Himmel wenigstens für ein paar Stunden die Augen schließen zu können. Jetzt hätte sie viel darum gegeben, wieder Vogelgezwitscher und Hundegebell zu hören oder wenigstens das Zanken der Nachbarinnen, die sich vor Antefs Körben regelmäßig um die reifsten Feigen gestritten hatten. Am meisten jedoch vermisste sie das Rauschen des großen Flusses.
Denn Uts »Haus der Schönheit«, wie man die Balsamierungswerkstätten nannte, war nicht in einem Lehmbau oder einfachen Holzschuppen untergebracht wie die anderen Betriebe seines Gewerbes, sondern unter der Erde in zwei miteinander verbundenen ehemaligen Felsengräbern, deren Gänge, Kammern und Höhlen er speziell für seine Zwecke hatte ausbauen lassen. Hier hatte er sein Domizil aufgeschlagen, das er so selten wie möglich verließ. Hier arbeiteten seine beiden Gehilfen, die außerhalb wohnten und wenigstens morgens und abends ans Tageslicht gelangten, sofern sie

nicht während der Arbeit Leichen holten und wegbrachten oder der sinkende Grundwasserspiegel der unterirdischen Zisterne sie zwang, den Weg zum Flussufer zu machen.
Und hier waren auch die Kinder eingesperrt, mit Maj und nun noch Sahti vier Jungen und zwei Mädchen.
Gleich nach der Ankunft ließ der fette Balsamierer Sahti zu sich rufen, in die ehemalige Grabkammer, wo sein Bett stand. Sie schauderte, als sie von der Vorkammer aus über die Schwelle trat, denn über ihr waren zwei gegenüber liegende Anubis-Figuren gemalt, die mit ihren grünen Schakalköpfen, den aufgestellten Ohren und spitzen Schnauzen fast lebendig wirkten. Mit aller Macht versuchte sie, das Zittern zu unterdrücken, das sie unaufhaltsam befiel, denn sie hatte noch keine Gelegenheit gefunden, sich nach einem geeigneten Versteck für ihren heimlichen Schatz umzusehen.
Als die Gehilfen sie wortlos packten und in die Mitte der Kammer vor Ut zerrten, hätte sie fast einen Schrei ausgestoßen. Die Männer hielten das Mädchen wie in einem Schraubstock fest, während der Balsamierer ungerührt ihr Kleid bis zum Hals hochschob. Den zerschlissenen Lederbeutel zwischen den kleinen Brüsten betastete er eher gelangweilt. Viel mehr schien ihn zu interessieren, was sich tiefer befand. Dabei verweilten seine feisten Finger länger auf Sahtis Haut, als notwendig, und das Mädchen überlief ein Schauer nach dem anderen, als sie über die Narbe am Oberschenkel strichen. Sie verspürte beinahe so etwas wie Erleichterung, als er endlich das durchgeschwitzte Leinenband von ihrem Bauch löste und mit einem überraschten Schnalzen die Statue auswickelte.
Er hob die Figur empor, um sie eingehender untersuchen zu können, und biss probehalber in den schlanken Arm der Göttin.
»Eine Selket aus purem Gold – ach, ich verstehe! Deshalb warst du wohl so vorlaut.« Im unsteten Licht der Fackeln, rohe Lehmbehälter, in denen Tierfett gemischt mit Salz

brannte, bekamen seine schwammigen Züge etwas Dämonisches. »Wo hast du sie gestohlen? Etwa im königlichen Palast? Raus mit der Sprache, sonst kannst du was erleben!«
»Nirgendwo!« Sahti reckte ihr Kinn, um sich nicht anmerken zu lassen, wie mulmig ihr zu Mute war, und fixierte tapfer die Wände. Der ursprüngliche Auftraggeber des Grabes hatte sie aufwendig mit Musikantinnen und anmutigen Tänzerinnen bemalen lassen, die weiße Lotosblüten in den Händen trugen und Sahti trotz einiger abgeblätterter Stellen an den festlichen Nachmittag in Namiz' Haus erinnerten, wo alles begonnen hatte. Jetzt freilich erschienen ihr diese heiteren Bilder so fern wie ein anderes Leben. »Ein Freund hat sie mir geschenkt.«
»Ein Freund?« Uts beißender Spott war nicht zu überhören. Sahti begann fieberhaft zu überlegen. Irgendwo in diesen Kammern und endlosen Stollen musste Nofrets Leichnam im Natronbad liegen und auf das Einlösen von Majs Versprechen warten. Und ebenso wenig wollte sie Tama enttäuschen. Vielleicht konnte sie den Balsamierer milder stimmen, wenn sie sich zugänglich gab.
»Du kannst sie haben«, sagte sie und nahm all ihren Mut zusammen. »Aus diesem Grund habe ich sie ja hierher gebracht. Aber nur, wenn Nofret und Tama die allerbeste Behandlung erhalten, die es überhaupt gibt. Das sind meine Bedingungen.«
»Sonst noch etwas?« Er war ein paar Schritte zurückgetreten, balancierte mühsam seine Fülle auf den dünnen Beinen und betrachtete Sahti beinahe amüsiert. »Ich könnte gespannter kaum sein.«
»Ja.« Es kostete sie Mühe, fest und ruhig weiterzusprechen. »Ich möchte, dass du Maj auf der Stelle freilässt. Er soll zurück zum Hafen und nicht länger hier unten für dich arbeiten müssen.«
»Das ist alles?« Sein Grinsen wurde breiter.
»Das ist alles«, wiederholte sie, plötzlich sehr unsicher.

Was hatte er vor? Unwillkürlich glitt ihre Hand zum Beutel mit der Löwenkralle.

Wie ein Felsen aus Fleisch und Fett baute er sich von ihr auf. Sahtis Angst wuchs.

»Wieso sollte ich auch nur eine deiner Forderungen erfüllen? Nachdem sich dieses Prachtstück doch ohnehin bereits in meinem Besitz befindet.« Er wog die Göttinnenfigur prüfend in seinen Händen. »Und du ebenso. Weißt du was, Mädchen? Ich denke nicht daran, eine von euch beiden wieder herzugeben. Was sagst du nun?« Er weidete sich an ihrem stummen Erschrecken. »Und was wird jetzt aus all deinen hübsch ausgedachten Unverschämtheiten?«

»Du hast kein Recht, mir die Statue wegzunehmen!« Ein heftiger Schwindel erfasste Sahti. Sie hatte den Balsamierer unterschätzt, maßlos unterschätzt. Nun würden Maj und sie dafür büßen müssen. »Sie gehört mir. Mir allein!«

»Kein Recht?« Er lachte schrill. »Hier geht alles nach meinen Regeln, schon vergessen?« Als er näher kam, zuckte sie vor dem durchdringenden Myrregeruch zurück, den sein Körper bei jeder Bewegung verströmte. Der Zangengriff der Gehilfen jedoch machte jedes Entkommen unmöglich. »Außerdem ist alles Gold Eigentum des Pharaos. Und darf nur mit seiner Erlaubnis getragen und besessen werden. Jeder, der dies missachtet, muss mit strengen Strafen rechnen. Hast du das nicht gewusst?«

Sahti schüttelte den Kopf. Irgendwann wirst du dafür büßen, dachte sie. Irgendwann! Und dann bin ich es, die über dich lachen wird.

»Mein Freund tut nichts Unrechtes«, sagte sie trotzig und wünschte sich gleichzeitig Namiz mit jeder Faser ihres Herzens herbei. »Niemals!«

»Und wer ist dieser Geheimnisvolle, der so freizügig mit verbotenen Kostbarkeiten um sich wirft?«

»Das geht dich nichts an!« Niemals würde sie ihm Namiz' Namen preisgeben. Sie wand sich, versuchte vergeblich, sich

aus dem unbarmherzigen Griff der beiden Männer frei zu machen. »Und jetzt lasst mich endlich los! Ihr tut mir weh.«
»Er könnte sehr leicht seinen Kopf verlieren, dein namenloser Freund, wenn er nicht aufpasst.« Es klang, als würde Ut diese Vorstellung besonderes Vergnügen bereiten. »Oder du, sollte man dich zur falschen Zeit am falschen Ort mit der goldenen Statue erwischen. Aber ich weiß bereits, wie wir dich davor bewahren.« Seine Augen funkelten. »Mach dir keine Sorgen, Mädchen! Ich werde die Skorpiongöttin für dich aufbewahren. Bis in alle Ewigkeit.« Sein Ton wurde scharf. »Und jetzt bringt sie zu den anderen!«
Sahti kehrte mit gesenktem Kopf in die kleine Nebenkammer zurück, in der die Kinder auf ein paar Lumpen auf dem blanken Boden schlafen mussten, suchte sich in ihrer Mitte eine freie Stelle und rollte sich zusammen. Sie verlor keine Silbe über das, was geschehen war. Maj, der wach geblieben war und in ihrer Nähe lag, stupste sie ein paar Mal aufmunternd an, wagte aber offenbar nicht, weiter nachzufragen. Im Schein der winzigen Ölfunzel über ihren Köpfen kam er ihr müde vor, blass und ängstlich, und er erinnerte sie kaum noch an den geschmeidigen Jungen, der noch vor kurzem im Strom gebadet hatte.
Jetzt rückte die vorlaute Ita, wegen der spärlichen Kost, die sie hier unten erhielten, unablässig auf Nahrungssuche, näher an Sahti heran. Schon vorhin hatte sie die Neue aufmerksam beäugt.
»Hat er dich geschlagen?«, flüsterte sie neugierig. »Oder etwa an Armen und Beinen festgebunden und mit seinen grässlichen langen Nadeln gepikst?«
»Er schlägt, fesselt und quält euch sogar?« Sahti fuhr hoch. »Aber weshalb?«
»Damit wir niemals vergessen, wer hier der Herr ist. Und mach bloß keinen Lärm, sonst kann es gleich wieder losgehen!« Ita drückte sie nach unten. »Schwer zu sagen, wer als Nächster an der Reihe ist. Vor allem Pani kann es jederzeit

treffen. Vielleicht, weil er der Sohn eines reichen Schreibers ist. Wenn du mich fragst, hasst Ut alle Reichen aus tiefstem Herzen.« Sie lachte rau. »Vorausgesetzt natürlich, er hätte überhaupt so etwas wie ein Herz. Wie heißt du überhaupt?«
Pani war der kleinste von ihnen, ein Bündel magerer Arme und Beine mit einem störrischen schwarzen Schopf und Augenschatten voller Verletzlichkeit. Sahti war er wegen seiner eingezogenen Schultern gleich aufgefallen.
»Sahti. Und dieser reiche Schreiber lässt zu, dass sein Sohn gequält wird?«, fragte sie ungläubig.
Ita verabreichte ihr eine leichte Kopfnuss. »Der Vater ist natürlich tot, du Schäfchen«, sagte sie. »Und seine Mutter auch. Pani hat keinen einzigen Verwandten mehr. Also vermisst ihn auch niemand drüben, bei den Lebenden am Ostufer. Ebenso wenig wie dich oder mich.«
»Aber mich wird sehr wohl jemand vermissen«, sagte Sahti erstickt. Irgendwann musste Namiz ja wieder nach Waset zurückkehren! Und dann würde er bestimmt nach ihr fragen. »Ich bleibe keinesfalls lange hier. Nicht in diesem schrecklichen, muffigen Grab!«
Für ein paar Augenblicke war es ganz ruhig neben ihr. Dann setzte Itas heiseres Flüstern erneut ein: »Das haben wir anfangs alle gedacht. Aber es gibt nur einen einzigen Ausgang ins Freie. Und den hält er immer fest verschlossen. Bisher ist noch keiner entkommen. Jedenfalls nicht, seitdem ich hier bin. Das muss, wenn ich mich nicht verrechnet habe, über ein Jahr sein.«
»Ein ganzes Jahr Finsternis – er muss wirklich wahnsinnig sein.« Eisige Angst stieg in Sahti auf. Und wenn Namiz doch nicht herausbekam, wo sie steckte? Die dicke Redi hatte sie mit dem Balsamierer fortgehen sehen, da war sie sich ganz sicher. Aber wenn die Frau nicht rechtzeitig den Mund aufmachte oder nur Unsinn plapperte?
»Ach, das ist doch gar nichts! Manche von uns sind schon viel länger in seiner Gewalt«, sagte Ita großspurig, der an-

scheinend gefiel, wie erschrocken Sahti auf einmal klang. »Amek, der seine Nägel immer blutig kaut, weil er nicht aufhören kann, sich zu ekeln, und Bija, der sich nicht einmal mehr daran erinnert, wie seine Mutter ausgesehen hat. Und dann eben Pani, der kleine Tollpatsch, der keinen einzigen Tag ohne Ohrfeigen erlebt. Aber weißt du, wenn man sich erst einmal halbwegs auskennt, ist es eigentlich gar nicht so schlimm. Bis auf den Hunger natürlich. An das andere gewöhnt man sich, an das Natron, die Binden und die Amulette. Selbst an die Toten. Ab und zu erzählen sie einem sogar etwas.« Sie lachte wieder.
»Und was erzählen sie?«
»Das wirst du schon merken, wenn du erst einmal länger hier bist.«
»Aber ich werde nicht länger hier sein«, wiederholte Sahti und erschrak darüber, wie dünn ihre Stimme klang.
Ita räusperte sich, bevor sie weitersprach: »Sag mal, warum bist du eigentlich so schwarz? Das wollte ich dich schon vorhin fragen. Du bist wohl nicht aus Kemet, Sahti, oder? Woher kommst du?«
Jetzt blieb Sahti stumm und ballte ihre Hände zu Fäusten. Später werde ich weinen, dachte sie verzweifelt. Wenn alle schlafen und keiner mich hören kann. Und wenn niemand mehr Fragen zu stellen wagt, die mir wehtun.
»Tut mir Leid«, murmelte Ita nach einer Weile. »Ist ja eigentlich auch ganz egal. Wenigstens bist du ein Mädchen. Und ich bin nicht länger die Einzige hier unten.«

*

Thau, der schwüle Wind, der alle schnell müde und gereizt machte, begleitete die Königsbarke auf ihrer Fahrt zum Westufer, und die anderen Barken folgten in geziemendem Abstand. Teti-Scheri, die allein am Bug der Königsbarke gestanden hatte, wartete nicht ab, bis die Schlitten mit dem Leichnam und den Kanopen abgeladen wurden, sondern betrat als erste beherzt die Planke. Vor ihr lag nur ein schmaler Streifen Fruchtland, hinter dem sich schroff die Felsen erhoben: eine andere Welt, die den Toten vorbehalten war. Sie wurde gekrönt von dem Horn, der höchsten Bergspitze, die sich wie eine natürliche Pyramide über den Talkessel erhob, und Sitz der korbraköpfigen Göttin Meretseger, die das Schweigen liebt.

»Worauf wartest du noch?«, fragte die Große Herrin leicht ungehalten über die Schulter, als Ahhotep ihr nicht sofort folgte, sondern stehen blieb. »Isis und Nephthys haben nicht einen einzigen Augenblick gezögert, ihren geliebten Osiris zu beweinen.«

»Ich komme ja.« Das dünne Kleid der Pharaonenwitwe war zum Zeichen der Trauer vorn tief eingerissen, aber sie trug an Hals, Ohren und Handgelenken wie immer schweres Goldgeschmeide, während Teti-Scheri schmucklos geblieben war. »Und sei nicht immer so ungeduldig mit mir, Mutter!«

Die alte Frau verzog keine Miene. Niemand außer ihrer Milchschwester Meret wusste, dass Seqenenres Witwe nicht ihr Kind, sondern das einer Dienerin war, der der Goldhorus einst seine Gunst geschenkt hatte. Sie war damals selber schwanger gewesen, hatte das Kind jedoch vorzeitig verloren. Was lag näher, als sich ein paar Wochen lang weiter auszustopfen und das Mädchen der anderen als eigene Tochter auszugeben, zumal die leibliche Mutter die Geburt nicht überlebt hatte?

Der Pharao hatte ihr diese Größe niemals vergessen, und lange Jahre war Teti-Scheri überzeugt gewesen, damals das Beste für alle getan zu haben. Sie gab dem kleinen Mädchen mit der stumpfen Nase und den großen, schwarzen Augen den Namen Ahhotep, und verband sie damit untrennbar mit dem Mondgott, ihrer innigst geliebten Sonne der Nacht. Sie erzog sie als echte Prinzessin und stimmte schließlich sogar der Heirat mit ihrem Lieblingssohn Seqenenre zu, der bis in

den Tod davon ausging, die leibliche Schwester zur Frau genommen zu haben.
Inzwischen jedoch war Teti-Scheri sich längst nicht mehr sicher.
Eine Dienerin bleibt eine Dienerin und wenn sie sich noch so sehr mit Gold und Edelsteinen behängt! dachte sie verdrossen, als sie zusehen musste, wie sehr Ahhotep sich selbst bei dieser Gelegenheit zur Schau stellte. Sie war nicht einmal davor zurückgeschreckt, sich ein stilisiertes goldenes Haus auf dem Kopf drapieren zu lassen, das sie als Nephthys ausweisen sollte, weil sie wohl nicht gewagt hatte, ihrer vermeintlichen Mutter die Rolle der Göttin Isis streitig zu machen. Wenigstens hat sie ihm vier gesunde Töchter und einen Sohn geschenkt, fuhr Teti-Scheri in ihren Überlegungen fort. Wenngleich der Erstgeborene seinem Vater nicht auf dem Thron folgen wird. Sie selber war es gewesen, die den Pharao zu dieser wichtigen Entscheidung bewogen hatte, wenige Tage bevor Seqenenre zu seinem Kriegszug ins Delta aufgebrochen war.
»Ein weiser Pharao verlässt sein Haus nicht unbestellt.«
Der König hatte sie erstaunt gemustert. »Du besitzt einen wohlgeratenen Enkel. Willst du nicht den Göttern dafür danken?«
»*Zwei* Enkel haben mir die Götter geschenkt«, erwiderte sie nicht minder fest. »Und solange meine morschen Knochen es erlauben, werfe ich mich ihnen zum Dank dafür jeden Morgen und jeden Abend zu Füßen. Aber du weißt selber genau, wer von beiden der bessere König wäre.«
»Ahmose ist der Sohn deines Sohnes *und* deiner Tochter. Wer könnte ihm überlegen sein?«
»Sein Vetter«, entgegnete sie ohne Zögern, »der Sohn deiner toten Schwester. Kamose sollte der künftige Pharao sein, Seqenenre, so, wie es seit jeher war!«
»Die Erbfolge nach der weiblichen Linie also?« sagte er nach einer ganzen Weile. »Du verlangst viel, Mutter.«

Sie nickte heftig. »Und nach den Tugenden und Fähigkeiten. Erzähl mir bloß nicht, dass du nicht selber längst daran gedacht hast! Kamose ist ein tapferer Soldat und ein vorausschauender Planer dazu. Wo bei ihm ein stetiges Feuer prasselt, das wärmt und schützt, sehe ich bei Ahmose nur blinden Funkenregen. ›Der Starke ist geboren‹, so lautet Kamoses Name. Wir beide wissen, dass er ihn zu Recht trägt.«

»Aber Ahmose …«

Sie ließ ihn nicht ausreden. »Mach Kamose zu deinem Stellvertreter für die Zeit, während der du gegen die Fremden im Norden kämpfst! Und zu deinem Nachfolger, solltest du wider alle Erwartungen nicht mehr zurückkehren. Kemet braucht einen Herrscher wie ihn, einen, der unser Werk fortsetzen kann – meines und deines, wenn wir beide einmal nicht mehr sind.«

Plötzlich war Seqenenre aschfahl geworden.

»Ich will nichts mehr davon hören! Böse Träume quälen mich. Ich habe Angst, Mutter«, flüsterte er, »schreckliche Angst.«

Seine heiseren Worte klangen ihr im Ohr, als der Trauerzug sich endlich in Bewegung setzte, überraschend kurz für einen toten Pharao, der zum Gott geworden war. Aber auch in diesem Punkt hatte Teti-Scheri sich durchgesetzt, während Ahhotep für ein großes traditionelles Staatsbegräbnis plädiert hatte. Deshalb gab es weder die üblichen Scharen professioneller Klageweiber noch Kolonnen betender Priester, sondern nur ausgewählte Trauergäste.

Der Erste Priester des Amun, Nebnefer, war nur von einem halben Dutzend anderer Gottesdiener seines Tempels begleitet; die höchsten Beamten, die sich um den schwer atmenden Wesir Seb scharten, waren kaum an zwei Händen abzuzählen. Dazu kamen die vertrauten Diener, die die Schlitten mit den Grabbeigaben und dem mit einem Federmuster bemalten Holzsarg über den heißen Sand zogen, so-

wie ein paar weitere, die die traditionellen Opfertiere führten.
Kamose, ausnehmend still und in sich gekehrt, hielt den Pesech-kef in der Hand, ein aus Obsidian gefertigtes Fischschwanzmesser, das zu den Insignien des Gottes Anubis gehörte. Der restliche Satz der heiligen Werkzeuge steckte in seinem Gürtel. Neben Kamose, in jeder Hand ein Sistrum, schritt seine Gattin Ahhotep, die alle am Hof nur Ascha nannten, um sie wegen der Namensgleichheit nicht mit Seqenenres Witwe zu verwechseln. Sie war eine überschlanke, junge Frau, deren Augen selbst dann ernst blieben, wenn sie lachte.
Die Kanopen, Alabasterkrüge mit den Eingeweiden, jede mit einem Kopf der vier Horus-Söhne verschlossen, trugen Ahmose und seine drei größeren Schwestern voraus. Nefertari, die älteste, hielt sich eng neben ihrem Bruder. Seit langem schon wurde gemunkelt, dass die beiden heiraten würden, und besonders ihrer Mutter Ahhotep schien diese Idee außerordentlich zu gefallen. Nicht nur äußerlich, sondern auch in ihrer Wesensart, die andere ausschloss, waren sich die beiden fast so ähnlich wie Zwillinge: groß und schlaksig, mit länglichen, feinknochigen Gesichtern, in denen die Brauen zu hoch saßen und die Augen eine Spur zu weit auseinander standen, was ihnen einen stets leicht überraschten Eindruck verlieh. Beide Geschwister waren keinen Augenblick ruhig, sondern in ständiger Bewegung. Selbst jetzt schien ihnen gemessenes, feierliches Schreiten unmöglich zu sein, und schon bald waren die beiden jüngeren Prinzessinnen hinter ihnen ein ganzes Stück zurückgefallen.
Alle schwitzten, als sie endlich auf dem Felsrücken angekommen waren, wo die Grabstätten lagen. Seqenenre hatte keine Pyramide erbauen lassen wie seine Vorgänger, sondern sich für ein schlichtes Felsengrab entschieden, ausgehoben in der Einsamkeit, ungeschaut, ungehört – ganz wie es der Brauch für das königliche Haus der Ewigkeit empfahl.

Der Holzsarg wurde abgeladen und vor dem Eingang auf einem dazu gehörenden Fußteil aufgestellt.
Alles war bereit, um den Deckel zu lüften.
Seqenenres Antlitz verhüllte eine dünne goldene Totenmaske, die weder Spuren seines Alters noch des schrecklichen Todeskampfes verriet, sondern die frischen Züge des jugendlichen Königs trug. Seine Brust bedeckte ein kostbares Pektoral aus Gold und den von ihm so geliebten Türkisen. Der restliche Körper war straff mit Leinenbinden umwickelt. Die Priester schwenkten Weihrauch und stimmten heilige Gesänge an, während Nebnefer hinter den Sarg trat und die uralten Formeln sprach, um den Verstorbenen zu befähigen, durch die Wirbelsäule den schützenden Zauber zu empfangen.
Dann kam die Reihe an Kamose.
Ohne sich um die scheelen Blicke von Ahmose und Nefertari zu kümmern, trat er vor seinen toten Onkel. Nach alter Überlieferung rief er zunächst die Götter der vier Himmelsrichtungen an und besprengte dabei die Mumie mit Wasser aus vier verschiedenen Goldgefäßen. Einem kleinen Korb, den Seb ihm entgegenhielt, entnahm er Natron- sowie Weihrauchkugeln und führte sie zweimal zum Mund, zweimal zu den Augen und je einmal zu jeder Hand Seqenenres.
Schließlich vollzog Kamose mit dem Fischschwanzmesser, das man auch »großen Zauberer« nannte, das Ritual der Mundöffnung, indem er zunächst mit ihm, anschließend auch mit dem Dächsel und weiteren magischen Gerätschaften aus seinem Gürtel, Mund, Augen, Ohren, Nase, Arme und Beine Seqenenres berührte und so dem Verstorbenen die Macht über seine Sinne und Gliedmaßen zurückgab.
»Ich öffne deinen Mund, geliebter Vater«, Kamoses kräftige junge Stimme hallte weit in der Stille des heißen Nachmittags, »damit du wieder essen und sprechen kannst.«
Anschließend umarmte er die Mumie.
»Erhebe dich und erwache! Die Toten werden die Erde ver-

lassen, aber nicht wie Tote, sondern als lebende Wesen werden sie von ihr scheiden. Auf ihren Gesichtern liegt Leben und Kraft. Ihre Nasenflügel wittern die Frische des Nordwinds, und sie sehen den Weizen auf den himmlischen Jarufeldern wachsen.«

Teti-Scheri beobachtete mit Freude und Rührung, dass ihm dabei Tränen über die Wangen liefen. Aber sie registrierte nicht minder aufmerksam die viel sagenden Blicke, die Nebnefer und der Wesir tauschten, als gleich danach die Opfertiere geschlachtet wurden und man der Mumie viermal symbolisch mit dem Fleisch von Ochse, Gazelle und Gans über Mund und Augen strich, um ihr die blutenden Teile schmackhaft zu machen. Nach diesem uralten Teils des Rituals, auf dem sie ausdrücklich bestanden hatte, gab es keinerlei Zweifel mehr, wer Seqenenre auf dem Thron folgen würde. Damit war Kamose als Nachfolger im Kreis derer, auf die es ankam, öffentlich legitimiert.

Es passte in ihr Konzept, dass der Wind sich inzwischen gedreht hatte und jetzt Mehyt zu blasen begann, der trockene Wüstenwind, der sie immer an Reinigung und Einsamkeit erinnerte. Mit ausgebreiteten Armen trat sie nun vor die Mumie, um Abschied zu nehmen.

»Am Tag deiner Zeugung fasste der Götterkönig Amun den Entschluss, mich, die Große Königliche Gemahlin, zu schwängern. Er betrat mein Schlafgemach in der Gestalt des Pharaos, aber ich erkannte ihn unverzüglich und jubelte beim Anblick seiner Vollkommenheit. Seine Liebe, sie ging unvergesslich ein in meinem Leib. Aus ihr wurdest du empfangen und geboren. Niemals werde ich diesen Tag vergessen – der ganze Palast war überflutet mit Gottesduft.«

Der Sarg wurde geschlossen und mit den Kanopen nach unten getragen, die im Schein der Fackeln in einem hölzernen Schrein gegenüber aufgestellt wurden. Teti-Scheri, Ahhotep und die Prinzessinnen legten Lotoskränze auf den Sarg, während um ihn herum all das aufgestellt wurde, was ein

Pharao für die Ewigkeit brauchte: Königsstatuen, seine Waffen, Geschmeide, Alabastergefäße mit Salben und Ölen, Bronzespiegel, Schminkpaletten in Vogelform, Sessel und Bett sowie Krüge mit Wein und Getreide, dazu Früchte und gebratenes Fleisch. Ebenso wenig fehlen durften die Uschebtis, hölzerne Diener, zahlreich wie die Tage des Jahres, die an Stelle des Pharaos die Arbeiten im Jenseits verrichten sollten.
Die ovale Goldkammer Seqenenres war an der Decke mit einem blauen Sternenhimmel ausgemalt, während die Wände Götter zeigten, die den Toten an der Hand nahmen und vor den Thron des Totenherrschers Osiris geleiteten, des Königs der Ewigkeit. In der Mitte stand der Holzsarg mit der aufgemalten Gesichtsmaske, dessen Musterung dem Gefieder eines Falken nachempfunden war und an die Arme der Göttin Nut erinnern sollte, die die Verstorbenen schützend umfängt. Zusätzlich prangten auf der Vorderseite Geier und Schlange, um damit noch über den Tod hinaus den Anspruch auf die Herrschaft über das obere und das untere Kemet zu erheben.
An den Wänden der Gänge jedoch, die zur Goldkammer führten, waren zahlreiche Flächen ausgespart geblieben, und die schwarzen und roten Striche der unfertigen Vorzeichnungen hoben sich deutlich vom helleren Untergrund ab.
»Es bricht mir fast das Herz, wenn ich das mitansehen muss«, flüsterte Teti-Scheri Kamose zu. Sie hatte es so eingerichtet, dass sie beim Hinausgehen nebeneinander waren. Bei dem, was auf ihn wartete, konnte er Schutz und Rat gebrauchen. Und auch in Zukunft würde sie ihr wachsames Auge auf dem jungen Herrscher ruhen lassen, der das Werk ihres toten Sohnes fortsetzen sollte. »Sein Haus der Ewigkeit in solch unvollständigem Zustand – nachdem er sich doch nach dem Grün des Meeres und dem leuchtenden Blau des Himmels gesehnt hatte!«
»Seqenenre ist leider viel zu früh gestorben«, lautete Kamoses respektvolle Antwort. »Keiner konnte damit rechnen.«

»Gestorben?« Ihr Atem ging keuchend. »Ermordet hat man ihn – regelrecht hingemeuchelt! Das war nur möglich, weil man ihn in einen feigen Hinterhalt locken konnte. Und weil er leider zu lange die falschen Männer um sich versammelt hatte; einen General zum Beispiel, der seinen Pharao sterben lässt, während er selber am Leben bleibt. Oder einen Fremden, allzu begierig auf den Posten des Schatzhausvorstehers, der in der Ferne weilt, anstatt sich um die Grabkammer seines Herrschers zu kümmern.« Teti-Scheri legte ihre kleine Hand auf Kamoses Arm und zwang ihn stehen zu bleiben. »Du solltest vorsichtiger in der Wahl deiner Ratgeber sein, Kamose!«
Ihre Worte klangen lange in seinem Herzen nach, als das Grab bereits zugemauert und mit dem Siegel der Nekropole versehen war und die Trauergemeinde vor dem Eingang unter Sonnendächern aus Palmwedeln ein Totenmahl zu Ehren des Verstorbenen hielt. Sie klangen noch nach, als sie später den Weg zum Nilufer zurücklegten, und auch dann noch, als der Abendwind Kamose auf der Königsbarke als künftigen Pharao zurück an das Ostufer zu den Lebenden brachte.

*

Sahti gewöhnte sich an das Leben unter der Erde. Sogar an das eintönige, kaum gewürzte Essen, auf das die Kinder sich trotzdem stürzten, weil es niemals genug war. Sie gewöhnte sich an den erdigen Geruch mit einem Anflug menschlicher Verwesung und an die bitteren Ausdünstungen der Natronsalze, die an den Händen zu kleben schienen, so wütend man sie auch schrubbte. Nur ihr Schlaf wurde leichter, und manchmal kam es ihr vor, als würde sie nächtelang wachliegen und morgens entzündete Augen haben – aber was machte das schon aus, in dieser immerdunklen Höhle, wo man ohnehin niemals die Sonne aufgehen sah?
Sie lernte, dass man als Erstes die linke Seite des Toten öffnete, und alle Organe bis auf das Herz entnahm. Die geschick-

ten Hände des Balsamierers stießen mit entsprechenden Instrumenten durch die Nase, bis das Gehirn ausfloss und sich in den Rillen der Balsamierungstische sammelte. Ut besaß gleich drei davon, aus kostbarem Alabaster gefertigt und in der Form zweier Löwenkörper gebildet, die nebeneinander ruhten. Sie mussten stets sauber gehalten und nach getaner Arbeit hingebungsvoll poliert werden, ebenso wie sein Werkzeug, Haken, Pinzetten, Spatel, Messer, Löffel, Nadelsätze und vieles mehr, um dessen Reinigung und Instandhaltung er sich persönlich kümmerte. Am wichtigsten war ihm dabei offenbar sein Steinmesser aus Obsidian, halbmondförmig und auch sonst dem schwarzen Messer der Daya so zum Verwechseln ähnlich, dass Sahti es niemals ohne Gänsehaut betrachten konnte.

»Selbst der beste Künstler ist nur so gut wie sein Werkzeug«, pflegte Ut zu sagen, während er sicher mit seinem Gerät hantierte, und es war unüberhörbar, wie stolz er auf sein Handwerk war, bei dessen Verrichtung er selbst die kleinste Nachlässigkeit mit strengen Strafen ahndete. »Außerdem darf sich, wer für die Ewigkeit arbeitet, niemals mit Minderwertigem zufrieden geben.«

Brüllend scheuchte er die Kinder solange umher, bis etwa die Konsistenz des Salböls seine Billigung fand, aus speziellen Harzen, Bitumen und Bienenwachs zubereitet, das kein anderer als er selber durch das vorsichtig geöffnete Hinterhauptsloch in den hohlen Schädel gießen durfte. Lief trotzdem etwas daneben, bekam meist Pani seine Wut am ehesten zu spüren, der sich unter den unbeherrschten Schlägen duckte und den Kopf mit seinen dünnen Ärmchen vergebens zu schützen versuchte. Seltsamerweise trat keines der anderen Kinder für ihn ein, nicht einmal Maj, der sonst immer alle Schwächeren verteidigt hatte, und als Sahti, die diese offenkundige Ungerechtigkeit kaum aushielt, zornig auffahren wollte, hielt Ita ihr schnell den Mund zu.

»Bloß nicht! Das macht ihn nur noch wilder – und dann

kriegt Pani mindestens die doppelte Portion ab. Am besten du kümmerst dich um deine eigenen Angelegenheiten. Sonst kommst du hier nicht durch.«

Die gröberen Arbeiten freilich überließ Ut nur zu gern den Kindern, und so mussten die Größeren, Maj, Sahti und Ita, die leeren Körperhöhlen mit Wasser und Palmwein gründlich reinigen, während es Aufgabe seiner Gehilfen war, Därme, Leber, Magen und Lunge gesondert zu säubern, ins Natronbad zu tauchen und anschließend in Leinen zu rollen. Je nach vereinbartem Preis wurden sie anschließend in Kanopenbehältern aus schlichten Ton oder Kalkstein, ganz selten aus Kupfer oder gar poliertem Alabaster aufbewahrt, die dann zusammen mit der Mumie beigesetzt wurden.

Auf den ausgeweideten Körper wartete inzwischen das Natron, zuweilen auch mit Meersalz vermengt, das ihm bis zu siebzig Tage lang das Wasser entzog und somit den natürlichen Fäulnis- und Verwesungsprozess verhinderte. Wannen und Behältnisse standen dafür in den Stollen und kleinen Grabkammern bereit, alle mit Leichen in den verschiedensten Stadien gefüllt. Manchen Toten, bei denen die Hinterbliebenen nur wenig aufzubringen vermochten, hatte man mittels Klistierspitzen Zedernöl in den Leib gedrückt, ohne diesen aufzuschneiden. Ließ man schließlich das Öl wieder ab, schossen zusammen mit dem scharfen Reinigungssaft auch alle aufgelösten Organe heraus. Das Natron fraß danach alles Fleisch weg, so dass von der Leiche nur Haut und Knochen übrig blieben.

War Sahti anfangs speziell beim Anblick solcher Mumien zusammengezuckt und hatte sie sich mit einem Gebet rasch abgewandt, so machte es ihr schon bald nicht mehr viel aus. Anders verhielt es sich jedoch, als sie schließlich Nofret entdeckte. Das schrumpelige, dunkle Ding vor ihr besaß keinerlei Ähnlichkeit mehr mit der lebhaften, stets fröhlichen Frau, die sie gewesen war, bevor die auszehrende Krankheit sie befallen hatte, und wäre Maj nicht mit einem erstickten Schrei stehen geblieben, sie hätte seine Mutter niemals wieder erkannt.

Er weinte, als er mit Sahti neben der Wanne niederkniete.

»Wenn ich nur am Tag ihres Todes nicht auch noch dein Amulett verloren hätte, Sahti! Damit hat das ganze Unglück erst seinen Lauf nehmen können. Sonst hätte das Horus-Auge uns beide bestimmt geschützt und vor diesem schrecklichen Ut bewahrt. Ich hätte ihm niemals trauen dürfen! Nicht einen einzigen Augenblick.« Maj sah sich ängstlich um, ob der Balsamierer oder seine beiden Gehilfen irgendwo zu sehen waren. »Manchmal glaube ich, dass die Götter uns hier unten längst vergessen haben.« Sein Blick bekam etwas Wildes. »Am liebsten wäre ich auch schon tot.«

Es tut mir unendlich Leid, Nofret, dachte Sahti bewegt. Ich habe alles versucht, dich zu retten und deinen Sohn dazu. Aber ich war Ut einfach nicht gewachsen.

»Unsinn! Wir leben, und die Götter vergessen niemanden«, sagte sie dann laut, schon, um sich selber Mut zu machen. »Ganz egal, wo man ist. Das hat Tama immer gesagt. Und Tama wusste genau, wovon sie geredet hat.«

»Aber Mutter haben sie ja auch einfach sterben lassen. Außerdem ist Tama selber tot. Was nützt ihr jetzt noch ihre ganze Weisheit?«

»Gehörte Nofret eigentlich nicht längst bestattet?«, versuchte Sahti ihn abzulenken, da sie kaum ertrug, wie er über Tama redete. Die Gefühle für ihre verstorbene Ziehmutter waren eine Angelegenheit, die nur sie etwas anging. Außerdem hatte sie Maj noch immer nichts von der inzwischen verlorenen Selket verraten, was sie manchmal bedrückte. Doch hatte sie nicht vor, dies nachzuholen; ihr Freund war schon schwach und mutlos genug.

»Ich weiß nicht«, flüsterte er verzweifelt. »Die anderen behaupten, dass er manche Leichen niemals wieder herausrückt. Und zu ihrem Begräbnis würde er mich ohnehin nicht lassen.«

»Aber was macht er dann mit diesen Leichen? Ich meine, wozu behält er sie? Und wie vor allem sollen die Toten jemals die Gefilde der Seligen erreichen, wenn keiner sie richtig bestattet?«
Majs Augen blickten dunkel und verloren.
»Ich weiß es nicht, Sahti. Und wenn ich ehrlich sein soll, so habe ich viel zu viel Angst, um darüber nachzudenken.«
Sahti gingen seine Worte nicht mehr aus dem Kopf, zumal sie Tamas Leichnam bisher nirgendwo entdeckt hatte. Mit den anderen Kindern mochte sie nicht darüber reden, denn mit Ausnahme von Ita erschien ihr keiner dafür stark genug. Inzwischen kannte sie all ihre traurigen Schicksale: Amek war von seiner eigenen Tante für ein paar Silbertropfen an Ut verkauft worden; Bija hatte Ut unter ganz ähnlichen Vorspiegelungen wie Maj in sein unterirdisches Reich gelockt und dann nicht mehr gehen lassen, während Pani beim plötzlichen Tod der Eltern noch zu klein gewesen war, um sich gegen die Machenschaften des Balsamierers zu wehren. Nur Ita wollte nicht recht mit der Sprache herausrücken, wie sie hierher gelangt war.
Ich bin die einzige, die halbwegs freiwillig in sein düsteres Reich gekommen ist, dachte Sahti mit leisem Erstaunen. Weil ich damals noch die Illusion hatte, ich könnte ihn täuschen und Maj retten. Und anscheinend bin ich auch die Einzige, die den Gedanken an eine Flucht nicht aufgegeben hat.
Sie setzte ihre heimliche Suche nach Tamas Leiche erfolglos fort, bis sie ein paar Tage später endlich mit Ita allein war. Ut hatte den beiden Mädchen befohlen, die Leibeshülle eines Verstorbenen mit Sägespänen und duftendem Eichenmoos aufzufüllen, was besonders aufwendig war und nur dann erfolgte, wenn die Familie im Voraus mit hartem Silber bezahlte. Anschließend wurden mit Spezereien getränkte Leinenbäusche in die Augenhöhlen gelegt, um dem Gesicht einen lebendigeren Ausdruck zu verleihen. Aber der Balsamierer

hatte sich diesmal wohl aus Kostengründen für kleine Küchenzwiebeln entschieden.
Sahti musste Ita in den Arm fallen, weil sie gierig in das frische Gemüse beißen wollte.
»Das merkt doch niemand mehr, wenn er erst einmal dick in Leinenbinden gewickelt ist«, protestierte Ita. »Kannst du dir eigentlich vorstellen, wie hungrig ich bin?«
»Kann ich. Und vielleicht hätte ich sogar etwas, um den Vielfraß in deinem Bauch zu besänftigen.« Sahti atmete tief aus. Konnte sie Ita wirklich trauen? Sie entschied sich, alles zu riskieren. »Irgendwo muss es noch einen anderen, heimlichen Bereich geben«, flüsterte sie. Sie hatten ihre Arbeit beinahe vollendet, und schon im nächsten Moment konnte Ut oder einer seiner Büttel sie stören. »Ein Bereich, in den der Balsamierer niemand anderen lässt. Nicht einmal die Gehilfen. Weißt du vielleicht etwas davon?«
»Kann sein.« Es klang lauernd. »Was wäre dir die Auskunft denn wert?«
»Zwei kleine Brote. Zwei Tage hintereinander.«
»Drei Brote«, verbesserte Ita schnell. »Und mindestens drei Tage hintereinander. Sonst erfährst du von mir kein Wort.«
»Einverstanden. Aber nur, wenn du wirklich etwas zu sagen hast.«
»Zuerst die Brote«, beharrte Ita und begann erwartungsvoll zu lächeln. Sie war die einzige, die trotz der kargen Kost noch immer gut genährt war. Vermutlich, weil sie es wie keiner ihrer Leidensgefährten verstand, sich ständig Extraportionen zu beschaffen.
Sahti blieb nichts anderes übrig als drei endlose Abende durchzuhalten und sich die Brote vom Mund abzusparen. Nachdem Ita das letzte Stückchen verschlungen hatte, stand sie schon neben ihr. Die anderen Kinder waren gerade beim Waschen. Der Balsamierer geizte mit dem Wasser kaum weniger als mit Brot, Bohnen und Zwiebeln, so dass man, wenn man nur ein bisschen zu spät kam, die widerlichen Gerüche

an Armen und Fingern bis zur nächsten knappen Zuteilung nicht loswurde.
»Also, was ist nun?«, fragte Sahti ungeduldig.
»Er hat mich neulich in seine Grabkammer schleppen lassen«, sagte Ita zögernd. »Mitten in der Nacht, als ihr alle schon fest geschlafen habt. Dann hat er seine Gehilfen nach Hause geschickt und sich auf eigenartige Weise an der Wand zu schaffen gemacht. Zuerst dachte ich, er wollte mich wieder schlagen oder stechen, aber das war es offenbar nicht, was er im Sinn hatte.« Sie blickte starr zu Boden.
»Was war es dann?«
»Ich musste mich ausziehen, in einen hölzernen Sarg legen und ganz fest die Augen schließen, als sei ich schon tot.« Ihre Stimme war nur ein Flüstern. »Und dann …«
»So rede endlich!«
»… hat er sich auf mich gelegt, dieser fette, stinkende Kerl, bis ich dachte, er zerquetscht mir jeden einzelnen Knochen. ›Nicht atmen!‹, hat er immer wieder geflüstert – als hätte ich überhaupt Luft zum Atmen gehabt! Plötzlich begann er zu singen, etwas von Leibern, die vergehen, und anderen, die an ihre Stelle treten, und von Pyramiden und zerstörten Mauern – ach, was weiß ich! Ich habe stumm zu allen Göttern um Hilfe und Rettung gefleht, und irgendwann, als ich schon alle Hoffnung verloren hatte, war es plötzlich vorbei. Eine ganze Weile habe ich die Augen noch geschlossen gehalten, aus Angst, er würde mir etwas antun. Als ich endlich den Mut hatte, sie aufzumachen, stand er ein Stück von mir entfernt vor einer halb geöffneten Wandtür und weinte.«
»Er *weinte*?«
»Ja«, bestätigte Ita. »Und brabbelte dummes Zeug vor sich hin, das ich längst wieder vergessen habe. Aber das ist jetzt ganz egal. Verstehst du, Sahti? Der heimliche Bereich, nach dem du suchst, muss direkt neben seiner Grabkammer liegen. Normalerweise sieht die Wand mit dieser Tür aus, als wäre es nur eine ganz normal bemalte Fläche, du weißt

schon, die leicht abgeblätterte Stelle mit den Tänzerinnen und den weißen Lotosblüten.«
Sahti, die sich nur noch schwach an den ersten Abend erinnerte, nickte unschlüssig.
»Dort, wo die Wand wie gemalter Rosengranit aussieht.«
Jetzt wurde das Bild vor Sahtis Augen lebhafter. Sie versuchte es so deutlich wie möglich heraufzubeschwören.
»Irgendwo in seinem Verließ muss also eine Geheimtür sein, die in jener Nacht offen stand. Leider war es nicht hell genug, um genau erkennen zu können, was sich dahinter befand, aber eines weiß ich ganz bestimmt.«
»Ja?«
»Es war eine Art Tisch, ähnlich wie der mit den Löwenfüßen, auf dem er immer an den Toten herumschneidet. Außerdem habe ich auf dem Boden mindestens eine seiner unsäglichen Leichenwannen gesehen.« Ita schluckte, bevor sie leiser weitersprach. »Und ... es hat höllisch gestunken.«

*

Der Mond zog lange Lichtkegel über den Strom, als Nabu endlich von zwei Eunuchen in den Palast gebracht wurde. Sie hatte so lange auf diesen Tag gewartet, dass ihr nun alles ganz unwirklich erschien. Ohne Dienerinnen war es unmöglich, die Haut mit Pulvern und Pasten aufzuhellen und das Gesicht nach höfischer Sitte zu schminken. Sie hatte nicht einmal gewagt, die Schmuckstücke anzulegen, die Seqenenre ihr geschenkt hatte, aus Angst, sie womöglich abgenommen zu bekommen und dann nichts mehr zu besitzen, womit sie die Henker bestechen konnte, um einen raschen Tod zu erhalten. Deshalb hatte sie sich für ein einfaches gelbes Kleid entschieden, das ihre Haut wie Bronze wirken ließ, und sie war barfuss geblieben, nur mit einem Band geschmückt, das ihr gekräuseltes Haar aus der Stirn hielt.
Kamose empfing sie in einem Raum, den sie noch nie zuvor gesehen hatte. Er war leer bis auf viele Kissen, die auf dem

Boden lagen, und zahlreiche Lampen. Der junge Herrscher lud sie mit einer lässigen Handbewegung zum Sitzen ein.
»Eine Angewohnheit, die ich in der Wüste kennen gelernt und von den Beduinen übernommen habe. Ich hoffe, es ist bequem genug für dich.«
»Ich bin eine Tochter des Goldlandes«, erwiderte sie vorsichtig. »Und an weitaus Unbequemeres gewöhnt.«
»Das ist mir bekannt.« Er lächelte undurchdringlich.
Was wollte er von ihr?
Die Tür stand offen und ließ die warme Sommernacht herein, aber Nabu ließ sich davon nicht einlullen, ebenso wenig wie von seinem wissenden Lächeln, das sie an das der alten Königin erinnerte, die sie vom ersten Augenblick gehasst hatte.
»Weshalb hast du mich rufen lassen? Um mich endgültig in die Verbannung zu schicken? Oder um mir mein Todesurteil zu verkünden? Dann rede – damit ich es schneller hinter mir habe!«
»Ich wolle dich näher kennen lernen. Die Frau, die meinem Onkel ...«
»... den Tod gebracht hat, wie alle behaupten? Ist es das, was du sagen wolltest?«
Sie starrten sich schweigend an. Keiner war bereit, als Erster aufzugeben. Aber Nabu hatte in dieser Disziplin schon einmal gewonnen, und sie trug auch an diesem Abend den Sieg davon.
»Die schwarze Schlange«, sagte er schließlich bedächtig und ließ seinen Blick dabei über ihren Körper gleiten, als versuche er, Maß zu nehmen. »So nennt man dich überall. Und ich frage mich schon die ganze Zeit, ob man es wirklich zu Recht tut.«
Ganz langsam hob Nabu ihre Arme, damit er die dunklen Tätowierungen besser sehen konnte. Die linke Schlange schlief, scheinbar friedlich, die rechte jedoch züngelte bedrohlich empor.

»Sie machen euch Angst«, sagte sie, »euch Menschen aus Kemet. Weil sie auch fremd sind. Uralt. Und kraftvoll.«
»Sind sie das?«
Kamose war geschmeidig aufgestanden und hockte jetzt ganz nah vor ihr. Sein Knie stieß an ihres, und sie konnte seinen frischen Schweiß riechen, der ganz schwach von einem anderen würzigen Duft überdeckt war. Sein Gesicht war nur noch eine Armlänge von ihrem entfernt. Die Mundwinkel zuckten.
»Was willst du wirklich?«, fragte Nabu leise. »Doch nicht etwa deinen Harim um eine ausrangierte Favoritin bereichern, von der man nur das Schlimmste annimmt? Das würde nur böses Blut geben. Unter deinen eifersüchtigen Nebenfrauen schon mal garantiert. Und bei deiner steifen, traurigen Ascha erst recht.«
»Was weißt du schon von meiner Gemahlin?« Er wich vor ihr zurück. Sein Lächeln war verschwunden. »Du hast kein Recht, so über sie zu reden.«
»Natürlich nicht – vergib mir, großer Pharao!« Nabu senkte übertrieben demütig den Kopf. »Ich bin ja nichts anderes als ein Stück Vieh, das ihr aus dem Süden hergetrieben habt, nicht wahr?« Sie sah wieder auf und zwang ihn, sich erneut mit ihrem Blick zu messen. »Aber du kannst mir meine Augen nicht verbieten und ebenso wenig meine Ohren. Ich sehe, was ich sehe. Und höre, was ich höre – auch wenn es dir hundertmal nicht passt.«
»Und was siehst oder hörst du?«
Kamoses ganzer Körper war gespannt wie ein Bogen. Nabu konnte die zitternde Anspannung am eigenen Leib spüren.
»Jetzt bist du neugierig geworden, was?« Sie lachte laut auf. »Sag mir doch einfach, was du begehrst! Einen Zauber, damit sie dich endlich in ihr Bett lässt, um den Erben zu zeugen, den Kemet dringend von euch erwartet? Oder eher eine Prophezeiung, wann du jemals ihr kaltes Herz erwärmen

wirst? Vielleicht wäre dir ja schon mit einem simplen Liebestrank gedient, wie man ihn in Kusch …«
»Schweig!«
Kamose holte aus, um zuzuschlagen. Nabu jedoch bremste seine Hand mitten in der Bewegung und hielt sie kraftvoll fest.
»Du kannst mich töten lassen, Pharao«, zischte sie. »Aber du wirst mich nicht schlagen – niemals!«
Abermals begegneten sich ihre Blicke, und der stumme Zweikampf setzte sich fort.
»Du *bist* die schwarze Schlange«, sagte er schließlich mit widerwilligem Respekt.
»Ich bin die Frau der vielen Häutungen.« Nabu hatte sich erhoben und begann sich langsam vor ihm hin und her zu wiegen. »Weißt du eigentlich, wie alles begonnen hat, vor unerdenklich langer Zeit?«
Kamose schüttelte stumm den Kopf.
Seine Zunge klebte am Gaumen, sein Herz stand in Flammen. Alles in ihm schrie nach ihr, so wie ihn noch nie zuvor nach einer Frau verlangt hatte.
»Eines Tages kamen die Götter auf die Erde herab und fragten die Lebewesen: ›Wer will nicht sterben?‹« Nabus Stimme war sanft und scharf, erschien ihm wie Zurückweisung und Verheißung in einem. Sie fuhr weiter in ihrem aufreizenden Tanz, der alle seine Sinne verwirrte. »Unglücklicherweise schliefen gerade alle Menschen und alle Tiere. Nur die Schlange war wach und sagte: ›Ich‹.«
»Ich«, wiederholte Kamose gebannt. »Ich!«
Wie würde es sein, seine Haut an der ihren zu reiben? Wie, in ihr zu versinken und dabei ihre scharfen Nägel in seinem Fleisch zu spüren?
»… daher sterben alle Menschen und Tiere, und nur die Schlange stirbt nicht, es sei denn, sie wird feige getötet. Jedes Jahr wechselt sie ihre Haut. Und so bleibt sie allein stark und mächtig und sie allein …«

»Schweig!«
Er packte sie, zog sie ungestüm zu sich hinab. Und Nabu wehrte sich nicht. Gelöst und weich lag sie in seinen Armen und lauschte dem aufgeregten Schlagen seines Herzens an ihren Rippen.
»Sie allein erschafft die Geistkinder«, flüsterte sie an seinem Hals, »und erzeugt den Regen. Ihre Zunge verursacht den Blitz und ihre Kehle den Donner. Sie trinkt die Wasser der Meere und führt sie den Wolken zu, und wenn sie liebt, dann umschlingt sie den Geliebten wie …«
»Schweig!«
Diesmal klang es wie ein Schrei. Fast gewaltsam drückte Kamose ihre Schultern auf den Boden, damit sie ihm nicht wie ein Traum entgleiten konnte.
»Ja, lass uns schweigen, großer Pharao!«, murmelte Nabu, und ihr Atem streifte seine Wange, während ihre Hüften sich langsam in langen, warmen Wellen bewegten, von denen er wünschte, dass sie niemals enden würden. »Lass uns endlich schweigen!«

*

Durch einen Zufall fand Sahti heraus, dass Pani lesen konnte. Sie entdeckte ihn vor einer verblassten Wandzeichnung, die verschiedene Götterfiguren vor einer aufgebahrten Mumie zeigten. Als er Sahti sah, versteckte er verlegen seine Hände hinter dem Rücken.
»Was machst du da?«, fragte sie ihn. »Und wo bleiben die Leinenbinden, nach denen er dich geschickt hat? Du weißt doch, was passiert, wenn Ut dich beim Trödeln erwischt.«
»Nichts.« Er wich ihrem Blick aus wie ein geprügelter Welpe. »Gar nichts.«
»Komm schon, lüg mich nicht an! Ich bin die Einzige hier unten, die zu dir hält. Also?«
»Ich habe gelesen«, flüsterte er ängstlich. »Bitte verrat mich nicht!«

»Du kannst *lesen*?«
Pani nickte.
»Dann lies vor!«, verlangte Sahti, noch immer ganz ungläubig und deutete auf eine beliebige Stelle. »Was steht da geschrieben?«
»*Was sie im Westen zu tun haben ist, den Widersacher zu zermalmen und das Urgewässer entstehen zu lassen ...*«
Sein kleiner Zeigefinger, der langsam den Zeichen von oben nach unten gefolgt war, hielt inne. »Ab hier wird es zu undeutlich. Außerdem verstehe ich nicht, was es heißen soll. Ich war – ehrlich gesagt – nämlich nicht sehr lange in der Schreibschule.«
»Schreiben kannst du auch?«
»Das gehört doch zusammen!«, sagte Pani und reckte seinen Hals. »Aber mein Vater hat gesagt, dass ein guter Schreiber sein ganzes Leben lang dazulernen muss. Und da hätte ich ja noch viel vor mir gehabt – eigentlich.« Er schob das spitze Kinn nach vorn. Seine Augen begannen bereits verdächtig zu glänzen.
»Du vermisst ihn, nicht wahr?«
»Mama noch mehr«, flüsterte Pani, jetzt unter Tränen. »Die hat mich immer so lieb gehabt.«
Ohne lange nachzudenken, schlang Sahti ihre Arme um den Jungen und drückte ihn fest an sich. Er war ihr viel näher als Maj, der manchmal im Dunklen nach ihr greifen wollte, wenn die anderen schon schliefen, und dessen ungeschickte Hände sie bislang jedes Mal energisch zurückgeschoben hatte. Nichts war von der Anziehung übrig geblieben, die sie ihm gegenüber im hellen Sonnenlicht verspürt hatte, und selbst ihr eigener Körper erschien ihr hier unten manchmal wie ein unbekannter Feind. Seit Tagen schon fühlte sie sich so merkwürdig, gereizt und zerschlagen zugleich, immer ganz nah am Weinen, und dazu kam seit dem Morgen dieser seltsame Krampf, der ihre Eingeweide zusammenzog. Eine wilde Sehnsucht stieg in ihr auf, nach weichen, mütterlichen

Armen, die sie umfingen und liebevoll hielten, und ihre Augen begannen zu brennen.
»Wir kommen hier raus«, flüsterte sie in sein wirres, ungewaschenes Haar, »wirst sehen, schon bald! Er kann uns nicht in seiner geheimen Kammer begraben. Das darf er nicht!«
Furchtsam schaute Pani zu ihr auf. »Welche Kammer meinst du?«
»Scht! Schon gut, vergiss es einfach!«
Sahti ließ ihn los und strich ihr Kleid glatt. Auf dem Boden entdeckte sie ein paar dunkle Tropfen. Sie musste sich irgendwo eine kleine Verletzung zugezogen haben, denn auch an ihrem Bein war Blut.
Sie schob den Stoff nach oben und erschrak.
Der Fluch des Skorpions – und sie hatte sich nicht der Sichel des schwarzen Mondmessers gebeugt!
»Geh schon mal voraus«, sagte sie möglichst ruhig zu Pani und tastete nach der Löwenkralle. Gleichzeitig schossen ihr in einem wilden Durcheinander alle Gebete durch den Kopf, die Tama sie jemals gelehrt hatte. »Ich komme gleich nach.«
»Aber die Leinenbinden?«, wandte Pani ein, der allmählich zu lernen schien, worauf es ankam. »Er wird mich wieder schlagen, wenn ich sie nicht …«
»Die bringe ich sofort nach. Für dich sind sie ohnehin viel zu schwer.«
Erst als er verschwunden war, wagte sie sich zwei Leinenstreifen zu nehmen, mit denen sie sich notdürftig säuberte. Jetzt waren die Schmerzen im Unterbauch unerträglich, und sie hätte sich am liebsten auf der Stelle zusammengerollt. Schnell packte sie ein paar weitere Streifen, rollte sie zusammen und band sie sich unter das Kleid. Danach balancierte sie mühsam den Stapel Leinenbinden zu den Einwicklern und ließ ihn dort einfach zu Boden fallen.
»Kannst du nicht aufpassen?«, herrschte Ut sie an und knuffte sie in den Rücken. »Als ob das alles nichts kosten würde! Und jetzt mach, dass du endlich rüber zu Ita

kommst! Oder soll sie vielleicht alleine sauber machen?« Er kniff seine Augen zusammen und musterte sie eindringlich. »Da ist ja Blut an deinem Bein!«
»Da ist kein Blut«, widersprach Sahti, lief davon und zitterte noch immer, als sie im nächsten Stollen auf Ita traf, die gerade missgelaunt zwei schwere Wassereimer zum Balsamiertisch schleppte.
»Weißt du eigentlich, warum sie die Leichen junger Frauen frühestens nach drei Tagen zu Ut bringen?« Ita goss den ersten Eimer schwungvoll aus. »Dreimal darfst du raten!«
»Du meinst doch nicht etwa …« Alles vor Sahtis Augen begann zu verschwimmen.
»Was denn sonst, du Schäfchen! Wahrscheinlich macht er mit ihnen, was er bei mir nicht zu Ende gebracht hat. Ich sterbe auf der Stelle, wenn er mich noch einmal holen lässt.« Sie zog geräuschvoll die Nase hoch. »Aber vielleicht hab ich ja Glück und es sind einmal andere dran.«
»Wen meinst du?«, fragte Sahti leise. »Pani?«
»Möglich«, erwiderte Ita lakonisch. »Oder vielleicht dich?«

*

Hohes, gleichförmiges Singen riss Sahti aus dem Schlaf. Um sie herum waren die gleichmäßigen Atemzüge der anderen Kinder zu hören, bis auf die Panis, der meistens mit offenem Mund auf dem Rücken lag, die Hände zu Fäusten geballt, und auch heute fürchterlich schnarchte. Es roch streng in der kleinen Kammer, weil der Balsamierer ihnen am Abend aus einer plötzlichen Laune heraus das Waschwasser verweigert hatte, und es war dunkel, bis auf ein müde glimmendes Talglicht hoch oben in einer Wandnische.
Sahti war ungewohnt hungrig und richtig zittrig, als sie vorsichtig aufstand, um die anderen nicht zu wecken. Zum Glück waren die Blutungen inzwischen schwächer, aber sie trug noch immer die entwendeten Leinenrollen zwischen den Beinen und fühlte sich verletzbarer als sonst. Einen Au-

genblick zögerte sie, ob sie nicht doch Ita wecken solle, ließ es dann jedoch bleiben. Ita hatte sie erst gestern mit hässlichen Worten beschuldigt, ihr ein Brot gestohlen zu haben, und, als sich keiner der anderen ihren Vorwürfen anschließen wollte, sogar auf sie eingeschlagen. Es hatte keine Versöhnung vergeben, und selbst jetzt, das Gesicht zur Wand gerollt, schien Ita noch im Schlaf zu grollen.

Je näher Sahti der Grabkammer kam, in der Ut hauste, desto eindringlicher wurde der Gesang, und inzwischen gab es keinen Zweifel mehr, von wem er stammte. Die Gehilfen hatten das Felsengrab längst verlassen und würden erst in den Morgenstunden mit den Leichen eines verstorbenen Ehepaars zurückkommen.

An der Schwelle hielt sie inne, um ihren aufgeregten Atem zu besänftigen, aber alle Anstrengungen nützten nichts. Der Brustkorb hob und senkte sich stoßweise, die Handflächen waren nass. Sahti klammerte sich an die Löwenkralle, sandte ein Stoßgebet zu Isis und trat ein.

Von hinten sah sie nur Uts riesiges Hinterteil, unförmig wie das eines Elefanten, ein Gebirge aus talgigem, leicht gräulichem Fett. Dass er nackt war, fiel ihr erst auf, als er sich umdrehte. Sie vermied, den Blick auf das zu richten, was da so hässlich zwischen seinen fetten Schenkeln baumelte, sondern schaute ihm ins Gesicht – und erschrak.

Ut trug eine perfekt gestaltete Anubis-Maske, die seine Züge verhüllte. Hinter den schmalen Sehschlitzen funkelten kalte Augen.

Sein Gesang verstummte abrupt.

»Die kleine Schwarze – sieh einmal an!« Zum Glück machte er keinerlei Anstalten, sich Sahti zu nähern. »Wolltest du mir Gesellschaft leisten? Oder hat dich die Sehnsucht nach deiner goldenen Göttin hierher getrieben?« Sein Zeigefinger wies in eine Nische. »Da steht sie, und ihr kleiner giftiger Skorpionfreund küsst mich jeden Abend, bevor ich einschlafe.«

Sahti schüttelte den Kopf. Aber sie prägte sich die Stelle genau ein.
»Wo ist Tama?«, sagte sie und war froh, dass ihre Stimme nicht zitterte.
»Tama?«, wiederholte er, als sei ihm dieser Name schon gänzlich entfallen.
»Tama«, bekräftigte Sahti. »Die Weberin. Meine Mutter. Wieso ist sie noch nicht bestattet?«
»Deine Mutter dürfte höchstwahrscheinlich irgendwo im Süden zwischen Dreck und Fliegen verreckt sein.« Hinter der Maske war seine Stimme noch hohler als sonst. »Aber wir wollen heute mal ausnahmsweise nicht so penibel sein. Du hast dich also schon fleißig nach der toten Weberin umgesehen? Schlaues Mädchen! Und sie leider trotzdem nicht gefunden? Armes Mädchen!« Sein Lachen ließ alles Fett erzittern. »Konntest du auch nicht. Denn sie war ja bei mir. Komm!«
Sein Finger wies in Richtung einer halb geöffneten Tür. In der Wand zwischen den aufgemalten Musikantinnen und Tänzerinnen mit den Lotosblüten tat sich ein dunkler Spalt auf, aus dem ein widerwärtiger Geruch drang.
»Worauf wartest du noch?«, drängte Ut. »Willst du eine Antwort auf deine Fragen, oder nicht?«
Es schauderte Sahti, und sie sehnte sich so inständig zurück nach Licht und Sonne, dass sie beinahe geweint hätte. Aber so nah dem Ziel konnte sie nicht aufgeben. Tapfer machte sie einen Schritt auf die Tür zu und noch einen, bis sie endlich an ihr angelangt war. Dahinter öffnete sich ein großer, grob aus dem Gestein gehauener Raum, in dem Tische und verschiedene Wannen standen, genauso wie Ita vermutet hatte.
»Angst?« Er war auf einmal neben ihr, und sie konnte vor Aufregung kaum noch atmen. »Wer die Schwelle des Todes überschreitet, darf die Werke der Götter sehen und ist ein Eingeweihter. Also, mach schon!« Er stieß sie unsanft voran.
»Was ist das hier?«, fragte Sahti leise.

»Das?« Er lachte schrill. »Mein Laboratorium, könnte man sagen. Oder, wenn du so willst, die Werkstatt der Götter.«
Mit steifen Gliedern ging Sahti weiter. Auf dem ersten Tisch lag eine junge Frau, noch im Tod sehr schön, und plötzlich kam Sahti wieder in den Sinn, was Ita über die Dreitagesfrist gesagt hatte. In einer Mischung aus Neugierde und Grausen trat sie näher.
»Gefällt sie dir?«, flüsterte Ut. »Mir gefällt sie auch. Die Toten sind schöner als die Lebenden. Und sie gehören mir. Mir allein!«
Sahti drehte sich abrupt um.
»Wo ist Tama?«, wiederholte sie. »Rede endlich! Was hast du mit ihr gemacht?«
»Du willst es wirklich wissen?«
Der Gestank war beinahe überwältigend. Ut lachte abermals, als er sah, wie Sahti sich die Nase zuhielt.
»Um solche Nebensächlichkeiten kann man sich nicht kümmern, wenn man nach den Sternen strebt. Ich experimentiere, verstehst du? Nein, ich schöpfe! Wenn du so willst, ganz ähnlich wie Ptah. Ja, ich bin Ptah und Anubis und Osiris – alle auf einmal. Mal weide ich die Toten ganz aus, dann wieder entnehme ich nur einzelne Teile und beobachte, was anschließend geschieht. Sie sind mein Material. Ich kann aus ihnen formen, was immer mir beliebt!«
Sie waren jetzt fast in der Mitte des Raumes angelangt, Ut immer ganz dicht neben ihr. Auf einem weiteren Tisch lag die Leiche eines Mannes, deren Balsamierung beinahe abgeschlossen schien. Sein Körper war trocken und schrumpelig, der Bauchraum aufgeschnitten.
»Du hast mich eben in meiner Kunst gestört«, flüsterte Ut. »Dabei war ich gerade dabei, ihn für die Ewigkeit zu präparieren. »Da!« Er griff in einen Eimer und hielt Sahti etwas Bräunliches vor die Nase. »Das hier wird sein neues Herz.«
»Aber das ist ja Dung!« Angeekelt wich sie zurück. »Das darfst du nicht! Wie soll da sein Herz jemals auf der Waag-

schale der Maat vor den Augen des Osiris gewogen werden?«
»Ich bin der König der Ewigkeit«, schrie Ut hysterisch. »Und ich entscheide, ob er ein Herz erhält oder nicht, das Anklage gegen ihn erheben kann!« Mit einer groben Geste stopfte er den Dung in den Brustkorb der Leiche und begann erneut schrill zu singen: »Höre auf mich, mein Herz, denn ich bin dein Herr! Da du nicht in meinem Leibe bist, wirst du mir keinen Schaden antun ...«
Das war das Schlimmste, was man einem Menschen zufügen konnte! Damit war jede Hoffnung auf ein Weiterleben nach dem Tod entgültig vertan.
Er hielt inne und genoss Sahtis sprachloses Entsetzen.
»Und Tama?«, brachte das Mädchen schließlich mühsam hervor. »Hast du sie etwa auch ...«
»Meiner Rache entgeht kein Sterblicher«, erwiderte Ut dumpf und nahm das schwarze Sichelmesser vom Tisch. Alles in Sahti verkrampfte sich. »Allerdings ist sie noch nicht so weit. Ich habe sie einstweilen meinem Abfallhaufen zugeführt, den Leichen Namenloser, du verstehst, die ich für meine speziellen Experimente brauche. Natron zum Beispiel; was meinst du, was passiert, wenn man die Dosis um ein Zigfaches erhöht und dann Wasser zuführt? Tritt näher, Mädchen! Es macht Spaß, dabei zuzusehen.«
Er tänzelte in die andere Ecke. Sahti folgte ihm wie gebannt. Vor einer riesigen Wanne hielt er inne.
»Wie Ptah«, flüsterte er. »Ich kann schöpfen und zerstören – ich bin ein Gott!« Sein Ton änderte sich, wurde beinahe sachlich. »Blutest du noch?«
Wie er konnte er es wagen, ihre intimsten Dinge auszusprechen? Sahtis Angst wich heißem Zorn.
»Das geht dich gar nichts an!«
»Und ob! Glaubst du vielleicht, ich merke es nicht, wenn du mir mein kostbares Leinen stiehlst? Außerdem brauche ich dich für das, was ich mit dir vorhabe, sauber und rein.« Er

stieß mit der Messerspitze sacht gegen ihren Arm. »Du denkst doch nicht im Ernst, dass ich dich noch einmal zurück zu den anderen lasse, nach dem, was du hier alles ausspioniert hast?«
Er kam näher. Bei jedem Schritt schien das Sichelmesser in seiner Hand zu wachsen.
»Lass mich!«, flüsterte Sahti, unfähig, sich zu bewegen. »Ich werde ihnen nichts verraten. Gar nichts. Das schwöre ich.«
»Nein, das wirst du nicht. Und weißt du auch, warum, Mädchen?« Er klang beinahe belustigt. »Weil du nämlich diesen Raum nie mehr verlassen wirst – weder lebend noch tot.«
So schnell es seine Fülle erlaubte, wollte er sich auf Sahti stürzen, aber er übersah, dass sie einen Fuß ausgestreckt hatte. Ut kippte vornüber und schlug mit der Stirn hart gegen eine Wanne. Ohnmächtig sank er in sich zusammen. Das schwarze Messer fiel neben ihn auf den Boden.
»In die Wanne mit ihm, in die Wanne!« Itas helle Stimme riss Sahti aus ihrer Versteinerung. Zusammen mit den anderen Kindern kam sie in den geheimen Raum gestürmt. »Wir tauchen ihn ins Natronbad! Macht schon, bevor er wieder zu sich kommt! Maj und Amek, ihr nehmt die Beine. Bija, Sahti und Pani – ihr die Arme! Beeilt euch! Wenn er zu sich kommt, ist es zu spät.«
Die Kinder machten sich an dem Koloss zu schaffen, und gemeinsam gelang es ihnen, Ut wie ein schweres totes Tier hochzuhieven.
»Wir sollen ihn töten?«, fragte Sahti und wich zurück. »Aber man darf nicht töten!«
»Willst du warten, bis er sich erholt? Er hat uns lange genug gequält!«
Schwerfällig plumpste Ut in das Natronbad, und sein massiger Körper ließ die ätzende Flüssigkeit hochspritzen. Einen Augenblick war er regungslos in der Wanne, dann jedoch begann sein Rumpf zu zittern.
Pani schrie entsetzt auf. »Er lebt noch, er lebt!«

Der Balsamierer versuchte in der Tat hochzukommen, aber seine Füße fanden an der glitschigen Wanne keinen Halt.
»Drückt ihn nach unten!«, befahl Ita unerbittlich. »Fest! Alle zusammen. Er darf seinem Schicksal nicht entkommen!«
Die Kinder gehorchten, obwohl das Natron scharf durch ihre Haut drang, aber Ut wehrte sich noch immer. Und plötzlich schienen seine Kräfte zurückzukehren. Wie ein gestrandetes Seeungeheuer kam er wieder nach oben. Er hatte die Maske verloren. Sein Gesicht war weiß und leer, wie ausgelöscht.
»Das Messer, Sahti, das Messer!«, gellte Ita. »Wenn du nicht …«
Sahti packte das Messer aus schwarzem Stein, schloss die Augen, dachte an Tama und stieß kraftvoll zu.

SIEBTE STUNDE: WELT DER STERNE

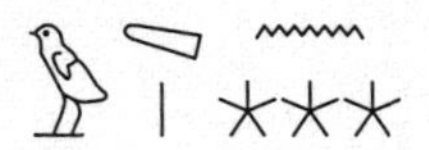

Nach den abgestandenen Dünsten und dem Gestank im Felsengrab erschien den Kindern die Nachtluft so mild und wohltuend, dass immer wieder eines von ihnen stehen blieb, um sie tief in sich einzuatmen. Außerdem brannten aller Hände noch vom Kontakt mit dem Natronbad, und es brachte Linderung, sie in den sanften Wind zu halten. Ausgiebig Gelegenheit blieb ihnen freilich nicht dazu, denn Ita trieb sie unermüdlich zum Weitermarschieren an, wenngleich einige auch heimlich murrten. Ihr offen zu widersprechen hätte jedoch keiner gewagt. Wie selbstverständlich hatte sie die Leitung der kleinen Schar übernommen und sie führte sie, ein flackerndes Öllämpchen in der Hand, nicht in Richtung Nil, sondern westwärts ins benachbarte Felsental.

»Zum Jammern und Sternegucken ist später noch Zeit genug«, verkündete sie, sobald einer zurückfiel. »Und passt bloß auf eure Füße auf, damit nicht ein Unglück geschieht. Der Pfad ist schmal und voller Dornen. Muss eine halbe Ewigkeit her sein, seit hier jemand lang gelaufen ist.«

»Aber ich will doch eigentlich viel lieber zum Fluss!« Pani verzog das Gesicht, als wolle er gleich zu weinen anfangen, und tastete schutzsuchend nach Sahtis Hand. »Und dann über das Wasser zurück. Endlich wieder nach Hause!«

»Es gibt kein Zuhause mehr. Schon vergessen?« Ächzend wechselte Ita den voll gepackten Leinenbeutel von einer Schulter auf die andere. »Für keinen von uns. Also macht schon! Es kann nicht mehr weit sein.«

Als Einzige hatte sie in all der Aufregung einen kühlen Kopf bewahrt. Sie hatte den Schlüssel aus Uts heimlichem Versteck, das sie in den letzten Tagen ausspioniert haben musste, geholt und den einzigen Ausgang ins Freie aufgeschlossen, während die anderen noch aufgeregt durcheinanderschrien, uneins, was sie als Nächstes unternehmen sollten. Furchtlos war sie zusammen mit Maj und Amek sogar noch einmal in das dunkle Gefängnis zurückgekehrt, um Wasser und die wichtigsten Lebensmittel für die Flucht zu besorgen.

»Musst du ihn so anfahren?«, sagte Sahti, als der Kleine eingeschüchtert den Kopf hingen ließ. Sie hatte das ganze Geschehen wie in einer tiefen Betäubung miterlebt, die selbst jetzt nur langsam wich. »Und Angst brauchst du ihm auch nicht einzujagen! Das ist jetzt zum Glück vorbei.«

»Ach ja?« Ita blieb abrupt vor ihr stehen. »Wer hat denn zugestochen?« Befriedigt beobachtete sie, wie Sahti zusammenfuhr. »Na also! Entkrampf dich doch – du hast es ja für uns getan! Natürlich halten wir fest zusammen. Bis in den Tod, du Schäfchen. Denn wenn sie uns erwischen, dann sind wir alle dran. Jeder Einzelne!«

Amek und Maj, mit zerlumpten Decken und weiteren Vorräten bepackt, tauschten einen besorgten Blick. Nur der schlaksige Bija, bisher immer still und verängstigt, konnte seinen plötzlichen Übermut kaum noch zügeln.

»Wir hätten ihm doch noch das Fell über die Ohren ziehen sollen!« Trotz Itas Warnungen dachte er nicht daran, die Stimme zu dämpfen. Die gegenüberliegende Felswand warf seine Worte klar und überdeutlich zurück, was ihm besonderen Spaß bereiten zu schien. »Wie einem räudigen Schakal. Oder ihn von oben bis unten aufschlitzen und anschließend mit seinen widerlichen Spezereien ausstopfen.«

»Wenn du derart weiterbrüllst, können wir uns die Suche nach einem Versteck ersparen«, wies Ita ihn scharf zurecht, »und stattdessen auf der Stelle zu den Bütteln des Pharaos gehen. Wer allerdings, meinst du, würde uns dort auch nur ein Wort glauben – einer Hand voll verdreckter Waisenkin-

der, die keiner vermisst?« Sie stieß einen tiefen Seufzer aus. »Was hab' ich mir bloß mit euch aufgeladen? Ich muss verrückt gewesen sein.« Dann packte sie Sahtis Arm und quetschte ihn. »Jetzt sag doch endlich auch einmal etwas!«
»Du hast ja Recht«, murmelte Sahti, noch immer ganz benommen. Nicht einmal während des Gehens konnte sie aufhören, auf ihre Hände zu starren. Hatten sie wirklich das schwarze Messer geführt? Und dem Balsamierer den Tod gebracht? Seit sie Uts Fängen entflohen waren, kreisten ihre Gedanken unablässig um ein und dieselbe Frage. »Aber wenn er vielleicht gar nicht wirklich ... Ich meine, wenn er noch nicht ganz tot war ...« Sie schlug die Hände vor das Gesicht und ließ sie angeekelt sofort wieder sinken.
Jetzt blieben alle erschrocken stehen.
»Unsinn!«, erklärte Ita kategorisch. »Das überlebt kein Mensch. Habt ihr nicht das viele Blut gesehen? Wie bei einer geschlachteten Sau!« Die Kinder nickten einhellig. »Und bewegt hat er sich auch nicht mehr. Der wird niemanden mehr quälen, das schwöre ich euch!« Ihr Ton bekam etwas Triumphierendes. »Na, bitte, wusste ich es doch – wir sind am Ziel!«
Vor ihnen erhob sich eine lange, sanft ansteigende Rampe, die sie zögernd betraten.
»Was ist das?«, flüsterte Pani beeindruckt, als sie oben angelangten und im Mondlicht die ersten Säulenreihen erblickten. »Ein Grab? Oder ein verwunschener Palast? Warst du denn schon einmal hier?«
»War ich. Vor einigen Jahren, als mein Vater noch gelebt hat.« Ita lächelte und schien auf einmal wie umgewandelt. »Und von Gräbern hab' ich vorerst einmal die Nase gründlich voll, ihr nicht?«
Die Spannung entlud sich in lautem Gelächter.
»Das muss einmal ein Tempel gewesen sein«, sagte Bija, der vorausgelaufen war. »Seht doch – all die kunstvoll behauenen Steine zwischen dem Geröll!« Neugierig ging er weiter.

»Das hier könnte ein Opfertisch gewesen sein. Und das dort die Nische für ein Götterbild. Aber geopfert wird hier bestimmt schon lange keinem mehr. Vielleicht schützt uns der Gott, dem die Stätte geweiht ist, trotzdem.«
Nur noch einige der Säulen waren vollständig, andere waren halb eingestürzt, und auch der ehemalige Tempelgarten, in den sie schließlich kamen, war verwildert und gänzlich verdorrt.
»Eben!« Ita lachte. »Genau deshalb sind wir ja hier. Damit keiner uns findet. Und niemand uns etwas antun kann. Von hier aus können wir bei Sonnenaufgang ungehindert zum Strom aufbrechen. Aber jetzt sollten wir uns erst einmal stärken – also, ich könnte mühelos einen ganzen Ochsen verdrücken.«
Alle waren heilfroh, dass sie als Einzige an Wasser und Essen gedacht hatte. Ita ließ nicht zu, dass jemand ihr half, sondern versorgte die Schar, beinahe so fürsorglich wie eine Mutter, aus ihrem Beutel mit Brot und den lang entbehrten Streifen getrockneten Fleisches. Amek und Maj steuerten Dörrfisch, getrocknete Feigen und ein paar der Kaktusfrüchte bei, die sie am Rande des Fruchtlandes gepflückt hatten und die erfrischend säuerlich schmeckten. Die Kinder saßen im Kreis, aßen, tranken, und immer wieder versuchte einer von ihnen einen Spaß, um die anderen aufzuheitern. Allein Sahti hielt sich abseits und starrte schweigend in den nachtblauen Himmel.
»Du hast ja dein Brot noch gar nicht angerührt!«, sagte Ita, als die anderen sich schon zusammengerollt und zum Schutz gegen die Wüstennacht in die gewohnten Lumpen gewickelt hatten. »Und kein einziges Fitzelchen Fleisch gegessen. Bist du krank? Was ist mir dir?«
»Nichts. Ich weiß nicht. Da – nimm!« Sahti streckte ihr alles entgegen. »Ich bin nicht hungrig.« Sie zog die Knie an, umschlang sie mit den Armen und machte sich ganz klein.
»Aber du musst essen. Wir haben gerade mal den ersten Teil

des Abenteuers hinter uns. Wer weiß, was morgen noch auf uns zukommt!«
»Lass mich!«, erwiderte Sahti dumpf. »Ich möchte allein sein.«
»Hör mal, das mit dem Brot tut mir wirklich Leid! Ich weiß inzwischen, dass du es nicht warst.«
»Als ob das jetzt noch eine Rolle spielen würde! Nach allem, was passiert ist. Ohne dich, Ita, wäre ich längst nicht mehr am Leben ...« Sahti begann haltlos zu weinen.
Ita rückte näher und legte ihr schließlich zögernd den Arm um die Schultern. »Wir hatten doch keine Wahl!«, flüsterte sie überraschend sanft. Ihr Körper fühlte sich weich und warm an – fast wie der ihrer Schwester Ruju, wenngleich Ita anders roch, schärfer, fast ein wenig beißend. »Nach und nach hätte er uns alle umgebracht. Er war wahnsinnig, Sahti, vergiss das nicht! Ein Monstrum, das den Tod hundertmal verdient hat!«
Sahti fuhr tränenüberströmt hoch. »Kannst du dir vorstellen, was er mit Tama gemacht hat? Und mit den anderen Namenlosen?« Sie sprach weiter, stockend, wie unter Schmerzen. »›Abfallhaufen‹, so hat er sie genannt! Er hat sie zerschnitten, getrocknet und wieder eingeweicht – wie ... wie ... alte Stoffstreifen oder Papyrusrollen! Und an Stelle des Herzens hat er ihnen ...«
»Was hat er?«, fragte Ita, plötzlich sehr interessiert.
»Ach, nichts!« Es war Sahti unmöglich weiterzufahren.
»Egal! Vergiss es einfach und alles, was du da unten an Scheußlichem gesehen und erlebt hast! Er ist tot – und wir leben. Nur das zählt.« Das Mädchen strich sich das Haar aus der Stirn. »Obwohl ich nicht die geringste Ahnung habe, was aus uns werden soll. Du vielleicht?«
Sahti schüttelte den Kopf.
»Wer wird uns Arbeit geben? Und Essen? Oder uns bei sich aufnehmen? Wir sind doch alle noch zu jung, um alleine zu leben!« Energisch schob sie ihr Kinn vor. »Aber was auch

immer passiert, eines weiß ich ganz genau: Zum Westufer bringt mich niemand mehr, nicht, solange ich noch einen einzigen Funken Leben in mir habe.«

»Mich auch nicht!«, pflichtete Sahti ihr bei. »Wenngleich ich vor lauter Angst vergessen habe …«

Die Selket! Die goldene Göttinnenstatue musste noch immer in der dunklen Nische stehen. Was würde geschehen, wenn man sie entdeckte? Gab es einen Hinweis darauf, dass sie von Namiz kam, den sie womöglich übersehen hatte? Wenn ja – niemals würde sie sich das verzeihen!

»Du sprichst schon wieder in Rätseln, Sahti«, sagte Ita ungeduldig. »Was hast du vergessen? Na schön, ich versteh' jedenfalls kein Wort. Besser, du schläfst dich jetzt erst einmal gründlich aus. Ich übernehme die erste Wache, und anschließend kommt Maj an die Reihe.« Sie begann zu kichern. »Ich wette, der würde alles darum geben, jetzt hier so nah bei dir sitzen zu können. Du, der ist wirklich in dich verliebt!«

»Unsinn!«, fuhr Sahti sie an. »Das bildest du dir nur ein.«

»Kein Unsinn!«, beharrte Ita feixend. »Hast du nicht bemerkt, wie er dich anstarrt? Wie ein Kalb, das Salz gerochen hat.« Ihr Gesichtsausdruck bekam etwas Schwärmerisches. »Und jetzt, gute Nacht – träum süß!«

Sie setzte sich aufrecht hin, die Augen in Richtung Nil, wenngleich ihr ein vorgelagertes Felsenmassiv den Blick auf das Wasser versperrte. Aber sie hielt nicht lange durch, ebenso wenig wie Maj, der irgendwann mitten in der Nacht hochschreckte und Ita schlummernd fand. Kurzerhand rollte er sich neben ihr zusammen, zufrieden, von ihrem Körper gewärmt zu werden.

Als der Sonnenball sich rot und golden über dem Horizont erhob, fand Sahti, die plötzlich aufgewacht war, ihn ebenso tief schlafend vor wie alle anderen. So behutsam wie möglich ging sie von einem zum anderen und weckte sie. Die Kinder rieben sich den Schlaf aus den Augen, teilten Wasser und Essensreste und brachen danach sofort auf. Pani hielt sich

wie schon beim Hinmarsch eng neben Sahti und wollte ihre Hand am liebsten gar nicht mehr loslassen.
»Tut dir die Haut auch noch so weh?«, flüsterte er. »Es brennt und juckt.«
»Ein bisschen. Aber das vergeht wieder. Am besten, du versuchst gar nicht daran zu denken.«
»Wohin werden wir jetzt gehen?« Es klang verzagt. »Ich meine, auf dem anderen Ufer … Wirst du mich dort allein lassen, Sahti?«
»Niemals«, erwiderte sie fest. »Und jetzt sei still und stell dir lieber vor, du seiest eine kleine Bergziege, die irgendwo hier zu Hause ist. Sonst stürzt du mir noch ab, bei all dem Geplapper.«
Folgsam blieb Pani stumm, bis sie die Anlegestelle erreicht hatten. Weil es nirgends einen Schutz oder Unterstand gab, duckten sich die Kinder unwillkürlich, als wollten sie sich unsichtbar machen. Schließlich wagte Maj als Einziger das auszusprechen, was sie insgeheim alle bewegte: »Und was, wenn uns Uts Gehilfen doch noch entdecken und gewaltsam zurück in die Unterwelt schleifen? Vielleicht sind sie auf dem ersten Boot.«
»Sollen sie uns doch mitschleifen!« Bija, kleiner und um einiges magerer, baute sich mutig vor Maj auf. »Aber erst, nachdem sie mich umgebracht haben.«
»Was können sie uns schon anhaben?«, sagte zu Sahtis Überraschung ausgerechnet Ita. »Selbst, wenn sie seine Leiche entdecken?« Sie zog eine übertriebene Grimasse. »Es hat uns doch niemals gegeben! Wir existieren praktisch gar nicht!«
»Die Fähre!«, rief Pani und fuchtelte aufgeregt mit seinen dünnen Armen. »Sie kommt, sie kommt – seht doch nur! Mit einem Segel wie aus purem Gold. Jetzt sind wir gleich in Sicherheit!«

*

Sie lernten den Hunger kennen, schneller als gedacht. Und die Gier dahinter, die sie zwang, ständig ans Essen zu denken. Denn das stolze Waset zeigte wenig Mitleid mit heimatlosen Kindern. Auf einmal erschien ihnen die Stadt düster, ein Labyrinth eng ineinandergeschachtelter Häuser und schmutziger Gassen, und die breiten Prozessionsstraßen, schattigen Tempel und künstlich angelegten Seen waren unerreichbar. Nofrets Haus hatten längst andere Leute bezogen, eine unfreundliche Alte nebst kaum minder mürrischer Tochter, die die Kinder wegjagten, als sie vorsichtig nachschauen kamen.

»Haut bloß ab – elendes Bettlerpack!«

Ganz ähnlich erging es ihnen vor Tamas Anwesen. Ein Nachbar, lange schon erpicht auf die Werkstatt der Weberin, hatte nichts Eiligeres zu tun gehabt, als dort seine Binsenmatten zu flechten, und als Sahti mit den anderen nicht gleich verschwand, weil sie überall nach Kadiis suchte, geriet er regelrecht in Wut.

»Antef und Tara hatten keine Kinder, das weiß ich genau!«, schrie er aufgebracht. »Schon gar nicht so eine schwarze Ausgeburt der Unterwelt wie dich! Und Katzen werden ertränkt – Schluss! Jetzt lass mich endlich in Frieden weiterarbeiten! Oder soll ich meine Hunde auf euch hetzen?«

»Dann sag mir wenigstens, wo ich Redi finden kann!«, sagte Sahti. »Die dicke Redi, du weißt schon, die meiner Ziehmutter … die Tama immer geholfen hat.«

Sein Mund verzog sich zu einem gemeinen Grinsen. »Auf dem Friedhof, wenn du es ganz genau wissen willst, und das bereits seit zwei Monden! Zu viel verdorbener Fisch. Und jetzt seht zu, dass ihr auf der Stelle verschwindet!«

Den Kindern blieb nichts anderes übrig, als zurück zum Markt zu trotten. Wenn sie Glück hatten, erbarmte sich einer der Händler und überließ ihnen etwas von den Abfällen. Lief es weniger gut, dann mussten sie sich notgedrungen mit Stehlen durchschlagen. Der erste Griff nach fremdem Gut war für alle noch eine große Überwindung gewesen; Gewohnheit jedoch und ein ständig knurrender Magen stumpften sie nach und nach ab. Nachts schliefen sie vorzugsweise in der Nähe des Nils, immer auf der Hut vor anderen Obdachlosen, die wenig erpicht darauf schienen, neue Konkurrenten zu bekommen.

»Wenn wir uns nicht ebenfalls die Augen ausstechen oder wenigstens einen Fuß abhacken, haben wir auf Dauer vermutlich wenig Aussichten«, kommentierte Ita bitter, als sie abends zusammensaßen. »Ich wusste gar nicht, dass die Bewohner Wasets so hartherzig sind.« Ein paar Brote, drei magere Fische sowie ein Beutel angeschlagener Feigen waren alles, was sie an einem bescheidenen Feuer miteinander teilen konnten. »Und nun? Was weiter?«

»Ich könnte morgen wieder bei den Zimmerleuten im Hafen anfangen«, begann Maj nach einer Weile verlegen. »Und Bija auch, wenngleich zunächst nur auf Probe. Sie wollen sich erst vergewissern, ob er auch wirklich stark genug für diese Arbeit ist. Wir kriegen zweimal am Tag zu essen. Und ein Bett auch – aber nur für uns beide.«

Keiner der anderen sagte etwas.

»Egal! Ich will ohnehin in den Süden, nach Abu«, murmelte Amek schließlich. »Wenn ich Glück habe, nimmt mich vielleicht schon morgen ein Boot dorthin mit.«

»Zum ersten Katarakt?«, fragte Sahti erstaunt. Noch eben hatte sie sich so zerschlagen gefühlt, dass sie nur mühsam die Augen offen halten konnte. Die Erinnerung an die gewaltigen schwarzen Felsbarrieren im Fluss jedoch ließen sie die ständige Erschöpfung für einen Augenblick vergessen. »Was willst du denn ausgerechnet dort?«

»Mein Vater stammt von der Insel Abu und hat immer viel von seiner Heimat erzählt. Wenn mich nicht alles täuscht, dann muss dort noch einer seiner jüngeren Brüder leben, der mit Gewürzen handelt. Vielleicht nimmt der mich auf.«

»Amek als Safranfresser!«, spottete Ita, um nicht zu zeigen, wie elend sie sich fühlte. »Nette Vorstellung! Und was machst du, wenn er nicht mehr lebt? Oder selber einen Stall voller Kinder hat und nichts von dir wissen will?« Ihre Stimme klang plötzlich brüchig. »Außerdem dachte ich, wir halten zusammen – für immer.«

Er schien auf einmal verlegen. »Dann werde ich eben versuchen, mich als Rekrut anwerben zu lassen. Ich habe gehört, dass der neue Pharao Soldaten braucht!«

»Du willst auf Befehl töten?« Ita ließ ihn noch immer nicht in Ruhe. »Hast du nicht genug davon?«

»Immer noch besser, als wie Schweine im Dreck nach Essen zu wühlen«, erwiderte Amek heftig und wandte sich ab.

»Und wir, Sahti?« Panis übergroße Koboldaugen starrten sie an, als würde sein Leben von ihr abhängen. »Wo sollen wir bleiben, wenn alle anderen uns verlassen?«

»Keiner verlässt uns, Pani!« Sahti strengte sich an, ihre eigene Besorgnis niederzukämpfen. »Die anderen versuchen nur, sich durchzuschlagen, und das ist gut so. Oder sollen wir vielleicht lieber alle zusammen Hand in Hand verhungern?«

Der Kleine schüttelte den Kopf, nur halbwegs überzeugt.

»Na also, siehst du! Und was uns beide betrifft …«, sie schien zu überlegen. »Ich denke, wir gehen morgen noch einmal zu Namiz' Haus.« Sahti strengte sich an, in ihre Stimme wenigstens einen Hauch von Zuversichtlichkeit zu legen. »Irgendwann muss er ja schließlich von seiner Expedition zurückkehren. Und dann wird er uns sicher …«

»Mich auch?«

Wie zufällig berührte Ita Sahtis Narbe. Deren Rechte umklammerte den schmutzstarrenden Beutel, den sie niemals losließ, seit sie das Grab verlassen hatten, nicht einmal im Schlaf. Die Augen der beiden Mädchen trafen sich und fochten einen stummen Kampf aus: *Du weißt, was ich für dich getan habe.* Itas Blick war unmissverständlich. *Jetzt bist du an der Reihe! Und ich hoffe, du begreifst, was das bedeutet …*

Sahti nickte wie unter Zwang.
Im ersten Morgengrauen verabschiedeten sie sich voneinander. Ita warf sich Maj als Letzten an die Brust und küsste ihn auf beide Wangen; der Junge dagegen stand stocksteif da und wagte nicht einmal den Blick zu heben. Als Sahti an der Reihe war, strich er nur einmal zaghaft über ihren Arm.
»Der Schutz der Götter sei mit dir, Maj!«, sagte Sahti rasch, um ihre Rührung zu verbergen. »Und jetzt geh! Sonst versäumst du noch das Morgenmahl und musst mit leerem Magen schwere Bretter schleppen.«
Sie zwang sich, sich nicht umzudrehen, und zog Pani mit sich, der es auf einmal alles andere als eilig zu haben schien. Ita folgte ihnen schweigend durch die Gassen und Straßen, bis sie endlich ihr Ziel erreicht hatten.
»Was wollt ihr schon wieder?«, fuhr der Diener sie an, als sie vorsichtig an die Pforte geklopft hatten. »Verschwindet! Heute waren von euresgleichen schon mehr genug da.«
»Ist der Herr vielleicht zu Hause?«, fragte Sahti höflich.
»Der Herr? Ich wüsste nicht, was dich das angeht.« Aufgebracht machte er Anstalten, ihnen die Tür vor der Nase durchzuschlagen.
Im Inneren des Hauses meinte Sahti ein Scharren zu hören, als würden schwere Kisten langsam über den Boden gezogen. Plötzlich, mit einem Mal, war ihre Schüchternheit verschwunden.
»Ich muss ihn aber sprechen«, beharrte sie. Sie war so hungrig und erschöpft, dass sie kaum noch stehen konnte. »Bitte – er ist mein Freund!«
»Dein Freund?« Anmaßend flog der Blick des Dieners über die drei zerlumpten Gestalten. »So eine Unverschämtheit habe ich doch wirklich noch nie …«
»Sahti – Mädchen!« Der Mann, der ihn energisch beiseite drängte, war tiefbraun gebrannt und so mager, dass Sahti ihn im ersten Augenblick beinahe nicht wieder erkannt hätte. Dann jedoch spürte sie Tränen der Erleichterung, die über

ihre Wangen liefen. »Aber wie siehst du denn aus, meine Kleine?«
»Und du erst!« entfuhr es ihr schluchzend. *Meine Kleine* – wie lange hatte sie niemand mehr so genannt!
Namiz war barfuss, trug einen wilden, rötlichen Vollbart und hatte nur einen einfachen Schurz um die Hüften geschlungen. Er lachte belustigt, als er an sich hinunterblickte. »Ja, du hast wirklich Recht! Der Bauch ist weg. Und in der Wüste gab es nur äußerst selten Gelegenheit für eine sorgfältige Toilette.«
»Namiz!«, brachte sie mit aller Anstrengung gerade noch hervor und hielt sich am Türrahmen fest, weil der Boden unter ihren Füßen plötzlich zu schwanken begann. »Und ich dachte schon, du würdest niemals mehr ...«
Eine Handbewegung zu Pani und Ita, die wie angewurzelt neben ihr standen, dann wurde ihr schwarz vor den Augen und sie sank auf der Schwelle ohnmächtig in sich zusammen.

*

»Du warst lange weg. Sehr lange.«
Kamoses Stimme war gelassen, seine Körperhaltung jedoch verriet, wie aufmerksam er jedes Wort, jede Bewegung seines Gegenübers verfolgte. Er hatte Namiz zur Audienz in einem der Räume des neuen Palastes empfangen, der auf einmal größer und lichter wirkte, nachdem er die meisten Möbel hatte entfernen lassen. Jetzt stand hier nur ein schlichter Thron aus Zedernholz, den zwei jüngere, schlanke Männer lässig flankierten. Die frisch angefertigten Wandgemälde stellten Blumen und Pflanzen dar, einen luftigen, heiteren Garten, unabhängig von der Gunst des großen Flusses. Dazwischen immer wieder Jagdszenen – im Papyrusdickicht, in der unendlichen Weite der Wüste, zwischen schroffen Felsen –, die stets den jungen Pharao mit großer Beute als erfolgreichen Jagdherren darstellten.
»Ihr habt Recht, Pharao.« Namiz fiel vor dem Thron zu Bo-

den, was ihm wesentlich leichter fiel als früher. Inzwischen war er rasiert und gesalbt, auch trug er allerfeinstes Leinen. »Und beinahe wäre ich gar nicht mehr zurückgekehrt.«
»Erhebe dich!«
Der Juwelier gehorchte.
»Die Wüstenrebellen wurden langsam ungeduldig«, fuhr er fort. »Hätte das verlangte Lösegold sie nicht bald erreicht ...«
»Deine Nachricht kam spät zu uns. Und auf Umwegen. Außerdem waren wir mit anderen Angelegenheiten befasst.« Es klang abschließend.
Namiz verneigte sich. »Auch mein Herz weint, wenn ich an den Tod des großen Seqenenre denke ...«
»Wir sollten uns um die Zukunft kümmern. Kemet hat keine Zeit, die Vergangenheit lange zu betrauern.« Geschmeidig war Kamose aufgesprungen, und nicht zum ersten Mal dachte Namiz, wie sehr Kamose doch einem eleganten Raubtier glich. Inzwischen aber war zu der jugendlichen Kraft noch etwas hinzugekommen, was er nicht auf Anhieb hätte benennen können – eine Ausstrahlung, die der Prinz noch nicht besessen hatte. »Ich höre, du hast uns einiges mitgebracht?«
»Das habe ich. Türkise – so viele Euer Herz begehrt. Von reinem hellen Blau bis zum zarten Grün junger Blätter – oder gleich Himmel und Meer, ganz wie Ihr wünscht.« Falls Kamose die Anspielung auf die Vorlieben seines verstorbenen Onkel verstand, ließ er es sich nicht anmerken. »Meine Leute sind auf eine neue Mine gestoßen, die schier unermessliche Schätze birgt. Wir waren mit dem Abbau schon sehr weit vorangekommen, als die Wüstenrebellen uns ...«
»Und weiter?«
Namiz zeigte nicht, wie sehr ihn diese dritte Unterbrechung kränkte. Ein neuer Pharao bedeutete den Anbruch neuer Zeiten. Er konnte nur hoffen, dass er mit diesem Sturmwind auf dem Thron einigermaßen zurecht kommen würde.

»Kupfer«, sagte er, nicht minder knapp. »Ausreichend, um selbst noch die Söhne Eurer Söhne damit zu versorgen. Und ihre Armeen dazu.«
Kamoses Augen leuchteten, und jetzt, endlich, begann er zum ersten Mal zu lächeln. Der schlanke Mann zu seiner Linken tat es ihm gleich, während der zur Rechten, größer gewachsen und etwas kräftiger gebaut, zwar freundlich dreinsah, aber ernst blieb.
»Gold, Hori, ist das Fleisch der Götter«, sagte Kamose leise und wandte sich leicht nach links. »Kupfer jedoch das Herz der Waffen. Und was Kemet jetzt am dringendsten braucht, ist ein starkes, mutiges Herz.«
Anschließend schwieg er eine ganze Weile, so beharrlich, dass Namiz schon befürchtete, die Audienz sei beendet.
»Darf ich mich zurückziehen, Goldhorus?« Er räusperte sich dezent.
»Noch nicht. Der Mann auf meiner Herzseite ist General Hori, der meine Truppen führt – du kennst ihn?« Er wartete die Antwort nicht ab. »Ein zu bemerkenswertes militärisches Talent, um es in einem Fort beim zweiten Katarakt verkümmern zu lassen.« Namiz erinnerte sich auf Anhieb. Die Jahre in Abu Resi hatten Hori reifer gemacht, aber er besaß noch immer sein frisches, jugendliches Aussehen.
»Rechts von mir, das ist Wesir Toto, mein Freund seit unserer gemeinsamen Zeit im Lebenshaus. Beide sind Männer meines absoluten Vertrauens.«
Namiz deutete in jede der Richtungen eine leichte Verneigung an. »Und Ipi und Seb?« Es war ihm einfach so herausgerutscht. Glücklicherweise hatte er wenigstens die Frage nach Ahmose unterlassen, der sich sicherlich schon die besten Aussichten auf den Thron ausgerechnet hatte. »Ganz zu schweigen von Nebnefer …«
»Nebnefer?« Ein kurzes, fast bellendes Lachen. »Der ist selber sein ärgster Feind! Und was die beiden anderen betrifft – ihnen wurde in meinem Namen ein scharfer Dolch über-

sandt.« Kamoses Mund wurde hart. »Die Zeiten nutzloser alter Männer an diesem Hof sind endgültig vorbei!«
Kalte Angst kroch Namiz ins Gedärm.
»Soll das heißen, dass auch ich ...«
»Du kannst lesen?« Keine Frage, sondern eine Feststellung.
»Ja, das kann ich«, erwiderte der Juwelier aus Kepni nicht ohne Stolz. »Ich beherrsche die Schriftarten meiner Heimat ebenso wie die der Insel Keftiu. Und natürlich alle gebräuchlichen Zeichen Kemets.«
»Gut. Denn du wirst in meinem Namen viele Schreiber um dich sammeln, die schon bald mit den Arbeiten an meinem künftigen Haus der Ewigkeit beginnen, und ich möchte, dass du ihre Fähigkeit genau taxierst; nebst einer Vielzahl anderer Handwerker, die nicht minder qualitätsvoll arbeiten sollen. Bei mir soll es einmal nicht sein wie bei Seqenenre, der in einem unfertigen Grab bestattet werden musste.« Kamose lächelte zufrieden. »Vermutlich wird bald nur noch sehr wenig so sein wie unter seiner Regentschaft.«
Die beiden Männer neben ihm tauschten viel sagende Blicke. Offenbar wussten sie genau, wovon die Rede war.
»Ich fürchte, ich verstehe nicht ganz«, erwiderte Namiz irritiert. »Ich soll Schreiber und andere Handwerker für Euer Grab beauftragen? Aber das würde ja bedeuten, dass ...«
»... ich dich hiermit zum Ersten Vorsteher des Königlichen Schatzhauses ernenne. Ich habe große Pläne – gewaltige Pläne.«
Im ersten Augenblick glaubte Namiz, sich verhört zu haben. Seine Träume und sein Ehrgeiz all die Jahre – und jetzt erfuhr er die Ernennung scheinbar nebenbei, fast schon im Hinausgehen. Die Freude lähmte ihn beinahe.
»Ich danke Euch, Pharao, und kann nur hoffen, mich dieser hohen Ehre würdig zu erweisen.« Er verneigte sich, so tief er nur konnte, und vermochte nicht zu verhindern, dass seine Stimme belegt klang. »Ihr möget leben, heil und gesund sein! Meine ganze Kraft gehört Euch. Und mein Leben dazu. Nie-

mals werde ich Euch enttäuschen. Das schwöre ich bei allen Göttern.«

»Und falls doch, dann verlierst du dein hohes Amt schneller, als du ausatmen kannst.« Kamoses Blick glitt prüfend über Namiz' Gestalt, und es schien, als gefalle ihm, was er sah. »Ich schätze, dass du eine Menge Ballast abgeworfen hast. Bei dem, was ich alles umsetzen möchte, kann ich keine schwerfälligen Mitstreiter gebrauchen.«

»Ich höre, Einzig-Einer.«

»Alles wird neu«, sagte Kamose heiser. »Die Verwaltung. Die Festsetzung der Steuerabgaben. Das Heer, das vor allem. Wir brauchen mehr Soldaten, eine bessere Ausbildung, andere Waffen und Taktiken – und natürlich Verbündete, auf die wir zählen können. Schluss mit der erblichen Beamtenschaft, die sich im ganzen Land etabliert hat! Alle sind untereinander verschwägert und versippt. Schluss mit der korrupten Priesterschaft! Ja, einen neuen Staat will ich erschaffen, der Kemet zurück zu alter Macht führen wird, und das nicht erst in Dezennien, sondern schon in wenigen Jahren ...« Er blickte hinaus in den Garten, anscheinend mit einem Mal ganz versunken in das Spiel der Blätter im Wind.

»Was wird meine Aufgabe dabei sein?«, wagte Namiz schließlich zu fragen. »Ich brenne darauf, Euch in allem zu unterstützen.«

»Zunächst die Ausrüstung einer neuen Expedition zu den Kupferminen. Außerdem werde ich dich unverzüglich in meine Vorhaben einweihen und habe dazu bereits vieles vorbereitet, Grundrisse, Kalkulationen, Versorgungswege – du wirst staunen! Und sobald alles so weit gediehen ist, wie ich es mir vorstelle ...«

»... geht es nach Norden, großer Pharao«, ergänzte Namiz.

»Wir reden darüber, sobald wir so weit sind, nicht früher. Ich bin ein Herrscher – und kein Träumer.«

Namiz verbeugte sich abermals und wandte sich zum Gehen.

»Halt, eines noch!« Kamoses kräftige Stimme zwang ihn zum Innehalten. »Wo befindet sich das Mädchen aus Kusch?«
»Sahti?«
Eine ungeduldige Geste, die deutlich verriet, was Kamose von unnötigen Rückfragen hielt.
»In meinem Haus, Einzig-Einer.« Namiz war froh, dass nur seine Knie zittern – und nicht seine Stimme. »Sie war ein paar Jahre bei rechtschaffenen Pflegeeltern, aber die sind gestorben und dann …« Verwirrt hielt er inne. Was, wenn der Pharao zu wissen begehrte, was im Verließ des widerlichen Balsamierers geschehen war? Drohte den Kindern, die getötet hatten, um ihr eigenes Leben zu retten, Strafe? Er hatte kaum seinen Ohren zu trauen vermocht, als ihm Sahti, Pani und Ita abwechselnd von all den Schrecknissen berichtet hatten.
»Keine Einzelheiten!« Kamose winkte ab. »Sie ist jetzt deinem persönlichen Schutz unterstellt. Verstanden?«
Namiz nickte verdutzt.
»Aber ich werde nach wie vor oft in Euren Diensten unterwegs sein, großer Pharao. Nun, da ich dem Königlichen Schatzhaus vorstehe, doch bestimmt erst recht. Und was soll dann aus Sahti …«
»Deine Angelegenheit. Und jetzt lass uns allein! Es gibt noch so vieles, was wir in Ordnung zu bringen haben.«

*

Nabu fand ihn tief über große Papyrusrollen gebeugt, die den ganzen Tisch bedeckten. Es war spät, als er endlich nach ihr geschickt hatte, weit nach Mitternacht, und bis auf die gähnenden Eunuchen, die sie unwillig durch den dunklen königlichen Garten begleiteten, und zwei persönliche Diener des Pharaos lag der Palast bereits in tiefem Schlaf.
Sie räusperte sich, als sie den Raum betrat.
Kamose jedoch sah nicht einmal auf. »Komm!« Gebieterisch winkte er sie heran. »Das musst du sehen!«

Langsam näherte sie sich dem Tisch. Die vielen schwarzen Linien auf dem hellen Untergrund verwirrten sie zunächst, aber schließlich erkannte sie Straßen und Gassen sowie unterschiedlich große Grundrisse.

»Was ist das? Eine neue Stadt?« Sie lachte kehlig, weil ihr gefiel, dass er sie ungeduldig zu sich heranzog. »Lass mich raten! Bist du des alten Waset längst überdrüssig? Genauso überdrüssig wie deiner schwarzen Geliebten?« Sie hielt inne.

»Unsinn!«, murmelte Kamose, noch immer in seinen Plan versunken. »Sieh doch nur! So werden sie leben, meine Künstler und Arbeiter – und nichts wird sie von ihrem Werk abhalten, nicht einmal die mühselige Überfahrt jeden Morgen und jeden Abend!« Seine Hände fuhren langsam über die Linien, zärtlich, als liebkosten sie einen Frauenkörper. »Es wird Schreiber geben und Maler, Mauerer und Erdarbeiter, Wasserträger und Viehhirten – einfach alles! Sie bekommen Häuser und Nahrung und natürlich ihre eigenen Heiligtümer, um die Gebete zu sprechen. In meinem Namen werden sie Werke schaffen, wie sie bislang noch niemand gesehen hat.« Er trank einen Schluck Wein. »Und selbst Ahmose wird es die Sprache verschlagen. Vielleicht versteht er dann endlich, warum Seqenenre mich als Nachfolger vorgezogen hat.«

»Und warum versteckst du mich dann, solange Re am Himmel entlang zieht, wie eine Aussätzige im Harim?« Nabus Stimme klang kalt. »Vielleicht wäre es besser gewesen, du hättest mich vergessen wie das andere Mädchen, das ihr damals aus Kusch hierher verschleppt habt.«

Jetzt löste er sich endlich von seinen Papieren und zog sie noch enger an sich. »Ich verstecke dich, weil ich dich mit niemandem teilen will«, sagte er leise. »Mit keinem Menschen und mit keinem Gott. Nicht einmal mit Re. Oder mit Iach. Mir gehörst du, Nabu. Mir ganz allein!« Seine Lippen suchten ihren Mund. »Außerdem vergesse ich niemals etwas – keine Kränkung, keinen Verrat, keinen Dienst und erst recht

keinen Menschen. Für die Kleine haftet Namiz – mit seinem Leben. Falls es dich interessiert, sie befindet sich unter seinem Dach.«
Ihr Körper blieb steif in seinen Armen, und sie drehte sogar das Gesicht weg.
Kamose musterte sie erstaunt. »Was hast du, Nabu? Die Sorge um das Mädchen ist es also nicht. Was ist es dann? Willst du neue Kleider? Schmuck? Dienerinnen? Ein Stück Land?«
Nabu lachte rau. »Was soll ich schon haben? Wo ich doch nichts anderes als dein lächerliches Spielzeug bin! Das du hervorholst, wenn dich nach ihm gelüstet, und wieder weglegst, sobald du genug hast.«
Eine zornige Falte erschien zwischen seinen Brauen. »Als Pharao könnte ich …«
»… eine Geisel sofort töten lassen.« Sie schnaubte verächtlich. »Glaubst du, das vergesse ich auch nur einen einzigen Atemzug – in diesem Palast, dem vielleicht prächtigsten Gefängnis, das sich denken lässt?«
Nabu stand so nah vor ihm, dass er jedes Härchen sehen konnte, jede einzelne Wimper. Ihre Brust unter dem silberdurchwirkten Kleid hob und senkte sich stoßweise. Sie strömte einen erdigen, weiblichen Duft aus, den all die parfümierten Salben nicht ganz überdecken konnten.
Kamose umfing sie leidenschaftlich. Manchmal begehrte er sie so sehr, dass er kaum noch atmen konnte. Sie verstand es, ihn hinzuhalten, bis er schließlich in hellen Flammen stand. Aber Nabu konnte auch launisch sein, verschlossen wie ein Stein, der keine Regung, keine Empfindung zeigte. Dann erreichte sie kein Wort, keine Bitte, nicht einmal ein Befehl. Nein, er wollte wahrlich nicht, dass diese verlockende Sommernacht unschön endete.
Versöhnlich gestimmt, strich er ihr eine widerspenstige Locke hinters Ohr.
»Und sei endlich wieder meine Nabu, so, wie ich sie mag! Ich werde ganz krank, wenn du so kalt und hart bist.«

Sie machte sich rasch frei. »Eines freilich hast du übersehen.«
Er sah sie erstaunt an. Mit hoch erhobenem Kopf stand sie vor ihm.
»In diesem Zimmer sind wir Frau und Mann. Sonst nichts. Und jetzt komm ganz zu mir – wenn du mein Mann sein willst!«
Sie zu umfangen war Jagd und Abenteuer zugleich, immer noch geheimnisvoll wie beim allerersten Mal. Sie keuchte unter ihm, und ihre Lippen gaben ihre starken, weißen Zähne frei, aber was wirklich in ihr vorging, als sie ihm ihre Nägel in den Rücken schlug und heisere Schreie ausstieß, vermochte er nicht wirklich zu sagen. Manchmal hatte er sogar Angst, sie zu verletzen, so sehr verdrehte sie ihre Augen, bis nur noch das milchige Elfenbein der Augäpfel zu sehen war, aber es gelang ihm nicht, sie auch nur zu einer einzigen Äußerung zu bewegen.
»Ich spüre deine Lust«, war alles, was er ihr entlocken konnte. »Ist das nicht genug?«
»Du liebst mich doch?«, vergewisserte er sich, als sie schweißnass nebeneinander lagen. Allein das Lichtspiel der Alabasterlampe auf ihrem dunklen Körper! Er verspürte heftiges Verlangen, sich ein zweites Mal in ihr zu verströmen.
»Weißt du es nicht?«
Sein Atem ging schneller. Nur sie durfte sich das ihm gegenüber erlauben. »Ich möchte, dass du mein Kind trägst. Schenk mir einen Sohn, Nabu!«
Sie erstarrte, fasste sich aber rasch wieder.
»Ein Bastard für den König?« Nabu begann zu lächeln. »Kusch und Kemet in einem Lebewesen vereint – welch reizvolle Vorstellung!« Das Lächeln wurde tiefer. »Aber was wohl der Hof zu diesem Kind sagen würde? Und erst Teti-Scheri, deine gestrenge Großmutter! Sie hasst mich aus tiefstem Herzen. Weißt du das nicht, Kamose?«

»Das bildest du dir nur ein. Und selbst wenn ... Es wäre einzig und allein meine Angelegenheit.«
»Sagst du das, weil deine traurige Taube nicht empfangen und gebären kann?«
Etwas in ihrem Ton machte ihn wütend und verletzlich zugleich. Kamose packte Nabus Handgelenk und schüttelte es unsanft. »Lass gefälligst Ascha aus dem Spiel! Die Große Königliche Gemahlin hat ...
»... in diesem Bett nichts verloren? Das hat sie wahrlich nicht!« Nabu beugte sich über ihn, bis ihre Brüste seinen Oberkörper streiften. Dann biss sie ihn in den Hals. Und küsste ihn anschließend so innig, dass er lustvoll zu stöhnen begann.
»Du machst mich wahnsinnig!«, flüsterte er. »Ist es das, was du willst?«
Nabus Augen öffneten sich weit.
»Schwarze Schlangen tragen keine Kinder unter dem Herzen«, murmelte sie, während seine Stöße heftiger wurden. Sie richtete sich ganz auf, eine stolze, dunkle Flamme. »Sie legen im Schutz der Nacht heimlich ihre Eier in den Sand und lassen sie so lange von der Sonne ausbrüten, bis schließlich unzählige winziger Schlangen ausschlüpfen ...«
»Was murmelst du da die ganze Zeit?« Kamose starrte gebannt in ihr Gesicht.
»Nichts«, sagte Nabu und nahm den unterbrochenen Rhythmus wieder auf. »Gar nichts, mein König!«

*

»Ich möchte schreiben können, Namiz. Und lesen – so wie Pani.« Sahti überraschte ihn mit dieser Bitte, als er sich gerade zu Bett begeben wollte. Erst vor ein paar Tagen hatte sie ihm gestanden, dass sie die goldene Selket in der unterirdischen Grabkammer des toten Balsamierers zurückgelassen hatte. Seitdem lag ein Schatten über seinem Gemüt, der nicht weichen wollte, auch wenn er sich immer wieder sagte, dass nichts geschehen würde, nichts geschehen konnte – weder ihr noch ihm. Vielleicht lag es aber auch daran, dass er den Wein nicht mehr so gut vertrug, seit er so viel an Gewicht verloren hatte. Er entschied sich, für die nächste Zeit ganz auf ihn zu verzichten.

Jetzt freilich brauchte er einen kräftigen Schluck. »Wozu, Sahti?«

»Das fragst du, der du so viele Sprachen und Schriften beherrschst?« Empört und fassungslos zugleich starrte sie ihn an.

»Nun, ich bin ein Mann, Juwelier und zudem nun auch noch …«

»… Erster Vorsteher des Königlichen Schatzhauses«, ergänzte sie ungeduldig. »Und ich bin nur ein Mädchen aus Kusch.« Ihre Augen glänzten. »Bin ich es deshalb nicht wert?«

»Unsinn!« Namiz trank den Becher aus und schenkte sich rasch einen neuen voll. »Natürlich bist du das, Sahti. Und wenn es dein innigster Wunsch ist, so wollen wir versuchen …«

»Danke!« Sie sprang auf, als wolle sie ihn umarmen, blieb aber im letzten Moment unschlüssig vor ihm stehen, die Schultern leicht hochgezogen. »Manchmal denke ich, die Tinte könnte das Blut von meinen Händen waschen«, sagte sie leise. »Aber vielleicht hilft es schon, wenn wenigstens mein Verstand endlich sinnvoll beschäftigt wird.«

Er wusste sofort, was sie meinte. Das Natronbad war noch lange nicht vergessen – vielleicht würde sie es sogar niemals vergessen können. Namiz war froh, dass sie einigermaßen unbeschadet davongekommen war, wenngleich sie noch immer Nacht für Nacht schweißgebadet aufschreckte und abwechselnd nach Tama und der Daya schrie. Fragte er sie am Morgen danach, konnte sie sich an nichts mehr erinnern; die bläulichen Augenschatten aber und die schmalen Wangen verrieten ihm genug.

»Ich bin sicher, es wird dir gut tun. Aber wir müssen einen besonderen Weg für dich finden. Denn für das Lebenshaus, die Tempelschule, bist du schon zu groß.«
»Nicht zu den Priestern – bitte!«
»Du magst sie ebenso wenig wie ich.« Er lachte. »Ich kann dich gut verstehen!«
»Warum kannst *du* mich nicht unterrichten? Und Pani dazu? Der hat mir schon gezeigt, wie man Binsen zuschneidet, und erzählt, dass man die Tinte erst anrühren muss.«
»Weil ich kein Schreiber bin, Sahti. Und anderes zu tun habe. Aber ich könnte dich möglicherweise bei den Schreibern unterbringen. Du müsstest allerdings dort wohnen und im Haushalt mithelfen, damit sie dir zum Ausgleich die Zeichen beibringen.« Er schien zu überlegen. »Ich hätte da sogar eine bestimmte Familie im Auge, die könnte dich aufnehmen.«
»Und Pani«, ergänzte sie prompt. »Ohne ihn gehe ich nirgendwohin.«
»Was ist mit Ita?« Gespannt erwartete er ihre Antwort.
»Ita natürlich auch«, erwiderte Sahti nach winzigem Zögern.
Ihr seltsamer Gesichtsausdruck beschäftigte Namiz noch die folgenden Tage, und er begann schärfer hinzusehen. Den Kleinen mit den sprechenden Augen hatte er sofort lieb gewonnen, und es rührte ihn, dass er Sahti wie ein anhänglicher Welpe überallhin folgte. Das andere Mädchen dagegen gab ihm nach wie vor Rätsel auf. Mal kam sie ihm um vieles reifer als Sahti vor, dann wieder erschien sie ihm kindlich, ja sogar unbeholfen. Auch irritierte ihn, dass Ita ständig plapperte. Und noch mehr, dass sie ihn nicht offen ansehen konnte. Dabei hatte er das Gefühl, dass sie sehr wohl verfolgte, was er tat, aber er ließ sich nicht anmerken, wie genau er sie beobachtete.
Sobald die Vorbereitungen für die Expedition zu den Kupferminen abgeschlossen waren, begab er sich unverzüglich in das Haus des Schreibers, den er bereits als Vorsteher der

künftigen Siedlung erkoren hatte. Penju, ein schmaler, früh ergrauter Mann, begrüßte ihn ehrerbietig, bot Bier und Fladenbrot an und schien nicht einmal erstaunt, als Namiz auf seinen ungewöhnlichen Wunsch zu sprechen kam.
»Die Götter haben uns nur einen einzigen Sohn gelassen«, sagte er bedächtig. »Eine Tochter wäre uns sicherlich nicht unwillkommen. Wie alt, sagst du, ist sie?«
Seine Frau folgte der Unterhaltung aufmerksam. Heteput war hager, wortkarg und überragte ihn mit ihrer rötlichen Mähne fast um Haupteslänge.
»Beinahe vierzehn. Sie heißt Sahti und stammt aus Kusch«, sagte Namiz und ließ seine Gegenüber keinen Augenblick aus den Augen. »Ein anmutiges Mädchen mit Charakter, klug und wissbegierig dazu. Sie braucht einen Ort, an dem sie in Ruhe heranreifen kann, und anständige Menschen, die sich um sie sorgen. Dem Pharao ist viel an ihrem Wohlergehen gelegen – und mir nicht minder.«
Penju nickte. Die Vorstellung schien ihm zu gefallen.
»Natürlich braucht ihr es nicht umsonst zu tun. Ich würde allmonatlich einige Silbertropfen beisteuern. Sahti soll es an nichts fehlen. Ebenso wenig wie euch.«
»Sie ist uns willkommen, Herr Namiz.« Penju verneigte sich leicht. »Bring sie zu uns, wann immer du willst.«
»Da wäre allerdings noch eine Sache ... sie ist nicht allein.« Spontan hatte Namiz sich entschieden, Ita erst später zu erwähnen. »Es gibt da noch einen Waisenjungen, Sohn eines Schreibers, ein aufgewecktes Kerlchen, keine zehn Jahre, das viel zu früh seine Eltern verloren hat.«
»Doch nicht etwa der kleine Pani?« Penju war aufgesprungen und hätte beinahe den Bierbecher umgestoßen. »Kajs einziger Sohn?«
»Genau der!«
»Aber der war doch wie vom Erdboden verschluckt! Wir dachten alle, ihm sei etwas zugestoßen.«
»Die beiden Kinder haben eine schlimme Zeit hinter sich, die

sie vielleicht überhaupt nur gemeinsam überstehen konnten. Es wäre unmenschlich, sie zu trennen.«
»Ich hätte sehr gern noch einen Kleinen im Haus«, sagte Heteput. Die Aufregung hatte ihre Wangen gerötet. »Und ich bin sicher, unser Nesmin wird sich ebenfalls über einen jüngeren Bruder freuen.«
»Euer Sohn?«
»Unser Großer«, bestätigte Penju stolz. »Gerade achtzehn Jahre alt geworden. Einer der begabtesten Schreiber. Sahti könnte keinen fähigeren Lehrmeister haben.«
»Hat er denn genügend Zeit dazu? Er hat doch sicherlich bereits eine eigene Familie. Oder wird bald eine gründen.«
Penju und seine Frau tauschten einen besorgten Blick.
»Sag du es ihm!«, sagte Penju schließlich. »Ich denke, bei ihm ist es gut aufgehoben.«
»In Nesmin wohnt die heilige Krankheit.« Heteputs Stimme klang spröde. »Lange fürchteten wir, wir müssten ihn verlieren, aber er ist zäh und besitzt einen starken Lebenswillen. Mittlerweile hat er gelernt, mit der Krankheit umzugehen, und die Anfälle kommen nur noch selten. Natürlich darf er sich nicht überanstrengen, muss Bier und Wein meiden und immer ein bisschen vorsichtiger als andere sein.«
»Was bestimmt nicht immer einfach ist für einen jungen Mann«, sagte Namiz.
Penju und Heteput wechselten einen sprechenden Blick.
»Nein«, sagte Penju. »Manchmal wünschte ich, ich könnte ihm etwas von seiner Last abnehmen. Aber ich kann es leider nicht.«

*

Mit einem Seufzer der Erleichterung öffnete Namiz die Türen zum Garten seines Hauses, trat hinaus und sah hinauf zum Himmel. Klar und wolkenlos wölbte er sich über ihm, in einem tiefen, geheimnisvollen Blau, das ihn allmählich ruhiger werden ließ. Er war so beschäftigt gewesen, dass er sich noch jetzt ganz schwindelig fühlte. Die Karawane zu den Kupferminen war aufgebrochen, die Vorbereitungen für die neue Arbeiterstadt am Westufer liefen in vollem Gang, und Sahti hatte ein neues Zuhause gefunden. Sie hatte Penju auf Anhieb gemocht und war selbst mit der spröden Heteput einigermaßen zurecht gekommen.

Alles hatte Sahti eingehend inspiziert – das zweigeschossige Wohnhaus mit dem Innenhof, wo sich die Kochstelle befand, und den niedrigen, quadratischen Zimmern, von denen künftig Pani und sie jeweils eines bewohnen würden. Ihr gefielen die Sauberkeit, die Heteputs ordnende Hand verriet, und der kleine Hausaltar mit einer Statue des Schreibergottes Thot. Am meisten jedoch begeisterten sie die Utensilien, mit denen Penju seine Arbeit verrichtete – die Palette mit Vertiefungen für rote und schwarze Tinte nebst Wasserschälchen, die angespitzten Binsen sowie die Papyrusrollen.

»Werde ich so etwas auch bekommen?«

»Ich denke, für den Anfang tun es auch einfache Steinplättchen oder Tonscherben«, sagte Nesmin lachend. »So haben wir schließlich alle einmal begonnen. Aber wenn du dich anstellig erweist, darfst du irgendwann sicher auch einmal auf Papyrus schreiben.« Er war groß und ein wenig rundlich um die Hüften und besaß die weichen Züge seines Vaters sowie die neugierigen braunen Augen seiner Mutter.

»Ich helfe dir, Sahti!«, rief Pani aufgeregt dazwischen. Er schien überglücklich, hier Unterkunft gefunden zu haben. »Und du lernst schnell – ich weiß es.«

Sogar für Ita hatte Namiz einen Platz aufgetrieben. Penjus Vetter, der nur ein paar Straßen weiter wohnte und ebenfalls Schreiber war, erklärte sich bereit, sie bei sich aufzunehmen.

Wieso war sein Herz trotzdem so schwer?

Weil schon bald die Einsamkeit wieder Einzug halten würde, sobald Kinderlachen und das Getrappel übermütiger Füße aus seinem Haus und damit seinem Leben verschwunden waren?

Namiz kehrte in sein Zimmer zurück, löschte die Lampe und schlief nach einiger Zeit ein. Er erwachte, als sich etwas an ihn schmiegte, ein nackter, heißer Frauenkörper, den er unwillkürlich an sich zog.
»Sahti?«, murmelte er traumversunken. »Bist du das?«
»Wenn du willst, kann ich auch Sahti für dich sein«, wisperte es an seinem Ohr.
»Ita!« Er erkannte sie eher am strengen Geruch als an der Stimme und war plötzlich hellwach. »Was willst du denn hier?«
»Scht, nicht so laut! Muss uns ja nicht gleich jeder hören.« Ihr Finger legte sich über seine Lippen, und allmählich gewöhnten sich seine Augen an die Dunkelheit. »Ich möchte dir ein wenig Freude bereiten, was sonst? Freude, die durchaus nicht auf diese eine Nacht beschränkt bleiben muss.«
Mit einer obszönen Bewegung spreizte sie die Schenkel.
»Hör auf damit!« Er wandte sich ab. »Du bist ja fast noch ein Kind!«
Sie lachte heiser und schob mit den Händen ihre Brüste verführerisch empor. »Nun gut, dann bin ich eben ein Kind! Sag, sehnst du dich insgeheim nach einem Kind, mit dem du spielen kannst?«
»Bestimmt nicht nach einem Geschöpf, das sich mir auf billige Weise an den Hals wirft!« Namiz zog sich zurück, angelte nach einem Tuch und warf es ihr zu. »Du ziehst dir etwas über und gehst jetzt auf der Stelle zurück in dein Bett!«
Erneut begann sie sich an ihn zu klammern.
»Schick mich nicht weg, bitte! Wenn mich schon Sahti und Pani loswerden wollen, nicht auch noch du! Ich werde alles tun, was du willst – alles! Aber lass mich hier bleiben!«
»Wir haben doch alles ausgiebig besprochen! Bei Penju ist kein Platz mehr, aber du bist bei anständigen Menschen untergebracht, die sich um dich sorgen, ganz nah bei Sahti. Was willst du noch?«
Ihre Stimme wurde kalt. »Sahti – immer nur Sahti! Was hat

sie denn, was ich nicht habe? Ihre Hautfarbe? Ist es das, was dich erregt?« Sie ließ ihm keine Zeit zu antworten. »Mich kannst du nämlich nicht täuschen. In Wirklichkeit gierst du nach ihr. Gib es doch endlich zu! Wenigstens vor dir selber!«
»Du kannst gerne zurück zu den Bettlern«, entgegnete er kühl. »Gleich morgen früh. Ich liefere dich höchstpersönlich bei ihren Feuerstellen am Fluss ab.«
»Du verstehst nicht, Namiz.« Itas Stimme klang auf einmal ängstlich. »Gar nichts verstehst du. Ich wollte doch nur ein Zuhause. Und jemanden, der mich wirklich lieb hat.«
»Wenn du unverzüglich mein Zimmer verlässt, vergessen wir beide, dass du jemals hier gewesen bist«, sagte Namiz beherrscht. »Nicht einmal Sahti muss etwas davon erfahren. Aber du gehst sofort. Hast du mich verstanden?«
Widerwillig erhob sie sich, griff nach dem Tuch und bedeckte sich. Dann blieb sie neben dem Bett stehen.
»Deine Sahti – kennst du sie eigentlich? Du glaubst, sie ist rein und gut, ja beinahe heilig«, fuhr sie aufsässig fort. »Weil es das ist, was du glauben willst. Aber du kennst sie nicht. Sie hat gestohlen. Maj hat sie beinahe um den Verstand gebracht. Nicht eine einzige Träne habe ich sie um ihre verstorbenen Eltern weinen sehen.« Itas Stimme überschlug sich fast. »Und *sie* hat das Messer in Uts fetten Körper gestoßen – nicht wir!«
»Verschwinde!«
»Eines noch. Der Balsamierer hat sie nachts heimlich zu sich bringen lassen – allein.« Sie hielt inne. »Hast du dich schon einmal gefragt, was er in der Grabkammer alles mit ihr angestellt hat?«
Lautlos und geschmeidig wie ein Nachtwesen war sie in der Dunkelheit verschwunden und ließ Namiz mit all seinen Fragen und Gedanken zurück.

*

»Was machst du hier, Sahti? Es ist mitten in der Nacht – und du solltest längst schlafen!«
»Ich übe, Nesmin. Meinst du, ich werde es jemals richtig lernen – das Schreiben und das Lesen? Jetzt bin ich schon fast ein halbes Jahr bei euch und habe Pani noch immer nicht eingeholt.« Ein tiefer Seufzer. »Ich wünschte, ich hätte früher damit anfangen können!«
Das flackernde Licht der Öllampe warf seltsame Schatten auf ihr Gesicht. Sie kam Nesmin schutzloser vor als sonst. Und fast ein wenig fremd in ihrem Eifer.
»Unsinn! Du hast bereits enorme Fortschritte gemacht und wirst bald noch besser werden. Aber dazu gehört, dass du morgens auch wirklich ausgeruht bist.« Er strengte sich an, besonders erwachsen und vernünftig zu wirken.
»Jetzt klingst du fast wie Heteput.«
Beide lachten.
»Was machst *du* eigentlich hier?« Neugierig schaute sie zu ihm auf. Nesmin hatte sein Haar schulterlang wachsen lassen und verwendete seit neuestem viel Zeit darauf, sich zu baden und zu ölen.
»Ich hatte Durst.« Es klang ausweichend. »Kommst du einen Moment mit vors Haus?«
»Jetzt?«
Unwillkürlich hatten beide zu flüstern begonnen.
»Jetzt. Ich will dir etwas zeigen.«
Sahti erhob sich aus der typischen Schreiberhaltung, strich ihr Kleid glatt und folgte ihm. Die Tür zu Panis Zimmer stand offen; sie hörte sein rasselndes Schnarchen, das er sich wohl niemals abgewöhnen würde, nicht einmal jetzt, nachdem er in Sicherheit war und seine kleinen Fäuste eigentlich nicht mehr vor den schrecklichen Ungeheuern der Nacht zu ballen brauchte.
Sie traten aus der Tür. Mit einer weiten Geste deutete Nesmin nach oben: »Da, schau – hast du so etwas schon mal gesehen?«

Eine Sternschnuppe – unmittelbar vor ihren Augen.
Sahtis Kehle wurde eng, denn sie meinte plötzlich wieder Tamas Stimme zu hören: *Nut hat ihre dunklen Arme weit ausgebreitet und lässt die Sterne an ihrem gewölbten Leib leuchten. Und manchmal schickt sie uns einen davon. Das bedeutet Glück, Sahti, ganz großes Glück.*
»Du darfst dir jetzt etwas wünschen, Nesmin«, sagte sie. »Schnell – ohne langes Nachdenken!«
Er kam einen Schritt näher. »Ich weiß, was ich mir wünsche«, sagte er leise. »Und du weißt es auch.« Er räusperte sich, bevor er weitersprach. »Ich mag dich, Sahti. Ich mag dich sogar sehr.«
»Ich mag dich auch, Nesmin«, sagte sie rasch. »Du bist mein Lehrer und mein ...«
»Sag jetzt bloß nicht großer Bruder! Mit Pani verbinden mich geschwisterliche Gefühle. Aber bei dir ist das anders. Ganz anders!«
»Ich bin noch nicht so weit, Nesmin.« Er hörte die Vorsicht in ihrer Stimme. »Ich brauche Zeit. Verstehst du, was ich sagen will?«
»Um lieben zu können?«, flüsterte er und legte den Arm um sie.
Sahti nickte langsam und nahm seinen Arm wieder von ihren Schultern.
»Unterschätzt du dich da nicht?«, fuhr er fort. »Und mich erst recht?«
»Weißt du, was *ich* mir am meisten wünsche?«, sagte sie. »Einfach nur so zu sein wie alle anderen – und nicht mehr fremd. Ich möchte fühlen wie sie, denken und aussehen wie sie, mich in nichts von ihnen unterscheiden – in gar nichts. Damit ich endlich zur Ruhe kommen kann. Das ist mein sehnlichster Wunsch, Nesmin.«
»Aber du bist schließlich, wie du bist«, sagte er. »Ich könnte mir dich gar nicht anders vorstellen.«
Sie schwieg eine Weile und senkte den Kopf. Als sie ihn mit

einer raschen Bewegung wieder hob und Nesmin ansah, erschien sie ihm so anziehend, dass er sich nur mühsam zurückhalten konnte, sie nicht auf der Stelle in die Arme zu nehmen und niemals wieder loszulassen.
»Wir beide sind doch noch so jung!«, sagte sie leise.
»Vielleicht werde ich ja gar nicht besonders alt«, sagte Nesmin und wagte nicht, sie dabei anzusehen. »Es hat schon Momente gegeben, da dachte ich, die Krankheit löscht mich aus. Dann ist die Schwärze, in die ich stürze, wie der Tod.«
Unwillkürlich kam er wieder näher, und ebenso geschmeidig entzog sie sich ihm erneut.
»Ich kann deine Angst spüren«, sagte sie leise. »Spürst du meine auch?«
Er nickte.
»Wenn du mich wirklich willst, Bruder, musst du Geduld haben. Viel Geduld.«
»Alle Geduld der Welt, Sahti!«, versicherte er bewegt.
»Gut«, murmelte sie und sah gedankenverloren dem nächsten Sternenschweif zu, der über ihnen am unendlichen Nachthimmel verglühte. »Ich nehme dich beim Wort, Nesmin.«

ACHTE STUNDE: DIE STEHENDE UND DIE FLIESSENDE ZEIT

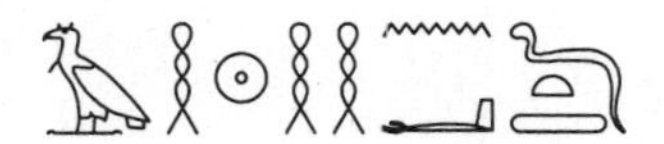

Die Luft war warm und voller Sonnenstäubchen, und nichts störte die schläfrige Mittagsstille in den Höfen und Häusern ringsumher. Nur die kurzen Atemzügen der jungen Frau wollten nicht in dieses Bild des Friedens passen, die plötzlich viel zu aufgebracht schien, um weiterhin Bohnen zu putzen. Penju hatte dringend Ocker auf dem Markt von Waset einkaufen müssen, weil ihm die rote Tinte ausgegangen war, und Sahti hatte die Gelegenheit benutzt, mit ihm den Nil zu überqueren, um Ita zu besuchen, die inzwischen mit Maj zusammenlebte und ihr erstes Kind erwartete. Nach der ersten Wiedersehensfreude jedoch waren die beiden schnell in heftigen Streit geraten. Mehr als vier Jahre waren verstrichen, seitdem sie gemeinsam dem Felsengrab des Balsamierers entflohen waren, aber noch immer schien sein böser Geist unheilvoll über ihnen zu schweben.
»Ich halte jedenfalls meine Versprechen!« Ita stellte die kleine Tonfigur der Göttin Tawaret, die Sahti mitgebracht hatte, achtlos beiseite. Ihr ausgefranstes Trägerkleid spannte über dem Bauch; Knöchel und Handgelenke waren geschwollen, und jede Bewegung wirkte wie eine Anstrengung. Die fortgeschrittene Schwangerschaft schien sie nur noch aufsässiger zu machen. »Ganz im Gegensatz zu gewissen anderen Leuten, die sich plötzlich an nichts mehr erinnern können.«
»Du kannst ruhig sagen, dass du damit meine Hochzeit meinst«, erwiderte Sahti und versuchte ruhig zu bleiben. »Aber egal, was du auch dagegen einzuwenden hast – übermorgen werde ich Nesmins Frau. Schließlich habe ich ihn lange genug warten lassen.« Erschöpft wischte sie sich den

Schweiß von Stirn und Nacken. Die Nilschwemme hatte gerade erst eingesetzt, und die Tage waren noch immer glühend heiß. »Und natürlich würde ich mich freuen, wenn ihr auch dabei sein könntet, du und Maj. Ihr seid doch meine Freunde!«

»Ach ja? Wer hat denn damals bei seinem Leben geschworen, niemals mehr das Westufer zu betreten? Und jetzt wohnst du schon gute zwei Jahre dort. Also, ich könnte es keine einzige Stunde zwischen all den Knochen und Gräbern aushalten! Und Maj bestimmt ebenso wenig. Aber wir können ja auch nicht auf einen reichen Gönner zurückgreifen, der uns einen nagelneuen Hausstand spendiert – und eine beachtliche Mitgift noch dazu.«

Itas unzufriedener Blick flog über den mehr als nachlässig gefegten Innenhof. Sahtis wusste, dass es drinnen nicht viel anders aussah; alles in dem engen Haus wirkte angeschlagen oder schlampig zusammengeborgt. Natürlich mussten sie sich sehr einschränken, weil Maj für seine harte Arbeit im Hafen nur schlecht entlohnt wurde, aber was konnte das schon für eine Rolle spielen, nachdem sie sich doch gegenseitig hatten – und bald noch ein winziges Geschöpf der Liebe dazu?

»Wo das Glück ist, ist das Glück«, erwiderte Sahti einfach. »Das hat Tama immer gesagt – und ich weiß erst jetzt, wie Recht sie damit hatte. Unsere Siedlung, Ita, hat eigentlich gar nichts mit der Nekropole zu tun. Wir haben ganz normale Häuser und Gassen, und es ist friedlich und schön bei uns drüben. Sieh es dir doch einmal unvoreingenommen an! Du würdest dich sicher wohl fühlen.«

»Ich ins Tal der Toten – niemals! Oder willst du vielleicht, dass ich das Leben meines ungeborenen Kindes aufs Spiel setze?«

»Natürlich nicht«, sagte Sahti erschrocken. »Wie kommst du denn nur auf so etwas?« Sie machte einen Schritt auf Ita zu, um ihr versöhnlich die Hand auf den Bauch zu legen, doch

die Freundin wich schwerfällig zurück. »Entschuldige! Ich wollte doch nur mal fühlen, wie es sich bewegt.«
»Schaff dir gefälligst selber eins an! Dann wirst du schon spüren, wie es ist, wenn jemand Tag und Nacht in dir herumtrampelt.«
»Aber du freust dich doch, oder?«
»Ich hätte mir nichts Schöneres vorstellen können«, kam es spitz zurück.
Sahti hatte den mehrdeutigen Ton noch im Ohr, als sie Penju an der Anlegestelle traf, um mit ihm zurück in die neue Siedlung zu fahren. Sie hatte ihn noch im Ohr, als die Barke ablegte und die Fluten des großen Flusses sie gleich einem grünlichen Ozean umschlossen, und auch noch, als sie schließlich das Westufer erreicht hatten und sich auf den staubigen Nachhauseweg machten.
Heteput empfing sie aufgeregt. »Ausgerechnet heute müsst ihr endlos lang wegbleiben! Wo noch so eine Menge vorzubereiten ist! Muss ich denn wirklich immer alles allein machen?« Sie warf Sahti einen prüfenden Blick zu. »Du warst bei Ita?«
Sahti nickte zögernd.
Sie wusste, dass zwischen der älteren und der jungen Frau Dauerfehde herrschte. Heteput hatte es niemals verwunden, dass Ita schon nach wenigen Monden weggelaufen war, weil sie es bei der anderen Schreiberfamilie nicht aushalten konnte, und sich eine ganze Zeit allein durchgeschlagen hatte, ehe sie sich schließlich mit Maj zusammen tat. »Wenn du möchtest, dass dein Wesen gut ist«, pflegte Heteput zu sagen, »halte dich fern von allem Schlechten, so lautet eine alte Weisheit. Am besten also, du würdest Ita gar nicht mehr sehen.«
»Sie wird schon bald niederkommen«, sagte Sahti und strengte sich an, heiter zu klingen. »Deshalb kann sie leider auch nicht Hochzeit mit uns feiern. Aber sie schickt uns alle guten Wünsche.«

»Ich wette, sie erscheint deshalb nicht, weil sie dir nicht einmal das Schwarze unter dem Nagel gönnt«, knurrte Heteput und rührte die Linsensuppe so energisch um, dass sie gefährlich überschwappte. »Geschweige denn unserem Nesmin. Eigentlich sollte sie dankbar sein, dass du ihr Maj überlassen hast. Selbst, wenn er auch nur ein einfacher Zimmermann ist und leider nun mal kein Schreiber. Aber das Wort Dankbarkeit kennt eine Ita ja nicht!«
Sahti ging rasch hinaus zur Zisterne, um ihr Lächeln zu verbergen. Der Stolz auf den Berufsstand ihres Mannes und ihres Sohnes ließ Heteput manchmal etwas überheblich wirken, und jetzt, kurz vor der Vermählung Nesmins, schien sie besonders dünnhäutig – es war die erste Hochzeit, die in der neuen Siedlung gefeiert wurde.
Seit Wochen schon war sie unermüdlich am Vorbereiten, hatte alle Wände neu verputzen und den ursprünglich gestampften Lehmboden mit quadratischen Pflasterziegeln auslegen lassen, wie es einem Vorsteherhaus gebührte. Eine ganze Frauenriege kochte und briet unter ihrer Aufsicht. Weinfässer wurden angeliefert, frisches Feigenbier war bereits angesetzt. Trotz der exakten Zuteilung, die das Königliche Schatzhaus an die Arbeiter der Nekropole ausgab, gab es darüber hinaus reichlich Gänse, die im Ofen gebraten wurden, sowie in Brotteig gebackene Ochsenstücke, die als besondere Delikatesse galten. Sogar ein paar gemästete Pelikane hatten sich auftreiben lassen, die Heteput als kulinarischen Höhepunkt aufzutischen gedachte.
Zu ihrer großen Genugtuung hatte Namiz es sich nicht nehmen lassen, als Vizebrautvater aufzutreten. In seinem Haus war ein umfangreicher Heiratsvertrag aufgesetzt worden, den Sahti überglücklich unterzeichnete. Demnach brachte sie Möbel, Kleidung, diverse Spiegel und allerlei Haushaltsgeräte in die Ehe ein, während Nesmins Morgengabe aus Silberschmuck bestand. Zusätzlich überschrieb ihr der zukünftige Mann ein Drittel des Familienbesitzes und verpflichtete

sich außerdem, auch im Fall einer Scheidung für ihren Unterhalt aufzukommen. Dabei sah Nesmin Sahti bei der Erörterung dieses Punkts so tief in die Augen, dass alle im Raum in Gelächter ausbrachen.

»Der gibt sie doch niemals wieder her!«, rief Pani, inzwischen zu einem anmutigen Jungen mit dunkelbraunen Locken und Grübchen herangewachsen, dem bereits die ersten Mädchen nachblickten. »Und wenn ich erst einmal erwachsen bin, dann kommt für mich auch nur eine Frau wie Sahti in Frage.«

»Schwärzer ist ihr Haar / als die Schwärze der Nacht / als Weintrauben und Feigen«, zitierte Nesmin. »Unser kleiner Bruder beweist wirklich guten Geschmack!«

Auch heute, als er zurück von seiner Arbeit am Geheimen Ort kehrte, wie man das künftige Felsengrab des Pharaos nannte, fielen Nesmin bei Sahtis Anblick gleich wieder einige seiner geliebten Verse ein: *»Mit schweren Lenden und schmalen Hüften / sie, deren Schenkel um ihre Schönheit streiten / edlen Ganges, wenn sie auf die Erde tritt / raubt sie mein Herz mit ihrem Gruß ...«*

»Hör bloß damit auf!« Sahti wandte sich heftig errötend ab. »Wenn uns jemand zuhört – was soll der nur von uns denken!«

Schweißnass und schmutzig wie er war, drückte Nesmin sie fest an sich. »Und wenn schon! Ich kann es kaum noch erwarten«, flüsterte er. »Diese allerletzten Stunden kommen mir wie Jahre vor.«

»Mir auch«, wisperte sie außer Atem und ließ sich willig von ihm küssen, zog aber seine vorwitzigen Hände von ihrer Brust.

»Sollen wir wirklich warten?« Nesmin legte den Kopf leicht schräg, um sie doch noch zu überzeugen. »Wer in aller Welt könnte uns davon abhalten, unser neues Haus schon heute Nacht einzuweihen – auf unsere Art?«

»Ich«, sagte Sahti leise und entwand sich ihm geschickt.

»Weil ich ganz und gar deine Frau sein möchte. Aber erst übermorgen!«
Später jedoch, als alle sich schon schlafen gelegt hatten und sie als Einzige noch wach war, tat es ihr Leid, dass sie ihn erneut zurückgewiesen hatte. Sie wusste, wie Nesmin darauf brannte, endlich das Lager mit ihr zu teilen. Und auch ihr Körper verlangte nach ihm, obwohl die Vorstellung sie im gleichen Augenblick zutiefst ängstigte. Zuhause hätte sie jetzt ein letztes Rauchbad genommen, wäre von älteren Frauen massiert und mit schweren Ölen parfümiert worden und hätte schließlich ein langes Gewand anlegen müssen, das um Taille und Hüften mit Riemen so fest wie möglich verknotet war. Sie konnte sich noch genau an die spitzen Schreie erinnern, die Nabu ausgestoßen hatte, als Golo die Knoten gelöst hatte: Zeichen der Tapferkeit und weiblichen Charakterstärke, während eine Frau, die keine Gegenwehr leistete, als schwach und haltlos verspottet wurde. Im ganzen Dorf waren die Schreie zu hören gewesen, und in jener Nacht hatte sie sich eng an Ruju geschmiegt, getröstet von der Wärme des weichen Körpers ihrer Schwester …
Allein daran zu denken genügte schon, um sich einsam und wurzellos zu fühlen. Warum war jetzt nicht wenigstens Tama bei ihr, die so unbefangen und selbstverständlich mit ihrer Liebe zu Antef umgegangen war? Denn sich der spröden Heteput anzuvertrauen, die immer gleich von Anstand und Moral redete und alte Weisheiten anführte, schien unmöglich, wenngleich Sahti nach wie vor viele Fragen auf der Seele brannten. Noch immer zitterte sie insgeheim vor der Rache des schwarzen Skorpions. Würde er in der Hochzeitsnacht seinen Tribut von ihr fordern?
Sahti starrte auf ihre Füße, bedeckt mit frischen Hennaornamenten, die kupfern auf der dunklen Haut schimmerten, und erschauderte.

*

Ahmose erwachte aus leichtem Schlaf, als Nefertari an sein Lager trat. Er setzte sich auf. Die Tür zum Palastgarten war nur angelehnt, und warme Nachtluft wehte herein wie ein dunkles, schweres Tuch.

»Keiner hat mich gesehen«, sagte sie, bevor sie ihr Kleid abstreifte und sich auf der Bettstatt eng an ihn schmiegte. Ihre Lippen suchten seinen Mund, und die beiden küssten sich lange und innig. »Nicht einmal Großmutter Teti-Scheri, der sonst nichts im Palast entgeht.«

»Und wenn schon!«, fuhr er auf. »Ahhotep weiß, dass wir zusammengehören – und billigt es. War sie nicht ebenfalls die Schwester ihres Mannes? Wäre ich Pharao, längst schon hätte ich dich zur Großen Königlichen Gemahlin gemacht und damit jedes neidische Geschwätz ein für alle Mal zum Verstummen gebracht.«

»Aber leider sitzt nun mal nicht du auf dem Thron, sondern Vetter Kamose«, erwiderte sie spitz und kuschelte sich im nächsten Augenblick erneut an ihn, als wolle sie mit der Sanftheit ihres Körpers die Worte entschärfen. »Er ist der Pharao!«

»Noch!« Ahmose entwand sich ihr und lehnte sich an die Wand. Seine Augen öffneten sich, als blickten sie in weite Ferne. »Aber wer weiß schon, wie lange noch?«

»Was soll das heißen?« Nefertari musterte ihn neugierig. »Ist etwas geschehen? Rede schon!«

»Tagtäglich geschieht etwas. Und alles zu unserem Vorteil, Nefertari, auch, wenn es im Augenblick nicht immer danach aussehen mag. Aber es fügt sich zusammen, mehr und mehr, zu einem perfekten Muster, das wir vermutlich erst später erkennen werden.«

»Was meinst du damit?«

Halb übermütig drückte er kurz seine Stirn gegen ihre Schulterblätter. Manchmal war der Impuls, sie zu berühren, so stark, dass er sich ganz krank fühlte.

»Kamose und seine Männer haben ihre so genannten Reformen durchgedrückt – und die Menschen hassen sie deswegen, obwohl sie es in ihrem blinden Übereifer nicht bemerken. Da sind beispielsweise die Beamten, die immer unzufriedener werden, weil plötzlich alte Vorrechte außer Kraft gesetzt sind. Dann die Soldaten, die strenger als jemals gedrillt werden. Nicht zu vergessen die Handwerker, neidisch auf jene Privilegierten in der neuen Siedlung am Westufer. Und schließlich die Priesterschaft, die vor allen anderen – oder glaubst du vielleicht, der Vorsteher eines Amun-Tempels lässt es sich auf Dauer gefallen, dass sein Gott zu Gunsten einer Mondgottheit zurückgesetzt wird?«

»Nebnefer!«, rief sie. »Du hast endlich mit ihm gesprochen.«

»Das habe ich«, erwiderte Ahmose befriedigt. »Und er teilt meine Bedenken. Nebnefer hält nichts von Kamoses neuem Heeresführer Hori und noch weniger vom Wesir Toto, der bereits im Lebenshaus sein wenig begnadeter Schüler war. Am meisten aber hasst er Namiz, den aufgeblasenen Juwelier aus Kepni – ich sage dir, er verabscheut ihn mindestens so wie du und ich!«

»Das ist doch wahrlich nichts Neues!«, sagte sie ungeduldig. »Keiner, der auch nur ein bisschen Verstand besitzt, mag dieses Trio, das nichts als Unheil anrichtet und sich auch noch großartig dabei vorkommt. Zu welchem Schluss seid ihr also gekommen? Ich meine, was wollt ihr ganz konkret gegen Kamose unternehmen?« Ihre Augen wurden schmal. »Denn dir gebührt der Thron, Ahmose, nicht ihm, und wenn Vater es hundertmal anders bestimmt hat.«

»Ich weiß. Und deshalb werde ich ihn eines nicht allzu fernen Tages auch besteigen.«

»Aber wie willst du das anstellen?« Unwillkürlich begann sie zu flüstern. »Willst du unseren Vetter etwa umbringen?«

Er sah sie ernst an, aber in seinen Mundwinkeln spielte ein Lächeln.

»Kamose hat soeben eine Gesandtschaft nach Kusch geschickt, um für ein Bündnis gegen Apopi zu werben«, sagte

Ahmose schließlich. »Der Süden, vereint gegen den Norden ...« Er lachte kurz. »Keine schlechte Idee, aber sie wird leider so nicht funktionieren.«
»Weshalb?«
»Weil die einzige Sprache, die unsere Nachbarn im Süden *und* im Norden verstehen, Waffengeklirr ist, deshalb!«, erwiderte er heftig. »Eines Tages ziehe ich ins Delta sowie ins Goldland und hole zurück, was Kemet gebührt – im tapferen Kampf, Mann gegen Mann, und nicht mit weibischem Geschwätz, das doch zu nichts führt. Ich werde vollenden, was unser Vater Seqenenre nicht vollenden konnte.«
»Glaubst du eigentlich auch, was überall gemunkelt wird?«, fragte Nefertari. »Dass er ... vielleicht gar nicht auf dem Schlachtfeld umgekommen ist, sondern ...«
»... durch eine schwarze Schlange, die gerade dabei ist, ihr Gift Kamose ins Ohr zu träufeln?« Ahmose reckte das Kinn. »Je mehr davon, umso besser! Denn wer empfindet schon Achtung für einen Pharao, der sich von einer Kuschitin gängeln lässt?«
»Du willst jetzt nicht konkreter über deine Vorhaben sprechen, habe ich Recht?« Ihre Nasenflügel zuckten belustigt.
»Unter vielem anderen liebe ich dich auch deswegen, weil du so klug bist. Ganz im Gegenteil zur Großen Königlichen Gemahlin, von der sich das wahrlich nicht behaupten lässt!«
»Arme Ascha!« Nefertari lachte in ihre offene Hand. »Manchmal tut sie mir beinahe Leid. Ich an ihrer Stelle hätte schon längst etwas gegen diese Nabu unternommen. Aber sie begnügt sich lediglich damit, zu warten und zu leiden, während die andere sich immer dreister benimmt.«
Ahmose machte eine wegwerfende Geste.
Nefertari schien ihn plötzlich mit ganz anderen Augen zu sehen. »Womöglich wickelt dich eines Tages diese Schlange ebenso um den Finger wie früher Vater und jetzt Kamose.« Ihre Stimme wurde schrill. »Weißt du, was ich dann tue? Ich töte dich. Mit meinen eigenen Händen. Und sie dazu.«

»Unsinn!« Spielerisch hielt er ihr den Mund zu. »Und du weißt es genau. Gegen ihre Reize bin ich vollkommen immun. Für mich gibt es nur eine, der mein Herz gehört, die Schönste von allen: dich!«

Im gedämpften Licht der Alabasterlampen, ohne deren Schein er niemals einschlafen konnte, wirkte das ganze Zimmer wie vergoldet, und Gold lag auch auf Nefertaris Haut und ihren Lidern. Sie anzusehen war für ihn wie seinem eigenen weiblichen Spiegelbild zu begegnen, und er sehnte sich danach, mit ihr zu einem Wesen zu verschmelzen. Ihre Zunge war glatt, als er ihren Mund öffnete, ihre Lippen waren kühl. Sie atmete leicht durch die Nase, als er fast staunend die Hand über ihre heiße Stirn gleiten ließ, schließlich über ihren pochenden Hals. Alles war so, wie er es liebte: schöne, zarte Mädchenschultern, schlanke Schenkel und bräunliche Brustwarzen, die sich jetzt erwartungsvoll zusammengezogen hatten. Sie roch nach Mandeln, nach Zimt und Moschus, lag zunächst unbewegt unter ihm, fast wie tot, bis sie sich allmählich sanft, dann immer schneller zu bewegen begann und schließlich einen lang gezogenen, scharfen Schrei ausstieß, der bis in sein Innerstes drang.

»Die Eine, Geliebte, ohne ihresgleichen«, murmelte er, als sie später seinen Kopf in ihren Armen hielt, halb aufrecht, damit sie nicht versehentlich in seinem Bett einschlief, *»schöner als alle in der Welt …«*

»Ich liebe dich«, flüsterte sie. »An deiner Seite möchte ich das Land regieren. Dir mindestens ein Dutzend Söhne gebären. Den Göttern dienen. Und die ganze Welt bewegen.«

»Und ich liebe dich. Zur Gottesgemahlin werde ich dich eines Tages erheben – das schwöre ich dir, bei meinem Leben!«

*

Sahtis Augen waren mit Khol geschwärzt, ihr Mund leuchtete ockerrot, aber sie hatte sich geweigert, Puder aufzulegen, um heller zu wirken, sondern sich stattdessen von Kopf bis Fuß eingeölt. In dem blauen Kleid schimmerte ihre Haut nun wie dunkles Kupfer, und der Kranz aus weißen Lotosblüten unterstrich zusätzlich das Nachtschwarz ihres Haars. Nesmin stockte fast der Atem, als er sie erblickte.
Vor Aufregung hatte er am Morgen nichts essen können, und als nun der Zug der Freunde und Verwandten das junge Paar abholen kam, um es zu ihrem neuen Haus zu geleiten, zitterten ihm die Knie. Sahti warf ihm einen besorgten Blick zu, er aber lachte und presste ihre Hand, so fest er nur konnte.
»Ich dachte schon, dieser Tag würde niemals anbrechen«, flüsterte er. »Ich bin überglücklich – sterben könnte ich auf der Stelle!«
»Untersteh dich!«, flüsterte sie lächelnd zurück. »Meinst du, ich will schon Witwe sein, noch bevor ich endlich deine Ehefrau werden konnte?«
»Augenblick noch! Ich habe da etwas für dich.« Er hielt ein silbernes Amulett in der Hand, das er ihr umhängen wollte.
»Das Horus-Auge – nein!«, rief Sahti und duckte sich erschrocken unter ihm. »Ich kann es nicht tragen!«
»Weshalb denn nicht?« Verdutzt und ziemlich gekränkt sah er sie an. »Das heilige Mondsymbol soll dich doch nur vor Unheil und Krankheit bewahren und dir viel Glück bringen!«
Sahti schlang ihre Arme um seinen Hals. »Ich weiß doch, dass du es nur gut gemeint hast«, sagte sie sanft. »Aber es ist trotzdem ganz und gar unmöglich. Damit hat damals alles angefangen, weißt du?« Seinem verständnislosen Blick entnahm sie, dass er keine Ahnung hatte, wovon sie redete. »Egal, Nesmin! Eines Tages werde ich es dir bestimmt erzählen. Solange heben wir es auf, einverstanden?«
Nesmin berührte kurz das abgewetzte Band, an dem der

Beutel mit dem Löwentotem zwischen ihren Brüsten hing.
»Und du glaubst, das schützt dich besser?«, fragte er leise.
»Bequemt ihr euch jetzt endlich zu uns?«, schrie Pani ungeduldig von draußen. »Oder müssen wir euch holen kommen?«
»Ja«, sagte Sahti. »Aber wenn es dir wichtig ist, dann lege ich es heute ausnahmsweise ab. Soll ich?«
Nesmin schüttelte den Kopf. »Lass nur! Manchmal denke ich, ich werde dich nie ganz verstehen«, murmelte er. »Aber vielleicht liebe ich dich ja gerade deswegen so sehr.«
Statt einer Antwort drückte Sahti fest seine Hand.
Sogar Namiz hatte trotz seiner vielen Verpflichtungen den Weg ans Westufer gefunden, und Pani sprang in seinem neuen Schurz ausgelassen herum. Penju und Heteput benetzten die Füße des Brautpaares mit Nilwasser, das ihnen Glück und Fruchtbarkeit bringen sollte, und gaben ihnen ein Stück Gebäck zu essen, das dick in Salz gewälzt war.
»Du bist meine Gattin.« Nesmins Stimme war fest, als er die vorgeschriebenen Worte sprach. »Dich will ich lieben und ehren, solange ich lebe.«
»Du bist mein Gatte«, sagte Sahti, »dich will ich lieben und ehren, solange ich lebe.«
Fröhlich zog die Hochzeitsgesellschaft durch die Gassen, bis sie endlich das neue Haus erreicht hatte. Sahti lächelte ein wenig angestrengt, als sie Hand in Hand mit Nesmin die Schwelle überschritt, und etwas entspannter, als sie schon nach wenigen Augenblicken zurück nach draußen in das strahlende Sonnenlicht traten. Alle klatschten und ließen Blüten auf sie rieseln, als sie sich küssten.
Gefeiert wurde anschließend bei Penju und Heteput, deren Innenhof die Hochzeitstafel beinahe ausfüllte. Man aß und trank, Pani spielte ein paar kleine Weisen auf seiner eigenhändig geschnittenen Flöte, und die Glückwünsche und Segenssprüche für das junge Paar wollten kein Ende nehmen.
»Wenn du deine Frau liebst, so wie es sich gehört«, rief ei-

ner der Nachbarn, offenkundig nicht mehr ganz nüchtern, »dann fülle ihren Leib und kleide ihren Rücken. Sonst läuft sie dir eines Tages noch davon!«

»Erfreue ihr Herz, solange du lebst, denn sie ist ein nützlicher Acker für den Herrn!«, fiel ein anderer ein, ebenfalls leise schwankend. »Einen Stall voller Kinder für Nesmin und Sahti! Hathor sei mit euch!«

»Aber lass bloß nicht zu, dass sie vor Gericht streitet und halte sie fern von der Macht!« johlte ein Dritter und streckte Heteput seinen Becher zum Nachfüllen entgegen. »Zeig ihr beizeiten, wer Herr im Haus ist, Nesmin – und im Bett!«

Immer übermütiger wurde die Stimmung, und als schließlich statt dem bekömmlicheren Feigenbier immer mehr Wein getrunken wurde, von dem ausnahmsweise sogar Nesmin kostete, wurden in der Runde auch ein paar Zoten zum Besten gegeben. Heteput runzelte sofort die Stirn, Penju dagegen, ausgelassen wie selten, umarmte sie. »Heute musst du das schon aushalten, meine Liebe!«, rief er fröhlich. »Oder hast du schon vergessen, wie wir beide damals ...«

Heteput blieb nichts anderes übrig, als ihn rasch zu küssen, um ihn zum Schweigen zu bringen, was alle noch mehr belustigte. Danach freilich setzte sie sich sofort wieder steif auf ihren Stuhl zurück.

»Sollen wir uns nicht allmählich zurückziehen?« Nesmin drückte Sahti übermütig an sich. Über ihnen standen unzählige Sterne. Nicht eine Wolke war am Firmament zu sehen. Nuts Arme umschlossen die Erde wie schwere, nachtblaue Seide.

»Jetzt schon?«, protestierte sie leise. »Während alle noch so fröhlich am Feiern sind?«

»Deshalb werden sie uns auch kaum vermissen. Also, komm endlich, geliebte Gattin!«

Eng umschlungen liefen sie durch die Gassen zurück zu ihrem neuen Haus. Nesmin ging als erster hinein, entzündete die Lampen und blieb dann wie ein großer aufgeregter Junge

vor Sahti stehen. Diesmal begann sie zu zittern, und er umfing sie zärtlich.
»Es wird wunderschön«, murmelte er an ihrem Hals. »Du brauchst keine Angst zu haben. Erinnerst du dich nicht mehr daran, dass ich dir alle Zeit der Welt versprochen habe?«
Sahti nickte klamm.
»Lässt du mich trotzdem einen Augenblick allein?«, bat sie. »Ich rufe dich, wenn ich so weit bin.«
»Natürlich. Ich warte draußen.«
Langsam stieg sie die Treppe zum ersten Stock hinauf und öffnete die Schlafzimmertür. Sie ging zum Bett, strich über die gewebte Decke mit den bunten Zacken und setzte sich schließlich. Vergebens versuchte sie, das aufgeregte Pochen ihres Herzens zu besänftigen. Sie sprach ein kurzes Gebet und klammerte sich dabei an die Löwenkralle. Danach nahm sie das Amulett ab und legte es unter ihr Kopfkissen. Unruhig erhob sie sich abermals und untersuchte mit der Lampe in der Hand eingehend den ganzen Raum.
Nirgends die Spur eines Skorpions.
Sahti stellte die Lampe an ihren alten Platz zurück. Danach zog sie sich das Kleid über den Kopf und streckte sich auf dem Lager aus.
»Nesmin?« Ihre Stimme war nur ein Wispern. »Kommst du?«
Er musste unmittelbar hinter der Tür gestanden haben, so schnell war er neben dem Bett. Aber anstatt sich an sie zu schmiegen, wie sie es erwartet hatte, sackte er plötzlich wie vom Blitz getroffen in sich zusammen.
Wortlos stürzte er zu Boden.
»Nesmin! Was hast du?« Mit einem Satz war Sahti neben ihm. »Bitte, sag doch etwas!«
Sein Kopf war zur Seite gedreht, die Haut totenblass, die Pupillen waren geweitet. Seine Lippen waren erschlafft. Einen furchtbaren Augenblick lang dachte sie, er sei tot, dann jedoch setzten die wilden Zuckungen ein. Nesmins Hinter-

kopf schlug mit großer Wucht gegen den Boden, blutiger Speichel trat aus seinem Mund, Arme und Beine schienen vollkommen außer Kontrolle.
Ohne lange zu überlegen, packte Sahti ihr Hochzeitskleid und schob es ihm unter den Kopf. Mit aller Kraft gelang es ihr, ihn in Seitenlage zu bringen, was ihm gut zu tun schien. Das Zucken und Zappeln dauerte zwar noch an, ließ jedoch allmählich nach. Jetzt atmete Nesmin viel zu schnell und keuchend – aber er atmete!
»Liebster«, flüsterte Sahti unter Tränen, »Hörst du mich? Keine Angst, ich bin ja bei dir!«
Es kam ihr wie eine Ewigkeit vor, bis er wieder die Augen aufschlug. »Ich bin so müde«, sagte er mit schwerer Zunge. Sein Gesicht war entspannt, die Züge schienen ganz gelöst. »Und furchtbar schwindelig ist mir. Alles in meinem Kopf dreht sich im Kreis. Liebst du mich, Sahti?« Er schluckte, bevor er weitersprach. »Auch jetzt noch?«
»Ja«, sagte Sahti, beugte sich über ihn und küsste ihn zart. Sie wiegte ihn wie ein Kind. »Schlaf jetzt!«, flüsterte sie. »Du musst jetzt schlafen! Alles wird gut!«

*

Als sie Maj auf einer Bahre nach Hause brachten, blieb Ita zunächst ganz ruhig. Die anderen Zimmerleute hatten seinen Arm provisorisch geschient und die blutende Wunde an der Schulter dick verbunden. Sie wusch sie mit Wasser aus und wickelte frisches Leinen darum. Viel bedenklicher erschien ihr, dass er kein Wort sagte, auch nach Stunden noch nicht, sondern nur vor sich hinstarrte, ohne sie oder den Kleinen überhaupt zur Kenntnis zu nehmen. Es gelang ihr, ihm mit viel Geduld ein paar Tropfen Wasser einzuflößen; alles Essbare verweigerte er.
Von innerer Unruhe getrieben, ging Ita die kräuterkundige Frau holen, die am Ende der Gasse wohnte. Die Alte untersuchte Maj eingehend und zog dabei ein bedenkliches Ge-

sicht. »Ein böser Dämon hat sich in seinem Kopf eingenistet«, behauptete sie schließlich. »Wird nicht einfach sein, ihn wieder loszuwerden. Klagt er über Schmerzen?«
»Maj ist unter herabstürzende Baumstämme geraten«, widersprach Ita. »Daher stammen seine Verletzungen.« Sie rieb sich die Augen. »Und sagen tut er gar nichts. Jedenfalls nichts, was ich verstehen könnte. Das ist es ja, was mich so beunruhigt.«
»Ich könnte dir eine Arznei dagegen bringen«, versprach die Heilerin. »Aber sie muss sehr aufwendig zubereitet werden und ist daher nicht gerade billig.«
Ita kramte ihre letzten Silbertropfen hervor. »Mach ihn mir wieder gesund!«, sagte sie. »Das ist alles, was ich will.«
Die Alte kam nach einiger Zeit zurück und verbrannte gelbliches Pulver, angeblich, um die Dämonen zu vertreiben. Anschließend legte sie Maj eine ölgetränkte Kopfbinde um. »Laudanum, Wacholder, Weihrauch, Ocker und Steinbockfett«, murmelte sie. »Ja, ich denke, das müsste helfen.«
Aber Maj blieb unverändert apathisch, auch als die Alte ihn an den beiden folgenden Tagen besuchte und die Rezeptur jeweils geringfügig veränderte. Dabei murmelte sie unentwegt seltsame Zaubersprüche und entdeckte jedes Mal etwas im Haus, das sie dringend brauchen konnte.
Nach der dritten schlaflosen Nacht holte Ita die goldene Selket-Statue aus dem alten Beutel unter dem Bett hervor. All die Jahre war sie ihr Pfand gewesen, der Notnagel für schlechte Zeiten, und jetzt gab es wahrlich keinen Grund, noch länger zu warten. Zur Vorsicht hatte sie sie schon vor langem mit Ruß beschmiert, und sie erneuerte die Tarnung nun äußerst sorgfältig. Danach trat sie zu Maj und küsste ihn auf die Stirn. Noch blasser als die Tage zuvor, schien er etwas Unverständliches zu murmeln.
»Ich bin bald wieder zurück«, sagte sie leise. »Und dann wird es uns endlich gut gehen – und zwar für immer, das verspreche ich dir!«

Mit einem Tuch band Ita sich den kleinen Tjai auf den Rücken, packte den Beutel, in den sie die Statue zurückgelegt hatte, und machte sich nach einem letzten besorgten Blick auf Maj auf den Weg.

Ein Schwarm weißer Tauben zog am Himmel seine Kreise, als sie am ersten Tor des großen Amun-Tempels angelangt war. Mit Bedacht hatte sie die Mittagszeit gewählt, um ihr Anliegen vorzutragen, aber es war dennoch ein merkwürdiges Gefühl, allein über das verlassene Pflaster zu schreiten. Steil erhob sich die Mauer aus Sandstein vor ihr, und sie musste eine leise Beklemmung überwinden, um nicht doch im letzten Augenblick unverrichteter Dinge umzukehren. Ita klopfte mehrmals, bevor sich die schwere Holztüre endlich einen Spalt breit öffnete.

»Was willst du?« Ein junger Mann im langen Priesterschurz stand vor ihr. Um den kahlen Schädel hatte er eine weiße Binde geschlungen. Seine Augen waren blank und schwarz.

»Ich habe Hunger«, sagte sie rau und deutete nach hinten. »Und mein kleiner Sohn auch.« Wie auf ein Stichwort begann Tjai zu weinen und strampelte mit seinen Beinchen.

»Die Almosenausgabe ist bereits vorüber. Du musst künftig früher aufstehen.«

»Ich habe überhaupt nicht geschlafen«, erwiderte Ita bissig, »und bin schon seit dem ersten Morgengrauen auf den Beinen.«

Der Priester reckte seinen mageren Hals und schien sich angesichts des heulenden Kindes doch erweichen zu lassen.

»Warte!« Die Tür fiel wieder zu. Kurz darauf öffnete sie sich erneut, und jetzt streckte der Priester Ita ein paar altbackene Brote entgegen. »Aber nur ausnahmsweise«, sagte er streng, »weil der Kleine mich so dauert. Du solltest ihm besser die Brust geben! Wie die göttliche Isis dem Horus-Kind.«

Scheinbar gleichgültig ließ Ita die milde Gabe in den Staub fallen.

»Deine paar Krumen nützen uns nichts«, sagte sie. »Denn

ich habe morgen wieder Hunger. Und übermorgen. Sowie alle weiteren Tage. Ebenso mein Kleiner. Von meinem kranken Mann, der zu Hause liegt und seine Glieder nicht mehr bewegen kann, weil er einen Unfall hatte, ganz zu schweigen. Er braucht dringend Medizin und einen guten Arzt, um wieder auf die Beine zu kommen.«

Jetzt starrte sie der junge Priester fast feindselig an.

»Was willst du dann, Frau?«, fragte er mühsam beherrscht.

»Dem Tempel etwas anbieten, was vielleicht interessant sein könnte.« Ita öffnete den Beutel und zog die Selket-Statue heraus.

»Was sollen wir denn damit?« Missmutig drehte er die rußgeschwärzte Statue in der Hand hin und her. »Dieses schmutzige Ding! Ich verstehe wirklich nicht ganz.«

Itas Spucke traf genau den Kopf der Göttin. Sie nahm einen Zipfel ihres Kleides und rieb eine kleine Stelle blank. Im Sonnenlicht blitzte strahlend das Gold auf.

Jetzt besaß sie die volle Aufmerksamkeit des Priesters, dessen war sie sich gewiss.

»Es sind nicht alle Dinge so, wie sie auf den ersten Blick scheinen«, sagte sie und beobachtete den Mann dabei scharf. »Was wäre euch so etwas denn wert? Und komm mir bloß nicht wieder mit deinen alten Broten!«

Jetzt zog er die Luft scharf zwischen den Zähnen ein.

»Das kann ich keinesfalls allein entscheiden«, erwiderte er. »Ich müsste vorher unbedingt mit dem Oberpriester sprechen.«

»Dann tu das!« Sie nahm ihm die Selket unsanft aus der Hand. »Und beeil dich! Wir müssen schließlich essen, um zu überleben.«

»Wie heißt du?«, fragte er.

Sie zögerte einen Augenblick. Ihre Augen erinnerten ihn an Kohlen in einem glühenden Feuer.

»Ita«, sagte sie dann.

»Komm morgen wieder, Ita!« Auf seinen Wangen brannten

zwei rote Flecken. »Ungefähr zur gleichen Zeit. Dann weiß ich bestimmt schon mehr.«
»Ich werde da sein.«
Der Kleine war inzwischen verstummt und nuckelte schläfrig an seinem Daumen. Ita schulterte ihren Beutel mit der Statue, bückte sich geschmeidig nach den Broten, hob sie auf und ging weg, ohne sich noch einmal umzusehen.

*

Schon im Morgengrauen war Nesmin zum Geheimen Ort aufgebrochen, zusammen mit Penju. Nach der zehntägigen Arbeitswoche standen drei Feiertage in Aussicht, und Sahti konnte kaum abwarten, bis sie endlich anbrechen würden. Summend machte sie Ordnung im ganzen Haus, fegte und wischte, bis alles blank und reinlich war. Sie liebte diese Morgenstunden, die ihr allein gehörten. Und ihren Gedanken, über die sie niemandem Rechenschaft schuldig war.
Seit sie schwanger war, bewegte sie sich in einer Traumwelt, die nur ihr und dem kleinen in ihr wachsenden Wesen gehörte und die sie mit keinem anderen teilen wollte – nicht einmal mit Nesmin. Sie sprach mit dem Kind, insgeheim davon überzeugt, dass es eine Tochter war, obwohl sie wusste, wie sehr sich Nesmin und die ganze Familie einen Sohn wünschten, der die Schreibertradition fortführen konnte. Vielleicht hatte sie deswegen so lange gewartet, bis sie ganz sicher gewesen war und weder Weizen noch Gerste brauchte, um zu wissen, was mit ihr los war. Gleich scharweise standen mittlerweile kleine Tonstatuen der schwangeren Nilpferdgöttin Tawaret neben ihrem Lager, um Kind und Mutter Schutz und Segen zu schenken, und Sahti unterhielt sich nicht minder eifrig auch mit ihnen.
Inzwischen hatte sich ihr Leib schon deutlich gerundet, und manchmal streckte sie den Bauch betont vor, um der ganzen Welt ihren größten Schatz zu zeigen. Alle hatten sich darüber gefreut: Penju, Heteput, Pani voll stolz, dass er jetzt On-

kel wurde, und natürlich Nesmin, der mit Tränen der Rührung auf ihr Geständnis reagiert hatte. Als Einziger zeigte Namiz leichte Skepsis, und bei seinem letzten Besuch hatte er sie eingehender als sonst betrachtet.

»Schatten unter den Augen und eingefallene Wangen! Ist alles in Ordnung mit dir, Sahti? Du bist doch nicht etwa krank?«

»Ich bin schwanger«, hatte sie gesagt. »Und es geht mir so gut wie niemals zuvor. Schließlich habe ich mehr als fünfzehn Monde gebraucht, bis es endlich so weit war.«

»Macht er dich glücklich, dein Nesmin? Ich meine, ist er auch wirklich der richtige Mann für dich?«

»Einen besseren könnte ich mir nicht vorstellen.« Sie musterte den Juwelier erstaunt. »Weshalb fragst du?«

Namiz zögerte mit seiner Antwort und fixierte leicht verlegen die Wand.

»Er war mein Lehrer und mein Bruder – und ist nun mein Mann, der Vater meines Kindes ...« Sahti wusste plötzlich nicht mehr weiter. »Und weshalb fragst du ausgerechnet jetzt?«

»Nun, Nesmin ist ja schließlich nicht ganz gesund. Und vielleicht ist die neue Arbeit, die er seit kurzem übernommen hat, doch zu anstrengend für ihn. Dann sollten wir in aller Offenheit darüber reden.«

»Aber er liebt doch die Herausforderung!« Sie wusste, wie stolz Nesmin war, zum Größten der Mannschaft ernannt worden zu sein, der die Tätigkeiten der Steinmetze, Verputzer, Maler, Schreiber und Zeichner im Felsengrab im linken Zug zu koordinieren hatte, während sein Vater den rechten überwachte. Natürlich war er oftmals müde und erschöpft, wenn er abends nach Hause kam, und aß nur noch ein paar Bissen, bevor er einschlief. Aber Sahti brauchte ihm nur eine Frage nach seinen Aufgaben zu stellen und seine Augen begannen zu strahlen. »Und er hat keinerlei Beschwerden mehr«, behauptete sie nicht ganz wahrheitsgemäß.

Seit jenem großen Anfall in der Hochzeitsnacht hatte es mehrere kleinere gegeben, die allerdings sehr viel weniger dramatisch verlaufen waren. Trotzdem verließ Sahti seitdem niemals die Angst, wenn sie sich liebten, und sie verkrampfte sich bereits, sobald sie Nesmins Begehren nur zu erraten glaubte. Dabei war er zärtlich zu ihr, voller Hingabe und uneingeschränkter Offenheit, so dass sie sich manchmal wie eine Verräterin vorkam, weil sie nicht ganz das Gleiche empfinden konnte. Sie mochte es, in seinen Armen zu liegen, seinen frischen Körper zu riechen und den liebestrunkenen Beschwörungen zu lauschen, aber es gab immer etwas in ihr, das zurückhaltend blieb, fast beobachtend. Manchmal schien er es sogar zu spüren, dann hielt er inne und starrte sie durchdringend an, als ob er in ihren Kopf blicken wollte.

»Wo bist du, Sahti? Bist du auch wirklich bei mir?«

»Natürlich!«, versicherte sie ihm rasch und fühlte sich nur noch elender dabei.

Zum Glück war es ein wenig einfacher geworden, seitdem sie das Kind trug. Jetzt begnügte sich Nesmin meistens damit, ihre Brüste zu streicheln oder sie die halbe Nacht im Arm zu halten.

»Ich muss bald wieder fort, Sahti. Für länger.« Sie hatte Namiz' leicht schleppende Stimme noch immer im Ohr, als sie beim Saubermachen an einer Truhe angelangt war, die bislang stets verschlossen gewesen war.

»Wohin reist du diesmal?«

Unwillkürlich fassten ihre Hände in die Truhe und zogen einige Papyrusrollen heraus. Immer noch ganz in Gedanken, öffnete sie die erste und ließ sich breitbeinig auf dem Boden nieder, um es bequemer zu haben.

»Nach Keftiu. Und anschließend auf die Insel Asi. Und bitte, frag mich jetzt bloß nicht, was ich dort zu tun habe! Staatsgeheimnisse, du verstehst? Ich hätte dir eigentlich nicht einmal sagen dürfen, wohin ich aufbreche, bald schon, gleich

nach dem schönen Fest im Wüstental. Aber ich weiß ja, dass meine Kleine schweigen kann.«
»Das kann ich, ja«, hatte Sahti mit großer Wärme erwidert. »Besonders, wenn es dich betrifft. Und ich werde dich vermissen, Namiz. Bleib bitte nicht wieder zu lange weg!«
Ihre Augen flogen jetzt über die Weisheitslehren, die sie vor Jahren Tag für Tag mühsam auf den kleinen Steintäfelchen zu kopieren versucht hatte. Wie gut erinnerte sie sich noch an den seligen Tag, an dem sie zum ersten Mal einen ganzen Satz hatte entziffern können! Inzwischen las sie flüssig und griff zwischendurch immer wieder zur Schreibbinse, um das Erlernte nicht allzu schnell wieder zu vergessen. Denn sie war nun mal kein Junge wie Pani, der am Geheimen Ort unter Penjus und Nesmins Aufsicht bereits die ersten leichten Arbeiten als Schreiber ausführen durfte.

Gib deine Ohren, höre was gesagt wird.
Aber gib dein Herz daran, es zu verstehen …

Ungeduldig überschlug Sahti die nächsten Zeilen.

Wenn deine Worte gefällig im Herzen sind,
dann ist das Herz geneigt, sie frohen Sinnes zu empfangen.
Es ist das Herz allein,
das einen zu einem Hörenden werden lässt …

Alles schön und gut und sicherlich wahr dazu, aber davon hatte sie inzwischen wirklich mehr als genug!
Der nächste Papyrus, den sie entrollte, schien um einiges älter; der Untergrund war dunkler und die Tinte wirkte schon leicht verblasst. Sahti begann zu lesen und hielt nach den ersten Worten erschrocken inne. Das mussten die geheimen Schriften sein, die die Särge und Totenmasken zierten. Nur wenigen war es erlaubt, sie zu kennen. Nesmin war be-

stimmt abgelenkt gewesen, sonst hätte er die Truhe wie üblich verschlossen.

Ich grüße Dich, Herrscher des Jenseits,
Osiris, Herr von Abydos,
sieh, ich gelange immer zu Dir …

Auf einmal stand alles wieder vor ihren Augen, als sei es erst gestern gewesen: Uts feiste Züge, sein letztes, kraftvolles Aufbäumen, all das hellrote Blut, das aus der Wunde sprudelte. Und Sahti meinte plötzlich, sogar die widerlich süßlich-scharfen Ausdünstungen der Balsamierwerkstatt in der Nase zu haben. Unwillkürlich legte sie beide Hände auf den Bauch, um ihr Kind zu schützen. Sie musste weiterlesen:

… treu war immer mein Herz den Wegen des Guten;
nie innegewohnt das Böse meinen Gedanken!
In meiner Brust keine Sünde.
Nie hab ich gelogen, noch mit doppelter Zunge
andere Menschen irregeführt.
Bei der doppelköpfigen Himmelslöwin,
niemals in meinem Leben hab' ich je gestohlen …

»Sahti? Bist du da oben?« Heteputs heisere Stimme schien aus einer anderen Welt zu kommen. »Wo steckst du denn? Ich habe Getreide mitgebracht. Wir können also gleich mit dem Mahlen beginnen, damit wir auch wirklich fertig sind, wenn die Männer zurückkommen.«
»Gleich! Nur einen Augenblick! Ich komme!«
Sahtis Hände zitterten, als sie die Zeile wieder fanden, bei der sie soeben unterbrochen worden war.

… beim Verschlinger der Schatten,
ich habe niemals einen Menschen getötet …

»Sahti? Ist etwas mit dir?« Heteputs Schritte klangen schon wesentlich näher und ihr Ton hörte sich besorgt an. »Es ist doch nichts mit dem Kind, oder?«
»Nein«, rief Sahti, rollte mit bebenden Fingern den Papyrus wieder zusammen und legte ihn zu den anderen in die Truhe zurück. »Es ist nichts.«
Es gelang ihr, gelassen zu antworten, beinahe heiter. Als sie sich aber schwerfällig erhob und zur Treppe ging, um ihre Schwiegermutter zu empfangen, spürte sie, dass ihr Kleid nass vor Schweiß auf der Haut klebte.

*

Als Ita vom Amun-Tempel zurückkam, schlug Maj ein paar Mal die Augen auf und sagte wenige Worte. Ita jedoch erkannte, dass sein Geist noch immer verwirrt war. Sogar der kleine Tjai schien zu spüren, dass etwas mit seinem Vater nicht in Ordnung war. Mit seinen ungeschickten Händchen patschte er ihm ins Gesicht, als ob er ihn aufwecken wollte, und begann empört zu schreien, als Ita ihn schnell vom Krankenlager wegzog.
»Sahti!«, murmelte der Kranke plötzlich und bäumte sich dabei auf. »Sahti! Sahti!«
»Hör endlich auf damit!«, sagte Ita und wischte über sein Gesicht, als könne sie damit die Gedanken an die Nebenbuhlerin vertreiben. »Die kann dir jetzt auch nicht helfen. Aber ich, ich kann es – du wirst schon sehen!«
Sie fieberte, bis es dunkel und wieder hell wurde, und sie zum Tempel zurückzukehren konnte. Wie gern hätte sie jetzt Pläne mit Maj geschmiedet, was alles an Wunderbarem vor ihnen lag, aber nach seinem sinnlosen Gestammel, das sie tiefer getroffen hatte, als ihr lieb war, blieb ihr nichts anderes übrig, als sich die Zukunft allein in ihren Gedanken auszumalen. Kurz vor dem Aufbruch entschloss sie sich spontan, Tjai lieber nicht mitzunehmen. Sie setzte ihn sich auf die Hüfte und ging nach nebenan, um ihn für die Zeit ihres Weg-

bleibens der Nachbarin anzuvertrauen. Als niemand öffnete, blieb ihr allerdings nichts anderes übrig, als doch mit dem Kind aufzubrechen.
Sie hatte wieder die Mittagszeit gewählt, aber dieses Mal musste sie länger warten, bis der Platz vor dem Tempel leer wurde und sie ungestört anklopfen konnte.
Die schwere Tür ging langsam auf, und da war wieder der junge Priester, mit dem sie bereits am Vortag gesprochen hatte. Hinter ihm stand ein zweiter Mann, groß und hager, mit scharfgeschnittenen Zügen und schmalen, herrischen Lippen.
»Ist sie das?«, fragte er leise den Jüngeren. »Jene Ita?«
»Ja, ich bin Ita«, antwortete sie schnell. »Und du musst der Oberpriester sein, habe ich Recht?«
»Du hast die Statue dabei?«, fragte der Ältere streng, ohne ihre Frage zu beantworten.
Auf Itas Stirn standen Schweißperlen, und ihr Rücken spannte sich unter Tjais Gewicht mehr als sonst. Aber sie war nicht bereit, sich einschüchtern zu lassen – auch nicht vom Tempelvorsteher höchstpersönlich.
»Wäre ich sonst hier?«, erwiderte sie aufsässig. »Wollt ihr sie jetzt sehen oder nicht? Schließlich habe ich meine Zeit nicht gestohlen!«
Sie begann an ihrem Beutel zu nesteln.
»Ja, aber besser nicht hier draußen. Komm herein!«
Der Ältere stieß die Tür so weit auf, dass sie durchschlüpfen konnte. Beinahe hatte sie einen Schrei des Entzückens ausgestoßen, als die Pforte sich hinter ihnen schloss, denn vor ihr lag ein gepflegter Garten mit Schatten spendenden Bäumen, deren Wipfel sich leicht im Wind neigten.
Jetzt erst merkte Ita, wie hungrig und durstig sie war.
»Zuvor brauche ich aber unbedingt etwas zu essen und zu trinken«, verlangte sie. »Und mein Kleiner erst recht!«
»Zuerst die Statue!«, beharrte der Ältere.
Sie wagte keinen Einwand mehr, sondern reichte ihm die

Selket-Figur. Er benutzte seinen Schurz, um ein größeres Stück blank zu reiben, und hielt die Statue, als er sich von ihrer Echtheit überzeugt hatte, so fest umklammert, als ob er sie gar nicht mehr loslassen wollte.
»Gib sie mir zurück!«, verlangte Ita, die sich langsam unbehaglich fühlte. »Bis ich ein vernünftiges Angebot von dir habe, bleibt sie natürlich mein Eigentum. Und keine List und Tücke – sonst gehe ich auf der Stelle!«
Er reichte ihr die goldene Göttin zögernd. Zur Sicherheit steckte sie sie wieder in den Beutel.
»Woher hast du die Statue eigentlich?«, wollte der Priester wissen.
»Gefunden«, erwiderte Ita schnell. »Schon vor langer Zeit.« Sie hielt inne. »Was wäre sie euch denn wert? Und überlegt genau, was ihr mir bietet! Denn an euch verschleudern werde ich sie keinesfalls.«
»Und wo genau hast du sie … gefunden?«
Sie zuckte die Achseln. »Was spielt das jetzt noch für eine Rolle? Jetzt gehört sie mir. Das genügt doch, oder?« Tjai begann zu wimmern. Sie tätschelte sein Bein, um ihn zu beruhigen. »Trinken und Essen«, wiederholte sie. »Und zwar sofort! Schon wieder vergessen?«
»Bring die Frau zur Küche«, befahl der Ältere. »Wir unterhalten uns später weiter.« Er wandte sich nach links, als sei damit für ihn die Angelegenheit beendet, und war rasch hinter den Bäumen verschwunden.
Ein wenig unschlüssig folgte Ita dem jungen Priester, der so schnell voranschritt, dass sie ihm kaum folgen konnte. Sie kamen an einer kleinen weißen Kapelle vorbei und gelangten schließlich zu einem flachen Gebäude, das sie halb umrundeten.
»Ist es denn noch weit?«, murrte Ita. »Man erstickt ja vor Hitze!«
»Wir sind beinahe da.«
Blitzschnell trat der junge Priester zur Seite, und plötzlich

war sie von vier weiteren kahl geschorenen Männern umringt. Eine Klinge blitzte silbern auf, und der Beutel mit der Statue fiel auf die Erde. Kräftige Hände holten den Kleinen aus dem Tuch. Itas Arme wurden grob auf den Rücken gerissen. Eine Hand presste sich auf ihren Mund.
Als Letztes spürte Ita noch den harten Schlag auf den Schädel. Dann sank sie besinnungslos zu Boden.

*

An langen Tragestangen ruhte die Gottesbarke des Amun auf den nackten Schultern der Priester, die sich unter dem erheblichen Gewicht leicht schwankend vorwärtsbewegten. Anlässlich des Schönen Festes im Wüstental verließ die Barke jeden Vollmondtag des zweiten Erntemondes ihren angestammten Tempel in Waset, um dem königlichen Totentempel auf dem Westufer einen Besuch abzustatten, längst keine Ruine mehr, wie vor Jahren, als sich Sahti und die anderen Kinder dort versteckt hatten, sondern dank eines Dekrets Kamoses von einem Heer von Bauarbeitern sorgsam wieder in Stand gesetzt.
Die Arbeiter der Nekropole hielten respektvoll Abstand, als die lange Prozession in Richtung Tempel vorbeizog, Sahti jedoch hatte sich einen Platz ganz vorn erkämpft. Zu ihrer Enttäuschung waren die Türen des Holzschreins aber verschlossen, und es gelang ihr nicht, auch nur einen Blick auf die Götterstatue zu werfen.
Dafür hatte sie umso besser Gelegenheit, von Nahem die königliche Familie in Augenschein zu nehmen, die zusammen mit den anderen Priestern der Gottesbarke folgte. Obwohl inzwischen einige Jahre seit ihrem Besuch im Palast vergangen waren, erkannte sie alle auf Anhieb wieder: die winzige Teti-Scheri, mittlerweile stark ergraut, aber noch immer zart wie ein Kind, von einem goldenen Baldachin vor der sengenden Sonne geschützt; die Königswitwe Ahhotep, in blendend weißes Leinen gewandet und von einem aufwendig

gearbeiteten Stirnreif mit Gazellenköpfen gekrönt, die Gesichtszüge jedoch matt und abgespannt; den ungebärdigen Prinzen Ahmose, inzwischen zum Mann herangereift, neben sich eine schlanke Frau, die ihm zum Verwechseln ähnlich sah; dahinter die drei jüngeren Prinzessinnen in kostbaren Kleidern, die ihre Körper mehr entblößten als verhüllten; und schließlich den Pharao Kamose.
Die weiße Krone des oberen Kemet ließ sein gebräuntes Gesicht schmaler wirken, als Sahti es in Erinnerung hatte. Die markante Nase verriet Durchsetzungskraft, die Lippen sprachen für Entschlossenheit. Seine Schultern waren muskulös, die Hüften schmal, und sein Gang erschien ihr federnd, wie der eines Jägers. Er trug einen gefältelten Schurz und hielt Krummstab und Geißel in den Händen.
Als er an ihr vorbeischritt, fing sich ein Sonnenstrahl in der hoch aufgerichteten Uräus-Schlange auf seiner Stirn, und sein Gesicht schien plötzlich wie von innen erleuchtet.
Sahti fühlte sich wie vom Blitz getroffen.
Ihr Herz setzte einen Lidschlag lang aus und schlug danach schneller und heftiger in ihrer Brust weiter. Plötzlich war ihr, als würde sie Feuer atmen. Für die Königin Ascha an Kamoses Seite hatte sie keinen einzigen Blick übrig. Stattdessen schoss ein so wehes Begehren durch ihren Körper, wie sie es noch niemals zuvor verspürt hatte. Sie musste alle Beherrschung aufbringen, um ruhig stehen zu bleiben und ihm nicht vor die Füße zu sinken. Aber Nesmin, der hinter ihr stand, schien ihre Verwirrung bemerkt zu haben.
»Ist etwas nicht in Ordnung?«, fragte er besorgt. »Doch nicht etwa das Kind – mein Sohn?«
Stumm schüttelte Sahti den Kopf. Nesmin jetzt zu antworten hätte ihre Kraft überstiegen.
Sie blieb den ganzen Tag einsilbig und in sich gekehrt, auch als sich die Bewohner der neuen Siedlung vor den Gräbern ihrer Toten versammelten, um ihnen dort Opfergaben darzubringen und ein Festmahl einzunehmen. Traditionsgemäß

gab es gebratenes Fleisch, Honigkuchen, mit verschiedenen Samen bestreut, und kleine mit gekochten Eiern gefüllte Brote, dazu jede Menge Wein. Einige Frauen hatten zusätzlich Krüge mit starkem, selbst gebrannten Kaktusschnaps mitgebracht, die herumgereicht wurden. Es nützte nichts, dass Heteput Penju ein ums andere Mal aufforderte, endlich mit ihr nach Hause zu gehen, um am nächsten Morgen ausgeruht wieder seine Arbeit aufnehmen zu können. Mit wirrem Haar bestand er leicht lallend darauf weiterzufeiern, ebenso wie Nesmin, der müde aussah, sich aber offenbar vor den anderen Männern keine Blöße geben wollte.

Schließlich erhob sich Heteput mürrisch, um allein den Heimweg anzutreten.

Sahti, froh dem trunkenen Gelage endlich zu entkommen, folgte ihr bereitwillig.

Sie lag noch lange wach in der nächtlichen Stille ihres Zimmers und lauschte verzückt und verwirrt zugleich dem seltsamen Aufruhr in ihrem Herzen nach, der ihr wie ein großes Unrecht erschien. Als sie irgendwann Nesmins unsichere Schritte auf der Treppe vernahm, rollte sie sich schnell zur Seite und stellte sich schlafend.

Am nächsten Morgen klagte Penju über Mattigkeit, Durst und heftige Kopfschmerzen, und Nesmin wäre es beinahe gelungen, ihn zum Daheimbleiben zu bewegen, weil die strengen Vorschriften es durchaus erlaubten, sich nach einer durchzechten Nacht den nächsten Tag freizunehmen. Als sich jedoch Heteput einmischte und etwas von Dienst und Pflichterfüllung murmelte, schien er nicht unfroh, ihren Vorwürfen entkommen zu können. Schließlich zog ein unausgeschlafener Männertrupp zum Königsgrab.

Zum ersten Mal in ihrer Schwangerschaft fühlte Sahti sich unwohl. Ihre Schläfen waren taub, als hätte auch sie zu viel Wein genossen, und das Kind in ihrem Leib bewegte sich unruhig. Eine große innere Hast hatte sie ergriffen, die sie zwang, alle paar Augenblicke eine andere Tätigkeit zu beginnen und sie ebenso rasch wieder abzubrechen. Gegen Mittag streckte sie sich zum Ausruhen kurz auf dem Bett aus, erhob sich aber schon nach wenigen Augenblicken. Es wurde etwas besser, als die Schatten wuchsen und sie sich an die Zubereitung des Essens machen konnte.

Sie hatte gerade den Brotteig fertig geknetet, als Heteput in den Innenhof gestürmt kam, die Hände am Hals, die Augen weit aufgerissen. Alles Leben schien aus ihrem Gesicht gewichen zu sein.

»Penju!«, war alles, was sie hervorstoßen konnte. »Penju – und dann auch noch mein Sohn!«

»Was ist passiert?« Mit ihren teigverschmierten Händen tastete Sahti vergeblich nach einem Halt.

»Ein Teil des hinteren Stollens ist plötzlich eingestürzt, und Felsbrocken haben Penju von seiner Leiter gerissen und unter sich begraben. Die Arbeiter haben alles versucht, aber als sie ihn endlich befreien konnten, hat er schon nicht mehr geatmet ...« Ihr haltloses Weinen machte es schwierig, sie zu verstehen. »Schließlich hat Pani Nesmin zu Hilfe geholt. Und als er seinen Vater dort liegen sah, so blutig und regungslos, hat er ...« Heteputs Körper wurde von stoßweisem Schluchzen geschüttelt.

»Wie furchtbar! Aber Nesmin ... So rede! Was ist mit Nesmin?«

»Ein Anfall ... ganz plötzlich. Und dabei muss er mit seinem Kopf so unglücklich auf eine Felskante aufgeschlagen sein ...« Heteput verstummte und starrte ihre Schwiegertochter an, als sähe sie zum ersten Mal.

»Aber das kann doch nicht heißen, dass er ...«

Eine schier überwältigende Traurigkeit hatte sich Sahtis bemächtigt. Sie wusste genau, was kommen würde, obwohl sich alles in ihr verzweifelt dagegen wehrte.

»Doch!«, schrie Heteput. »Er ist tot. Nesmin ist tot, verstehst du?« Sie krümmte sich schmerzgepeinigt, während Sahti kein Glied mehr rühren konnte. »Erbarmen, ihr Götter! Womit habe ich dieses Leid nur verdient? Sie leben nicht mehr, mein Mann und mein Sohn – ich habe alle beide für immer verloren!«

*

»Den Namen!« Die Stimme des Priesters klang mühsam beherrscht, aber er wiederholte seine Forderung erneut.
Zwei Tage fast ununterbrochenes Verhör sowie Durst und Hunger hatten aus Ita ein wimmerndes, gepeinigtes Bündel gemacht.
»Wasser«, murmelte sie. »Wasser – ich flehe dich an. Bitte! Ich bin am Verdursten.«
Nebnefer zog angeekelt die Brauen hoch.
»Dort drüben steht der Krug«, sagte er, »und wartet nur auf dich – sobald du endlich redest. Also, noch einmal ganz von vorn: Wo hast du die Selket-Statue gestohlen? Einen Namen will ich endlich. Und komm mir bloß nicht wieder mit deinen dreisten Hirngespinsten!«
Der Raum, in dem sie Ita eingesperrt hielten, war klein und quadratisch und wie die anderen Priesterzellen nur mit einer dünnen Matratze und einem einfachen Schemel ausgestattet. Ein beißender Schweißgeruch erfüllte die Kammer.
»Wo ist mein Kleiner?« Ita konnte nur noch verschwommen sehen. Jede Bewegung war eine Tortur. »Tjai – was habt ihr mit ihm gemacht? Und zu Hause wartet mein kranker Mann.«
»Dein Sohn ist gut versorgt, Ita, und um deinen Mann werden sich unsere Priester kümmern.« Nebnefers Ton wurde sanft. »Und dir könnte es ebenfalls sehr viel besser gehen. Warum nur machst du es dir und uns so schwer?«
»Weil du mir ohnehin nicht glaubst. Wie oft soll ich es noch wiederholen?« Dick und pelzig, beinahe wie ein Fremdkörper, lag ihr die Zunge im Gaumen. Sie hatte sich die Nägel blutig gebissen. Am liebsten hätte sie sich die Haut in Fetzen vom Körper gerissen, so trocken war sie. »Wir waren im Fel-

sengrab des Balsamierers, und als er endlich tot war, hab' ich die Selket mitgenommen. Das ist alles ... Mehr weiß ich doch nicht!«
»Und wie kam sie dorthin?« Jede einzelne Silbe verriet seine Skepsis.
»Sahti«, murmelte Ita. »Die Schwarze. Sie brachte sie mit. Und sie war es auch, die Ut getötet hat – nicht wir, das musst du mir glauben! Mit seinem schwarzen Messer ...«
»Das Mädchen aus Kusch?« Nebnefer lachte ungläubig. »Und die war ausgerechnet mit dir dort gefangen? Und hat auch noch dafür gesorgt, dass ihr wieder freigekommen seid? Fängst du schon wieder mit deinen unverschämten Lügen an?« Scheinbar enttäuscht wandte er sich ab. »So kommen wir nicht weiter, Ita, leider! Tja, ich glaube fast, du wirst noch sehr, sehr lange auf dein Wasser warten müssen.«
»Nein, bitte, bitte ...« Flehentlich streckte sie die Arme nach dem unerreichbaren Nass aus. »Ich sterbe! Lass mich nicht sterben! Ich will ja alles tun, was du verlangst!«
»Gut, ganz wie du willst. Dann erzähl mir jetzt genau, wie die kleine Geisel aus Abu Resi in den Besitz einer goldenen Götterstatue gelangt sein soll!«
»Namiz«, flüsterte Ita mit schwindender Kraft. »Vielleicht hat er ihr ...«
»Sag das noch einmal!« Nebnefers Stimme überschlug sich fast.
»Namiz, der Mann aus Kepni«, krächzte Ita. »Du kennst ihn?«
Der Prister packte ihre Haare, riss ihr den Kopf nach hinten und setzte mit der anderen Hand den Krug an ihre Lippen. Vollkommen überrumpelt, konnte Ita nicht schnell genug schlucken. Wasser rann ihr über Kinn und Hals und durchnässte das verschmutzte Kleid. Sie schlürfte und schmatzte wie ein verdurstendes Tier an der Wasserstelle.
»Trink!«, sagte Nebnefer heiser. »Trink, solange du willst!«

*

Sobald es dunkel wurde, kam der schöne Pharao im Traum zu ihr, berührte sie mit Lippen und Zunge und reizte sie so lange, bis ihr Blut entflammt war und sie mit ihm eins wurde, mit einer Wildheit und Leidenschaft, wie sie es in Wirklichkeit noch niemals erlebt hatte. Dann tauchte meistens Nesmin auf, bleich und mit vorwurfsvollem Blick, und verschwand wie ein Trugbild wieder, sobald sie die Arme nach ihm ausstrecken wollte.

Morgens erwachte Sahti zerschlagen, erhob sich wie betäubt und brachte den ganzen Tag damit zu, sich vor dem Einschlafen zu fürchten und es im gleichen Atemzug herbeizusehen. Pani schlich mit hängenden Schultern verweint um sie herum, und Heteput gab sich in ihrem Haus hemmungslos dem Schmerz hin, ohne sich um den der anderen zu scheren. Ihre Trauer hatte sie allerdings nicht daran gehindert, alles für die Einbalsamierung von Penju und Nesmin in die Wege zu leiten, und Sahti, die allein schon bei dem Wort Atembeschwerden bekam, ließ sie gewähren.

Selbstverständlich führten nicht Uts Gehilfen die Arbeiten aus, sondern ein rechtschaffener Balsamierer, der seine Werkstatt erst vor kurzem nahe der neuen Siedlung eröffnet hatte. Sahti übergab Heteput aus freien Stücken ihren ganzen Schmuck und auch das silberne Horus-Auge Nesmins, damit alles zusammen mit heilbringenden Amuletten zwischen die Leinenbinden des Verstorbenen gewickelt werden konnte. Um dem Leib symbolisch Wärme und Atem zurückzugeben, wurde dabei Weihrauch verbrannt.

Während dies alles geschah, schien der Schatten des Todes auf der ganzen Siedlung zu lasten. Lachen und Fröhlichkeit waren verflogen, und als schließlich der Tag des Begräbnisses nahte, formierte sich ein langer, stummer Zug, der sich in Richtung Nekropole in Bewegung setzte.

Jeweils sechs Männer hatten die einfachen Holzsärge geschultert. Sahti hatte sich standhaft geweigert, einen letzten Abschied von den Mumien zu nehmen. Sie wollte Vater und

Sohn lieber so in Erinnerung behalten, wie sie einmal gewesen waren. Außerdem gab es ja noch das kleine Wesen in ihrem Leib, an das sie endlich wieder denken musste. Das Ungeborene schien ihre dumpfe Trauer genau zu spüren, denn sein Strampeln war in den letzten Tagen immer schwächer geworden.

»Wir werden ihn niemals vergessen, hörst du?«, flüsterte sie tonlos und legte die Hände auf den Bauch, um die vom Gehen über den unebenen Boden herrührenden Stöße abzumildern. Ihre Augen brannten vom Salz der Tränen und ihr Herz war schwer von Schuldgefühlen, weil sie Nesmin nicht so hatte lieben können, wie er es eigentlich verdient gehabt hätte. »Wie könnten wir das auch? Bestimmt hast du seine Augen oder sein Lächeln. Und eines Tages bringe ich dir Lesen und Schreiben bei, das verspreche ich dir, so geduldig und liebevoll, wie er es mich gelehrt hat.«

Sie waren beinahe am Gräberfeld angelangt, als sie einen Trupp Männer erblickten, der aus südlicher Richtung schnell zu ihnen aufschloss, Soldaten und Priester, wie man an den geschorenen Schädeln erkennen konnte. An der Spitze Nebnefer, Erster Priester des Amun. Gebieterisch hob er den Arm.

Der Trauerzug kam zum Stehen.

»Du bist Sahti, die Kuschitin?«, fragte er herrisch und bleckte die Zähne.

»Das bin ich«, erwiderte sie. Ihr Rücken schmerzte, aber sie versuchte so aufrecht wie möglich zu stehen und ihn furchtlos anzublicken. »Und zudem die Witwe Nesmins, des Größten der Mannschaft, der durch einen Unfall in königlichen Diensten sein Leben verloren hat.«

»Hiermit verhafte ich dich im Namen des Pharaos. Führt sie ab!«

Zwei Männer packten Sahti grob und banden ihre Hände. Heteput zog Pani rasch an sich und trat einen Schritt beiseite, als wolle sie damit besser nichts zu tun haben.

»Was soll das heißen?«, rief Sahti empört. »Seid ihr blind? Seht ihr denn nicht, dass ich bald gebären werde?« Wütend versuchte sie sich zu befreien.
»Wir bringen dich zum Verhör aufs Ostufer. Dort kannst du dich rechtfertigen.«
»Welchen Verbrechens klagt man mich denn überhaupt an?«, begehrte Sahti auf. »Ich habe nichts Unrechtes getan.«
»Das wirst du noch früh genug erfahren – sobald du vor deinen Richtern stehst«, erwiderte Nebnefer eisig. »Gehen wir!«
Vor den Augen der entsetzten Trauergemeinde schleppte man Sahti zum Nilufer, wo bereits eine Fähre wartete. Schwärme von Ibissen erhoben sich von den braunen Feldern, als sie ablegte. Keiner sprach unterwegs ein Wort mit ihr, aber sie spürte die verstohlenen Blicke der Männer wie glühende Pfeile auf ihrer Haut.
Inzwischen war ein schrecklicher Verdacht in ihr gekeimt, der ihr wie ein schnell wirkendes Gift in den Kopf stieg: der Mord an Ut! Irgendjemand hatte sie verraten. Ita? Oder Maj? Oder einer der anderen? Wer es auch immer gewesen sein mochte, nun musste sie dafür bezahlen.
Und ihr Kind? Das Einzige, was ihr von Nesmin geblieben war, jetzt, nachdem sie seinen Sarg bestimmt schon in das Grab gesenkt hatten – es konnte doch nichts dafür!
Sahti nahm all ihren Mut zusammen und wandte sich an Nebnefer, der mit steinerner Miene neben ihr stand.
»Namiz, der Erste Vorsteher des Königlichen Schatzhauses, wird gewiss für mich bürgen«, sagte sie bittend. »Ich weiß zwar, dass er im Augenblick unterwegs ist, aber er ist mein Freund und wird bestimmt ...«
»Schweig!« Wie eine Ohrfeige traf sie die Schärfe des Tons. »Du wirst erst dann sprechen, wenn du gefragt wirst – verstanden?«
Angsterfüllt verstummte Sahti, schlang die Arme um ihren Leib und wiegte sich leise hin und her.

Am Ostufer verfrachteten sie sie grob in ein kufenbestücktes Gefährt, das zwei Esel zogen. Eilige Passanten starrten im Vorbeigehen neugierig zu ihr herüber, aber sie wagte nicht, auch nur eine Handbewegung zu machen. Vor dem Amun-Tempel verschwanden die Soldaten plötzlich. Jetzt war sie nur noch von Priestern umringt, die sie vom Gefährt herunterzerrten und wie eine Verbrecherin im Eilschritt durch das Tor führten.

Es blieb keine Zeit, sich im Tempelgarten umzusehen, so schnell wurde sie vorangetrieben. Offenbar endlich am Ziel angelangt, musste Sahti den Kopf senken, denn die Tür des fensterlosen Gefängnisses, in das sie gestoßen wurde, war besonders niedrig. Ein letztes Knarren, als die Tür von draußen mehrmals verriegelt wurde. Schritte, die sich rasch entfernten.

Geräuschlos senkte sich die Dunkelheit auf Sahti herab.

NEUNTE STUNDE: FLAMMENINSEL

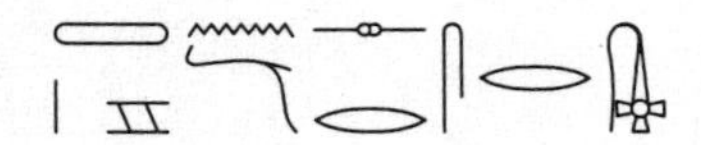

Die Wehen setzten ein, kurz nachdem der junge Priester das Nachtgeschirr nach draußen gebracht hatte. Es war der dritte Tag ihrer Gefangenschaft, nachdem es ihr in dem dunklen Gefängnis von Stunde zu Stunde schwerer gefallen war, zu unterscheiden, ob Tag oder Nacht herrschte. Zunächst hielt Sahti die Schmerzen für Darmbeschwerden, verursacht durch die karge Kost, die sie hier erhielt, spätestens aber, als die Fruchtblase platzte, wusste sie, dass ihr Kind unaufhaltsam auf die Welt drängte – mindestens zwei Monde zu früh.
Verzweifelt versuchte sie zu beten, aber es wollte ihr nicht gelingen. Alle Anrufungen ihrer Kindheit waren wie weggewischt. Nicht eines der zahlreichen Bittgebete an die Götter Kemets, die Tama ihr so geduldig beigebracht hatte, fiel ihr ein. Kratziges Schluchzen schnürte ihr die Kehle zu. Jetzt, da sie selber Mutter wurde, überflutete sie eine schier überwältigende Sehnsucht nach den unerreichbaren Müttern ihres Lebens, der ersten, die sie niemals gekannt, der zweiten, von der sie sich bitter hintergangen fühlte, und der dritten, die sie viel zu früh verlassen hatte.
Allmählich wurde Sahti ruhiger. Eine ganze Weile gelang es ihr sogar halbwegs, die immer wieder jäh aufsteigende Panik niederzukämpfen. Rastlos wanderte sie in der engen Zelle hin und her oder krümmte sich auf dem harten Lager zusammen, wenn die nächste Schmerzwelle über ihr zusammenschlug. Als die Kontraktionen aber immer rascher aufeinander folgten und sie kaum noch Gelegenheit hatte, zwischendrin Kraft zu schöpfen, verlor sie schließlich die Fassung.

»Macht sofort auf!« Mit den Fäusten hämmerte sie gegen die Tür. Gleißender Zorn hatte sich ihrer bemächtigt, der sie alle Angst vergessen ließ. »Aufmachen, hab' ich gesagt! Mein Kind wird geboren – viel zu früh, weil ihr mich hier eingesperrt habt. Und ich höre nicht auf zu schreien, bis jemand kommt.«
Der Zorn verlieh ihr ungewohnte Kräfte; sogar ihre Stimme klang lauter und schärfer als sonst. Trotzdem schien es ihr eine halbe Ewigkeit zu dauern, bis sie endlich Schritte vor dem Gefängnis hörte und die Riegel zurückgeschoben wurde.
Als plötzlich Tageslicht in den Raum fiel, wich sie blinzelnd in die hinterste Ecke zurück. Zunächst konnte sie nur Schemen ausmachen, nach und nach jedoch kehrte ihre Sehkraft zurück. Nebnefer war gekommen, zusammen mit einem alten Mann, geschoren und im langen Schurz wie der Erste Priester. Der Alte schien sie von oben bis unten zu begutachten. Gequält schloss Sahti die Augen, weil die nächste Wehe sie soeben erfasste, auf den Gipfel des Schmerzes trug und schließlich zerschlagen wieder unten ankommen ließ.
»Eine Frau als Beistand!«, verlangte sie heiser, als sie wieder etwas Atem hatte. »Das ist das Mindeste, was ihr mir zugestehen müsst!«
»Knie dich hin!«, sagte der Alte leise. »Oder besser noch, geh breitbeinig in die Hocke, wenn der Schmerz dich überkommt. Dann wird es leichter für dich.« Seine feingliedrigen, angenehm warmen Hände betasteten ihren prall gespannten Bauch, dann ihr Geschlecht, so sorgsam und kundig, dass sie keinerlei Widerstand leistete. »Sie ist bald so weit«, sagte er dann zu Nebnefer gewandt. »Und zum Glück nicht verstümmelt wie die meisten Frauen aus dem Goldland, was die Sache um vieles einfacher macht. Wir brauchen heißes Wasser, Leinen, ein Messer sowie eine Pfanne mit Weihrauch, um die Luft zu verbessern. Vergiss nicht, gewürzten Wein

mitzuschicken. Und beeil dich – es wird nicht mehr allzu lange dauern!«
Nebnefer drehte sich um.
»Halt!«, befahl der Alte. »Lass die Tür unbedingt offen. Man erstickt hier drinnen ja sonst!«
Sahti spürte bereits die nächste Wehe.
»Es muss am Leben bleiben, dieses Kind«, flüsterte sie, ehe sie erneut zu hecheln begann. »Das habe ich seinem toten Vater versprochen.« Ihr Gesicht verkrampfte sich, als sie das Kinn gegen die Brust drückte. »Sein letztes Geschenk an mich – verstehst du?«
Sie stöhnte auf.
»Gut«, sagte der Alte anerkennend, »das machst du schon sehr gut! Und schrei ruhig, wenn dir danach ist! Hier können dich ohnehin nur die Tempeltauben hören.«
Inzwischen hatten zwei junge Priester das Verlangte gebracht, und auch Nebnefer war wieder erschienen, um wie ein grimmiger Wächter die Schwelle zu bewachen. Wenn Sahtis Blick auf sein gemeißeltes Profil fiel, krampfte sich alles in ihr voller Abwehr zusammen, aber immer wieder ließ sie sich von der gelassenen Stimme des Alten in Bann ziehen.
»Und jetzt – pressen! Pressen!«
Eine letzte gewaltige Anstrengung, dann glitt das Kind aus ihr heraus. Sahti hörte den seltsamen Laut, den ihr Geburtshelfer ausstieß, als er es auffing, und sackte erschöpft nach hinten. Das Durchtrennen der Nabelschnur, das ein junger Priester nach den Anweisungen des Alten vornahm, spürte sie kaum.
Der Alte wischte dem Neugeborenen den Schleim vom Kinn und fuhr mit dem Finger in den winzigen Mund, um den Atemweg zu öffnen, aber die kleine Brust wollte sich nicht dehnen, und es folgte auch kein lauter, zorniger Schrei, nicht einmal ein klägliches Quäken.
»Was ist es?«, flüsterte Sahti nach ein paar entsetzlichen Augenblicken des Wartens.

»Ein Junge«, erwiderte der Alte. »Und er ist sehr schön.«
»Wieso schreit er nicht?«
»Weil er bereits zu Osiris gegangen ist. Die Nabelschnur muss ihn erstickt haben, womöglich schon vor Tagen.« Er hielt inne. »Willst du ihn sehen?«
Kraftlos wandte sie den Kopf zur Seite.
»Bring ihn weg!«, flüsterte sie.
Alles, was dann geschah, erlebte sie wie im Traum. Ein Krug wurde an ihre Lippen gesetzt, und sie spürte, wie warme, würzige Flüssigkeit durch ihre Kehle rann. Auch als sie schon längst nicht mehr trinken wollte, wurde sie mit sanfter Gewalt wieder und wieder zum Hinunterschlucken genötigt. Bald schon begann sich alles um sie herum zu drehen, das enge Gefängnis, die Gesichter der Priester und die sanften Hände des Alten, der seine Arbeit beendete, indem er ihren Bauch massierte und die Nachgeburt in einer Tonschüssel auffing.
»Du wirst jetzt lange schlafen«, glaubte sie noch zu vernehmen, bevor die Schwärze des Vergessens sie gänzlich umhüllte.

*

Ita lag mit dem Gesicht zur Seite in einer dunklen Lache, den rechten Arm ausgestreckt. Ihre andere Hand umklammerte die klaffende Kehle, als habe sie versucht, im letzten Augenblick das Blut nicht aus ihrem Körper entweichen zu lassen.
Nebnefer bückte sich nach dem blutigen Dolch und wog ihn nachdenklich in der Hand.
»Sie hat sich selbst gerichtet?«, fragte der Alte.
»Ja, ganz offensichtlich«, erwiderte Nebnefer. »Allerdings ist mir rätselhaft, wie sie an die Waffe gekommen ist. Wir haben ihre Zelle mehrmals gründlich durchsucht – stets ergebnislos.«
»Auch noch, nachdem sie geredet hatte?« Die Augen des Al-

ten waren gelblich, seine faltige Haut war gleichmäßig von der Sonne verbrannt. Wenn er sich nicht bewegte, hätte man ihn für eine Statue aus Sandstein halten können.
»Nein«, sagte Nebnefer und legte den Dolch auf das schmale Lager. »Das erschien mir nicht mehr notwendig. Sagt man nicht, dass sich die Seele entlastet fühlt und das Herz frei, sobald alle Sünden gestanden sind?«
»Wer sündigt, vergeht sich gegen Osiris und reiht sich damit in den Kreis von dessen Mördern ein. Im Totenreich gibt es keine Möglichkeit, sich oder seine Taten zu verstecken. Alles ist dort offenbar vor den Augen der Götter und fällt unter das Gericht«, erwiderte der Alte scharf, um sofort wieder gleichmütiger weiterzusprechen. »Dann hast du dich in diesem Fall also geirrt? Wenngleich dir ihr plötzliches Ende doch äußerst gelegen kommen muss.«
»Ja, du hast Recht, es hätte durchaus ungünstiger für uns ausgehen können.«
»Folglich hast du von ihr erhalten, was du wolltest?«
Nebnefer nickte. »Ein ausführliches Geständnis, von mir in Anwesenheit zweier Zeugen höchstpersönlich niedergeschrieben und von ihr mit dem Daumen unterzeichnet. Es trägt das heilige Tempelwappen. Wer auch immer eine Untersuchung anstrengen wollte, er könnte nichts Gesetzwidriges feststellen.« Nebnefer wandte seinen Blick ab. »Was wir damit in Händen halten, würde ausreichen, um den Mann aus Kepni für immer zu erledigen. Damit hätten wir immerhin den ersten Berater Kamoses – von dreien.«
»In der Regel ist es besser, jemanden erst ganz zur Sonne aufsteigen zu lassen, bevor man ihn umso tiefer in Scham und Schande stürzt«, erwiderte der Alte ruhig. »Dabei kann ich deine Eile durchaus verstehen. Unser junger Prinz Ahmose besitzt zweifelsohne viele Vorzüge, Geduld allerdings scheint mir nicht zu ihnen zu gehören.«
Beide lächelten einträchtig.
»Außerdem empfiehlt es sich, den Kelch der Erkenntnis bis

zur Neige zu leeren«, fuhr der Alte fort. »Insbesondere, wenn man vorhat, einiges davon für sich zu behalten.«
»Was soll das nun schon wieder heißen?«, fragte Nebnefer missmutig.
»Nun, das Geständnis dieser Toten kann uns sicherlich nützlich sein – eines Tages, sobald der richtige Zeitpunkt zum Handeln gekommen ist. Sollten wir uns jedoch nicht trotzdem vergewissern, wie die Dinge sich tatsächlich zugetragen haben?«
»Aber diese Ita hat doch alles gestanden!«
»Ich kenne deine Methoden«, erwiderte der Alte unbeeindruckt. »Die Wahrheit, Nebnefer! Sie ist das Einzige, was zählt. Ich fürchte, wir müssen uns eingehend mit der kleinen Kuschitin unterhalten.«
»Was nicht einfach werden wird«, sagte Nebnefer nach einer Weile. »Sie scheint mir aus einem anderen Holz geschnitzt zu sein wie diese da war«, mit dem Fuß stupste er Itas Leichnam an. »Gierig, voller Missgunst und Neid. Was hat die Kuschitin noch zu verlieren? Jetzt, da ihr Kind tot ist?«
»Das Leben«, entgegnete der Alte bedächtig. »Und ich habe gesehen, was ihr verborgenes Laster ist: der Zorn. Außerdem ist der Rauch der Wahrheit in der Lage, auch verschwiegene Zungen zu lösen. Allerdings sollte sie dabei nicht einmal deinen Schatten zu Gesicht bekommen.«
»Weshalb?«
»Weil sie dich hasst. Wusstest du das nicht?«
»Und dich vielleicht nicht?«, fragte Nebnefer heftig. »Du bist Priester des Amun, wie ich auch!«
»Du hast sie wie eine Verbrecherin vom Grab ihres Mannes abführen lassen. Ich dagegen habe ihren Sohn in den Armen gewiegt.«
Auf dem getrockneten Blut der toten Frau zu ihren Füßen sammelten sich die ersten Fliegen. Keiner der beiden machte sich die Mühe, sie zu verscheuchen.
»Was geschieht nun mit Tjai?«, fragte der Alte schließlich.

»Wir ziehen ihn im Tempel auf. Sobald er ein bisschen größer geworden ist, wird er zusammen mit den anderen im Lebenshaus unterwiesen. Ich glaube, Tjai fühlt sich bereits recht wohl bei uns. Und die jüngeren Priester sind ganz verrückt nach ihm. Sollte mich nicht wundern, wenn eines Tages ein rechtschaffener Gottesdiener aus ihm würde.«
»Sicherlich die beste Lösung für ein Kind, das Vater *und* Mutter verloren hat«, sagte der Alte nachdenklich.
Nebnefer versagte es sich, in erleichtertes Gelächter auszubrechen. »Was bedeutet, dass der Vater des Kleinen unseren Besuch bereits empfangen hat«, war alles, was er dazu äußerte.
»Zwei unserer Priester waren gestern bei ihm.« Der Alte glättete seinen tadellos gefalteten Schurz. Sein Oberkörper mit dem weißen Brusthaar war sehnig, Schultern und Arme verrieten noch immer Kraft. »Er müsste schon die Konstitution eines Nilpferds besitzen, um unsere spezielle Medizin zu überleben.«
»Sie sind beide nicht alt geworden«, sagte Nebnefer nachdenklich. »Ita und ihr Liebster.«
»In jedem Senet-Spiel müssen Hunde und Schakale geopfert werden«, erwiderte der Alte ruhig. »Es kann immer nur einen Sieger geben.«
Friedliche Stille lag über dem Tempelgelände. Die Zelle war in das sachte Licht des frühen Nachmittags getaucht. Allerdings begannen sich mehr und mehr unangenehme Gerüche zu verbreiten.
Nebnefer verzog das Gesicht. »Hier muss jetzt erst einmal reichlich Schwefel verbrannt werden«, sagte er angeekelt. »Ich werde sogleich die nötigen Anweisungen erteilen.«
»Zum Ausräuchern solltest du lieber ein Gemisch aus Myrre, Wacholder und Mastix verwenden«, schlug der Alte vor. »Es gibt kein besseres Mittel gegen die Schatten die Vergangenheit.« Er war schon halb am Gehen. »Am wirkungsvollsten ist es übrigens, wenn man das Ritual persönlich durch-

führt«, sagte er, halb über die Schulter gewandt. »Denn dabei reinigt man sich gleich selber von allen bösen Flüchen.«

*

Es war ein schönes, friedvolles Bild an diesem blanken Morgen, das sich ihr bot: ein junger Krieger, der sich auf dem schwarzen Hengst so geschmeidig bewegte, dass man von fern beinahe hätte glauben können, es handle sich bei beiden um ein einziges Lebewesen. Als er näher kam, sah sie, dass Kamoses Oberkörper schweißnass war; er musste ausgiebig und scharf geritten sein.
Er stieg vor den Ställen ab und schenkte ihr ein zerstreutes Lächeln. Dann band er sein Pferd fest und begann, den nassen Tierleib sorgfältig mit Stroh abzureiben. Teti-Scheri sah ihm eine Weile schweigend dabei zu.
»Du denkst zunächst an den Hengst«, sagte sie schließlich. »Und dann erst an dich.«
»Schon lange bin ich keinem Wesen mehr begegnet, das meine Zuwendung so rückhaltlos verdient hätte«, erwiderte er. »Der Thron macht einsam, Großmutter. Sehr einsam.«
»Erstaunt dich das? Der Pharao hat Beschlüsse zu fassen, an denen andere Menschen gar nicht teilhaben *können*, da ihnen ihrer Natur nach die Lösungen unzugänglich sind. Daher musst du in allen wichtigen Belangen allein mit deinem Herzen zu Rate gehen.«
»Eine Lektion in Staatskunde, so früh am Morgen – wie komme ich zu der unverhofften Ehre?«
Ein spontan aufblitzendes Lächeln machte sein Gesicht jung und hell, und plötzlich sah Teti-Scheri ihn wieder vor sich, den Knaben, der so lange im Schatten des Throns gespielt hatte, ohne echte Aussicht, ihn jemals besteigen zu können. Und jetzt unternahm er alles, was in seiner Macht stand, um Kemet endlich wieder zu vereinen. Ein tiefes Gefühl der Verbundenheit stieg in ihr auf, gemischt mit Dankbarkeit für Seqenenre, ihren toten Sohn, der klug genug gewesen war,

die Angelegenheiten des gespaltenen Landes nicht mit den Ansprüchen seines Erstgeborenen zu verwechseln.
»Ich wollte mit dir reden«, erwiderte sie einfach. »Und zwar ohne neugierige Ohren. Außerdem erfahre ich Wichtiges immer am liebsten aus erster Hand.«
Der Hengst schnaubte, offenbar zufrieden ob der Zuwendung seines Herren, der seine Arbeit fast beendet hatte. Sein Fell schimmerte im Sonnenlicht wie polierter Onyx.
»Ein prachtvolles Tier!«, sagte Teti-Scheri anerkennend. »Wäre ich nicht schon so alt, ich bekäme direkt Lust, auch einmal auf ihm zu reiten!«
»Der Beste von allen«, entgegnete Kamose leidenschaftlich und tätschelte den kräftigen Hals des Pferdes. »Auch vor meinem Streitwagen. Deshalb habe ich ihn Or genannt.«
»Or?«, wiederholte sie fragend. »Was bedeutet das?«
»König auf Kuschitisch. Gehen wir ein Stück?«
Kamose bemühte sich, nicht zu schnell auszuschreiten, denn er wusste, dass Teti-Scheri keine großen Schritte machen konnte. Im letzten Winter war sie wieder lange krank gewesen, und das Gelenkfeuer, das sie vermutlich niemals mehr ganz verlassen würde, hatte ihr über Monate zugesetzt. Aber noch immer wohnten Kraft und Zähigkeit in ihr, und es gab keinen Kopf am ganzen Hof, der so klar und scharf denken konnte wie sie. Im Palastgarten angelangt, führte er sie zu einer der Steinbänke und setzte sich neben sie.
»Und was genau möchtest du nun erfahren?«, fragte er.
»Ahmose verbreitet überall, dass du schon sehr bald einen Feldzug gegen Apopi planst …«
»Der Nil wird noch einige Male die Felder überschwemmen und sich wieder in sein altes Bett zurückziehen müssen«, unterbrach er sie, »bis wir ihm ebenbürtig, geschweige denn überlegen sein werden. Natürlich habe ich bereits konkrete Pläne. Wenngleich auch sicherlich andere als mein Vetter.«
»Gehören diese wunderschönen Tiere in deinen Ställen auch dazu?«

»Die Pferde sind unverzichtbarer Teil meiner Strategie, ebenso wie die Wagen, die ich nach Hyksos-Vorbild habe bauen lassen. Aber was nützt die beste Ausrüstung, wenn sie von den Soldaten nicht fehlerlos beherrscht wird?«
Teti-Scheri nickte anerkennend.
»Und dafür brauchen wir Zeit – viel Zeit! Bisher kannten wir in Kemet nur hölzerne Schlitten, die mit ihren Kufen tief im Sand wühlen. Nun sollen meine Männer auf Streitwagen mit Rädern kämpfen, die von schnellen Tieren gezogen werden. Das sind Fertigkeiten, die erst erlernt und geübt werden wollen. Ich werde in Kürze die Truppen inspizieren, vielleicht spornt meine Anwesenheit die Leute an.«
»Wann willst du aufbrechen?«
»Bald. Bereits übermorgen.«
»Und wird Ahmose dich begleiten?«, fragte Teti-Scheri.
»Er befindet sich bereits im Lager. Übrigens auf seinen speziellen Wunsch hin. Scheinbar kann er von den neuen Streitwagen gar nicht genug bekommen. Hori hat mir berichtet, dass er schon ganz verbissen übt.«
»Das klingt beinahe, als bereite dir diese Vorstellung Unbehagen«, sagte sie vorsichtig. »Sieh dich vor, Kamose! Er kann sehr gefährlich sein. Vor allem, wenn er sich in eine Ecke gedrängt fühlt.«
»Und wenn schon«, erwiderte Kamose mit einem Seufzen. »Im Augenblick bewegen mich ganz andere Sorgen. Wäre doch Namiz schon zurück! Ich erwarte von seiner Reise wichtige Erkenntnisse über das Schmieden besonders widerstandsfähiger Bronzewaffen.«
»Ausgerechnet der Mann aus Kepni!« Teti-Scheris Ton verriet ihre Skepsis. »Hättest du keinen anderen Kundschafter entsenden können?«
Kamose ergriff ihre Hand und drückte sie fest. »Ipi und Seb hast du zu Recht misstraut. Namiz jedoch beurteilst du falsch. Will sich die weiseste aller Frauen nicht endlich von alten Vorurteilen befreien?«

Sie machte eine vage Geste.
»Aber das Wichtigste fehlt uns trotzdem noch immer«, fuhr er fort und ließ ihre Hand wieder los.
»Und das ist?«, fragte Teti-Scheri. »Mir gefällt deine Gründlichkeit, Kamose. Nur ein Hitzkopf und Narr würde versuchen, Hut-Waret ohne eingehende Vorbereitungen erneut anzugreifen.«
»Bundesgenossen«, sagte Kamose. »Wenn wir uns gegen einen schwer zu besiegenden Gegner nach Norden wenden wollen, muss der Süden sicher sein. Zwei Mal schon habe ich den Herrscher von Kerma aufgefordert, sich auf meine Seite zu schlagen – leider jedoch ohne Erfolg.«
»Aber du hast dennoch nicht vor aufzugeben? Und das, obwohl Ahmose überall herum posaunt, jener habe vor, die Grenzen seines Reiches bis zum ersten Katarakt auszudehnen?«
»Nein«, sagte er. »Bislang ist unser Fort in Abu Resi unbehelligt, und ich denke, das wird auch künftig so bleiben. Angesichts der kritischen Lage sollten wir die Kuschiten besser als Nachbarn und nicht länger als Feinde oder Unterlegene betrachten. Nur so wird Kemet stark, einig und unschlagbar sein.«
»Hat *sie* dich das gelehrt?« Teti-Scheri vermied, ihn anzusehen, und spielte mit ihren Armreifen, die so klein waren, dass sie ebenso gut an die Gelenke eines Kindes gepasst hätten. »Man sagt, du hättest ein offenes Ohr für alles, was sie verlangt.«
»Nabu?« Er lachte kurz auf. »Sie hat mir vieles beigebracht. Mehr, als jeder andere Mensch, den ich bislang gekannt habe – von dir einmal abgesehen.« Kamose deutete eine Verbeugung in ihre Richtung an.
»Nenn mich nicht mit ihr in einem Atemzug!«, fuhr Teti-Scheri auf.
»Was hat sie dir getan, dass du sie so hasst?«
»Meinem Sohn die Seele vergiftet, so wie sie nun auch dir

langsam ihr schwarzes Gift einträufelt. Diese Frau bringt nichts als Unheil – Kemet, dir, jedem, der ihr zu nahe kommt.«

Sein Gesicht verschloss sich, aber sie ließ sich davon nicht beeindrucken.

»Und allmählich solltest du auch an die Zukunft denken. Bislang gibt es keinen Falken-im-Nest, weder von Ascha, deiner Großen Königlichen Gemahlin, noch von irgendeiner Nebenfrau.« Mehr und mehr geriet sie in Rage. »Wie denn auch – wenn du mit Ausnahme der schwarzen Schlange allen Frauen gegenüber blind und taub bist!«

»Und wenn es nun ausgerechnet Nabu wäre, die meinen Sohn und Erben zur Welt brächte?«

»Das kann nicht dein Ernst sein!« Teti-Scheri erhob sich erregt. »Sie ist doch nicht etwa schwanger?«

»Allein der Gedanke daran lässt mein Herz jauchzen. Und wenn es so weit sein sollte, dann …«

»Möge der göttliche Iach uns bis in alle Ewigkeit davor bewahren!«

Blitzschnell war er aufgesprungen und packte ihre Handgelenke so fest, dass sie einen unterdrückten Schrei ausstieß.

»Ich liebe und verehre dich, Großmutter«, sagte Kamose heiser. »Kemet hat kaum Männer, die sich an Klugheit und Weitsicht mit dir messen könnten. Und niemals werde ich vergessen, wie du dich für mich eingesetzt hast. Aber merk dir eines, für alle Zeiten: Ich bin der Pharao und nicht eine deiner Wachspuppen, die du nach Belieben kneten kannst!«

Er wandte sich abrupt ab und ließ Teti-Scheri im Schatten der Sykomoren verdutzt zurück.

*

Als die dumpfe Müdigkeit endlich von ihr wich, erkannte Sahti, dass man sie während ihrer Agonie offenbar an einen anderen Ort innerhalb des Tempelbezirks gebracht hatte. Der Raum, in dem sie erwachte, war leer bis auf das Bett und einen kleinen Schemel, aber sauber und licht. Ein Fenster ließ die warme Nachmittagssonne herein; neben dem Lager standen ein Wasserkrug und eine Schale mit Früchten. Gewohnheitsmäßig legten sich ihre Hände auf den Bauch, und sie zuckte zusammen, als sie anstelle der vertrauten Wölbung nichts als eine glatte, straffe Fläche spürte.

Ihre Augen füllten sich mit Tränen. Heftig warf sie sich herum und starrte blicklos auf die raue Wand.

Leise Schritte rissen sie aus ihrer Versunkenheit. Vorsichtig ließ sich der Alte neben ihr nieder.

»Es wird vermutlich noch eine ganze Weile sehr wehtun«, sagte er leise. »Aber die Zeit heilt alle Wunden, die des Körpers wie solche des Herzens, auch wenn du das jetzt vielleicht nicht glauben kannst. Und eines Tages wirst du wieder lächeln, Sahti.«

»Was willst du?« Sie setzte sich auf, lehnte sich an die Wand und blickte ihn argwöhnisch an. »Reicht es noch nicht, was ihr mir angetan habt? Wollt ihr nun auch noch mein Leben?«

»Das kommt einzig und allein auf dich an«, erwiderte der Alte ruhig. »Wenn du bereit für die Wahrheit bist, kann für dich ein ganz neues Leben beginnen.«

»Die Wahrheit? Von welcher Wahrheit redest du? Ich traue dir nicht – keinem von euch Priestern traue ich!«

»Das ist dein gutes Recht«, sagte er gelassen. »Und in deiner Situation sogar verständlich. Aber jetzt solltest du vor allem deinen Verstand benutzen.« Mit seiner Rechten hob er ihr Kinn leicht empor. Ihre Blicke trafen sich, und Sahti spürte die innere Stärke des Alten. »Denk doch einmal in aller Ruhe nach! Dein Mann ist tot, und seine Mutter will nichts mehr von dir wissen. Den Tempelbezirk kannst du ohne unsere Einwilligung nicht verlassen. Bleibt dir folglich eine andere Wahl, als mit uns zusammenzuarbeiten?«

»Was muss ich, meinst du, tun?«, fragte Sahti schließlich. »Und bilde dir bloß nicht ein, dass ihr mir Angst einjagen könnt! Was soll mir noch passieren?« Sie wandte sich halb ab. Ihm jetzt in die Augen zu sehen, hätte ihre Kraft überstiegen. »Wo habt ihr ihn hingebracht?«, fragte sie leise. »Wo ist mein Kleiner jetzt?«

»Mit Amuns Segen bestattet. Er ruht in den schützenden Armen der Nut. Steh auf!«, befahl er und reichte ihr die Hand. »Wir müssen ein Stück zusammen gehen.«

Sie schlug seine Hand aus und griff dann doch rasch nach ihr, weil sie spürte, wie unsicher sie noch auf den Beinen war. Der Alte führte sie durch den schattigen Tempelgarten, und es war seltsam unwirklich, den unebenen Boden unter den Füßen zu spüren und die Wärme der späten Sonnenstrahlen auf der Haut. In den Baumwipfeln gurrten Tauben, eine schwache Brise wehte, und Fliegenschwärme tanzten vor den beiden in der Luft. Wieder schoss Sahti ein Schwall von Tränen in die Augen, und hätte sein Arm sie nicht gestützt, sie wäre kraftlos zu Boden gefallen.

Er brachte sie in einen karg ausgestatteten Raum, der von einem seltsamen Duft erfüllt war, und ließ sie auf einem Hocker Platz nehmen. Dann verriegelte er von innen die Tür.

Jetzt waren sie allein.

»Schließ deine Augen«, befahl er ihr, »und konzentriere dich ganz auf dein Herz! Sag mir, wenn du bereit bist!«

Der würzige Geruch wurde intensiver, und Sahti hatte das Gefühl, er dringe nicht nur durch Mund und Nase, sondern durch alle Poren in sie ein. Ihr Kopf wurde ganz leicht. In ihren Ohren begann es zu summen.

»Ich bin bereit«, sagte sie leise.

»Sieh mich an!«

Er saß ihr gegenüber, in seinem Schoß die goldene Selket-Statue. Für einen Augenblick glaubte Sahti an eine Sinnestäuschung oder ein Traumbild, die glimmende Räucherschale neben ihr, von der der seltsam betörende Duft ausströmte, verriet ihr jedoch, dass es kein Wahn, sondern Wirklichkeit war.

»Das ist kein Spiel, was wir hier spielen«, sagte der Alte ernst. »Ich verlange viel von dir, Sahti. Ich verlange alles – die Wahrheit. Also: Woher stammt diese Statue?«
Das Tier auf dem goldenen Kopf der Selket schien sich unmerklich zu bewegen; sein Schwanzende wies eindeutig in Sahtis Richtung. In ihrem Kopf wirbelten die Gedanken bunt und grell durcheinander. Nofrets Leiden und Majs Not, der Balsamierer, die eingesperrten Kinder, Ita – was wusste der Alte noch? War das ein Verhör, um sie des Mordes zu überführen? Hatte der Skorpion sie endlich doch besiegt? Sie presste die Lippen zusammen, um ja keinen unüberlegten Ton über sie kommen zu lassen.
»Woher hast du diese Statue, Sahti? Ich weiß, dass sie in deinem Besitz war. Wer hat sie dir gegeben? Und zu welchem Zweck?«
Der Rauch war tief in ihre Lungen geströmt. Je mehr Sahti davon einatmete, desto schwieriger war es, der drängenden Stimme des Alten zu widerstehen. Irgendetwas an dem Geruch ließ eine längst vergessene Saite in Sahti anklingen. Sie strengte sich an, aber die Erinnerung ließ sie im Stich.
»War es vielleicht Namiz? Der Juwelier aus Kepni? Hast du sie von ihm erhalten?«
»Lass mich gehen!« Es war nicht richtig, dass er sie so quälte. Was maßte er sich an? Heißer Zorn schoss durch ihren Körper. »Ich will nicht mehr! Und ich kann auch nicht mehr!«
»Dann war es also Namiz? Ich brauche nur diesen einen Namen. Sag doch einfach ›Namiz‹, Sahti! ›Namiz‹ – und diese Tür tut sich auf der Stelle für dich auf.«
Sahtis Zorn nahm zu, wurde glühend, immer heftiger. Hatte sie nicht schon genug bezahlt? Ruju und die Daya waren für immer verloren. Antef und Tama lebten nicht mehr. Nacht für Nacht quälten sie schreckliche Erinnerungen an Ut. Sie vermisste Pani so sehr. Nesmin war tot. Ebenso wie ihr Sohn. Und sie besaß keine Heimat mehr, nicht einmal mehr eine rettende Zuflucht. Jetzt müsste doch sogar der schwarze

Skorpion zufrieden sein – oder verlangte er trotz allem, was geschehen war, einen noch gewaltigeren Tribut von ihr?
»Du sollst mich endlich in Ruhe lassen, verstehst du?« Sahtis Stimme überschlug sich beinahe. Sie verspürte den Impuls, sich auf den Alten zu stürzen und ihm mit ihren Fingernägeln diese lauernden Augen auszukratzen. Gleichzeitig stieg langsam wie eine Wasserblüte aus dem Sumpf ein Bild in ihr auf, das langsam Form annahm.
»Gerne. Aber erst, wenn ich von dir erfahren habe, woher diese goldene Statue stammt – und ich werde es erfahren. Wir haben Zeit, Sahti. Sehr viel Zeit. Ich frage dich noch einmal: Kommt sie von Namiz?«
Trotz ihrer Schwäche erhob Sahti sich unsicher und ballte die Fäuste. »Niemals!«, schrie sie. »Niemals, hörst du!«
Sie hustete, würgte, musste sich schwer atmend wieder niedersetzen. Der Rauch füllte ihren Kopf, ihre Gedanken, ihr Herz. Rede! schien er zu flüstern. Warum sagst du ihm nicht, was er ohnehin schon weiß? Dann wirst du Frieden haben. Endlich Frieden.
»Doch, Sahti, du wirst mir Auskunft geben, da bin ich ganz sicher. Ich weiß es, und du weißt es ebenso. Die Wahrheit!«, verlangte der Alte hartnäckig. »Ich brauche nichts als die Wahrheit.« Sein Ton wurde schmeichelnd. »Mach es dir doch nicht so schwer! Und mir dazu. Du willst mir doch die Wahrheit sagen. Ich kann es genau spüren. Also? Ich höre.«
Es war, als hätte man einen schweren Vorhang zurückgezogen. Jetzt erkannte Sahti plötzlich, von welchem Duft der ganze Raum erfüllt war: getrockneter Wüstensalbei, den die Weiße Löwin vielfach als Heilpflanze verwendet hatte! Sahti tastete nach der Kralle auf ihrer Brust, und endlich, nach langer, langer Zeit, war es, als flute etwas von der alten Kraft zurück in ihren zerschlagenen Körper. Für einen winzigen Augenblick sah sie wieder den starken, ungebeugten Rücken der Daya vor sich und glaubte sogar ihre Stimme zu hören.

Sag nichts, kleine Sahti! Sie werden dich töten, wenn du redest … Die Enkelin der Zauberin ist keine feige Verräterin.
Nein, niemals würde sie Namiz diesen tückischen Priestern ausliefern, die nichts als Böses im Sinn hatten, niemals, solange noch ein Funken Leben in ihr war!
»Von mir erfährst du nichts«, sagte sie so deutlich, wie sie vermochte. Ihre Zunge schien am Gaumen festzukleben und sie musste sich durch eine betäubende Wolke kämpfen. »Selbst wenn du drohst, mich zu töten. Wenn das deine Wahrheit ist, Priester, dann töte mich!«

*

Pferde schnaubten und unter ihren Hufen wirbelten Wolken von Sand auf, der alles mit einer feinen, goldenen Schicht bedeckte und bis in die Kehlen der Männer drang. Gehorsam hatten die Soldaten an den Längsseiten des Exerzierplatzes Aufstellung genommen. Gespanntes Raunen ging durch die Reihen, als die beiden Streitwagen von den Stirnseiten her nun zum zweiten Mal aufeinander zurasten.
Einen lenkte der Pharao. Den anderen Prinz Ahmose.
Beide trugen Helme und Brustpanzer aus Bronze, obwohl an der Seitenverkleidung ihrer Wagen keine Metallschwerter, sondern nur Übungswaffen aus hartem Ebenholz baumelten. Die massiven Holzräder gruben sich tief in den Boden, denn auf ihnen lastete nicht nur das Gewicht der Männer, sondern auch das der schweren Metallverzierungen auf Trittbrett und Seitenrahmen. Trotzdem gelang es den Pferden, eine erstaunliche Geschwindigkeit zu gewinnen.
In der Mitte des Platzes angekommen, zog Ahmose sein Holzschwert und führte einen so kraftvollen Schlag gegen Kamose aus, dass dieser beinahe vom Wagen gefallen wäre. Nur im letzten Augenblick gelang dem Pharao, das Gleichgewicht zu halten und seitlich auszuweichen. Er packte die Zügel fester und wendete rasch, um einen neuerlichen Angriff zu unternehmen.

Das letzte Mal hatten sie als Knaben miteinander gerungen, und Kamose hatte schließlich den Sieg davongetragen, obwohl Ahmose mit allen Mitteln versucht hatte, ihn niederzuwerfen. Dass er ihm diese Niederlage niemals verziehen hatte, wusste Kamose seit langem. Ein Blick in das vor Anstrengung und Hass verzerrte Gesicht seines Vetters verriet ihm, wie entschlossen dieser war, seine Schmach von damals endlich wettzumachen.

Obwohl seine Arme von der Heftigkeit der ersten Attacke bereits schmerzten, strengte Kamose sich an, den Gegner zunächst zu ignorieren und seine gesamte Konzentration auf das Pferd zu richten. Der schwarze Hengst spitzte die Ohren, als spüre er die Bemühungen seines Herrn. Ein knapper Befehl, und abermals stürmte Or kraftvoll nach vorn.

Kaum weniger waghalsig näherte sich Ahmose von der gegenüberliegenden Seite. Dieses Mal jedoch ließ Kamose ihm keine Zeit zum gut platzierten Stoß, sondern brachte seinen Streitwagen in eine geschickte Seitenposition. Damit hatte Ahmose seine Deckung verloren, und die plötzliche Schwertattacke des Pharaos traf ihn von rechts so hart auf seiner Brust, dass er strauchelte und vom Wagen stürzte.

Fluchend kam der Prinz im Sand wieder auf die Beine.

»Hast du dich verletzt?«, rief Kamose ihm zu. »Du musst es nur sagen. Dann können wir sofort aufhören.«

»Es ist nichts. Mach dir bloß keine voreiligen Hoffnungen! Unser Wettkampf ist noch lange nicht zu Ende.« Leicht humpelnd bestieg Ahmose seinen Wagen.

Erneut gingen die beiden Streiter in Position.

Inzwischen war unter den Soldaten jedes Gemurmel verstummt. Gebannt starrten die Männer auf das packende Schauspiel, das sich vor ihren Augen vollzog. Was als pure Demonstration militärischer Geschicklichkeit begonnen hatte, war längst in einen erbitterten Zweikampf von Mann gegen Mann umgeschlagen, der nur einen Sieger kannte.

Wieder fuhren die Wagen inmitten von wirbelnden Sand-

wolken, die die Luft gelb färbten, aufeinander zu. Allerdings schlug Ahmose, dem es offenbar nicht schnell genug ging, mit einer Peitsche aus geknoteten Lederriemen brüllend auf sein Pferd ein. Erschrocken scheute das Tier und riss dabei den Wagen mit sich, der schwer auf eine Seite krachte.
Wie eine Strohpuppe fiel der Prinz heraus und blieb reglos liegen.
Die Last, die das Pferd trotz aller Anstrengung nicht abzuschütteln vermochte, schien es immer wütender zu machen. Erneut stieg es empor und hätte dabei den Gestürzten beinahe unter seinen Hufen zermalmt. Kamose jedoch gelang es, das Tier halbwegs zu beruhigen, indem er noch vom Wagen aus mutig nach den Zügeln griff und es mit Kraft und besänftigendem Reden zum Stehen brachte.
General Hori benutzte die Gelegenheit, um auf der Stelle ein paar Männer loszuschicken, die sich schützend um Ahmose scharten. Einer nahm ihm den Helm ab, währenddessen das langsam ruhiger werdende Pferd weggeführt wurde. Der Prinz hatte tiefe Schrammen auf der Wange, und sein linkes Auge war blutunterlaufen.
»Bist du verletzt?«, erkundigte sich der Pharao, der die Männer beiseite drängte, um sich mit eigenen Augen über den Zustand seines Vetters zu vergewissern.
»Meine Brust fühlt sich an, als sei eine Herde Elefanten darübergetrampelt, und ich kann mein rechtes Bein nicht bewegen«, stöhnte Ahmose. Schweißtropfen hinterließen dunkle Spuren in seinem sandverschmierten Gesicht. »Aber noch lebe ich. Also wird es ein nächstes Mal geben, Kamose, darauf kannst du dich verlassen! Die Revanche bleibst du mir nicht schuldig. Sonst hole ich sie mir – und wenn es sein muss, auch gewaltsam.«
»Vergiss nicht, dass der Wettkampf deine Idee war, nicht meine«, erwiderte Kamose ruhig. »Und zudem eine eindrucksvolle Vorführung für alle.« Mit einer weiten Geste schloss er die Soldaten ein. Er erhob seine Stimme. »Nie-

mand kann in dieser schwierigen militärischen Disziplin siegen, wenn er das Pferd als den Schwächeren behandelt, den er nach Belieben schlagen und knechten kann. Diese Tiere sind unsere Verbündeten – aber nur, wenn wir ihnen auch die Behandlung zukommen lassen, die wir ihnen schulden.«
Sein Ton wurde scharf. »Wer ihnen aus Wut und Anmaßung die Peitsche verabreicht, verdient selber nichts anderes als die Peitsche. Habt ihr mich verstanden?«
Er stand mit dem Rücken zu dem Verletzten, der gerade auf eine provisorische Bahre gehievt wurde, um ins Krankenzelt transportiert zu werden, aber natürlich wusste der Prinz genau, wer mit der flammenden Rede eigentlich gemeint war.
»Ich hasse dich, Vetter«, zischte Ahmose zwischen zusammengepressten Lippen. »Aus tiefstem Herzen. Und der Tag ist nicht mehr fern, an dem du meinen Hass an deinem hochmütigen Leib wie einen Zwingstock spüren wirst!«

*

Jeden Morgen, wenn es hell wurde, blies der Wächter auf dem Tempeldach in sein Horn und gab damit das Signal, auf das hin die gesamte Gottesanlage zum Leben erwachte. Aber bereits vor Sonnenaufgang waren umfangreiche Vorbereitungen getroffen worden: Die Priester waren zum großen Fluss gegangen, um sich zu waschen und zu reinigen; einige von ihnen hatten die Krüge und Amphoren für das Trankopfer mit Wasser aus dem heiligen See gefüllt; Schreiber erschienen mit den ellenlangen Opferungslisten des Tages, im Schlachthaus und in der Küche wurden die Gaben vorbereitet; Früchte und verschiedenstes Gemüse wurden auf die Teller gelegt, von den Priestern geweiht und anschließend in die Halle der Opferungen getragen.
All diese Tätigkeiten waren Sahti inzwischen vom Hören und Erzählen vertraut, denn es gab Schwatzhafte unter ihren Wächtern. So wusste sie auch, dass nach dem Hornsignal die Sonne aufgehen und sie die Anrufungen des Priesterchors

hören würde, der das Heiligtum in vielstrophigen Hymnen pries. Jetzt konnte es nicht mehr lange dauern, und man würde ihr Essen und Trinken bringen. Viel wichtiger jedoch war ihr, dass sie anschließend das Schreibwerkzeug und die noch unbekannten Texte erhielt.
Der Alte hatte zu Beginn ihrer Gefangenschaft alles mit undurchsichtiger Miene vor ihr ausgebreitet.
»Du kennst die heiligen Zeichen?«
»Ja«, hatte Sahti vorsichtig erwidert. »Ich kann lesen und schreiben.« Seit Tagen hatten sie kein Wort mehr miteinander gewechselt. Welche Hinterlist plante er nun?
»Dann weißt du auch, was das ›Buch vom Herausgehen am Tage‹ ist?«
»Das ›Totenbuch‹? Nesmin war Größter der Mannschaft im Königsgrab«, sagte sie. »Er hat mir davon erzählt.« Dass sie die alten Papyri selber in Händen gehalten und bereits überflogen hatte, behielt sie vorsichtshalber für sich.
»Du könntest dich nützlich machen, wenn du ohnehin hier bist«, sagte der Alte. »Dann würde auch die Zeit schneller für dich vergehen.«
»Wieso lasst ihr mich nicht laufen?«, stieß sie hervor. »Oder bringt mich endlich um! Das wäre doch bestimmt für alle das Einfachste.«
»Du kennst die Antwort«, erwiderte der Alte ruhig, ohne auf ihre Provokation einzugehen. »Wie lange sich dein Aufenthalt hier noch hinziehen wird, liegt einzig und allein an dir.«
Es würde ihr nicht gelingen, ihn aus der Fassung zu bringen. Und falls dies doch möglich war, dann hatte sie noch nicht herausgefunden, womit. Mit einem Seufzen wandte Sahti sich ihm zu.
»Du sollst diese Papyri fein säuberlich kopieren«, sagte er. »Ich werde mich persönlich von deiner Sorgfalt vergewissern. Und jetzt fang an!«
Seitdem schrieb sie jeden Tag, sobald es hell wurde, und hör-

te mit ein paar kurzen Unterbrechungen erst wieder damit auf, wenn die Sonne von Nut verschluckt wurde. Manchmal war ihr Handgelenk ganz steif, so eifrig betätigte sie die Schreibbinse, aber es machte ihr nichts aus, ganz im Gegenteil. Es tat gut, etwas zu tun zu haben, das sie vom endlosen, sinnlosen Grübeln ablenkte. Viele Strophen hatte Sahti bereits abgeschrieben, und die dunklen Botschaften schwangen nachts in ihrer Seele nach. Aber das war immer noch leichter zu ertragen als die schrecklichen Bilder, die sie bislang gemartert hatten.

Die Tür ging auf. Wie jeden Morgen bekam sie Fladenbrot, Bohnen und Wasser. Heute gab es zum ersten Mal einen Becher mit gelblich schimmerndem Tee dazu, vor dessen Geruch sie zusammenzuckte.

»Ich trinke ihn später«, sagte sie zu dem jungen Priester, der sie immer anstarrte, als wäre sie ein seltenes, gefährliches Tier, dem man besser nicht zu nahe kam. »Sobald ich durstig bin.«

»Jetzt!«, beharrte er. »Der Alte hat gesagt, dass du diese Medizin dringend brauchst.«

Breitbeinig stand er vor ihr, und es blieb ihr nichts anders übrig, als zu gehorchen. Wenn sie rebellierte, würden die kargen Vergünstigungen ersatzlos gestrichen. Dann durfte sie nicht einmal nachts für kurze Zeit die Zelle verlassen, um im Tempelgarten spazieren zu gehen und sich ungestört in dem kleinen künstlich angelegten Teich zu waschen.

Sie setzte den Becher an und trank. Der Tee schmeckte so bitter, dass alles in ihr sich voller Abscheu zusammenzog, aber sie leerte das Gefäß trotzdem.

»Was soll ich heute schreiben?«

»Das hier.« Der junge Priester nahm den Becher entgegen und reichte ihr ein Bündel Papyri. »Und beeil dich! Ich komme am Nachmittag, um alles abzuholen.«

Ein Satz frischer Binsen lag zu ihrer Linken, vor ihr stand die Schreibpalette mit den beiden Näpfchen für rote und schwarze Tinte. Sie ließ sich im Schneidersitz auf dem Boden nieder und öffnete die erste der fleckigen Rollen.

Hier beginnen die Kapitel,
die die Reise der Seele
in die hellen Lichter des Tages erzählen.
Seine Wiederauferstehung im Geiste,
seinen Eintritt und seine Reisen
in die Regionen des Jenseits …

Sahti hielt die Binse zwischen zwei Fingern und genoss, wie schnell und leicht sie über den neuen Papyrus auf ihrem Schoß glitt.

Das sind die Worte, die man aufsagen muss
am Tage des Begräbnisses,
im Augenblick, wenn vom Körper getrennt
die Seele die Welten des Jenseits betritt …

Plötzlich wurde Sahti sehr kalt, und sie schrieb schneller, als könne sie dadurch zusätzliche Wärme erzeugen. Von fern glaubte sie hohe Stimmen zu vernehmen, die einen einzigen monotonen Vers ständig wiederholten. Dazu gesellte sich ein anderer Laut, rhythmischer noch als der Gesang der Priester, ein dumpfes, stetiges Pochen, das aus dem Innersten des Tempels zu dringen schien.
Sie kniff die Augen zusammen.
Die feinen Linien auf ihrer Vorlage hatten plötzlich ihre Schärfe verloren. Dazu kam, dass ihr auf einmal ihre rechte Hand mit der Binse vollkommen fremd erschien, ein eigenständiger Teil, der mit dem restlichen Körper nichts gemein hatte. Sie schüttelte die Hand, und für ein paar Augenblicke wurde es besser. Mittlerweile jedoch hatten sich die Schriftzeichen vor ihr in verschwommene, wild hin und her tanzende Bilder verwandelt, die sie zu verspotten schienen.

Sie hielt inne, legte die Binse beiseite und streckte die Beine aus, die ihr angeschwollen vorkamen wie die eines Nilpferdes und sich im nächsten Augenblick in dürre Stecken zu verwandeln schienen. Jeder Speichelfluss war zum Stillstand gekommen. Ihre Kehle fühlte sich so trocken an, dass sie brannte, aber es war ihr unmöglich, die Hand nach dem Wasserkrug auszustrecken, der so nah und doch unerreichbar fern von ihr stand.
Die Zelle schrumpfte zusammen, bis Sahti Angst hatte, von den Wänden erdrückt zu werden, und dann dehnte sie sich wieder aus. Die Ritzen quollen auf und entließen merkwürdige schwarze Tiere, die auf sie zukrabbelten. Mit einem Entsetzensschrei rettete Sahti sich auf das Bett und musste zusehen, wie vom Fenster her ein seltsames, unwirkliches Licht strahlte, das sie einzuhüllen drohte.
Als sie erschrocken die Augen zumachte, erlebte sie hinter geschlossenen Lidern eine grelle Lichtexplosion. Danach begannen sich bizarre Gestalten zu formen, die unablässig auf sie zuschwebten. Aus ihren Mündern drangen wie von dumpfen Trommeln untermalt die Verse des »Totenbuchs«, die sie bereits kopiert hatte, die ihr aber nun unbekannt und schrecklicher denn je erschienen.

Mein Herz meiner Mutter,
mein Herz mit wechselnden Formen,
stehe nicht auf gegen mich als Zeuge!
Tritt mir nicht entgegen im Gerichtshof!
Mach keine Beugung wider mich vor dem
Wägemeister …

Sie hielt sich die Ohren zu, aber die Worte wurden lauter und lauter, bis sie die ganze Zelle erfüllten und zu sprengen drohten.
»Aufhören!«, murmelte Sahti gequält. »Hört sofort damit auf!«

»Ist sie schon so weit?« Jetzt waren die Laute quälend nah an ihrem Ohr.
»Bald«, glaubte sie plötzlich den Alten zu vernehmen, verzerrt und undeutlich, als spräche er am Grund eines tiefen Teichs. »Ich denke, sie kann durchaus noch etwas mehr gebrauchen.«
Sie bekam zu trinken, Bitteres wie zuvor, aber der Durst wurde nur noch schlimmer.
»Ich ersticke!«, krächzte sie. »Ich verdurste! Wasser, bitte, Wasser!«
»Das ist erst der Beginn der Schrecklichkeiten«, jaulten die furchtbaren Stimmen. »Verdammte wie du haben nicht nur gegen Osiris gesündigt, sondern auch gegen den Sonnengott. Re fährt in seiner Barke in die Unterwelt, um Gericht über dich zu halten ...«
Es war, als würde sich ein Geschmeide wimmelnder Schlangen auf ihre Brust legen. Voller Abscheu wich Sahti zurück, aber sie konnte sich selbst nicht entfliehen. Es brannte in ihrem Inneren, Arme und Beine fühlten sich vollkommen taub an.
»Muss ich jetzt sterben?«, wimmerte sie. »Ich will nicht sterben!«
»Wer sich gegen die Maat versündigt hat, bleibt im Jenseits ausgeschlossen von aller Ordnung. Du kannst dich nicht retten, aber du kannst dir dein Schicksal leichter machen – gestehe! Gestehe!«
Sie versuchte zu sprechen, aber kein Ton kam über ihre Lippen. Dafür wurden die Stimmen umso dröhnender.
»Verdammte wie du müssen vom Abscheu ihrer Herzen leben. Die Atemluft wird ihnen abgeschnitten. Ihnen vergeht Hören und Sehen, denn sie werden für alle Zeiten in die tiefste Urfinsternis verstoßen werden ...«
Um sie herum wurde es schwarz. »Bin ich schon tot?«, flüsterte sie tonlos.
»Schwerter spritzen Feuer, Flammen schneiden und stechen

in dein Fleisch. Giftige Schlangen erheben sich, um dich zu erwürgen ...«

Eine der Schlangen war emporgezüngelt, und je näher sie Sahti kam, desto mehr veränderte sie sich. Aus dem flachen Reptilienkopf wuchsen zwei haarige Ohren, und die Schnauze wurde immer länger und spitzer. Anubis fletschte seine scharfen Zähne, um sie zu beißen, aber sie wusste genau, wer sich hinter der Maske verbarg: Ut – er war zurückgekommen, um sie zu fressen und für alle Zeiten in sein stinkendes Totenreich zu zerren.

Ein hoher, spitzer Schrei entrang sich ihrer Kehle: »Nein! Nicht Ut! Alles, nur nicht er!«

»Das Gegenmittel, schnell!«, glaubte sie noch zu hören, aber ihre Gedanken waren viel zu verworren, um begreifen zu können, was damit gemeint sein konnte.

Abermals bekam sie zu trinken, eine helle, lauwarme Flüssigkeit, die irgendwann Linderung brachte und den Speichel wieder fließen ließ. Die Wände der Zelle schrumpften auf ihre bisherige Größe und veränderten sich nicht mehr. Allmählich verblassten die Farben um sie herum, und selbst die kalte Lähmung wich nach und nach aus ihren Gliedmaßen.

Sahti schlug die Augen auf.

Sie war allein in der Zelle, vor ihr auf dem Boden lag noch immer das Schreibgerät, und nun war sie auch in der Lage, zittrig zum Wasserkrug zu greifen.

Sie trank wie eine Verdurstende. Dann rollte sie sich zusammen und fiel in einen todesähnlichen Schlaf.

*

Teti-Scheri hatte die Mittagszeit gewählt, um mit Ascha zu reden, obwohl die Nacht, das Reich ihres geliebten Mondgottes, eigentlich viel mehr nach ihrem Geschmack gewesen wäre. Meret jedoch, ihre engste Vertraute, hatte herausbekommen, dass die junge Königin sich schon sehr früh zur

Ruhe begab und zudem die leidige Sitte pflegte, vor dem Schlafengehen einige Becher mohnversetzten Weins zu sich zu nehmen, angeblich, um sich gegen böse Träume zu schützen.

Für das, was Teti-Scheri ihr zu sagen hatte, brauchte Ascha einen klaren Kopf. Deshalb verzog die Große Herrin auch missbilligend die Lippen, als sie schon jetzt einen Weinkrug nebst Becher auf einem kleinen Tisch neben dem Ruhebett stehen sah, auf dem Ascha lag.

Wären nicht die hängenden Mundwinkel und die unzufriedene Falte zwischen den Brauen gewesen, sie hätte eine schöne Frau sein können. Ihre Haut war sehr hell, weil sie sich vor jedem Sonnenstrahl schützte und viel Zeit darauf verwendete, sie in vergorener Eselsmilch zu baden und anschließend mit feinstem Alabasterpuder bestäuben zu lassen. Aschas sorgfältig mit Malachitpuder betonten Augen schimmerten nilgrün. Sie war nackt unter dem hauchdünnen Leinenkleid, das ihre mädchenhaften Formen mehr als erahnen ließ. Um ihren schlanken Hals schmiegte sich ein Perlenkragen mit goldenen Kaurimuscheln, an den Handgelenken trug sie Armbänder, die aus Türkis-, Karneol- und Lapislazuliperlen gefädelt waren.

»Ja, sieh mich nur ganz genau an, heiß geliebte Großmutter!« Aschas Mund verzog sich hässlich. »Wahrscheinlich missfalle ich dir ebenso wie Kamose, deinem hoch geschätzten Enkelsohn. Weißt du, wann er mich das letzte Mal in meinen Gemächern aufgesucht hat?« Sie klang wie ein gekränktes Kind. »Vor mehr als acht Monden! Und selbst da hat er nicht daran gedacht, mit mir das Lager zu teilen, sondern mich nur abschätzig von oben bis unten gemustert, um so schnell wie möglich wieder zu seiner schwarzen Geliebten zu eilen. Ich bin nichts als Luft für ihn. Nein, schlimmer als Luft: Abschaum!«

»Genau deshalb bin ich hier«, sagte Teti-Scheri. »Ich darf mich setzen?«

Sie hatte sich bereits den bequemsten Stuhl aus Zedernholz ausgesucht, der mit einem Panterfell bespannt war. Ascha erhob sich und zog sich ebenfalls einen Hocker heran.
»Ich bin bestimmt nicht einmal halb so klug wie du«, sagte sie. »Aber immerhin klug genug, um zu wissen, dass er mich nicht liebt. Nie geliebt hat. Und niemals lieben wird. Erst Recht nicht, seitdem ihn diese verfluchte Kuschitin verhext hat.«
»Und was gedenkst du dagegen zu unternehmen?«, fragte Teti-Scheri ruhig.
»Liebe lässt sich doch nicht erzwingen!«, sagte Ascha matt.
»Ich rede nicht von Liebe, sondern von den Aufgaben einer Königin, Ascha! Das Land braucht einen Falken-im-Nest. Wenn du ihn verweigerst, wird eine andere Kemet den Thronerben schenken.«
»Dann bringe ich sie um!«, fuhr Ascha auf. »Die Augen kratze ich ihr aus. Und ihr Herz fresse ich roh.« Sie lachte rau. »Außerdem bin doch nicht ich es, die etwas verweigert. Das solltest du am besten wissen!«
»Jetzt redest du beinahe schon wie Nefertari! Es geht doch nicht darum, sich wie die Prinzessin in wilden Racheplänen zu verlieren. Handeln musst du, Ascha, und zwar rasch! Du hast schon viel zu viel Zeit verloren.«
Die junge Frau begann voll innerer Unruhe im Raum auf und ab zu gehen. Sie hatte die Schultern hochgezogen, als vermute sie überall eine lauernde Bedrohung. Zudem waren ihre Bewegungen staksig wie die eines Fohlen, und Teti-Scheri fragte sich zum wiederholten Mal, weshalb Kamose ausgerechnet dieses unfertige Geschöpf zur Großen Königlichen Gemahlin gemacht hatte. Aber man konnte nur immer mit dem Material arbeiten, das einem zur Verfügung stand, und Ascha war nicht der erste Rohstoff, den sie irgendwann bis zur Perfektion gestalten würde.
»Setz dich wieder hin!«, verlangte sie. »Mir wird ganz schwindelig, wenn du so hin und her trabst.«

Ascha gehorchte, aber ihr Ausdruck blieb trotzig und verschlossen.
»Willst du wirklich niemals erleben, wie es ist, neues Leben unter dem Herzen zu tragen?«, fragte die Alte. »Zu spüren, wie dein Leib sich rundet, wie deine Brüste schwellen, wie alles in deinem Körper und deinem Sein dem Wunder der Geburt zustrebt, dem Moment der Göttlichkeit, den wir Frauen erleben dürfen ...«
»Hör auf!«, sagte Ascha und schlug die Hände vor das Gesicht. »Hör doch endlich auf!«
»Dann gibt es also Nächte, in denen du wach liegst und dir wünscht, ein kleiner Mund würde deine Milch trinken und winzige Hände würden nach deinem Busen greifen?«
»Willst du mich umbringen? Oder weshalb sonst tust du mir so weh?«
»Damit du endlich aufwachst!« Mit dem Knöchel klopfte Teti-Scheri ihr so hart gegen die Stirn, dass sie zusammenzuckte. »Vorbei mit deinem Dämmerschlaf!« Mit einer zornigen Handbewegung fegte sie den Weinkrug vom Tisch. »Vorbei mit deinen wohlschmeckenden Betäubungen! Steh endlich auf, begrabe deine tödliche Lethargie und kämpfe wie eine Königin!«
Wie gebannt starrte Ascha sie an. Dann spielte ein winziges Lächeln um ihren Mund. »Ich wette, du hast bereits einen Plan. Aber er muss klug sein und möglichst listenreich, denn das ist Kamose auch.«
»Es gibt durchaus Mittel und Wege um zu bekommen, wonach man sich sehnt«, sagte die alte Frau. »Allerdings braucht man Mut und Entschlossenheit dazu. Und man muss im richtigen Moment handeln. Sonst sind alle Anstrengungen vergebens.«
»Das klingt beinahe, als sollte ich dem Pharao etwas antun!« Ascha klang auf einmal erschrocken. »Ist es das, was du von mir möchtest?«
»Unsinn! Einen Erben unseres Geschlechts, mehr verlange

ich nicht von dir. Und die strikte Befolgung aller meiner Anordnungen, selbst wenn sie dir widersinnig, ja sogar gefährlich erscheinen mögen. Vor allem aber brauche ich dein Vertrauen, Enkeltochter!« Nie zuvor hatte sie Ascha so genannt. Die grünen Augen der jungen Frau füllten sich mit Tränen. »Bist du dazu bereit? Dein Schicksal in meine erfahrenen Hände zu legen?«

Ein paar Augenblicke war es ganz still im Raum. Rauchschalen verbreiteten süße Düfte, und von draußen hörte man das Rascheln des Windes in den Dattelpalmen, der die Wedel wie große Fächer hin und her bewegte. Ein Gecko, der bislang regungslos wie ein Schmuckelement an der bemalten Wand geklebt hatte, schoss plötzlich wie ein glänzender Pfeil nach oben.

Unwillkürlich mussten beide lachen, die alte und die junge Frau. Ihre Blicke versenkten sich ineinander.

»Ich bin bereit«, sagte die Königin. »Was immer auch geschehen mag.«

*

Immer seltener gelang es Sahti, auch nur einige Kolumnen zu schreiben, denn die Stimmen ließen sie nicht mehr in Ruhe. In den wenigen klaren Momenten, die ihr blieben, wusste sie genau, dass etwas in dem Tee sein musste, den sie ihr unbarmherzig einflößten, aber inzwischen war sie viel zu schwach, um sich dagegen zu wehren. Raum und Zeit waren ihr entglitten, schlimmer noch als im schwarzen Gefängnis des Balsamierers, denn nun gab es keine scharfe Grenzlinie mehr zwischen innen und außen. Mal hätte sie schwören können, dass es lebende Priester sein mussten, die ihr die schrecklichen Worte zuflüsterten, dann wieder hatte sie das sichere Gefühl, die heiligen Zeichen selber schrien ihr höhnisch zu, dass sie für immer verloren war.

Ebenso wenig Kontrolle wie über ihre Gedanken hatte sie über ihren Körper, der ihr immer öfter wie ein totes Stück

Fleisch erschien, das nur noch im Weg war. Dazu kam, dass sie die Nahrung kaum bei sich behalten konnte, was ihre Schwäche unheilvoll verstärkte. Als sie sich eines Nachts halb benommen zum Tempelbassin schleppte, erschrak sie, als ihr im bleichen Mondlicht aus dem Wasser die Züge einer Wahnsinnigen entgegenstarrten.

»Wollt ihr mich töten?«, murmelte sie undeutlich. »Dann bringt mich doch endlich um!«

»Man kann jemanden auch töten, ohne ihn umzubringen«, wisperten die Bäume und die Wellen, und ein hässliches Lachen ertönte, das sie kaum ertragen konnte. »Wer nicht gehorchen will, muss sterben, sterben, sterben ...«

Und dann begann alles wieder von vorn: die grässlichen Laute, die Wände, die wuchsen und schwanden, die widerwärtigen Tiere, die aus ihrem Körper hervorbrachen und sich in Luft auflösten, sobald sie nach ihnen griff.

»Der Feuersee«, flüsterte es neben ihrem Ohr, »Flammen für die Sünder, die sich gegen die Götter aufgelehnt haben. Alle Vögel fliegen davon, wenn sie sein Wasser sehen und den Gestank riechen. Du aber wirst rettungslos in ihm untergehen. Zuvor aber urteilt das Gericht der Götter über dich.«

Sie kannte die Szene. In ihren kalten Wahnträumen, die ihr immer mehr wie Realität erschienen, durchlebte Sahti sie wieder und wieder. Osiris, Herr der Totenwelt war anwesend, ebenso wie Anubis, dessen bloßer Anblick bereits genügte, um das Blut in ihren Adern stocken zu lassen. Schließlich das grässliche Monster auf plumpen Nilpferdbeinen, das sein Krokodilsmaul gierig aufriss, um sie zu verschlingen. In der Mitte die Waage mit ihren zwei Schalen. In der einen lag Sahtis Herz, in der anderen die weiße Feder der Wahrheit.

»Gestehe!«, donnerte die Stimme. Verzagt begann sie mit ihrer Litanei: »Ich habe kein Unrecht gegen Menschen begangen, ich habe keinen Gott beleidigt, ich habe nicht gestohlen,

ich habe nicht Schmerz zugefügt, ich habe keine Tränen verursacht, ich habe nicht getötet …«
Sie konnte nicht weitersprechen. Denn jedes Mal vollzog sich das gleiche schreckliche Bild: Wie ein Stein sackte die Schale mit ihrem Herzen nach unten, während auf der anderen Seite die Feder der Wahrheit triumphierend nach oben schnellte …
»Gnade!«, wimmerte Sahti und drückte sich an den harten Boden, um wenigstens einen Halt zu spüren. »Gnade!«
Sie spürte, wie sie hochgerissen und nach draußen gebracht wurde. Zwei Männer schleppten sie durch den nächtlichen Tempelgarten. Sie war so geschwächt, dass sie mehr gezogen wurde, als dass sie selbstständig laufen konnte.
»Bist du wirklich sicher?«, wisperten die Tauben in den Ästen. »Bis jetzt sind wir noch keinen Schritt weitergekommen. All das Bilsenkraut – umsonst! Niemals zuvor bin ich einem derart verstockten Geschöpf begegnet.«
»Ein letzter Versuch. Wenn sie dann noch immer nicht redet, haben wir zumindest Gewissheit, was geschehen soll.«
Auf den Säulensaal folgte der Opfertischraum. In der Mitte der Rückwand öffnete sich das Sanktuar mit den Altären und Opfertischen. In seiner Mitte wiederum die Tür zur Hohen Stätte.
»Bist du dir wirklich sicher?«, flüsterten die steinernen Wände. »Es ist ein Frevel, sie hierher zu bringen.«
»Jeder, der diese Schwelle überschreitet, wird bis ins Innerste verwandelt«, gab die Götterbarke zurück, die erstaunlicherweise mit der Stimme des alten Pristers antwortete.
Jetzt waren sie vor einer kleinen steinernen Nische angelangt. Sahti war so erschöpft, dass sie strauchelte, die Männer aber fingen sie auf und zwangen sie, starr geradeaus zu blicken. Es war sehr dunkel in dem kleinen Raum, und wieder spielten ihr die Augen die gewohnten Streiche, indem sie Dinge ohne Vorwarnung schrumpfen und wachsen ließen. Allmählich jedoch gelang es ihr, den Blick auf den Schrein zu konzentrieren.

Diesmal waren seine Türen nicht geschlossen wie beim Schönen Fest im Wüstental, sondern sie umrahmten wie zwei schützende Holzschwingen eine glänzende Statue.
»Rede!« Sie wurde unsanft geschüttelt.
»Was soll ich sagen?« Es war mehr ein Lallen.
»Den letzten deiner Totensprüche. Mach schon!«
»Gruß Dir, Du größter Gott, Herr der vollständigen Wahrheit«, brachte Sahti unter schier unmenschlichen Anstrengungen hervor. *»Ich bin zu Dir gekommen, Amun …«*
»Den Namen, Sahti! Den Namen! Willst du uns selbst im Angesicht des Gottes die Wahrheit vorenthalten?«
Ein Blitz schien das Gesicht des Gottes zu erhellen, und sie meinte eine Sonnenscheibe mit Falkenfedern auf seinem Haupt zu erkennen. Seine Züge lagen nach wie vor im Dunkel, an seinem Kinn jedoch sah sie den eingerollten Bart. Er schien auszuschreiten, eine Figur voll jugendlicher Kraft und Elastizität, geradewegs auf sie zu. Sein Königsschurz bewegte sich. Im nächsten Augenblick würde er bei ihr angelangt sein.
»Vergebung!« Sie fiel so schnell zu Boden, dass die beiden Männer sie nicht mehr halten konnten. »Schütze mich, Amun!«
Nebnefer holte aus und schlug mit der Faust gegen ihren Hinterkopf. Sie sackte in sich zusammen, rührte sich nicht mehr.
»Lass es uns morgen zu Ende bringen!«, sagte er. »Endgültig. Sie hat wahrlich nichts anderes verdient.«
Der Alte nickte zustimmend.
Dann trugen sie Sahti zurück in die Zelle.

*

Sie erwachte in einer Woge von Schmerzen. Ihre Schläfen pochten, und am Hinterkopf ertastete sie eine große Beule. Sahti schleppte sich unter das Fenster. Ein sanfter Glanz erhellte im Osten den Horizont.

Gleich würden sie kommen, um sie zu töten.
Die ständige Benommenheit hatte sich gelegt, und sie konnte wieder einigermaßen klar denken. Noch schien der Tempel zu schlafen, aber schon sehr bald würde das morgendliche Horn alles zum Leben erwecken.
Auch ihre Henker.
Ihr Blick fiel auf den Krug und den Becher, aber sie rührte keines von beiden an. Langsam ging sie zur Tür und lehnte sich dagegen. Zu ihrer Verblüffung schwang sie nach außen auf. Sahti unterdrückte einen Schrei der Erleichterung.
Die beiden mussten gestern vergessen haben, sie einzuschließen.
Wie von selbst trugen sie ihre Füße in den Tempelhof. Jeder Schritt bedeutete eine immense Kraftanstrengung, aber sie zwang sich, einen Fuß vor den anderen zu setzen. Vor dem Küchentrakt sah sie einige Priester mit großen Schalen hantieren und ihr Herz schlug bis zum Hals, aber sie ging trotzdem unbeirrt weiter in Richtung der Mauer. Dabei war ihr ganzer Körper schweißbedeckt, und sie spürte, wie Schweißtropfen unablässig auch über ihr Gesicht rannen.
Als ihr ein Mann entgegenkam, dem andere in einigem Abstand folgten, glaubte sie alles verloren. Er war schlank und mittelgroß, und er trug eine hohe weiße Kopfbedeckung, die sie an etwas erinnerte, das sie nicht auf Anhieb benennen konnte.
In diesem Augenblick ertönte vom Tempeldach das Horn, offenbar etwas später als gewöhnlich, denn die ersten Strahlen der Sonne fielen direkt auf sein Gesicht.
Der goldene Blitz, der sie gestern Nacht geblendet hatte!
Der Boden unter ihren Füßen tat sich auf, und die Knie trugen sie nicht länger. Hinter sich hörte sie schnelle Schritte, Keuchen und die aufgeregte Stimme Nebnefers.
»Schnell! Beeilt euch! Haltet sie! Sie versucht tatsächlich zu entkommen!«

Sahti stürzte dem Mann mit der weißen Krone direkt zu Füßen.

»Vergebung!«, flüsterte sie und wagte nicht, zu ihm aufzusehen. »Schütze mich, Amun!«

Kräftige Arme zogen sie behutsam nach oben. Und als sie die Augen öffnete, blickte sie direkt in das Gesicht des Pharaos.

ZEHNTE STUNDE:
DIE FLUTEN DES NUN

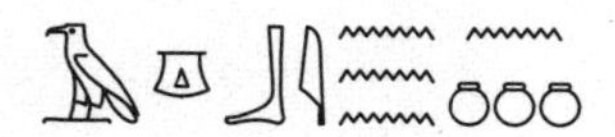

Flötentöne drangen in Sahtis Traum, und als sie die Augen aufschlug, erwartete sie fast, Pani vor sich zu sehen, der auf seinem geliebten Instrument übte – aber sie war allein. Eine Weile blieb sie still liegen, genoss die kleine Melodie, die vom Garten her zu ihr drang, und betrachtete gedankenversunken den Gazellenfries an der gegenüberliegenden Wand. Zum ersten Mal seit langem fühlte sie sich frisch und ausgeruht, und die schrecklichen Alpträume schienen endgültig vorbei. Schließlich wagte sie es sogar aufzustehen, war aber noch zu schwach, so dass sie schon beim Versuch, die Füße auf den Boden zu setzen, zusammenknickte und vor dem Bett längs hinschlug.

»Sie ist wach! Und liegt ganz hilflos da – schnell!«

Eine junge Dienerin wollte ihr aufhelfen, schaffte es aber erst, als Nabu zur Unterstützung hinzueilte. Gemeinschaftlich betteten sie Sahti wieder auf das Lager.

»Wo bin ich?«, fragte sie erschöpft. Die ungewohnte Anstrengung hatte ihren Körper in Schweiß gebadet.

»Im Harim des königlichen Palastes«, erwiderte Nabu. »Und zum Glück bist du endlich wieder bei klarem Bewusstsein!«

»Was ist mit mir? War ich krank?«

»Sterbenskrank. Ich habe den Pharao gebeten, mich persönlich um dich kümmern zu dürfen. Wer weiß, was seine Quacksalber sonst mit dir angestellt hätten.«

»Wie lange schon?«, murmelte Sahti.

»Beinahe zwei Monde.«

»Zwei Monde? Aber das ist unmöglich!«

»Du kannst froh sein, dass du noch lebst«, erwiderte Nabu. »Nur wenig hat gefehlt, und wir hätten dich für immer verloren – an das dunkle Reich der Schattengeister, aus dem es keine Wiederkehr gibt.« In ihrem engen weißen Kleid mit den aufgestickten Bienen aus Goldfäden erschien sie Sahti anziehender und rätselhafter denn je.

»Jetzt erinnere ich mich. Das Binsengefilde! Ich habe es immer wieder durchwandert.«

»Die Kräuter und Tränke der Nacht sind stark, besonders, wenn man sie über einen längeren Zeitraum einnimmt. Irgendwann ist man nicht mehr in der Lage zu unterscheiden, was Traum ist und was Wirklichkeit. Am Ende dieser Reise steht der Wahnsinn – wenn nicht sogar der Tod. Hat die Daya dir niemals davon erzählt? Du warst beinahe so weit.«

»Habe ich ...« Sahti räusperte sich verlegen. »Habe ich etwas gesagt? Einen Namen vielleicht?«

»Geweint hast du, getobt und geschrien. Zeitweise mussten wir dich festbinden, sonst hättest du dich womöglich selbst verletzt.« Nabu beugte sich tiefer zu ihr. »Du hast dein Kind verloren?«

Sahti nickte. In Nabus Stimme hatte ein untergründiger Ton mitgeschwungen, der sie hellhörig werden ließ. Erleichterung? Oder sogar Genugtuung? Im Augenblick besaß sie weder die Kraft noch den Mut, weiter darüber nachzugrübeln.

»Wer hat dir das angetan?« Nabus Neugierde war offenbar noch nicht gestillt. »Jener schreckliche Amun-Priester Nebnefer? Dann war er es auch, der dich in den Wahnsinn treiben wollte? Weshalb? Sag es mir!«

Eine plötzliche Eingebung verschloss Sahti den Mund, und sie beschränkte sich darauf, mit einer vagen Geste zu antworten.

»Irgendwann wirst du reden müssen«, sagte Nabu. Wenn Sahtis Schweigen sie enttäuscht hatte, so ließ sie es sich nicht anmerken. »Kamose wird sich mit keinem Schulterzucken

zufrieden geben. Immerhin hat er dich aus dem Tempel geholt und hierher bringen lassen – in einem wahrhaft erbärmlichen Zustand!«
»Kamose – wo ist er jetzt?«, fragte Sahti schnell und wandte den Kopf ab, um die Gefühle zu verbergen, die ihr selber Angst einflößten.
»Der Pharao?« Ein kehliges Lachen. »Viele seiner Nächte verbringt er nach wie vor mit mir statt mit seiner traurigen Taube, die mir lieber heute als morgen die Augen auskratzen würde. Seine Tage jedoch gehören Kemet, seinen Göttern und den Staatsgeschäften.« Nabu strich ihr Kleid glatt. »Ich bin sicher, er wird sofort erfahren wollen, dass du wach geworden bist. Und dich endlich auf dem Weg der Besserung befindest.«
»Weshalb?«
»Nun, immerhin sind wir seine Geiseln. Er könnte uns auf der Stelle töten lassen, sollte das Goldland sich gegen ihn erheben.« Nabus Lippen wurden schmal. »Und ich denke, er würde es auch tun. Ohne allzu viele Gedanken an mein Schicksal zu verschwenden. Und erst recht an deines.«
Eine Weile blieb sie stumm, und beide lauschten dem Flötenspiel, das nach einer kurzen Unterbrechung erneut eingesetzt hatte.
»Die Daya hat dir niemals gesagt, woher sie eigentlich stammt?«, sagte Nabu schließlich. »Oder doch?«
»Von tief aus dem Süden«, antwortete Sahti. »Sie hat manchmal von einem Katarakt erzählt, der wild sein soll und nur unter größten Gefahren zu durchfahren. Und von einer Stadt mit breiten Festungsgräben, in der sie gelebt hat, als sie jung war. Aber sie hat nicht gern darüber geredet. Und manchmal ist sie sogar richtig böse geworden, wenn ich zu viel darüber wissen wollte.« Unwillkürlich berührte sie Nabus Arm, der sich so seidig anfühlte wie Schlangenhaut. »Weshalb fragst du?«
»Später«, sagte Nabu. »Wenn der richtige Zeitpunkt dafür

gekommen ist.« Sie wollte sich abrupt erheben, Sahti jedoch klammerte sich an ihrem Kleid fest.
»Wieso tust du das eigentlich für mich?«, fragte sie. In den unergründlichen honigbraunen Augen Nabus suchte sie vergeblich nach einer Antwort. »Hasst du mich nicht? Schon seit jeher?«
»Wie sollte ich Golos Fleisch und Blut hassen?« Nabu machte sich ungeduldig frei. Die dunklen Schlangen an ihren Oberarmen schienen Sahti zu fixieren. Nabu zog ihre Unterlippe nach vorn und entblößte die schwarzblauen Tätowierungen an der Innenseite. »Ich trage sein Zeichen. Für immer. Glaubst du, ich könnte ihn jemals vergessen?«
»Aber wir leben doch jetzt hier, schon so viele Jahre«, wandte Sahti ein. »Kemet ist unsere Heimat geworden.«
»Deine vielleicht! Ich bin die schwarze Schlange aus Tanub – und das werde ich bis zum letzten Atemzug auch bleiben. Sieh mich nicht so erstaunt an! Der Goldhorus hat geruht, mir seine Gunst zu erweisen, erst Seqenenre und jetzt Kamose. Na und? Selbst, wenn nach ihnen noch ein dritter käme! Was bedeutet das schon? Weißt du denn, was für mich wirklich zählt?«
Gebannt schüttelte Sahti den Kopf.
»Wie solltest du auch? Du warst ja noch ein Kind, als sie uns gewaltsam fortgeschleppt haben.« Nabus Stimme klang auf einmal verletzlich. »Mein Körper mag hier in Waset sein. Mein Herz jedoch hat das Goldland niemals verlassen, wo all das ist, was zu mir gehört … wofür ich lebe. All das, was ich liebe.« Sie warf den Kopf in einer trotzigen Geste zurück.
»Was willst du damit sagen?«
Sahti konnte nicht aufhören, Nabu anzustarren. Anmutig und verführerisch wie das Leben selbst kam sie ihr vor. Und erschien ihr im gleichen Augenblick doch so geheimnisvoll und bedrohlich wie der Tod.
»Dass ich Krieg gegen dieses Land führe«, zischte Nabu. »Auf meine Weise. Und mit meinen Waffen. Eines Tages

werde ich den Sieg erringen. Selbst wenn er mich das Leben kosten sollte.«
»Verlangst du das auch von mir?« Sahti begann am ganzen Leib zu zittern.
»Erst musst du wissen, wer du bist«, sagte Nabu. »Dann kannst du dich entscheiden.«
»Ich bin ich«, sagte Sahti. »Das weiß ich ganz genau.«
»Nein, das weißt du nicht. Noch nicht. Nur eine Frau, die ihren Zauber kennt, kann die Haut wechseln, wie die Schlangen es tun. Sie kann sogar in den Feuerkreis steigen, ohne dass die Flammen sie jemals erreichen. Hat sie sich aber selber noch nicht gefunden, verbrennt sie dabei wie Zunder.«
Sahti traf ein langer, letzter Blick, dann war Nabu aus ihrem Zimmer verschwunden.

*

Das Fest des Himmels wurde im zweiten Mond der Überschwemmungszeit Achet zu Ehren des Mondgottes Iach gefeiert, wenn das Nilwasser wie ein riesiger See die Felder überflutet und mit dem schwarzen Schlamm die Fruchtbarkeit zurückgebracht hatte. Traditionsgemäß nahm die gesamte Königsfamilie daran teil. In Gold verzierten Sänften aus Zedernholz hatte man sie nach Sonnenuntergang zum Amun-Tempel gebracht. Der Erste Priester Nebnefer empfing sie an der Pforte im langen Priesterrock und führte sie durch den mondhellen Garten zum Heiligtum, wo die anderen Priester sie bereits erwarteten.
Kamose schritt allen voraus, so ungestüm, dass die Große Königliche Gemahlin kaum mithalten konnte. Schließlich blieb Ascha zurück und begnügte sich damit, mit finsteren Blicken seinen Rücken anzustarren. Nachdem sie sich mehrfach darüber beklagt hatte, er würde sie privat wie öffentlich meiden, bestand der Pharao nun darauf, dass sie sich bei allen Götterfesten an seiner Seite zeigte. Was allerdings nicht das Geringste an seinem gleichgültigen Verhalten ihr gegen-

über änderte und sie jedes Mal aufs Neue verletzte. Wenn er durch sie hindurchsah, als sei sie gar nicht vorhanden, hasste sie ihn so sehr, dass sie manchmal vor sich selber erschrak.
»Wann?«, flüsterte sie, als Teti-Scheri, die zu spüren schien, was Ascha bewegte, ihr kurz die Hand drückte. »Ich gehe zu Grunde, wenn ich noch länger zusehen muss.«
»Bald«, sagte die alte Frau leise. »Sehr bald. Nur noch ein wenig Geduld! Das Hathor-Fest ist nicht mehr weit.« Sie lächelte. »Könntest du dir für unser Vorhaben eine bessere Schutzherrin als die Göttin der Liebe und Fruchtbarkeit wünschen? Na also, sei mutig und hab Vertrauen, Enkeltochter!«
Seqenenres Witwe Ahhotep, umringt von ihren drei jüngeren Töchtern, die immer wieder heimlich miteinander kicherten, strengte sich vergeblich an, etwas von dem Geflüster zu verstehen. Es missfiel ihr nicht nur, dass Teti-Scheri seit neuestem so oft mit Ascha zusammensteckte, es beunruhigte sie zutiefst. Aber nicht einmal ihr sonst so streitbarer Sohn Ahmose hatte eine brauchbare Idee, wie dem abzuhelfen sei.
»Du weißt doch, dass die Große Herrin seit jeher immer nur das getan hat, was sie für richtig hielt«, sagte er. »Als wäre sie ihr eigenes Gesetz und keinem anderen Rechenschaft schuldig. Was vielleicht ihre größte Stärke ist. Und ihre größte Schwäche zugleich. Sag, Mutter, warum umgurrst du sie nicht ein wenig? Vielleicht weiht sie dich dann ein und verrät dir, was sie im Schilde führt.«
Ein Blick auf die entschlossenen Züge der zierlichen Frau zeigte ihm jedoch, wie aussichtslos, ja geradezu einfältig sein Vorschlag war. Nicht einmal ihm war es gelungen, mit List oder Schmeichelei etwas aus ihr herauszubekommen, und auch Nefertari, die in seinem Auftrag gehandelt hatte, war nach ihrem Versuch in heller Auflösung zu ihm zurückgekehrt.
»Sie hasst mich«, hatte sie aufgeregt geflüstert. »Weißt du,

wie sie mich eben abgefertigt hat? Wie ein lästiges Insekt, das man schleunigst loswerden will.«
»Du musst dich irren«, hatte er matt widersprochen. »Ja, du irrst dich ganz bestimmt. Du bist die Tochter ihrer Tochter und ihres Sohnes. Sie liebt dich.«
»Das tut sie nicht.« Nefertari hatte sich eng an ihn geschmiegt. »Und dich liebt sie ebenso wenig, mach dir da bloß nichts vor, Ahmose! Wir alle sind für sie nichts als Handpuppen, die sie ganz nach Belieben hin und her bewegt.«
Ahmose hatte sie mit einem Kuss zum Schweigen gebracht.
»Weißt du, was ich manchmal denke?«, hatte sie geflüstert, nachdem seine Liebkosungen sie schließlich besänftigt hatten. »Dass sie geradewegs in die Köpfe der Menschen sehen kann. Sie kennt unsere geheimsten Gedanken, Ahmose, deine wie meine. Ich fürchte mich vor ihr, Geliebter. In meinen Augen steht sie an Zauberkraft der schwarzen Schlange in nichts nach.«
Gerade traf ihn ein forschender Blick der alten Königin, und er fühlte sich fast geneigt, Nefertari nachträglich zuzustimmen. Der scharfe Schmerz in seinem Knie beanspruchte jedoch seine ganze Aufmerksamkeit und nur mühsam unterdrückte der Prinz den Impuls, sein Bein wie ein ausgemusterter Kriegsveteran nachzuziehen. Allein die Anwesenheit Kamoses hinderte ihn daran – und sein Stolz, der allerdings immer mehr zu schwinden drohte. Denn trotz aller Verordnungen der Leibärzte wollte die Verletzung, die er sich bei seinem Sturz vom Streitwagen zugezogen hatte, nicht richtig ausheilen. Zwar gab es durchaus scheinbare Fortschritte, die ihn immer wieder zuversichtlich stimmten, eine einzige falsche Bewegung jedoch, und er bekam augenblicklich zu spüren, wie sehr er sich getäuscht hatte.
Und wenn er die frühere Schnelligkeit und Geschmeidigkeit gar nicht mehr zurückerlangen würde, die einen künftigen Pharao in seinen Augen auszeichneten? Und damit niemals wieder in der Lage sein würde, siegreich den Streitwagen zu

lenken, mit dessen Hilfe die Soldaten jenes frechen Usurpators im Delta endlich geschlagen werden könnten? Nichts auf der Welt verabscheute Ahmose so sehr wie diese quälenden Gedanken, die wie Mühlsteine in seinem Kopf umhergingen.

Vor dem Tempel teilte sich der Zug. Ein untersetzter Priester führte die königliche Familie zu einer versteckten Treppe, über die sie auf das Flachdach des Gebäudes gelangen konnten. Nebnefer und der Pharao dagegen betraten Seite an Seite den heiligen Ort.

»Ich vermisse den Alten«, sagte Kamose beiläufig, als sie die Halle der Neuheit durchschritten und sich dem Schrein des Mondgotts näherten. »Wo, hast du gesagt, hält er sich gerade auf?«

»Wir alle vermissen ihn«, erwiderte Nebnefer. »Er ist unser Vorbild, dem besonders viele der Jüngeren ehrfürchtig nacheifern.« Sie waren vor dem geschlossenen Schrein angelangt. Kamose neigte sein Haupt. Nebnefer tat es ihm nach. »Von Zeit zu Zeit sucht er die Einsamkeit der Wüste, um zu beten, zu fasten und sich zu kasteien«, fuhr der Priester fort. »Keiner von uns weiß, wie lange er fortbleiben wird. Und eines Tages kehrt er wahrscheinlich gar nicht mehr in den Tempel zurück. Dann wird die Wüste zu seinem Sarg, und Nuts Arme werden ihn bis in alle Ewigkeit in einem Sandmeer wiegen.«

Er wollte die Schreintüre berühren, aber Kamose öffnete als oberster Kultherr eigenhändig den Schrein. Im Halbdunkel schimmerte die silberne Statue der Gottheit wie Mondstaub. Über der Sichel trug Iach die Krone Osiris', die das Werden und Vergehen der Natur symbolisierte, und für einen Moment war es, als hätten sich der Blick des Gottes und der des Pharaos in gegenseitigem Erkennen getroffen.

Kamose warf sich nieder und küsste den Boden vor dem Schrein. Nebnefer tat das Gleiche. Schließlich erhob sich der Pharao wieder und nahm die Statue aus dem Schrein. Er ver-

zichtete auf die Kultbarke, sondern trug sie in seinen Händen behutsam, beinahe zärtlich vor sich her.
»Es kann gefährlich sein, sich in das Reich des Osiris jenseits der westlichen Wüste zu wagen«, sagte er leise, als sie vor der Tür angelangt waren. Der Nachtwind ließ das gefiederte Geäst der hohen Sykomoren rascheln, und von irgendwoher ertönte der Schrei einer Katze. »Die mächtige Schlangengöttin Wadjet schützt bekanntlich die Toten – diejenigen, die wirklich reinen Gewissens sind. Auf die anderen jedoch, die sich gegen die Gesetze der Maat vergangen haben, wartet niemand anderer als die Totenfresserin.«
Nebnefer zuckte zusammen und öffnete den Mund zu einem Widerspruch, schloss ihn aber unverrichteter Dinge wieder, weil Kamose sich bereits abgewandt hatte. Die Treppe, die hinauf zum Tempeldach führte, war so schmal, dass sie hintereinander gehen mussten. Oben angelangt, trat sofort Ascha zu ihnen, als habe sie nur darauf gewartet, und schritt neben Kamose zu dem kleinen Kiosk, vor dem sie sich alljährlich versammelten.
Kamose stellte die Statue ab und entzündete mit einer Fackel die bereitgestellten Weihrauchgefäße. Anschließend entleerten zwei junge Priester Behälter mit geweihtem Wasser über seinem Kopf. Gereinigt und geläutert, kniete er vor dem Mondgott nieder.
»Die Pforten des Himmels tun sich auf«, betete er. »Die Pforten der Erde sind aufgeschlossen. Ich stimme meine Gesänge an für Dich, geliebte Sonne der Nacht. Du bist der große Durchwandler, der falken- oder ibisköpfig seine Gestalt verändert, und den wir unter vielen verschiedenen Namen verehren. Du bist der Herr des Wassers, Dir gehorchen die Fluten des Nun. In Deinem Schoß ruhen Weisheit und Magie. Für immer bleibst Du der bleiche Bruder des Re …«
Als er sich wieder erhoben hatte, um die Statue mit duftenden Ölen zu salben, schob sich eine einzelne dunkle Wolke vor das nächtliche Gestirn. Jetzt glommen nur noch die im

Wind flackernden Öllämpchen, die ein unstetes Licht verbreiteten. Alle auf dem Dach schienen den Atem anzuhalten. Nebnefer und Ahmose tauschten einen sprechenden Blick. Ebenso schnell, wie sie erschienen war, verzog sich die Wolke wieder, und der Pharao konnte im Angesicht des vollen Mondes sein Opfer traditionsgemäß vollenden.
Die große innere Stille jedoch, die er sonst bei diesem nächtlichen Ritus empfunden hatte, wollte sich nicht einstellen. Ebenso wenig wie die tiefe Freude, die bisher jedes Mal sein ganzes Wesen erfüllt hatte. Kamose blieb schweigsam und in sich gekehrt, auch als er die Götterstatue wieder in ihren Schrein gebracht hatte, und die königliche Familie zu ihren Sänften zurückkehrte. Anstatt sich wie vorgesehen mit den anderen zum Palast tragen zu lassen, bestand er darauf, zu Fuß zu gehen.
Erstaunt sahen ihn die Torwächter den Palastgarten betreten, allein, ohne Diener oder gar Gefolge. Am Lotosteich macht er Halt, setzte sich auf die künstliche Umrandung und starrte eine ganze Weile auf die geschlossenen Blütenkelche, die wie Juwelen zwischen den Blättern standen. Etwas Seltsames war mit ihm geschehen, die Ahnung eines Ereignisses hatte ihn erfasst, die ihn mit unerklärlicher Sehnsucht und banger Ungeduld erfüllte. Schließlich stand er auf und ging langsam weiter, einer einsamen Nacht entgegen, die er in seinem Gemach ohne die lockenden Arme Nabus verbringen wollte.
Vorsichtig löste sich Sahti vom Stamm der alten Tamariske, an die sie sich gepresst hatte. Ihr Herz schlug so hart gegen die Rippen, dass sie Angst hatte, sein Pochen würde ihn auf der Stelle aufhorchen lassen und zurückholen. Bislang war Kamose in ihren Erinnerungen glänzend und hell wie Re gewesen, der alles überstrahlte. Nun aber, da sie ihn so weich und nachdenklich im Licht der nächtlichen Sonne gesehen hatte, war er auch noch zu ihrem Mond geworden.

*

Als Kamose sie endlich zu sich rufen ließ, schien alles um sie herum zu verschwimmen. Wie im Traum hatte Sahti das Rosenblütenbad erlebt. Mit heißem Wachs befreite man sie von jedem überflüssigen Körperhaar, eine schmerzhafte Prozedur, die sie für kurze Zeit unsanft aus ihrer Verzückung holte. Linderung brachte die anschließende Massage, die ihre Haut belebte und wie dunkles Gold schimmern ließ. Geschickte Dienerinnenhände verwandelten das widerspenstige Kraushaar in eine höfische Frisur, die Sahtis schlanken Hals freigab. Das Gesicht wurde sorgfältig gepudert, anschließend trug man schwarze Schminke auf Brauen und Lider auf und färbte den Mund mit Ocker rot. Die Frau, die sie schließlich in dem polierten Bronzespiegel erblickte, erschien Sahti wie eine Fremde.

Sie folgte den beiden Eunuchen durch die Gänge und Räume, die nicht enden wollten, und war erleichtert, als sie in einem der Innenhöfe wieder frische Luft bekam. Bei jedem Schritt überfluteten sie die Erinnerungen an das, was nun schon so viele Jahre zurücklag. Aber noch immer konnte sie in ihrem Körper deutlich die Angst des kleinen dunklen Mädchens spüren, das man damals als Geisel nach Kemet verschleppt hatte.

Zu ihrer Überraschung betraten sie schließlich nicht einen der Thronsäle, sondern eines der Privatgemächer des Pharaos, einen großen, hellen Raum mit einem kostbaren Ruhebett, einem Tisch und mehreren Sitzgelegenheiten. Kamose stand mit dem Rücken zu ihr, über ausgebreitete Papyri gebeugt, was ihr Zeit ließ, sich etwas zu fassen. Von der anderen Zimmerecke löste sich ein schlanker, sonnenverbrannter Mann, der ihr lachend entgegen kam.

»Sahti – endlich!«

»Namiz!« Sie flog in seine Arme. »Dass du nur wieder da bist!«

»Mir scheint, dass es inzwischen außerordentlich gefährlich ist, dich auch nur ein paar Monde unbeaufsichtigt zu lassen.«

Er schob sie ein Stück weg, um sie eingehend zu betrachten. »Wunderschön siehst du aus. Und so erwachsen! Aber geht es dir auch wieder gut, meine Kleine?«, fragte er leise. »Du musst mir alles ganz genau erzählen!«

»Ja, Namiz, aber ich kann doch nicht …«

»Da kann ich mich nur anschließen.« Kamose hatte sich umgedreht und blickte sie aufmerksam an. Er trug keine Kopfbedeckung; sein dunkles Haar war glatt und fiel bis auf die kräftigen Schultern. Aus der Nähe waren seine Augen heller, als sie sie in Erinnerung hatte, ein warmes Braun mit einem grünlichen Rand um die Iris. »Es gibt einiges, was ich von dir erfahren möchte.«

Seine Worte sanken auf den Grund ihrer Seele, und erneut erfasste sie das allzu bekannte Schwindelgefühl.

»Darf ich mich setzen?« Sahti tastete nach einem Halt.

Rasch schob Namiz einen niedrigen Hocker unter sie. »Sie scheint noch sehr schwach zu sein«, sagte er halb entschuldigend in Kamoses Richtung. »Ihr müsst wissen, Goldhorus, in der Regel sind ihre Manieren untadelig.« Beim Sprechen berührte er leicht ihren Arm, und an der Kälte seiner Hand erkannte Sahti, wie angespannt er hinter seiner heiteren Fassade sein musste.

»Wir sind nicht hier, um uns mit Nebensächlichkeiten aufzuhalten«, erwiderte der Pharao. Um seine Mundwinkel spielte ein Lächeln. »Geht es wieder?«

Sahti nickte beklommen.

Er zog sich einen zweiten Hocker heran, ihr gegenüber, während Namiz wachsam neben ihm stehen blieb. Am liebsten wäre Sahti aufgesprungen und hinausgerannt. Im gleichen Atemzug wünschte sie sich jedoch, diese Unterredung würde niemals enden.

»Nebnefer hat mir bereits berichtet, unter welchen Umständen du in den Tempel gekommen bist«, fuhr Kamose fort. »Aber ich möchte deine Version hören.«

»Er hat mich verhaften lassen«, sagte sie leise. »Bei der Be-

erdigung Nesmins, meines tödlich verunglückten Mannes.«
Es kostete sie Überwindung, in Kamoses Gegenwart diesen Namen auszusprechen, und sie schämte sich dafür.
»Weshalb?«
»Das weiß ich bis heute nicht. Es gab nur vage Andeutungen – keine konkrete Anklage.«
»Und weiter?« Kamose runzelte die Stirn.
»Sie brachten mich ans Ostufer und sperrten mich auf dem Tempelgelände in ein dunkles Gefängnis. Und dann ...«, Sahtis Stimme begann zu zittern, »... setzten bald schon meine Wehen ein. Viel zu früh.« Sie starrte zu Boden.
»Haben die Priester dich geschlagen?«, fragte Kamose eindringlich. »Oder dir sonst irgendein Leid zugefügt, das deinem Kind geschadet hat?«
»Nein. Der Alte hat bei der Geburt sogar geholfen«, erwiderte Sahti. »Aber mein kleiner Sohn hat nicht geatmet. Die Nabelschnur muss ihn schon in meinem Leib erstickt haben.«
Ein paar Augenblicke war es ganz still im Raum.
»Was geschah danach?«, fragte Kamose sanft.
»Als ich halbwegs wieder zu Kräften gekommen war, ließen sie mich endlose Kolumnen kopieren«, sagte sie beherrscht, erstaunt über sich selber. »Aus dem ›Buch vom Herausgehen am Tage‹. Eine Arbeit, die ich gern verrichtet habe.« Aber es erschien ihr wichtig, den Rauch der Wahrheit unerwähnt zu lassen. Ebenso wie die unablässigen Fragen nach Namiz und dem Ursprung der goldenen Selket-Statue, mit denen man sie gequält hatte. Und erst recht jene entsetzliche Nacht, als die Priester sie bis ins Allerheiligste geschleppt hatten. »Sie gaben mir zu essen und zu trinken, aber es ging mir nicht gut. Irgendwann wurde ich sehr krank. Alles um mich herum verschwamm, und sogar die Wände dehnten sich und schrumpften und begannen mit mir zu reden. Da bekam ich immer mehr Angst. Deshalb bin ich auch geflohen.«
»Sie müssen ihr Bilsenkraut verabreicht haben«, sagte Ka-

mose zu Namiz gewandt, »und zwar in hohen Dosen. Über Wochen hinweg. Offenbar, damit sie den Verstand verliert. Aber weshalb?«

»Vermutlich, um sie aus dem Weg zu räumen«, erwiderte Namiz. »Was im Übrigen zu Nebnefer und seinen Machenschaften passen würde.«

Sein Gesicht war aschfahl geworden, und sie spürte, wie sehr er sich anstrengen musste, um äußerlich ruhig zu wirken. Trotz ihrer eigenen Anspannung hätte Sahti beinahe aufgelacht. Du brauchst keine Angst zu haben, mein alter Freund!, dachte sie und hoffte inständig, Namiz werde ihren Gedankenstrom empfangen. Nicht ein vorwitziges Wort ist bislang über meine Lippen gekommen, auch nicht, als die Priester mir mit dem Tod gedroht haben. Und selbst jetzt vor Kamose, dem Mann, der mein ganzes Sein erfüllt, werde ich nichts sagen, was dir Schaden zufügen könnte.

»Wieso haben sie sie dann nicht auf der Stelle getötet?«, fuhr Kamose nachdenklich fort. »Was doch sehr viel einfacher gewesen wäre. Und sicherer dazu. Vermutlich brauchten sie Zeit ... Zeit wofür, Sahti?« Jetzt war alle Sanftheit aus seiner Stimme gewichen, jeder Anflug eines Lächelns aus seinem Gesicht verschwunden. »Worauf haben sie gewartet?«

Sein zwingender Blick machte ihr Angst, aber sie war entschlossen, ihm standzuhalten.

»Welchen Grund könnten sie gehabt haben?«, fuhr Kamose fort. »Rede!«

Alles in Sahti krampfte sich zusammen, und sie wünschte, sie hätte den Mut besessen, jetzt die Löwenkralle unter dem feinen Leinenkleid zu umklammern. War Kamose über das Ende des Balsamierers unterrichtet? Konnte er etwas davon erfahren haben? Und wenn ja, würde er sie dafür zur Rechenschaft ziehen und bestrafen lassen?

»Was weißt du, das jene so dringend erfahren wollten?«, drang er weiter in sie. »Es ist wichtig, verstehst du? Sag es mir. Du musst es mir sagen!«

»Ich weiß es nicht.«
Sahti hatte so leise geantwortet, dass sie kaum zu verstehen war, die Enttäuschung jedoch zeigte sich sofort auf Kamoses Zügen. Sie fühlte ihre Lüge im Raum hängen wie einen üblen Geruch, aber sie konnte und wollte das Geheimnis nicht preisgeben.
»Ich könnte dich dazu zwingen«, sagte er schließlich und erhob sich abrupt.
»Was würde Euch das nützen?«, erwiderte Sahti, innerlich bebend.
Kamose wandte sich sichtlich ernüchtert ab, während Namiz aufzuatmen schien.
»Seit mehr als hundert Jahren ist Kemet geteilt und blutet aus zahllosen Wunden«, sagte der Pharao mit verhaltenem Zorn und zerknüllte einen Papyrus in seinen Fäusten. »Während wir mit aller Anstrengung diesen unheilvollen Zustand zu beenden trachten, vertreiben sich einige der Priester die Zeit damit, sich zu Unrecht als Richter aufzuspielen. Sag, Namiz, kann das wirklich der Wille Amuns sein, dessen Dienst und Verehrung sie sich mit Leib und Seele verschrieben haben?«
»Nur der Wille der Götter ist unvergänglich«, erwiderte Namiz ernst. »Uns Sterblichen bleibt nichts anderes, als uns ihm zu beugen.«
»Weise gesprochen, Mann aus Kepni!«, erwiderte Kamose. »Mag auch der Tempel als Haus der Ewigkeit der Vergänglichkeit trotzen – die Menschen, die in ihm dienen, tun es nicht. Für sie gelten die Gesetze, die der Pharao von den Göttern empfangen hat. Ihnen sind sie zum Gehorsam verpflichtet.« Er hielt kurz inne, um dann heftiger weiterzufahren. »Ich denke, es wird allerhöchste Zeit, sie wieder daran zu erinnern.«
Sahti starrte ihn verständnislos an, während Namiz immer unruhiger wurde.
»Ihr denkt doch nicht etwa an eine Überprüfung, Einzig-

Einer?«, fragte er. »Ausgerechnet jetzt, nachdem bereits viel Staub aufgewirbelt wurde? Davon kann ich Euch nur dringend abraten.«

»Aber nein!« Kamose begann viel sagend zu lächeln. »Ich spreche von einer großen offiziellen Tempelinspektion. Gerätschaften, Opferlisten, Belieferungsprotokolle, Verzeichnis der Liegenschaften – alles, was sich im heiligen Bezirk befindet oder abspielt. Und kein anderer als du, Erster Vorsteher des Königlichen Schatzhauses, wirst sie in meinem Namen durchführen.«

Beinahe abrupt wandte er sich Sahti zu, als sei ihm eben erst wieder eingefallen, dass sie noch anwesend war, und klatschte zweimal in die Hände. Augenblicklich erschienen die beiden Eunuchen.

»Bringt sie zurück!«, befahl er. »Aber geht langsam. Damit sie sich nicht überanstrengt.«

Sahti erhob sich unsicher. Die Audienz war beendet; Kamose hatte offensichtlich keinerlei Verwendung mehr für sie. Dafür hatte man sie nun stundenlang gebadet, gekämmt und gesalbt – dass er sie nach ein paar unbefriedigenden Sätzen wieder in den Harim sperren ließ. Vermutlich würden Wochen, wenn nicht gar Monate vergehen, bis sie ihn wieder zu Gesicht bekam. Wenn er nicht ganz vergaß, dass sie existierte.

Tränen der Enttäuschung brannten in ihren Augen, und in einer plötzlichen Gefühlsaufwallung trat sie zu Namiz.

»Aber ich wollte doch noch unbedingt mit dir reden. Allein!« Wenigstens ihm musste sie sagen, was ihr auf der Seele brannte – wozu hatte sie all die Strapazen sonst durchlitten?

»Bald, meine Kleine.« In Gegenwart des Pharaos wagte er offensichtlich nicht deutlicher zu werden. »Ich denke, wir werden uns in Kürze wieder sehen. Spätestens beim Fest der Hathor.« Seine Stimme klang besorgt. »Und pass einstweilen auf dich auf, Sahti! Ich möchte, dass du wieder gesund wirst. Ganz gesund, verstehst du!«

Kamose brütete bereits wieder über seinen Papyri.
Sahti blieb nichts anderes übrig, als sich tief zu verneigen. Dann brachten die Eunuchen sie in den Harim zurück.

*

Die Mondbarke stand nicht mehr über dem neuen Palast, aber noch zeigte sich im Osten kein roter Schein. Wie in einer letzten innigen Umarmung hielt die Nacht das schlafende Land umfangen. Überall am Ufer lagen die Papyrusboote, die schon bald zu Ehren Hathors unter Trommelschlagen und Sistrumrasseln den großen Fluss befahren würden.
Ein Stück entfernt entdeckte sie das königliche Schiff, ebenfalls aus den Blättern der Sumpfpflanze erbaut, aber größer und um einiges solider. Zudem war es mit zwei Sonnendächern versehen, die eine provisorische Kabine bildeten. Teti-Scheri blickte sich vorsichtig um, als sie sich dem Schiff näherte, konnte aber nirgendwo Wachen entdecken.
Über eine Planke betrat sie das leise schwankende Boot.
Auf dem Boden lagen ein paar hingeworfene Kissen. Eine aufmerksame Dienerschaft hatte trotz der frühen Stunde bereits für alle nur denkbaren Bedürfnisse des Pharaos gesorgt. Zwei große Fächer aus Entenfedern warteten darauf, ihm Kühle zu verschaffen. In einem Korb entdeckte Teti-Scheri köstliche Früchte; an Stelle eines Weinkrugs fand sie auf einem niedrigen Tischchen einen prall gefüllten Ziegenschlauch, aus dem er unterwegs seinen Durst stillen konnte.
Eine leichte Brise kräuselte das dunkle Wasser, und im Geäst der Büsche stimmten die ersten Vögel ihr Morgenlied an. Sie hatte nur ein kleines Lämpchen mitgenommen, um unterwegs nicht aufzufallen, inzwischen aber war es hell genug geworden, um alles zu sehen, worauf es ankam. Sie war ganz ruhig, obwohl sie kaum geschlafen und das Ende der Nacht herbeigesehnt hatte. Nicht einmal ihre Hände zitterten, als sie das Alabasterdöschen aus dem Gürtel ihres Gewandes

zog. Zwei Kugeln hoben sich bräunlich vom milchigen Untergrund ab.
Teti-Scheri öffnete den Ziegenschlauch und ließ eine davon vorsichtig hineingleiten.
»Goldene Hathor«, murmelte sie, während sie das Gefäß behutsam schwenkte, um das Auflösen der Kugel zu beschleunigen, »Mutter jeden Gottes und jeder Göttin, die heiligen Wasser des Hapi fließen aus Deinem Schoß. Mächtige Himmelskuh, die Du die Sonne zwischen den Mondhörnern trägst, Deine Hilfe erflehe ich heute. Ewig bist Du und wandelbar zugleich. Durch die Vereinigung mit dem Stier des Re hast Du einst Ihi empfangen, Deinen göttlichen Sohn.« Trotz ihrer schmerzenden Gelenke sank Teti-Scheri ächzend auf die Knie. »Lass das Begehren des Pharaos erneut erwachen! Öffne das Mondhorn der Großen Königlichen Gemahlin!«, betete sie weiter. »Und schenke unserem geliebten Kemet den Erben, den es so dringend braucht.«
Sie zögerte kurz, dann ließ sie, noch immer kniend, die zweite Kugel der ersten folgen.
»Als strahlendes Licht erhebst Du Dich aus dem Lotos und erschaffst Leben aus der Kraft des Wassers und dem Schlamm der Erde. Herrin des Lebens, lass Ascha endlich empfangen und gebären!«
Leise stöhnend erhob sie sich. Danach legte sie den Schlauch wieder auf das Tischchen und trat ein paar Schritte zurück. Alles sah genauso aus wie zuvor. Selbst bei gründlicher Überprüfung würde niemand auf die Idee verfallen, ein Eindringling könnte sich hier zu schaffen gemacht haben.
Jetzt erst begann sie zu lächeln.
Alraunenwurzel, eine Unze Süßholz, wenige Spitzen Bilsenkraut; getrocknete Maulbeerbaumblätter; ein Skarabäus, ertränkt in der Milch einer schwarzen Kuh, gekocht in Holzwein, zermalmt und vermengt mit zerstoßenen Granatapfelkernen, sowie ein paar weitere geheime Zutaten, über die sie lieber nicht genau Bescheid wissen wollte. Ihre Milch-

schwester Meret hatte das Mittel bei einer alten Zauberin besorgt, die als verschwiegen und als besonders erfahren in Liebesangelegenheiten galt.
Vorsichtshalber hatte Teti-Scheri rechtzeitig dafür gesorgt, dass die morgendlichen Speisen des Pharaos stark gesalzen waren. Kamose würde binnen kurzem sehr durstig werden. Dann musste Ascha sich nur noch bereithalten, und die Dinge konnten endlich wieder ins Lot kommen.

*

Überall Boote, die mit hölzernen Paddeln vorangetrieben wurden. Manche waren so klein, dass sie gerade Platz für zwei Personen boten, von denen eine aufrecht stand, während sich die andere auf dem korbartigen Sitz niedergelassen hatte. Andere Boote glichen eher Flößen und hatten viele Menschen an Bord. Inmitten des Gewimmels schwamm die Götterbarke der Hathor, der mit Weihrauch und brennenden Papyrusstängeln gehuldigt wurde. Die Frauen schlugen Rahmentrommeln und ließen Sistren, die Instrumente der Himmelskuh, klappern. Überall am Ufer wurden Freudenfeuer entzündet und duftende Kräuter verbrannt. Lachen und Gesang erfüllten den sonnigen Tag.
Aufgeregtes Geschrei erschallte, als zwei der Nachen beinahe kollidierten und es nur im letzten Augenblick gelang, mit einem kühnen Manöver das Kentern zu verhindern. Ein Vorfall, der andere zum Nachahmen anzuregen schien, denn je mehr Wein getrunken wurde, desto übermütiger gestaltete sich das Freudenfest.
Sahti, die mit einer älteren Dienerin in einem kleinen Boot saß, genoss den warmen Sonnenschein, ohne sich der ausgelassenen Fröhlichkeit der anderen anschließen zu können. So eifrig sie auch Ausschau hielt, sie konnte Namiz nirgends entdecken, ebenso wenig Nabu, die offenbar im Harim geblieben war. Dafür flogen ihre Blicke immer wieder zur Königsbarke, die majestätisch ihre Kreise zog wie ein großer

Fisch inmitten seines aufgeregten Schwarms. Ein paar Mal hatte sie Kamose erspähen können, die meiste Zeit jedoch entzog ihn eines der Sonnendächer ihrer Sicht. Schließlich schien sein Boot ganz abzudrehen; zumindest vergrößerte sich der Abstand zu den anderen.

Unwillkürlich stand Sahti auf. Sehnsucht und Ungeduld ließen ihre Bewegungen so hastig werden, dass die Dienerin hoch schreckte und einen unüberlegten Schritt zur Seite machte. Augenblicklich geriet der Nachen in Schieflage, und als die Dienerin sich jetzt auch noch unvorsichtigerweise zu weit nach links neigte, verlor Sahti das Gleichgewicht und stürzte rückwärts ins Wasser.

Dunkel und kühl schlugen die Wellen über ihr zusammen, und für einen Augenblick war sie so überrascht, dass sie vergaß, sich zu bewegen. Dann jedoch setzten ihre Reflexe wieder ein, und sie kam prustend nach oben. Kräftige Männerarme umklammerten sie und zwangen sie auf den Rücken.

»Lass mich los!« Sie begann zu strampeln und wie wild um sich zu schlagen. »Sofort! Ich kann schwimmen.«

Der nächste Stoß in den Rücken ließ sie beinahe ohnmächtig werden.

»Befehl des Pharaos!«, japste ihr Retter wütend. Der junge Mann aus Kamoses Gefolge war ihr offenbar nur unwillig nachgesprungen. »Wenn du nicht endlich still hältst, muss ich dir noch eins drübergeben.«

Er schleppte sie bis zur Königsbarke, wo sie von zwei Dienern aus dem Wasser gezogen wurde. Tropfnass stand sie vor Kamose, der sie belustigt musterte. Auf seiner Brust schimmerte ein Pektoral aus Gold und Türkisen, und kleine Schweißtröpfchen standen auf seiner breiten Stirn.

»Eine Tochter der Wüste mitten im Nil – das nenne ich die Anbetung der Goldenen entschieden zu weit treiben. Hast du denn keine Angst vor Krokodilen oder gefährlichen Fischen?«

»Durch meine Heimat fließt derselbe Fluss wie durch Eure«, erwiderte Sahti, ohne lange nachzudenken. »Seine Fluten schenken den Menschen in Kusch das Leben. Nicht anders ergeht es den Menschen hier in Kemet. Ohne ihn gäbe es nur Wüste.«
Sie bemerkte ein Aufblitzen in seinen Augen, als würde er sie zum ersten Mal bewusst wahrnehmen. Danach glitt sein Blick über ihren Körper, und Sahti erkannte an seinem Ausdruck, dass ihr nasses Kleid mehr zur Schau stellte, als angemessen war. Außerdem zeichnete sich zwischen ihren Brüsten überdeutlich der zerschlissene Lederbeutel mit der Löwenkralle ab.
Voller Scham drehte sie sich um.
Der Pharao schien zu spüren, was in ihr vorging, und reichte ihr schweigend ein Leinentuch, mit dem sie sich trockenreiben konnte. Sich anschließend mit diesem Tuch zu bedecken, machte sie etwas sicherer.
»Bist du hungrig?«, fragte Kamose.
Verlegen schüttelte sie den Kopf.
»Durstig? Komm schon, etwas Wein an diesem Freudentag wird dir bestimmt nicht schaden!«
Kamose streckte ihr den Ziegenschlauch entgegen, und als sie noch immer zögerte, trank zunächst er. Schließlich nahm auch Sahti ein paar vorsichtige Schlucke.
»Setz dich!«
Beklommen gehorchte sie.
Inzwischen hatte sich ein zweites, kaum weniger prachtvoll geschmücktes Boot genähert, in dem inmitten einiger Hofdamen Teti-Scheri und die Große Königliche Gemahlin saßen, beide mit einem prachtvoll gearbeiteten Sistrum auf dem Schoß, mit dem sie Hathor gehuldigt hatten. Die beiden Frauen starrten zu ihnen hinüber, so finster, als hätten sie plötzlich einen bösen Geist zu sehen bekommen, und ein paar Ruderschläge lang sah es so aus, als wollten sie an der Königsbarke anlegen. Als Kamose jedoch keinerlei Anstal-

ten unternahm, sie dazu zu ermutigen, drehte das Boot mit den beiden Königinnen wieder ab.
»Warum sagst du nichts?«, fragte der Pharao nach einer Weile. »Sitzt dir der Schreck noch in den Gliedern? Oder hat dir meine Gegenwart die Stimmung verdorben?«
»Seid Ihr denn nicht mehr zornig auf mich?«, fragte Sahti vorsichtig.
»Sollte ich?«, erwiderte er. »Weswegen?«
»Weil ich Euch neulich nicht zu geben vermochte, wonach Ihr so dringend verlangt habt.« Sahtis Stimme klang dünn in ihren eigenen Ohren.
Kamose trank ausgiebig, bevor er antwortete, und reichte ihr danach nochmals den Schlauch. Der Wein schmeckte würzig und musste ungewöhnlich stark sein. Sahti spürte bereits eine leichte Benommenheit, die ihr zu ihrer Verwunderung gefiel.
»Ganz Kemet gibt sich heute ungetrübter Freude hin. Die Vermählung von Hathor und Horus macht alle Herzen froh. Aber du bist ernst, ja beinahe traurig«, sagte der Pharao. »Weshalb?«
Sie konnte nicht antworten.
»Weil du deine Heimat vermisst?«
Zunächst glaubte Sahti sich verhört zu haben, so erstaunt war sie über seine Frage. »In einem Land, in dem du keine Verwandten hast, ist dein Herz dein Verwandter«, entgegnete sie zögernd.
»Das ist keine Antwort auf meine Frage.«
»Manchmal vermisse ich sie«, sagte Sahti schließlich. »Besonders wenn es Abend wird.«
»Warum?« Seine Augen suchten ihre Augen.
»Wenn der Rauch sich des Abends über unseren Feuern kräuselte, begann der Himmel wie Opal zu leuchten – und die ganze Welt schien den Atem anzuhalten. Wie in einer Schale aus Stille. So hat die Daya es immer genannt.« Sie hielt inne. »Ihr müsst mich für verrückt halten«, sagte sie leise.

»Oder zumindest für schrullig. Bitte verzeiht! Ich wollte wirklich nicht …«
Sie versuchte aufstehen, er jedoch hielt sie zurück.
»Es gibt nichts zu verzeihen. Und du bist in meinen Augen weder das eine noch das andere«, sagte er, ließ ihren Arm los und griff erneut nach dem Ziegenschlauch. »Die Götter haben dich erst kürzlich strengen Prüfungen unterzogen, denen viele andere nicht standgehalten hätten. Du aber wohl. Ich glaube, dass du stark bist – und sehr genau weißt, was du willst.« Er blinzelte gegen den Horizont. »Menschen, die in der Wüste geboren werden, verlieren nie die Gewohnheit, den Blick weit in die Ferne zu richten«, sagte er nachdenklich und reichte ihr den Schlauch. »Das zeichnet sie aus. Und unterscheidet sie von vielen anderen.«
Die Wellen schlugen glucksend gegen den Bug. Jetzt waren sie allein. Das Gefolge hatte sich diskret in den hinteren Teil der Barke zurückgezogen.
»Sag, möchtest du mir vielleicht mehr von deiner Heimat erzählen?«, fragte Kamose nach einer Weile.
»Weshalb?« Sahti sah ihn unverwandt an, während der Wein durch ihre Kehle rann.
»Weil ich wie meine verehrte Großmutter alle Dinge am liebsten aus erster Hand erfahre. Und weil ich gern deinen Worten lausche.« Er lächelte. »Du sprichst unsere Sprache fließend – und doch hört man, dass du nicht hier geboren bist. Deine Stimme ist einzigartig, sanft und gleichzeitig voll heimlicher Leidenschaft. Weißt du, woran sie mich erinnert?«
Sahti schüttelte den Kopf. Während sie in seine Augen sah, wurde alles um sie herum seltsam unwirklich: der Fluss, das feuchte Kleid, die Sonne auf ihrer Haut, die Menschen auf dem Boot. Was einzig und allein zählte war sein Lächeln. Und das heiße, beinahe brennende Gefühl, das in ihr aufstieg.
»Sagt es mir«, flüsterte sie. »Bitte!«
»An einen Sturm, der sich auf dem Grund eines tiefen Gewässers zum Schlafen niedergelegt hat.«

»Und was geschieht, wenn er sich wieder erhebt?«, murmelte Sahti.
Jedes seiner Worte erschien ihr wie eine Kostbarkeit. Und schöner, als all die kunstvollen Verse der Liebe zusammen, die Nesmin immer so gern zitiert hatte. Wie Pfeile trafen seine Worte mitten in ihr Herz.
»Sag du es mir, Sahti!«, erwiderte er leise.

*

In der sechsten Nacht, in der Kamose nicht nach ihr verlangt hatte, steigerte sich die innere Unruhe Nabus zu nervöser Verstimmung. Rastlos schritt sie in ihren Gemächern, die sie erst zum Neujahrsfest bezogen hatte, auf und ab, oder beschäftigte sich damit, in einen der polierten Kupferspiegel zu starren, von denen es mehr als genug gab. Sie hasste das fremde Gesicht der Frau, das ihr entgegenblickte – mit den dunklen Schatten der Resignation unter den Augen und den scharfen Linien des Argwohns um den Mund.
Aber es nützte ebenso wenig, den verräterischen Spiegel rasch zur Seite zu legen wie eine der Dienerinnen zur Massage zu rufen. Es gelang ihr nicht, sich unter den kundigen Händen zu entspannen. Ganz im Gegenteil, als die junge Frau endlich von ihr abließ, fühlte Nabu sich reizbarer als zuvor. Sie legte sich auf ein Ruhebett, um schon im nächsten Augenblick aufzuspringen und irgendeiner unwichtigen Verrichtung nachzugehen, die ebenso gut auch unerledigt hätte bleiben können.
Als endlich ein Eunuch erschien, um sie abzuholen, folgte sie ihm nur widerwillig.
Der Pharao empfing sie nicht in seinem Schlafgemach, sondern in einem der luftigen Räume, um die er den Palast seines Vorgängers hatte erweitern lassen. Überall waren Öllampen aufgestellt, und wie üblich lagen viele seiner geliebten Kissen auf dem Boden, so dass man die Illusion haben konnte, sich in einem Zelt irgendwo in der Wüste zu befinden.

»Ich dachte schon, du hättest mich ganz vergessen«, sagte sie anstatt einer Begrüßung. »Deine Leidenschaft muss welk wie eine verdurstende Blume sein. Komm, lass sie uns rasch mit köstlichem Nass tränken!«
»Was weißt du schon davon?«, entgegnete Kamose leise und schenkte sich Wein ein.
Nabu kam langsam näher.
»Ach, es gefällt uns, heute Abend den Unverstandenen zu spielen?«, sagte sie. »Brauchst du das, um deine Lust zu wecken? Ist es das, Kamose, was deine Lenden stark macht? Dann kannst du meinetwegen ruhig damit weitermachen.« Sie griff nach seinen Hüften, zog ihn zu sich heran und vollführte anzügliche Bewegungen.
»Deshalb habe ich dich nicht kommen lassen«, erwiderte er harsch und machte sich frei.
»Weshalb dann?« Sie hob ihr Kleid hoch und hielt seinem Blick stand, der über ihren entblößten Körper glitt. »Damit du ganz nach Belieben mit mir verfahren kannst? Soll ich still sein und auf der Stelle meine Schenkel für dich spreizen wie eure brünstige Himmelskuh, der ihr tagelang mit Trommeln, Sistren und Feuern gehuldigt habt?«
»Hör sofort damit auf, Hathor zu lästern!«, befahl Kamose gereizt. »Unsere Götter sind …«
»Bleib mir vom Hals mit deinen goldenen Götzenbildern!« Nabu bedeckte sich wieder. Selten, dass sie ihn so schwierig und verschlossen erlebt hatte. Immer war sie es gewesen, die den Ton des Liebesgeplänkels vorgegeben hatte. Vielleicht musste sie ihn heute erst zurückweisen, damit er sich auf die vertraute Rolle besann. »Meine Götter sind uralt. Unsichtbar. Allmächtig. Leben bedeuten sie. Und Tod zugleich. Keinem wird es gelingen, mich von ihnen zu trennen. Nicht einmal dir, mein großer, tapferer Pharao!«
Schweigend blickte er sie an, und sie spürte, wie ihre innere Unruhe wuchs. Er reagierte ganz und gar nicht so, wie sie gedacht hatte. Im Gegenteil, da war etwas in seinem Aus-

druck, das sie noch nie gesehen hatte, ein forschendes Erstaunen, als ob er auch an ihr etwas entdeckt hätte, was ihm ganz und gar fremd war.
»Ich dachte lange Zeit, du wärst mein Pfand für die Zukunft«, sagte er schließlich. »Aber ich habe mich geirrt.«
Sie hatte ihn bereits verloren – auf einmal war Nabu sich ganz sicher. Es musste eine andere geben, die ihr heimlich den Rang streitig gemacht hatte. Etwa seine bleiche traurige Taube? Sie konnte es nicht glauben, dass ausgerechnet Ascha dies fertig gebracht haben sollte.
»Lass uns nicht streiten!«, unternahm sie einen Versuch zur Versöhnung. »Nicht an diesem schönen Abend, der doch eher zu ganz anderem einlädt.« Lächelnd trat sie auf ihn zu und wollte seinen Arm berühren.
»Ich streite nicht.« Der Pharao war unmerklich zurückgewichen, einen Schritt nur, doch es war ihr nicht entgangen. »Aber ich empfinde auch keinerlei Verlangen mehr nach dir. Ich bin aufgewacht. Und im hellen Licht des Tages haben die Dinge sich verändert. Es war ein schöner Traum, Nabu, den ich von uns geträumt habe. Stark. Mitreißend. Und erregend. Aber eben nur ein Traum. Und jetzt ist er vorbei – unwiederbringlich.«
»Weshalb?«, flüsterte sie.
»Weil du nicht mein Baum des Lebens bist. Und es niemals sein wirst. Hathor, die Goldene, Göttin der Schönheit, Liebe und Fruchtbarkeit, steht drei verschiedenen Reichen vor, und jede liebende Frau tut es ihr gleich. Als Gehörnte der Erde, als Geier dem Himmel und als Schlange …«
»… dem Totenreich«, flüsterte Nabu und hob ihm in einer aufreizenden Geste das züngelnde Reptil an ihrem rechten Arm entgegen. »Und vergiss niemals, was auch geschehen mag: Meine schwarzen Schlangen sind die Botinnen des ewigen Schlafs.«

*

Ein leises Geräusch stahl sich in Sahtis Traum, und als sie die Augen aufschlug, wusste sie, dass sich jemand im Zimmer befinden musste.
»Nabu?«, flüsterte sie. »Bist du das?« Den anderen, heimlichen Namen, der Tag und Nacht in ihrem Herzen brannte, wagte sie nicht auszusprechen.
Statt einer Antwort legte sich eine knochige Hand über ihren Mund, und sie spürte an ihrem Hals die kühle Klinge eines Dolches.
»Eine einzige falsche Bewegung – und du bist auf der Stelle tot!«, murmelte eine Männerstimme, die sie unter Dutzenden wieder erkannt hätte. »Willst du hören, wie Ita gestorben ist?« Nebnefer zog die Luft scharf zwischen den Zähnen ein. »Natürlich hat sie nicht selbst Hand an sich gelegt. Das haben wir gnädigerweise für sie erledigt. Und all ihr Weinen und Flehen war vergebens. Am Ende war sie bereit, alles und jeden zu verraten. Maj, ihren Sohn, die eigene Mutter – und erst recht dich, die Kuschitin.«
Der Druck wurde schwächer. Langsam löste sich die Hand von ihrem Mund. Sahti machte ein paar hastige Atemzüge und versuchte, die tief sitzende Furcht vor dem hageren Priester niederzukämpfen.
»Weshalb habt ihr mich dann nicht längst getötet?«
Er hatte ein Öllämpchen entzündet. Seltsame Schatten lagen auf seinem Gesicht, das Hass wie ein inneres Feuer zu verbrennen schien.
»Unsere Gründe gehen dich nichts an. Und möglicherweise kannst du uns in deiner ganzen Erbärmlichkeit eines Tages sogar noch nützlich sein. Deshalb bin ich unter anderem heute hier.« Ein kurzes Schnauben, das sie an ein Tier erinnerte, das die Falle witterte. »Außerdem wollte ich dir beweisen, dass du nirgendwo vor uns sicher bist. Ob in einer Hütte am Nilufer oder im Palast des Pharaos, unsere strafende Hand wird dich überall erreichen – wo auch immer du dich verbirgst.«

»Was willst du von mir?« Sahtis Furcht wich nach und nach heißem Zorn.
»Erfahren, was du dem Einzig-Einen über deinen Aufenthalt im Tempelbezirk erzählt hast. Und glaube bloß nicht, dass du mir wieder mit ein paar billigen Lügen davonkommen wirst!«
»Ich bin keine Verräterin, Nebnefer!« Wie eine faule Frucht spie sie seinen Namen aus. »Schon vergessen? Und werde es niemals sein.«
»Soll das etwa heißen, dass du den Mund gehalten hast? Das kannst du anderen als mir weismachen!«
»Es ist mir einerlei, ob du mir glaubst oder nicht«, sagte Sahti stolz. »Eines Tages wird es andere als dich geben, vor denen ich mich zu rechtfertigen habe.«
Er blieb für ein paar Augenblicke stumm, und Sahti überlegte fieberhaft, ob sie nicht um Hilfe rufen sollte. Dann jedoch beschloss sie, es nicht zu tun. Die anderen Frauen im Harim sollten von diesem Besuch besser nichts erfahren. Und falls Nebnefer die Eunuchen bestochen hatte, was wahrscheinlich war, würde ihr ohnehin keiner von ihnen zu Hilfe kommen.
»Vorausgesetzt, du sagst die Wahrheit, wieso hat Kamose dann eine große Tempelinspektion befohlen? Die kein anderer als ausgerechnet Namiz durchführt?« Nebnefer schüttelte wütend den Kopf. »Nein, ich glaube dir kein Wort. Du musst geredet haben!«
»Hältst du es nicht für möglich, dass der Goldhorus sehr wohl in der Lage ist, eins und eins zusammenzuzählen?« Sahti lachte kurz auf. »Ihr habt ihm nur eine Gelegenheit gegeben, das zu tun, was schon lange sein Plan war. Meine Person hat damit nichts zu tun – rein gar nichts!«
»Sei dir bloß nicht zu sicher!«, entgegnete Nebnefer drohend. »Und vergiss niemals, dass wir jeden deiner Schritte genau verfolgen. Wenn ich dich heute auch ungeschoren davonkommen lasse, morgen schon kann es ganz anders sein.

Denn solltest du es tatsächlich wagen, dem Pharao Dinge zu erzählen, die …«

»… ihm die Augen über seine Priesterschaft öffnen könnten?«, unterbrach Sahti ihn. »Er kann längst sehen, Erster Priester des Amun!«

Sie sah die Klinge im Halbdunkel silbrig aufblitzen und spürte, bevor sie noch reagieren konnte, einen kurzen, brennenden Schmerz, der sie mehr erstaunte als erschreckte.

»Heute Nacht sollen nur ein paar Tropfen deines verdammten schwarzen Blutes fließen«, zischte Nebnefer. »Aber schon morgen kann es ein stattlicher See sein. Vergiss das niemals, elende Kuschitin!«

Sie hörte das Geräusch seiner Schritte, die sich eilig entfernten. Dann erst presste sie die Decke an ihren Hals, um die Blutung zu stillen.

*

Im ersten Morgengrauen verließ Sahti das Bett und begab sich für eine kurze Morgentoilette in eines der Badehäuser. Die Wunde am Hals war weniger tief, als zunächst befürchtet hatte, und begann sich glücklicherweise bereits zu schließen, ein feiner, geröteter Halbmond, den sie mit einem Leinenstreifen verband. Danach reinigte Sahti ihre Zähne mit Salz, wie die Daya es ihr von Kindesbeinen an beigebracht hatte, und kehrte anschließend leise in ihr Zimmer zurück.

Aus keinem der anderen Gemächer drang ein Laut. Alle im Harim mussten noch tief schlafen. Umso überraschter war sie, als sich nach kurzer Zeit kein Eunuch, sondern einer der Diener des Pharaos bei ihr meldete.

»Der Goldhorus schickt nach dir«, sagte er und deutete zu ihrem Erstaunen eine Art Verneigung an.

»Jetzt?« Sahti schaute an sich hinunter. Sie trug ein einfaches Kleid und hatte die Haare mit einem Band aus dem Gesicht genommen. »Aber es ist früher Morgen. Und ich bin weder gebadet noch gesalbt!«

»Willst du ihn warten lassen?«
Sie folgte dem Mann ohne weitere Widerrede.
Niemand begegnete ihnen auf ihrem langen Weg durch den Palast, der sie schließlich zu den Gemächern Kamoses führte. Der Pharao kam ihnen ungeduldig entgegen und schickte den Diener fort. Auf einem niedrigen Tisch am Fenster standen Milch und Honigkuchen. Mit einer einladenden Geste forderte Kamose Sahti auf, sich zu bedienen.
Vorsichtig ließ sie sich auf einem Schemel nieder und begann zu essen. Er setzte sich ihr gegenüber, ohne eine der Speisen zu berühren, und sah sie immer wieder an, sagte aber kein Wort, bis sie ihren Appetit gestillt hatte.
»Du wunderst dich vielleicht, dass ich dich zu dieser ungewöhnlichen Stunde holen lasse«, fing Kamose schließlich an. Seit dem Hathor-Fest hatte sie ihn nicht mehr zur Gesicht bekommen. Damals war er voll innerer Anspannung gewesen, genau wie sie selbst. Auch jetzt schien er unruhig zu sein. Seine kräftigen Finger spielten unablässig mit dem großen Anch-Zeichen, das er an einer goldenen Kette um den Hals trug. Er räusperte sich, bevor er weitersprach. »Und ich werde dir gleich eine vermutlich ebenso ungewöhnliche Frage stellen.«
»Ich höre«, sagte Sahti.
»Begleitest du mich in die Wüste?«
»Ich?« Ihre Augen weiteten sich. »Wann?«
»Du«, bekräftigte Kamose. »Sofort. Wenn wir gleich aufbrechen, können wir noch die Kühle des Morgens nützen.« Sein Gesicht war leicht gerötet. Er wirkte ungeduldig und voller Tatendrang. »Ich wünschte, Or könnte uns tragen, mein schwarzer Hengst. Aber Pferde sind keine Wüstentiere und zu schwer für den weichen Sand. Daher werden wir auf traditionelle Weise reisen müssen, mit genügsamen Eseln. Und ausgesuchten Dienern, die uns unterwegs versorgen.«
Er erhob sich und streckte Sahti seine Hand entgegen.
»Du kommst also mit?«

Sie nickte, unfähig, auch nur ein Wort herauszubringen. Dann berührten seine Finger den Verband.
»Du hast dich verletzt?«, fragte er zärtlich.
Sein Gesicht schien von innen zu strahlen, und ihr Herz wurde weit und leicht. Sie begann zu lächeln.
»Es ist nichts«, sagte sie und versank in seinen Augen. »Nur ein kleiner, unbedeutender Kratzer.«

*

Re stand schon hoch am Himmel, als Ascha mit stürmischen Schritten die Gemächer der alten Königin betrat. Teti-Scheri saß mit ihrer Milchschwester über einem Senet-Spiel und begrüßte sie mit einem Lächeln.
»Du rettest mich im allerletzten Augenblick«, sagte Teti-Scheri. »Meret war gerade dabei, mich vernichtend zu schlagen.«
»Ich muss dich sofort sprechen!« Ascha fächelte sich erregt Luft zu. »Allein.«
Meret erhob sich missmutig und ging ohne ein weiteres Wort nach draußen. Die Große Königliche Gemahlin starrte ihr hinterher.
»Ich kann sie nicht ausstehen«, sagte sie, »diese finstere alte Vettel! Wie hältst du es nur aus, sie immer um dich zu haben?«
»Ich bin es leid, eure ständigen Kommentare über sie anhören zu müssen. Meret gehört seit jeher zu mir, beinahe wie meine Nase oder meine Augen«, erwiderte Teti-Scheri nicht ohne Schärfe. »Außerdem hat sie mir schon oft unschätzbare Dienste erwiesen.« Sie ließ eine kleine, wohl gesetzte Pause folgen. »Und nicht nur mir.«
»Ja, und zwar so unschätzbar, dass ich vor Scham und Schmerz beinahe vergangen bin«, rief Ascha. »Mit eigenen Augen ansehen zu müssen, wie er den Liebestrank geteilt hat – anstatt mit mir ausgerechnet mit dieser elenden Kuschitin! Wir hätten ihr den Weinschlauch aus den Händen reißen

und sie auf der Stelle zurück zu den Krokodilen in den Nil werfen sollen!«

»Und damit unseren Plan verraten? Das kann nicht dein Ernst sein«, erwiderte Teti-Scheri gelassen. »Jedes Aufsehen hätte alles nur noch schlimmer gemacht. Es war ein Versuch, der leider misslungen ist. Was nicht bedeutet, dass man ihn nicht wiederholen sollte. Zu einem besseren Zeitpunkt. Mit anderen, geeigneteren Mitteln.«

»Wenn es dafür nicht längst zu spät ist. Ich fürchte, wir haben uns gründlich verschätzt.«

»Was willst du damit sagen?«

»Weißt du, was geschehen ist?« Aschas Stimme überschlug sich fast. »Kamose hat den Palast verlassen, heute, am frühen Morgen. Und ist mit ihr in die Wüste geritten – mit dieser Sahti!«

Um Zeit zu gewinnen, griff Teti-Scheri in die Schale mit den Datteln. Während sie langsam kaute, versuchte sie, ihre Gedanken zu ordnen. Was in ihr vorging, war eine Sache, wie sie es der Königin am besten beibrachte, eine andere.

»Anstatt dich sinnlos zu empören, solltest du dich lieber darüber freuen«, sagte sie schließlich.

»Wieso denn freuen?«, entgegnete Ascha fassungslos. »Hast du den Verstand verloren?«

»Nein, aber allem Anschein nach du. Dieser überraschende Aufbruch Kamoses kann doch nur eines bedeuten: dass er sich von der schwarzen Schlange abgewandt hat. Begreifst du nicht, Ascha? Sie hat ihre Macht über ihn verloren – oder wenigstens einen Teil davon. Ich für meinen Teil bin äußerst zufrieden. Damit ist unser Vorhaben einen entscheidenden Schritt vorangekommen.«

»Aber er hat doch die andere mitgenommen!«

»Irgendein Mädchen aus dem Goldland, schwach, hilflos, ganz und gar unbedeutend – und das macht dir Angst?« Sie tätschelte Aschas Schenkel. »Als Große Königliche Gemahlin solltest du wahrlich mehr Selbstvertrauen besitzen! Denk doch nur einmal gründlich nach! Er ist ein Mann und der Pharao dazu. Lass ihm sein kurzes Vergnügen mit der jungen Geisel, das ebenso schnell vergessen sein wird. Uns beiden geht es doch um ganz andere Dinge, oder etwa nicht?«

»Um einen Erben für Kemet«, sagte Ascha leise, »der einmal den Doppelthron besteigen wird.«

»Ich bin erleichtert, dass du offenbar endlich wieder zur Besinnung kommst«, erwiderte die alte Königin. »Und jetzt geh zurück in deine Gemächer und versuche dich abzulenken! Lass Musiker kommen, nimm ein Bad oder lies in den alten Weisheitssprüchen, die uns immer dann einen Rat geben, wenn wir nicht im Reinen mit uns sind. Hör endlich damit auf, dir unnütze Sorgen zu machen! Ich werde die Angelegenheit im Auge behalten. Das bin ich dir und mir schuldig.«

Sie blieb grüblerisch, auch als Ascha sie längst verlassen hatte, und Meret das Senet-Brett aufs Neue mit den Alabasterfiguren bestückte. Dieses Mal gewann Teti-Scheri zügig, obwohl ihre Gedanken immer wieder abglitten und sich mit jener Sahti beschäftigten, die schon vor langer Zeit im Palastgarten ihren Weg gekreuzt hatte. Ihre Erinnerungen an das Mädchen waren lebendig und alles andere als unangenehm. Einiges hatte sie bereits seit dem Hathor-Fest in Erfahrung bringen können: die Jahre in Antefs Haus, sein blutiges Ende auf dem Feldzug, die Heirat mit Nesmin, die Tempelhaft und Sahtis Totgeburt. Aber es war noch nicht genug. Sie musste alles wissen.

Teti-Scheri beschloss, weitere Nachforschungen anzustrengen. Sie würfelte, machte einen Zug und fegte erbarmungslos den letzten von Merets Hunden vom Brett.

Über das Gesicht der Alten glitt ein belustigtes Lächeln. »Jetzt hast du mich fast im Schlaf besiegt«, sagte sie. »Fast wie früher, als es kein Spiel gab, bei dem du nicht gewonnen hättest. Dabei habe ich dir genau angesehen, dass du diesmal ganz und gar nicht bei der Sache warst.«

»Manchmal muss man die Dinge nehmen, wie sie kommen«, erwiderte die alte Königin. Eine waghalsige Idee hatte sich in ihrem Kopf festgesetzt und nahm immer deutlichere Gestalt an. »Vorausgesetzt, man ist nicht in der Lage, sie zu ändern.«
»Eine weitere Partie? Oder bist du schon müde?«
»Warum nicht? Ich fühle mich ganz frisch. Und außerdem ist es viel zu heiß für einen Mittagsschlaf.«
Teti-Scheri sah zu, wie Meret die Hunde- und Schakalfigürchen erneut in Position brachte, und ließ ihr beim Würfeln den Vortritt.
»Du bist dran.« Merets Stimme riss sie aus ihren Überlegungen. »Hier, der Würfel!«
»Ja, jetzt bin ich dran.«
Gelassen setzte Teti-Scheri den ersten Zug. Auch diesmal konnte sie gewinnen, wenn sie klug und taktisch vorging. Es gab keinen Grund, sich zu beunruhigen. Oder vorzeitig aufzugeben. Kemet brauchte dringend einen Erben, so viel war gewiss. Aber vielleicht war es längst nicht so entscheidend, wie sie bisher geglaubt hatte, wer Kamose den Falken-im-Nest schenken würde.

*

Die untergehende Sonne verwandelte den Sand in ein rotes Meer und die Dünenkämme in flammende Wellen. Weder Sahti noch Kamose sagte ein Wort, bis der Sonnenball hinter dem Horizont versunken war. Wo vor kurzer Zeit noch Windstöße den Staub überall wie Lauffeuer hatten hochwirbeln lassen, herrschten nun Stille und Ruhe.
Mit der Dunkelheit setzte sofort die Kühle ein.
»Lass uns ans Feuer gehen«, sagte der Pharao. »Dort liegen auch Decken, die uns wärmen können.«
Sahti folgte ihm schweigend. Lange, schlangenartige Wurzeln waren zu einem Stoß geschichtet und brannten flackernd. Über einem provisorischen Gitter wurde an einem

Spieß das Fleisch einer erlegten Gazelle gebraten, das einen köstlichen Geruch verbreitete.
»Hier in der Wüste habe ich meine Freiheit gefunden«, sagte Kamose, während er im Feuer stocherte. Die Diener, die bereits die Zelte aufgestellt und das übrige Essen vorbereitet hatten, hielten sich in respektvoller Entfernung an einer weiteren Feuerstelle bereit. In der Glut rösteten sie Dornschwänze, Echsen, die im Ruf standen, die männliche Potenz zu steigern. »Alles hier ist grenzenlos, nicht der Zeit unterworfen, sondern allein der Ewigkeit. Die Wüste kennt weder Milde noch Behaglichkeit. Hart ist sie. Und kristallklar.« Er hielt inne. »Sie ist wie der Tod – mitten im Leben. Und erinnert uns Menschen daran, wie schnell alles vorbei sein kann.«
»Ich weiß«, erwiderte Sahti. »Mir hätte sie beinahe den Tod gebracht. Und meine Heimat hat sie mir für immer genommen.«
Er schickte ihr einen prüfenden Blick.
»Ein Schlangenbiss«, erklärte sie. »Und großer Durst. Ich wäre fast in einem Sandsturm umgekommen.«
»Aber du wurdest gerettet.« Eine Feststellung, keine Frage.
»Ja, von einem tapferen Soldaten aus Kemet. Seitdem habe ich das Goldland niemals wieder gesehen.«
Sie schwiegen, während die Stimmen der Diener zu ihnen herüberdrangen. Ein kühler Wind hatte sich erhoben und führte feinen Sandregen mit sich. Sahti zog die Decke enger um ihren Körper. Die Sterne über ihnen waren sehr hell, und die Dünen schimmerten inzwischen wie flüssiges Silber.
»Mit alten Hymnen preisen wir die Götter für die Fruchtbarkeit, die uns der große Fluss Jahr für Jahr aufs Neue schenkt«, fuhr Kamose fort, der sich ebenfalls in eine Decke gehüllt hatte. »Aber das Wichtigste vergessen wir dabei sehr oft.« Er griff neben sich und füllte Sahtis Hände mit Sand. »Es gibt nicht nur das schwarze Land, über das Osiris herrscht, sondern ebenso das rote, Seths Reich. Auch das ist Kemet«, sagte er. »Die Weite und der hohe, durchsichtige

Himmel. Erbarmungslose Sonne und glühende Felsen. Ein Schweigen, in dem nur die Winde spielen.«
Sahti öffnete ihre Hände und ließ den Sand langsam zurück auf den Boden rieseln.
»Im Goldland hat der Sand dieselbe Farbe«, sagte sie. »Und genau dasselbe Gewicht. Die Wüste kennt keine Grenzen. Nur wir Menschen kennen sie.«
»Menschen – ich bin ihrer oft so leid!«
»Sind wir deshalb hierher gekommen?«, fragte Sahti behutsam.
»Ich wollte die Welt vergessen«, erwiderte er. »Und mit dir allein sein. Ohne die tausend neugierigen Palastaugen, die jeden unserer Schritte belauern.«
Sein Zeigefinger legte sich auf ihren Mund, als sie etwas antworten wollte, dann führte der Pharao sie zum Zelt. Drinnen brannten kleine Lampen, und die einfachen Kissen erinnerten an Kamoses Einrichtung im Palast. Während seine Hände über ihre Brauen fuhren und danach Backenknochen und Lippen behutsam nachzeichneten, als wolle er sich die Linien für immer einprägen, konnte Sahti vor Aufregung kaum noch schlucken. Sie spürte die Wärme seines Körpers und atmete tief ein. Als sie ihre Augen öffnete, nahm er ihren Kopf in beide Hände und küsste sie.
»Du machst mich krank wie einen liebeshungrigen Jüngling«, sagte er leise. »Schlimmer noch! Seit dem Hathor-Fest kann ich weder schlafen noch essen.«
»Du bist mein Leben«, flüsterte Sahti.
Mit ihren Lippen berührte sie seinen Mund. Unter seiner Haut zuckte es, als sie mit ihren Fingerspitzen über die Oberfläche strich, und die feinen Härchen stellten sich wie in einem Luftzug auf. Seine Lider flatterten.
»Manchmal fühlt es sich an wie ein scharfer Schmerz«, sagte Kamose. Seine Küsse wurden immer leidenschaftlicher. »Es hat schon mehr als eine Nacht gegeben, in der ich dich deshalb gehasst habe.«

»Ohne dich wird alles blass und krank«, sagte Sahti atemlos, und ihre Augen wurden dunkel. Wie in einem Blitz sah sie Majs verliebtes Gesicht vor sich und dann, nicht minder kurz, Nesmins verhangene Züge. Dann verschwanden die Bilder beider, als hätte es sie niemals gegeben. »Sich nach dir zu sehnen ist unerträglich. Nicht bei dir zu sein ist wie der Tod.«
»Dann lass uns leben!«, sagte Kamose. »Lass uns zusammen lebendig sein, Sahti!«
Plötzlich war sie ganz still in seinen Armen und schmiegte ihr Gesicht in die Beuge seines Halses. Als er ihren Kopf zärtlich von seiner Schulter löste, schimmerten ihre Augen feucht und ihre Gesichtszüge waren gelöst. Sie lag weich in seinen Armen, ohne Angst, als wären sie längst schon Liebende, die sich nach langer Trennung wieder finden.
Er streifte ihr das Kleid von den Schultern. Sie nahm nach kurzem Zögern den Beutel mit der Löwenkralle ab und ließ ihn zu Boden gleiten.
»Wie dunkles Gold«, murmelte Kamose und starrte sie an, als könne er sich an ihrer Schönheit nicht sattsehen. »Ja, du bist wie sie, Hathor, die Goldene. Du bist meine Königin des Himmels.«
Sahti führte seine Hand an ihr Herz.
»Du bist meine Sonne und mein Mond«, erwiderte sie ernst.
Kamose löste seinen Schurz. Danach zog er sie ganz nah zu sich heran, und ineinander verschlungen sanken sie auf die Kissen.

ELFTE STUNDE:
TORWEG DES WESTENS

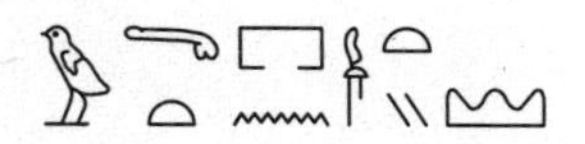

Wie eine warme Sonne erfüllte Sahti das Glück, und am liebsten hätte sie es von früh bis spät in die Welt hinausgeschrien. Aber im Palast von Waset, wo sogar die Wände Ohren zu haben schienen, musste sie mühsam erlernen, wie man sich zu verhalten hatte, um das festgelegte Zeremoniell nicht zu stören. Dazu kam die offene Missbilligung der königlichen Familie, weil Kamose sie nach jenen verzauberten Wüstentagen nicht länger im Harim wohnen ließ, sondern in Räumen unterbrachte, die unmittelbar an seine Gemächer grenzten. Schnell sprach sich herum, dass der Pharao ihr Dinge anvertraute, deren Brisanz bei weitem das überstieg, was eine Favoritin für gewöhnlich zu erfahren pflegte, und dass der Schlaf ihn Nacht für Nacht in Sahtis Armen ereilte.

Es verwunderte Sahti daher nicht weiter, Ascha zur erklärten Feindin zu haben. Ebenso wenig überraschte es sie, dass Ahhotep, die Witwe Seqenenres, nur ein abfälliges Schnauben übrig hatte, wann immer sie ihr begegnete. Sehr oft waren Prinz Ahmose und seine Schwester Nefertari in ihrem Gefolge, die kein Hehl daraus machten, was sie von der neuen Leidenschaft des Pharaos hielten. Und auch die jüngeren Prinzessinnen, die schlanke Henutempet, für die gerade ein passender Bräutigam gesucht wurde, die rundliche Meritanum, die der Älteren wie ein Schatten folgte, und die zur Zeit offenbar vor allem mit dem Wachsen beschäftigte, fröhliche Satkamose, übersahen Sahti geflissentlich.

Die einzige Ausnahme bildete Teti-Scheri. Begleitet von Meret, hatte sie die fremde junge Frau schon bald aufgesucht und nach ein paar Begrüßungsworten ungeniert gemustert. Was sie sah, schien ihr nicht zu missfallen, zumindest nickte sie einige Male, ehe sie Sahti freundlich, aber ungeniert nach ihrer Herkunft ausfragte. Allmählich begann Sahti ihre Scheu zu verlieren und fasste den Mut, ihrerseits die alte Königin offen anzublicken, in deren Zügen sie vieles von dem wieder entdeckte, was sie an Kamose so liebte – die hohen Wangenknochen, die kräftige Nase, vor allem jedoch die wachen Augen, denen nichts zu entgegen schien.

»Kamose hätte eine schlechtere Wahl treffen können«, lautete Teti-Scheris abschließender Kommentar, wenngleich Sahtis Antworten sie nicht gänzlich befriedigt hatten. »Nie zuvor habe ich ihn ausgeglichener erlebt. Aber er ist eben nicht nur mein geliebter Enkel, sondern auch Pharao. Daher ruht auf deinen Schultern jetzt eine schwere Verantwortung. Ich hoffe, du bist dir dessen bewusst.«

»Ich liebe ihn mehr als mein Leben«, versicherte Sahti bewegt. »Alles würde ich dafür geben, damit er glücklich ist.«

»Große Worte, mein Kind!« Teti-Scheris prüfender Blick schien bis in Sahtis Innerstes zu dringen. »Aber sie klingen aus deinem Mund wahrhaftig. Unser Schicksal jedoch liegt in der allmächtigen Hand der Götter. Was immer uns bestimmt ist, wir müssen uns ihm fügen. Auch, wenn wir oftmals nicht damit einverstanden sind.«

Sie hatte ihre winzige Hand gehoben, als wolle sie damit Sahtis Wange berühren, sie jedoch wieder sinken lassen. Danach hatte sie sich rasch verabschiedet. Seitdem jedoch verging kaum eine Woche, in der sie nicht eine zufällige Begegnung einzurichten wusste. Inzwischen hatte Sahti sich sogar an die finstere Miene Merets gewöhnt, die immer zugänglicher wurde, wenn man ihre anfängliche Reserviertheit erst einmal durchbrochen hatte. Durch sie ließ Teti-Scheri Sahti dann und wann kleine Aufmerksamkeiten zukommen, eine Schale Datteln, einen silbernen Reif oder ein Paar Sandalen

mit vergoldeten Bändern, und Sahti freute sich jedes Mal wie ein Kind darüber.
»Ich glaube, sie fängt an mich zu mögen«, sagte Sahti zu Kamose.
»Natürlich mag sie dich«, erwiderte er lächelnd. »Großmutter ist klug wie kaum ein anderer unter der Sonne. Und sie weiß ihre Augen zu gebrauchen.«
»Und was sehen sie, diese unbestechlichen Augen deiner Großmutter?«
Er lag rücklings auf dem Bett, sie neben ihm. Es war ein wenig stickig im Raum, in dem noch die Gerüche der Liebe hingen. Der zweite Mond der Erntezeit Schemu war bereits angebrochen, und überall auf den Feldern wurden die reifen Ähren eingebracht.
»Dass dir mein Herz gehört. Und du sehr schön bist. Wie die Goldene selbst.« Zart berührte er ihr Gesicht. »Die krausen Locken, die hohe Stirn, das weiche Rosenbraun der Lippen und vor allem der Schwung dieser Nasenflügel ... du Tochter Hathors!« Seine Hände wanderten kühn weiter, und Sahti wehrte sie spielerisch ab. »Am liebsten aber sehe ich deine Haut an meiner«, fuhr er fort.
»Weshalb?«
»Weil ich dann genau weiß, wo ich aufhöre und wo du anfängst.« Lachend erhob sich Kamose, begoss sich mit Wasser und bekleidete sich, bevor er hinüber in den Empfangssaal ging, wo ihn Heerführer Hori und Wesir Toto bereits erwarteten.
Sehr nachdenklich streckte Sahti sich noch einmal in den Kissen aus. Hätte sie ihm nicht endlich ihr Geheimnis offenbaren sollen? Wiederholt hatte sie bereits dazu angesetzt, aber immer gab es etwas, das ihr im letzten Augenblick den Mund verschloss. Dieses Mal war es die unvermutete Begegnung vom Vortag im Palastgarten gewesen, die sie noch immer beschäftigte.
Nabu war gerade dabei gewesen, fleischige Blätter von einem

kleinen Aloebaum zu schneiden, und hatte sich durch Sahtis Hinzukommen nicht stören lassen. Es musste Monde zurückliegen, seit sie sich zuletzt gesehen hatten. Eigentlich hatte Sahti Kamose schon fragen wollen, ob Nabu überhaupt noch im Harim lebte. Und nun stand sie auf einmal vor ihr, ernst und dunkel wie eine Mahnung, die sie lieber übersehen hätte. Unwillkürlich legte Sahti ihre Hände auf den sanft gewölbten Bauch. Plötzlich war der übelkeitserregende Schwindel wieder da, den sie schon überwunden geglaubt hatte. Ihr Kopf wurde schwer, und der geharkte Weg unter ihr schien zu schwanken. Sie versuchte gleichmäßig zu atmen und brachte mit aller Anstrengung ein Lächeln hervor.

Nabu ließ es unerwidert. Ihre Augen lagen tief in den Höhlen, und um den Mund zeigten sich feine, müde Linien, die Sahti noch nie zuvor entdeckt hatte.

»Du bist es also«, sagte Nabu schließlich und bettete die abgeschnittenen Blätter vorsichtig in einen Korb. »Ganz offenbar bleibt er seinen Vorlieben treu, unser großer Pharao.«

»Es tut mir Leid, Nabu«, sagte Sahti. »Ich wollte eigentlich nicht …«

»… Kamoses neue Favoritin werden? Dafür hast du erstaunlich wenig Zeit verloren.« Nabu starrte viel sagend auf Sahtis Taille, die sich unter dem dünnen Stoff abzeichnete. »Und jetzt schenkst du ihm gar noch den ersehnten Erben? Der Pharao wird sein Glück kaum fassen können.«

»Noch weiß keine Menschenseele davon«, sagte Sahti rasch. »Nicht einmal er. Wenn möglich, soll es auch noch für ein Weilchen so bleiben.«

»Damit du deine neue Position festigen und ausbauen kannst? Wie vorausschauend, mein Kompliment! Nun, sehr viel länger wird sich die Schwangerschaft allerdings nicht mehr verbergen lassen. Und was dann?«

»Ich freue mich auf das Kind. Und Kemet bekommt einen Falken-im-Nest«, erwiderte Sahti nicht ohne Stolz.

»Geboren von einer elenden Kuschitin?« Ein schrilles Lachen. »Du kennst dieses grausame Land noch immer nicht! Wegnehmen werden sie dir das Kleine, sobald es den ersten Schrei getan hat. Zumindest wenn es, wie sicherlich allgemein erhofft, männlichen Geschlechts sein sollte. Deine Schuldigkeit ist damit getan. Wir sind nichts als Geiseln, Sahti – schon vergessen?«
»Du hast ihn doch auch geliebt«, sagte Sahti leise.
»Geliebt? Ich habe lediglich das Lager mit ihm geteilt.« Nabus Lippen kräuselten sich verächtlich. »Deshalb habe ich das Goldland auch niemals verraten – im Gegensatz zu dir!«
Sahti konnte diese Worte nicht vergessen, ebenso wenig die bittere Miene, mit der sie gesprochen worden waren. Enttäuschung hatte sie in Nabus Augen entdeckt, aber auch jäh aufflackernden Abscheu und eine plötzliche Fremdheit, die ihr Angst einflößte. War es Eifersucht, die Nabu dazu getrieben hatte, mit gespaltener Zunge zu reden? Oder eher die Sehnsucht einer verlassenen Frau, die selber niemals empfangen und geboren hatte? War Nabu aus diesem Grund vielleicht imstande, sie und das Kind mit einem bösen Fluch zu belegen?
Sahti versuchte solche Gedanken zu verscheuchen wie ein Heer lästiger Fliegen, aber es gelang ihr nicht. Sie schob das Kissen beiseite, unter dem der Beutel mit der Löwenkralle verborgen war, um ihn sich umzuhängen, legte ihn aber im nächsten Augenblick unentschlossen wieder zurück. Vor dem Rauch der Wahrheit hatte das geheimnisvolle Totem der Daya sie zwar bewahrt, in den endlosen Nächten der Tempelhaft jedoch hatte es ihr kein Glück gebracht noch sie im Harim vor dem Dolch Nebnefers schützen können.
Sie tastete nach der mondförmigen Narbe an ihrem Hals. Der Oberpriester hatte dafür gesorgt, dass sie ihn niemals vergessen würde. Eine schreckliche Vision durchzuckte sie: die Priester! Wenn sie nun danach trachteten, ihr und dem Ungeborenen ein Leid anzutun? Oder wenn das Kind in ih-

rem Leib gar nicht atmete wie jener namenlose Sohn, der Nesmin viel zu früh ins Reich des Osiris gefolgt war?
Angst ließ Sahtis Körper klamm werden. Rasch erhob sie sich und rief nach Hesi, der jungen, schweigsamen Dienerin, in deren Gegenwart sie sich am wohlsten fühlte. Von ihr ließ sie sich salben und schminken und genoss dabei die Berührung der Hände, die sie in ihrer rundlichen Geschicklichkeit stets an die ihrer Schwester Ruju erinnerten.
Danach verließ sie ihre Gemächer.
Es war still im Palast zu dieser späten Nachmittagsstunde, und sie traf unterwegs nur auf wenige Bedienstete. Vor einer Tür aus Zedernholz wurde sie von einem schlanken Offizier der königlichen Garde aufgehalten. An der Seite trug er eines der neuartigen Krummschwerter, mit denen die höheren Soldatenränge jetzt ausgestattet waren; in seinem Gürtel steckte ein silbergetriebener Dolch.
»Ich kann dich hier nicht weiterlassen«, sagte er. »Niemand darf jetzt den Thronsaal betreten.«
»Ich muss den Pharao sprechen«, beharrte Sahti. »Was ich ihm zu sagen habe, duldet keinen Aufschub.«
Er schien zwar zu wissen, wer sie war, jedoch unsicher zu sein, wie er sich ihr gegenüber verhalten sollte. Nach kurzem Zögern entschied er sich offenbar für entschlossene Höflichkeit.
»Ausdrücklicher Befehl des Einzig-Einen«, sagte er. »Ich muss dich also bitten, wieder zu gehen.«
Anstatt seiner Aufforderung Folge zu leisten, begann Sahti aus Leibeskräften loszuschreien. Der junge Offizier beäugte sie in einer Mischung aus Entsetzen und widerwilliger Bewunderung, sichtlich unschlüssig, was er nun unternehmen sollte. Schon nach wenigen Augenblicken wurde die Tür von innen aufgerissen.
»Wer wagt es, die Ruhe des Pharaos zu stören?«, rief ein weiterer Offizier barsch.
»Ich«, sagte Sahti, »die Kuschitin.«

Über seine Schulter gelang es ihr, nach drinnen zu spähen. Toto und Hori schienen nicht weiter erstaunt über ihr Erscheinen, und fuhren halblaut mit ihrem Gespräch fort, während Namiz ihr fassungslos entgegenstarrte.
»Und jetzt geht endlich zur Seite!« Sehr aufrecht überschritt sie die Schwelle.
Kamose saß auf seinem Thronsessel mit den geschnitzten Seitenlehnen, die in Löwenköpfe ausliefen, vor sich auf einem Tisch endlose Listen, die alle das Zeichen des Gottes Amun trugen und damit, wie sie mit einem raschen Blick registrierte, ganz offenbar aus der mittlerweile abgeschlossenen Tempelinspektion stammten.
»Du sollst es als Erster erfahren, König meines Herzens.« Sahti war froh, dass ihre Stimme fest und freudig klang. »Ich erwarte ein Kind – dein Kind. Mögen alle Götter Kemets und Kuschs geben, dass es gesund und wohlbehalten zur Welt kommt!«
Kamose zeigte zunächst keine Reaktion, und sie wollte sich schon voller Enttäuschung abwenden, da sprang er plötzlich auf. Mit wenigen Sätzen war er bei ihr und zog sie ganz fest an sich. Noch war sie steif in seinen Armen. Erst als sie nach einer Weile die Nässe seiner Wange an ihrer spürte, begann sie zu lächeln.

*

Wie ein Lauffeuer verbreitete sich die Neuigkeit im ganzen Palast. Teti-Scheri reagierte sofort und ließ Sahti ein silbernes Tawaret-Figürchen zukommen, das über die Gesundheit von Mutter und Kind wachen sollte. Danach musste die alte Königin nicht lange auf den Besuch Aschas warten.
»Wir müssen handeln – schnell!«, rief diese in höchster Erregung schon beim Eintreten. »Es ist vielleicht die allerletzte Gelegenheit.«
»Im Augenblick sehe ich keine Notwendigkeit dazu«, erwiderte Teti-Scheri gelassen. »Willst du dich nicht setzen?«

»Soll das etwa heißen, dass du nichts gegen diese elende Kuschitin zu unternehmen gedenkst?« Mühsam unterdrückter Zorn ließ die Züge der Großen Königlichen Gemahlin noch bleicher wirken als gewöhnlich. Sie schwankte leicht, vermutlich hatte sie bereits wieder mehr Wein genossen als ihr bekam. »Aber sie ist schwanger – von Kamose!«
»Ich weiß. Und was willst du dagegen unternehmen? Sie und das Ungeborene umbringen lassen?«
»Warum nicht? Wenn es mir die Liebe des Pharaos zurückbringt …« Ascha hielt erschrocken inne.
»Du merkst selbst, welchen Unsinn du redest«, sagte Teti-Scheri barsch. »So kommst du doch keinen einzigen Schritt weiter! Wozu überhaupt die ganze Aufregung? Lass dieses Kind erst einmal zur Welt kommen. Danach sehen wir weiter!«
»Du hast schon einmal ganz anders geredet«, sagte Ascha wütend. »Vor nicht allzu langer Zeit. Kam nicht aus deinem Mund die Aufforderung, ich solle rasch für einen Erben Kemets sorgen?«
Teti-Scheri betrachtete angelegentlich ihre kleinen Hände.
»Ach, du meinst, es spielt keine große Rolle, von wem dieser Erbe geboren wird, solange nur Kamose der Vater ist? Hat die Schwarze dich also bereits auf ihre Seite gezogen? Spar dir die Mühe zu leugnen! Ich weiß längst, dass du sie heimlich besuchst und ihr hübsche kleine Geschenke schicken lässt.«
Ein wenig schwerfällig erhob sich die alte Königin. Das Gelenkfeuer machte es ihr unmöglich, die übliche Hockhaltung einzunehmen, und trotz der Medizin, die sie regelmäßig einnahm, hielten die Schmerzen sich hartnäckig. Daher schätzte sie es umso mehr, dass Kamose sie verwöhnte, indem er ihr beispielsweise wertvolle Sessel aus Zedern- oder Ebenholz schenkte. Trotz all seiner Verpflichtungen vergaß er nicht, an ihr Wohl zu denken. Im Augenblick empfand sie beinahe so etwas wie Mitgefühl für ihn. Er hätte wirklich eine Große

Königliche Gemahlin mit mehr Verstand und Haltung verdient!
»Allein den Göttern bin ich eines Tages Rechenschaft über mein Handeln schuldig«, erwiderte sie scharf, »wenn beim Totengericht mein Herz im Angesicht der Maat gewogen wird. Und jetzt lass mich bitte allein! Ich fühle mich nicht wohl und muss mich dringend ausruhen.«
Wortlos verließ Ascha die Gemächer.
Sie verbrachte einen aufgewühlten Abend und eine weitere schlaflose Nacht. Am nächsten Morgen war sie zum Handeln entschlossen, auch wenn es sie einige Überwindung kostete. Aber blieb ihr eine andere Wahl, wenn sie nicht alles für immer verlieren wollte? Gleich nach dem Aufstehen schickte sie eine Zofe zu Nefertari und bat sie dringend zu einer Unterredung.
Ahmoses Lieblingsschwester ließ sich reichlich Zeit, bis sie der königlichen Aufforderung folgte. Als sie sich endlich zeigte, war sie sorgfältigst zurechtgemacht, mit grünem Malachitstaub auf den Lidern, scharlachroten Lippen sowie schweren Goldreifen an den Handgelenken, die eindeutig der umfangreichen Juwelensammlung ihrer Mutter Ahhotep entstammten. Nicht zum ersten Mal bemerkte Ascha die fast bestürzende Ähnlichkeit zwischen ihr und Ahmose – beinahe, als wäre ein Gesicht vom selben Schöpfer einmal in weiblich und einmal in männlich erschaffen worden. Den anderen anzusehen musste für Nefertari und Ahmose heißen, sich selbst zu erkennen. Vielleicht lag darin das Geheimnis, weshalb sie von Kindheit an unzertrennlich waren.
»Nimm doch Platz, Nefertari!«, sagte Ascha und zeigte auf das Sitzkissen. »Ich freue mich, dich zu sehen.«
»Was willst du?« Feindselig starrte ihr die Prinzessin entgegen. Bis jetzt hatte sich ihr Kontakt zumeist auf den Austausch der notwendigsten Förmlichkeiten beschränkt.
»Ich weiß, dass dein Bruder insgeheim nach dem Thron strebt und du mit allen Mitteln seine Königin werden möch-

test«, sagte Ascha. »Und eines Tages werdet ihr wohl über Kemet herrschen, Ahmose und du.« Nefertari zog gelangweilt die Schultern hoch. Nur ihre Augen verrieten, wie überrascht sie über diese Wendung war. »Ich spreche ganz offen, denn bislang gibt es keinen rechtmäßigen Erben. Und falls es der allmächtige Wille der Götter sein sollte, wird es vielleicht niemals einen geben. Dann seid ihr beide an der Reihe. Noch aber ist Kamose Pharao, und ich bin seine Große Königliche Gemahlin.«
»Hast du mich herzitiert, um mir das zu erzählen?« Nefertari machte Anstalten, sich zu erheben. »Du musst mich für sehr einfältig halten.«
»Nein. Natürlich nicht.« Ascha zog sie auf das Kissen zurück. »Ganz im Gegenteil! Ich möchte mich mit dir beraten und bitte dich, dass du mir erst einmal in Ruhe zuhörst.«
»Weshalb ausgerechnet ich?« Mit ihren schlanken Fingern griff die Prinzessin nach den Trauben in einer Glasschale.
»Weil ich deinen klugen Kopf zu schätzen weiß. Weil du die schwarzen Geiseln mindestens ebenso verabscheust wie ich. Und weil in dir wie in mir königliches Blut fließt, Schwester.« Ascha sah die Jüngere zwingend an. »Oder soll an Ahmoses Stelle künftig ein dunkler Bastard über das Doppelreich von Lotos und Papyrus herrschen?«
Ein knappes Kopfschütteln.
Jetzt erst war Ascha sich sicher, die uneingeschränkte Aufmerksamkeit ihrer Besucherin zu besitzen. Sie begann ihr vom Liebestrank zu erzählen, der das bewirkt hatte, was am allerwenigsten in ihrer Absicht gelegen hatte, fuhr weiter fort mit der Enttäuschung über die alte Königin, die ihre Meinung plötzlich geändert zu haben schien, und als sie schließlich bei Sahtis Schwangerschaft angelangt war, zuckten Nefertaris Lippen unmerklich. Natürlich war sie längst im Bilde. Ascha ließ sich nicht davon beirren und brachte äußerlich ruhig zu Ende, was sie sich die ganze Nacht über zurecht gelegt hatte.
»Du willst sie also endlich loswerden«, sagte die Prinzessin

schließlich mit ihrer kühlen, klaren Stimme. »Ich bin erstaunt, wie lange du damit gewartet hast. Ich an deiner Stelle hätte schon längst etwas unternommen.« Nefertari schien zu überlegen. Plötzlich erhellte sich ihr Gesicht. »Vielleicht ließe sich sogar eine Lösung finden, die uns mit einem Schlag von beiden befreit.«
»Was meinst du damit?«
»Nun, ich denke, es käme weder dir noch anderen ungelegen, wenn sich das Problem der schwarzen Schlange gleich mitlösen ließe«, entgegnete Nefertari. »Es ist besser, du belastest dich nicht mit Einzelheiten, denn selbst die ausgefeiltesten Pläne können, wie wir erfahren haben, im letzten Moment fehlschlagen. Damit dies jedoch nicht geschieht, wirst du dich unseren Regeln beugen – ohne Widerrede!«
»Wenn du es unbedingt für notwendig hältst«, sagte Ascha belegt. Sie fing bereits an, ihre Offenheit zu bereuen.
»Allerdings. Keine Alleingänge! Darauf muss ich in Namen aller bestehen. Oder glaubst du vielleicht, ich unterstütze dich aus purer Freundlichkeit, Schwester?« Nefertaris Hohn war wie ein Hieb. Dann wurde ihre Stimme wieder sanfter. »Man müsste es natürlich mit großem Geschick einfädeln. Und äußerst umsichtig dabei vorgehen. Aber es könnte funktionieren. Ja, es ist vielleicht sogar des Rätsels lang gesuchte Lösung.«
»Du willst beide Kuschitinnen töten lassen?«, fragte Ascha gebannt.
»Nein, wo denkst du hin!« Die Goldreifen an ihren Gelenken schlugen aneinander, als Nefertari vergnügt in die Hände klatschte. »Sie werden sich gegenseitig umbringen.«

*

Nachtwind ließ die Fackeln unruhig flackern, als die Soldaten vor dem Eingang zum Tempel Halt machten. An ihrer Spitze der Pharao, in Brustpanzer und blauem Kriegshelm gerüstet wie zu einer Schlacht. Kamose schlug mit seinem

Krummschwert mehrmals an das schwere Tor, dann wandte er sich zu seinen Begleitern um.
»An meine Seite!«, befahl er. »Hori zur Linken! Namiz zur Rechten!«
Beide gehorchten schweigend.
Mit offenem Mund starrte der verschlafene Priester, der endlich öffnete, auf die schwer bewaffnete Kompanie und ihren hoch gestellten Anführer.
»Nebnefer!«, verlangte der Pharao barsch. »Auf der Stelle. Und beeil dich!«
Kaum war der Priester überhastet weggerannt, nahmen sie wie geplant im Tempelgarten Aufstellung. Das Haupttor wurde gesichert; vor allen Nebenausgängen stellten sich Wachen auf. Schließlich näherte sich Nebnefer, gefolgt von einer Gruppe jüngerer Priester, die hinter ihm herrannten. Trotz der späten Stunde schien er noch nicht geschlafen zu haben. Sein misstrauischer Blick flog über die Soldaten, streifte kurz Hori und Namiz und heftete sich dann zwingend auf Kamose.
»Amun ist der Herr dieses heiligen Hauses. Weshalb verletzen eure Waffen seinen nächtlichen Frieden?«
»Unsere Schwerter und Dolche gelten nicht ihm«, erwiderte Hori an Stelle des Pharaos. »Amun ist ewig, verborgen und unfehlbar. Die Priester jedoch, die seinen Dienst verrichten, sind es nicht.«
»Die große Tempelinspektion hat grobe Mängel ergeben, für die wir Erklärungen fordern«, ergriff Namiz das Wort. »Du wirst Punkt für Punkt Rechenschaft ablegen müssen.«
»Ist das etwa der richtige Zeitpunkt, um sich über ein paar Opfergaben zu streiten?«, fragte Nebnefer bitter. »Ihr habt mich mitten im Gebet gestört. Außerdem ist die Nacht bald vorüber. Und der Tag im Tempel beginnt früh.«
»Du wirst noch reichlich Gelegenheit erhalten, Amun anzuflehen«, erwiderte Kamose. »Und ich hoffe, seine Gnade erfüllt dich nicht nur mit Weisheit, sondern verhilft dir auch

zu guten Begründungen. Denn wir reden hier nicht von ein paar zu Unrecht verschenkten Broten oder wenigen Deben Silber, die in falsche Hände gekommen sein mögen. Ebenso wenig über versäumte Anrufungen oder nachlässig verrichtete Salbungen. Es geht um Vorwürfe wie Unterschlagung, Machtmissbrauch, Erpressung und Mordversuch.«

Feindselig starrte Nebnefer ihn an. Sein Adamsapfel zuckte aufgeregt.

»Einst hat dich der Pharao als Ersten Priester des Amun eingesetzt.« Kamoses Ton war schneidend geworden. »Hiermit widerruft der Pharao diese Entscheidung.«

Nebnefer überlegte fieberhaft. Hatte die Kuschitin trotz aller gegenteiligen Beteuerungen doch geredet? Oder gab es einen anderen Spion am Hof, von dem er bislang noch nichts erfahren hatte?

»Ab sofort bist du nicht mehr der Erste Priester des Amun. Deine Hände werden keine Götterstatue mehr berühren. Deine Füße nie wieder das Allerheiligste betreten. Deine Lippen keinen der Hymnen mehr anstimmen. Der Tempelbezirk ist dir bei Todesstrafe bis auf weiteres untersagt. Ebenso wenig wirst du Kontakt zu den anderen Priestern aufnehmen, weder in schriftlicher noch mündlicher Form. Dies gilt im besonderen für den Mann, den ihr den Alten nennt.«

»Dann tötet mich lieber gleich!« Nebnefer trat auf den Pharao zu und reckte ihm seine magere Brust entgegen. Sofort erhoben die Soldaten neben Kamose drohend ihre Schwerter und drängten ihn wieder zurück.

»Verhaftet ihn!«, fuhr der Pharao ungerührt fort. »Einem ehemaligen Diener Amuns ist Kerkerhaft unangemessen, zumindest so lange, bis seine Schuld eindeutig bewiesen ist. Aber lass dich nicht von den scheinbaren Annehmlichkeiten deines Gefängnisses täuschen! Du stehst unter strenger Bewachung. Und auf jeden Fluchtversuch steht der Tod.«

»Und wer soll dann an meiner Stelle Amun dienen?«, presste

Nebnefer hervor. »Wer allmorgendlich seinen Schrein öffnen? Wer ihn salben und ihn huldigen?« Jede Farbe war aus seinem Gesicht gewichen.
»Dafür wird Sorge getroffen«, versetzte ihm Kamose. »Du kannst sicher sein, dass ich einen Mann zum Ersten Priester bestimmen werde, der reinen Herzens ist.« Er gab Hori einen Wink. »Bindet ihn!«
Widerstandslos ließ Nebnefer sich die Fesseln anlegen und abführen. Auf dem Weg zum Nil beruhigte sich das Schlagen seines Herzens, und er war wieder fähig, einigermaßen klar zu denken, während sich seine Füße wie von selbst im gleichmäßigen Marschtakt der Kompanie vorwärts bewegten. Seine Lage war äußerst bedenklich, wenn auch nicht aussichtslos. Glücklicherweise besaß er in Ahmose und Nefertari mächtige Verbündete. Und das wichtigste Pfand für sein Leben befand sich an einem Ort, den nur er kannte.
Ein winziges Lächeln spielte um seine rissigen Lippen.
Erst am Vortag hatte er die goldene Selket-Statue in ein neues Versteck gebracht, zusammen mit Itas aufschlussreichem Geständnis, das Namiz den Kopf kosten würde.

*

Es war lange nach Mitternacht, als Kamose endlich Sahtis Gemach betrat, und obwohl sie sich Mühe gegeben hatte, ihn wach zu erwarten, hatte der Schlummer sie bereits übermannt.
Sie schreckte aus wirren Träumen hoch, als sie seine Stimme hörte.
»Sahti! Schläfst du?«
»Nicht, wenn du bei mir bist.« Sie machte ihm Platz neben sich. Üblicherweise genoss sie die Wärme seines Körpers; jetzt jedoch, vor dem Einsetzen der Nilüberschwemmung, waren die Nächte so schwül, dass man lieber etwas Abstand hatte. »Seltsam! Ich dachte schon zuvor, ich hätte dich kom-

men hören. Aber es war wohl nur Hesi, die mir frischen Tee hingestellt hat. Zur Zeit muss ich mit dem Honigwein etwas vorsichtig sein.«
»Aber es geht dir doch gut?«, fragte er anteilnehmend. »Auch wenn dir die Hitze zu schaffen macht.«
Sahti griff nach dem dünnwandigen Krug und goss sich einen Becher ein, den sie durstig leerte.
»Ich bin wie ausgetrocknet. Trinken könnte ich ohne Unterlass.« Sie goss sich nach und trank, während ihr Kamose zusah. »Willst du auch?« Sie hielt ihm den Becher hin. »Der Tee schmeckt heute allerdings eigenartig. Sie muss eine neue Mischung verwendet haben.«
»Ich möchte nur noch schlafen«, sagte er. »Namiz und Toto sind gerade erst gegangen. Und morgen muss ich schon vor Sonnenaufgang in den Tempel.« Er hielt inne, weil Sahti plötzlich die Augen verdrehte. »Was hast du denn auf einmal?«
»Ich weiß nicht«, murmelte sie. »Ich fühle mich plötzlich so seltsam. Und mein Herz rast. Ich glaube, mich friert auf einmal.«
Sie wollte abermals nach dem Krug greifen, er aber hielt sie davor zurück.
»Was ist mir dir?«, fragte er besorgt.
»Ich weiß nicht«, stöhnte sie. Sie bewegte sich unruhig. »Es wird immer schlimmer. Mein Herz fühlt sich an wie in einer glühenden Zange.« Sie schrie plötzlich auf. »Wo bist du, Kamose? Meine Augen zucken. Ich kann dich gar nicht mehr richtig sehen.«
»Hier bin ich, bei dir. Und sei ganz ruhig! Nichts wird dir passieren!«
Zutiefst beunruhigt rief er nach den Dienern. Und der Leibwache. Rasch füllte sich das Gemach.
»Meine Leibärzte – sie sollen auf der Stelle kommen. Und bringt Krüge und Schüsseln mit frischem Wasser, um sie zu kühlen. Beeilt euch! Stellt außerdem Posten vor allen Türen

auf. Und lasst niemanden ohne Kontrolle herein oder hinaus!«
Bedienstete hasteten in alle Richtungen. Die Leibwache sicherte wie befohlen alle Ein- und Ausgänge.
»Heißer als Feuer … und kälter als Quellwasser.« Sahtis Zähne schlugen aneinander, und sie wand sich in Schmerzen. Es war ein nahezu unmögliches Unterfangen, ihr kalte Umschläge aufzulegen. »Und der Himmel … regnet auf mein Gesicht … Ich verbrenne!«
»Denk an das Kind!«, rief Kamose in wachsender Verzweiflung, weil die Ärzte noch immer auf sich warten ließen. »Du musst leben – ihr müsst beide leben!«
Sahti krümmte sich zusammen wie im Mutterleib.
»Nabu«, flüsterte sie, während ein stechend riechender, weißer Schaum aus ihrem Mund trat. »Nabu. Nabu.«
»Die Kuschitin!«, schrie Kamose in höchster Erregung. »Schnell – bringt sie augenblicklich her!«
Dennoch schien es eine halbe Ewigkeit zu dauern, bis Nabu das Gemach betrat, flankiert von zwei keuchenden Eunuchen, die ihr kaum folgen konnten. Ihr Haar stand wirr um ihren Kopf, und sie war lediglich in ein Stück buntes Leinen gewickelt. Am Arm trug sie einen Korb, in dem verschiedene Pflanzen und Gerätschaften lagen.
»Wie lange schon?«, fragte sie knapp und beugte sich über Sahti, die ihr mit glasigen Augen blicklos entgegenstarrte. Der Puls war kaum noch zu spüren.
»Viel zu lange«, erwiderte Kamose ungeduldig. »Sie hat aus diesem Krug getrunken. Nun tu doch endlich etwas!«
Nabu beugte sich über das Gefäß, wedelte sich über der Öffnung kurz Luft zu und sog dabei den Geruch ein. Ihre Miene war undurchdringlich. Danach wandte sie sich zum Bett und zog mit Hilfe einer schreckensbleichen Dienerin Sahti halb empor. Sie steckte ihr den Finger in den Mund und brachte sie durch geschickte Reizung des Gaumensegels zum Erbrechen. Ein grünlicher Schwall ergoss sich auf den Boden.

Sahti stöhnte qualvoll auf.
»Das reicht leider bei weitem noch nicht«, sagte Nabu. »Haltet sie weiter aufrecht!« Sie ergriff ein fleischiges Aloeblatt, ritzte es mit einer Haarnadel und ließ den ausfließenden Saft in ein kleines Gefäß fließen. »Den Kopf in den Nacken!«
Kamose und die Dienerin brachten Sahti in die richtige Lage, während Nabu ihr mit sanfter Gewalt die Lippen öffnete, den klaren Saft einflößte und sie zum Schlucken zwang. Nach wenigen Augenblicken übergab Sahti sich erneut, zweimal kurz hintereinander, und sank dann keuchend auf das Lager zurück.
Mittlerweile waren vier der Leibärzte eingetroffen, die Kamose mit giftigen Blicken bedachte, während sie ihrerseits Nabu voll Argwohn musterten.
»Man darf ihr keinesfalls Salzwasser verabreichen«, rief einer von ihnen, »sonst verkrusten die Eingeweide.«
»Schließt unbedingt Fenster und Türen!«, riet ein anderer. »Um die bösen Dämonen am Entweichen zu hindern.«
»Nein, Weihrauch!«, widersprach ein Dritter. »Das ist das einzige, was sie jetzt noch retten kann.«
»Soll ich weitermachen?«, fragte Nabu, zum Pharao gewandt. »Oder willst du, dass sie Sahti behandeln?«
»Ich lasse dich auf der Stelle köpfen, wenn du es nicht tust!«, entgegnete Kamose wild.
Nabu ließ ein paar kleine Kügelchen aus einem kleinen Leinensack auf ihre Handfläche gleiten. »Das muss sie einnehmen«, sagte sie. »Und möglichst lange behalten.« Sie wandte zur Verabreichung die Prozedur von vorhin an, während die Leibärzte sie voller Misstrauen anstarrten.
»Sie kann sie umbringen, Einzig-Einer«, sagte der Älteste von ihnen besorgt. »Viele dieser Mittel aus dem Goldland sind reine Hexerei und zudem äußerst schädlich.«
»Das hat schon ein anderer versucht«, knurrte Nabu, während sie Sahtis Kehle sanft massierte. »Und es wäre ihm beinahe gelungen.« Sahti schluckte und würgte zum Erbarmen,

aber sie erbrach sich nicht mehr. »Dornakazie, Aloe, Ziegenmilch und Gerstenmehl – daraus besteht meine Medizin. Betet, dass sie sie wenigstens eine Weile bei sich behält!«

Sahtis Atem ging noch immer stoßweise, die Augen jedoch gewannen nach und nach ihre Klarheit zurück. Nabu legte ihr die Hand auf die Stirn, die sich noch immer fieberheiß anfühlte. Sie reichte Kamose eine Madragorawurzel.

»Ein winziges Stückchen, in Wasser zerdrückt, alle paar Stunden verabreicht. Mehr kann ich im Augenblick nicht für sie tun«, sagte sie. »Sie muss vor allen Dingen schlafen, um zu neuen Kräften zu kommen. Von dem Gift kann eigentlich nichts mehr in ihrem Magen zurückgeblieben sein.«

»Gift?«, wiederholte Kamose. »Bist du sicher?«

»Ziemlich«, entgegnete Nabu. »Ich vermute Wallich, das sind schwammige, eiförmige Früchte, die mit einem Knall platzen, wenn man sie drückt. In meiner Heimat tränkt man Pfeilspitzen damit, wenn sie tödlich treffen sollen. Oder man trinkt den Sud in winzigen Mengen, um eine Schwangerschaft vorzeitig zu beenden.« Sie sah plötzlich fahl aus. »Bin ich jetzt entlassen?«

Sie wandte sich zum Gehen, Kamose jedoch hielt sie am Arm zurück.

»Sie hat nach dir gerufen«, sagte er. »Weshalb?«

»Warum fragst du sie nicht selbst?« Nabu riss sich unwillig von ihm los, als verbrenne ihre Haut unter seiner Berührung.

»Wieso hattest du die passende Medizin so schnell zur Hand?«, drang Kamose weiter in sie und packte erneut grob ihr Handgelenk. »Weil du allein wissen konntest, welches Gift es war?« Er sah sie zwingend an. »Weshalb wolltest du Sahti beseitigen? Meinetwegen?«

Nabu hob langsam die Arme, und wieder schien die rechte Schlange auf ihrer Haut zu züngeln. Ganz nah kam sie ihm, bis ihr erdiger Duft eine Flut von zwiespältigen Erinnerungen in ihm heraufbeschwor.

»Wäre das mein Plan gewesen, würde Sahti jetzt nicht mehr

atmen«, sagte sie. »So gut müsstest du mich eigentlich kennen, großer Pharao.« Ihre Lippen verzogen sich verächtlich. »Aber in deinem prächtigen Palast gibt es einige, die sie lieber heute als morgen tot sehen würden. Manche von ihnen stehen dir nah. Sehr nah. Sie solltest du fragen – nicht mich.«
»Du wagst es, meine Familie zu beschuldigen?«
»Ich jedenfalls habe Sahti kein Haar gekrümmt. Nenn mir nur einen plausiblen Grund, weshalb eine Geisel die andere umbringen sollte!« Nabus Augen waren schwarz vor Hass. »Aber hast du dir schon einmal überlegt, was geschehen wäre, wenn du statt ihrer aus dem Krug getrunken hättest? Deine Lippen hätten nicht nach mir verlangt. Und du wärst qualvoll verendet.«
Ein Zucken ging über sein Gesicht.
»Bindet sie!«, befahl er rau. »Und sperrt sie ein! Sie wird so lange verhört, bis die Wahrheit herauskommt.«
Nabu ließ alles scheinbar teilnahmslos mit sich geschehen. Als man sie hinausbringen wollte, blieb sie an der Schwelle noch einmal stehen und sah sich nach Sahti um, als wolle sie sich ihr Bild für immer einprägen.
Danach wurde sie abgeführt.

*

Die wieder genesene Sahti erschrak, als sie Nabu wieder sah. Man hatte dieser unter anderem den Kopf geschoren, um ihren zähen Widerstand zu brechen und sie endlich zum Reden zu bringen, und der kahle schmale, längliche Schädel ließ sie sehr verletzlich wirken. Da Nabu ihr Essen seit Tagen offenbar kaum angerührt hatte, war sie stark abgemagert, und das grobe Kleid schlotterte um ihren Körper.
»Du musst endlich sagen, was du weißt, Nabu«, sagte Sahti eindringlich. »Oder alles zurücknehmen und dich bei ihm entschuldigen. Seit deinen Andeutungen ist Kamose wie von Sinnen. Nicht einmal mir ist es gelungen, ihn zu besänftigen.«

Was sie Nabu nicht verriet: Kamoses Heftigkeit hatte ihr Angst gemacht und dazu geführt, dass sie sich zum ersten Mal ihm gegenüber sehr fremd fühlte. Weiterhin ließ sie unerwähnt, dass man Hesis Leichnam in einer Abstellkammer entdeckt hatte. Die königlichen Leibärzte, die sie eingehend untersuchten, entdeckten eine Bissstelle am Hals, um die herum Gewebe großflächig zerstört war, und sie gelangten zu einem einhelligen Ergebnis: Schlangengift.

»Glaubt er noch immer, ich hätte dich vergiftet?«

»Ich weiß es nicht«, sagte Sahti. »Vielleicht ist es gerade diese Ungewissheit, die ihm so stark zusetzt.«

»Alles eine einzige Farce«, murmelte Nabu, »bei der das Ergebnis von vorn herein feststeht.«

Nach den Tagen im Verließ, das sie nur während der endlosen Verhöre verlassen durfte, hatte man sie unverrichteter Dinge in den Harim zurückgebracht, allerdings in ein winziges, stickiges Zimmer ohne die gewohnten Bequemlichkeiten. Bewaffnete Eunuchen sorgten dafür, dass sie keinen Fluchtversuch wagte. Und sie nahmen ihre Aufgabe sehr ernst. Sahti hatte ihre ganze Autorität als Favoritin in die Waagschale werfen müssen, um überhaupt zu Nabu vordringen zu können.

»Was meinst du damit?«, fragte Sahti besorgt.

»Bin ich schuldig in seinen Augen, muss ich ohnehin sterben. Bin ich aber unschuldig, hat Kamose sein Gesicht verloren, und ich habe ebenfalls mein Leben verwirkt. Denn das liegt doch auf der Hand: Niemals kann sich der Pharao Kemets von einer elenden Kuschitin besiegen lassen!«

»Du kennst ihn nicht«, sagte Sahti rasch. »Kamose ist gerecht und voller Mitgefühl ...«

Dann jedoch fiel ihr ein, dass sie sich hatte heimlich herschleichen müssen, und sie verstummte. Kamose weilte für einige Tage bei einer Militärübung im Soldatenlager. Sie durfte nicht einmal daran denken, was geschehen würde, wenn er von ihrem Besuch bei Nabu erfuhr.

»Aber darauf werde ich nicht warten. Die Schlange war das erste Lebewesen der Schöpfung. Ihr Blut ist kalt und warm. Die Tochter der Erde kennt immer einen Ausweg ...« Sie unterbrach sich. »Lass uns jetzt nicht mehr darüber reden.« In dem abgehärmten Gesicht wirkten die Augen übergroß. »Die elende Kuschitin hat die Enkelin der Weißen Löwin gerufen. Und sie ist meinem Ruf gefolgt, obwohl es sicherlich nicht einfach war, zu mir zu gelangen.«

»Dir verdanke ich mein Leben – nicht zum ersten Mal. Wie hätte ich da nicht kommen sollen!«

Nabu streckte ihre Hand aus, aber sie berührte Sahti nicht. »Du trägst das Erbe der Daya auf der Brust?«

»Ja, ich habe es wieder angelegt«, erwiderte Sahti. »Noch in derselben Nacht. Aber woher weißt du, dass es ihr gehört hat?«

»Weil ich in ihrem Haus war«, sagte Nabu, »und den heimlichen Schatz entdeckt habe. All das Gold – ich hatte es in meinen Händen. Die Daya war keine gewöhnliche Frau, Sahti, sondern eine Prinzessin aus Kerma, einer großen Stadt am dritten Katarakt. Ich weiß es von Golo. Und der wiederum hat es von deiner toten Mutter erfahren. Du entstammst folglich königlichem Blut, wenngleich die meisten deiner Familie tot sein dürften. Wenn der Herrscher von Kerma stirbt, müssen ihn alle in das dunkle Reich begleiten: Frauen, Verwandte, Vasallen, Diener, sogar die Tiere. Es muss der Daya irgendwie gelungen sein, dem Grab zu entfliehen. Wenn sie auch niemals verraten hat, wie.«

»Davon hat die Daya niemals gesprochen«, sagte Sahti erstaunt. »Obwohl ich schon als kleines Mädchen wusste, dass sie etwas Besonderes war. Eine Königin? Keiner, der sie kannte, wagte es je, ihr diesen Rang streitig zu machen. Und das Gold – ich kenne es ebenfalls. Ich bin ihr nachgeschlichen«, gestand sie, »und habe mehr als einmal dabei zugesehen, wie sie den Schatz aus dem Versteck geholt, ihn angelegt und anschließend wieder verborgen hat. So war es auch beim letzten Mal. Bis auf ein paar dünne Goldreifen.« Es kostete Sahti große Mühe, weiterzusprechen. »Die hat sie Ruju geschenkt. Bevor sie das schwarze Mondmesser gegen ihre eigene Enkelin erhoben hat.«

»Du warst in der Skorpionhütte?«, fragte Nabu leise. Unzählige Schweißperlen standen auf ihrem blanken Schädel.

»Ich war dort«, sagte Sahti, während die Bilder jener Nacht sie zu überfluten drohten. »Vier Frauen, die Ruju mit Gewalt fest halten mussten, obwohl sie an das Bett gebunden war ...«

»... eine Frau sitzt auf meinem Brustkorb. Eine andere hält meine Arme fest, während zwei weitere meine Beine spreizen. Ich bekomme keine Luft mehr.« Nabus Atem ging keuchend. »Kann mich nicht mehr bewegen. Und dann passiert es.« Sie begann schrill aufzuschreien. »Das Messer, das in mein Fleisch schneidet, bis ins Innerste meiner Seele. Ich dachte, sie wollten mich umbringen ... eine ganze Woche habe ich nur noch geweint.«

»Ich bin weggelaufen«, sagte Sahti. »In die Wüste. So weit ich nur konnte. Ich wollte alles vergessen. Rujus Wimmern. Ihre flehenden Augen. Die schreckliche Wurzel in ihrem Mund, mit der sie ihre Schreie erstickt hatten. Aber ich konnte es nicht vergessen – bis heute. Mich hat das Mondmesser der Daya niemals beschnitten. Manchmal glaube ich, dass sich der schwarze Skorpion deshalb noch immer an mir rächen will. Dabei hat er mir schon fast alle genommen, die ich je geliebt habe: Tama, Antef, Nofret und Maj, Pani, Nesmin und unser Kind. Die Daya sicher schon vor vielen Jahren. Und meine Schwester, die ich kaum wieder sehen werde.«

»Ruju ist tot«, flüsterte Nabu. »Das Mondmesser hat ihr den Tod gebracht, ebenso wie deiner Mutter Nuya, die dich nicht gebären konnte, weil es sie zu sehr verstümmelt hatte. Die Daya hat deine Schwester mit ihren eigenen Händen begraben, an jenem Tag, als die Soldaten aus Kemet uns auf die Boote geschleppt haben.«

Ihre Stimme würde brüchig.
»Und ich bin ebenfalls fast gestorben, damals, in der Hochzeitsnacht mit Golo, als sie mich so eng zusammengenäht hatten, dass er nicht …«
Tränen liefen ungehindert über ihr Gesicht.
»Er wurde rasch wütend, weil er mich nicht lieben konnte, wie er mich lieben wollte, begann zu trinken und mich zu schlagen. Und später wurde er noch zorniger, weil seine Manneskraft erlahmt war, durch meine Schuld, wie er, um sich zu schützen, behauptete, und weil er an seine tote Frau denken musste, und er trank weiter und schlug mich noch mehr. Es waren schreckliche Monde, Sahti, voller Angst, Misstrauen und Selbstzweifel, und eines Nachts bin ich in meiner Not zur Daya gelaufen und habe sie gebeten, mir zu helfen. Sie aber hat nur gelacht, mich ausgelacht, verstehst du? ›Du willst den Platz meiner toten Tochter einnehmen?‹, hat sie mir entgegengeschleudert. ›Du willst ein Kind haben? Niemals wirst du ein Kind haben!‹ So sehr hat sie mich gehasst.«
»Ja, sie hat dich gehasst«, flüsterte Sahti aufgewühlt.
Ruju war tot – in ihren Träumen hatte sie es seit vielen Jahren gewusst. Aber erst seit Nabus Lippen die schreckliche Gewissheit ausgesprochen hatten, begann sie Wirklichkeit für sie zu werden. Sie spürte, wie das Kind in ihrem Bauch sich bewegte. Du musst leben!, dachte sie. Wenn schon all die anderen gestorben sind. Wenigstens du!
»Ich bin zurückgekrochen zu Golo«, fuhr Nabu fort, »und habe gebetet, dass er endlich sein Ziel erreicht. Ich wollte doch sein wie alle Frauen. Nein, ich wollte besser als alle sein. Weil ich ihn so geliebt habe. Und weil ich ihm die Söhne schenken wollte, nach denen er sich gesehnt hat. Aber ich bin nicht schwanger geworden. Und immer, wenn er mir beigelegen hatte, waren hinterher meine Lippen blutig gebissen, um ihm bloß nichts von meiner Pein zu verraten.«
»Und ist so der Hass über dich gekommen?«

»Vor allem hasste ich mich selber«, entgegnete Nabu leise. »Was war ich noch nach jener Nacht? Eine Frau ist beschaffen wie eine Blume. Nimmt man nur ein Blütenblatt weg, ist der Schaden scheinbar gering. Aber was man mir gestohlen hat, war nicht nur der Sitz meiner Lust, sondern auch meiner Hoffnung. Meines Lebens! Das Einzige, was sie mir gelassen hatten, war mein Stolz. Und die dunkle Macht der schwarzen Schlange. Aber Hass ist ein gefräßiges Tier, Sahti. Ich wünschte, du würdest niemals seine scharfen Zähne zu spüren bekommen.«
Sie packte Sahti an den Schultern.
»Deshalb beneide ich dich. Weil du vollkommen bist, und ich bin es nicht.«
»Du täuschst dich. Ich bin alles andere als vollkommen«, protestierte Sahti.
»Du bist wie das Leben. Ich dagegen bin der Tod.« Nabu schien sie gar nicht gehört zu haben. »Kemet konnte ich nichts anhaben. Seinen Herrschern sehr wohl. Vernichten wollte ich die Könige, so, wie sie und ihre Vorgänger Kusch vernichtet haben. Alles haben sie uns geraubt: Gold, Edelsteine, Hölzer, Tiere, Menschen – und unsere Würde. Und so wollte ich Kamose alles nehmen, damit er erkennt, was er uns angetan hat. Krank vor Verlangen sollte er durch mich werden, willenlos, rettungslos mir ausgeliefert – aber es ist mir nicht gelungen. Dich dagegen liebt er. Aus tiefstem Herzen. Ich habe es in seinen Augen gesehen.«
Sahti war unfähig zu antworten.
Sanft berührte Nabu ihre Wange. »Aber du weinst ja auch«, sagte sie.
»Um dich«, schluchzte Sahti.
»Um mich?«, wiederholte Nabu bewegt. Plötzlich wirkte sie noch eingefallener. Ihre Hand fuhr an ihren Bauch, und sie zuckte schmerzvoll zusammen. Mit Mühe richtete sie sich wieder auf.
»Und um Ruju, die sterben musste«, fuhr Sahti fort, »bevor

sie richtig leben durfte. Um meine Mutter, die ihr Leben für meines gegeben hat. Um Nesmin, den ich niemals so lieben konnte, wie er es verdient hätte. Um meinen winzigen toten Sohn. Und wenn dieses ungeborene Kind in meinem Leib nun auch ...«

»Versprich mir etwas!«, unterbrach Nabu sie erregt. »Kein Mondmesser – niemals!«

»Werde ich denn eine Tochter gebären?«, fragte Sahti.

Nabus Finger legte sich auf ihre Lippen.

»Eines noch«, sagte sie leise. »Das Wichtigste von allem.« Sie machte eine überraschende Drehung und rieb ihre dunklen Schlangen an Sahtis Arm. Eine plötzliche Hitze schien von ihnen auszugehen, und Sahti spürte, wie von ihrem Becken eine Feuersäule nach oben stieg, die sich in ihrem Brustraum ausdehnte. »Ich bin nur eine schwarze Schlange.« Nabus Stimme wurde undeutlich, als ob sie plötzlich müde geworden sei und nur noch mit schwerer Zunge sprechen könne. »Du aber bist die Enkelin der Weißen Löwin. Schlange und Löwe, der Königin der Götter vereinigt in seiner Gestalt die weiße und die schwarze Macht. Er ist der König des Südens, der Gott des Goldlandes, der Herrscher über Leben und Tod. Niemand kann ihn jemals besiegen – Apedemak, steh deinen Töchtern bei!«

Sie verdrehte plötzlich die Augen, bis nur noch das milchige Weiß zu sehen war, griff sich ans Herz und sank zu Boden.

»Sei du die Schlange Kemets«, flüsterte sie undeutlich. Ihre Zähne schlugen aufeinander. Es war beinahe unmöglich, sie zu verstehen. »Und die Löwin Kuschs ... Sei du ganz du selbst ... Sahti ...«

»Nabu!« Erschrocken beugte Sahti sich über sie. »Was ist mir dir? Ich bitte dich, lass mich nicht allein!«

Ein Zischen ließ sie zurückfahren. Im ersten Augenblick war sie überzeugt, das seltsame Geräusch habe die reglos Liegende von sich gegeben. Dann erst entdeckte sie die kleine schwarze Schlange, die langsam aus Nabus Ausschnitt ge-

krochen war und sich wie ein tödliches Schmuckband um ihren Hals ringelte.
Sahti stieß einen gellenden Schrei aus.
Draußen, vor der vergitterten Luke, erhob sich Nefertari aus ihrer unbequemen Haltung. Das mühsame Ausharren hatte sie gelohnt. Jetzt brannte sie nur noch darauf, Ahmose alles haarklein zu erzählen.

*

Die Befreiung Nebnefers aus dem Gefängnis war eine Sache von wenigen gut geplanten Augenblicken. Die Klinge eines scharfen Krummschwertes bohrte sich in den Rücken des Dienst habenden Hauptmanns; Keulen und Dolche erlegten die restliche Mannschaft ebenso lautlos. Danach waren nur noch die gewohnten Geräusche der Nacht zu hören: das Zirpen der Zikaden, ein paar vereinzelte Tierlaute im Dunkeln, das Auffrischen des Windes.
Ahmose hatte es sich nicht nehmen lassen, persönlich die gefährliche Aktion zu leiten, obwohl er wusste, dass er sich auf die Offiziere verlassen konnte, die er schon vor längerem auf seine Seite hatte bringen können. Jeder von ihnen brannte darauf, endlich ihm anstatt Kamose zu dienen. Denn für sie war er allein der rechtmäßige Erbe Seqenenres, der vollenden würde, was der Vater begonnen hatte.
Zum ersten Mal seit Monden spielte ihm sein Knie keinen überraschenden Streich mehr, und die Gewissheit, seine frühere Kraft und Geschmeidigkeit zurückerlangt zu haben, stimmte ihn geradezu euphorisch. Jetzt war er wirklich bereit, Pharao Kemets zu werden und endlich die Doppelkrone wiederzuerlangen, um sie danach für immer gegen alle Ansprüche aus Norden und Süden zu verteidigen.
Bei aller Hochgestimmtheit vergaß Ahmose keinen Augenblick, dass ihnen nur wenig Zeit blieb.
»Wir müssen sofort los!« Nebnefer starrte ihn misstrauisch an, als er mit zwei seiner Vertrauten in das Gefängnis ge-

stürmt kam, und schien wenig geneigt, ohne weiteres mitzukommen. »Oder willst du lieber wie eine ängstliche Maus in der Falle darauf warten, bis Kamose dich hinrichten lässt?«
»Wo bringt ihr mich hin?«, fragte Nebnefer. »Zurück in den Tempel?«
»Wo der neue Steighalter des Pharaos residiert? Wohl kaum!«, entgegnete Ahmose unfreundlich.
Die Augen des Gefangenen verengten sich. »Ich warne euch! Nur ein falscher Schritt – und ich decke alles auf!«
Der Prinz versetzte ihm einen harten Stoß. »Du musst endlich lernen, wer deine Freunde sind«, sagte er. »Und jetzt los, mach schon! Sonst entdeckt uns noch die nächste Patrouille.«
Er zerrte Nebnefer nach draußen und ließ ihn in einen hölzernen Wagen steigen, den zwei Pferde zogen. Er selbst schwang sich auf seine Stute und genoss es, von oben auf den Verstörten hinunterzusehen. Genugtuung erfüllte ihn. Die schwarze Schlange war tot, und er kannte, was noch viel wichtiger war, das Geheimnis der anderen Kuschitin. Ein Wissen, das wichtig werden konnte, sollten sich die immer wieder auftretenden Scharmützel an der Grenze zum Goldland wiederholen und gar ausweiten.
Dann war der Sturz Kamoses unausweichlich. Und der seiner Berater dazu. Und falls dies nicht so bald der Fall sein sollte, so hielt er zumindest den Schlüssel zum Sturz des Manns aus Kepni schon so gut wie in der Hand. Eine Weile würde es folglich noch nötig sein, Nebnefer zu halten, zumindest so lange, bis er seine letzten Kenntnisse preisgegeben hatte. Lief jedoch endlich alles in der Weise, wie Ahmose es schon lange geplant und insgeheim innig gewünscht hatte, wurde es höchste Zeit, diesen lästigen Mitwisser für immer loszuwerden.
»Wir bringen dich an einen sicheren Ort«, sagte der Prinz, während seine feingliedrigen Hände mit den Zügeln spielten. »In ein Paradies der Wüste. Dort kannst du wieder zu Kräf-

ten kommen. Und von dort aus werden wir auch unseren Feldzug gegen Kamose beginnen.«
»Was soll das heißen?« Voller Argwohn starrte der abgesetzte Priester zu Ahmose empor. »Ich will nicht in die Wüste. Und überhaupt weigere ich mich, irgendwo hinzugehen, wo ich keinerlei Schutz erhalte.«
»Wer redet denn davon? Natürlich bekommst du Schutz. So viel du nur willst. Und keiner will dich inmitten von Sicheldünen der Rache Seths aussetzen. Wir bringen dich zur großen Oase.« Ahmose ließ eine Pause folgen. »Dort erwartet dich bereits der Alte«, fügte er leise hinzu.

*

Als endlich der Tag von Sahtis Niederkunft nahte, schickte Teti-Scheri Meret zu ihr, damit die Milchschwester der Hebamme beistehe. Die Hochschwangere hatte sich schon in der Nacht zuvor in ein gesondertes Gemach zurückgezogen, dessen Wände mit bunten Girlanden geschmückt waren. Die ersten Wehen stand Sahti noch auf dem Geburtstuhl durch, ein unförmiges Holzgebilde, in dessen Sitzfläche eine ausreichend große Öffnung für das Neugeborene eingelassen war. Sobald die Kontraktionen aber schneller und immer heftiger aufeinander folgten, besann sie sich auf das, was sie als Kind wiederholt gesehen und was der Alte ihr in Erinnerung gerufen hatte: Sie hockte sich breitbeinig hin. Die Angst der vergangenen Monde und Wochen hatte sie verlassen, denn bis zuletzt hatte sie die ungeduldigen Tritte gegen ihre Bauchdecke gespürt. Du lebst, dachte sie aufgeregt, und du wirst deine Mutter und deinen Vater sehr glücklich machen.
Meret benetzte ihr die rissigen Lippen mit Wasser, und die Hebamme schien zufrieden damit, wie die Arbeit voranging. »Ich kann den Kopf schon sehen«, munterte sie Sahti auf. »Es kann nicht mehr lange dauern.«
Sahti nahm alle Kraft zusammen, und doch drohte sie auf dem Gipfel der letzten steilen Welle der Mut zu verlassen.

Als sie schon glaubte, den Schmerz nicht länger ertragen zu können, schoss das Kind mit einem Schwall von Blut heraus. Ein kräftiger, fast schon zorniger Schrei brachte alle zum Lächeln.

»Ein Mädchen!«, sagte Meret bewegt, während die Hebamme mit einem Messer aus Obsidian die Nabelschnur durchtrennte. »Goldhäutig wie ihre Mutter. Und nicht minder schön.«

Die Kleine wurde mit weichen Tüchern abgerieben und anschließend seiner Mutter an die Brust gelegt. Als der winzige Rosenmund zu saugen begann, durchströmte Sahti ein niemals zuvor gekanntes Glücksgefühl. Ich durfte dir das Leben schenken, dachte Sahti voller Liebe. Jetzt hat der schwarze Skorpion für immer seine Macht über uns verloren. Und niemals werde ich dich verlassen, das gelobe ich dir!

Die kundigen Hände der Hebamme massierten Sahtis Bauch, und die Nachgeburt wurde in einer Schüssel aufgefangen. Zu Sahtis Überraschung nahm Meret sie sogleich in Gewahrsam.

»Ich sorge dafür, dass sie so schnell wie möglich unversehrt dem Nil übergeben wird«, sagte sie. »Zusammen mit der Nabelschnur, die man ebenfalls besser nicht unbeaufsichtigt lässt. Zum Dank an Hapi, der dich mit Fruchtbarkeit gesegnet hat. Und damit beides nicht in falsche Hände gerät und kein Unglück geschieht.« Nur kurz löste sich Sahtis Blick von dem lebendigen Wunder in ihren Armen. »Nun, du hast bekanntlich nicht nur Freunde in diesem großen Haus«, sagte Meret knapp. »Deshalb können wir gar nicht vorsichtig genug sein.«

Für einen Augenblick verdüsterten dunkle Erinnerungen Sahtis strahlende Glück. Seit Nabus Tod und dem überraschenden Verschwinden des Priesters schien alles im Palast wie vergiftet. Der Pharao wechselte kaum noch ein Wort mit Nefertari und Ahmose, und auch mit Ascha, die bleich und vorwurfsvoll wie ein Totengeist umherging, sprach er nur das Allernotwendigste. Sahti konnte nur erahnen, was in ihm vorging, denn jedes Mal, wenn sie ihn darauf ansprach, verschloss sich sein Miene oder er fing an, von anderen Dingen zu sprechen. Nun hoffte sie, dass die glückliche Geburt ihn auf andere Gedanken bringen würde. Auch wenn das Kind ein Mädchen war und damit eindeutig kein Falke-im-Nest für Kemet.

»Sie braucht einen Namen«, sagte Meret, während die Hebamme einen stärkenden Trank aus Honig, Wein und Melisse braute. »Ich denke, Teti-Scheri weiß sicherlich schon, wie sie heißen soll.«

»Nuya«, sagte Sahti, ohne nachzudenken.

»Nuya?«, wiederholte Meret zweifelnd.

»Der Name meiner Mutter. Sie hat meine Geburt nicht überlebt.«

Es wurde still im Raum; nur noch das leise Schmatzen der kleinen Nuya war zu hören. Kein Mondmesser, dachte Sahti, und spürte, wie ihre Augen feucht wurden bei der Erinnerung an den Schwur, den sie Nabu vor deren Tod geleistet hatte. Niemals!

»Und du wirst eine Amme brauchen.« Meret räusperte sich. »Eine der jungen Dienerinnen hat erst vor zwei Tagen einen kräftigen Knaben geboren …«

»Ich stille Nuya selbst«, unterbrach Sahti sie. »Meine Milch soll sie schützen und nähren.«

»Ganz wie du willst«, sagte Meret pikiert. »Kann ich dir wenigstens mit diesem Zauberspruch dienlich sein?« Sie hielt Sahti ein winziges Stück Papyrus unter die Nase.

Verblüfft begann sie zu lesen: *Geh zu Grunde, im Dunkel kommender Dämon, der sich heranschleicht, seine Nase nach hinten, mit zurückgewandtem Gesicht, der vergisst, wozu er gekommen ist! Bist du gekommen, dieses Kind zu küssen? Ich lasse nicht zu, dass du es küsst!*

»Warum nicht?«, sagte Sahti und sah zu, wie Meret den Papyrus winzig klein zusammenfaltete und in eine hohle Holzkugel steckte, die an einen silbernen Kette befestigt war. Vorsichtig streifte die alte Frau die Kette dem Säugling über den Kopf. »Jetzt besitzt sie nicht nur die unendliche Liebe ihrer Mutter, sondern auch bereits ihr erstes eigenes Amulett.«

Obwohl sie sich plötzlich schwach fühlte und der Riss schmerzte, den Nuyas Köpfchen ihr bei der Geburt zugefügt hatte, konnte sie es kaum erwarten, allein zu sein. Endlich zogen sich die beiden Frauen zurück, versprachen jedoch, bald wieder nach ihr zu sehen. Zum Schutz vor Sonne und Hitze hatten sie blaue Tücher vor die Fenster gehängt, und im milchigen Schein schliefen Mutter und Kind ein.

Sahti erwachte, als jemand sehr sanft ihre Wange berührte. Schon am Geruch erkannte sie Kamose; unter Dutzenden von Männern hätte sie ihn selbst mit geschlossenen Augen herausgefunden.

»Es ist ein Mädchen«, sagte Sahti, die sich daran erinnerte, wie sehr sich schon Golo einen Sohn und Erben gewünscht hatte. »Bist du traurig darüber?«

»Wie könnte ich? Sie ist sehr schön«, sagte er zärtlich. »Und sie sieht dir ähnlich.«

»Nuya hat deine Nase und dein vorwitziges Kinn«, protestierte Sahti. Sie sah ihm tief in die Augen. »Tut es dir wirklich nicht leid, dass es ein Mädchen ist?«

Kamose streckte die Hände nach dem kleinen Bündel aus, und Sahti legte es ihm in die Arme.

»Dein Scheitel ist Ra, du gesundes Kind«, murmelte er. »Dein Hinterkopf ist Osiris, deine Stirn ist Satis, deine Schläfe Neit. Deine Augenbrauen sind der Herr des Ostens, deine Augen sind der Herr der Menschheit. Deine Nase ist der Ernährer der Götter, deine Ohren sind die beiden Königsschlangen. Deine Ellbogen sind die lebenden Sperber, dein einer Arm ist Horus, der andere Seth. Deine Lunge ist Min, deine Milz Sobek, dein Nabel ist der Morgenstern. Dein Bein ist Isis, das andere Nephthys ... Kein Glied von

dir ist ohne Gott, jeder Gott beschützt seinen Namen und alles, was von dir ist.« Er küsste Nuyas Köpfchen.
»Was hast du?«, flüsterte Sahti. »Dein erstes Kind ist gerade geboren, und du siehst auf einmal so traurig aus.«
»Du kennst mich besser, als alle anderen«, sagte er und gab ihr das Kind wieder zurück. »Ich fürchte, wir werden uns eine Weile nicht sehen können.«
»Ich weiß«, sagte Sahti und wandte ihren Blick schamhaft ab. Auch im Goldland mussten sich die Frauen nach jeder Geburt einer Reinigungszeit unterziehen, bevor sie wieder mit ihren Männern zusammenkommen durften. »Erst nach der Läuterung kann ich zu dir zurück.«
»Das ist es nicht«, sagte Kamose. »Und es kann vielleicht wesentlich länger dauern.«
»Was ist geschehen?«, fragte sie.
»Es könnte Krieg geben«, sagte er langsam. »Ich werde mit dem Heer aufbrechen. Schon morgen.«
»Krieg? Aber wolltest du nicht noch abwarten, bevor du mit deinen Soldaten ins Delta ziehst?« Etwas in Sahti krampfte sich zusammen.
»Nach Norden schickte ich nur ein paar speziell ausgebildete Beobachtungstruppen«, entgegnete er, ohne den Blick von ihr zu wenden. »Für alle Fälle, denn jenem Herrscher im Delta ist nicht zu trauen. Mit dem Rest meiner Armee marschierte ich gen Süden. Die Herrscher von Kerma, die wir seit Jahren vergeblich als Verbündete gewinnen wollten, hören nicht auf, uns zu provozieren. Erst der Vater – und nun auch der Sohn, auf sogar noch dreistere Weise. Er braucht eine Lektion.«
»Für solche Fälle hast du doch Geiseln«, sagte Sahti. »Eine von ihnen ist tot. Die andere aber lebt.«
Sollte sie ihm jetzt erzählen, was Nabu ihr über die Herkunft der Daya eröffnet hatte? Da sie es ihm bisher verschwiegen hatte, brachte sie es auch jetzt nicht über die Lippen. Vielleicht war es ohnehin bereits zu spät. Zu lange schon hatte sie

mit ihren Narben, Lügen und Vorsichten gelebt. Wenn sie jetzt plötzlich alles verriet, könnte sie Kamose verlieren.
»Du weißt, was du mir bedeutest«, sagte Kamose. »Außerdem wäre ein Zweifrontenkrieg das Letzte, was Kemet jetzt braucht. Wenngleich ich weiß, dass mein Vetter Ahmose insgeheim von einem solchen träumt; zusammen mit einigen Offizieren. Mir geht es nicht darum, Kusch zu besetzen. Aber wir müssen Stärke zeigen, wenn sie versuchen, uns in die Knie zu zwingen.«
Er beugte sich über Sahti und küsste sie. Sie spürte etwas Kühles auf ihrer Haut, ein Abschiedsgeschenk, das er ihr unter geflüsterten Beteuerungen umgehängt hatte.
»Ich komme wieder«, sagte er leise. »So schnell ich kann. Und inzwischen werdet ihr beide wie meine Augäpfel bewacht. Das verspreche ich dir.«
»Geh nicht!« Sahti richtete sich mühsam auf. Jetzt erst merkte sie, wie sehr die Wehen sie erschöpft hatten. »Und wenn dich unterwegs ein vergifteter Pfeil trifft? Oder ein Speer durchbohrt? Seqenenre ist als Leichnam zurückgekehrt. Ich könnte nicht weiterleben, wenn du …«
»Kein Glied von mir ist ohne Gott.« Lächelnd nahm Kamose das Gebet auf, das er zuvor über seiner neugeborenen Tochter gesprochen hatte. »Jeder Gott beschützt meinen Namen und alles, was von mir ist.«
Ein letztes Mal berührte er Nuyas Kopf. Dann verließ er schnell das Zimmer.

ZWÖLFTE STUNDE:
DIE DEN CHEPRI PREIST

Im zweiten Mond Perets waren überall auf den Feldern die Holzpflüge im Einsatz, und die Bauern warfen das Saatgut für die nächste Ernte aus. Gleichzeitig wurden landauf, landab in den großen Tempeln wie den kleinen lokalen Heiligtümern Opferungen an Osiris vollzogen, der durch sein Sterben und seine Wiederauferstehung als Sinnbild der jährlichen Wiedergeburt der Natur galt. Es war ein kühler, sonniger Herbst, dessen Frische nach der sommerlichen Glut als reinigend empfunden wurde. An einem dieser goldenen Tage kehrte Kamose mit seinem Heer aus dem Goldland zurück, mit einer zwar ungeschlagenen Armee, jedoch keiner siegreichen. Zwar war es Hori gelungen, nach schweren Kämpfen das Fort von Abu Resi zurückzuerobern und die kuschitischen Soldaten hinter den zweiten Katarakt zurückzudrängen, die militärische Operation hatte jedoch auf beiden Seiten erhebliche Opfer gefordert. Lustlosigkeit hatte sich rasch unter der Truppe ausgebreitet, gefolgt von zahlreichen Krankheiten, die die allgemeine Moral zusätzlich schwächten.

Obwohl sich die Kriegsbeute für Kemet nur auf wenige hundert Deben Gold und Edelsteine belief, verzichtete der Pharao auf die zusätzliche Beschaffung kostbarer Hölzer, auf Elfenbein und Straußenfedern, die in erst zu erbauenden Schiffen auf dem großen Fluss nach Norden hätten transportiert werden müssen, und drängte auf Rückzug. Auf einem allerdings bestand er: auf der Rekrutierung von mehr als zehn Dutzend kuschitischer Bogenschützen, Medjai genannt, die halb als Gefangene mit Sonderstatus, halb als Frei-

willige unter scharfer Bewachung seinen Kompanien folgen mussten.
Im Palast von Waset herrschte große Aufregung, als die Nachricht von der bevorstehenden Rückkehr eintraf. Ungeachtet ihrer Gelenkschmerzen ließ Teti-Scheri sich in einer Sänfte dem Heer entgegentragen, um den geliebten Enkel in Augenschein zu nehmen. Böse Gerüchte waren dem Heereszug vorausgeeilt. Kamose, so hieß es, sei bei einem Überfall schwer verwundet worden und habe tagelang um sein Leben ringen müssen, so dass die alte Königin insgeheim schon eine unselige Wiederholung von Seqenenres Schicksal befürchtet hatte. Als sie ihn jetzt jedoch in Waset einreiten sah, geschoren und nach dem mehr als hunderttägigen Rückmarsch über die Karawanenroute ebenso mager wie sonnenverbrannt, offensichtlich jedoch bei bester Gesundheit, beruhigte sie sich. Bald jedoch legten sich wieder die Schatten auf Teti-Scheris Gemüt, die sie während Kamoses Abwesenheit nie mehr verlassen hatten, und sie wusste, dass es dem Pharao bald nicht anders ergehen würde.
Wer ihn nicht minder bang erwartet hatte war Sahti.
»Dein Vater kommt endlich zurück«, murmelte sie an Nuyas rundlicher Wange. Seit ein paar Tagen konnte die Kleine sitzen, ohne umzufallen, und dieser entscheidende Schritt in der Eroberung der Welt schien ihr großes Vergnügen zu bereiten. »Wir müssen uns allerdings sputen, um den anderen zuvorzukommen. Sonst hauchen sie ihm noch ihren giftigen Atem ins Ohr.«
Aber als sie mit dem Kind auf dem Arm ihre Gemächer verlassen wollte, ließen eilig davor aufgestellte Wachen sie nicht passieren. Sahti versuchte es mit Drohen und Bitten, mit Schimpfen und Flehen, nichts jedoch half. Heißer Zorn stieg in ihr hoch. Er verwandelte sich in Hass, als sie immer wieder aufs Neue zurückgewiesen wurde, und dieser galt nicht nur Ahmose, sondern auch Nefertari. Sie hatte längst erkennen müssen, welch gefährliche Gegner ihr in den beiden er-

wuchsen. Denn sie hatten nichts Eiligeres zu tun gehabt, als unmittelbar nach dem Abmarsch Kamoses ihren Wöchnerinnenfrieden zu stören. Hochmütig konfrontierten sie Sahti mit dem, was Nefertari bei deren letzten Gespräch mit Nabu belauscht hatte. Glücklicherweise schienen sie nichts von dem verstanden zu haben, was die Verstorbene über Löwe und Schlange gesagt hatte, zumindest ließen sie es unerwähnt. Dafür war ihnen alles über die Herkunft der Daya – und damit auch Sahtis – umso besser im Gedächtnis geblieben.

»Der Pharao wird Augen machen, wenn er erfährt, was du bislang so peinlich vor ihm und uns geheim gehalten hast«, sagte die Prinzessin mit ihrer spröden Stimme, die ebenso gut zu einem launischen Jüngling gepasst hätte. »Du bist ja gar nicht die Tochter eines Provinzhäuptlings, sondern aus königlichem Geblüt! Und das, nachdem Kamose und seine Soldaten gerade ihr Leben gegen die Truppen des Herrschers von Kerma riskieren!«

»Ich könnte dich auf der Stelle von deiner Tochter trennen und ins Verließ werfen lassen«, drohte Ahmose. »Denn solange Kamose mit seinen Männern gegen deine Stammesbrüder kämpft, fungiere ich in Waset als sein Stellvertreter. In meinen Augen bist du nichts anderes als eine elende Spionin. Aber wieso soll ich mir die Hände schmutzig machen? Soll der Pharao sich doch den Kopf darüber zerbrechen, was er mit dir anstellen wird! Außerdem ist mir eine ungleich wirksamere Strafe für dich in den Sinn gekommen.«

Sahti starrte ihn schweigend an. Seine grünlichen, schrägstehenden Augen glitzerten, als habe er nur auf diesen Augenblick gewartet.

»Was Kamose verabscheut, sind Lügen und erst recht Verrat«, fügte er triumphierend hinzu. »Verrat ist für ihn das schlimmste aller Vergehen, eine Todsünde, die er niemals vergibt. Ich fürchte, deine Tage sind gezählt, Kuschitin!«

Plötzlich fühlte sie sich elend, schwächer als unmittelbar

nach der Entbindung. Gleichzeitig erfüllten sie wilde Rachegedanken. Sollten sie tatsächlich versuchen, ihr das Kind wegzunehmen, dann wäre sie sogar fähig zu töten – selbst ihn. Und seine stolze Prinzessin dazu.

»Aber vielleicht rechnest du insgeheim ja längst damit«, warf Nefertari mit einem grausamen Lächeln ein. »Die Rache des schwarzen Skorpions, so war es doch, nicht wahr? Diese Tiere sind genauso unberechenbar und gefährlich wie ihr Kuschiten. Es gibt nur einen Weg, um mit ihnen fertig zu werden – man muss sie zerquetschen.«

Lachend und eng umschlungen hatten die beiden Sahti verlassen und in einen Wirbel widersprüchlichster Gefühle gestürzt. Scham war dabei, wenngleich Zorn und Empörung überwogen. Wie konnten sie es wagen, so leichtfertig mit jenem Schmerz umzugehen, der Nabu und sie in jener letzten Nacht verbunden hatte, gerade weil sie die Qualen der Skorpionhütte nicht miteinander geteilt hatten? Und was, wenn sie ebenso bedenkenlos anderen davon erzählten – Kamose, Ascha, der Witwe Ahhotep oder der alten Königin?

Sahtis Befürchtungen bestätigten sich rasch.

Ahhotep begegnete ihr unverändert mit kalter Verachtung. Die Große Königliche Gemahlin Ascha jedoch verließ den alten Palast am Nilufer, in den sie sich zurückgezogen hatte, und bezog mit großem Pomp ihre Gemächer in der neuen Anlage, als wolle sie Sahti allein durch ihre Anwesenheit demonstrieren, welche Rechte ihr zustanden. Tiefer traf Sahti das Verhalten Teti-Scheris, die ihre Urenkelin Nuya zwar besuchen kam und sich entzückt über deren Anmut zeigte, mit Sahti jedoch kein überflüssiges Wort wechselte. Auch ihre bisherigen Aufmerksamkeiten blieben aus, nachdem Mutter und Kind wieder ihre gewohnten Räumlichkeiten bezogen hatten, und nur Meret kam ab und zu vorbei, um die alte Königin über Nuyas Entwicklung auf dem Laufenden zu halten.

Es war, als habe sich eine unsichtbare Mauer um Sahti geschlossen, die mit jedem Tag wuchs. Sogar die Bediensteten waren zurückhaltend, und seit Hesis ungeklärtem Tod gab es ohnehin keinen unter ihnen, zu dem sie auch nur ansatzweise Vertrauen hätte entwickeln können. Jeder im Palast – von Kamoses hochfahrender Königin bis hinunter zur einfachsten Küchenmagd – schien sie spüren zu lassen, dass sie zu den Feinden Kemets gehörte.

Sahti hatte versucht, sich an die neue Situation zu gewöhnen, aber es war ihr bis heute nicht gelungen. Sie tastete nach der Löwenkralle und berührte das goldene Anch, das Kamose ihr vor seinem Abmarsch um den Hals gehängt hatte. »Das Geschenk ewigen Lebens«, hatte er gemurmelt, »die Vereinigung von Sonne und Nil, von Isis und Osiris. Und ebenso beständig und unwandelbar wie meine Liebe.«

Was jetzt davon noch übrig bleiben würde?

Um ruhiger zu werden, stillte Sahti das Kind, das hungrig trank. Bald schon würde ihre Milch nicht mehr ausreichen, obwohl sie Nuya lieber noch länger die Brust gegeben hätte. Aber bereits jetzt war die Tochter manchmal kaum satt zu bekommen, eine kleine, sehr eigenwillige Persönlichkeit, die ihre Bedürfnisse vom ersten Tag an lautstark durchzusetzen verstand.

Kamose musste sich längst im Palast befinden. Sahti hatte vor geraumer Zeit Pferdegetrappel und lautes Stimmengewirr gehört. Vermutlich hatte er sich sofort mit seinen Ratgebern in einen der Thronsäle zurückgezogen, denn inzwischen war es auffallend still geworden. Die Wärme Nuyas, die nach dem Wickeln friedlich an ihrer Brust eingeschlummert war, ließ auch sie schläfrig werden, und Sahti sackte nach hinten in die Kissen.

Ein plötzliches Geräusch ließ sie auffahren.

Sie legte die Kleine zurück in die Wiege und ging zur Tür. Niemand bewachte mehr den Flur; die waffenstarrenden Posten waren verschwunden wie ein böser Traum. Unschlüssig blieb sie auf der Schwelle stehen, da erblickte sie

Kamose. Freude und Furcht verschlossen ihr bei seinem Anblick die Kehle. In ihrem Inneren dröhnte ein weißes Rauschen, als er sich näherte. Sie sah, wie seine Lippen sich bewegten, war aber unfähig, ihn zu verstehen. Hatte Ahmose ihm bereits alles berichtet? War er nur gekommen, um sie zu verstoßen? Dann musste sie versuchen ihm endlich alles zu erklären.

Der Pharao kam ihr im ersten Augenblick fast wie ein Fremder vor. Seine verbrannte Haut, der geschorene Kopf und die überraschende Magerkeit ließen ihn größer, aber auch um einiges älter wirken. Dazu kam eine rötliche Narbe in Achselnähe, die ihm eine Speerspitze versetzt haben musste. Unwillkürlich musste Sahti an ihre eigenen Zeichen denken: Antefs Messerkerbe am Schenkel, das Sichelmal von Nebnefer am Hals, die feinen Schwangerschaftsstreifen, die sich über ihren Bauch zogen. Auf einmal war ihr, als trennten sie sie nur noch mehr von ihm.

Er zog sie an sich, kaum dass er im Zimmer war, und küsste sie gierig. Seine Lippen waren aufgesprungen, und es schien ihn wenig zu kümmern, was sie gerade empfand, denn seine Hände zerrten bereits an ihrem Gewand und rissen an dem dünnen Stoff, als könne es ihm nicht schnell genug gehen. Sein Atem war heiß auf ihrer Haut, und das Lächeln verging ihr, als er sie fast grob berührte. Für einen Augenblick musste Sahti mit den Tränen kämpfen. Ihr Körper hatte sich seit der Geburt Nuyas verändert. Seit Monden gehörte er allein dem Kind, hatte es erst ausgetragen, dann geboren, gewiegt und genährt – und jetzt kam dieser fremde Krieger und bediente sich seiner wortlos, als sei es sein gutes Recht! Schweißnass rieb er sich an ihr, beinahe wie von Sinnen, und sie spürte, wie nicht die gewohnte Lust, sondern Ablehnung, ja sogar Widerwillen in ihr aufstieg.

»Nicht so hastig«, murmelte sie schließlich, während sie ihn wegzuschieben versuchte. Er musste sie in die Zunge gebissen haben, denn sie schmeckte plötzlich Blut, was ihren beginnenden Zorn steigerte. »Ich muss mich erst wieder an dich gewöhnen. Du warst so schrecklich lange fort.«

»Du hast ja Recht. Aber ich kann nicht länger warten«, stöhnte Kamose. »Nicht nach dieser endlosen Trennung!«

Später, als ihr Mund noch immer von seinen hungrigen Küssen brannte, stand er auf und beugte sich über das schlafende Kind.

»Meine kleine Sonne«, flüsterte er. »Sie ist das Schönste und Vollkommenste, was ich jemals gesehen habe.« Er musste lächeln, als er Sahtis Blick bemerkte. »Von ihrer Mutter natürlich abgesehen«, fügte er hinzu und nahm sie erneut in die Arme.

Dieses Mal liebte er sie langsam und zärtlich, aber mit solcher Intensität, dass sie beinahe die Besinnung verlor. Nein, sie konnte ihre Gefühle für ihn nicht abstellen, was immer auch geschehen sein mochte! Während sie ihren gemeinsamen Rhythmus fanden, nahm Sahti sich vor, ihm endlich alles zu sagen. Dass sie erst unmittelbar vor Nabus Tod über ihre Herkunft aufgeklärt worden war, dass Nebnefer sie eines Nachts im Harim bedroht und anschließend am Hals verwundet hatte; und dass die goldene Selket von Namiz stammte und über Ut und Ita schließlich in die Hand der Priester gelangt sein musste.

Jetzt ging ihr Atem nicht minder schnell als seiner, und als sie die Welle der Lust spürte, die sie auf den Höhepunkt zutrieb, krallten sich ihre Nägel in seinen Rücken.

Kamose lachte nur, als sie später gemeinsam die Kratzspuren begutachteten.

»Die faszinierendste unter allen Frauen ist scheu und wild zugleich«, sagte er, »Kätzchen und Löwin in einem. Man braucht das Auge eines Jägers, um das festzustellen. Ich wusste ziemlich bald, woran ich mit dir war.«

»Hast du Golo gesehen?«, fragte sie unvermittelt, gar nicht in Stimmung für anzügliche Zärtlichkeiten. »Meinen Vater? Lebt er noch?«

»Ich weiß es nicht«, erwiderte Kamose nach einer Weile. »Da waren so viele, die gekämpft haben, und so viele Tote – auf beiden Seiten.« Er setzte sich auf das Bett und stützte seinen Kopf in die Hand. Auf einmal sah er so erschöpft aus, dass Sahti erschrak. Eine wilde, beinahe verzweifelte Zärtlichkeit ergriff sie. Sie durfte ihn nicht verlieren, nicht auch noch ihn – niemals! »Und Apopi wird als Nächster angreifen«, fuhr Kamose langsam fort. »Es kann nicht mehr lange dauern. Meine Späher in Norden berichten, dass er sich öffentlich damit brüstet, der einzig rechtmäßige Herrscher Kemets zu sein. Fürst von Waset – so nennt er mich herabsetzend. Dabei habe ich meine Krone von Re erhalten. Wieso nur wollte der Herrscher von Kerma nicht mein Verbündeter werden und gemeinsam mit mir gegen den König der Hyksos streiten?«

Sahti zog die Schultern hoch. Sie vermochte ihm keine Antwort darauf zu geben.

»Zuerst hat der Vater uns zurückgewiesen. Jetzt tut es der Sohn. Wäre der kuschitische Herrscher nur meinem Vorschlag gefolgt, dann könnten viele seiner Soldaten noch am Leben sein. Ebenso wie meine.« Als habe er schon zu viel preisgegeben, stand Kamose abrupt auf und schlang sich den Schurz um.

»Du willst uns schon verlassen?«, sagte Sahti erschrocken.

Er wusste offensichtlich noch nichts von Ahmoses Enthüllungen. Und soeben hatte sie endgültig die allerletzte Gelegenheit versäumt, ihm alles in aller Ruhe mit ihren eigenen Worten zu sagen.

Nuya begann jämmerlich zu weinen. Sahti nahm sie aus der Wiege und legte sie an die Brust.

»Ich komme ja wieder«, sagte Kamose zwinkernd, sichtlich erleichtert, dass das unerfreuliche Thema des Feldzugs ins Goldland abgeschlossen war. »Und dann können wir unser anregendes Beisammensein exakt dort fortsetzen, wo wir es eben unterbrechen mussten.«

Sie starrte ihm hinterher, auch noch, als sie mit dem Kind längst wieder allein war. Erst nach und nach wurde ihr das Ausmaß der Grausamkeit des Prinzen bewusst. Ahmose hatte sie mit ihrer eigenen Feigheit konfrontiert. Und ihr dieses Wiedersehen nur aus einem einzigen Grund gelassen – um ihr noch einmal in aller Deutlichkeit vor Augen zu führen, was sie für immer verlieren würde.

*

Zwei Tage später wurde Pani aufgegriffen. Mit einer Gruppe von Gärtnern hatte er sich in den Palastgarten geschlichen und war erst nach geraumer Zeit von den Wachen entdeckt worden. Sie wollten ihn zunächst einsperren, er jedoch beharrte darauf, zu Sahti gebracht zu werden, und schließlich kamen sie, wenngleich auch zögernd, seinem Wunsch nach.
Es war eine Freude für sie, ihn wieder zu sehen, und ein warmes, familiäres Gefühl erfüllte sie, wie sie es lange nicht mehr empfunden hatte. Ein anmutiger Jüngling war aus ihm geworden, für sie jedoch würde er immer der magere Kleine mit dem verletzlichen Blick bleiben, der sie im Reich des Balsamierers in die Welt der Sterne entführt hatte. Voller Rührung umarmte Sahti ihn, und er ließ es geschehen, bevor er darauf drängte, Nuya zu sehen.
»So hast du also bereits von ihr erfahren.« Sahti führte ihn zur Wiege, die am Fenster stand.
»Du bist inzwischen eine berühmte Frau«, erwiderte er leicht verlegen. »Überall wird über dich geklatscht.« Er beugte sich über das Kind. »Wie wunderschön sie ist, meine kleine Nichte!« Ein prüfender Blick zu Sahti. »Oder bin ich etwa nicht mehr dein Bruder, wie du früher immer behauptet hast?«
»Natürlich!«, versicherte ihm Sahti. »Und das wirst du auch immer bleiben. Aber jetzt musst du mir endlich verraten, weshalb du wirklich gekommen bist.« Sein Gesicht verschloss sich augenblicklich. Jetzt sah er genauso aus wie frü-

her, wenn man ihn bei einer kleinen Unwahrheit ertappt hatte.

»Was ist passiert?«, drang sie weiter in ihn. »Es muss doch etwas geschehen sein!«

»Nicht direkt«, sagte er ausweichend.

»Nun rede schon, Pani!«

»Heteput«, stieß er schließlich hervor.

»Wohnst du noch bei ihr?«, fragte Sahti.

»Ja, aber es ist nicht mehr auszuhalten. Den lieben langen Tag redet sie von nichts anderem als von ihrem Penju und ihrem Nesmin, die immer einzigartiger und vollkommener wurden, je länger sie tot sind. Oder aber sie zieht über dich her.« Er vermied es, Sahti anzusehen. »Mit Ausdrücken, die ich lieber nicht wiederholen möchte.«

»Heteput hat mich niemals leiden können, obwohl sie immer das Gegenteil behauptet hat«, erwiderte Sahti. »In gewisser Weise ist es ihr nicht einmal zu verübeln. Ihrem geliebten Sohn habe ich kein Glück gebracht. Ich danke den Göttern, dass zumindest sein Tod nicht meine Schuld ist.«

»Das sage ich ihr auch – wieder und immer wieder! Aber es ist sinnlos. Und dazu kommt die Arbeit am Geheimen Ort ...« Pani starrte auf seine Hände. »Wo ich in den endlosen Stollen immer ihre Gesichter zu sehen glaube ... zunächst abwechselnd die von Nesmin und Penju. Aber inzwischen immer öfter die widerwärtige Fratze des Balsamierers.« Er stöhnte auf. »So dass mich in der Dunkelheit alles nur noch an ihn erinnert hat. Deshalb bin ich jetzt hier. Weil du die Einzige bist, die mich versteht. Bitte, Sahti, schick mich nicht wieder fort!«

»Wenngleich du damit vermutlich Heteput das Herz brechen wirst«, sagte Sahti nachdenklich. »Hast du auch daran gedacht?«

»Wo kein Herz ist, kann auch keines gebrochen werden«, erwiderte er spontan. »Darf ich nicht einfach hier bleiben? Bei dir, im Palast des Pharaos?«

»Ich glaube kaum, dass das möglich sein wird«, sagte Sahti. »Selbst wenn ich es mir wünschen würde.« Sie schüttelte den Kopf. »Nein, Pani, das ist ganz ausgeschlossen.«
»Aber weshalb?« Er zog seine Flöte hervor. »Wir wären beide nicht mehr allein. Ich könnte immer für dich spielen, und natürlich auch für Nuya. Du musst dir anhören, welche Fortschritte ich inzwischen gemacht habe!«
Er begann mit einer klaren Melodie, sanft wie das Plätschern einer Quelle. Dann jedoch wurden die Flötentöne übermütiger, überschlugen sich und trillerten, um anschließend wieder zur Ruhe des Anfangs zurückzufinden. Sahtis Gedanken begannen zu tanzen, während sie ihm zuhörte, zum ersten Mal, seit Kamose aus dem Goldland zurückgekehrt war. Bilder des heimatlichen Dorfes stiegen vor ihrem inneren Auge auf, und sie meinte plötzlich alles nicht nur zu sehen, sondern auch zu hören, zu riechen, und zu schmecken: die Daya, über einem großen kupfernen Topf gebeugt, aus dem betäubende Düfte aufstiegen; das Klimpern der goldenen Reifen an Rujus Gelenken und deren ausgelassenes Kichern; das Rauschen des großen Flusses, in den die nackten Frauen langsam hineinwateten, ihre bunten Gewänder am Ufer zu sauberen Häufchen geschichtet; die Sonne in Flammen, bevor sie hinter den Dünen versank; Sternenlicht über dem Lehmziegelhaus.
Plötzlich empfand sie wieder wie ein Kind, das neugierig ist auf das Leben und alles, was vor ihm liegt, und stille, warme Hoffnung erfüllte sie. Vielleicht kann doch noch alles gut werden, dachte sie. Kamose würde ihr schließlich verzeihen, weil er verstehen musste, dass sie nur so und nicht anders handeln konnte. Er liebte sie doch und die goldene Tochter, die sie ihm geschenkt hatte, nicht minder …
Ungestüme Schritte rissen sie aus ihr Versunkenheit.
Der Pharao kam ins Zimmer gestürmt, gefolgt von zwei Offizieren, die er mit knappem Befehl wieder nach draußen schickte. Er trug das Nemes-Kopftuch und ein kostbares

Pektoral mit Karneolen. Sein kalter Blick traf Pani, der sofort erschrocken die Flöte sinken ließ.
»Wer ist dieser Mann, und was tut er hier?«, bellte Kamose.
Nuya begann erschrocken loszuweinen. Ganz gegen ihre Gewohnheit eilte Sahti nicht sofort zu ihr. Das Schreckliche war eingetroffen. Ahmose hatte sein Gift versprüht. Sie musste ihren Geliebten nicht danach fragen. Niemals zuvor hatte Kamose sie mit einem solchen Ausdruck betrachtet, distanziert, beinahe angewidert.
»Das ist Pani«, entgegnete Sahti, während sie um die richtigen Worte rang. »Mein kleiner Bruder.«
»Dafür ist seine Haut aber ziemlich hell geraten. Oder ist das auch wieder nur eine deiner talentierten Geschichten?«
»Wir hatten die gleichen Pflegeeltern.« Ihr Herz flatterte wie ein ängstlicher Vogel. »Hier, in Kemet. Er hat mir nur auf seiner Flöte vorgespielt.«
»Du hast dich also vergnügt?«
Kamose kam einen drohenden Schritt näher.
»Er hat mit seiner Kunst mein Herz gewaschen«, sagte sie einfach.
»Besser, sein Herz niemals von der Zunge zu trennen«, erwiderte Kamose barsch. »Dann ist der Mund auch nicht gezwungen, Lügen auszuspeien.« Er wandte sich an Pani. »Verschwinde!«
Zitternd gehorchte der junge Mann.
Alles Blut schien aus Sahtis Herz zu fließen, und in ihrem Kopf wurde es ganz hell und leer.
»Die Wüste erinnert uns an einen bleichen Körper«, sagte Kamose, ohne sie anzusehen. »Hat man Glück, findet man einen Busch, der einem über die heißeste Zeit hinweg wenigstens für den Kopf Schatten spendet. Ich dachte, ich hätte meinen Schatten gefunden.«
Seine Hand fuhr zu ihrem Hals. Würde er ihr seine Liebesgabe im nächsten Augenblick voller Wut herunterreißen? Sahti wagte kaum noch zu atmen, aber er berührte sie nicht.

»Und dann erst der Durst!«, begann Kamose erneut. »Nach Stunden in sengender Hitze verfällt man leicht seinen Illusionen und glaubt einen See zu entdecken, fast greifbar nah. Kommt man jedoch näher und möchte trinken, ist alles nur öd und leer.«
Sie fühlte sich derart betäubt, dass ihre Zunge wie ein nutzloses Stück Fleisch im Mund zu liegen schien.
»Hier und dort ähnelt die Wüste der Liebe«, sagte Kamose rau. »In beidem gibt es keine Kompromisse. Nur Leben oder Tod. Vertrauen oder Verrat. Und jeder, der sich auf dieses Abenteuer einlässt, sollte sich dessen bewusst sein.«
Sahti machte einen kleinen Schritt auf ihn zu, Kamose aber drehte sich hastig um, als ob er ihren Anblick keinen Augenblick länger ertragen könne.
Dann schloss sich die Türe hinter ihm.

*

Ein Spähtrupp fing den Boten in den ersten Morgenstunden ab, als er gerade seinen Weg nach Süden fortsetzen wollte. Seit dem Beginn des Feldzugs gegen Kusch hatte Kamose die Kontrolle der Wüstenstraßen in beiden Richtungen verstärken lassen, zunächst als reine Vorsichtsmaßnahme, die sich inzwischen jedoch als wirksame Überwachungstaktik entpuppt hatte.
Sie schleppten den Boten in die Oase zurück, und durchsuchten ihn zunächst eher lustlos, diesen dünnen Mann mit der Sichelnase, der eher an einen Kaufmann als an einen Spion erinnerte und so unauffällig wirkte. Stutzig wurden sie erst, als er immer aufgeregter zu werden schien, je länger sie in seinen Sachen wühlten. Seine Nervosität steigerte sich zur offenen Hysterie, als sie schließlich auf ein verschlossenes Holzkästchen stießen, das sie gewaltsam zu öffnen versuchten. Plötzlich fuchtelte er mit einem Dolch vor ihnen herum und versuchte, sie daran zu hindern.
Einer der Späher riss ihm die Waffe aus der Hand und

stieß sie ihm mehrmals in die magere Brust. Der Bote starb mit einem Röcheln. Seine weit aufgerissenen Augen schienen die Widersacher noch im Tod vorwurfsvoll anzustarren. Sie schleppten ihn nur ein kleines Stück weiter, dorthin, wo das Fruchtland hart an die Wüste grenzte. Bis zum Abend würden Geier und Schakale nichts mehr von dem Leichnam übrig gelassen haben.

Um einiges länger dauerte es, bis sie schließlich jemanden gefunden hatten, der den Brief aus dem aufgebrochenen Kästchen entziffern konnte. Der kahl geschorene Mann, den alle in der Oase respektvoll nur den Alten nannten, verzog keine Miene, als er die eilig hingeworfenen Kolumnen überflog. Schließlich ließ er den Papyrus sinken, und für einen Augenblick zuckte seine Rechte, als kämpfe er mit dem Gedanken, ihn zu zerknüllen oder besser noch an sich zu reißen.

Dann jedoch siegte die kühle Überlegtheit des Alten.

»Die Nachricht ist flüchtig und schlecht geschrieben und zudem in einem altmodischen Stil verfasst«, sagte er bedächtig, und die Lüge kam aufrichtiger als jede Wahrheit über seine Lippen. »Ich werde sie am besten mitnehmen, um sie in aller Ruhe zu studieren. Kommt doch in einer Stunde in mein Haus mit der blauen Tür. Dann wissen wir mehr.«

Er drehte sich um und schritt ohne Hast zu seinem unscheinbaren Heim. Hier war seit einigen Monden auch sein Gast untergebracht, der noch zurückgezogener lebte als er. Jetzt jedoch war seine kahle Studierstube, die an eine Priesterzelle erinnerte, leer. Der Alte kramte zwischen einigen Papyrusrollen, bis er das richtige Material gefunden zu haben schien. Dann griff er zur Schreibbinse, legte sie aber noch einmal beiseite, um sich den erstaunlichen Inhalt der abgefangenen Botschaft erneut durchzulesen.

Einen Augenblick hielt er inne.

Das Schicksal von ganz Kemet lag in seiner Hand. Es wäre ein Leichtes gewesen, den Brief zu fälschen oder abzuän-

dern, aber es gefiel ihm besser, alles so zu lassen, wie es war - mit einer winzigen Ausnahme.
Er begann zu schreiben, in sauberen, wenngleich nicht ganz gleichmäßigen Zeilen. Er brauchte sich nicht einmal anzustrengen. Jede Handschrift, die er einmal gründlich studiert hatte, vermochte er ohne große Mühe nachzuahmen. Und Sahti hatte schließlich lange genug im Tempel für die Priester geschrieben, so dass er ihre Zeichen täuschend ähnlich wieder geben konnte.
Jetzt fehlte nur noch die Unterschrift. Er wartete ab, bis die Tinte ganz getrocknet war, dann riss er ein Stück am unteren Rand des Papyrus ab, als ob jemand in großer Hast versucht hätte, die Signatur zu entfernen, ohne dass dies allerdings ganz geglückt wäre. Der Alte faltete den Brief sehr klein zusammen und legte ihn unter den anderen zurück in das Kästchen.
Bald darauf klopften die Späher ungeduldig an die Tür.
Er bat sie freundlich herein, bot ihnen Tee und Honigwein an und forderte sie auf, sich mit ihm auf den Sitzkissen niederzulassen. Obwohl er ihre Ungeduld spürte, ließ er sich Zeit, bevor er zu reden begann. Langsam öffnete er das Kästchen und nahm die beiden Schriftstücke heraus.
»Ihr seid durch Zufall auf eine wichtige Botschaft gestoßen«, sagte er schließlich, äußerlich so gelassen wie immer. »Genau besehen, handelt es sich sogar um zwei Schreiben. Und beide müssen unverzüglich Pharao Kamose in Waset vorgelegt werden.« Seine Stimme zitterte leicht, aber das konnte daran liegen, dass er sonst wenig zu reden pflegte. »Staatsangelegenheiten, so viel kann ich euch bereits verraten. Und zwar allerersten Ranges!«
»Was steht denn genau drin?«, fragte einer der Späher.
»Vielleicht bekommen wir ja sogar eine Auszeichnung oder Belohnung«, meinte ein zweiter. »Der Pharao, sagt man, soll sehr großzügig sein, wenn man ihm einen Gefallen erweist.«
»Wieso eigentlich zwei Schreiben?«, wollte der Vorwitzigste

von ihnen wissen, ein junger Mann mit einem klugen, schmalen Gesicht. »Ich habe vorhin nur einen einzigen Brief gesehen.«
»Wir alle haben in der Eile nicht richtig nachgesehen. Der zweite, sehr viel kürzere Brief lag am Boden des Kästchens zusammengefaltet, ist jedoch nicht minder entscheidend. Ganz in Gegenteil: Er enthält die Botschaft einer Verräterin an einen anderen Verräter«, erwiderte der Alte kalt. »Und kann vielleicht das Ende eines dritten bedeuten. Ihr solltet sofort aufbrechen. Jede Stunde zählt.«
Sie verließen ihn rasch, und er wusste, sie würden keine Zeit verlieren.
»Scher dir den Kopf!«, rief er Nebnefer zu, als dieser von dem kleinen Beduinenmarkt zurückkehrte. Als Dank für die Gastfreundschaft hatte er es sich zur Aufgabe gemacht, die spärlichen Einkäufe für beide zu besorgen.
»Wovon redest du?« Mit dem wirren, grau melierten Schopf sah Nebnefer ganz fremd aus.
»Und deinen Körper dazu«, lautete die Antwort. »Die Zeit der Verbannung ist vorüber.«
»Wir kehren doch nicht etwa in den Tempel zurück?«
»Genau das werden wir tun«, sagte der Alte. »Wir brechen noch heute auf.«
»Aber wenn Kamose mich töten lässt?«
»Dazu wird er kaum Gelegenheit haben. Apopi plant, sich mit dem Herrscher von Kerma zu verbünden, um Kemet in den Zangengriff zu nehmen. Jetzt kann der Pharao sich nicht mehr darauf beschränken, ein paar Spähtrupps nach Norden zu schicken. Er muss mit dem ganzen Heer nach Hut-Waret segeln, wenn er sein Gesicht nicht verlieren will. Und er muss es vor allem bald tun.« Der Alte begann zu lächeln. »Aber er wird die Festung ebenso wenig einnehmen wie einst Seqenenre, davon können wir ausgehen.«
»Aber das würde ja bedeuten …« Verwirrung und Freude zeigten sich in Nebnefers Zügen. »… dass ich endlich wieder

Amun in seinem ewigen Haus dienen kann. Und dass Ahmose schon bald als Pharao den Thron besteigen wird.«
»Erst wenn der alte König tot ist, kann es einen neuen geben«, erwiderte der Alte, »dessen Aufgabe es dann ist, die durch Maat verkörperte Weltordnung aufrechtzuerhalten und Isfet, also Chaos und Unrecht, zu vernichten. So war es seit jeher. Und so wird es nach Amuns Wille auch künftig sein.«
»Wir müssen also weiterhin abwarten?«
»Das müssten wir in der Tat – es sei denn, man hat dem Schicksal zur rechten Zeit ein wenig nachgeholfen.« In den Augen des Alten funkelte ein boshaftes Licht. »So, wie ich es mir soeben erlaubt habe.«
»Was hast du getan?« Nebnefer starrte ihn gebannt an.
»Mit einem kleinen Brief das Ende jener Kuschitin eingeleitet, von der Kamose den dunklen Bastard geschenkt bekam. Ich weiß, wie sehr sie ihn verhext hat. Aber manche Zauberkräfte sind eben stärker als andere.«
»Und wenn der Pharao den Betrug bemerkt?«
»Zweifelst du etwa an meiner Kunstfertigkeit?«
Nebnefer schüttelte den Kopf.
»Außerdem wird er die Zeilen sofort zerreißen, um sie wenigstens vor sich selber ungeschehen zu machen. Ich müsste mich sehr täuschen, sollte er sich anders verhalten. Nein, er wird es genau so machen, wie ich es sage – ich weiß doch, wie leicht entzündbar sein Temperament ist! Allerdings ist es dann bereits zu spät. Ihr Gift kreist längst in seinem Blut. Niemals wieder wird Kamose diese Frau vergessen können, und ihr vermeintlicher Verrat trifft ihn tiefer als alles andere. Danach muss er nur noch die Geschichte der goldenen Götterstatue erfahren, in unserer Version, versteht sich. Dann wird er sich endlich auch von Namiz trennen. Und noch mehr leiden. Weil er sich unverstanden fühlt, hintergangen, umzingelt von lauter Verrätern. Natürlich wird er sich dies nicht anmerken lassen, dazu ist er zu gerissen. In seinem In-

neren jedoch werden die Zweifel wüten.« Der Alte nahm einen Schluck Wasser. »Ein angeschlagener König freilich ist in der Regel kein guter Kriegsherr. Besonders gegen einen mächtigen Feind wie Apopi.«

»Das heißt, du willst Kamose also in den Tod treiben?«, flüsterte Nebnefer beeindruckt.

»Er wird selbst dafür sorgen«, erwiderte der Alte gelassen. »Wir sehen ihm nur in aller Ruhe dabei zu.«

*

Geschrieben von der Hand des Herrschers von Hut-Waret. Gruß an den Herrscher von Kusch! Wieso trittst du als Herrscher auf, ohne es mich wissen zu lassen? Hast du beobachtet, was Kemet gegen mich getan hat? Der darin herrscht, der starke Kamose, ist dabei, mich auf meinem eigenen Boden anzugreifen, ohne dass ich ihn angetastet habe, ebenso wie er gegen dich vorgegangen ist! Er hat sich diese zwei Länder gewählt, um sie in Not zu bringen, mein Land und das deinige. Er hat sie verwüstet. Komm! Fahr nach Norden! Hab keine Furcht. Sieh, er ist hier in meiner Hand. Es ist keiner da, der sich dir in diesem Teil von Kemet entgegenstellt. Sieh: Ich werde ihm nicht den Weg freigeben, bevor du eingetroffen bist. Dann werden wir uns die Städte dieses Teils von Kemet teilen …

Kamose ließ den Brief sinken.

Er trat ans Fenster und starrte hinaus. Erst nach einer Weile brachte er die Kraft auf, auch die andere Botschaft zu lesen. Seine Gesichtszüge versteinerten sich, als er die nicht ganz akkurat geschriebenen Zeilen überflog. Er las sie noch einmal, dann ein drittes Mal, noch immer, ohne zu verstehen.

Als aber die Worte nach und nach in sein Bewusstsein sickerten, packte er den Brief und zerriss ihn in unzählige Fetzen.

Ahmose, der mit den Spähern, die die Botschaften gebracht

hatten, im Thronsaal eingetroffen war, räusperte sich vorsichtig: »Schlechte Nachrichten?«
»Wie man es nimmt.« Kamose trat langsam auf ihn zu. Jeder Schritt verriet seinen mühsam gezügelten Zorn. »Lass all meine Berater auf der Stelle zusammenrufen, Namiz, Hori und auch Toto, dazu die wichtigsten hohen Hofbeamten.« Er zögerte einen Augenblick. »Wenn du willst, kannst du ebenfalls dabei sein«, sagte er schließlich. »Kemet kann jede tapfere Hand brauchen.«
»Wird es Krieg geben?«, fragte Ahmose erregt. »Krieg gegen Apopi?«
Jetzt kam Kamose ihm so nah, dass er jede einzelne Schweißperle auf dem länglichen Gesicht des Pharaos sehen konnte. »Hast du nicht schon lange davon geträumt, Vetter?«, sagte er leise. »Worauf wartest du noch?«

*

Kamose blieb äußerlich ruhig und beherrscht, auch als Wesir Toto zahlreiche Einwände gegen einen raschen Feldzug vorbrachte. Die Anwesenheit des Pharaos in Waset sei wichtig für den inneren Frieden und die Stabilität des Reiches. Namiz pflichtete Toto eifrig bei. Zudem seien die Goldreserven nicht aufgefüllt worden und es gäbe Lieferschwierigkeiten der Kupferminen, was sich negativ auf die Waffenproduktion auswirken würde.
Hori schloss sich Namiz mit ganz ähnlichen Argumenten an. Zudem sei das Heer müde und abgekämpft. Die Streitwagen müssten nach der langen Abwesenheit im Goldland erst gründlich überholt, die Pferde neuerlich trainiert werden. Erst als der General auf die Medjai zu sprechen kam, die erst in die Truppe eingegliedert werden müssten, wurde der Mund des Pharaos hart.
»Wozu hat Re mich als König eingesetzt und mir die Siegeskraft anvertraut?«, sagte er. »›Der Stier ist geboren‹ – so lautet mein Name. Ich möchte endlich wissen, wozu meine

Stärke taugt. Ich sitze mitten zwischen einem verräterischen Kuschiten und einem nicht minder hinterhältigen Hyksos, die beide nichts Besseres zu tun haben, als zu beratschlagen, wie sie mein Reich am besten unter sich aufteilen können. Meine Geduld ist überstrapaziert. Es ist mein Wille, Kemet zu retten und für alle Zeit zu vereinen. Und ihr« – sein Blick glitt über die Berater, bis er nachdenklich auf Ahmose verweilte – »werdet alles dazu Notwendige so schnell wie möglich veranlassen!«

*

Noch am gleichen Nachmittag meldeten die Palastwachen den Besuch des Alten. Kamose ließ ihn erst nach längerem Warten eintreten. In seiner Rechten trug der Priester einen einfachen Beutel. Zur formellen Begrüßung fiel er demütig vor dem Thron nieder.

»Du hast die Wüste verlassen?«, fragte Kamose, nachdem der Priester sich auf sein Geheiß hin wieder erhoben hatte. Sie waren allein. Kamose hatte seine Höflinge hinausgeschickt.

»Die Wüste vermag uns Menschen von unseren drängenden Gedanken, Wünschen und Zielen zu trennen. In ihr können wir ganz bei uns sein. Alles wird unbedeutend, wenn das Auge nur noch Licht sieht und das Ohr nichts anderes vernimmt, als den Gesang sacht bewegter Luft.«

»Ich weiß«, sagte Kamose wie zu sich selbst. Der Alte nickte beifällig. Auch diese Leidenschaft des Pharaos war ihm bestens bekannt. »Wieso bist du dann hier?«

»Weil ich Euch warnen möchte«, erwiderte der Alte, »geliebter Horus im Leben, im Tod Osiris. Ich hielt es für meine Pflicht, Euch aufzuklären.« Er befeuchtete seine Lippen, als kämpfe er noch immer gegen Sand und Glut. »Unwissend habt Ihr über lange Zeit eine Natter an Eurem Busen genährt«, fuhr er fort und hielt abermals inne. »Nein, Einzig-Einer, lasst mich lieber ein treffenderes Bild verwenden! Kei-

ne Natter, sondern einen Skorpion, der im Verborgenen lauert, um Euch eines Tages mit seinem Stachel zu töten.«
Er griff in den Beutel, zog einen zusammengerollten Papyrus heraus und streckte ihn Kamose entgegen.
»Das hier solltet Ihr unbedingt lesen.«
»Noch mehr Botschaften?«, murmelte Kamose dumpf, und für einen winzigen Augenblick begannen die Mundwinkel des Alten zu zucken. »Was ist das?«
»Ein Geständnis. Die Frau, von der es stammt, hat sich schon vor einiger Zeit das Leben genommen. Eine Verbrecherin, die ohne Zögern sogar ihr eigenes Kind verkauft hätte, und unseres Mitleids nicht weiter bedarf. Aber was sie ausgesagt hat, ist Wort für Wort notiert und bezeugt.«
Kamose las mit eisiger Ruhe.
»Eine Fälschung«, sagte er schließlich, als er wieder aufsah, und legte den Papyrus scheinbar gleichgültig beiseite. »Und eine plumpe noch dazu. Und selbst, wenn es anders wäre – weshalb kommst du erst jetzt damit an? Und weshalb ausgerechnet du?«
»Das unversehrte Tempelsiegel beweist Euch, dass es keine Fälschung sein kann«, erwiderte der Alte gelassen. Er verspürte Triumph. Sein Giftpfeil hatte das Ziel bereits erreicht. »Das Geständnis war gut verwahrt. Wir haben es erst vor kurzem entdeckt. Zusammen mit der Statue.« Ein feines Lächeln spielte um seinen Mund. »Die große Tempelinspektion hat uns ausreichend Gelegenheit gegeben, auch in den verborgensten Winkeln aufzuräumen. Und was mich betrifft, nun, ich kam wohl gerade zur rechten Zeit. Aber wenn Ihr wollt, kann ich das Geständnis natürlich auch wieder mitnehmen. Und die Selket künftig sorgsam in einem Schrein verschließen, anstatt sie erneut zwischen Spinnweben und Mäusekot zu verbergen. Dann hat dieses Gespräch zwischen uns niemals stattgefunden.«
»Du hast sie mitgebracht?«, fragte Kamose schwerfällig, als sei jedes Wort plötzlich eine Anstrengung.

Der Alte zog die Statue aus dem Beutel und übergab sie ihm. Kamose hielt sie vorsichtig auf seinem Schoß. Im Licht der warmen Nachmittagssonne war die Skorpiongöttin gleißend hell und von fast unwirklicher Schönheit.

»Sieben Skorpione hat sie Isis geschickt, um sie vor Seth zu schützen«, sagte Kamose leise und berührte ihren täuschend echt nachempfundenen Kopfschmuck, den Skorpion mit dem giftigen Schwanz. »Denn der hat seinen Bruder Osiris mit List getötet, weil er selbst mit allen Mitteln den Thron besteigen wollte.«

Die Blicke der beiden Männer trafen sich.

Der Alte war es schließlich, der als erster die Lider senken musste. Aber er hatte genug gesehen: Verletzung. Einsamkeit. Und unstillbaren Rachedurst.

»Lass mich allein!«, sagte Kamose barsch.

*

Es war schon dunkel, als an Namiz' Tür geklopft wurde, und anstatt einen Diener zu schicken, ging er selbst, um aufzumachen.

»Hori! Toto! Zu dieser späten Stunde! Aber tretet doch näher! Ich heiße euch herzlich willkommen in meinem Haus.«

Sein freudiges Begrüßungslächeln erlosch, als er ihre Mienen bemerkte – und erst recht die Waffen, Schwert und Dolch, die sie trugen.

»Der Pharao schickt uns«, sagte Hori kalt. »Nein, wir kommen auf eigenen Wunsch, um dich persönlich zu verhaften.«

»Weshalb?«

»Das fragst du noch?«, erwiderte der Wesir barsch. »Einst haben wir drei feierlich geschworen, Kamose auf seinem schwierigen Weg mit all unser Kraft, all unserer Loyalität zu begleiten. Wir beide haben unser Versprechen gehalten. Du jedoch hast es feig gebrochen. Damit hast du nicht nur den Pharao verraten, sondern uns nicht minder.«

»Ich habe euch niemals verraten. Und dem Pharao war ich

immer ergeben und treu«, beteuerte Namiz. »Mein Leben würde ich für ihn geben!«
»Ach ja? Indem du sein Gold stiehlst und es an Unwürdige verschenkst?«, sagte Hori. »Gold ist das Fleisch der Götter und gehört einzig und allein in die Hand des Pharaos.« Er maß ihn verächtlich. »Muss ich ausgerechnet dich daran erinnern, den Ersten Vorsteher des königlichen Schatzhauses? Wer immer gegen dieses Gesetz verstößt, muss hart bestraft werden.« Er drehte sich zu Toto um und machte eine verächtliche Kopfbewegung.
»Die Selket«, murmelte Namiz und wollte den Arm des Generals berühren, aber Hori wich ihm aus. »Es muss die Selket sein, nicht wahr?«
»Natürlich ist sie es«, sagte Toto kalt. »Oder hast du noch weitere Götterstatuen gestohlen und entehrt?«
»Sie sollte einer todkranken Frau das Leben retten. Nur aus diesem Grund habe ich sie ihrem Sohn gegeben.« Namiz hatte nicht vor, Sahti zu erwähnen, obwohl ihm der Schweiß auf der Stirn stand und die Knie zitterten. Sie hatte ihn nicht verraten, das wusste er. Aber sie schwebte in großer Gefahr, nicht minder als er. Wo steckte sie? Was war mit ihr geschehen? Er war unfähig, auch nur eine Hand für sie zu rühren, jetzt, da er sich nicht einmal selber retten konnte. Alles war ihm stets geglückt, das hatte ihn im Lauf der Zeit übermütig werden lassen. Seine Hände hatten alles in Gold verwandelt. Deshalb hatte er das Schicksal mutwillig herausgefordert. Und jetzt war der Tag gekommen, an dem er die Rechnung präsentiert bekam. »Sie heilt die Lunge, wisst ihr?«
»Und sie beschützt die Verstorbenen, du Tor! Wir brauchen keinen Fremden aus Kepni, der uns über die Götter Kemets belehrt«, fuhr Hori ihn an. »Vor allem keinen Dieb!«
»Ich bin kein Dieb!«, begehrte Namiz auf. »Niemals habe ich fremdes Eigentum angetastet.«
Die beiden rissen ihm die Arme auf den Rücken und fesselten ihn. Dann drängten sie ihn zur Tür.

»Wenn du dich vielleicht noch einmal umdrehen möchtest«, sagte Toto höhnisch, als sie an der Schwelle angelangt waren, und versetzte ihm einen Hieb in den Rücken. »Denn all diese Pracht hier wirst du niemals wieder sehen.«

Namiz' Blick glitt über all die Möbel, die Vasen, die Wandmalereien, den Fußboden mit dem kostbaren Marmorbelag, an dem er sich so erfreut hatte. Als mittelloser Flüchtling war er einst an den Ufern Kemets gelandet, einzig und allein im Besitz seiner geschickten Hände und seines klugen Kopfes. Reich hatte er werden wollen, angesehen und einflussreich dazu, um die Schmach wettzumachen, die ihn von zu Hause fortgetrieben hatte. Und es schien ihm gelungen zu sein, obwohl er hier stets ein Fremder geblieben war – bis heute. In diesem Augenblick jedoch hatte sich das Blatt gewendet. Was bedeuteten Ansehen und Macht noch, was Ruhm und angehäufte Schätze? Jetzt wäre er schon glücklich zu schätzen gewesen, wenn er Kemet allein mit dem nackten Leben verlassen hätte können.

Sie stießen ihn in die Nacht hinaus.

Wenigstens war die Gasse leer, und keiner der Nachbarn würde Zeuge seiner Schmach werden. Namiz schüttelte den Kopf und empfand für einen Augenblick das verzweifelte Bedürfnis, über sich selber laut loszulachen. Als ob das jetzt noch eine Rolle spielte!

Schlagartig lichtete sich der barmherzige Nebel, der ihn bislang betäubt hatte, und eine schreckliche Gewissheit durchzuckte ihn. Kamose würde ihm die Hände abschlagen lassen. Und anschließend würde er jämmerlich verbluten.

»Wo bringt ihr mich hin?«, fragte Namiz verzweifelt, obwohl er die Antwort längst kannte.

»In den Kerker«, sagte Hori dumpf. »Und dort wirst du nicht allzu lange auf dein Urteil warten müssen.«

*

Am Morgen hatten sie ihr Nuya weggenommen, zwei hohe Offiziere der königlichen Leibwache, die das Kind schweigend an Meret weitergereicht hatten, während zwei andere Sahti fest hielten und daran hinderten, sich zu wehren. Die Kleine weinte nicht einmal, sondern lag regungslos in den Armen der alten Frau, als sei sie zu erschrocken oder zu erstaunt über das, was eben mit ihr geschah.
Sahti dagegen hatte geweint, als sie das Zimmer verlassen hatten, geschrien bis zur völligen Erschöpfung und schließlich stumm vor sich hingestarrt, ständig darauf gefasst, dass auch sie jeden Augenblick irgendwohin geschleppt werden würde, wenngleich sie den Grund dafür nicht kannte. Etwas Furchtbares musste passiert sein. Der ganze Palast schien erfüllt von einem inneren Beben, und es war unheimlich, wie still es überall war.
Ein heißer, beklemmender Abend brach an, den sie auf dem Bett liegend verbrachte, die Knie zum Schutz ganz eng an den Körper gepresst. Die Trennung von ihrer Tochter empfand sie so schmerzhaft wie eine Amputation. Nichts konnte sie davon ablenken, auch nicht der nachtblaue Falter, der im schwindenden Licht vor ihr hin und her flatterte wie ein Bote vergangenen Glücks.
Sie rührte keinen Bissen von dem Brot an, das ihr Wachen ins Zimmer brachten, sondern stillte nur ihren Durst aus dem Wasserkrug, obwohl sie sehr wohl der Gedanke durchzuckte, dass Gift darin aufgelöst sein könnte. Irgendwann musste sie eingeschlafen sein, denn sie schrak aus wirren Träumen hoch, als das Licht einer Lampe sie blendete.
Kamose stand stumm vor ihr und betrachtete sie mit einem unergründlichen Ausdruck, der ihr bis in die Knochen fuhr.
»Wo ist mein Kind?«, fragte sie tonlos. Seit vier endlosen Monden hatte sie ihn nicht mehr zu Gesicht bekommen, obwohl alles in ihr nach ihm schrie. »Wo hast du Nuya hinbringen lassen?«

»Teti-Scheri wird für die Kleine sorgen. Auch wenn nichts mehr von deinem Leichnam übrig ist.«
Er war so kalt, so fern, dass sie zu frösteln begann.
»Du willst mich töten lassen? Warum?«
»Ja«, sagte er langsam. »Und genau besehen, ist der Tod sogar noch viel zu gnädig für dich.«
»Weshalb, Kamose?«, flüsterte sie, unfähig, sich zu rühren. »Was hab' ich dir getan?«
»Das fragst du noch?« Er beugte sich über sie und packte ihre Gelenke. »Erst die dreiste Lüge über deine Herkunft. Und dann ... Wie konntest du mich derart hintergehen – mit meinen ärgsten Feinden hinter meinem Rücken zu paktieren?«
Was konnte er nur meinen? Verzweifelt suchte Sahti nach einer Erklärung. Aber so sehr sie ihren Kopf auch zermarterte, nichts wollte ihr einfallen.
»Ich weiß nicht, wovon du redest«, sagte sie leise. »Ich sehe nur, wie sehr es dich quält. Aber ich schwöre dir, dass ich unschuldig bin.«
Statt einer Antwort trat er einen Schritt auf sie zu und hob die Hand, als wolle er ihr ins Gesicht schlagen.
»Der Hyksos-Herrscher und der Kuschit«, spie er ihr entgegen, während seine Rechte kraftlos nach unten sank. »Und dazwischen die Frau, die behauptet hat, mich mehr als ihr Leben zu lieben! Dabei wärst du mich ja beinahe schon losgeworden. Leider jedoch ist der Speer im Goldland nicht tief genug eingedrungen. Aber vielleicht hast du ja binnen kurzem mehr Glück, wenn wir im Delta kämpfen.«
»Dein Tod wäre auch meiner gewesen«, sagte Sahti tonlos. »Niemals wäre ich fähig, etwas zu tun, das dir schaden würde.«
Diesmal schlug er zu.
Ihre Lippe platzte auf, und in ihrem Ohr begann pochender Schmerz zu wüten.
»Hör wenigstens auf zu lügen!«, verlangte er. »Gegen Ende

des Lebens schreien die Tatsachen ihre Geheimnisse laut heraus. Der Traum ist endgültig geborsten. Ich weiß jetzt endlich, wer du wirklich bist.« Sahtis Kopf dröhnte, aber sie zwang sich aufzustehen. Wortlos warf er sie sofort wieder auf das Bett zurück. »Und das werde ich dir verraten, wenn ich mit dir fertig bin«, keuchte er.

Er zwang ihre Beine auseinander. Zunächst versuchte Sahti sich dagegen zu wehren, aber das stundenlange Weinen und die Sorge um Nuya hatten sie zu sehr erschöpft. Wund fühlte sie sich, bis ins Innerste, als wäre sie von einem tollwütigen Tier gepackt worden, das seine Zähne in sie geschlagen hatte, bis sich alles Fleisch und alle Knorpel von den Knochen lösten. Außerdem schien ihr Widerstand seinen Zorn nur noch anzustacheln. Ihre Brust schmerzte, der Kopf drohte zu platzen, und sie hatte Angst, er würde sie noch mehr verletzen. Seine Hände fuhren an ihren Hals, diesmal rissen sie ihr die Kette herunter. Schließlich gab sie jede Gegenwehr auf.

Er schien erstaunt und hielt einen Augenblick inne.

Ihre Blicke trafen sich, wie sie sich viele Male zuvor beim Liebesakt getroffen hatten, und beide erschraken. Seine Hand zitterte und fuhr zu ihrer Wange, um sie zu liebkosen, aber er zog sie schnell wieder zurück. Sie konnte genau beobachten, wie das Licht in seinen Augen erlosch und der dunkle Hass wieder die Regentschaft übernahm.

»Weißt du jetzt besser, wer ich bin?«, sagte sie, als Kamose endlich seine Umklammerung gelöst hatte.

Er blieb ihr die Antwort schuldig und wandte sich ab.

Sahti machte sich nicht die Mühe, sich zu bedecken. Die Spitze der Löwenkralle hatte sich bei dem erbitterten Kampf tief in ihr Fleisch gebohrt. Ihre Haut schien zu brennen, wie von einem inneren Feuer erhitzt. Und auf einmal wusste sie, wo sie sich befand – in dem Flammenkreis, von dem Nabu gesprochen hatte.

Nur die Frau, die sich selbst kennt, kann ihre alte Haut ab-

streifen, wie die Schlangen es tun. Dann droht nicht der Tod. Sondern es winken Wiedergeburt und ewiges Leben …
Fast meinte sie wieder, die tiefe, ein wenig schleppende Stimme zu hören, und sie spürte, wie trotz aller Verzweiflung neue, nie gekannte Kraft in sie zurückströmte. Es gab nichts mehr, was sie noch zu verlieren hatte – außer ihrer Würde.
»Du hast vorhin von der Wahrheit gesprochen, Kamose. Nun hör dir auch meine Wahrheit an! Du hast mich soeben benutzt wie ein Stück Fleisch, um mich für etwas zu bestrafen, das ich niemals begangen habe. Aber ich bin noch immer die Frau, die dich liebt und die dein Kind geboren hat. Ein starker Gott wacht über mich. Und der Tag wird kommen, an dem du dich vor Apedemak, dem Herrn des Südens, dafür verantworten musst.«
»Du wagst es mir zu drohen – Kuschitin?« Fahl geworden, schien er nahe daran, den letzten Rest seiner Beherrschung zu verlieren. »Ich bin der Pharao!«
»Und ich Sahti, die Enkelin der Daya«, erwiderte sie fest. »Feige und ängstlich mag ich gewesen sein, aber ich habe dich niemals verraten.« Sie warf den Kopf in den Nacken. »Ich bin wie das Goldland, das immer wieder gegen euch aufstehen wird, so oft ihr auch versucht, es für immer niederzuwerfen. Du kannst mir Gewalt antun, Pharao, aber du wirst mich nicht besiegen, selbst wenn du mich tötest – niemals!«
»Weshalb, verdammte Zauberin?«, flüsterte er. »Ich wünschte, ich hätte dich niemals geliebt!«
»Weil mein Blut in deiner Tochter weiterleben wird«, erwiderte Sahti. »Auch wenn ich schon lange tot bin. Außerdem gibt es Dinge, die größer und ungleich wertvoller sind als ein Thron. Ich hoffe, du wirst es eines Tages erfahren, Kamose. Dann würdest du lernen mich zu begreifen.«
Bebend standen sie sich gegenüber.
Er rannte hinaus, blind vor Zorn, Trauer und Enttäuschung.

Erst als die Tür längst ins Schloss gefallen war, merkte er, dass sich das goldene Anch tief in seinen Handballen gebohrt hatte.

*

Noch immer ganz aufgelöst erreichte er seine Gemächer. Noch nie zuvor hatte er sich so elend, so verloren gefühlt. Als er eintrat, erhob sich Ascha, die offenbar auf einem der Sitzkissen auf ihn gewartet hat. Kamose stutzte. Niemals hatte sie sich ihm ohne ausdrückliche Erlaubnis genähert, erst recht nicht während der fortschreitenden Entfremdung in der vergangenen Zeit. Er bemerkte, wie aufregt sie war. Ihre kostbare Perücke saß schief auf dem Kopf, und der Busen unter dem dünnen Kleid wogte.

»Endlich!«, flüsterte sie und drängte sich lüstern an ihn. Kamose roch den schalen Weindunst, den sie verströmte, und wandte sich angeekelt ab. Sie schien es nicht zu bemerken, sondern suchte umso ungestümer seine Nähe.

»So lange habe ich auf diesen Tag gewartet!«, sagte sie heiser. »Aber jetzt ist er endlich angebrochen. Ich liebe dich, Kamose. Und auch du wirst mich bald mehr als alles andere lieben.«

»Wovon redest du?«, fragte er barsch. Wie konnte sie es wagen, sich ihm zu nähern, jetzt, nachdem er Sahti für immer verloren hatte!

»Ich bin gekommen, um Abschied zu nehmen«, sagte sie und griff nach seiner Hand. Ihre Augen weiteten sich vor Erstaunen, als sie das Anch, das er noch immer fest hielt, bemerkte, aber sie sagte nichts dazu, denn offenbar hatte er nicht vor, eine Erklärung dazu abzugeben. »So wie es einer Königin gebührt, deren Gemahl in den Krieg zieht. Schenk mir endlich ein Kind. Deinen Erben. Das bist du mir schuldig, Kamose!« Eine steile Falte erschien auf ihrer Stirn. »Du kannst mir und dem Land nicht länger verweigern, was du sogar ihr gewährt hast.«

Ihr Blick fiel auf die goldene Selket-Statue, die auf einem niedrigen Tischchen stand, und sie begann erneut zu lächeln.
»Welch prächtiges Omen!«, murmelte sie voller Hingabe. »Ein Geschenk der Götter!«
Kamoses Miene dagegen wurde noch finsterer.
»Es war ein langer, anstrengender Tag, und ich bin sehr müde«, sagte er mit schwindender Beherrschung. »Lass mich jetzt allein.«
Ascha hatte die Göttinnenstatue vom Tisch genommen und hielt sie ihm hoheitsvoll wie ein Zepter entgegen.
»Bei der Zeugung eines neuen Königs werden die Füße des Pharaos von Selket gestützt«, sagte sie. »Als Krone trägt sie das Symbol des Skorpions als Zeichen der Liebe, die in den Leib der Königin eingeht ...«
»Verschwinde!«, schrie Kamose.
Die Trauer über das soeben Vorgefallene drohte ihn zu überwältigen. Er riss Ascha die Selket aus der Hand, packte ihren Arm und zog sie grob zur Tür, ohne sich über ihr lautes Jammern zu kümmern.
Dann stieß er sie auf den Flur hinaus.
Ascha brauchte eine ganze Weile, bis ihr Atem wieder ruhiger ging. Kamose hatte soeben seine letzte Chance vertan. Und ihre Liebe für alle Zeiten in glühenden Hass verwandelt.
»Das wirst du mir mit deinem Leben büßen«, sagte sie tonlos, als sie schließlich den dunklen Palastgarten betrat, um ungesehen zu Ahmose und Nefertari zu gelangen. »Den Tod bringe ich dir, Pharao Kamose!«

*

Die ersten Nachrichten, die Waset erreichten, klangen durchaus vielversprechend. Apopis südlichsten Vasallen – Teti in Neferusi – zu schlagen, bereitete Kamoses neuen Streitwagen offenbar keine große Schwierigkeit. Seine Leibgardisten flogen über den Strom, als seien sie Falken, er vor-

an wie der Falkengott an ihrer Spitze. Sie machten reiche Beute, fällten Bäume, plünderten Häuser und Speicher und hinterließen eine Spur der Verwüstung.
Aber der weitere Weg nach Norden war lang und mühsam, auch wenn die langsam sinkenden Fluten des Nil den Strom wieder schiffbarer machten. Immer seltener wagten die Soldaten des Pharaos Ausfälle ans Ufer, aus Angst, die Kräfte vorschnell zu verausgaben. Als sie schließlich Mennefer passiert hatten, kamen die Meldungen spärlicher nach Waset, und schließlich blieben sie ganz aus.
Auch später konnte nie ganz geklärt werden, was sich eigentlich vor Hut-Waret abgespielt hatte, so unterschiedlich lauteten die Berichte. So viel stand jedenfalls fest: Es wollte Kamoses Truppen trotz aller Anstrengungen nicht gelingen, die Festung Apopis im Delta einzunehmen. Während der Belagerung, die sich über Monde hinzog, waren die Verluste auf Seiten der Armee des Pharaos ständig gestiegen. Typhus und Fleckfieber breiteten sich im Zeltlager rasch aus, begleitet von anderen Krankheiten, die Sumpffliegen und Stechmücken verbreiteten.
Die Medjai, Kamoses kuschitische Bogenschützen, schienen besonders anfällig zu sein. Als der zehnte von ihnen begraben werden musste, begann sich eine Meuterei unter den anderen auszubreiten, die nur gewaltsam niedergeschlagen werden konnte und weitere Tote forderte.
Dazu kamen erhebliche Nachschubschwierigkeiten, die die Versorgung gefährdeten, nachdem die mitgeführten Lebensmittel viel zu schnell verschimmelt waren. Denn das Umland stand in unverrückbarer Treue zu Apopi, und offenbar dachte niemand daran, auf Kamoses Seite überzulaufen.
Schließlich entsandte der Pharao die restlichen Medjai unter einem erfahrenen General als Spezialeinheit über Land, mit dem Auftrag, wenigstens die nördliche Oase einzunehmen. Die Operation gelang, brachte jedoch wenig ein, schon gar nicht den erhofften Sieg über die mächtige Stadt im Delta.

Was Kamose schließlich dazu bewog, unverrichteter Dinge nach Waset zurückzukehren, blieb ungewiss. Sicherlich spielte dabei die Angst vor noch größeren Verlusten eine Rolle, nachdem feststand, dass Hut-Waret weder mit Streitwagen noch mit Bogenschützen einzunehmen war. Die einzelnen Gründe vertraute er keinem an, als er von einem Tag auf den anderen seinen einsamen Entschluss traf. Diesen Eindruck gewannen jedenfalls die Soldaten, denn die Heimfahrt wurde überstürzt anberaumt und vollzog sich in größter Eile. Sie schien sogar Kamoses Vertrauten Hori zu überraschen, der bis zuletzt über einem neuen, noch raffinierteren Angriffsplan gebrütet hatte, der den Sieg hätte bringen sollen.

Als in Waset bekannt wurde, dass die Flotte binnen kurzem einlaufen würde, trafen die Verschwörer zusammen, um ihren Plan noch einmal bis ins letzte Detail durchzugehen. Es war eine kühle, sternenklare Nacht, und man war dazu gezwungen, Feuerbecken aufzustellen, wollte man nicht frösteln. Eine stillgelegte Remise war als Treffpunkt ausgewählt worden, um nicht von neugierigen Ohren belauscht zu werden.

Die Verschwörer berieten sich lange und hitzig und waren wie so oft nahe daran in Streit zu geraten, bis sie sich schließlich einigen konnten.

»Dann läuft also alles so ab, wie wir es beschlossen haben.« Ahmose nickte befriedigt in die Runde.

»Aber wenn die Offiziere sich schließlich doch nicht auf deine Seite stellen, Geliebter?« Nefertari, die wie stets neben ihrem Bruder stand, schien es beinahe Spaß zu bereiten, immer das Schlimmste anzunehmen.

»Keiner will unter einem Pharao dienen, dem es nicht gelungen ist, die Ordnung im Land wiederherzustellen«, erwiderte Ahmose ruhig. »Die Gunst der Götter hat Kamose offensichtlich verlassen. Was ist ein König noch wert, der die Feinde Kemets nicht in ihre Schranken zu zwingen vermag?«

Seit Kamose ihm untersagt hatte, an seiner Seite gegen Apopi zu kämpfen, war der Tod des Vetters für ihn nur noch eine Frage der Zeit gewesen.
»Es geht einzig und allein um die Wiederherstellung der Maat«, bekräftigte Teti-Scheri, die zum ersten Mal dabei war. Ihr Herz blutete, weil sie ihren Enkel Kamose liebte und bis vor kurzem davon überzeugt gewesen war, er würde sich der großen Herausforderung würdig erweisen. Aber wie so manches Mal in ihrem Leben hatte sie von Vorstellungen Abschied nehmen müssen, für die sie sich einst begeistert hatte. Kemet allein zählte. Das allein war wichtig. Was galten dagegen schon die Träume und Vorlieben einer alten Frau, die ihre letzte Stunde kommen fühlte? »Kemet braucht einen Herrscher«, sagte sie, »der in der Lage ist, das Reich von Lotos und Papyrus nach langer Trennung wieder zu vereinen.«
»Und wenn man uns trotz aller Vorsichtsmaßnahmen zur Rechenschaft ziehen wird, was dann?«, vergewisserte sich Ahhotep.
Endlich konnte sie sich wieder ins Spiel bringen! Wenn ihr Sohn Ahmose den Thron bestieg, würde ihr Einfluss am Hof wie im ganzen Land beträchtlich steigen. Dann mussten alle auf ihr Wort hören, und die unerträglichen Zeiten der Machtlosigkeit und Zurücksetzung gehörten endgültig der Vergangenheit an.
»Uns alle hier wird nicht einmal der Schatten eines Verdachts streifen«, versuchte Ahmose sie zu beruhigen. »Ein Überfall. Leider mit tödlichem Ausgang. Und einem Mörder, der niemals zu fassen sein wird, obwohl alle nur denkbaren Anstrengungen dazu unternommen wurden. Genauso wird es aussehen.«
»Und die beiden Urteile?« Aschas leise Stimme klang fiebrig. Ihr ging es nur darum, Namiz zu bestrafen und jene Zauberin, die ihr Kamoses Liebe gestohlen hatte. Für die Demütigungen, die diese ihr zugefügt hatte, verdiente sie nichts anderes.

»Werden von Kamose unmittelbar nach seiner Ankunft unterschrieben«, erwiderte Ahmose siegessicher. »Natürlich hätte ich sie längst selbst unterzeichnen können. Aus vielerlei Bedenken jedoch halte ich es für günstiger, dass beide seine Handschrift tragen – das für den Juwelier. Und erst recht das für die Kuschitin.«
»Ich will sie noch einmal sprechen«, verlangte Nebnefer. »Bevor ihr Kopf rollt.«
Das Ende des Pharaos war eine Sache, aus einem Grund jedoch, den er selbst nicht genau hätte benennen können, verlangte es ihn noch mehr, die Schwarze endlich tot zu wissen.
»Weshalb?«, fragte der Alte streng. »Um dich an ihrem Leid zu weiden? Ist das etwa eines Dieners Amuns würdig?«
»Meine persönliche Angelegenheit«, beharrte Nebnefer und wandte sich direkt an Ahmose. »Bekomme ich deine Erlaubnis?«
»Dann solltest du keine Zeit verlieren«, sagte der Prinz scheinbar gleichgültig. Innerlich jedoch war er zornig über seine eigene Nachlässigkeit. Nebnefer stellte eine Gefahr für sie alle dar. Er war das schwächste Glied der Kette, weil er seine Gefühle so wenig in Schach halten konnte. Längst hätte er sich seiner entledigen sollen! In diesem Augenblick beschloss Ahmose, nach dem Tod Kamoses nicht einen Tag mit der Beseitigung des Ersten Priesters zu warten. »Denn sie wird bald nicht mehr unter uns sein.«

*

Sie hatte sich verändert, in den langen Monden der Haft, das erkannte Nebnefer sofort beim Eintreten. Sahti hockte auf dem Boden, in ein Umschlagtuch gewickelt, das sie gegen die Kühle schützen sollte. Ihr Gesicht hatte einen anderen Ausdruck bekommen, war reifer geworden, und schien von innen her zu strahlen. Trotz ihrer Lumpen und der traurigen Umgebung kam sie dem Amun-Priester wie eine Königin vor.

Bei seinem Anblick erhob Sahti sich und zog das Tuch wie zum Schutz enger um sich. Jetzt war das Licht in ihren Augen erloschen.
»Was willst du?«, fragte sie leise. »Bist du nur gekommen, um dich an meinem Leid zu weiden?«
Es traf ihn, dass sie dieselben Worte wie der Alte verwendete. Was bildete sie sich ein, diese Schwarze, die immer wieder wie ein Fisch durch die feinen Netze geschlüpft war, die er geknüpft hatte?
»Vielleicht«, entgegnete er aufrichtiger, als ihm eigentlich lieb war. »Ich habe dir einmal gesagt, dass wir dich überall aufspüren werden, egal, ob im Palast des Pharaos oder im Verließ. Und dass du nirgendwo vor uns sicher sein wirst. Aber du wolltest mir nicht glauben.«
»Was willst du?«, wiederholte sie ungeduldig. Er bemerkte, wie sie unruhig zu der Wand hinsah, vor der ein paar alte Decken ausgebreitet lagen. »Du stiehlst mir die Zeit. Sie rinnt durch meine Finger, und es gibt noch Wichtiges für mich zu erledigen.«
»Hier?« Sein Blick flog über die karge Zelle. »Du wirst sterben«, sagte er heftig und wünschte sich, ihr Erschrecken zu sehen.
»Ich weiß«, erwiderte sie scheinbar gleichmütig. »Wir alle müssen sterben.«
Wieso weinte sie nicht oder flehte ihn auf Knien um Rettung an? Dann hätte er wenigstens die Genugtuung gehabt, ihre Bitten schroff abweisen zu können.
»Der Pharao kommt zurück. Morgen schon wird er Waset erreichen«, sagte er und verfluchte sich im gleichen Moment deswegen. Aber da war etwas in ihrer Haltung, ihrem Blick, das ihn zwang, Dinge zu sagen und zu tun, die er eigentlich gar nicht äußern oder machen wollte. Wieso besaß sie solche Macht über ihn?
Jetzt wusste er plötzlich, an wen Sahti ihn in Worten und Gesten erinnerte: an die schwarze Schlange! Nabu war tot,

aber es schien ihm, als sei etwas von ihr in die Jüngere übergegangen, beinahe als seien beide Frauen zu einem einzigen Wesen verschmolzen.
Unwillkürlich machte er einen Schritt auf Sahti zu und packte sie am Arm. Sie reagierte mit einer unwilligen Bewegung, um ihm auszuweichen. Dabei verrutschte ihr Tuch, und er streifte mit seinem nackten Arm den seltsamen Beutel, den sie schon damals im Tempel um den Hals getragen hatte. Nebnefer drehte sich abrupt weg und verspürte dabei einen nadelscharfen Riss.
Er starrte auf seinen Arm. Die Haut war durch einen langen, roten Kratzer entstellt, der sofort zu brennen begann.
»Du hast mich verletzt!«, schrie er wütend. »Das wirst du mir büßen, elende Kuschitin!«
Sahti sah ihn schweigend an und hielt das verrutschte Tuch fest. Da erkannte er, was der grobe Stoff seinen Augen bislang verborgen hatte. In seinem Inneren bäumte sich der Hass auf wie ein hungriges Tier. Sie war wieder schwanger! Ob Kamose davon wusste? Ob es sein Kind war? Und selbst wenn – wie konnte sie es wagen, Leben zu tragen, obwohl sie ihr doch den ewigen Tod bestimmt hatten?
»Eines Tages wird dich der Hass zerfressen«, hörte er Sahtis Stimme an sein Ohr dringen. »Sein dunkles Wasser ist ein gefährliches Gift. Ich weiß, wovon ich rede, denn ihr habt mich gelehrt davon zu kosten.«
Zu seiner Bestürzung spürte Nebnefer, wie Tränen in seine Augen stiegen. Er verspürte Lust, diese Frau auf den Boden zu werfen und zu besteigen, um ihr zu beweisen, wozu sie einzig und allein taugte. Aber er vermochte sich nicht von der Stelle zu rühren, so aufgewühlt war er. Jahrelang hatte er alle nur denkbaren Anstrengungen unternommen, um der Wollust zu entsagen – auch wenn der Tempeldienst keine Keuschheit von seinen Priestern forderte. Er jedoch hatte sich aus eigenem, freiem Willen dazu entschieden, getrieben von dem innigen Bedürfnis, es auch in die-

ser Hinsicht dem Alten nachzutun, der jenseits aller menschlicher Begierden zu stehen schien. Und jetzt konfrontierte ihn diese Todgeweihte mit seinem verborgensten Geheimnis!

Hass und Verzweiflung drohten Nebnefer zu ersticken.

»Ich werde persönlich dafür sorgen, dass du ganz langsam stirbst«, brachte er mühsam hervor. »Das verspreche ich dir bei Amun. Und äußerst qualvoll dazu. Und dein Kadaver soll anschließend nicht verscharrt werden, sondern von den Hyänen zerrissen ...« Seine Stimme überschlug sich beinahe.

Sahti betrachtete ihn eingehend.

»Fast könntest du mich dauern«, sagte sie und wickelte sich wieder in das Tuch. »Beim Sterben sind wir alle allein. Du jedoch wirst dabei deinem ärgsten Feind gegenüberstehen – dir selbst.« Sie wandte sich ab, als sei längst alles gesagt. »Gehst du jetzt endlich?«

*

Alles war anders seit seiner Rückkehr, als habe sich plötzlich eine unsichtbare Wand zwischen ihm und den anderen aufgetürmt, obwohl er sie sprechen und antworteten hörte und alle noch immer auf der Stelle seinen Befehlen nachkamen. Wie ein Traumwandler bewegte Kamose sich durch den Tag, immer auf der Hut, er könne sich verraten, aber niemand in seiner Umgebung schien zu merken, wie es um ihn stand.

Am meisten fürchtete er die Nacht. Sobald Nut den Sonnengreis verschluckt hatte und die langen Stunden der Dunkelheit anbrachen, überfiel ihn eine zittrige Unruhe, die jeden Gedanken an erlösenden Schlaf zum Hohn werden ließ. Dann blieb ihm nichts anderes übrig, als ruhelos umherzuwandeln in der vagen Hoffnung, wenigstens in den ersten Morgenstunden für kurze Zeit die Augen schließen zu können. Aber wenn er viel zu bald wieder erwachte, mit dicken Lidern und schweißnasser Haut, begann alles von vorn. Ir-

gendwie gelang es ihm dennoch, die Tage zu bewältigen, wenngleich seine Bewegungen etwas Fahriges bekamen.
Ahmose war schließlich der Erste, der den Mut aufbrachte ihn anzusprechen. Er tat es freundlich, fast brüderlich, als sie beide am Morgen nach der Audienz im Thronsaal allein waren.
»Bereite deinen Qualen doch ein rasches Ende, Vetter!«, sagte er fast beiläufig. »Wenn sie nicht mehr am Leben ist, wirst du dich besser fühlen. Ich weiß es. Und du weißt es auch.«
Kamose sandte ihm einen prüfenden Blick.
»Und der Verräter aus Kepni wartet ebenfalls auf seine gerechte Strafe«, fuhr Ahmose fort. »Wieso bringst du nicht zu Ende, was du vor dem Feldzug so beherzt begonnen hast? Kemet wird dir dafür danken.«
Er ließ ihn allein, und Kamoses Grübelei steigerte sich zu nervöser Unrast. Den ganzen Nachmittag fühlte er sich unfähig, einen Entschluss zu treffen. Als schließlich die Dämmerung kam, ließ er Toto rufen und unterzeichnete das Urteil für Namiz. Und das für Sahti. Allerdings verfügte er, dass letzteres erst binnen sechs Tagen vollstreckt werden sollte.
Danach ließ er sich gewürzten Wein bringen und trank, bis sich ein leichter Schwindel seiner bemächtigt hatte. Ruhiger freilich wurde er nicht. Als die Farben um ihn herum zu verschwimmen begannen, ging er zu den Ställen und holte Or. Kaum saß er auf dem Rücken des Pferdes, wich alle Trunkenheit von ihm. Mit den Fersen stieß er in die sensiblen Flanken, gerade fest genug, um den Hengst zum Galoppieren anzutreiben.
Vor der Richtstatt band er das Pferd fest.
Auf seinen Befehl hin fanden Bestrafungen nicht mehr öffentlich statt, es sei denn, er ordnete es ausdrücklich an. Daher hatten sie Namiz in den kleinen Innenhof gezerrt, der den schrecklichen Tisch mit den beiden hölzernen Haltevorrichtungen für die Handgelenke barg.

Kamose hörte das Geräusch schon beim Näherkommen, ein hohes, gleichförmiges Fiepen, das nichts Menschliches an sich hatte. Er begann zu laufen.
Als er den Innenhof erreicht hatte, ertönte ein tiefer, verzweifelter Schrei.
Halt!, wollte er rufen. Wartet! Das Urteil ist aufgehoben.
Aber er war einen Augenblick zu spät gekommen. Wo einmal Namiz bewegliche Linke gesessen hatte, war jetzt nur noch ein blutender Stumpf zu sehen. Der Scharfrichter hob gerade sein Schwert, um auch die Rechte des Juweliers abzuhacken. Das unerwartete Auftauchen des Pharaos ließ ihn allerdings innehalten.
»Löst seine Fesseln!«, befahl Kamose. »Bindet den Stumpf ab, damit der Mann nicht verblutet, und bringt ihn sofort in den Palast. Meine Leibärzte werden sich seiner annehmen.«
Namiz verdrehte die Augen, als die Holzscharniere geöffnet wurden, und er sich wieder bewegen konnte.
Dann fiel er Kamose wie ein Stück Holz vor die Füße.

*

Teti-Scheri hatte sich bereits zur Ruhe begeben, als Kamose spät nachts in ihrem Schlafzimmer erschien. Sie schickte die aufgeregte Zofe weg, nachdem diese noch Wein und Honigkuchen gebracht hatte, lehnte sich an die Wand und betrachtete ihren Enkel eingehend.
»Du musst mir helfen!«, stieß er hervor. »Ich habe alles falsch gemacht.«
»Erzähle!«, sagte sie einfach.
»Ich weiß nicht, wo ich beginnen soll.« Seine Stimme war rau. »Ich bin es leid, verstehst du? All das Sterben, das Gemetzel – und trotz aller Anstrengungen ist es mir nicht gelungen, die Doppelkrone zurückzuholen. Alle verachten mich deshalb. Auch du.« Sie wollte widersprechen, er jedoch ließ es nicht zu. »Mach mir nichts vor – du vor allen anderen! Ich dachte immer, Re hätte mich erwählt, um Chaos und

Unordnung zu besiegen. Aber vielleicht war das nur eine Illusion, nichts als Träume und Trugbilder. Jedenfalls fühle ich mich zu schwach, um für die Maat zu kämpfen. Ich kann nicht länger Pharao sein.«

»Es ist Sahti, nicht wahr?«, sagte die alte Königin leise. »Der Kleinen geht es übrigens gut. Sie schläft friedlich nur ein paar Türen weiter.«

»Ich habe Sahti zum Tode verurteilt«, sagte er dumpf. »Vor wenigen Stunden. All die Zeit war ich fest von ihrer Schuld überzeugt und krank vor Zorn, Trauer und Enttäuschung. Aber seitdem ich zurück bin, gibt es eine innere Stimme, die mir sagt, dass sie schuldlos ist. Irgendetwas muss ich übersehen habe. So sehr ich mich jedoch bemühe, es will mir nicht einfallen.«

»Du liebst sie noch immer?«

»Mehr als mein Leben.« Er hielt inne. »Mehr als meinen Thron. Mehr als Kemet. Ohne sie ist alles sinnlos, Großmutter.«

»Dann bleibt nicht mehr viel Zeit. Wann soll das Urteil vollstreckt werden?«

»In sechs Tagen. Nein – in fünf. Denn es wird bald Morgen werden.« Er barg seinen Kopf in ihrem Schoß, so wie er es als kleiner Junge getan hatte, nachdem seine Mutter gestorben war. »Namiz hat bereits seine linke Hand verloren. Die rechte konnte ich noch retten. Plötzlich war ich mir nicht mehr sicher, verstehst du? Ich weiß überhaupt nicht mehr, wie es weitergehen soll.«

»In der dunkelsten Nacht ist das Licht nicht mehr weit«, sagte Teti-Scheri nach einer ganzen Weile. »Alle Weisheit ist in den Hymnen enthalten. Sie allein sind ewig und unvergänglich. Sie sind unsere Hilfe und unser Schutz.«

»Ich verstehe nicht ganz ...« Kamose hob seinen Kopf und sah sie zweifelnd an.

»Du schläfst, damit du aufwachst. Du stirbst, damit du lebst«, sagte sie. »Das könnte eine Lösung für dich sein. Und

für Kemet. Allerdings brauchst du viel Mut dazu, Kamose. Und großes Vertrauen. Selbst wenn es zwischendrin so aussehen könnte, als hätten dich alle getäuscht – auch ich. Ich vielleicht sogar am meisten.« Sie berührte seine Wange, und er schmiegte seinen Kopf an ihre kleine Hand. »Wirst du diesen Mut aufbringen? Diese Kraft? Und vor allem dieses grenzenlose Vertrauen?«
»Rede!«, verlangte er. »Ich will alles hören.«

*

Den ganzen Tag über hatte die Hoffnung noch wie ein winziges Flämmchen in ihr gebrannt, aber als die kurze Dämmerung kam, erlosch sie. Kamose würde nicht kommen, um sie retten.
Morgen früh musste sie sterben.
Sahtis Hände liebkosten das kleine Wesen, das in ihr wuchs und nicht wusste, was ihm bevorstand. Niemals würde es die Sonne aufgehen sehen, wenn sie als Chepri zwischen den Schenkeln der Nut geboren wurde, um am Firmament ihre jubelnde Bahn zu ziehen. Niemals Zeuge werden, wenn die mächtige Mutter des Himmels am Abend den Sonnenball verschluckte und für wenige Augenblicke alle Farben am Horizont erschienen.
»Ich liebe dich«, flüsterte sie und ergriff die Schreibbinse, um das zu vollenden, woran sie seit langen Monden arbeitete. Glücklicherweise hatten die alten Decken ihr heimliches Werk den neugierigen Augen Nebnefers entzogen. Sie beschloss, keinen weiteren Gedanken mehr an ihn zu verschwenden, sondern schrieb an gegen die Sehnsucht nach Nuya, die sie zu ersticken drohte, und gegen die Liebe zu Kamose, die noch immer in ihr brannte. Alles hätte sie dafür gegeben, ihn noch einmal zu sehen, der für sie Geliebter und Lehrer und Pharao gewesen war, und dieses Bedürfnis war stärker als alle Vernunft.
Er hatte sie zum Tode verurteilt, aus Angst, sie zu sehr zu

lieben und sich in dieser Liebe zu verlieren, und tötete sich selbst damit. Er hatte sie besiegen und demütigen wollen – und sich dabei selbst am allermeisten verletzt. Sie konnte nur hoffen, dass er mit dieser Schuld weiterzuleben vermochte. Aber sie war ruhig, ganz versöhnt mit ihm.
Für einen Augenblick hielt sie inne und rief stumm Apedemak um seinen Beistand an, dann reihte sie wieder ihre sicheren, wenngleich nicht ganz gleichmäßigen Zeilen aneinander, beinahe wie eine Besessene, um endlich zum Ende zu gelangen.

*

Es war dunkel im Gemach des Pharaos. Selbst die Alabasterlampen brannten nicht wie gewöhnlich, aber die Männer, die den Raum leise von der Gartenseite her betraten, hatten lange genug über den Plänen gebrütet, um blind jeden Winkel zu kennen.
Keiner von ihnen trug Sandalen. So verursachten ihre bloßen Sohlen auf dem polierten Boden kaum Geräusche. Man hatte sie nicht zuletzt auf Grund ihrer Schnelligkeit für diese Aufgabe ausgewählt. Was sie noch nicht wissen konnten: Es würde ihre letzte sein. Keiner von ihnen sollte den Morgen erleben.
Äxte und Keulen hatten sie dabei, und sie beherrschten ihre Mordinstrumente meisterhaft. Der erste Schlag traf den Schlafenden auf den Hinterkopf, und er erwachte mit einem erstickten Röcheln. Die nächsten Schläge trafen Stirn und Gesicht.
Man hatte den Männern eingeschärft, mit äußerster Brutalität vorzugehen.
Wangen, Lippen, Schädeldecke – die Knochen splitterten, als seien sie aus dünner Eischale. Schon nach kurzem rührte sich der Mann in dem Bett nicht mehr. Sie schoben das goldene Anch zur Seite, das er an einer Kette um den Hals trug, und stießen ihm zur Sicherheit ihre Dolche mehr-

mals in die Brust. Sollte noch ein restlicher Lebensfunke in ihm verblieben sein, sie löschten ihn damit ein für alle Mal aus.
Ebenso schnell, wie sie gekommen waren, verließen sie den Raum wieder. Es war die Aufgabe des letzten der vier, ihre Füße sorgfältig mit einem Tuch abzuwischen, um keine blutigen Fußstapfen zu hinterlassen. Dann waren sie wie dunkle Dämonen in der Nacht verschwunden.

*

Teti-Scheri war es, die den Mord entdeckte. Alpträume, sagte sie, hätten sie aus dem Schlaf gerissen, und sie ruhte nicht eher, bis sie am Bett Kamoses stand. Sie war nahe daran, die Besinnung zu verlieren, so schrecklich war der Anblick. Sie hatten nichts von seinem Gesicht übrig gelassen und noch weniger von seinem Hinterkopf. Alles blutbesudelt, eine dunkelrote, klebrige Masse, vermischt mit heller Hirnflüssigkeit. Die alte Königin tastete nach einem Halt.
Dann begann sie zu schreien, hoch und durchdringend.
Binnen kurzem füllte sich der Raum mit aufgeschreckten Höflingen, die verschlafen ihre Augen rieben. Teti-Scheri deutete zitternd auf das Bett, unfähig, auch nur ein klares Wort auszusprechen.
Schließlich betrat Ahmose den Raum, gefolgt von Ascha, die die Hand gegen ihren Mund presste.
»Was ist geschehen?«, fragte er, dann sah er das Bett und den verstümmelten Toten, und seine Augen weiteren sich vor Entsetzen.
Ascha brachte nicht mehr als ein klägliches Krächzen hervor.
»Der Pharao ist tot«, sagte Teti-Scheri, und zum ersten Mal klang ihre Stimme wie die einer alten Frau. »Kamose lebt nicht mehr.«

EPILOG

Ich schenkte ihr das Leben.
Nein, Sahti gab mir mein Leben zurück. Wie hätte ich meine Geliebte auch sterben lassen können, sie, die mir alles bedeutet! Sie war es, die mich aus jenem dunklen Reich zurück in die Welt der Lebenden geführt hat. Ich hatte verlernt zu vertrauen, war unfähig geworden zu unterscheiden, wer mich zu täuschen versuchte und wer die Wahrheit sagte. Doch meine innere Stimme ließ sich nicht unterdrücken, sie sprach erst flüsternd zu mir, schließlich jedoch so laut, dass es mir unmöglich wurde, sie zu überhören.
Immer wieder kreisten meine Gedanken um jenen denkwürdigen Tag, als zunächst die Späher mit den beiden Botschaften vor mir erschienen waren und schließlich der Alte mit der goldenen Selket. Den Brief, der Sahtis Unterschrift trug, hatte ich voller Wut auf der Stelle zerfetzt. Seinen Inhalt jedoch werde ich nicht vergessen, solange ich lebe. Immer wieder sagte ich ihn mir vor, und meine Unruhe wuchs.
Was irritierte mich so an ihm?
Ich fand keine Antwort und versuchte wie unter Zwang mir jede Einzelheit wieder und wieder vor Augen zu führen.
Plötzlich, scheinbar viel zu spät, war die Gewissheit da, und in Flammen geschrieben stand vor mir, was ich damals nur überflogen hatte, weil es mir unwichtig erschienen war. Die Zeilen schienen vor mir zu tanzen, sauber, aber nicht ganz regelmäßig:
Im Namen Seths, der dein Reich und mein Reich regiert …
Wie hatte ich nur so blind sein können!
Niemals hätte Sahti das geschrieben, die Tochter Apede-

maks, für die Seth nur einer der unzähligen Götter Kemets war. So lange sie auch schon unter uns lebte, in Wahrheit war sie niemals eine von uns geworden. Der Brief konnte also nur eine Fälschung sein, und ich hatte mich täuschen lassen. Mein Puls raste, und ich wusste nicht mehr ein noch aus.
Vielleicht musste ich mich so verzweifelt fühlen, um offen sein zu können für den Vorschlag Teti-Scheris, die mich prüfte, bevor sie mich schließlich ins Vertrauen zog. Gemeinsam planten wir meinen Tod, den die Verräter hinter meinem Rücken längst beschlossen hatten. Es muss schwierig für meine kluge Großmutter gewesen sein, mit unbewegter Miene dabeizusitzen. Aber nur so konnten wir die Verschwörer bis zum letzten Augenblick in Sicherheit wiegen: Ahmose, der es kaum erwarten konnte, endlich den Thron zu besteigen, den ich gegen die wahre Liebe tauschen wollte; Nefertari, die danach dürstete, seine Große Königliche Gemahlin zu werden; Ahhotep, gierig danach, als Königsmutter die entsprechenden Ehren zu genießen; Nebnefer, krank vor Hass, weil ich ihn aus dem Amt in die Verbannung gejagt hatte; und schließlich Ascha, die mich tot sehen wollte, weil ich ihr meine Liebe vorenthalten hatte.
Und der Alte? Niemand wird jemals erfahren, welche Motive ihn dazu bewogen haben. Er verschwand aus Waset wie ein Geist, der keine Spuren hinterlässt.
Aber ich greife den Ereignissen voraus.
Dabei hat Sahti mich doch beschworen, ihre Aufzeichnungen abzuschließen, so sorgfältig, ehrlich und detailgetreu, wie sie sie während ihrer Gefangenschaft begonnen hatte. Ich beuge mich ihrem Wunsch, der Klugheit verrät und Verständnis, wenngleich Sanftmut nicht zu ihren hervorstechensten Qualitäten gehört.
Es bereitete mir Kopfzerbrechen, dass ein anderer an meiner Stelle sein Leben verlieren sollte. Aber unser Vorhaben war anders nicht durchzuführen. Leichter fiel es mir, als ich herausgefunden hatte, welche von den Offizieren sich bereits

auf Ahmoses Seite geschlagen hatten. Jeder von ihnen wäre bereit gewesen mich zu töten. Eines dieser Leben gegen meines – je öfter ich mir diese Worte vorsagte, desto vorstellbarer erschien mir Teti-Scheris Plan.
Es erwies sich nicht als weiter schwierig, den Dienstplan der Wachen abzuändern und einen bestimmten jungen Mann in meine unmittelbare Nähe zu beordern. Damit hatten wir Gelegenheit, sein Aussehen wie sein Verhalten zu studieren, und für den Anfang gaben wir uns mit einer gewissen Ähnlichkeit durchaus zufrieden.
Schnell jedoch schlichen sich Zweifel ein. Jeden Menschen zeichnen so viele Eigenarten aus, dass es fast unmöglich scheint, ihn durch einen anderen zu ersetzen. Wieder war es Teti-Scheri, die klug und besonnen die Lösung fand.
»Es muss sich alles in völliger Dunkelheit abspielen«, verlangte sie, »es muss so schnell gehen, dass er kein einziges Wort sprechen kann.«
Mir verriet sie erst später, dass sie es nicht dabei bewenden ließ. Im Kreis der Verschwörer setzte sie sich, die sich bislang stets zurückgehalten hatte, nunmehr für besonders rohe Gewalt ein. Keiner der anderen durchschaute den Grund für diesen Sinneswandel. Ganz im Gegenteil – alle schienen sogar erleichtert, dass die alte Königin plötzlich umgeschwenkt war. Anstatt der zuvor geplanten Schwerter entschied man sich nun für Äxte und Keulen, die Gesicht und Kopf bis zur Unkenntlichkeit entstellen würden.
Dem Opfer einen Schlaftrunk zu verabreichen und es in mein Bett zu verfrachten, war keine große Schwierigkeit mehr. Prompt trafen dann die Mörder ein und verrichteten ihr grausames Werk.
Er war ein seltsames Gefühl für mich, den Rest der Nacht in einem Versteck abzuwarten, bis alle an meinem Totenbett ihre Trauer bezeugt hatten. Ahmose und Nefertari spielten ihre Rolle so perfekt, als müssten sie sich gegenseitig von der Echtheit ihrer Gefühle überzeugen. Ahhotep gab wie ge-

wohnt die kühle Unnahbare, während Ascha in endlosen Tränen zerfloss. Nur Teti-Scheri bereitete mir Sorgen, denn die gespenstische Szenerie schien ihr derart zugesetzt zu haben, dass ich ernsthaft um ihren Gemütszustand zu fürchten begann.

Viel Zeit blieb mir allerdings nicht, denn jetzt galt es schnell zu handeln. Nuya war von Meret bereits heimlich aus dem Palast gebracht worden. Sahtis Kerkerwächter waren mit Gold bestochen. In einer geschlossenen Sänfte eilte ich zu ihr.

Niemals werde ich ihren Gesichtsausdruck vergessen, als sie mich erblickte. Unfähig zu sprechen, taumelte sie mir entgegen und fing an meinem Hals an zu weinen. Ich roch ihren Duft, spürte ihren Atem, und auch meine Tränen begannen ungehemmt zu fließen. Draußen wurde es schon hell. Waset war bereit, den Chepri zu begrüßen. Ich hielt Sahti fest an mich gedrückt wie einen Schatz, den ich niemals wieder loslassen würde.

Um keinen unserer treuen Helfer in Gefahr zu bringen, werde ich selbst jetzt, da wir in Sicherheit sind, nicht verraten, wo wir uns versteckt hatten, bis es abermals Nacht wurde. Erst als der Mond am Himmel stand, brachen wir auf, eine kleine, unscheinbare Karawane, um die sich niemand kümmerte. Während die Totenklage für den vermeintlich toten Pharao im Palast ertönte, verließ ich mit meiner schwangeren Geliebten und unserer gemeinsamen Tochter Waset – für immer.

Unterwegs hatte ich ausgiebig Gelegenheit, Sahtis verschiedene Gesichter zu sehen, solche, die ich kannte, und andere, die mir neu waren. Und je länger wir reisten, umso deutlicher erkannte ich, dass sich in meiner Geliebten auf wunderbare Weise all die Gottheiten vereinen, zu denen ich immer gebetet hatte. Für mich ist sie Nut und Hathor zugleich, Isis und Sachmet, Neit und auch Selket, deren goldene Statue so viel Kummer und Sorgen über uns gebracht hat.

Sahti lachte nur, als ich es ihr schließlich erzählte. »Ich bin nichts anderes als eine Frau«, sagte sie einfach. »Deine Frau.«
»Hast du mir vergeben?« Immer wieder bedrängte ich sie mit dieser Frage.
»Manche Fragen müssen, wie du weißt, erst gar nicht gestellt werden.« Ihre Miene veränderte sich bei dieser Antwort, wurde streng und unnahbar und gab mir einen Hinweis, wie Sahti einmal im Alter aussehen würde.
Sie scheint so heiter und gelöst, trotz allem, was ihr zugestoßen ist. Nur manchmal, wenn sie sich unbeobachtet fühlt, sehe ich, wie sich ihre Lippen in stummem Gebet bewegen, und dann weiß ich, dass sie mit Apedemak spricht, dessen heiligen Zorn ich noch immer fürchte.
Vielleicht wird er mir vergeben, wenn ich für unsere jüngste Tochter zu ihm bete?
Ruju wurde heute bei Sonnenaufgang geboren, ein winziges, goldenes Bündel, das Sahtis Augen hat und meine Nase. Draußen erklingen Panis helle Flötentöne, die uns wach halten sollen, weil wir alle in den letzten Tagen zu wenig geschlafen haben. Denn nicht nur Ruju hat uns mit vorzeitigen Wehen um den Schlaf gebracht. Wir mussten uns auch von Namiz verabschieden, der die große Oase verlassen hat, um für immer nach Kepni zurückzukehren.
Inzwischen scheint er mit dem Verlust seiner Hand einigermaßen fertig zu werden, wenngleich in seinen Augen eine Trauer wohnt, die ich zuvor nicht gesehen habe. Ich weiß bis heute nicht, was ihn einst von zu Hause fortgetrieben hat, aber offenbar hegt er nun keine Angst mehr, zu den Seinen zurückzukehren. Manchmal muss uns erst das Leben lehren, was wirklich zählt. Sahti und er werden sicher für immer verbunden bleiben, und was das Verhältnis zwischen ihm und mir betrifft, so sind wir in einem langen Gespräch übereingekommen, dass wir beide Fehler gemacht haben. In Frieden konnten wir voneinander scheiden, nicht länger Pharao

und Vorsteher des Königlichen Schatzhauses, sondern zwei Männer in tiefem, gegenseitigem Respekt.

Am Ende jeder Nacht wird der Tag geboren, aber heute ist mir, als habe Nut mir persönlich das Leben geschenkt. In mir wohnt eine stille, einfache Freude, die ich früher nicht gekannt habe, und ich schließe mit großer innere Freude und Dankbarkeit diese Zeilen, um mich jetzt ganz dem Wesen zu widmen, dessen Liebe mich gerettet und erst zum ganzen Menschen gemacht hat: Sahti, meiner schönen, geheimnisvollen schwarzen Frau.

NACHWORT

Der europäische Blick hat seit langem die großen antiken Kulturen des östlichen Mittelmeerraumes für sein abendländisches Geschichtsbild vereinnahmt. So erscheint Altägypten eingebunden in einen Traditionsstrang, der über Griechenland und Rom bis in unsere Gegenwart führt. Aber so überwältigend diese Kultur über die dreißig Dynastien vom ihrem mythischen Anfang bis zur Römerzeit auch sein mag, die meisten Historiker haben eines dabei übersehen: dass der Nil ein afrikanischer Strom ist und die altägyptische Kultur zahlreiche Spuren der Verwurzelung im schwarzen Kontinent hat. Die afrikanischen Aspekte des Pharaonenreiches sind – noch immer – zu wenig bekannt ebenso wie der geografische Raum, von dem sie nicht zu trennen sind, und dessen nicht minder faszinierende Geschichte.
Dies betrifft in besonderem Maße Nubien, Ägyptens südliches Nachbarland, das sich von Assuan nach dem ersten Katarakt ins Innere des afrikanischen Kontinents bis zum sechsten Katarakt (dem heutigen Sudan) erstreckt. Die Fluten des Nasser-Stausees haben Unternubien und was auch immer in seinem sandigen Boden verborgen sein mag wohl für alle Zeiten unter sich begraben. Auf dem noch verbliebenen riesigen Territorium legen erst seit einigen Jahrzehnten umfangreiche Ausgrabungen die Zeugnisse einer faszinierenden eigenständigen Kultur bloß, die dazu angetan ist, unser bisheriges Bild von der Vorherrschaft des kulturell »überlegenen« Ägypten gegenüber einem »primitiven« Nubien gründlich zu korrigieren.
Leider wissen wir noch lange nicht genug über diese Kultur, besonders was die Götterwelt, das nubische Pantheon, betrifft. Dies gilt aber insbesondere für die Kerma-Kultur (2500–500 v. Chr.), die als ein geeintes Königtum die Macht übernahm und für fast ein ganzes Jahrtausend behielt. Be-

kannt geworden sind Menschenopfer in uns eigenartig anmutenden Bestattungsriten; noch heute können die beiden riesigen Ruinenberge aus Nilschlamm besichtigt werden, die so genannten Deffufas, die Kerma schon im 19. Jahrhundert bei Forschungsreisenden und Archäologen bekannt gemacht haben. Vom persönlichen Glauben der Menschen jener Epoche jedoch ist nichts überliefert.

Aus diesem Grund habe ich mir erlaubt, in dichterischer Freiheit Anleihen an der Religion von Napata und Meroe zu machen, die tausend Jahre später in Nubien praktiziert wurde. Hier erschließt sich uns eine ebenso faszinierende wie eigenwillige Götterwelt, nicht minder komplex wie die des alten Ägypten. Da ich meinen Lesern jedoch schon mit den vielschichtigen Götterfiguren des ägyptischen Pantheon einiges zumute, habe ich mich entschlossen, mich auf einen nubischen Gott zu konzentrieren, der als Pars pro toto für die anderen steht: Apedemak, den vermutlich sehr alten Löwengott mit dem Schlangenleib, der sehr wahrscheinlich bereits wesentlich früher verehrt wurde und eindeutig nicht ägyptischen Ursprungs ist.

Nubien ist eine karge Gegend, eingezwängt zwischen riesige Wüsten, ausgesetzt der glühenden Sonne Afrikas, zerschnitten von den Felsbarrieren der Nilkatarakte – und doch die wichtigste Verbindung zwischen Zentralafrika und dem Mittelmeer. Dieses sagenumwobene »Goldland« (nub = Gold), in verschiedenen Quellen auch immer wieder als Tanub, Kusch, Bogenland, Yam, Wawat und anders bezeichnet, lieferte Altägypten schon seit den Anfängen Edelsteine, Elfenbein, kostbares Holz und exotische Tiere, dazu Menschen – vorzugsweise als Soldaten und Arbeiter –, vor allem aber eben Gold, Gold, Gold, das sagenhafte »Fleisch der Götter«, wie die Ägypter den beliebten Rohstoff priesen. Gold war ein Symbol der Ewigkeit und die Farbe der Sonne, unbefleckbar, unbeeinflusst durch die Zeit. Mit Gold geschmückt zu sein bedeutete an seinen göttlichen Eigenschaf-

ten teilzuhaben; mit ihm begraben zu sein, hieß sich das ewige Leben sichern.
Immer wieder strebten daher schon die Pharaonen des Alten und Mittleren Reiches danach, die Staatsgrenze weiter nach Süden zu verschieben, sie durch mächtige Festungen zu stärken und zu sichern, um diese Importe auch weiterhin zu Gewähr leisten. Dabei war und blieb trotz des straffen Staatssystems und der militärischen Überlegenheit seitens Ägypten die Angst vor den »Südländern« tief verwurzelt.
Befürchtungen, die am Ende der Zweiten Zwischenzeit (um die Mitte des 16. Jahrhunderts v. Chr.) besonders virulent wurden, als sich in Theben die herrschende 17. Dynastie der Ahmosiden den Mond zum Schutzgott wählte – vielleicht die dunkelste, sicherlich jedoch die interessanteste Epoche der altägyptischen Geschichte, deren vielfältige Neuerungen im Bereich Kunst, Kultur und Religion erst in unseren Tagen ihre wohlverdiente Würdigung erfahren. Ihr Familiengott war der Mondgott Iach, und bis auf wenige Ausnahmen werden die männlichen wie die weiblichen Personennamen mit dem Namen dieses Gottes gebildet (Ahmose = Iah-istgeboren).
Die Ahmosiden regieren in einer schwierigen Epoche: Im Nildelta hatten die Fremdherrscher der asiatischen Hyksos ihren eigenen Staat errichtet, von Süden her bedrohte das starke nubische Königreich von Kerma, das seine Grenzen nordwärts ausdehnte, dieses auf Oberägypten zurückgedrängte Königshaus. Aus dieser politisch kritischen Situation entwickelte sich eine kreative Atmosphäre intellektueller Erneuerung: In der Redaktion uralter religiöser Texte bildete sich das ägyptische »Totenbuch« heraus, knapp zweihundert Zaubersprüche, angeblich von dem Gott Thot inspiriert oder, wie sogar behauptet wurde, selber verfasst, das dem Verstorbenen die gefährliche Reise ins Jenseits ermöglichen und erleichtern sollte.
Wenig später wurden dafür in den Königsgräbern der Son-

nenlauf und seine Symbolik herangezogen: So wussten alle in den Schöpfungsmythos Eingeweihten, dass die Sonne jeden Morgen aus dem Bauch der Himmelsgöttin Nut geboren und jeden Abend von ihr verschluckt wird, sobald der letzte Glanz die Grenzen des Reiches der Lebenden trifft. Aber das Licht verbleibt tröstlicherweise nicht in der Finsternis der Nachtseite, sondern kommt immer wieder in voller Leuchtkraft zurück.

Die Toten in jener anderen Welt aber konnten die Metamorphosen der Sonne im Lauf ihrer nächtlichen Reise, die exakt zwölf Stunden dauerte, durch die zwölf Regionen der Duat (des verborgenen Raumes) verfolgen. Bezeugt seit Beginn der 18. Dynastie, nach Ansicht berühmter Ägyptologen wie Erik Hornung und Jan Assmann jedoch schon früher begründet, wird diese »Nachtfahrt der Sonne« in den großen Königsgräbern abgebildet.

Keines der Völker des Altertums hat für das Todesgeheimnis ein so leidenschaftliches Interesse bekundet wie das ägyptische. Das ganze Weltall erscheint ihm als grandioser kosmischer Sarkophag mit Osiris in der Mitte, der sich mit Hilfe anderer Götter gegen die Kräfte des Bösen wehren muss. Die Tragödie seines Todes ist das Symbol des urkosmischen Welteneinsturzes, der allen großen Religionen der verschiedensten Völker und Epochen zu Grunde liegt. Der biblische »Menschenfall« ist nur ein zeitlich weniger entferntes Echo davon. Daher ist es nicht verwunderlich, dass die Faszination dieser Texte bis in unsere Tage unvermindert andauert, hat doch die Vorstellung vom Totengericht nicht zuletzt auch die christlich-abendländische Tradition entscheidend geprägt.

Allein die wissenschaftlichen Beiträge zu einer »möglichen«, »wahrscheinlichen« oder gar »realistischen« Genealogie der Ahmosiden füllen Bände und beschäftigen namhafte Wissenschaftler, die sich in wunderbarer Weise darüber uneins sind, wer von wem abstammt. Nach einer Interpretation sind

Seqenenre und Kamose Brüder, nach einer anderen Vater und Sohn.
Ich habe mich für die Variante Onkel – Neffe entschieden, weil sie die meiste Spannung zu bergen schien und zudem einer alten matrilinearen Erbfolge entstammen könnte, für die ich seit der Arbeit an meinem historischen Roman über das alte Kreta – »Palast der blauen Delphine« – besondere Sympathien hege.
In einem jedoch sind sich alle Forscher einig: Starke, eigenwillige und äußerst machtbewusste Frauen haben das Geschlecht der Ahmosiden geprägt. Und so hat es mir ganz besonderen Spaß bereitet, solche Frauen aus meiner persönlichen Sicht in ihren Möglichkeiten und Begrenzungen auf nicht minder eigenwillige Art und Weise zu porträtieren.
Es war mir außerordentlich wichtig, das entsetzliche Thema »weibliche Beschneidung« – realistischer als »weibliche Verstümmelung« zu bezeichnen –, über deren Wurzeln die Forscher uneins sind, in meinen Roman zu integrieren. In altägyptischen Quellen ist von ihr im Gegensatz zu anscheinend allgemein praktizierten Sitte der männlichen Beschneidung nicht die Rede. Allerdings steht fest, dass diese grausame und in höchstem Maß frauenfeindliche Sitte keineswegs erst mit dem Islam aufgekommen ist, sondern sehr viel weiter zurückreicht und womöglich bereits seit viertausend Jahren praktiziert wird. Der Begriff »pharaonische Beschneidung« deutet unter anderem in diese Richtung.
Laut Erhebungen der Vereinten Nationen wird diese massive genitale Verstümmelung noch heute in 28 afrikanischen Ländern durchgeführt, und an die 130 Millionen Mädchen und Frauen leiden aktuell an ihren zum Teil verheerenden Folgen. Erst durch den Mut einiger Frauen, die ihre Popularität dazu benutzt haben, dieses Tabu zu durchbrechen und eine breite Öffentlichkeit darauf aufmerksam zu machen, hat sich inzwischen eine allgemeine Diskussion darü-

ber entzündet, die hoffentlich so lange anhält, bis kein einziges Mädchen mehr diesem menschenverachtenden Ritual unterzogen wird. Diesen Pionierinnen, unter anderen Iman und besonders Waris Dirie, gebührt mein höchster Respekt; ihr Mut und ihre Entschlossenheit sind in die Figur meiner Sahti eingeflossen.

Natürlich nimmt sich die Autorin historischer Romane bei aller gründlicher Recherche zu den Themenkreisen Geschichte, Kunst, Religion, Mythologie, Philosophie, Geografie und Geologie einige Freiheiten, von der dokumentierten Historie abzuweichen. So hat der historische Kamose nach allem, was wir bislang wissen, wohl nur fünf Jahre regiert (nach einer anderen These sechs, einer dritten wiederum sogar nur drei), während »mein« Kamose annähernd acht Jahre lang auf dem Thron herrscht.

Und es gibt auch keinen überlieferten Scheintod Kamoses; der Pharao starb aus bislang unbekannten Ursachen. Ahmose, historisch um einiges jünger als in meinem Roman, folgte ihm auf den Thron. Er war es auch, der die Herrschaft der Hyksos endgültig beenden sollte.

Historisch wahr ist allerdings, dass Kamose in einem sehr bescheidenen Sarg bestattet wurde, einem Sarg, der mehr einem Privatmann als einem Herrscher entsprach – ein Umstand, den ich mir für das Ende meines Romans zu Nutze gemacht habe.

Außerdem ist ebenfalls historisch erwiesen, dass Kamose eine nubische Nebenfrau nebst Tochter hatte, deren Namen allerdings nicht überliefert sind. Ich wünsche mir und hoffe, dass Sahti die Herzen aller Leserinnen und Leser gewinnt und diese historische Lücke mit ihrer Geschichte auszufüllen weiß.

DANKSAGUNG

Für das Nachwort gebührt mein Dank Prof. Dr. Dietrich Wildung, der den für dieses Thema unverzichtbaren Katalog »Sudan – Antike Königreiche am Nil«, Tübingen 1996, herausgab und dazu das kundige Vorwort verfasste.

Ein herzliches Dankeschön an meinen Verleger, Herrn Dr. Hans-Peter Übleis, der von Anfang an dieses Projekt geglaubt hat und mit seiner berechtigten Forderung nach »mehr Nabu« den Roman auf den richtigen Weg brachte.

Danke auch an Silke Markt, die in der Anfangsphase Grundlagenmaterial zum Thema Nubien zusammentrug; ebenso wie an die Dozentin Rosemarie Klemm, die wichtige Hinweise auf die Goldminen Nubiens gab.

Mein größter Dank aber gebührt der jungen Ägyptologin Sabine Albers, die mich bei meinen Recherchen nicht nur unterstützt, sondern auch tatkräftig angeleitet hat und nach mit Bravour bestandenem Magister nun selbst den aufregenden und schwierigen Weg als Autorin beschreitet. Ohne ihre Mithilfe, ihre hervorragenden Kenntnisse und ihren unermüdlichen Einsatz auch bei der restlosen Klärung kniffliger Fragen, hätte dieser Roman nicht geschrieben werden können – jedenfalls nicht so.

Herzlichen Dank an Pollo, die dieses Projekt von Beginn bis Ende aus ebenso liebevoller wie kritischer Sicht verfolgte, es gründlich »entrebbte« und ihre unbestechlichen »Augen des Nil« immer wieder über das Manuskript gleiten ließ.

Besonders herzlich möchte ich mich bei Reinhard bedanken, der geduldig, aufmerksam und liebevoll meine geistigen Ausflüge an die Ufer des großen Flusses begleitet hat.

NAMENVERZEICHNISSE

1. TOPONYME/ORTENTSPRECHUNGEN

Abdju Abydos
Abu Elephantine
Asi Zypern
Bjau Sinai
Hut-Waret Auaris
Ipet-reset Luxor
Ipet-swt Karnak
Keftiu Kreta
Kemet Ägypten
Kepni Byblos
Kusch Nubien
Mennefer Memphis
Sunu Assuan
Waset Theben
Wawat Nubien

2. GÖTTER

Amum Gott des Windes, Reichsgott Ägyptens (im Neuen Reich)
Anubis Totengott
Apedemak nubischer Löwengott
Chepri Morgensonne
Geb Gott der Erde
Hapi Hochwasser führender Nil
Hathor Göttin von Liebe, Fruchtbarkeit und Tod
Horus falkenköpfiger Himmels- und Königsgott
Iach Mondgott
Ihi Sohn Hathors, Gott der Musik
Isfet Personifikation von Chaos und Unrecht
Isis Muttergottheit, Frau des Osiris, Mutter des Horus
Maat Verkörperung der Weltordnung
Meretseger schlangenköpfige Personifikation der Nekropole von Theben
Min Fruchtbarkeitsgott
Nabaia Die Große Schlange
Neith alte Jagd- und Kriegsgöttin
Nephthys Gattin des Seth, Mutter des Anubis
Nut Verkörperung des Himmels
Osiris König der Toten, Personifikation des überfluteten Fruchtlandes
Pachet löwenköpfige Göttin
Ptah Schöpfergott von Memphis, Schutzgott der Goldarbeiter
Re Sonnengott

Sachmet löwenköpfige Gattin des Ptah

Satis Göttin mit Krone und Antilopenhörnern

Schu Gott der Luft und der Atmosphäre

Selket Skorpionsgöttin, Schutzgöttin der Lunge

Sepedet Mutter des Morgensterns

Seth Gott der Wüste und der Fremdländer

Sobek Krokodilsgott, Sohn der Neith

Sutech Name der Hyksos für den Gott Seth

Tawaret Schutzgöttin für Schwangerschaft und Geburt

Tefnut Göttin der Feuchtigkeit und des Taus

Thot ibisköpfiger Gott der Schreiber

Wadjet (Uräusschlange) unterägyptische Kronengöttin in Schlangengestalt

3. DIE PERSONEN DES ROMANS

Ahhotep Frau Seqenenres

Ahmose Erstgeborener Seqenenres

Amek Leidensgefährte Sahtis

Ameni Festungskommandant

Antef Bursche Ipis

Apopi König der Hyksos

Ascha eigentlich Ahhotep, Frau Kamoses

Bija Leidensgefährte Sahtis

Butu Goldschmied

Daya Großmutter Sahtis

Golo Vater Sahtis

Henutempet Tochter Seqenenres

Hesi Dienerin Sahtis

Heteput Frau Penjus

Hewa Hauptfrau Golos

Hori stellvertretender Festungskommandant, dann General

Ipi General Seqenenres

Ita Leidensgefährtin Sahtis

Kaj Vater Panis

Kamose Erbprinz, Neffe Seqenenres

Maj Freund Sahtis

Meret Milchschwester Teti-Scheris

Meritamum Tochter Seqenenres

Nabu Lieblingsfrau Golos

Namiz Juwelier aus Kepni

Nebnefer Erster Priester des Amun

Nefertari älteste Tochter Seqenenres

Nesmin Sohn Penjus und Heteputs

Nofret Helferin Tamas, Mutter Majs

Nuya Mutter Sahtis, Name ihrer Tochter

Pani Leidensgefährte Sahtis

Penju Schreiber

Redi Helferin Tamas
Ruju ältere Schwester Sahtis
Sahti Tochter Golos und Nuyas
Satkamose Tochter Seqenenres
Seb Wesir Seqenenres
Senachtenre Vater von Seqenenre
Seqenenre Pharao
Tama Frau Antefs
Teti Vasall Apopis
Teti-Scheri Stammmutter des Königshauses
Tjai Sohn Majs und Itas
Toto Wesir Kamoses
Tunbee Helferin der Daya
Ut Balsamierer